SV

VOLKER BRAUN
WERKTAGE 2

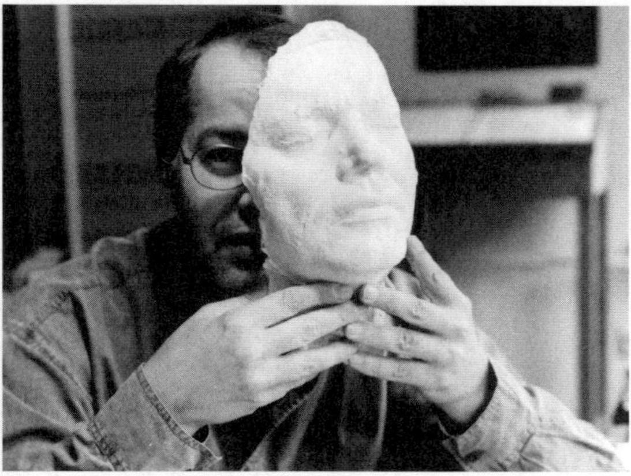

Suhrkamp

Erste Auflage 2014

Satz: Satz-Offizin Hümmer GmbH, Waldbüttelbrunn
Druck: CPI – Ebner & Spiegel, Ulm
Printed in Germany
ISBN 978-3-518-42418-6

WERKTAGE 2

Arbeitsbuch 1990-2008

ich weiß, daß mir nichts angehört
als der gedanke, der ungestört
aus meiner seele will fließen,
und jeder günstige augenblick,
den mich ein liebendes geschick
von grund aus läßt genießen.

goethe: eigentum

2. 1. 90

die zeit ist da, auf die wir hingearbeitet haben. nun verlangt sie konsequenz.

der *apparat* konnte nur apparate zeugen. nicht parteien werden die volkssouveränität, die verfügung über den gesellschaftlichen lebensprozeß garantieren. kritik der organisation durch zugehörigkeit, den job überlasse ich nun schorlemmer (der in die spd will). wozu »einlassen in verbindungen, deren zeit auf dem kontinent vorüber«.

3. 1. 90

ich bin ein mann von fünfzig jahren. mitte des lebens (die arbeitsjahre gerechnet). ich dachte vor nicht langer zeit, mit alten chinesischen schriften in den garten zu gehen. einen weg nach innen suchen. gespräche unter bäumen! jetzt verfliegt dieser selige plan, und die geschichte kommt dazwischen.

»ein weg braucht kein wohin, es genügt ein woher.« barlach, DER TOTE TAG. aber gerade das *woher* ist umkämpft und wird erst die zukunft wissen.

6. 1. 09
im ausstellungszentrum am fernsehturm eine diskussion mit penck, anderson, müller. remigranten und kombattanten. atmosphäre wie bei einer mondpartie oder auf dem sonderbaren planeten der einheit. ein schwelgen in der begegnung, berühren in der reibung, die durchmischung der deutschen.

8. I. 90

rechtsanwalt gysi scheut sich, nachdem er die partei mit gutem recht usurpiert hat, sie auch zu enteignen, denn das bedeute nach bürgerlichem rechtsverstand, sie zu liquidieren. aber wahrscheinlich läßt sich ein umsturz nicht nach paragraphen führen; er muß geltendes recht aufheben und *in erster instanz* angemaßtes eigentum.
so sehr sich die partei wie eine festung hält, so wenig wird sie initiativ, das *gemeineigentum* zu schützen. so wenig wie die gewerkschaften; sondern die »kapitalgeber« werden eingelassen.
gregor, gebt die feudalen ambitionen auf. nur der selbstlose gewinnt sich achtung. sonst achtet man nur auf ihn wie auf einen taschenspieler.

12. 1. 90

»brauns ›eisenwagen‹, symbol gepanzerter strukturen einer erstarrten sozialistischen monarchie … ist in kurzer zeit stück für stück vom aufsässigen volk auseinandergenommen worden: die demontage als radikalste antwort auf die ersatzteilfrage. im angesicht der zerstreuten einzelteile aber werden die neuen fragen laut: wie weiter? machen wir uns auf unsere bloßen, aber eigenen socken oder schwingen wir uns auf ein anderes gefährt, das alle trägt? woher der treibstoff, und wie soll es konstruiert sein?« (ohne filter, studentenzeitung der k[arl]m[arx]u[niversität])

21. 1. 90
kochberg, zimmer 215.
ich muß meine figuren in böhmen ans meer stellen, während eben der grund wegsackt. die gegenspieler stehen nicht mehr gleichermaßen fest auf den fundamenten, recht und unrecht werden eben neu verteilt, und die statik der fabel kommt ins rutschen. *die wahre weltanschauung* scheint nun einer seite zuzufallen, und jedenfalls nicht pavel, der exilant, wird unter den siegern sein. die versöhnung ist ein ungedachter gedanke. die pest der ideologie und die algenpest.

27. 1. 90

Bis zu 40 Meter hoch...

... wie hier im Hafen von Le Couquet waren die Brecher der Sturmflut, die gestern die Bretagne erreichte. Vor der Küste sind mehrere Schiffe in Seenot geraten. Die Schiffahrt auf dem Ärmelkanal wurde eingestellt. *Foto: ZB/AP-Tele*

2. 2. 90

beim abhören des elektronischen »notizbuchs« entdecke ich alte szenenfragmente, die ich vor einem halben jahr nachts aufsprach, keuchend, lachend, kleine sätze: kochen will ich für sie, kochen! alle gewürze böhmens sollen ihnen im mund duften ... ich konnte das noch nicht schreiben, es stimmte nicht, ich wußte noch zu wenig, und mit dem übersprechen haben sich andere schichten darübergelegt, der suche nach der fabel, der sprache. es konnte nicht stehenbleiben, es wäre ein anderes stück geworden. und indem ich dies »notiere«, lösche ich das auf nimmer wiederhören.

6. 2. 90

im dicken unförmigen pullover, die kleine brille auf der nase, saß sie uns (goldmann, prof. richter) all die tage beim essen gegenüber, und ich beachtete sie nicht. erst am tag bevor sie abreist, billard unterm dach, erkenne ich das schöne geschöpf, und der arm die feste brust in der vermummung.

8. 2. 90

in der unruhe, die mich seit tagen erfaßt hat, trage ich den koffer in den hof und werfe ihn für alle fälle in den wagen. und wirklich fahre ich stunden später ab und stehe unten in zeutzsch, ein fuß auf der bremse, ein fuß auf dem gas; soll ich nach süden (westen), soll ich nach norden? in einem ungeheuren sturm, der die äste herabreißt, jage ich nach leipzig zu teller.

12. 2. 90

GROSSER FRIEDEN (MAHASHANTI) in new delhi. bennewitz am 7. 2.: »ich könnte und wollte die nächsten jahre davon leben, mit dem stück durch die welt zu gehen, wo die verhältnisse noch wundoffen für geschichte sind. die arbeit hier ist erlebnis und erfahrung von GLÜCK. jeder augenblick anstrengung regeneriert in die nächste lust.«
ich dummkopf habe den flugschein und scheute die anstrengung.

13. 2. 90

ich sehe keinen anlaß, im geistigen zu resignieren. diese *revolution* wird nur als konterrevolution gelingen, der fortschritt als restauration. vorrücktwärts, wie gesagt. aber wir müssen das gnadenlos sehen: da die probleme nicht innerhalb des systems zu lösen sind, muß man hinausgehn: aus dem osten hinaus. es wird sich zeigen, daß sie auch nicht im westen bewältigt werden – und man sich in die welt denken muß. das meint die verfemte formel »dritter weg«. (ich bin für siebte und achte wege.) – es bricht etwas zusammen, dessen prämissen wir nicht richtig kannten. der »reale« sozialismus eine zangengeburt, die der eltern spottete, der bourgeoisie so sehr wie des proletariats. beide dissoziiert schon im marxschen ansatz. die arbeiter haben aber mehr zu verlieren als ihre ketten: auch die produktionsbedingungen. war dieser arbeiterstaat die »erbschaft dieser zeit«? und gehörte die bürgerliche demokratie zum gerümpel? die ostzone konnte das erbe nicht antreten, weil sie im *lager* lebte, eine ungeliebte kolonie, die man auspreßte, bevor man sie womöglich laufen lassen mußte.

20. 2. 90

die vereinigung der deutschen gleicht einem überfall hier, einer landflucht da. man sieht die bullige geste / die geduckte gier. das ist kein gutes vorzeichen für die völker europas. wir sollten den schritt so gehen, daß sie ihn mitvollziehen können: gelassen aufeinander zu. die gesellschaftlichen ordnungen in deutschland, sagte enzensberger einst, 1966, im KATECHISMUS ZUR DEUTSCHEN FRAGE, könnten einander versionen ihrer zukunft anbieten. – nun bieten sie ihre vergangenheiten an, in gestalt ihrer gesetze – oder ihrer *akten.*

gestern in frankfurt: mittags mit elisabeth borchers, j[oachim] unseld, döring. abends mit s[iegfried] unseld.

Nun weiß man es!

Manches Geheimnis war gar keins!

Es wurde schon während seines Entstehens bekannt – durch versteckt angebrachte Mikrofunksendeanlagen – im Volksmund **„Wanzen"** genannt – in Tagungsstätten, Künstlergarderoben, Geschäfts- und Privaträumen ...

Und heute? Sind Sie sicher davor? Haben Sie auch an Ihre Konkurrenz gedacht?

Keine Panik! Suchen Sie nicht selbst!

Beauftragen Sie uns!

Wir sind die Profis von der **Deutschen Post!**
Ihr Wunsch nach Diskretion in Ihren Räumen – wir erfüllen ihn!
Für Parteien und politische Vereinigungen noch vor der Wahl!
Unsere Erfahrung und modernste technische Ausrüstung für Ihre Sicherheit!

Wir arbeiten zuverlässig und schnell!

Deutsche Post
Zentralamt für
Funkkontroll- und
Meßdienst
Waldpromenade 4
Berlin, 1170

Telefon: Berlin 6 50 23 15
Telex: 0112697 ZFK

neues deutschland, 16. 2. 1990

23. 2. 90

ein deutschland: ja. das ist ein klares bekenntnis, und ich habe immer von einem *halben land* gesprochen, diesem *ländchen*, und die lausitzer kippen waren *deutschlands* größter sandhaufen. seit der kindheit hatte ich dieses rebellische gefühl, um ein ganzes betrogen zu sein, aber freilich nicht um einen staat. er ist eine antiquarische form – und jetzt erst recht, da vieles in europa auf zusammenhang drängt … eine universelle und intime beziehung; der staat vereinigt ja nicht, ohne zugleich zu trennen. der deutsche einheitsstaat, grass spricht vom »ertrotzten deutschland«, wird unter der bundesrepublikanischen »dampfwalze« gemacht, eine platte sache. einheit hieße, daß wir uns nicht unter wert und würde aufgeben. aber die deutsche bank will eine brachiale garantie. und die öffnung der grenze hat die massen weggelenkt von der straße der demokratie auf die pisten des konsums. beide seiten drängen einander zum nächstbesten und sinnen nicht dem besten möglichen nach.

1. 3. 90

eröffne den wirklich *außerordentlichen* schriftstellerkongreß: es gibt kein präsidium, keine delegierten, es gibt kein referat und keine tagesordnung, keine rednerliste, keine wahlkandidaten. höhere gewalt hat nur in form des sturms eingegriffen, der die kongreßhalle unbenutzbar machte.

schleppe jentzsch mit, der bei uns ein paar tage wohnt, er kommt in den dreiköpfigen vorstand. gefragt, die leitung zu übernehmen, verneine ich unvermittelt (also wohl gewollt) schroff.

7. 3. 90
nach miłosz:

die roten rohen metropolen wanken.
am himmel ströme von zerbrochnen flügeln
und ausgerissenen drähten. ALLES WAR.

wo ist die stirn der mauern, wo die pranken
der rostigen zeit? ich seh nur wolkenhügel
den tag, der aufsteht nackt und immerdar.

16. 3. 90
sah HELDENPLATZ im januar 89, die aufregung war noch nicht verraucht. das schier unaushaltbare geschwätz, das theater, mit dem bernhard österreich straft. aber am ende, wenn in der wohnung des professor schuster das heilgeschrei tost, wird das stück stark. – jetzt auf dem kahlenberg sitzend, und in die schiefen gesichter sehnd, denk ich eine weile: hat bernhard recht? österreich, 6,5 millionen debile! doch dann sind es die insassen eines behindertenheims.

18. 3. 90
wir fliegen von wien über frankfurt nach berlin und gehen ins wahllokal, warum? damit hrdlicka seine wetten auf die pds gewinnt? die hl. allianz für deutschland holt 48 % der stimmen, in sachsen und thüringen die absolute mehrheit. im autoradio auf der fahrt vom flughafen nach köln hört der sozialdemokrat wilhelm fassungslos den erdrutsch. leichenschmaus mit prof. mayer im excelsior: »die ddr ist in der urne«; er sieht noch ein gutes darin, daß die spd auf die linke verwiesen ist. aber sie wird sich nach rechts wenden, wo die macht wartet. während die grenzen nach osten wandern: sagt er, und die wolgadeutschen königsberg besiedeln. mit freien wahlen habe es einmal angefangen. – beziehungsweise etwas endet. das volk hat seine stimme abgegeben. die runden tische werden abgeräumt, und die kalten schüsseln der demokratie geleert. – hans mayer wird morgen 85.

29. 3. 90

talkshow (in der gethsemane-kirche): »erst kommt das fressen, dann kommt die moral«.

restauration – wenn es das alte wort für restaurant ist, muß es wohl statthaben.

ich bin natürlich unzufrieden mit den schwachen appetiten meiner landsleute – jetzt, da wir uns ein mahl der freiheit bereiten wollten. aber im heißhunger bleibt man nicht wählerisch. wenn er gestillt ist, werden wir uns daran erinnern, daß die gerechtigkeit das brot des volkes ist.

die leute haben nicht nur für die d-mark gestimmt, auch gegen den kulturverfall. wir werden von der (verkaufs)kultur profitieren. freilich der bürgerliche haushalt hat seine spesen, er hat einen dienstboteneingang.

»das mißverständnis, daß der aufstand drüben kein anderes ziel habe als die übernahme unserer miseren, kann schaden stiften.« (max frisch)

vielleicht sollten wir es doch erst einmal mit der moral versuchen, da auch die westliche welt auf unmoralische weise den tisch deckt.

ist erst die blöße bedeckt, gibt sich die würde von selbst. – sprach schiller von der verpackung?

9. 4. 90
lesung im lausitzer kunstverein.

bodenlos. boxberg

11. 4. 90
der theologe fink, ein oktobermann, ist rektor der humboldt-universität.
»wir hatten ja angefangen, eine neue deutsche demokratische republik zu entwerfen. doch dann kam jener faktische staatsstreich am 9. november.« – »ja wieso staatsstreich?« – »im grunde ist uns an diesem tag alles, was wir angefangen hatten zu denken, wieder aus den händen geschlagen worden. die zeit der demokratisierung war zu kurz. doch so wenig 1961 die mauer die lösung unserer probleme war, so wenig ist es ihr abbruch jetzt. wie schon die mauer eine notlösung war, wurde die längst fällige öffnung wieder eine notlösung. wir hätten die mauer stein für stein abtragen müssen – gemeinsam.« statt des besseren sozialismus werden wir den schlechteren kapitalismus bekommen.
botschafter claussen. die einladung der us-regierung hatte ich, unter reagan, abgelehnt, jetzt ist der moment, ihr zu folgen.

22. 4. 90

washington. sonntag. auf mehreren fernsehkanälen diese wild entschlossenen evangelisten, die hände in den hosentaschen ihr frommes publikum agitierend, bis es in jubel oder reue ausbricht; mit welch unverschämter ausdauer sie die bibelsprüche breitklopfen. vor dem frühstücksraum im highland hotel zwei kolorierte englische drucke, jagdszenen, und, seh ich recht, noch einmal dieselben, was für eine geistlose dekoration; aber dann verfolge ich die kleine galerie und es hängen tatsächlich 14mal dieselben beiden bilder, und es sind dieselben, die über den betten hängen. und auch beim frühstück kann ich sie noch zweimal betrachten, wenn ich mich nicht vor den bauernbreughel setze, zur mozartmusik, während allerdings der fernseher läuft, in dem sich die referends wiederholen. europa allenthalben, rührende anhänglichkeit, doch die übertreibung macht den kitsch. – earth-day, auf der mall und den stufen des kapitols eine andere begeisterung. – matisse in morocco.

23. 4. 90
visitor program service. vor einer großen landkarte werden die interessen und reisewünsche abgefragt und, dem entsprechend, mit wollfäden die route abgesteckt – madison – luisville (am ohio) – lexington – san francisco – los angeles – grand canyon – chicago – new york. das reglement verlangt, alleine zu reisen und keine lesungen zu machen; doch wird mir eine freundliche begleitung zugeordnet, susanne fox.
georgetown.

26. 4. 90

was für riesige grillen, preßlufthämmer
ein dauernd donnernder gott
im garten
working around
auch unter dem rasen, scheint es
dröhnen die mäher, an den würzelchen!
und der himmel noch wird entlüftet
rund um die uhr
von bezahlten kräften.

28. 4. 90
jeffersons haus monticello ein philosophischer landsitz, der komfort des kopfarbeiters, der über achtzig sklaven verfügte. es gelang ihm nicht, die sklaverei in virginia abzuschaffen, aber die unabhängigkeitserklärung führte er für sich zu konsequenzen: ein weinaufzug im kamin erlaubte nachschub, ohne daß das gespräch durchs lästige personal unterbrochen wurde, und eine serviertür mit installierten anrichten sorgte dafür, daß nur ein bedienter in erscheinung trat. der architekt der demokratie wirkte stilbildend; durch elegante technische lösungen ließen sich die ausbeutungsverhältnisse verdrängen. – anne-sophie mutter im kongreßzentrum in washington.

29. 4. 90
der macking-bird:

der kleine vogel im hundsholz
macht die stimmen seiner art nach
üb üb übung macht den
HIS MASTERS VOICE
er macht sie artig nach
reich mir den dreck und eine coke, kumpel
hast du eine botschaft, schick ein telegramm
er ist nicht entartet
stochern sie einfach im gerümpel herum
vielleicht finden sie da die antwort
er artikuliert das üb üb üb-
liche, oh yes.

7. 5. 90
auf dem washington square in san francisco nun die bürgerlichen bummler aus chinatown und nob hill; von den blumenkindern ist der geschminkte clown geblieben für das fototeam der party decorating. der veteran der sechziger jahre, mit spazierstock und buntgestrickter mütze, zertritt zwei brötchen auf dem asphalt, mit der sandale am nackten fuß, an der ein glöckchen klingelt. die nation der aussteiger hat sich in yuppies und streetpeople geteilt, und vermehrt sich unter einem banner. und dort geht er mit vorsichtigem schritt, der amerikaner der neunziger jahre, gut gekleidet und schlecht informiert, der geld macht und in familie lebt, mitglied einer zufriedenen rasse, die die autorität nicht infrage stellt, jenseits der geschichte, im schatten der weltbank. – und ferlinghetti ist ein einsamer mann im erloschenen vesuvio, nahe nicaragua.

10. 5. 90

los angeles. die banken & tinsel-town. schnaubers PRAGMATISCHER HUMANISMUS. der versuch, »jenes system zu suchen oder zu verteidigen, das ... dem arbeiter den größtmöglichen wohlstand und dem intellektuellen die größtmögliche freiheit garantiert«. (jedem das seine!) ein »unromantisches philosophieren«: der mensch und nicht die idee vom menschen; »das verlorene paradies bleibt für uns verloren ... weil es die erfahrung so lehrt.« während marx nicht wirklich mit der romantik und dem hegelschen idealismus gebrochen und die welt und unser sein, »diesen pluralismus von gegebenen differenzierungen bzw. von nicht zu überwindenden bedingungen«, als eine totale ein- und ganzheit gesehen habe, »die zukunft eingeschlossen«. was nütze es, die dialektik auf die füße zu stellen, wenn man sie im kopf behalte? die dialektik, welche nichts anderes bedeute, als »die wirklichkeit ins logische aufzulösen«. »und dieses ›richtige bewußtsein‹ herrscht dann eindeutig« und will die zukunft gestalten, »eine wirklichkeit also, die überhaupt noch nicht stattgefunden hat«! und bedient sich des menschen, des proletariers (und der amerikanischen jugend ende der 60er jahre und feiert »nicht zu unterschätzende triumphe«). »hermann hesse und karl marx; in beiden spiegelte sich dieser monismus poetisch oder ideologisch zumindest als zielvorstellung wider und wurde durch mao tse-tung zur vorübergehenden aber doch immerhin faszinierenden wirklichkeit.« da die vertreter der »welt ohne elend, ohne gewalt«, der »naturgesetzlichen notwendigkeit einer antithese«, nämlich der vergesellschaftung der wirtschaft, meinen, man könne dem, was sowieso kommen muß, »etwas aktiv nachhelfen ... werden sie sogar mehr als aktiv, sie werden gewalttätig«. da hat er leider recht. und so legitimiert, und weil »eine außerindividuelle macht, also irgendeine obrigkeit, immer nur einen generellen weg vorschlagen kann, der aber ein irrweg sein könnte«, beschließt er (»unter einbeziehung eines gewissen ›dilettantismus‹«), sich »auf seine eigene weise zu irren ... und sei es auch für immer«. lassen wir also »jeden menschen seine eigene konkretisierung und seine eigene wahrheit finden«! und das gelänge in den kapitalistischen ländern besser. »der kapitalismus ..., das system der privatwirtschaft, das seinem geiste nach wesentlich ungerechter und inhumaner ist als der kommunismus in seiner ideallösung, ist in der wirklichkeit das humanere.« und wieder hat cornelius schnauber recht. denn die marxistischen herrscher reglementieren das natürliche differenzierungsstreben nach individualität, gruppenabsonderung, sozialer abstufung und eigentumsbildung... ja; die wirtschaft aber ist »ausdruck der konkretisierung des menschlichen strebens, sich etwas anzueignen, etwas zu besitzen ... denn durch eigentum schafft sich der mensch eine eigene, sichtbare und somit konkretisierte welt, die ihn von der welt der mitmenschen abhebt und somit differenziert«. es versteht sich, eine solche differenzierende wirtschaft muß auch als solche angesehen und darf nicht durch maßnahmen, die dieses streben ignorieren, behindert werden, und schon gar nicht gehört sie enteignet. »denn der mensch braucht erst die konkrete gewißheit des eigentums«, des eigenen eigentums, um die differenzierung »vollwertig auszuschöpfen«. und so erscheint es »uns« (also doch eine kollektive meinung und kein eigener schnauber?) »– pragmatisch gesehen – immer noch besser, eine gruppe reicher unternehmer zu haben und dafür wohlhabende arbeiter, als keine unternehmer und dafür ungenützte produktivkräfte mit einer weniger wohlhabenden arbeiterschaft.« und einmal mehr hat er recht (wenn wir nicht aus unsern reichen ländern hinaus oder in die natur sehen). das kapital sei eben konkret gewordene initiative: es sei der mensch; der mensch, um den es geht. (»alle darlegungen dieser abhandlung betreffen nur den bisherigen menschen. es könnte sein, daß durch mutationssprünge oder durch künstliche eingriffe sehr bald eine völlig andere menschheit ... die erde bevölkern wird. ich hege aber in dieser hinsieht starke zweifel.« schade, es wäre vielleicht die lösung.) dem menschen werde unzweifelhaft nur ein *pragmatischer humanismus* – nein, nicht gerecht; auch in den westlichen ländern sei ständig »um das menschlich adäquate« zu kämpfen, die bürgerliche demokratie. die staatsform, welche »wohl am geeignetsten erscheint«, den industriellen fortschritt passieren zu lassen: was, pragmatisch gesehen, wieder nur allzu wahr ist. nun versteht es sich, daß der mensch »zuerst dort, wo es noch möglich ist, nämlich in seiner privaten sphäre«, die entfremdung überwinden soll, damit es ihm gelingt, auch seine arbeit *zu verkraften*. das »kranke« werde darin in das »gesunde« so integriert, »daß es von diesem mitgetragen und weniger schmerzhaft erlitten ... wird«. der verf., davon ausgegangen, »nur wirklichkeits-adäquate aussagen« könnten den menschen *harmonisieren*, schenkt uns den adäquaten begriff »angepaßter humanismus«. – zweimal werde ich heute gefragt, wie ich damit leben werde, daß ich einst (HINZES BEDINGUNG) gegen das privateigentum votiert habe. ich gestehe, daß ich diese narbe gerne trage. die gespräche der zombies im whirlpool.

From a beachtowel illustration ca. 1969, artist unknown.

11. 5. 90

und die verlassenen häuser der emigranten. harold von hofe zeigt uns die villa aurora, und hilde waldo erzählt vom harten dienst bei feuchtwanger. nach seiner ankunft engagierte er sie für drei tage, es wurde ein leben; er diktierte zumeist neben ihr sitzend, sie tippte die fassungen auf farbigem papier, nach jeder korrektur sogleich die neue reinschrift, eine fabrik. »erst muß man eine vision haben, dann die story, und zuletzt elbow-grease (ellbogenöl).« als der GOYA-film gedreht wurde, habe martha feuchtwanger den schluß korrigiert: goya müsse erhobnen haupts über die grenze gehen *wie an eine arbeit.* neu-weimar am pazifik, »wo ich bin, da ist deutschland« (thomas mann). – wir haben nicht die nation, sondern die natur gegen die barbarei zu vertreten. – die betagte tour-guide der universität california l. a., als mein escort interpreter im restroom ist: »glauben sie, man gibt ihnen eine hausfrau mit? sie macht jeden abend ihr dossier.« – wird pankow unser santa monica? es hilft nichts, die koffer zu packen.

13. 5. 90
in einem winzigen luftzeug, windgeschüttelt, flug nach las vegas. desert view:

rinnsal
unserer hoffnungen. nun sehn wir
den grand canyon
der geschichte.

16. 5. 90

O CHICAGO! O WIDERSPRUCH!

brecht, ist ihnen die zigarre ausgegangen?
bei den erdbeben, die wir hervorriefen
in den auf sand gebauten staaten.
der sozialismus geht, und johnny walker kommt.
ich kann ihn nicht an den gedanken festhalten
die ohnehin ausfallen. die warmen straßen
des oktober sind die kalten wege
der wirtschaft, horatio. ich schiebe den gum in die backe
es ist gekommen, das nicht nennenswerte.

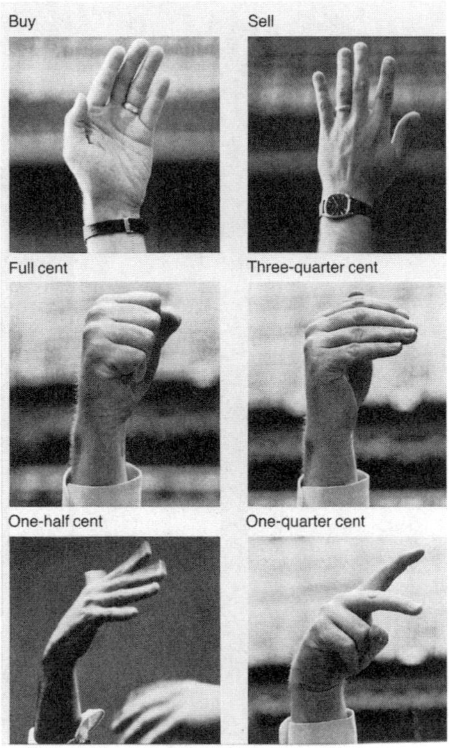

kopf & handarbeit

16. 5. 90

glasnost: state of illinois center

22. 5. 90

margaret croyden fragt mich in new york, ob ich traurig bin über das verschwinden der ddr. ich verneine die unzüchtige frage. – die gemischten gefühle, die einander zu respektieren suchen, trauer und lust. trauer über den vertanen geschichtlichen auftrag, alternativen zum geschäftsgang aufzuzeigen, gemeinnützige lösungen, die der gemeinbesitz ermöglicht hätte. aber nichts da, die sozialen intentionen wurden verwurstet. wenigstens die fußgängerzone, den katalysator, die rauchentschweflung hätten wir erfinden müssen – wir hätten glänzen können wie das ewige zündholz. wenn schon der zentralismus die fähigkeiten einschirrte, warum nicht zu ernstlichen zwecken. so viel dummheit muß bestraft werden. (und nun werden wir eingestellt in dem kolonialwarenladen und betreiben ihn mit, rohe schwengel.) die lust: die viele nun erleben werden, vielfältigerer arbeit und wissenschaft, und bewegung in der welt. es sind nur die taumelschritte der gattung, verzweifelter sieg, fantastische niederlage, das eine mit dem andern erkauft, der jahrtausendschlußverkauf. – lesung im vollen deutschen haus.

25. 5. 90
im blauen gras kentuckys, in einem artischockenfeld am pazifik, im flugzeug über der nevada-wüste,
vorbei an fort ord, von wo die mariners nach panama zogen,
desgleichen die mission san carlos borromeo del rio carmelo,
und die hochhütten der finanz,
the racing track people, die besoffenen p. e. n.-members »ohne intellektuelles projekt«, die farbigen schauspieler des arena-stage (und die russen auf dem hölzernen strand von brighton beach),
»die schlechte nachricht will niemand vernehmen« / »thank's fine«,
und ich mister forker, ein unbekannter playwriter.

28. 5. 90

in der pankower kaufhalle stehen die regale leer, kein brot, kein zucker, keine teigwaren, aber die bildzeitung. teure westprodukte, die die rentner in den händen drehen. im werkzeugmaschinenkombinat 7. oktober werden 750 entlassen; 980 im jugendmodebetrieb rostock, darunter 240 vietnamesen und 80 kubaner. zaghafte warnstreiks. warten auf die harte währung. im roten rathaus koaliert die spd mit der cdu, die pds wird ausgegrenzt. arbeitgeber aus der brd sind zufrieden mit dem staatsvertrag, sagt hauptgeschäftsführer himmelreich.

2. 6. 90

Nach dem Beschluß der Volkskammer ist gestern im Plenarsaal in Ost-Berlin das Staatswappen der DDR entfernt worden.
AP-Fotofax

warum steht ihr gebückt? der blick gesenkt.
man sagt euch schon, wo jetzt der hammer hängt.

5. 6. 90

enzensbergers GANGARTEN. EIN NACHTRAG ZUR UTOPIE. *ganz im gegensatz zur hysterie ihrer »eliten« hat die überwältigende mehrheit der deutschen ... ein maß an einsicht und vernunft an den tag gelegt, das ihr kaum jemand zugetraut hätte.* ein satz wie für den dienstgebrauch, mit der wichse amtlicher floskeln, ein polizeipräsident könnte es nicht beruhigender sagen. aber lassen wir *die hilflosen staatsapparate hüben und drüben* noch aus dem spiele: *die gesellschaft hat,* und zwar *von einem tag auf den andern, ihre sache selbst in die hand genommen:* nämlich *der dorfbürgermeister, der auf eigene faust die verödete straße ... reparieren ließ* (mit wessen gelde denn?), *der schreiner, der die kaputte kreissäge jenseits der grenze wieder in gang setzte* (in welcher selbstlosen firma?), *der hochherzige helfer* (ah so) *und der trübe* (nun ja) *spekulant, der freiwillige arzt* (der tod ist umsonst) *und der unvermeidliche schwarzhändler* ... nun wird die *hand* doch greifbar, die hingehaltne pfote, mit dem dazugehörenden köpfchen, versteht sich, *denn nach wie vor,* muß man wissen, *ist es die praktische vernunft, die telefonnetze knüpft* (und eventuell abhört), *zeitungen tauscht* (das sächsische tageblatt gegen die bildzeitung), *geld wechselt* (1 : 2), *reisen unternimmt und verträge schließt, selbsttätig* (oder durch strohmänner?), *ohne große töne* natürlich, *oft jenseits der legalität,* warum auch nicht, *ohne rücksicht auf zehn- oder zwanzig-punkte-pläne* (und nicht doch durch diese gedeckt?), *und gerade deshalb ist sie* (ah ja, die vernunft!) *effektiv, ja unaufhaltsam. welche hoheitszeichen auf der mütze sitzen ... ist dieser gesellschaft vollständig wurst* – aber wer denn, bei so viel gleichgültigkeit, setzt den hut auf, mit welcher anderen *hand*? bei diesem *spontanen treiben*, und warum, inmitten dessen, die hochglanzplakate und -reden? die gesetzesvorlagen, die meinungskomplotte? *die hinterbliebenen eliten* (die trauernden also, und sonstwie unpraktischen minderheiten) sehen dem *mit begreiflichem mißmut zu*, denn *nicht die erhoffte radikalität oder die ersehnte tiefe* ereignet sich: *sondern die gewöhnlichkeit.* wie dargestellt; mit anderen worten *arbeit, konsum, müll* – das ist die gangart, *ganz normale*, gewiß, *konträre interessen ... machen sich luft* und nehmen sie sich, sowie *hintergedanken, ängste, komplexe und konflikte*, spontan wie gesagt, *auf eigene faust.* denn die demokratie ist ein *offener, produktiver, riskanter prozeß:* eine *banale tatsache* (der sich parlamente verdanken und kriege, satte jahre und »kalte monate«), ein prozeß, *der sich selbst organisiert* und, gewöhnlich, der *kontrolle entzieht.* dies mache aber den *hinterbliebenen* mißmutigen *schwer zu schaffen, daß die deutschen allmählich politisch erwachsen werden* und, *staatsgewalt hin oder her*, über die grenze gehen, *überläufer* in den *alltag*, den praktisch vernünftigen arbeitstag, *der ohne propheten auskommt*, solange die hand der banken sich öffnet und schließt und sich die staatsgewalt, nötigenfalls, hin oder her bewegt, oder jene berühmte pranke durchgreift, adam smithens invisible hand.

14. 6. 90
kassation des urteils gegen bahro. er nennt das damalige verfahren eine farce, aber mit substanz, das jetzige sei eine ohne: ohne die ddr.

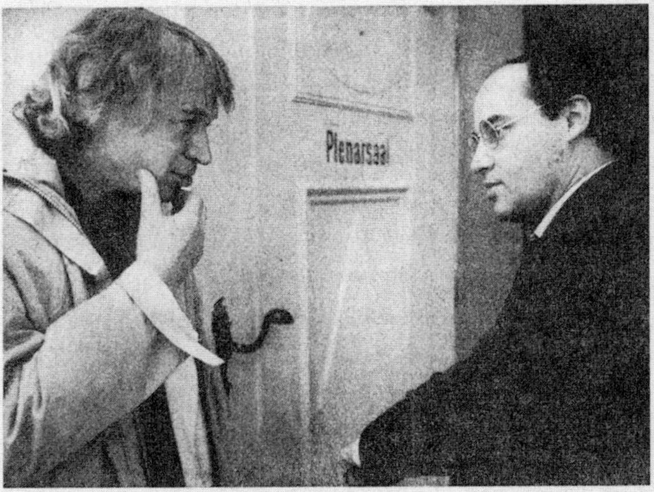

Kassationsverhandlung am Obersten Gericht: Verteidiger Gregor Gysi hatte schon vor zwölf Jahren Freispruch für Rudolf Bahro gefordert Foto: ADN/Senft

15. 6. 90
diese erfahrung müssen sie nun machen. die massen müssen in dieses blendlicht treten, um ihren eignen schatten wahrzunehmen. – das verschwinden des sozialismus in der menge; die menge das problem, das im kapitalismus auftritt. er muß sich wieder mit sich selbst auseinandersetzen. – aber kleinschmidt sagts mir aus dem herzen: es konnte uns nur interessieren, weil es um gestaltung des ganzen ging; politik, die ideenverbunden war – so gering auch unser einfluß, und so ärmlich die resultate. jetzt gibt die gesellschaft den geist auf, vielmehr sie geht an ihm zugrunde, und an seine stelle tritt die monetäre steuerung. die hat mit geist nichts zu tun, und wird auch an etwas geistlosem zugrundegehn: der natur.

22. 6. 90
hrdlicka: DER ANSCHLUSS im alten museum.

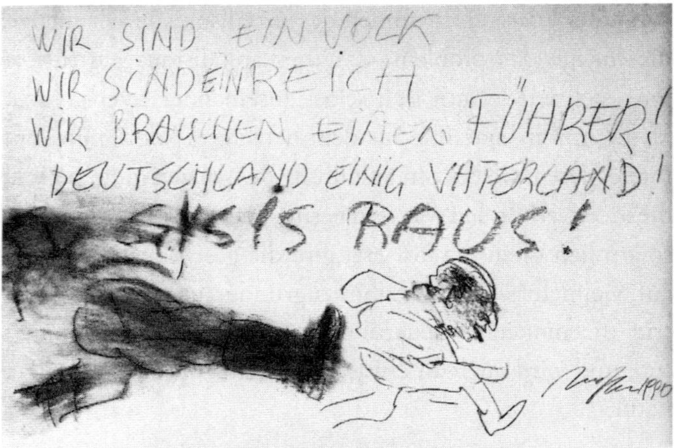

Abb. 206 Gysis raus, 1990. Aus dem Zyklus „Der Anschluß", Kreide, Pastell auf Packpapier, 62 x 90 cm

WIR SIND DAS VOLK
WIR SIND EIN VOLK
ich bin volker

28. 6. 90

1

werte zuschauer, das alles ereignet sich nicht auf dem theater. die fantastische und entsetzliche handlung ist wirklichkeit. es ist keine probe, kein *durchspielen von möglichkeiten* (»experimente, die im anderen leben teuer und gewagt wären«, erwogen wir 1968: »eine öffentliche szene ständigen probens und findens der nötigen haltungen ... allen zugänglich und gemäß«). ah, wenn es noch eine *vorstellung* wäre, der eine andere folgen könnte! aber es ist ernst. es geht nun über die bühne.

2

die herrschsucht der einen partei erlaubte nicht, in alternativen zu denken. alles war eingeschirrt in den triumphzug. jetzt, da viele stimmen reden, demonstriert die parlamentarische mehrheit den machtrausch der inkompetenz. das ist von den protesten der straße geblieben: die possen des hohen hauses. selber in geschenkten kleidern, gibt die volkskammer das volk zum kauf frei. die interessenten machen keine unklaren geschäfte. sie schießen keine müde mark vor, bevor sie nicht das ganze packen: bis zum grund und boden.

3

der übermut des parlaments plagiiert den mut der straße (und verbannt sie eine meile weg). wir lassen den dilettanten machen. aber so bald nicht wieder ist die geschichte bildbarer stoff: wir geben sie aus den händen, und bekommen ein erkaltetes stück zurück.

4

die fragilen systeme mit sozialistischem anstrich waren leicht zu knacken. man mußte sie nur deutlich beschämen, und sie krochen aus ihrem panzer. die einzige ladung eines wasserwerfers in der schönhauser hat den staat *aufgeweicht bis auf die knochen.* er war durch nichts gesichert als durch polizeigewalt: sie mußte sich nur verbieten. unselbständig, wie er war, blieb er abhängig von unserer guten meinung, darum schrieb er sie vor. was sich nun festsetzt in der landschaft mit brauereien und banken, ist da vergleichsweise unempfindlich. es ist unumstößlich wie der *besitz.* es bedarf nicht jederzeit der restriktion. es ist uneitel, demokratisch und wasserfest. aber man kriegt es nicht mehr los.

5
pastor albertz meint, ein einmarsch von truppen wäre ehrlicher gewesen. aber die d-mark schafft es allein: und wir nehmen die hände hoch. aber keine angst, wir dürfen sie herunternehmen und uns rühren.

30. 6. 90
ein transporter mit martinshorn, gefolgt von einem blaulichtwagen, rast vor die sparkasse in der ossietzkystraße. drei volkspolizisten postieren sich, die neue kleine ungarische knarre im arm. die dm wird mit der mp geliefert. ich mache einen wachtmeister auf das symbolische des vorgangs aufmerksam: es ist eine okkupation, die banken marschieren bewaffnet ein. er verweist mich barsch. – die währungs- und fahndungsunion. de maizière am abend: der entscheidende schritt in die »materielle freiheit«.

1. 7. 90

da bin ich noch: mein land geht in den westen.
KRIEG DEN HÜTTEN FRIEDE DEN PALÄSTEN.
ich selber habe ihm den tritt versetzt.
es wirft sich weg und seine magre zierde.
dem winter folgt der sommer der begierde.
und ich kann *bleiben wo der pfeffer wächst.*
und unverständlich wird mein ganzer text
was ich niemals besaß wird mir entrissen.
was ich nicht lebte, werd ich ewig missen.
die hoffnung lag im weg wie eine falle.
mein eigentum, jetzt habt ihrs auf der kralle.
wann sag ich wieder *mein* und meine alle.

3. 7. 90
in der lottumstraße, gegenüber von lisas fiktiver wohnung, weht die schwarzrote fahne, und ein spruchband verkündet: hunger auf leben heißt hunger auf befreiung. an der wüsten fassade des besetzten hauses: BANDITO ROSSO. miethaie zu fischstäbchen. im parterre ein infoladen, in dem ich zufrieden einen kaffee trinke.

5. 7. 90

dr. theol. hans-joachim beeskow, vorsitzender der arbeitsgruppe kultur der cdu berlin, schlägt sich ultimativ als generaldirektor des museums für deutsche geschichte vor, das er »dann zu einem museum für deutsche kirchengeschichte umprofilieren werde«.

die bonzen bin ich los: banausen werd ich finden.
die griffen nach der macht – die grapschen nach den
  pfründen.
so gings in beeskow zu, so wirds in beeskow bleiben.
die karikierte ich – die muß ich nur beschreiben.

15. 7. 90
lesungen, noch immer, vor den int[ernationalen] sommerkursen in berlin und greifswald, und das versteckte hiddensee bringt die deutschen sommergäste zusammen; am schluß kommt ein zettel nach vorne: lesen sie *das gedicht* noch einmal. es hatte noch keinen titel, und wird gleich DAS EIGENTUM.

19. 7. 90
r[alph] schröder ruft an: was du einmal sagtest, wenn gorbatschow lenin wäre, hätte er die randrepubliken alle abgestoßen – das geschieht jetzt. malta das gegenteil von jalta, gorbatschow gibt die ddr weg; schon stalin hat nicht an sie geglaubt, sie hätte sonst pommern und schlesien umfaßt. – der russische vorteil erkauft mit riesigem ablaß, bei ludendorff und bei helmut kohl. »das ist eine gesetzmäßigkeit des großrussischen nationalismus«, die weltrevolution war mittel der nation. trotzki die ausnahme, der einzige internationalist: und er hat schon in der VERRATENEN REVOLUTION beschrieben, wie funktionäre kapitalisten werden. aber, sage ich, es ist eine andere zeit: gorbatschow will sein reich nicht in die ecke stellen, er will es in die welt integrieren, und das ist das unerhörte, verwirrende, verräterische, fantastische neue denken.

21.7.90
seltsame übung, werk und tag aufzuschreiben, aber nicht nacht und neigung. das gerippe habe ich hier, nicht das fleisch des daseins. die knochen, um sie einmal zu zählen; die küsse erinnere ich

die landesgeschicke sind nebensache bei der herzensgeschichte.

1. 8. 90
funke (gestern): er brauche jetzt rasch ein paar sätze am telefon. der morgen (so heißt die zeitung heute noch) habe einen westlichen teilhaber, d. h. für ihn bringepflicht, er werde womöglich entlassen! ich sage nichts, aber er hat es verbraten auf der 1. seite, und in noch einem absichernden artikel. denn zu dem glanze ihrer glänzenden welt / gehört – er weiß es – seine billigung.

8. 8. 90

almeyda, außenminister allendes (seine tochter ging in arnes klasse), leistet die analyse, zu der keiner unserer funktionäre fähig war. »für die chilenen, die wir viele jahre in der ddr lebten, ging in dieser nacht ein zweites vaterland verloren . . .« es sei eine gesellschaft verschwunden, die, ungeachtet ihrer deformationen, im wesen demokratisch und gleichheitlich war, ohne elend. übermächtig geordnet und sicher, aber ohne die notwendigen freiheiten, eine langsame gesellschaft, eine isolierte gesellschaft. »das würde auch heißen, daß das, was man dort versuchte, ein unmögliches unterfangen war. deshalb sind wir traurig. denn das wären vierzig verlorene jahre. alles für nichts. aber es wird nicht so sein . . .« in: el dia latinoamericano.

2. 9. 90
sobel ruft aus paris an: es ist schwer und bitter, aber es ist schön. *die katastrophe war vorher.* wir müssen neu anfangen, auf einem klaren grund.

3. 9. 90
nach kochberg in einem zustand wie ein anderer, september 1823, in der postkutsche von marienbad nach weimar. ich reise auch allein, und darf keine elegie dichten; ich kann überschnell fahren, ein überlautes klavierkonzert im autoradio. das fällt in das kapitel: das nichtgelebte, oder ich muß es ins BÖHMISCHE MEER kippen, *mich treibt umher ein unbezwinglich sehnen / da bleibt kein rat als grenzenlose tränen.*

16. 9. 90
in weimar haußmanns NORA-inszenierung. mit den mitteln, mit denen heute die stücke von gestern realisiert werden, werden die heutigen stücke geschrieben. haußmann zerfällt den alten text, fügt zitate ein / macht ihn zum zitat, erfindet irritationen, zufällige regungen und bewegungen der handlung, trompeter und lagerfeuerchen. wüst und genau, enervierend und erhellend. und wie er die sprache collagiert, brüche intonieren läßt, widersprüche bis in die silben blitzen. das ist natürlich der tonfall unserer unlesbaren spielvorlagen. noch die probenversprecher werden lustvoll installiert, *das ist nürftig, dora. das ist dürftig, nora.* mitnichten, leander. (mit lichten, neander!) und nur eine dünne ahnung, wie brook in zürich den STURM macht. – wie freilich morgen die stücke von heute exekutiert werden, können wir nicht wissen.

20. 9. 90

– all das, was man sagen möchte und nie sagt, was man empfinden möchte... den sturm, in der harten geometrie der geschichte, die hellen getünchten schluchten, und ich sah den fanatismus ihrer faltungen, die deckgebirge, schlacke, eine gebrauchsanweisung PROSPERITÄT, die warenhalde vor milano, in die sich die lastwagen gruben, ARIEL IN DEN HAUPTWASCHGANG, ah DIE LUFT UND DIE WELT, DIE ICH NICHT SUCHTE, ein verbrechen, rasch, daß ich ins nichts falle, ich kannte doch etwas wildes, regelloses in meinen regungen, das keine form annehmen wollte, eine freiheit, die aus einer festen tiefe kam, aus einem massiv, das ich in mir spürte, ich setzte meine füße darauf, in der verwirrung, die mich ruhig machte, es gab keine lösung für mich, aber die ungewißheit, wie es ausgehen würde, hatte nichts lähmendes, das licht des tags die zerbrochenen türen, und das uns nicht denkbare, das gefürchtete, wir könnten es leben.

23. 9. 90
nur einiges ist von dem entwurf verwirklicht. er war ja, in ermanglung einer bewährten fabel, ein nebliges feld. das wirkliche chaos hätte versprengteren materials bedurft, und vernunft gibt es auch nur in plastiktüten.

3. 10. 90

hurra, du schwarz, du rot, du gold, lesung mit dem ensemble des maxim-gorki-theaters. gegen mitternacht mit anne, arne und haug vor dem brandenburger tor. wir erleichterten bedrückten, wir bedrückten erleichterten. warum, fragt haug, sind die intellektuellen getrennt von der freude des volks? das ist ein unglück. denn eine demokratische politische kultur lebt von dieser achse... sie bringen etwas zur sprache, was nicht dem punktuellen, einfachen verständnis entspricht: daß wir, biermann sagts uns, vom 8. auf den 3. platz unter den reichen ländern vorschnellen, und fünf milliarden bleiben arm und elend. unser das büchsenbier. die blechmusik.

Collage: Brian Davis, Kanada

9. 10. 90
gespräch mit wekwerth im berliner ensemble. er trinkt, mit zitternder hand, den ersten schnaps allein, bevor frau kunze eine neue flasche bringt. er teilt mir die aufhebung meines vertrags mit (eine restlos gesäuberte akte auf dem tisch). die leichen sind aus dem keller, er hofft zu überleben. finis... das wußte ich, das wollte ich: aber daß er es zu sagen wagt! (eine andere) HUNDEKOMÖDIE, mensching und wenzel: die da-da-er in ihrer besten form, im verschwinden. trauer, zorn und hohn in der balance der clownerie.

12. 10. 90
zu BÖHMEN AM MEER: »für die fremdenfeindlichkeit … gibt schneider neue erschreckende beispiele. ein junger vietnamese ›wurde kürzlich willkürlich auf dem alexanderplatz festgenommen, auf die wache gebracht und durchsucht. die beamten waren der meinung, daß er zuviel geld bei sich trug und nahmen ihm seine barschaft ab.‹ dieselbe szene habe ich kürzlich selbst beobachtet in paris auf dem vorplatz des centre pompidou; nur daß es sich da um einen algerier handelte. willkommen in der festung europa!« »sein eigenes buch hat glotz als einen anti-fichte angelegt … wie schade aber, daß die so nützliche aufklärung schließlich jene wendung nimmt, daß die e[uropäische]g[emeinschaft] ›im nächsten jahrzehnt‹ sich vor dem ›chaos‹ schützen müsse.« (michael jäger in volkszeitung / sonntag). – 100. vorstellung ÜBERGANGSGESELLSCHAFT.

27. 10. 90

nun ist es geschehen: ein millionenvermögen der pds wird auf den konten sowjetischer scheinfirmen ertappt... aus angst vor der »drohenden illegalität« kriminalisiert sie sich beinahe zwangsläufig. – und die letzte staatliche institution der künste, die akademie, versucht die flucht nach vorn. eben noch fand ich einzig zu loben, wie beispielhaft sachte die beiden berliner akademien verhandeln, der demokrat jens und der unherrscher müller, behutsame vereinigung in einem produktiven prozeß. nun soll das handtuch geworfen werden, einem papier entsprechend, das wie von der cdu formuliert klingt, und wirklich hat es hassemer verfaßt: wir geben die archive ab und den namen und eignen uns den namen europas an. eine große idee, aber in der sprache der liquidatoren; und wird der dolchstoß heilen wie achills lanze den telephos?

9. 11. 90
straßburg, carrefour des littératures. im europarat / im zelt auf der place kléber. die französischen freunde und die deutschen – feinde? sarahs (und kunerts) verbitterung, jetzt, da wir gebliebenen auch ankommen im westen. jetzt erst wird der graben gezogen. spüren sie, daß es auch feige war zu gehen? nehmen sie übel, daß uns die flucht geschenkt wurde? daß wir gründe hatten zu bleiben? sie zicken herum wie das feuilleton. – dessen panik ist platzangst – auf dem platz, auf dem sich die sieger drängeln. ihre attacken speist der selbsthaß: weil sie nicht haben, was sie in uns vernichtet sehen, das gemeinsame solidarische projekt; das zerprügeln sie, das ihnen immer fehlte; und weil sie nun selbst ernstlich gefragt sind und sie sich nicht herausreden können mit unserer blödheit; sie waren die besseren, nun sind sie die übrigen. es ist das westliche bewußtsein, das in die krise gerät.

9. 11. 90

der siebenbürgische dichter DU HAST MICH VERFÜHRT
mit meinen ersten versen DEN SOZIALISMUS ZU
GLAUBEN.
hätte er weitergelesen... kann ich dafür
daß er sitzenbleibt in meiner schule.
ich habe genug zu tun mit meiner eignen dummheit
und kauen wir nicht den gleichen rohen entsetzlichen
stoff.

24. 11. 90
die eigentliche erich-fried-gesellschaft ist ein kranz von jungen frauen, die dem dichter alle zugehörten, an den orten seiner darum zahlreichen lesungen, denn er hatte eine hotelzimmerphobie und bat sich den unterschlupf aus, sein vortrag nur das vorspiel zum zwiegespräch. sein zutraulicher kranker leib, und sie banden ihm die schuh. und reisen noch dem toten nach und folgen ihm aufs wort. – wir aber wohnen im sacher entsetzlich. das thema: literatur und restauration.
treffe kohout im café am graben, er residiert im obersten stockwerk, gutgelittener emigrant, der er bleibt und nicht ein zweites mal in die politik steigt, ein irrtum reicht fürs leben. aber wir, wir ostdeutschen autoren, sagt er, haben nichts getan für die tschechischen dichter, deren lage so viel elender war. ja, pavel. so ist es. ich habe mich lesungen verweigert in prag, und fuhr zur kur nach karlsbad.

27. 11. 90
in BÖHMEN noch immer aufarbeitung, aufklärung, der versuch *dahinterzukommen*. aber das gelände ist verrückt, an ort und stelle. eigentlich müßten sie in der wüste sitzen; der abraum ist unsere adria. ich muß noch einmal unter die erde, wo meine wurzeln sind... wo wir *schön leben* wollten! wo wir glaubten, es gut zu machen. und nun sitzen wir auf der halde und reden immer noch: als narren. was ist da, was kaputt ist... das modell, in grund und boden gewirtschaftet. die trümmer unserer geschichte. die utopie ist zur fata morgana geworden. wasser! wasser! aber es ist alles verseucht und vergiftet. wir haben das land weggegeben, und was ändert das, es klebt elend an den händen. es gibt kein anderes modell. die nevadawüste? sibirien? diese halde deckt den planeten. die zeit der könige ist vorbei, aber übrig bleibt das narrenspiel. mielke am toten telefon im sand. ein wessi klagt seinen landbesitz ein. ein flüchtiger russe sucht den weg in den westen. ein beduine auf seinem kamel schießt alle zusammen. es ist notwehr. die räudigen transparente machen keinen sinn. der realismus ist eine absurdität. wir sind realisten. *kein ausgang*. im braunkohlenloch läuft die weltuhr ab.

30. 11. 90
»sächsische dichterschule«, eingeladen in die westberliner akademie, der harte kern der alten freunde, tragelehn, czechowski, mickel, endler, rainer kirsch, ich und als zugabe elke (sarah sagte ab, jentzsch und leising haben die grippe). wir lesen paarweise, einer dem andern spontan antwortend mit eigenem text: so wie die arbeit durch jahre bezug suchte und fand in der arbeit der andern; daher die adressen, indiz der ästhetischen kameraderie; der hochgeschraubte anspruch der bande, dem zu genügen war, ein fröhlicher wettbewerb produzierte »hochkultur«. und jeder ein eigen ergrauender kopf, streng oder aberwitzig, unanständig oder gleich politisch. vielleicht war das der kehraus; noch wieder das gelächter beim rotwein, klopstock zuchtmeister, komplize goethe. – erinnerung an eine sagenhafte lesung mitte der sechzigerjahre, mickel, czecho, ich reihum im wechsel gedicht um gedicht, ohne rücksicht auf die geputzte zuhörerschaft, petticoats!, im großen kneipensaal von luckenwalde, in lederjacken wir zigarrerauchend.

10. 12. 90

orest und pylades kommen als fluchthelfer, befreier iphigeniens – und merken aber, sie können bleiben, sie kriegen das ganze land in die hand. thoas nämlich, der skythe, »neu denkend«, auf seinen leichenbergen, und halb verhungernd, erlaubt ihnen den einmarsch auf den leeren markt. und wirklich zeigen sich die griechen als geschäftsleute (war nicht eine statue zu rauben? antiquitäten), wahre gangster. sie kennen keine verwandten mehr. – und iphigenie, die schwester? (goethes braut!) fügt sie sich ins geschäft? gibt sie sich preis? findet sie spaß daran? *was ist die handlung.* (unsere eigene, unsere humane möglichkeit.) sie ist zur statue geworden. sie, sie selbst die angebetete, nicht transportable kultfigur. um sie her die *freiheit,* handel und wandel; die »friedliche koexistenz«, für die sie einsam stand am klassischen strand, erübrigt sich; thoas wäscht sein blutiges neuland rein und räumt es um; die welt der griechen und barbaren wird eins. das berühmte, gefürchtete östliche gegenteil ist einverleibt wie thoas' truppen. nun sind die griechen nackt: nicht um die freiheit geht es, um das öl. – iphigenie, die schaufensterpuppe. iphigenie, geschminkt, gekleidet. iphigenie, von orest umarmt, von pylades angetatzt, zerfällt zu staub. das *heiligtum* zerbröckelt. wo es stand, ist eine leere stelle. sein glanz unser mangel. – im hintergrund eine geringe, niedergeschlagne, sozusagen außerparlamentarische aktion, eine widersetzliche frau, lebendig, ohne recht.

10. 12. 90
brecht hat die statue, die goethe hinstellte, längst entführt, nach sezuan, wo sie gute und böse tage hat. sie gibt ihr doppelleben zu, verzweifelt. ihre zerreißung »ein schrecklicher akt der bürgerlichen gesellschaft«. das gleichnis wirkt nun auch schon klassisch, idealisch. wird sie einen weiteren transport überstehn? hat sie noch die wahl, weiß sie noch zu unterscheiden zwischen schwarz und weiß. die zerrissene ist geleimt und zerstückelt und wieder geleimt. die doppelte buchführung ist uns zur natur geworden.

17. 12. 90
im sommer war de maizière plötzlich ein geducktes wesen, jeden selbständigen anspruch verleugnend, eine, wie uns schien, erpreßte kreatur. der mann, mit dem man den anschluß machen konnte. jetzt, da die sessel im reich verteilt werden, wird er als stasi-informant »enttarnt«, deckname czerni.
»ein heer von coachs, lehrern und bewußtseinstrainern überschwemmt die neuen bundesländer, um sie den alten anzugleichen... ›wir erziehen sie nicht um‹, sagt paul werner von der schulenburg, ›wir führen sie nur an unseren lifestyle heran.‹ ... eine philosophische praxis aus wiesbaden bietet ›identitäts-coaching-programme‹ für ehemalige kombinatsdirektoren an... ob corporate identity, wirtschaftsethik oder kultursponsoring: die unternehmer entdeckten die ›human resources‹ als produktivkraft besonderer art; geld und geist vermischen sich auf einer imaginären ebene... um kulturelle differenzen auszugleichen, mußte ein ›wertesensibles marketing‹ auf internationalen märkten schon immer eine geradezu ethnologische aufmerksamkeit aufbieten... unter den neuen menschen, die die umorientierungskurse verlassen, ist von jenen ›alten seilschaften‹ nicht die rede, die die übrigen kreise der bevölkerung immer noch in angst und schrekken versetzen... mit dem westlichen trendforscher und unternehmensberater gerd gerken haben sie offenbar erkannt, daß im zeitalter des ›high-speed-managements‹ ›die historie zur unwichtigsten nebensächlichkeit‹ geworden ist... ›er ist ein ostdeutscher völlig neuer art, ein ganz, ganz starker typ.‹ anerkennend bemerkt das magazin: ›das wort cash-flow kommt ihm routiniert über die lippen. wie selbstverständ-

lich spricht er von management buyouts (wenn auch stark sächselnd).‹« (frankfurter allgemeine)

17. 12. 90
das literaturhaus fasanenstraße erbittet material für eine ausstellung über zensur. mein teich ist uferlos, und ich habe etwas dagegen, die brühe auszubreiten vor den einäugigen. pietraß hat in der hauptverwaltung akten kopiert, langwierigen amtskrieg, »ermattungstaktik«; ich sehe das mit dem grimmigen sachverstand des frontschweins.

Berlin, 12. 9. 1985

N o t i z.

zu eingeleiteten Maßnahmen Volker Braun, Hinze-Kunze Roman
betreffend
Mitteldeutscher Verlag Halle

Am 10. 9. 1985, 7.30 Uhr wurde der amtierende Direktor des LKG, Genosse Roland Schlegel, beauftragt, die Auslieferung des o. g. Titels einzustellen und die Anzahl noch vorhandener Exemplare zu melden.
Das wurde um 9.00 bestätigt. Die Auslieferung ruht auf allen Strecken.

Auslieferung LKG: 14. 683 Exemplare
Auslieferungstag: 27. 7. 1985
Vorhandene Exemplare:

- Blockierung Binnenhandel: 2. 277 Exemplare
- Blockierung Export: 647 Exemplare
- Abt. Bibliothek (noch nicht fakturiert) 1. 371 Exemplare

Weiterhin wurde am 10. 9. 1985, 8.00 der Hauptdirektor des Volksbuchhandels der DDR, Genosse Heinz Börner, angewiesen, den Verkauf einzustellen und eine Übersicht über noch vorhandene Exemplare zu geben. Die Bestätigung und Weisung erfolgte am 10. 9. 1985, 16.00 Uhr.
Am 12. 9. 1985 wurden von Genossen Heinz Börner die Bestände gemeldet:

- erhalten insgesamt 6. 670 Exemplare
- noch vorhanden 271 Exemplare
  davon 186 im Buchhaus Leipzig
  (Die Exemplare außerhalb des Buchhauses bewegen sich in Stückzahlen von 1-2)

Durch Genossen Dr. Klaus Selbig wurde der Minister für Kultur, Genosse Dr. Hans-Joachim Hoffmann auf Bestände der Brecht-Buchhandlung, Berlin (500 Exemplare geliefert) sowie die noch Ende September(26.9.) offene Buchpremiere aufmerksam gemacht.

Hartwich
H a r t w i c h
Abteilungsleiter

Verteiler: Klaus Höpcke
Arno Lange
Dr. K. Selbig
H-G. Hartwich
I. Meyer

Zv MA
Aufstellung

Abt. Literaturverbreitung und -propaganda

Berlin, 27. Sept. 1985

Buchpremiere Volker Braun, Hinze-Kunze-Roman
<u>am 26. 9. 1985, 17.00-18.00 Uhr, im Brecht-Zentrum</u>

Die Buchpremiere war wie folgt organisiert:

1. Werbung durch Schaufensterkleber an der Buchhandlung Brecht und Information im Kulturteil einiger Tageszeitungen der Blockparteien.

2. Volker Braun signierte im Vortragsraum des Brecht-Zentrums.

   Die Interessenten fanden Einlaß durch die Tür zum Brecht-Zentrum und wurden über den Hof in den Vortragsraum geleitet; dadurch keine größeren Menschenansammlungen auf der Straße.

   Das Publikum bestand überwiegend aus "jungen Intellektuellen".

   Etwa 250 Exemplare wurden während der vorgesehenen Zeit verkauft und durch Volker Braun signiert.

Ingrid Meyer

22. 12. 90

arne kommt aus amsterdam, wo sie sich leicht in der sprache bewegt. – was ist nun mit uns? wir sind gelassen und fröhlich. sie war immer in die querelen einbezogen, und so verlassen wir die vergangenheit nicht hals über kopf. es war lange genug gelegenheit, sich auseinanderzusetzen mit dieser utopischen und elenden sozietät; der späte mut ist verächtlich. es ist die eigene erfahrung, die kraft gibt.

30. 12. 90

VERBANNT NACH ATLANTIS, die glücklichen inseln »nichts als knochen«, sagt unamuno: fuerteventura »eine oase in der wüste der zivilisation«, aber sie leckt an der lava, die toten vulkane nach getaner sache rauchende deponien, das touristenvieh, verladen und angemacht, eine wanderdüne deckt das steinige jahr zu.

15. 1. 91
gi's finden unterschlupf bei bremer familien. kriegsverweigerer bobby wird mit handschellen an die front verbracht. CCN will bei kampfbeginn zwölf stunden auf werbung verzichten. christa [wolf] ruft an: französischer vorschlag einer palästinakonferenz. brief an die uno. cadaver bags.

17. 1. 91
sitzung des bundestags.
süssmuth: ich erteile zuletzt frau wollenberger das wort. (unruhe.)
zuruf: fangen sie bitte an!
wollenberger: mir hört ja keiner zu.
zuruf: will die nun reden oder nicht?
wollenberger: sobald sie bereit sind, mir zuzuhören, fange ich gerne an.
waigel: ganz schön arrogant!
bötsch: wir sind hier nicht in der schule!
wollenberger: nein, aber auch nicht auf dem fußballplatz.
süssmuth: frau wollenberger, die situation im raum ist so, daß sie sprechen können. ich bitte sie zu beginnen.
(beifall bei der cdu/csu.)
wollenberger (beginnt, und endet mit den worten): was geschieht mit den menschen, die im kriegsgebiet leben und die diesen krieg erleiden müssen, die vielleicht in diesem augenblick, in dem wir hier sitzen und es so schwer haben, einander zuzuhören, getötet werden? was geschieht mit uns allen, wenn es infolge dieses krieges einen nuklearen winter gibt? wie viele opfer wird dieser krieg fordern? ich fordere sie auf, meine damen und herren abgeordneten, in den verbleibenden minuten meiner redezeit mit mir gemeinsam über diese fragen nachzudenken.
(frau süssmuth schüttelt den kopf, wirft sich entrüstet herum.)
seiters: die soll sich untersuchen lassen! diplomphilosophin?! erweckt den eindruck, als würde sie denken, und macht theater. schauspielerin, sonst nichts! so stimmt es, aber nicht philosophin! der bundestag ist kein pantomimentheater!

(weitere zurufe.)
süssmuth: frau wollenberger, wir sind dem gefolgt, wenn auch nicht mit zustimmung. ihre redezeit ist jetzt beendet.

17. 1. 91

ich bin jetzt bürger eines kriegbeteiligten staates. achtzig von hundert deutschen sind gegen eine militärische lösung am golf, die deutsche regierung finanziert sie. archaische politik, deren ökologische folgen und psychologische resultate unabsehbar sind. der norden nimmt den süden ins gebet (denn es ist auf beiden seiten ein heiliger krieg). soll bagdad verlöschen wie dresden, weil der tyrann saddam für einen augenblick geschichte diktiert? und eine koloniale grenze korrigiert, mit den waffen, die den kolonisierten in die hand gedrückt wurden. der schwelbrand der hemisphären / entflammt mit billigem öl; die toten soldaten des 20. sind die geisterarmeen des 21. jahrhunderts.

19. 1. 91
brachte gestern vor redaktionsschluß das kleine gedicht WÜSTENSTURM zur berliner zeitung, es wurde für seite 2 genommen, gesetzt und eingespiegelt. in den wenigen minuten, in denen ich witze reiße, beobachte ich den neuen alltag, ausfallende computer und einfallende dienstherrn. der berater von gruner + jahr ist jetzt der zensor, dem man zum munde redet. »es ist wie in alten zeiten: du schlägst am morgen die zeitung auf und bist nicht drin.« – die intellektuelle tragödie im zeitungsformat. auf den straßen die kastenwagen der polizei, antikriegsdemonstrationen. das gedicht, gestern abend noch auf der seite, ist heute nicht zu finden.

23. 1. 91
frank beyer zeigt in babelsberg den rohschnitt von VERDACHT (UNVOLLENDETE GESCHICHTE macht keinen sinn mehr: in der fertigen gesellschaft, in die wir uns hineingewählt haben). vom szenarium plenzdorfs war ich enttäuscht, banale dialoge, und für den verzweifelten stummen denkprozeß karins war keine umsetzung gefunden. was mir banal schien, ist durchaus filmisch, und so wird es ein anrührender, konventioneller kinofilm. karins traum, in dem sie für einen moment die lösung des verhängnisses sieht, und beim erwachen hat sie vergessen, *was es war*, wollte plenzdorf durch dokumentarmaterial aus dem herbst 89 ersetzen; ein angebot aus der realität, aber es war mittlerweile fad geworden. es fehlt das gewalttätige, träumerische, verrückte. (und doch, sage ich, die kritik an dem, was versunken ist – und alles, was wir sehen in dem film, ist ganz und gar versunken –, trifft doch, nachgeflucht, noch immer die bleibende welt, indem sie bevormundung nun geradezu, und schamlos jetzt, zum fundament nimmt.)

23. 1. 91
auch annes neugebautes institut, 230 lehrerbildner, soll *abgewickelt* werden. (die ausbildung künftig universitär.)
in dem nobelhotel excelsior in köln, wo ich mit hans mayer vorm jahr zu abend aß, macht staatssekretär horst köhler der treuhand die linie klar: »es muß gestorben werden.«

27. 1. 91

bei dieckmanns. matthus. bender. »ich habe diesen neid vor jahren einmal in freundlich-expliziter form wahrgenommen: als ich einem münchner literatur-redakteur von dem politischen skandal erzählte, den volker brauns an der literarischen öffentlichkeit der bundesrepublik fast spurlos vorübergegangener ›hinze-kunze-roman‹ ausgelöst hatte. jahrelanges liegenbleiben des buches, schließlich das von dem chef-landes-verleger höpcke mit vielfachen absicherungen (spezielles literaturwissenschaftliches nachwort, minister-artikel in der ›weltbühne‹) gewagte erscheinen; dem folgend entrüstungswogen nicht nur im politbüro, sondern quer durch den ganzen parteiapparat; nichtöffentliche sonderkonferenz des einschlägigen zk-instituts gegen das buch auf weisung des zk-sekretärs hager; gelinder tadel des staatschefs wegen dieser konferenz gegenüber dem institutsdirektor, einem berüchtigten literaturproskribenten, der sich einige zeit später unter rätselhaften umständen das leben nimmt; parteirüge für den für die freigabe des buches verantwortlichen buchminister, den als zensor zu bezeichnen, wie es neuerdings üblich geworden ist, von einer oberflächlichen kenntnis der verhältnisse zeugt (zensur setzt die existenz freier verlage und redaktionen voraus); absetzung seines unmittelbar zuständigen stellvertreters; zu allem dem das phänomen, daß die hintergrundfigur des buches, ein tribunenhaft unbekümmertes, hemdsärmlig-trinkfreudiges mitglied des höchsten rates, bald nach dessen erscheinen politisch so endet, wie es der roman beschrieb. (die politik – sicheres krisenvorzeichen! – begann, sich nach der literatur zu richten.) ich erzählte dies alles mit dem ton der klage, der entrüstung, des protestes – mein münchner freund hörte es mit offenem munde. er entnahm der geschichte nur eins: die ungeheure bedeutung, die dieser staat der literatur beimaß. sie erfüllte ihn mit gefühlen eines von neid nicht freien respektes, fast: einer sehnsucht.« dieckmann, KULTURAUSTAUSCH.

29. I. 91
der vor der saudi-arabischen küste treibende ölteppich hat eine ausdehnung von 150 km in 15 km breite. 1,4 mio t öl sind in den golf geflossen. der krieg geht weiter. das verschmutzte meer in BÖHMEN nur eine rempelei neben diesem amoklauf; das stück unspielbar, seit das irakisch-amerikanische szenarium läuft; böhmen in die wüste gebombt.

10. 2. 91

denkmal für einen piloten. eine million erwachsener männer, eingekleidete exemplare der menschlichen rasse, erwarten im sand der arabischen wüsten die tägliche weisung. sie liegen auf beiden seiten einer sog. front, einberufen, abkommandiert und eingegraben. gleichermaßen gewohnt, befehlen zu folgen, gehorsam zu üben, ungefragt zu funktionieren und scheinbar automatisch zu töten. der gleichlautende auftrag, ehrlich gesagt: zu zerschlagen, *unschädlich zu machen*, was jenseits der frontlinie hockt, den sog. feind. wir übrigen, ungezählten, beinahe die menschheit, stehn in den fabriken, in den labors, glücklich beschäftigt, und spuren für den lohn, fähig zu jeder arbeit, die angeboten wird, an immer rasenderen maschinen, in abgefeimteren industrien. mit immer gierigerem griff in das erdreich und in den himmel, die sog. ressourcen, ölfelder und regenwälder. bedenkenloser, jedenfalls gewaltsamer zugriff; ohne uns, ohne die völker zu schonen an ihren angestammten rastplätzen, die wir aufstören mit unseren panzern. der krieg nur die letzte konsequenz unserer ungeheuren tätigkeit, die ihre logik hat, ihr verrücktes recht, ihr zwangsläufiges finish. die spur wird nicht in äonen untergehn. aber einer, ein namenloser soldat, russischer pilot der ROAD AIR, beauftragt, raketenrampen in das krisengebiet zu fliegen, verweigert den dienst, auf der eisstarrenden piste eines deutschen flughafens verriegelt er seine antonow; einer von uns und nicht von uns, und gibt einer menschlichen regung nach, mitten im krieg, mitten in der arbeit, die uns bleibt, den arbeitern aller länder.

11. 2. 91
totenmontag.

Powell und Schwarzkopf: Beste Stimmung im Hauptquartier

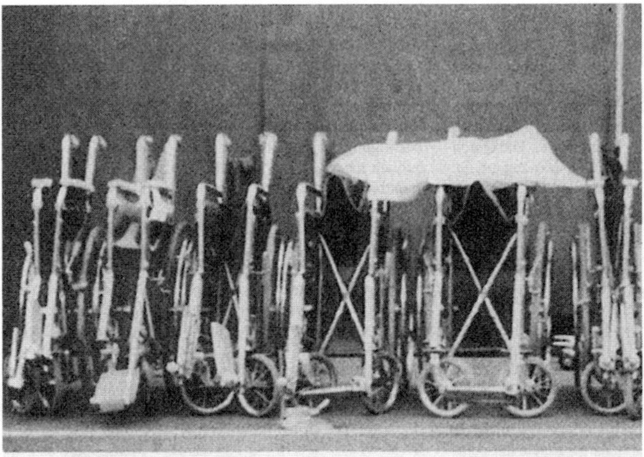

Voraussicht an der Heimatfront: Rollstühle warten auf der St. Andrews Air-base in Maryland au

13. 2. 91
bei [thomas] langhoff, besprechen BÖHMEN AM MEER. er soll es am schillertheater inszenieren und würde es lieber am deutschen theater machen, für das vertrautere publikum, das die gedanken zuendebringt. ich lieferte alex[ander] lang eilig einigen ersatz, den er sogleich beschlagnahmte und zu seinem projekt erklärte, ohne aber BÖHMEN freizugeben.
antikriegstag der berliner bühnen im gorki-theater.

24. 2. 91
worst case scenario, der schlimmstfall im amerikanischen fernsehen: daß sich irak nach gorbatschows friedensplan bedingungslos aus kuweit zurückzieht und der krieg plötzlich ein ende hat.

12. 3. 91
leipziger montagsdemo, nun die der arbeitslosen. gestern waren es 40 000 auf dem augustusplatz. wie sich der kapitalismus zeigt, ist keine täuschung möglich, von seiner seite. ein demonstrant korrigierte sein plakat:

EUCH
WIR HABEN ~~UNS~~ GETÄUSCHT!

21.3.91
schlenstedts fundierter beitrag auf der konferenz »der mensch und seine umwelt in der deutschsprachigen literatur« in pécs. – warum hatte sich die ddr-literatur radikalisiert? sie war nicht der geist geistloser zustände. wir waren immerfort von verheißungen umweht, die »entfaltung aller organe und fähigkeiten« etc., und fühlten um so mehr unsern mangel. es gab auch keine ersatzteile für die gesellschaft, keine türken für die dreckarbeit. keine ersatzlösungen: nicht das schöne eigentliche leben nach der schicht. es war nicht in dem land zu haben, in der engen geschichte. daher das hinausdenken aus dieser geschichte, das aussteigen ENTWERTER ODER: die frage nach der anderen arbeit, die uns leben/überleben läßt. – jetzt ist man froh, überhaupt arbeit zu haben, fast gleichgültig welche. wie wird es möglich sein, das eben entdeckte, das freigelegte thema zu verfolgen.
lesung im lenau-haus. essen mit graf westerholt. ein lebe- und lebenlassenmann, sein budapester goethe-institut ist das einzige, das kollegen aus dem ddr-kulturzentrum übernahm.

23. 3. 91
im katona jozsef színház brechts WEISSWÄSCHER, übersetzt von eörsi, die hineingeschriebenen reden persiflieren die ungarischen wirtschafts-tuis. eörsi lädt uns in seine großen zimmer ein, belgrad rkp., über der elisabethbrücke; was für ein blick (nach der haft)! – das jahr 56 ... schlenstedt erinnert sich, wie sehr er die »konterrevolution« verinnerlichte, der weiße terror, die bilder der erhängten. eörsi aber ist ein teilnehmer und urteilt gerecht und gelassen. es war ein »sozialistischer aufstand«, »wenn eine revolution beginnt, muß man teilnehmen«. nicht nur die intellektuellen, die arbeiter zogen auf die straßen. der exzeß ein tag auf einem platz; wieviel mehr tote unter den panzern. »ein aufständischer sagte mir: du kannst mich alles nennen, genosse, sozialist; aber wenn du kommunist zu mir sagst, schieß ich dich nieder.« die sprache der kronstadter. kommunisten, das waren die rakocsi-leute, stalinisten. die kirche, mindszenti, wollte heim in ein bürgerliches ungarn, und wahrscheinlich wäre der aufstand dort geendet. – lukács ... eörsi hat ihn in jahrelanger arbeit ins ungarische übersetzt, weißbrotarbeit. die kleinen fehler korrigiert und über die großen gestritten, ihm gestattete lukács die kritik, ja er rieb sich die hände, daß ihm widerspruch wurde. »er hatte weiträumige kategorien, die mir gefielen, aber einen konventionellen geschmack.« in der jugend hatte lukács eine avantgarde akzeptiert, cézanne, gauguin, im alter war er zu erschöpft für weitere großmut. doch wenn es gelang, ihm eine theoretische hintertür zu öffnen, konnte er auch noch einen neueren hereinlassen, wenn auch kühl. man muß nur feststellen, daß am anfang und am ende des bürgerlichen zeitalters der *realismus* nicht geht und zur über-

steigerten, satirischen form gerät oder zur reproduktion des verfalls; cervantes dort und hier nun – nun komm schon, komm, kafka. – eörsi hat fleischsch gekocht, fleischsch, und ißt große stücke. rotwein. der blick immer in die lichternacht.

24. 3. 91

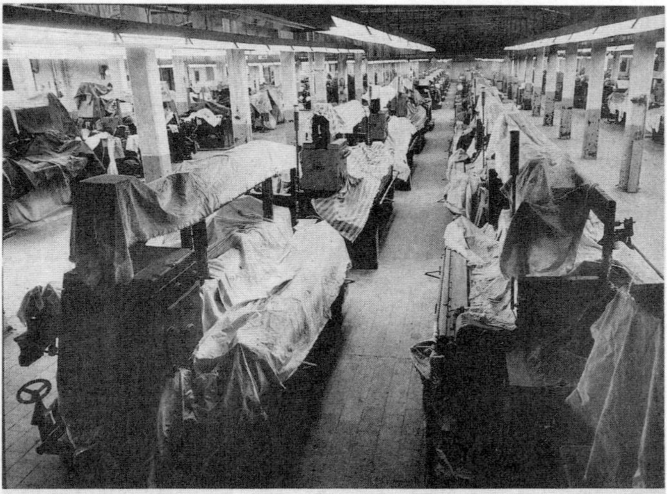
Hier wurden einst Jeansstoffe hergestellt und auch in Ex-RGW-Länder versandt. Die Weberei Ebersbach ND-Foto: Wolfgar

und die weberin hanna wagenseil?

30. 3. 91

die HEINRICH MANN
ist untergegangen in der müggelspree
und aufgetaucht auf dem markt
als SACHSEN.
soll ich schon gleich
meinen namen wechseln
und nenne mich NIEMANDSLAND?

2. 4. 91
ich wußte: nun schmecken wir die vita bölls. der »sympathisant« … heute nacht wurde rohwedder, der chef der treuhand, ermordet. »eine schreckliche, unbegreifliche tat.« nein, eine schreckliche und begreifliche tat.

7. 4. 91
ein nachbar, einst meine arbeit böse beargwöhnend, grüßt auf der straße, mit erhobener hand: wie nach 45 einander die alten kameraden. – neues deutschland: bevor sie herkamen, konnten sie da überhaupt etwas anfangen mit dem namen »schwarze pumpe«? apel: nein. scherzhaft gesagt: zunächst vermutete ich dahinter eine wahlfinanzierungsgesellschaft der cdu. neues deutschland: so gesehen wurden sie also positiv überrascht? apel: ja, aber zugleich will ich nicht verschweigen, daß mich etwas sehr betroffen gemacht und erschreckt hat: die werkleiter knallten nämlich die hacken vor mir zusammen, rissen die mützen vom kopf und erstatteten meldung. so wie früher in ostpreußen, wenn der großgrundbesitzer die güter inspizierte.

8. 4. 91

ullmann vom bündnis 90 hatte den »schweren geburtsfehler« des einigungsvertrags genannt: daß nicht die länder eigentümer des früheren volksvermögens sind, sondern der bund die treuhand ausstreckt. – »auf der messe hatte sie so etwas wie einen winterschlußverkauf ostdeutscher firmen eingerichtet. wer wollte und die nötigen d-mark in der tasche hatte, konnte sich am computer schnell noch etwas aussuchen. ›trümmerbörse‹ nannte dies ein journalist aus hamburg.« (wochenpost) – apel: in einem unserer werke gibt es eine 57jährige frau, die es für sehr vernünftig hält, ihren arbeitsplatz einer jüngeren kollegin freizumachen. dennoch hat sie darum gebeten, umsonst im betrieb weiterarbeiten zu dürfen. – in cuba sah ich, 1976, rentnerinnen in der zigarrenfabrik upmann, freiwillig fortarbeitend ohne lohn, in cuba libre.

10.4.91
adlershof, gespräch mit gaus: *zur person.* nur mit ihm lasse ich mich auf so etwas televisionäres ein. aber als er mir, gegen die regel, minuten zuvor die liste seiner steifpolitischen fragen zeigt, sinkt mein witz zusammen und verstockt die person.

13.-25. 4. 91
turin, genua, cagliari, palermo. im seminarraum in cagliari hammer und sichel an die wände gemalt. in palermo die normannenpaläste mit den arabischen kuppeln. das sind anachronistische qualitäten. eine aufgeklärte postmoderne. mit anna chiarloni und prof. rubino: monte pellegrino, mondello, cefalú.

29. 4. 91
der henschel theaterverlag überlebt, indem die autoren gesellschafter werden. lese BÖHMEN AM MEER. abends benefiz-lesung für den kunstverein pankow im rathaussaal.

11.5.91
zweiwöchiger workshop im int[ernationalen] forum junger bühnenangehöriger, mit heinitz.
ausgehend von drei kleinen szenen aus dem jahr 1980 (HYDRE INTIME) werden kleine expeditionen in die heutige »befindlichkeit« unternommen: 1991, im großen europa, der schwachen festung.
furcht und hoffnung, noch immer die substanz unserer existenz: und der kunst. wie werden wir ihrer inne, und wie kommen sie zur sprache?
unsere ansprüche, ängste und obsessionen, das »furchtzentrum« der theatertexte. »was bedrängt euch? und wie läßt es sich szenisch darstellen?«
intime situation und gesellschaftliche praxis; die verwirrte »mannschaft des kontinents« ein dubioses personal des experimentum mundi.

19. 5. 91
anruf von jutta hoffmann: sie will die julia in BÖHMEN spielen. die erste gute nachricht dieses jahr.

6.6.91
lance, mit bordeaux und überlebensplänen. schlenstedts, wolfs. christa sagt, sie könne nicht mehr schreiben. anne darauf: das darf nicht sein, daß die das schaffen... die ihr die fähigkeit absprechen, ihr die lebensleistung nehmen. christa: da hast du recht. dann sagt sie aber: es sei noch anders. es liege an ihr selber. sie habe ihr selbstbewußtsein verloren. – wie haben wir gelebt, die quälende frage, die aber beantwortet ist... während das leben weitergeht: in gestalt msgr. duckes auf dem master-platz einer talkshow, der evangele ziegler aus protest wieder hinab ins pfarramt – die beiden moderatoren des runden tischs, der beides war, basisdemokratie und medienshow. DER PREIS IST HEISS heißt eine fernsehserie, das unterhaltungsprogramm als produktwerbung, die metamorphose des publikums zur kundschaft. unsere krise, christa, kommt erst; und nicht in unserer fatalen lage, in unserer banalen.

10. 6. 91

schildower elegie. rastlose anstrengung des asthmatischen nachbarn, nichts ist, so balde nach seinem tode, geblieben, nach allem häckeln und begradigen eine wildnis. der eingesunkne komposthaufen nur erinnert noch an das ingenieuse geplacke. / und auch von dem schreberstaat –

nachtrag zu BÖHMEN: »wer gemeinsam ißt, wird sich hinterher nicht töten. mit dieser logik begründete der generalstab der angolanischen fapla den befehl an die truppen, die unita-rebellen in ihrer nähe mit nahrungsmitteln zu versorgen.«

12. 6. 91

sektionssitzung in der akademie (wieder »vielleicht die letzte«). politisch, ökonomisch, rechtlich ist alles verloren, sagt kleinschmidt, aber kulturell ein gewinn: es kann wieder gelernt werden. der umbruch eine schule der niederlage; die ein impuls ist für die unterlegenen. die unterlegenen erfahren eine neue freiheit. – die niederlage unser impuls seit zwanzig jahren. – mickel spricht von der massenhaften brechtschen verfremdung außerhalb des theaters, verfremdung des kapitalismus, indem er erlebt wird; wie schon die ddr sich verfremdete in ihrer spätphase. der doppelt verfremdende blick, den die literatur braucht. (brecht klebte ein graues blatt an den baum, damit er grün war; jetzt müssen wir unterscheiden lernen zwischen bunt und farbe.) – die rede geht, kollegen, von dem lit[erarischen] wendegewinnler mit dem *stereometrischen blick.*

15. 6. 91
brief an den sonderbeauftragten gauck mit der bitte um einsicht in die stasi-akten. im ehemaligen haus des zk, wo ich seine behörde vermutete, sitzt jetzt das wasserstraßenamt; eine surreale adresse. ahoi.

21. 6. 91

gespräch mit *geschäftsführer* günther und seinem neuen cheflektor. ist es noch der mitteldeutsche verlag, mit 2 lektoren, und wem gehört er eigentlich? sie willigen in die teilung der rechte mit suhrkamp und behalten nur die texte in zeitlicher folge (mit doppeltem preis und halbierter auflage).

22. 6. 91

Sommer 1941: Sowjetische Kriegsgefangene werden gezwungen, ihr eigenes Grab zu schaufeln

gesittet stehn und sinnend diese henker
derweil die russen ihren tag beenden.
regt sich hier mitleid doch? du volk der denker
bedenk: du gräbst dein grab mit ihren händen.

24. 6. 91
wir gründen vorsorglich eine gesellschaft für sinn und form, die nach der auflösung der akademie der künste die zeitschrift und zugleich das brechtzentrum tragen soll. – eine kleine invektive DER LÄRM DER ARCHIVE.

»durch eine revolution wird vielleicht wohl ein abfall von persönlichem despotism und gewinnsüchtiger oder herrschsüchtiger bedrückung, aber niemals wahre reform der denkungsart zu stande kommen; sondern neue vorurteile werden, eben sowohl als die alten, zum leitbande des gedankenlosen großen haufens dienen.« kant, 1784

26.-29. 6. 91
vellmar (buchhändlerin engelhardt). ulm im rathaus (buchhändler kuhnert). schöppingen (schröers, rothschild, buchhändlerin hinrichsen).

2. 7. 91

tschu jün sagt: du hast keine geliebte. ach täglich / mangelnde gelegenheit / zärtlich und rasend zu sein. du hast / keine form für die gedanken. ach so ganz / unaufmerksames leben.

4. 7. 91
bei rechtsanwalt hoffmann mit kleinschmidt, inge krüger, dieckmann: in sachen ges[ellschaft] sinn und form.
im becherklub wird die aufzeichnung GROSSER FRIEDEN aus new delhi gezeigt. mit bennewitz zu inge keller.

12. 7. 91
spitzenmeldung der berliner zeitungen: vier professoren und zwei dozenten der charité sind als ehemalige *informelle mitarbeiter* enttarnt worden. unter den fristlos entlassenen der leiter der poliklinik für innere medizin: das ist mein arzt, den mir vor jahren pintzka vermittelte.
in der »kiste« in rostock (sommerkurs) ist noch das HÖHLENGLEICHNIS angeschrieben, das nun vorweltlich anmutet wie wohl das darunter befindliche aufbaufresko. und im vollgestopften kuhtor fällt mir eine neue rolle zu: die bedrückte versammlung zu ermutigen.

19. 7. 91
die abfindung. der schmale rücken der kundin, vorgebeugt; »ich habe ein konto eröffnet, ich möchte 55 tausend mark einzahlen.« – »na schön«, sagt die dame der commerzbank und zählt die vielen blättlein mit den fingern. was für ein vermögen, wo nimmt sie das her? denkt der kunde hinter ihr, so viel *auf einen schlag*. – und murmelnd, nur sich, erklärt die kundin: »ich hätte lieber noch meine arbeit.« nun löst sich das rätsel bitter, und die dame, sich die finger leckend, erwidert kühn: »vielleicht finden sie wieder etwas.« (auf der straße, wie.)
oder stehlen: wallaces tasche am savigniyplatz (mit pässen tickets pfund).

25. 7. 91
im streit um erhalt oder abriß des an der lagerstraße im einstigen frauen-kz ravensbrück fast fertiggestellten supermarkts der handelskette tengelmann gingen fürstenberger bürger und ehemalige häftlinge mit fäusten aufeinander los. gestern abend blockierten 500 ortsansässige die f 95 – deren eltern dem bau des kz gleichgültig zugesehn hatten. »die situation ist rechtlich sehr kompliziert.« / »dieser grund und boden ist ein einziger friedhof.« ergänze IPHIGENIE durch ein GELÄNDESPIEL.
trolle, hussel: in der pankgräfin.

august 91
royal safari. aus dem hotelbett in hammamet in den klimatisierten reisebus. felder von kaktushecken umzogen. staatsdomänen uralter olivenhaine. eukalyptusbäume, mitbringsel der letzten kolonisatoren. die männer schon im morgengrauen nomadenhaft am straßenrand. isabelle eberhard ritt hier allein durch den sahel. sousse, das alte hadrumetum, die gerade römische piste in der versteppten ebene. reifenpanne vor el djem, der bus schleppt sich knallend bis zum colosseum: thysdrus, eine kornkammer roms. das amphitheater faßte 40 000, blutige spiele für die karawanen. nach zehnjähriger blüte entlud sich der volkszorn gegen die steuereintreiber, im gegenzug wurde der platz pazifiert. – im spiegel ein artikel über zigarettenwerbung: WHAT IS RED? MARLBORO IS RED. RED IS MARLBORO. – in küstennähe wieder ein ölbaumwald. autowracks in sfax. die männer lagern vor den cafés und saugen die wasserpfeifen. gabès, industrieverschmutzt, die meeresoase. die krüge mit dattelwein, die bunker der marethlinie. die toten afrikakorps, und rommel im schwimmpfuhl im maison blanche, phönizier, römer, vandalen, byzanzer, aghlabiden, fatimiden, ziriden, almohaden, hafsiden, türken und husseiniten. der verbannungsort bourgibas, siebzehn jahre in den kerkern des protektorats, *le combattant suprême*. fortschritt wohlbefinden gehorsam: les direktives du président in funk und fernsehen. schulbildung, der frauenbund. – der busfahrer: »der neue präsident ben ali ist demokratisch und kapitalistisch.« – matmata, troglotiden mit television. die eroberer gaben ihnen den namen: ausländer, berber. sie gruben sich in den kalk gegen die hillalischen horden. bourgibas vergebliches geschenk nouvelle

matmata, beton. douz, das »tor zur sahara«. zwangseingekleidet mit rauhen griffen, burnus und turban. ritt auf dromeda-

ren zur vorzeigedüne. der gefährliche screw-wurmb, die killerfliege, ist nicht zu entdecken. die schmeißfliegen die händler, und hingestreckte hände. das feilschen vergällt durch scham, es sind aber wir die balbierten. komfort im hotel fort du autruches in kelibi. selbstbedienung in der wüste. – bahro: 700 millionen autos für china. eine stunde würde die dritte welt teilhaben können an unserem wohlstand. – sternhimmel und sonnenaufgang. überquerung des chott el djerid, salzsee mit asphaltierter chaussee. keine fata morgana, touristischer boden. flamingos; flaubert servierte dem karthagischen suffeten hanno flamingozungen. verrostete busse im palmenwald. tozeur mit lehmziegelfassaden, schattenbildend. es ist der tag der frau. vater und sohn spielen dame in der ladengasse. kutschfahrt durch die oase, das blinde pferd unter der peitsche ausbrechend. ibn chabbaths grundlegendes werk über die wasserverteilung. 300 dattelsorten, jede hat einen namen. bananenstauden, pfirsich-, granatapfel-, orangenbäume. der demonstrant auf der palme, zur kasse bittend: »leben und leben lassen.« der kurgast aus karlsruhe in örtlicher gewandung, die trockene hitze labt seine knochen: »jetzt seid ihr heraus aus dem gefängnis. wir gönnen es euch.« die glut der wüste. der wohlstand ist die wüste. eiskalte coca cola.

17. 8. 91

europa, verführerin, im abendkleid deiner küsten;
charmeuse, chanel, sie füttert die steppentiere.
dome des komforts voller flüchtlingsgestalten.
ASYL, DAS TROJANISCHE PFERD, dschunken, ins meer gestoßen.
jetzt zeigt sie die kalte schulter... barbusiger hohn.
ein gelage unter zypressen, eine schwarze hand faßt fest eine weiße.
aufreizende schöne, etwas macht sie falsch
sie wird genommen werden, unzärtlich, wie eine hure.

18. 8. 91

cap bon. die ruinen von kerkouane: niemand kennt den namen der punischen stadt, aber die bloßen grundmauern lassen eine lebenskultur ahnen, und die böden der sitzbäder und luxuriösen fundstücke beweisen sie, weit über der heutigen arabischen. eine halbe autostunde entfernt die steinbrüche von ghar el kebir: aus den unterirdischen kammern schlugen sklaven die sandsteinblöcke und zogen sie mörderisch durch öffnungen ans licht, zum transport nach karthago und sizilien. hier wurde die pracht der kapitalen produziert, hier wurden die spesen bezahlt; die knochenarbeit für die zivilisation. – »ich sage ihnen, der 3. weltkrieg hat bereits begonnen. dieser krieg zerstört fast die gesamte dritte welt. anstelle von soldaten sterben kinder, anstelle von brükken werden fabriken, krankenhäuser und ganze wirtschaften zerstört. es ist ein krieg um die auslandsschulden, ein krieg, dessen hauptwaffe zinsen sind.« luis de silva, vorsitzender der arbeiterpartei brasiliens.

19. 8. 91

nachts in einem souk in hammamet erfahren wir bestürzt vom putsch der moskauer stalinisten. die araber aber sehn den sturz gorbatschows offensichtlich mitleidlos. »was hat er mit uns gemacht?« er hat den golfkrieg geduldet . . . ermöglicht. so malt sich das bild eines großen verschieden in den winkeln der welt; und im eigenen land ist es die ikone einer minderheit, glanzlos. wir sprechen, mit den teppichhändlern, über den preis einer großmütigen politik, einer fantastischen nachgiebigkeit. für ein neues denken der kontinente zerstreute gorbatschow sein reich (das lager, die union, die partei): und die demonstrative demut ermutigte den eigentlichen weltpolizisten . . . und verdarb den arabern das lavieren zwischen den blöcken (und waffenlieferern). aber übrigens kann der putsch nicht gelingen. was alles der gorbatschowismus auch zusammenfallen ließ und veräußerte, er hat im innersten doch etwas aufgebaut: die lust auf freiheit.

21. 8. 91

mutter macht trotz der schmerzen einen ruhigen und mitunter gelösten eindruck, sie hat eines der medikamente abgesetzt, das ihr, zu den schluckbeschwerden ohnehin, den pelzigen geschmack auf der zunge machte. sie wird aber immer weniger, und steht doch die meiste zeit, wenn wir da sind; klein und eingeknickt in der leibmitte, hantiert mit den unfolgsamen händen. auch das gesicht ist eingefallen und weiß und zerfältelt, aber lebendig und in den fröhlichen momenten wunderschön. (sie hat einem maler, sohn einer nachbarin, ein paarmal gesessen; da er gefragt hatte und ich ihr, sie mir zuredete, wollten wir ihr die abwechslung verschaffen. bis es sie zu sehr anstrengte und sie unzufrieden war mit dem bildnis, eine glatte rosane fläche der kopf, ich muß es nun kaufen und wegwerfen.) das kleine und große interessiert sie alles noch lebhaft, und sie will dem armen körper alle lauferei noch abquälen. von den brüdern ist jeden tag jemand bei ihr.

22. 8. 91
gorbatschows pressekonferenz. so spricht ein gefangener. – wir treffen wolfs nach dem kinobesuch (HOMO FABER mit sam shepard), auf der tauentzienstraße eine leuchtreklame STILLER. christa möchte eine MEDEA machen/sein: die wilde frau aus dem osten, die alles bis zum grund zerstört... jetzt fühle sie sich wohl, sie könne wieder arbeiten, notizen nur, ihr »nachlaß« (denn die rezensenten sollen nichts mehr kriegen). es geht sie (sagt sie) alles nichts mehr an, sie muß nichts mehr: »es gibt keinen menschen, für den ich noch verantwortlich bin.« – vor sechs jahren schrieb ich L'HOMME SANS APPARTENANCE, nun bin ich sein compagnon. *die freiheit nun, so ungebunden stehn*

23. 8. 91
gorbatschow, im kreuzverhör des russischen parlaments: »sozialismus, wie ich ihn verstehe, ist eine religiöse überzeugung.«

Lenin wird vom Sockel geholt. Unser Foto zeigt die Demontage des zentralen Denkmals in Vilnius. Foto: dpa

abgeordnete: »die kpdsu ist eine verbrecherische organisation.«
gorbatschow: »damit kann ich mich nicht einverstanden erklären.«

jelzin, dazwischenfahrend: »um die lage zu entspannen, unterzeichne ich jetzt ein dekret, das die tätigkeit der kpdsu in rußland verbietet.«

Während der Prozession: Ein Armee-Oberstleutnant küßt den Boden, ein orthodoxer Priester schaut zu. Foto: AP

24. 8. 91

die berliner zeitung beschreibt in einer kolumne die rückkehr gorbatschows: er »war nicht im weltall, entführt auf einen anderen planeten. er war nur auf der krim. und doch hat er die politische bühne des landes so unsicheren schrittes betreten, wie es kosmonauten nach längerer schwerelosigkeit tun.« er kommt zurück in ein verändertes land, ohne die tatsache zu begreifen. und ist tatsächlich schwerelos. die von oben verordnete demokratie hat sich durch den staatsstreich selbst gerichtet und gerettet; ihre diktatorischen institutionen, regierung, partei, kgb, sind verloren, aber der demokratie von unten ist in ihrem retter jelzin der größere diktator erwachsen. – in der selben ausgabe ein bericht über die verteidigungsmaßnahmen in tallinn: schwere granitblöcke wurden herbeigeschleift zur schließung der feldsteinernen mittelalterlichen stadtmauer.

24. 8. 91

haug darf nun im neuen deutschland schreiben, und bleibt also ein paria. »DIE ›GLORIOUS REVOLUTION‹ IN MOSKAU ... es ging immer so weiter, und immer sagte man sich, es könne nicht mehr so weitergehen. die bevorstehende umstrukturierung der sowjetunion, die den zentralistischen superstaat in eine föderalistisch getragene rahmeninstitution umfunktionieren sollte, gab den ausschlag. ... point of no return: umschlag im aggregatzustand der politischen kräfte. sie wurden momentan alle vor die entscheidung im latenten bürgerkrieg gestellt. das entschied über ihre qualifizierung für die zukunft. die vergangenheit endet in solchen momenten, und eine neue zeit beginnt. man riskiert den tod für seine künftige identität, die nicht mehr die einfache verlängerung der bisherigen ist. daß gorbatschow jene allseits verübelte kompromißpolitik betrieben und scheinbar die perestroika um ihre radikalität gebracht hatte, bildete in wirklichkeit den schirm, unter dem die politische umgruppierung erfolgen konnte, die nun den ausgang des dramas entschieden hat. ... es war jelzins appell an rußland und die russen, was ihn gewinnen ließ. so ist es kein zufall, wenn nun die rote fahne eingezogen und die alte russische flagge gehißt ist. ein umsprung aus der sackgasse ins nationale fand statt. die fernsehbilder zeigten sinnfällig, wie hier eine nationale fusion geschah, wiederkehr des verlustig gegangenen gemeinwesens auf der ebene des nationalimaginären. diese seit langem niedergeschlagenen und gedemütigten, hoffnungslosen, denen es immer schlechter gegangen war und die jeden glauben an sich verloren hatten, in der feier dieses sieges wurden sie als russen wiedergeboren. es war zu spüren, daß nationale erhebung auch wortwörtlich eine erhebung für die individuen bedeuten kann. das erfolgserlebnis von massen, ebenso wie seine nationale modifikation, wird zweifellos zu einem faktor des künftigen geschehens.« – aber der russe jelzin verkörpert (vergesichtet!) die reform mit so altgedienter anmaßung, daß er jedem selbstherrscher das wasser reichen kann. und wir erleben, wie im besten moment wegreißender geschichte die gefährlichsten konflikte gleich aufgebaut sind.

28. 8. 91

jewtuschenko erzählt uns in der sowjetischen botschaft – er gibt anne sein weinglas und trinkt aus der flasche – vom kataklysmenhaften zerfall des sowjetischen verbands; eine anzahl chauvinistischer autoren, darunter rasputin, bondarew, prochanow (die »nachtigall des generalstabs«) hat sich für die putschisten erklärt, die grusier haben in einem päckchen ihre 250 mitgliedsausweise zurückgeschickt usw. er ist dafür, einen gemeinsamen verband ohne nationalität zu bilden. in krokodillederjacke, sein gefurchtes gesicht dicht an meines geneigt, scheint er unverändert der emphatische stratege, der tribünenmann. wir sehen seinen film STALINS BEERDIGUNG, der dumpfe berauschte totentanz der moskauer massen, die sich erdrücken und zertrampeln, um den aufgebahrten generalissimus zu sehn, während der rattenkopf des kgb sich durch alle winkel wühlt. und jewgeni porträtiert sich unbarmherzig in unserer zwiegestalt, als junger zukunfthoffender dichter und als verkommener künstler, der verzweifelt zwischen den gipsbüsten shdanows und molotows liegt: »nicht ich habe euch geschaffen – ihr habt mich modelliert.«

„Starke Kräfte" an der Seite Jelzins

‚Herrscherhaus' der Romanow sichert Hilfe zu

Paris (AFP). Der im Pariser Exil lebende Prinz Wladimir Romanow, Urenkel von Zar Alexander II., hat Jelzin Unterstützung zugesichert. In einem Brief an ihn schrieb er: „Sie scheinen in unserem Land die individuellen und geistigen Werte wiederherstellen zu wollen, die für uns wesentlich sind. Wenn das Ihr Vorhaben ist, dann schätze ich mich glücklich, Ihnen in meinem Namen und dem der Zarenfamilie Unterstützung zuzusagen." Der Weg werde noch lang und beschwerlich sein, so Romanow.

4. 9. 91
mit dem airbus fliege ich eine stunde nach frankfurt am main, bringe unseld ein paar typoskripte und die bereitschaft günthers, den großteil der rechte freizugeben, wir essen bei claudio und unseld spricht mir eine monatliche vorauszahlung zu, ein knoblauchgericht, wein und grappa, wir sagen nun du; sage eschberg im bauverstaubten schauspielhaus guten tag, er bietet mir einen beratervertrag an, das lasse ich auf sich beruhn, schlendere durch die kaiserstraße gegen das licht der tiefstehenden sonne und bekomme noch den flieger vor dem gebuchten. ich kann mir nur nicht verzeihen, nicht bei claudio gezahlt zu haben.

7.9.91

kunderas romane sind von broch inspiriert, durch das, was broch leistete – und das, was er anvisierte. »das unvollbrachte in seinem werk ist ein hinweis: 1. auf die notwendigkeit einer neuen kunst der *radikalen knappheit* (mit der die komplexität der existenz in der modernen welt erfaßt werden kann, ohne daß dabei die architektonische klarheit verlorengeht); 2. auf die notwendigkeit einer neuen *kontrapunktischen kunst* des romans (bei der philosophie, erzählung und traum zu einer einzigen musik verschmelzen); 3. auf die notwendigkeit einer kunst des *spezifisch romanesken essays* (das heißt, eines essays, der nicht den anspruch erhebt, eine apodiktische botschaft zu verkünden, sondern hypothetisch, spielerisch oder ironisch bleibt).« bei cervantes die linearität unterbrochen von »eingeschachtelten« novellen, bei dostojewski simultane stränge, gleicher gattung, bei broch aber (goethes WANDERJAHRE radikalisierend) die stränge grundverschieden; das verbindende das thema. kundera vermißt nur und verlangt sich ab: die ausgewogenheit der stimmen und die unteilbarkeit des ganzen. »es ist, um den von den surrealisten so geschätzten satz zu beschwören, ›die begegnung einer nähmaschine mit einem schirm‹ auf dem sektionstisch eines gemeinsamen themas.« – der gedanke verlockend: was sonst gesondert in einen band der textausgabe geriete, zur polyphonie zu fügen, eines *aggregats* (goethes begriff). prosa, gedicht, drama, essay: es war ja, in einem zeitraum, ein gedankenraum. so gesehen, sind alle bände der ausgabe »romane«, unausgewogene. bd. 4: UNVOLLENDETE GESCHICHTE, GEGEN DIE SYMMETRISCHE WELT, SCHMITTEN, POLITIK UND POESIE. bd. 5: DIE TRIBÜNE, TRAI-

NING DES AUFRECHTEN GANGS, GROSSER FRIEDEN, BÜCHNERS BRIEFE. etc. der ausgewogene roman die einheit in der mannigfaltigkeit, unteilbare komposition spielerischen denkens.

24. 9. 91
hoyerswerda, thomas-müntzer-straße, albert-schweitzer-straße: ausschreitungen des mobs, also der bürgerschaft vor den ausländerunterkünften, die LEUTE VON HOYWOY verteidigen ihre »deutsche stadt« gegen einige dutzend asylbewerber. »die sollen in die kasernen ziehn«, dreckige niggerschweine. den jugendlichen randalierern sekundiert der beifall der menge. vierzig jahre friedliebende indoktrination haben nicht gegriffen. (es sind vermutlich weniger die eltern als die großeltern, die dem haß der jünglinge meinungen leihen.) die arbeiter immer die unterste schicht im sog. sozialismus und in der marktwirtschaft, 5000 werden in der schwarzen pumpe entlassen, sozialhilfe, lehrstellenmangel: es muß etwas unter ihnen sein, die fremden, die untermenschen.
théâtre du soleil, in babelsberg: IPHIGENIE IN AULIS.

25. 9. 91
plenartagung der akademie. »ich sähe nur einen grund, unsere mitgliedschaft zur disposition zu stellen: für den, zu wünschenden, fall der vereinigung beider berliner akademien. in diesem, ich wiederhole es, zu wünschenden fall könnten gemeinsame neuwahlen die gemeinsame mitgliederschar konstituieren; wir sollten diesen schritt noch einmal vorschlagen. eine selektion in den sektionen macht keinen sinn sondern einen unsinn. gewählt werden kann nur im plenum; das gehört zum demokratischen selbstverständnis der akademie.«

9. 10. 91
in friedrichshagen bei mickel, mit kirsch: wir sprechen unser verhalten im plenum ab.
die akademie muß sich erneuern, aber in einer situation administrativer erpressung durch den senat von berlin. in erwägung, daß die vereinigung beider berliner akademien anstrengungen der geduld und der vernunft bedarf, welch erstere der westberliner akademie, letztere uns überlassen scheinen, stimmen wir dem vorschlag, ein bevollmächtigtes »unbelastetes« gremium zu bilden, mit ernsten bedenken zu. wir entscheiden so: 1. wir stellen unsere mitgliedschaft zur disposition, das bedeutet nicht den austritt aus der akademie. 2. wir lassen uns nicht aufstellen für das gremium, sofern es selektionsvollmacht hat. 3. wir nehmen in diesem fall auch nicht an der wahl des gremiums teil.

10. 10. 91
müller verliest die liste der zwanzig. in der pause frage ich ihn, ob das gremium entscheiden soll, wer in der akademie bleibt und wer nicht. er faßt mich an beiden schultern und sagt: können wir uns mit bernhard seeger hinstellen? wir müssen in der kleinsten größe überleben. dann sind wir eine spruchkammer, sage ich. in der sitzung erkläre ich mich nicht bereit zu der dreckarbeit, sie würde die akademie moralisch mehr belasten als alle fehler der vergangenheit; die neue zusammensetzung könne nur durch wahlen im plenum gefunden werden. hermlin, christa und kohlhaase sprechen im selben sinn, und es kommt zur einigung.
premiere DER VERDACHT im kino international und am steinplatz. eine altlast.

11. 10. 91
die *zerschlagung des intellektuellen potentials ost* schreitet fort: die extra aufgekaufte illustrierte extra magazin wird eingestellt. KOLONIE DEUTSCH-NORDOST. »1. die ureinwohner werden enteignet... heute drängeln sich die eroberer auf dem grundbuchamt und in den fluren der treuhandanstalt... 2. das land wird geplündert... was das land jedoch an verwertbarem besaß, waren diverse produktionsquoten für schnaps, zucker oder milch... 3. ›buschzulage‹ für das expeditionskorps... ›pauschalierte steuerfreie aufwandsentschädigung‹ ... 4. die heimische wirtschaft wird vor der konkurrenz geschützt... was macht man mit ostdeutschen betrieben, die das zeug hätten, irgendwann ihre westdeutsche konkurrenz zu unterbieten? man macht sie dicht... 5. müll wird in die kolonie verschoben... 6. die glasperlenhändler treiben ihr unwesen... es fing im november 1989 mit bananen an. es ging im juli 1990 mit gebrauchtwagen weiter, jetzt sind es versicherungen und anlagengeschäfte... nach der methode: einfallen, absahnen, abziehen... 7. die kultur wird zerstört... notiz am rande: das ehemalige deutsch-südwestafrika erkämpfte sich genau 105 jahre nach seiner kolonisierung... die völlige unabhängigkeit. im historischen herbst 1989.«

16. 10. 91

1 der sozialismus hat sich von der wissenschaft wieder zur utopie entwickelt.

2 die sog. sozialistischen staaten hatten ein utopisches fundament – das volkseigentum, die niedrigpreise und die transparente. sie waren zu hoch gehängt. es waren transparente des falschen bewußtseins.

3 der undemokratische zentralismus, autokratische gängelung die fessel nicht nur alles wirklichen, auch des möglichen lebens; die utopie im würgegriff der planung.

4 so war verwirklichung sozialistischer ideale – gestaltung eines vielfältigen ganzen, ideenverbundene politik – zugleich ihre verwurstung; in elendstem sinne utopisierung.

5 mit dem verschwinden des sozialismus in der menge, der reprivatisierten individuen, steht auch seine idee zur disposition. die ideologen interessiert nur die immobilie, die besenreinen gehirne. mit der erfahrung ihrer niederlagen, zugrundegerichtet, ganz am boden, ist die utopie in der position, die ihr zukommt.

6 utopien gleichen mammuten. sie wandern über die alpen, sie fressen gras. sie stampfen sich ihren pfad durch das eiland manhattan. es sind kolosse, deren trompeten die horizonte erfüllen. sie übertreffen an größe erheblich die nächstverwandten elephanten aus der 3. welt. längere, aber kreisförmig gekrümmte stoßzähne, dichtere behaarung, die am halse eine mähne bildet. im vereisten schuttlande und im aufeis sibirischer überschwemmungsgebiete sind ihre unversehrten kadaver erhalten. skelette bewohnen die museen von st. petersburg und ostberlin. – natürlich kann man sagen, sie sind ausgestorben. ritzzeichnungen in ablagerungen südfrankreichs

beweisen aber, daß das mammut wirklich vom menschen gekannt war. es hat noch längere zeit mit dem vorgeschichtlichen menschen zusammengelebt. es existiert als rekonstruktion im bewußtsein in vieler gestalt, immer wieder im eise sterbend, ausgebuddelt und auf seine säulen sich erhebend. – mammutpulver: ein in der marine der vereinigten staaten von amerika in den sechziger jahren des 19. jahrhunderts eingeführtes, grobkörniges schießpulver.

7 utopien also trampeln einen pfad. es fragt sich allemal, ob es die rue st-jacques zur seine hinab wird oder die lagerstraße von buchenwald.

8 auch die rettende idee kann zur materiellen katastrophe werden; in erstarrten verhältnissen hat die konkrete utopie eine diffuse sprengkraft. der neue denker gorbatschow in seinem gebäude verschüttet; er will die eine welt: und ist der zerstreuer seines reiches. von der wissenschaftlichen weltanschauung bleibt die chaostheorie.

9 was sind übrigens die sozialistischen vorstellungen, mühsame visionen, gegen die bürgerliche utopie der machbarkeit, der immerwährenden prosperität, der zuwachsraten von adam und eva bis bayer leverkusen? hammer oder sichel waren primitive, aber noch handhabbare werkzeuge. die großindustrie ist eine eigensinnige maschine, in die wir, und alle natur, involviert sind. an den grenzen der welt erfährt sie ihr desaster.

10 die ideologen, die auf sich halten, halten sich an die negativen utopien. der pragmatische humanismus, die demokratie der begier. das ist ein einverständiges weltbild. die krise des westlichen bewußtseins im augenblick seines sieges, der es einsam macht, provoziert den aufstand der unter-

drückten hoffnung gegen die herrschende idee, auf dem ungewissen, weltweiten, aschgrauen grundstück der zukunft.

17. 10. 91

kahlschlag: »paul verner liest ›kipper paul bauch‹«. in der akademie der künste hören wir ausschnitte aus den reden des 11. plenums, das sich mit wirtschaftlichen fragen befassen sollte, dann aber die kultur als prügelknaben hernahm. (müller, hermlin:) die mehrheit der ostdeutschen hatte die kommunisten als fremdherrschaft, als russenmacht empfunden; die genossen aber, immer die verlierer, hatten ein trauma, die angst vor der bevölkerung. die wahnidee: das system immer befestigen zu müssen; (kohlhaase:) ihr anspruch auf interpretation der wirklichkeit. – habe das tonband mit der rede verners erst jetzt gehört; im berliner ensemble erlebte ich die vorgänge abgefedert, wekwerth verfaßte einen protestbrief, karge/[matthias] langhoff setzten die proben fort, aber 1966 mußten sie sie abbrechen und ich verließ das theater. 1967, nach dem abdruck des stücks im forum, wurde die redaktion gemaßregelt, bahro entlassen. es war meine erste öffentliche arbeit (abgesehn von gedichten, die als umstritten galten), und kritik und verbot waren ein initiationserlebnis. ich war nun vollwertiges mitglied einer gemeinschaft, deren äußerungen regelmäßig mißtrauen und restriktionen hervorriefen. diese wirkten kontraproduktiv: umarbeitungen brachten naturgemäß härtere fassungen, und das neue stück, das auf das politisch verunglückte folgen sollte, war immer das schlimmere. – die lächerliche, demütigend primitive beweisführung der funktionäre; aber heym fragt: wo ist der unterschied zwischen den rednern des 11. plenums, die die defa zerstört haben, und den rechnern, die heute die defa zerstören? »es sind die selben töne«, und *angesprochen* die selben künstler.

29. 10. 91
schlenstedt berichtet von zwei merkwürdigen begegnungen. im schlafwagen nach köln die philosophen kosing und eichhorn I, auf dem weg zu einer konferenz, ihr geschick beklagend: in den vorruhestand versetzt; und schlenstedt fragt: warum habt ihr denn nicht nachgedacht, als ihr die installierten denker wart?, sie erwidern: wir haben, wir haben alles gewußt, uns war die scheiße klar, kollege! wir haben das schriftlich niedergelegt. – aber es war doch nie zu lesen? – ja wie denn auch? in einem buch, wie bahro? das schmiert man in vier wochen zusammen. (ihr wissen war vertrackter, unbeschreiblich, wie!) man hat nur nicht auf uns gehört, wir waren nicht zuständig. (oh gewiß.) – schlenstedt flieht in sein abteil, und am morgen begegnet er auf dem bahnsteig bahro, zwei große koffer in den händen, und fragt ihn fröhlich: so reist du nun mit großem gepäck durch deutschland. – ja, sagt der berühmte dissident, da sind die kissen darin für die meditation.

4. 11. 91

Die Anzeige wurde finanziert von Berliner Künstlerinnen und Künstlern

Suchen noch
Arbeitskräfte
zum Abriß sämtlicher
Denkmäler
in Ost-Berlin sowie zum
Auspeitschen
des Müggelsees.

Der Senat von
BERLIN*

*Dies ist eine Satire des ANTIEISZEITKOMITEES

5.11.91
unseld teilt mir seine einwände gegen DIE ZICKZACKBRÜCKE mit. sie sind gravierend, und sie sind politisch. – es wiederholt sich alles: es ist ein brief wie aus dem mitteldeutschen verlag. es werden stellen, sätze als unannehmbar zitiert (»das überschreitet die grenze des zulässigen«). mit dem mitteldeutschen verlag hatte es sinn zu rechten, er brauchte ja die sturheit des autors. (der ist seit langem nicht bereit, sich zensieren zu lassen.) unseld schreibt ohne taktik, mit entschiedenheit, und ich erkenne den dissenz in dem moment, in dem ich mich ganz binde. unmöglich, nun die (finanzielle) bindung zu ertragen. – oder ist es das, was in der marktwirtschaft zu lernen ist: das kühle geschäftsverhältnis.

9. 11. 91

Mit schwerer Technik rücken ABM-Kräfte bei Klettwitz/Kleinleipisch den schweren Schäden zu Leibe, die Kohlebagger der Natur zugefügt haben. Senken werden eingebaut und Gruben für Eichenbäume ausgehoben. 39 Arbeiter rekultivieren 80 Hektar Fläche, ein Teil, der zum Naturschutzgebiet Heuhaus gehörte
Foto: ZB/Weisflog

12. 11. 91

die besucher werden weniger.
es fallen weg
die verfolgten
die spitzel.
es bleiben die anders
ratlosen
freunde.

14. 11. 91
eine abrechnende geschichte, DAS NICHTGELEBTE, der ominöse schaber hat höpcke-hagersche züge, und die libidinöse luise ihre geheimen eignen; das ist natürlich alles erlebt; die politische und die erotische handlung wiederholen (satz für satz: masochistisch) das selbe entsagen, und das versagen überhaupt.

7. 12. 91

in cuzco sah ich 1976, während ich meine tortilla aß, die indios an den fensterscheiben der posada sich die nasen plattdrücken und auf meine lippen starren. einmal ging ein kellner hinaus zu den hungernden mit einer tasse kaffee. auf den gassen lief ich durch die haufen apathisch hockender, die ihre staubtrockenen äcker verlassen hatten. das waren die freigesetzten eines verschollenen weltreichs, der nachlaß einer harschen staatsstruktur: *so gelernt demut wie atmen.* – nach der hochsozialisierten gesellschaft mit dem *einen fehler* (dem zentralismus) die demokratische gesellschaft mit den vielen fehlern (des exterminismus). nach dem dogma der kaste das gesetzlose kapital. das äußerste humanum das glas milch in den schulen der andendörfer und in den slums von lima. in peru sterben in jedem jahr 86 000 kinder. der dunkle rand des rollfelds der megamaschine. wir ostdeutschen eingebornen, eben noch depraviert, sind aufgenommen im mannschaftsraum und an die brachiale arbeit gerufen. wir bedienen das modell der kolonisatoren, das ein falsches beispiel gibt: es taugt nicht für die welt. unser bedenkenloser lebensstil privileg, nicht möglicher alltag der menschheit. aber die vielfarbne gattung starrt gebannt auf das wunschbild, bis der strom ausfällt oder die sender gestürmt werden im kaufrausch des letzten langen samstags im kadewe.

8. 12. 91
die öffentlichkeit erwartet die neuwahl der akademie der künste als zeichen der erneuerung. es erwarten sie die politiker in berlin und potsdam, es erwarten sie herr roloff-momin und walter jens. wir haben die wahl vorbereitet und einen modus gefunden, der keinen ausschließt, der sich ihr stellt, wir haben uns kein limit auferlegen lassen: wer den konsens der mehrheit hat bleibt mitglied. nun ist die erwartung groß, berechtigt und frech. aber wir dürfen diese erwartung auch enttäuschen und den beschluß zuletzt infrage stellen.
wir handeln in einem widerstreit der gedanken: wir wollen uns energisch klarheit schaffen über die vergangenheit – und wir wollen nicht als erpreßte handeln, unter administrativem druck. der widerstreit führte zum austritt einer reihe von mitgliedern; das ist ein zu hoher preis der prozedur; ich nenne nur die namen karl mickel, wieland förster, harry kupfer. und es bleibt die frage, was die wahl bedeutet und bringt.
was immer für ein ergebnis sie haben wird (es kann auch ein paradoxes sein): es wird ausgrenzung bedeuten. erneuerung wird aber nicht durch ausgrenzung geleistet sondern durch auseinandersetzung. die kann in aller schärfe und tiefe nur mit allen beteiligten geführt werden, die die alte gemeinsamkeit und das alte gegeneinander kennen. ob die akademie fortbesteht, ist nicht die wichtigste frage: sondern wie wir in dieser situation bestehen. dies gebe ich zu bedenken.
die praktischen schritte, die uns blieben: 1. die sektionen treffen sich, wie das gremium der 20, an jedem folgenden montag zum kritischen gespräch über die geschichte. 2. arbeitsplan und programmatische erklärung lenken kraft und inter-

esse auf die vereinigte akademie berlin-brandenburg. 3. gemeinsame sitzungen und veranstaltungen beider berliner akademien im jahr 1992. 4. gemeinsame neuwahl, so daß sich eine beiderseits akzeptierte mitgliederschar konstituiert.

9. 12. 91

stimme mit einer minderheit gegen die wahl, und bekomme doch die zweithöchste stimmenzahl. – in einem theaterstück, sagte ich müller in der kantine, würde er den gang der handlung jetzt ändern und die wahl keinesfalls stattfinden lassen. er gab mir, während er drei doppelte wodka trank, recht und stellte dann die versammlung vor die nüchterne alternative: wahl oder auflösung.

15. 12. 91

christa zeigt mir einen brief von habermas. die neue geistige situation der alten bundesrepublik: »schon während des letzten jahrzehnts sind die ränder ausgefranst: die liberalkonservativen scheinen ihre berührungsscheu gegenüber rechtsradikalismus und deutschtümelei verloren zu haben. überhaupt hat der geist hierzulande wieder einmal einen ruck getan: die liberalen werden nationalliberal, die jungkonservativen deutsch-militant. was im historikerstreit noch eine kontroverse frage war, ist nun längst entschieden: von den ›beiden diktaturen‹ darf fortan *undifferenziert* die rede sein.« die zivile politische kultur sei nun auf die intellektuellen ostdeutschlands angewiesen. denn die neuen belastungen könnten die »mühsam errungene innere verfassung« beschädigen. (»sind wir dabei, den sozialstaatlichen kompromiß aufzukündigen? ... spätestens seit reagan kann man in den großen städten der usa beobachten, wie die ›ins‹ nur noch mit einem neurotischen abwehrsystem gegen die wahrnehmung der ›outs‹ leben können.«) »eine konsequenz« der deutschen einheit sei jedoch, daß die ddr ein entwertetes erbe einbringt: durch parolen und praxis dementierte fortschrittliche ideen. »ich fürchte, daß diese dialektik der entwertung für die geistige hygiene in deutschland ruinöser sein wird als das geballte ressentiment von fünf, sechs generationen gegenaufklärerischer, antisemitischer, falsch romantischer, deutschtümelnder obskurantisten.« well. hingegen haben sich »unsere biografien hier im westen« nicht »unter deformierenden einschränkungen ... vollzogen«. die »westorientierung« habe »keine verkrümmung der deutschen seele bedeutet, sondern einübung in den aufrechten gang«. well, mr. habermas.

sie war »vorbehaltlose aneignung von aufklärerischen traditionen auf ganzer breite« … und auch jetzt nicht, im moment der siegreichen rechenschaft, macht er einen vorbehalt. auch jetzt nicht, da die westorientierung auf ganzer breite gesiegt hat und die traditionelle aneignung in aufrechtem gang das feindgebiet besetzt. die westlichen ideen sieht er ganz und gar nicht durch praxis irritiert (nur durch die »rabaukenparolen« des feuilletons), geduldige ideen, die sich herauszuhalten vermochten, im gegensatz zu unseren ungeduldigen, die sich, ganz vermengt mit dem leben, für alle ewigkeit besudelten. keine rede davon, daß die einen wie die anderen im kalten krieg instrumentiert wurden. es handele sich bei unserer getrennten nachkriegsgeschichte nicht um dasselbe paar schuhe. warum teilt uns der briefschreiber das mit? weil man uns, auf uns angewiesen, in unsere beschränkung weisen muß. er bleibt schuhputzer, und wir stehen barfuß da.

18. 12. 91

ein zimmer, ausgeräumt. ein tisch, darauf ein telefon, der hörer liegt daneben. hereintreten, einzeln, nacheinander, die 170 techniker des deutschlandsenders kultur. ein jeder/eine jede nimmt den hörer in die hand und sagt seinen/ihren namen. er/sie hört einen satz, per standleitung aus mainz. der satz lautet: »herzlichen glückwunsch, sie werden ab 1. januar bei uns angestellt«, oder er lautet: »es tut uns leid, alle stellen sind besetzt«. er/sie verläßt den raum und tritt in den pulk der wartenden kollegen. er/sie bemüht sich sichtlich, scham, wut oder triumph zu verbergen. er/sie geht rasch ab. ist jetzt angestellt (56) oder (114) entlassen.

22. 12. 91

im selben jahr 1603 erschienen HAMLET und der erste teil des DON QUIJOTE. turgenjew wies auf die merkwürdigkeit hin und beschrieb in den beiden helden zwei menschliche grundtypen. don quijote: der selbstlos handelnde, »er lebt ganz (wenn man so sagen kann) außer sich, für andere, für seine brüder, für die ausrottung des bösen, für den widerstand gegen der menschheit feindliche kräfte – gegen zauberer, riesen, d. h. unterdrücker. er hat nicht die spur von egoismus, er sorgt sich nicht um sich selbst, er ist ganz selbstaufopferung – bedenken sie dieses wort! – er glaubt, glaubt fest und unverbrüchlich.« er ist lächerlich, beschränkt, wahnsinnig, eine komische gestalt, aber: »don quijote ist enthusiast, ist diener der idee und deshalb von deren glanz umwoben.« hamlet dagegen der untätige denker: »er lebt ganz für sich selbst, er ist egoist; aber an sich glauben kann nicht einmal der egoist; glauben kann man nur an etwas, das außerhalb unser und über uns ist. aber dieses *ich*, an das er nicht glauben kann, ist hamlet teuer ... weil er auf der ganzen welt nichts findet, an das er seine seele heften könnte.« er ist schwächlich, skeptisch, ironisch, eine figur von tödlichem ernst: »über ihn zu lachen käme niemandem in den sinn, und gerade darin liegt seine verurteilung: ihn zu lieben ist beinahe unmöglich.«
jetzt haben wir es mit einem dritten grundtyp zu tun: der das handeln gewohnt ist – und an nichts mehr glaubt; er sitzt noch auf dem pferd des engagements, aber reitet auf kein ideal mehr zu, er ist nur in trab. was für eine arme romangestalt; die reißige seele – des geschäfts. es ist ein kaufmann des ausverkaufs. und tatsächlich sehen wir all die abgewickelten

und enttäuschten genossen, von egon krenz bis zum letzten staatsbürgerkundelehrer, ins kaufmännische überwechseln, ins bankfach, zu den versicherungen. die quijotische selbstlosigkeit zeigt sich noch in der annahme des risikos, der zufälle des markts, und der hamletische zynismus erlaubt die verleugnung der alten taten. aber das verdrängte leben, die verdrängte welt wird ihn bedrängen; sein abenteuer nicht die vermeintlichen riesen oder ratten sondern die vermeintliche rettung. und der rest nicht rührung, und nicht schweigen. aber was.

31. 12. 91
an vier galgen vor der humboldt-universität werden der rundfunk, das fernsehen, die akademien der wissenschaften und der landwirtschaft aufgehängt. ein kleiner demonstrationszug zieht in einen klub in der wilhelm-pieck-straße. fink, klenner, käthe reichel, bisky mit nachrufen und vorworten. lese einen heute geschriebnen text, DAS VERSCHWINDEN DES VOLKSEIGENTUMS.

2. 1. 92

Moskau (taz/dpa)
Ab heute wird es in Rußland, der Ukraine und in Weißrußland ernst mit dem Kapitalismus: ab sofort sind die Preise bis auf wenige Ausnahmen freigegeben, der Normalbürger muß tiefer in die Tasche greifen. Ob sich durch die Verteuerung auch die Regale wieder füllen, ist dagegen noch völlig ungewiß. Noch sind die meisten Betriebe nicht privatisiert, ist ein normales Verhältnis von Angebot und Nachfrage nicht etabliert. Als Notoperation ohne Narkose hat ein führender russischer Wirtschaftsexperte das Ganze bezeichnet und gefragt: „Was passiert, wenn der Patient böse wird, zum Messer greift und auf den Chirurgen losgeht?"

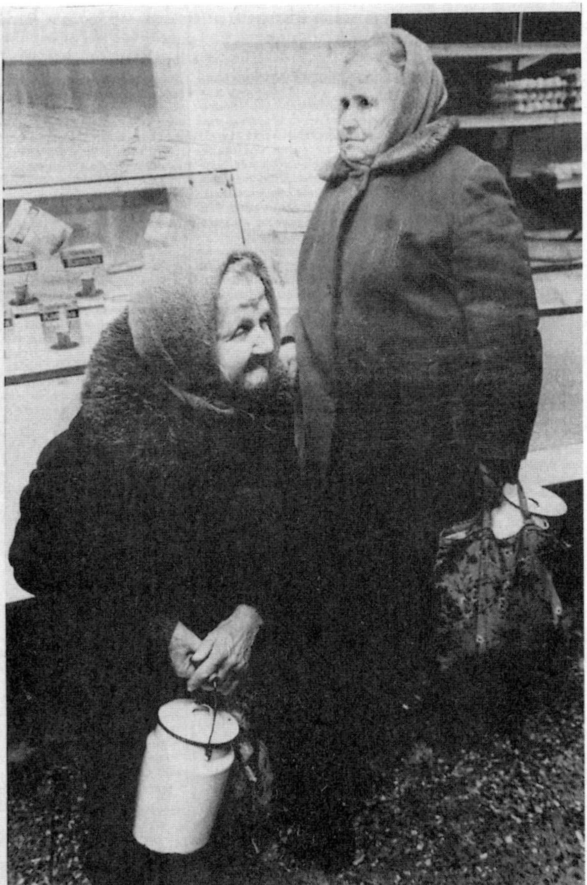

Noch überwiegt der skeptische Blick in die Zukunft. Foto: Mattias Horn

2. 1. 92

als auf der bauprobe von BÖHMEN AM MEER pfüller und langhoff den »auftritt« der sturmflut versuchen, kommt mir schmerzlich der gedanke an das stück, das ich hätte schreiben sollen. am ende der sturm – und am anfang zerbricht pavel wie prospero den stab und entsagt dem anspruch, die welt zu gestalten. bis in sein 50. jahr hat er sich täuschen lassen und der politik seine lebensführung überlassen. jetzt läßt er den glauben, die riesige hoffnung fahren. er will pragmatisch, aber menschlich tätig sein; und nicht sich und andere zum glück zwingen; arbeiten ohne veränderndes ziel. so eröffnet er das spiel, entsetzlich und klar, und es geht uns an. was nun geschieht, das möcht ich wissen. *nun ist all mein zauber außer kraft gesetzt, und mir bleibt nur meine eigene stärke, die sehr schwach ist. – you do assist the storm. we split, we split!*

8. 1. 92

»freilich: befreiung nur von der illusion eines arbeitsgesellschaftlichen, kapitalimmanenten sozialismuskonzepts, das historisch bedingt lediglich einen seitenzweig bürgerlicher modernisierung hervorgebracht hatte, der jetzt ausstirbt wie der neandertaler. eine neue, über das warenproduzierende system hinausweisende gesellschaftliche perspektive ist noch nicht gewonnen; und so werden von denen, die von den alten illusionen wirklich abschied nehmen, diese nur durch neue illusionen ausgetauscht. das gesellschaftliche bewußtsein hat noch nicht eingesehen, daß das konkurrenzprinzip eben nur zu gut funktioniert hat und was das wirklich bedeutet. die historische momentaufnahme zeigt das bild eines grandiosen sieges der westlichen, konkurrenzökonomischen form des warenproduzierenden systems, obwohl der glanz bloß aus dem vergleich mit dem realsozialistischen zusammenbruch herrührt. daß es sich dabei nur um einen vergleich zwischen zwei in unterschiedlichem grade verfallene ruinen der moderne handelt, kann aus der immanenten perspektive der warenseele gar nicht erkannt werden.

so mobilisiert der schrei nach einer ›richtigen‹ marktwirtschaft die hoffnung der massen auf eine rasche anhebung des lebensniveaus. alles, aber auch wirklich alles erscheint besser als der status quo; niemand wünscht etwas anderes, als sich endlich etwas kaufen zu können für sein geld und endlich aus der zermürbenden mangelwirtschaft, aus dem grauen alltag der kasernen-vergesellschaftung und der ermüdenden jagd nach naturaltausch- und schwarzmarktgeschäften herauszukommen. ...

aber so verständlich diese reaktion auch sein mag, sie kann

nur vom regen in die traufe führen. der grundsätzliche denkfehler besteht darin, daß man die eigene misere selber für einen bloßen ›fehler‹ hält, den die staatssozialisten verschuldet haben sollen oder gar jener karl marx, dem jetzt die schnoddrig-satirische sentenz in den mund gelegt wird: ›tut mir leid, jungs, war halt nur so ne idee von mir‹. dahinter steht eine auffassung von gesellschaftlichen formationen, die diese auf richtige oder falsche ›modelle‹ zurückführt:«

8. I. 92

»aber die ›blauen ameisen‹ waren in wirklichkeit historisch nichts anderes als eine verpuppungsform desselben abstrakten geldsubjekts, das im westen längst aufgebrochen und als ›freie‹ monade des totalen marktes in die geschichte entlassen worden war. auf diese weise läßt sich der zu ende gegangene ost-west-konflikt, zumindest, was seine ideologische seite betrifft, als eine art mißverständnis lesen, als auseinandersetzung zweier ungleichzeitiger historischer stufen ein und desselben warenproduzierenden systems. der reelle kern dieser auseinandersetzung war nichts anderes als die konkurrenz zwischen rückständigen und fortgeschrittenen bürgerlichen nationalökonomien.

dann aber unterliegt auch die auflösung dieser konfliktkonstellation einer mißverständlichen deutung, wie sie in den ›modell‹-illusionen erscheint. nicht der westliche kapitalismus hat den ›sozialismus‹ besiegt, sondern die nachholende modernisierung des sowjetischen typs ist gescheitert. immerhin hatte es dieser zweite typus der ursprünglichen akkumulation noch historisch zu einer zwar äußerlich abgeschotteten, aber flächendeckenden industrialisierung und durchstrukturierung der gesellschaft gebracht. aber dieses niveau kann unter dem druck des weltmarkts heute nicht mehr gehalten werden.«

die massen des ostens handelten nur folgerichtig, ihre *verpuppung zu sprengen* und »ins vermeintliche marlboro-leben von ›freiheit und abenteuer‹ zu treten. aber dieses abenteuer ist schon längst als ihre zweite gesellschaftliche katastrophe programmiert. denn sie begreifen nicht, das die kommandowirtschaft mit allen ihren ätzenden begleiterscheinungen in

wirklichkeit der historische preis dafür war, daß sie überhaupt eine zeitlang in den strukturen einer modernen industriegesellschaft und in deren bedürfnishorizont existieren konnten. jetzt aber wird zusammen mit den kommandoökonomischen strukturen auch deren industriegesellschaftlicher inhalt niedergewalzt. die entpuppten ›blauen ameisen‹ finden sich wieder als abstrakt freie geldsubjekte – aber ohne geld. sie wissen nicht, wie ihnen geschieht, während sie die straße ihrer zweiten verelendung durchmessen, an deren ende nichts als die sekundäre barbarei zu finden ist.
diesen weg hat die dritte welt als historisch spätester typus der modernisierung bereits hinter sich. . . . nicht an der guten alten kapitalistischen ausbeutung ihrer produktiven arbeiten, wie die linke immer noch traditionell vermutet, leiden die massen der dritten welt heute, sondern im gegenteil an deren ausbleiben. . . . die mehrheit der weltbevölkerung besteht also heute schon aus geldsubjekten ohne geld, aus gesellschaftlichen unpersonen, die, weder vorkapitalistisch noch kapitalistisch, geschweige denn nachkapitalistisch organisiert, gewaltsam auf einer sozialen seucheninsel festgehalten werden, die bereits den größeren teil des planeten bedeckt.« (robert kurz, DER KOLLAPS DER MODERNISIERUNG)

10. 1. 92

»wie das stimmt: ›nie wieder leb ich zu auf eine wende‹« – nein, lieber von bormann, es kann nicht stimmen. schon sehen wir (»gehen wir«) den neuen wendungen mit schrecken entgegen, der revolte der hungergestalt der zerstückelten [sowjet]union, der islamisch vermummten verzweiflung hinter der eisbarriere des mittelmeers, dem blindflug ganzer nationalökonomien ins bodenlose. »die logik der krise rückt von der peripherie her in die zentren vor. ... das prinzip der rentabilität hat noch einen letzten amoklauf vor sich, bevor es endgültig seinen doppelweg von ›negativer emanzipation‹ und sozialökologischer zerstörung bis zum ende durchmessen hat.« (robert kurz) wir leben halb bewußtlos und wissen doch, daß nur eine wende uns retten kann. ein bewußtwerden des verkehrten *kommunismus der sachen*, der globalen vernutzung der abstrakten arbeit durch das unersättliche geldsubjekt; die rückgewinnung der rechte ihres sinnlichen inhalts, durch brechen der weltmacht der ware; und »es hilft nur gewalt« (wie büchner sagte), um management, politische klasse, notstandsapparate von der kommandohöhe ihres wahnsystems zu stürzen. die *aufhebung* des »bestehenden« (der jahrtausendprozeß, des herausarbeitens, wie lange kauen wir schon diese worte), die die verwirrte kraft der menschheit beruhigt, die ausgerasteten organe, die ausgerenkten glieder in den organismus nimmt, und der verkehrten »wirklichen bewegung« sinn, sinnlichkeit, sinnliche vernunft gibt.

13. 1. 92
lektor steinmetzger. 10. (letzter) band, editorische notiz 2: der wechsel der zeiten hat die texte verfremdet; der umbruch im leben (dem sie galten) liest nun höhnisch/fröhlich korrektur. für den heutigen markt hätte ich nicht die masse papier bedruckt: sondern gefragt, was jetzt begreiflich ist. die zeitliche folge, auf eine *wende* zu, kippt vor ihren anfang; der vergessenstest der texte im trockenschlamm der ideologie beim jahrhundertschritt vorwärts oder rückwärts zu lebzeiten, eine gunst der dreisten geschichte. der verfasser kann endlich sagen wie brecht: er »lebte sozusagen in zwei zeitaltern«, die freilich eines waren; aber »im kampf mit den alten gewinnen die neuen ideen ihre schärfsten formulierungen«, und umgekehrt. und umgekehrt. der dank für diese ausgabe gehört dieter schlenstedt, hinnerk einhorn, wolfgang geisler und dem mitteldeutschen verlag.

13. 2. 92

schedlinski, der enttarnte dichter, beschreibt in der literaturwerkstatt pankow die stasi als notwendiges metaministerium, die »zweite geheime öffentlichkeit«, die auf dem laufenden war und dadurch das system am laufen hielt. wo alles kaschiert und manipuliert war, mußte, im verborgenen, ein ehrliches, selbstloses ohr lauschen auf die wirklichen regungen, und ein pragmatischer arm hinterrücks die dinge regeln. ohne die stasi hätte das system nicht existiert (»das wäre auch besser gewesen«). und er provoziert: die stasi habe nicht nur kontrolliert sondern auch organisiert, lesungen, ausstellungen (und selbstverständlich das denken). auch gorbatschow sei aus dem sicherheitsapparat entstanden. – aber er setzte dann glasnost dagegen, das gegenteil des staatlichen geheimlebens. darum, daß die stasi (derart) funktionierte, mußte man sie nicht bedienen. der dienst verweigerte eben das gegenmittel, die offenheit; aus dem mangel lebte sie (und wurde zur metastase). sie fürchtete nichts so sehr wie bloßstellung, darum war jeder einzelne stärker als der koloß. es sei denn, er verinnerlichte ihre macht, und wurde machtmensch. – schedlinski redet kein wort von sich; er beschreibt das phänomen, das seine person umschloß, er benötigt nicht die begriffe verrat, schuld, scham. nicht anders die schöneren texte des prenzlauer bergs: entpersonalisierte (sagt kleinschmidt), beobachterlyrik, informelle mitarbeit an der poesie.

16. 2. 92

nach kunert treten auch die maler baselitz, lüpertz, graubner aus der westberliner akademie aus. die vereinigung (auf e i n e m markt) ist für sie unannehmbar. – diese schreckhaften großmeister streichen sich pastos heraus. graubners bunte lappen im schloß des bundespräsidenten sind so riesenhaft, daß wirklich kein anderes bild daneben platz hat. beim lunch am hanseatenweg hörte ich zwei ältere herren sagen: aus der ostakademie kommt ja keiner für unsere sektion infrage; ich knurrte: kennen sie die quevedo? kennen sie stötzer? sie hoben die schultern: na, das sind doch gegenständliche. kunert sah in den östlichen kollegen gartenzwerge; sagte es, und wie sah er aus?

20. 2. 92

Berliner Zeitung – Nr. 43

Kunstvoll verschrottet

Zu einem neuen Ärgernis könnte er schon werden, der ausgediente zerschossene Panzer auf dem ehemaligen NVA-Truppenübungsplatz Pöllwitz im Landkreis Zeulenroda. Daß die Bewohner der angrenzenden Gemeinde Neuärgerniß ihn als „stählerne Blume" für die Dekoration ihres Dorfplatzes bewahren wollen, ist bisher nicht bekannt. Foto: ZB

4. 3. 92

braunschweig: in einer arbeitsgruppe, die die kommunale literaturförderung berät. mehr berät die alte stadt uns mit ihren fünf weichbildern und kernen, jeder mit markt und kirchenbau. zumal beeindruckt die stadträtin birgit pollmann. mit wend kässens raabesche behäb- und gerstäckersche emsigkeit.

9. 3. 92

zieh mir die zunge raus, den zorn!
fester, fester. schneid ihn ab.
jetzt will ich schweigen, fragen. schweigend stehn.
drei böhmen an dem meer soll man jetzt sehn.

11.3.92
BÖHMEN unter wasser. fremde wesen. nur die belästigenden tatsachen, mit denen das stück vollgestellt ist. seelenlos. eva walch: es ist nicht gelungen, die figuren zu erlösen. – ein grauenhaftes stück.
turrini läßt mir ausrichten: er habe gerade mit handke beratschlagt, wie sie die tiefschläge verkraften. man müsse sie wegstecken *wie ein boxer.*

15. 3. 92

die endzeit ist die zuflucht der enttäuschten. das lokale desaster diktiert den weltverdruß; der katastrophengang der geschichte betäubt die eigene wunde. über die niederlage der maroden planökonomien tröstet der *kollaps der modernisierung*, gedankt sei robert kurz. wir halten uns aufrecht an den untergängen. nun inszenieren wir sie. – das schmutzige meer in böhmen, die sturmflut. aber vielleicht hilft sich die natur selber? und es ist ein reinigender sturm: und der *auftritt* der natur eine versöhnende geste gegenüber dem verrotteten menschen. – und er sollte nicht der gleichen gesten fähig sein, in einem ernsthaften spiel? o schande. weg von diesem theater.

17. 3. 92
dietger pforte: »ihr ›böhmen am meer‹ hat soviel ›prügel‹ bekommen – wie gemeinhin der sack, wenn man die katze meint: kapitalismus-kritik ist nicht ›angesagt‹ und stört die siegesfeier (ohne sieg) über den realexist. sozialismus!«

20. 3. 92
borchers ruft an und rät, nach den verrissen von BÖHMEN jetzt keinesfalls die ZICKZACKBRÜCKE herauszulassen. es werde ein schlachten geben. – aber auf dergleichen *folgen* habe ich nie geachtet. die spaltung des publikums war gewollt, und die verurteilung konnte nicht schrecken. freilich, bloßgestellt, war man doch geborgen gewesen in der auseinandersetzung, es war um etwas gegangen. – jetzt geht es um nichts: als die einheitsscheiße. wer daran rührt, verletzt die intimsphäre, den aufstrich der brotredakteure. die »schier haßverzerrten kritiken« (pforte) haben den gestus der rechtfertigung; das fertige denken kann nur – fertigmachen. – ich muß es drauf ankommen lassen: auf nichts.

25. 3. 92
wie ist die landschaft, in der wir kämpfen? ein zerklüfteter verwinkelter platz für die allgemeinheit, weichgezeichnet von den medien, eine harsche struktur ohne subjekt. kein winterpalast, kein machtzentrum, keine absolutistische hofanlage. aber doch bastionen, politkartelle, sperren mit gatekeepern, die nicht leicht eine störung passieren lassen; feste banken umgeben von demokratischen rabatten, hart kalkulierte unternehmungen und der service des schärfsten unterhaltungsprogramms (in den usa auf 48 kanälen alle drei minuten eine vergewaltigung). und die kultur von unten, ein urstoff, protoplasmische bewegung, nicht faßbar, aber eine kraft, die ihren impuls in die apparate schickt und das gelände mit ideen unterminiert. die zentrale kategorie: die *handlungsfähigkeit*, der whirlpool, in dem oben und unten sitzt, die nackten interessen. der kapitalismus die gesellschaft, sozialismus die politik, die ihn auf einen andern begriff bringt. *demokratischer* kapitalismus, das ironische wort: aber es geht nur mit wirklicher, tätiger ironie, es besteht *handlungsbedarf*, demokratie der politik, demokratie des konsums, es ist die arbeitende ironie der geschichte. sie ist unsere instanz und behörde der kultur. – wie kämpfen? nicht die brechstange weltgeschichtlichen handelns, die hand legen an die pulse, gelenke und wunden.

8. 4. 92
mit henselmanns zu treder auf den potsdamer telegraphenberg. »... die explosion der sonne. in 10 millionen jahren, nein, in 10 milliarden jahren, na gott sei dank« (er lacht). »einfach durch energieumsatz, fusion von wasserstoff in helium beziehungsweise direkt auf kompliziertem wege. also was man auf der erde machen will, aber bisher nicht geschafft hat. aber auf der sonne geht das so weiter, und einmal ist aller wasserstoff in helium verbrannt, man kann sich um ein paar millionen jahre irren, aber darauf kommt es nicht an« (er lacht). »die umstellung ein einziger nova-artiger akt, von wenigen stunden oder wochen, die sonne stößt ihre äußere schicht ab, das innere strahlt heraus und verschlingt alles, sagen wir, bis zum saturnum. das ereignis erreicht uns mit lichtgeschwindigkeit, man erlebt es nicht sehr ergiebig, vielleicht kann man es noch fotografieren, aber es wird keiner mehr da sein, der das foto bewundert. man kriegt keinen preis mehr dafür. dann zieht sich die sonne zurück auf einen kleinen umfang, die planeten sind alle verbrannt, zerdrückt, in gas aufgelöst, in den freien raum expandiert. in 10 milliarden jahren also, es können auch 9 milliarden sein. dem übrigen universum ist die sache völlig gleichgültig. nehmen wir an, es gäbe einen astronomen auf einem anderen spiralnebel, der würde das gar nicht merken, oder er müßte ganz genau hinschaun. es ist kein großartiger untergang, dazu sind wir zu poblig, die sonne ist zu poblig.« zu unscheinbar. »es gibt großartige supernoven, das sieht man dann in anderen galaxien; novaexplosionen gibt es wie sand im meer, und nur minderbeschäftigte beobachter interessieren sich sehr dafür, damit sie etwas publizieren können.« das ende; und

der anfang? »es war vor 12, sagen wir 10-15 milliarden jahren – da gab es einen funken, einen knall, eine unendlich hohe dichte und temperatur und geschwindigkeit: und dies dehnte sich aus, und alles wichtige geschah, wie ich geschrieben habe, in den ersten 5-6 minuten der weltgeschichte. es bildeten sich die ersten atome und elemente, dann die ersten sternartigen gebilde – das entscheidende, und nach einer kleinen zeit, von einigen hunderttausend jahren, war die urentstehungsgeschichte der welt abgeschlossen. was dann später geschah, war von sekundärer bedeutung, beispielsweise die bildung unseres sonnensystems, ein abfallprodukt aus bereits explodierten größeren sonnen, ihren ausgestoßenen restmassen; ein effekt 2. ordnung.« s. das einsteinsche gittermodell. »vor 15 milliarden jahren präter propter gab es eine urzündung, da hat der HERR gezündet.« aber wenn etwas zündet, da muß doch ein – »ja, aber ER, er braucht es nicht, er macht das kraft allmacht. ein schöpfungsakt, ursachenlos. der HERR heißt: es hat keinen sinn weiterzufragen, die frage ist grundsätzlich nicht beantwortbar.« aber das zünden kann doch nur ein – »SEINE gedanken zünden hinein in die welt, man kann nichts mehr weiter sagen.« und damit konnte einstein leben? »es war ein modell. jetzt hat man ein anderes modell, das eben populär wird, ellington-lemaitre. da war immer was da, und dies ist allmählich auseinandergegangen. der einsteinsche kosmos die zelle eines ursprungs; jetzt denkt man einen unendlich langen geschehenslosen zustand. der dann ganz gottlos langsam erst, dann immer schneller zerfiel. lemaitre ein katholischer geistlicher, monsignore, ellington ein quäker, die quäker waren sowieso mehr für die ruhe. sie gingen von einer andern einsteinschen gleichung aus, die einstein schon nicht mehr mochte, der vollständigen formel seines kosmos, der ewig existiert und in dem sich gar nichts ereignet. das ist ein ganz anderes weltbild.« das gut paßt zu dem irdischen *ende der geschichte* und dem ende der revolutionen. henselmann: »das alles ist egal. ich bin architekt, ich muß davon ausgehen: was ich baue bleibt.« treder: »aber selbst was der HERR gebaut hat, bleibt nicht.« henselmann: »ruinen sind für den architekten eine freude. einen melancholischen architekten gibt es nicht. er muß so dumm sein zu glauben, daß er besser baut als die natur.« treder: »er muß so tun, als ob mit ihm die architektur beginnt.« (an der wand ein papyrus mit der alten göttin nut: die jeden abend die sonne verschluckt, und sie am morgen aus ihrer scheide neu gebiert. sie hält sich, auf hände und füße gestützt, über der erde, auf ihrem langen leib fahren die himmelskörper. »wenn sie einmal keine lust mehr hat zu der übung und sich auf den bauch legt, dann ist die welt zuende.«) henselmann: »was mich irritiert und gott in meinen augen herabwürdigt ist, daß er sechs tage gearbeitet und dann sein werk gelobt hat: siehe, es ward gut. das sagt kein künstler.« treder: »das ist natürlich wahr. das spricht gegen gott.« henselmann: »daher meine gewisse abneigung überhaupt gegen die religion. bis gott eines tages vor gericht steht, das ihn aburteilt aufgrund seiner privaten leistung.«

7. 5. 92
zu annes geburtstag gestern die entlassenen frauen der fachgruppe, alle die kündigung in der hand (drei zeilen paragraphen, kein wort des dankes), nach zwanzig oder dreißig dienstjahren; heiter und aggressiv an der kaffeetafel, sie wollen nicht an den kochtopf, sollen sie vorleserinnen werden: ein verein, um ein *kollektiv* zu bleiben? (sie waren *systemnah*: natürlich war das volk systemnah, wo sollte es sonst gewesen sein.) sie behalten ihre solidarischen gewohnheiten und erzählen einander, wo sie sich bewerben, so daß sie zu denselben gesprächen bestellt werden und einander in die quere kommen, ganz unpraktisch altmodisch verbunden.

9. 5. 92
leipzig, alte handelsbörse: unseld, bierwisch legen sich für den entlaufenen johnson ins zeug.
prof. schuhmann fragt mich, ob ich »etwas für ihn schreiben« könne, sein *verhalten* betreffend. – »ist es wirklich schon so schlimm?«

10. 5. 92

mit schorlemmer auf dem fahrrad durch die elbaue vor wittenberg. das gras steht hoch, wo sind die schafe, wo ist der schäfer (der bei der stasi war). die russische kaserne leer, von deutschen schäferhunden bewacht. piesteritz ist heruntergefahren; weil der wind weht aus der richtung, ist es mir recht. aber schorlemmer ist sozialdemokrat und sorgt sich um die »beschäftigten«. nach 89 hat ihn die frau verlassen und die partei geworben. es sei ihm verächtlich, nur reden zu halten; wenn man etwas durchsetzen wolle, müsse man sich vor den politischen karren spannen. es ist dasselbe argument, das uns an die partei band. »sehen sie eine alternative?« nein, aber ich sehe den einen mann schorlemmer: was wird seine stimme noch gelten, und was wird er selber sein – so angebunden. die unabhängigen geister der bürgerbewegung, bohley oder rathenow, seien nichtsnutzige wirrköpfe. er verteidigt stolpes stasikontakte, und ich repetiere meinen alten spott auf die staatsreligion. seine akte will er nicht einsehen, um sich enttäuschungen zu ersparen. immerhin auf die enttäuschung der zukunft läßt er sich ein. der fremden zukunft, die ganz selbstverständlich und unverschämt an die stelle der fremden vergangenheit tritt, und stolpe hofiert sogleich den bundesnachrichtendienst. lese im bugenhagensaal: WIE ES GEKOMMEN IST.

26. 5. 92
die unnahbare frau, die, nur weil ich es träume, weich und begehrlich wird, und umschlungen liegen wir im – ach, genauigkeit des traums, und stumpfes gedächtnis, erinnerlich nur der komplizierte abschied auf einem bahnhof, sie hat eine freundin dabei und beide küssen gleichzeitig meine lippen, so daß ich, den kaugummi oder was sie mir auf die zunge stießen wälzend, frage: wer hat ihn im mund gehabt? – ich habe das gesicht vergessen, und weiß den namen nicht, was soll ich tun. – anne hört es an, beim frühstück, und ich beschwichtige ihren zorn: daß die ausführliche geschichte keine zeit brauchte im schlaf; was sie mir auch zum vorwurf macht
umwelt-arbeitsgruppe.

4./5. 6. 92
heilbronn: probe BÖHMEN. esslingen: premiere TRANSIT EUROPA.

24. 6. 92

der zug hält im wald, ein mann ist überrollt worden, sein dikker nackter arm wie weiße plastik, er trägt trainingshosen, zwischen den schultern ein blutiger stumpf, der schädel aufgeklappt eine leere tiefrote höhlung, das gehirn liegt kompakt auf dem nebengleis, als hätte es nachzudenken dem unklaren fall, ein arbeitsloser, ein geisteskranker, ein sinnloser mensch, der keinen anfang mehr findet und ein ende macht. der zug hält zwei stunden bei ihm, im wald zwischen meiningen und deiningen, und schleicht dann durch wolkenbrüche. ich nehme müllers autobiografie vor, KRIEG OHNE SCHLACHT.

26. 6. 92
dieses reisen das halbe jahr: gießen, marburg, siegen, hannover, dresden, friedrichshagen, leipzig, halle, wittenberg, uetersen, bremen, berlin, berlin, berlin, berlin, eschede, neustrelitz, güstrow, weimar und wieder berlin, *nacht der poeten* der literaturwerkstatt, VERBANNT NACH ATLANTIS in grotewohls garten.

10. 7. 92
der halb hinabgesunkene zerbrochne flakbunker am dornbusch auf hiddensee, das heitere grau evoziert mir den atlantikhimmel / das licht verschwenderisch niederströmend / und die gestalten zerfetzt der gedanken; ich habe ein strophenmaß parat für die autotour an den weststrand.

14. 7. 92
die koordinierungs- und beratungsstelle für aufarbeitung der ddr-vergangenheit in der berliner verwaltung – II kb – faxte gestern eine 23seitige handreichung an die bezirksämter betreffend die »prüfung der persönlichen eignung von mitarbeitern und bewerbern aus dem beitrittsgebiet«.
»eilt! bitte sofort vorlegen!
...
unauffälliges verhalten und zeitablauf reichen als indiz für eine einstellungsänderung nicht aus. man wird verlangen können, daß eine grundlegende neuorientierung durch ein ähnliches maß von aktivität und intensität im verhalten deutlich wird wie die frühere systemtreue zur ddr.«

20. 7. 92
ile d'oléron, atlantik: weiter gehts nicht nach westen. le ci-devant camarade: LE PASSANT.

1. 8. 92

nackte matratzen, stockfleckig, schamlos
in einem eisernen doppelbett
zwischen tür und fenster gerammt
ergeben unter unserer last. der blickfang
ein nymphenfest aus dem fundus
der patronne, ein geruch
nach umarmungen zahllos wie die karos der tapete
eine lauge von leidenschaften
küchenmessern und schweiß. hier

ist der große ort, meine fröhlichkeit
zu bekennen, wie jede andere schuld

4. 8. 92

gestern nach fontainebleau und durch die wälder nach barbizon. hier *in freier luft* malten millet, corot, rousseau (th.), gassies, wir sehn die bilder in der düsteren stube. sie sind still, stark, erdverhaftet, ernsthaft; anmutige kunst. – heute als kontrastprogramm die documenta in kassel, eine autobahnrast mit kunstkonsum. arbeiteten jene direkt vor dem motiv, so haben diese keins mehr: »ohne titel«. kurator hoet hat objekte zusammengetragen, sie sind laut, schwach, unernst, gleichgültig; der müll des moments als ausdruck der epoche.

10. 8. 92

august 1923

oktober 1923

11. 8. 92

lesung und diskussion mit dem bürgerlichen publikum braunschweigs. ich lese wie oft eine folge von vor- und nach-wende-texten; und die dissidentischen sachen von einst gefallen, aber die neuen, nicht anders kritischen erzeugen unwillen. der selbstgewisse bundesbürger ist auf diesen ton nicht gefaßt. es fehlt ihm eine strecke kultur, auf der wir trainierten. übrigens, kann ich sagen, waren es gerade die hier goutierten texte, für die ich dort traktiert wurde, und übrigens wurde auch damals die *positive haltung* eingeklagt.

29. 8. 92
lektüre:
fukuyama, DAS ENDE DER GESCHICHTE
schulze, DIE ERLEBNISGESELLSCHAFT
lettre international 17

speisekarte im terzo mondo, fasanenstraße: pierwoß 50.

4. 9. 92
ahrenshoop, im haus lukas. sehe im traum eine alte arbeiterin, eine aktivistin über ein werkgelände gehn. sage: »als wir noch unsre presse hatten, da wußten wir weenstens noch was, wenn man sich genuch dabei dachte.« mein begleiter lacht, stumm aber herzerfrischend, und sackt dabei auf die knie, sich am geländer haltend. – müllers interviews mit frank raddatz lesen sich wie ein neuer neffe rameaus, und die gelassene steigerungsform gelingt, weil es eine authentische figur ist, die die ungeheuerlichen sätze sagt.

25. 9. 92

brecht im august 1950: »es ist eine reine nazigegend ... nicht viel konnte geschehen bisher; es gibt zu wenige ansatzpunkte.« das rachebedürfnis des emigranten. aber die gegend »besucht von leuten, die der neuen regierung ziemlich direkt angehören.« oder ihr anhingen, das hohe ufer heute beinahe eine reine rote zone; da die grundstücke erst in den siebziger jahren erschlossen wurden, können sie nicht von westbesitzern zurückerobert werden. bei der lesung im kunstkaten eine mischung von ostlern und westlern, die sich in die eigenen schranken weisen und höflich auf den eigenen fehlern bestehen.

7. 10. 92

im nationaltheater weimar: bennewitz und dahnke über die aufführung HANS FAUST (d. i. der ur-hinze und kunze) im august 68. nach den lustvollen proben (heine, mechow) übernahm die politik die regie: die premiere tage nach der *campagne in böhmen*, eine kommission ritt ein, selbst der satz »mein ganzer körper streikt« mußte gestrichen werden. bennewitz war der rechte mann für die teufelsgeschichte und das zwei-männer-stück. und den pakt mit der macht; vor kamera vernahm man ihn zum einmarsch.

der teufel die *macht*; der 2. teil, den jener spitzel [ ] immer forderte (ein spitzel, höre ich, von rang), hätte den pakt mit dem *markt* zum inhalt, verführung nicht zur produktion: sondern zum konsum, der teuflischen ware; er wäre jetzt zu schreiben.

19. 10. 92
gespräch mit th[omas] milz über lessings JUDEN. das jugendstück ist schon ein helles klares lustspiel ganz wie die MINNA, derselbe menschliche, gewitzte ton (den ich in sächsisch höre). es wurde nie aufgeführt; in der nazizeit ohnehin nicht, und nach 1945 hätte es die luft genommen. durch die neuen rassistischen ausschreitungen wird es akut; aber wie ist die geschichtliche erfahrung einzubringen? brecht hätte es bearbeitet wie den HOFMEISTER: der hausherr führt dem gast die verbrennungsöfen vor, die er fabriziert. die extremste aufladung, mit unaushaltbarem schmerz: wenn ein lagertheater in auschwitz es gespielt hätte. lessings traum vom juden der traum vom menschen; für lessing zukunft, für uns nur noch die vergangene möglichkeit. es wäre eine szene dagegenzusetzen, wodurch die alte heiterkeit erinnerung wird: und wehtut als nicht mehr einholbares, aber im ernst zu bewahrendes. langweilig, die utopie als zerstörte zu zeigen, sie zu denunzieren; aber sie ist irdisch leicht und verwundbar, und das stück darum ungeschützt so zu belassen. der jude der andere, der fremde, der asylant; die heutigen figuren schlüpfen in dieses traumspiel. (in der STADT DER GERECHTIGKEIT von lunz in der volksbühne treffen zwei unkulturen aufeinander, es gibt keinen »multikulturellen gewinn«, und das publikum blendet die fremdlinge und sich selbst mit den ausgehändigten taschenlampen.) der effekt einer drehbühne: das stück erscheint als vor-leben, gleichsam doppelbelichtet; die motive wären aus der alten (reichen) handlung zu nehmen. (das »döschen«, das von hand zu hand geht, verdinglichtes herz, es wird gestohlen, verschenkt, ein unterpfand, das immer nötigung bedeutet. die-

ses kleinod vergrößern, umwandeln, und lessing macht es schon: auch die tochter ist ein geschenk, eine dose, die sich freiwillig weggibt; am schluß gibt der baron den besitz auf, nicht das kind. – und christoph[erus] und der reisende: das jesuskind, durch den fluß der handlung getragen. der *reisende* denkt mit jedem andern mit, das ist sein beruf, der ihn von sich absehen läßt, vorbildliches leben; und das nichtzunahetreten, noch phänomenaler als bei tellheim, denn es begegnet fremden und ist so auf alle menschheit bezogen. – in der asyldebatte auf der bühne des parlaments denkt man nicht im kopf der anderen.)

22. 10. 92

der satz: wenn wir uns nicht selbst befreien, bleibt es für uns ohne folgen hat einen komischen vorgänger im LIED VON DER GLOCKE: *wenn sich die völker selbst befrein, / da kann die wohlfahrt nicht gedeihn.* aber es wäre schnöde, ihn zu zitieren. – hier klingt freilich der terror des wohlfahrtsausschusses an, der diesen bürger frankreichs marterte.

27. 10. 92
in der schiller-rede nicht deutlich: inwieweit ist der mensch mit geschichte beauftragt? wir hatten mit marx den glauben an die *gemachte geschichte*, in der historischen manufaktur, wo der einzelne das produkt zu gesichte kriegt. es ist aber eine verwickelte, chaotische fabrik und der ausstoß nicht vorhersehbar. die überbelastung der avantgarde: als ob sie wüßte, was vorn und hinten ist. die freiheit jetzt, etwas loszulassen, pflicht, glaube, eifer. der mensch muß damit leben, daß er die zukunft nicht (mehr) kennt, ohne daß er beginnt, bedenkenlos gegen andere und zukünftige menschen zu leben. schiller, ins leere blickend, hielt dem nichts die norm entgegen, eine sittliche uniform für die nackte gattung.

7. 11. 92

und ein mann sprang aus dem fenster
den man mackie messer heißt
und wolf kaiser wurd begraben, den
man nicht fragt, was er beweist.

8. 11. 92

wie in alten zeiten wird zur demonstration gebeten: und es ist der verleger, der mahnt, mich in von weizsäckers schloß einzufinden und mit der prominenz zu marschieren. aber ich lasse mich nicht zu der obrigkeit herab, die das asylrecht antastet. und auch die 300 000 berliner, auf ihrem sonntagsspaziergang, haben dazu zu viel herz, und schnauze. *die heuchler sind die meuchler.* im lustgarten vor der abgesperrten freitreppe gellende pfiffe und eierwürfe: hilflose kommunikation, und die besudelten politiker bekommen den »terror«, der sie morgen ermächtigt.

18. 11. 92
in wien wieder die erich-fried-gesellschaft: wir und die anderen. wir wieder im sacher, die anderen im graben. – goldstücker, im taxi, der 68er exilant: ich bin jetzt in der inneren emigration. in prag-bárrandov, verhöhnt von den seßhaften karrieristen. »nach jeder befreiung eine wanderung durch die wüste.« – im burgtheater handkes STUNDE DA WIR NICHTS VONEINANDER WUSSTEN, eine brave bilderflut mit schönen momenten (wenn der passant den mantel öffnet und ein steinschlag sich auf den boden entlädt), ein augenschein, und wir wissen auch nach zwei stunden nicht mehr. das chaos der geheimnisse, wie zum protest gegen eine idee der ordnung, von der die moderne besessen sei, sagt zygmunt bauman, in ihrem gnadenlosen »kampf gegen die ambivalenz«, in dem sie alles uneindeutige und andersartige ausräuten will bis zur endlösung. aber die beliebigkeit ist nur eine andere skrupellosigkeit, ohne orientierung keine gute geschichte, ohne vernunft kein gang aus den katastrophen.

24. 11. 92
dieses wochenende:
im u-bahnhof samariterstraße stellen hausbesetzer eine gruppe rechtsradikaler zur rede, deren einer einen aufnäher an der bomberjacke trägt: ich bin stolz, ein deutscher zu sein. zwei der radikalen ziehen messer, »ihr linken säue!«, und töten einen siebenundzwanzigjährigen mit drei stichen in die lunge.
in einer gaststätte in wuppertal kommt es zu einem wortwechsel zwischen einem dreiundfünfzigjährigen mann und mehreren skinheads, der mann wird vom wirt jude genannt. die skinheads trampeln ihn nieder, übergießen den sterbenden mit alkohol und brennen ihn an.
in der kneipp-kur-stadt mölln legt *jemand* (berichten die vorsichtigen zeitungen) mitternachts brände in zwei von türken bewohnten häusern und ruft, »heil hitler«, die feuerwehr an. eine frau, ein vierzehn- und ein zehnjähriges mädchen die todesopfer.
die stunde da wir mehr voneinander wußten.

20. 12. 92
in frankfurt eine uninspirierte aufführung der IPHIGENIE IN FREIHEIT, fraß für das feuilleton. in cottbus zwei tage später eine hochmotivierte. vorangestellt die kleinen szenen HYDRE INTIME und VERBANNT NACH ATLANTIS, ein eingang aus der unabweisbaren geschichte in die umstrittene gegenwart. so gewinnt die sache dimension, und die theatermittel werden exponiert. freilich, *gelingen* wäre, die rohen worte aufzufangen im zärtlichen, zutrauenden körper, gegen den hassenden text.

25. 12. 92
nach diesem herbst der gewalt auf den straßen veröffentlicht die frankfurter allgemeine eine »weihnachtsbetrachtung« von safranski: DIE WIEDERKEHR DES BÖSEN. die gewalttäter und ihre claqueure, sagt er, »orientieren sich genau an der blutspur unserer geschichte«. die gewalt sei »selbst der lustvoll angestrebte zweck«; man verharmlose sie, wenn man sie nur als ausdruck sozialer frustrationen sehe. item, nicht die schlechten verhältnisse seien schuld, der mensch ist (endlich wieder) schlecht. das wußten frühere jahrhunderte, die die gewaltbereitschaft banden in der zivilisation, mittels struktureller gewalt. und jetzt doch auch, ruft safranski, verschwinden die akuten bedingungen in »jener alles grundierenden nacht, die man nannte: das chaos, das böse, das übel« – der *welt*, wie das christentum angibt, in der wir zwar sind, aber von der wir nicht sind. der christliche realismus feiert auferstehung, nachdem die geschichte »wieder offen, gefährlich, unberechenbar« sei. nachdem die *freiheit* gesiegt habe. safranski drohend aus der tiefdruckbeilage: ob nicht der zivilisationsprozeß selbst das böse und unheilvolle ist, das wir zwar in die welt gesetzt haben, das sich aber unserer verfügung bereits entzogen hat? denn es gibt nicht mehr die menschheit, das supersubjekt in ihrer schöpfung, *der mensch ist tot.* – in dieser allgemeinen predigt wird er tatsächlich ganz zur abstrakten größe, unzuständig über dem entzogenen boden schwebend. und unerwähnt, in der heiligen umnachtung, bleibt die enteignung, die wir eben e r l e b e n, der menschen von ihren lebensgrundlagen.

28. 12. 92
sitzung der gesellschaft für sinn und form, wir haben dem brecht-zentrum einen neuen namen zu geben. pforte schlägt *diderot* vor, ich meine aber, der alte vorschlag brechts, die diderot-gesellschaft, ist eine letzte reserve für einen dunkleren, ernsteren moment, internationaler bund, und sei es im exil. – dieckmann über die frankfurter kritiken: es ist plausibel. nichts verträgt die westseele weniger, als daß im gebeutelten osten »der hohe ton gehalten wird«. irrlitz: sie kauen daran, die brd als opfer der wiedervereinigung zu begreifen: sie ist nicht mehr die nicht-ddr.

16. 2. 93

einsicht in die stasi-akten. jetzt muß ich mich in einen indischen elefanten verwandeln, oder ein großes herz haben. – [ ], die karin der UNVOLLENDETEN GESCHICHTE, war IM. auch den geschlechtsverkehr [ ] melden die korrekten spione, mit der uhrzeit. der stückeschreiber ausgeliefert der regie der hauptabteilung XX, ein gezinktes leben. das berliner ensemble die mausefalle, in der charité gilt nicht nur das arztgeheimnis, und an welchen friedhof war gedacht? – willfährige spezialisten, deren mieses denken mein leben mißt. die tage okkupiert von ihren legenden, ihren wahren problemen mit mir, die ihnen ihr falscher dienst verschafft. und die *quellen* beklagen sich, daß ich mich nicht ganz *öffne*. die trüffelschweine des hauptmanns girod. an den geburtstagen sitzt ein halbes dutzend am tisch.

17. 2. 93

»da sich v. b. gegenüber der quelle aus nicht erklärten gründen immer mehr verschloß, wurde versucht, im rahmen der aufrechterhaltung der familiären beziehungen diesem sich weiterhin und unaufdringlich als freund und berater zur verfügung zu stellen. wäre es nach v. b. gegangen, dann hätte ganz allmählich ein völliger abbruch der beziehungen stattfinden sollen.« (bd. 2, 72)

»gibt es studentinnen, die besondere vorliebe zu v. b. haben? sind darunter positive studentinnen, die für eine inoffizielle arbeit genutzt werden können?« (bd. 4, 276)

»durch einen IM des referats 3 wird der v. b. in die intensivrekonvaleszenten-station berlin-buch zur behandlung überwiesen. es wird angestrebt, daß der v. b. noch im jahr 1982 dort behandelt wird. dabei soll die heranführung eines IM des referats 1 vorgenommen werden. t.: antrag mit gen. lucas abgesprochen. IM von gen. gerischer ist instruiert.« (bd. 1, 211)

»es erscheint gegenwärtig nicht empfehlenswert, den auffassungen des v. b. eine weitere massenwirksamkeit zu verschaffen. leiter der abteilung XX häbler oberstleutnant.« (bd. 3, 236)

»durch abgestimmte maßnahmen mit der partei, dem staatsapparat und mit gesellschaftlichen kräften war zu verhindern, daß von v. b. schriftstellerische werke veröffentlicht und theaterstücke aufgeführt werden, die gegen den real existierenden sozialismus gerichtet sind.« (bd 1, 204)

22. 2. 93
goltzsche lehnt es ab, länger mit den *ratten der stasi* im gremium der akademie zu sein. nächste woche soll über seinen brief gesprochen werden. – in band 5 meiner überwachungsakte, seite 326, eine inoffizielle information der abt. XX/7 vom 13. 10. 82 über den vorschlag, [ ] und mich in die akademie der künste aufzunehmen. »einschätzung / maßnahmen: ... 5. für unsere organe würde sich ergeben: a) fortsetzung des inoffiziellen bindungsprozesses von [ ] an uns unter günstigeren bedingungen b) prüfung des abschlusses der ov-bearbeitung ›erbe‹ des v. b. – hauptmann muck«
(verteiler: 1 x leiter der abt.
1 x GMS akte »manfred«
1 x ov »erbe«
1 x IM-akte »heiner«)
der verwalterin meines vorgangs, die neben mich getreten ist im leseraum, erkläre ich kaltblütig, daß sie nicht über die entdeckung sprechen solle.

23. 2. 93

»tiger«, »wächter«, »turm«, »saint-just«
»romeo« und »lisa müller«
sau »verlag« und sau »summatic«
»werner« (weiblich), tiefst im mist.

»hölderlin« und »hölderlin«
»heine«, »heiner«, »meister«, »zwecke«
»pergamon« und »wassermann«
alle laß ich hier im drecke.

25. 2. 93

zur person: gaus spricht in santa monica mit christa wolf. dieselbe vor sechs jahren: »der sehr deutsche mythos von siegfried, dem helden, der den lindwurm tötete und sich mit horn bestreicht, das ihn unverwundbar macht bis auf eine stelle seines körpers, die er nicht erreicht, den fleck zwischen den schulterblättern, wo der speer ihn dann durchbohrt, sollte uns lehren. immer gibt es eine stelle, an der wir verwundbar sind, es ist unsere lebendige, menschliche stelle, wenn wir auch die verschließen, hören wir auf zu atmen und sind tot.«

die stelle, die sie *vergessen* hat, und wir hören, wie ihr jetzt der atem stockt.

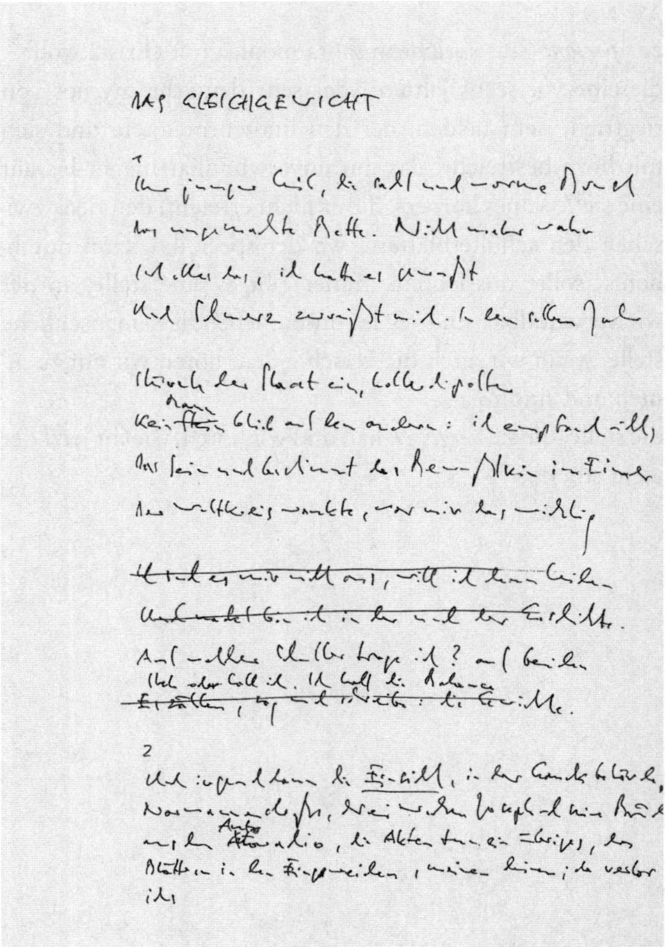

DAS GLEICHGEWICHT

1

2

17. 3. 93
literarischer märz in darmstadt. podium mit ilma rakusa, hamm, grünbein, hartung. in der leonce-und-lena-jury. kathrin schmidt: nur diese junge frau aus dem osten hat den ernst und die kraft, die *erfahrung* zeigen.

24. 4. 93

vereinigung der zwei deutschen shakespeare-gesellschaften. zu spät fällt mir eine *fabel* der rede ein: beginnend mit lears großzügiger weggabe des besitzstands (das »erbe«), endend mit dem wahnsinn auf der heide der beliebigkeit. stattdessen habe ich etwas »zusammengestellt«. – ein brief von 1601: »lieber freund, ich habe neulich das stück hamlet von william shakespeare angesehen. diese jungen dichter und theaterleute von heute machen es sich gerne bequem. sie plündern, was ihnen unter die finger kommt. william shakespeare, der diesen hamlet zusammenstellte, ist besonders berüchtigt. ... hamlet spielt auf mehrere arten wahnsinn, und shakespeare kramt dazu gemeinplätze von montaigne vor. und dann kommen die schauspieler. einer von ihnen hält eine rede, die gar keine beziehung zum stück hat. aber die parodie, die einlage, die auf einen unserer besten hauptdarsteller gemünzt ist, gefällt. wie das beklatscht und vorbei ist, kriegt hamlet endlich einen zipfel handlung zu fassen und besinnt sich darauf, seine opfer zu rächen. das zerstreut auf angenehme art. es ist wie eine revue der leidenschaften.«

7. 5. 93

geburtstage: in bejing, in san francisco, in rom. ich will den nachmittag in der villa borghese genießen, aber ein platzregen hält mich unter dem glasdach des cafés in der via vittorio fest; das wasser schlägt prasselnd durch auf die tische, und die kellner lancieren die bestellung mit regenschirmen über den gehsteig. frierend kehre ich zurück in die villa massimo, gehe mit dem rotweinglas auf meiner säulenumstandnen terrasse auf und ab und blicke in die alten pinien und wacholderbäume. dahinter die atelierfenster (brinkmanns »wilhelminische hühnerställe«), der hell und dunkle abendhimmel, das geschnatter der römischen gänse im garten und der autolärm, so mischen sich die zeitalter im ohr, und ich notiere schabers selbstlosen sinneswandel vor den skins der treuhand. kollege christian kirsch und seine frau elinor rufen mich zu einem nachtessen hinüber.

21. 5. 93
im goethe-institut spricht mayer über die WENDEZEITEN, selber »unbelehrbar«. der wendige journalist bolaffi widerspricht (mir: im auto), er sieht ein »positives deutschland«. die brennenden asyle dürfe man nicht zählen. wenn europa eine einheit werden wolle, dann eine einheit um deutschland. er hat diese devote erkenntnis in einem buch niedergelegt. essen bei marschall von bieberstein. seine drei begriffe von italiens kultur: terrazza, siesta, al dente. bei dieser anhaltenden hitze werden noch die bücherregale auf die terrasse gerückt. mayer, der von frau angelisti um ein paar straßenekken zuviel chauffiert wurde, kommt echauffiert herauf, lange unansprechbar zornig, und parliert erst nach der pasta wieder witzig. sein rom ist nicht nur das goethes, auch das von hubert fichte. chiarini daneben fast schülerhaft behäbig. er enthüllt sich als geliebter der bachmann, frisch sei »ein sadist« gewesen und habe sie gequält (mit der seitenzahl des tagwerks). du hast ihr beigesprungen, radebreche ich.

30. 5. 93
im pantheon hören wir haydns JOSEPHSMESSE, liturgisch zersprengt. das händefassen und friedenwünschen am schluß versöhnt. das christentum habe die tempel erhalten, indem es seine kirchen in sie setzte, sagen die nachsichtigen römer. aber mit welcher präzision es alle gedanken und gebäude okkupierte und umschmolz, das schamloseste beerben, es saugte sich satt an den leichnamen. hier im pantheon wirkt die umwidmung dezent und grotesk, eine hure trägt die toga. was für eine mächtige ideologie, daß ihr alle kunst zu gebote stand, und die herrlichsten naturen in ihrem bann arbeiteten, der schwule michelangelo und papa haydn. dagegen ist unsere staatskunst ein klacks. wir haben keine räume geschaffen außer den lokalen der volkssolidarität. freilich die tempel, auf die wir hätten unsere bauen müssen, sind die banken. – wir hören *heidn* in der alten kuppel, in der der fleck der sonne ruhig wandert, wie aus einem gleichen zeitalter solider kunst, die solidarität der qualität.

3.6.93
wie der fremde ort, sobald er einen liebsten menschen birgt, zur heimat wird, und selbst das alte trümmerfeld zu einem zuhause sich restauriert! ich komme von der metro colosseo, zum titusbogen hinauf, und renne in das forum hinein, um mein kind zu suchen auf dem markt. die mittelalterlichen brunnen und das dorfgestrüpp, und endlich die säulenhallen und geschäftsgebäude: oder wenigstens die fundamente, aber ich würde auch sonst den blick nicht heben, ich habe in die gesichter zu schauen, wo ist sie? in den weitläufigen, belebten, gegenwärtigen gassen, in die ich pfeife und rufe (den fröhlichen pfiff meines vaters). dann erblicke ich sie, im parterre der julischen basilika mit dem buch in der hand, wie sie systematisch den platz durchstreift (wie ihr vater sonst), sie winkt aus winzigen 2000 jahren entfernung, und wir suchen das eingeritzte mühlespiel im marmorboden.
die römer auf der piazza colonna stehen wie wahre senatoren, oder die verschworenen des brutus, zwischen den säulen, »realistische gestalten« eines heutigen theaters in straßenanzügen (nur die geistlichkeit zeigt sich antik). die letzte szene vor dem referendum über das wahlgesetz, das der mafia der parteien ein ende setzen will. bassetti, präsident der handelskammer milano: »wir italiener machen revolutionen anders als die franzosen. wir sind spezialisten für verkleidete revolutionen. ›tangentopoli‹ (die aufdeckung der korruption bei der vergabe von staatsaufträgen) ist ein beispiel. was jetzt in italien vorgeht, ist vollkommen vergleichbar mit der französischen revolution. wir schlagen keine köpfe ab, aber bei uns wurden relativ mehr leute politisch getötet als seinerzeit während der französischen revolution.«

12. 6. 93
die kleine geschichte DAS WIRKLICH GEWOLLTE aufs geradewohl geschrieben, angesiedelt in die landschaft, die wir durchfahren wollen. aber was will ich sonst? der kellner bringt frutta fresca, unterm eis, kirschen und pfirsische, es ist entsetzlich, sie allein zu essen. die uno-truppen führen »in mehreren wellen« »vergeltungsschläge« in somalia. nachts in die kapitolinischen museen. der sterbende gallier. die versammlungen griechischer und römischer köpfe, wie die hinter uns geworfenen steine ovids: »daher sind wir ein harter, ausdauernder menschenschlag und legen zeugnis davon ab, woraus wir geworden sind.«

„das wirklich gewollte“

23.6.93
zu herzinger, die zeit vom 4. juni 1993:
während solinger stahl gezückt wird, diffamiert die gesinnungskritik die kritische literatur als demokratiefeindlich (»antiwestlich«). das unabhängige denken wird, wie immer, vom verklemmten geist zensiert. böll: das ist die RAF; müller, wolf, braun, hein: das sind die rechten. nun bin ich auf alles gefaßt. unsere biografien sind vorgeschrieben. – nichts weiter zu all dem.

25. 6. 93
ruhend an einen baum gelehnt auf einer steinbank neben einem quellbrunnen auf dem palatin, ein angenehmer wind weht (smog), der blick gelassen auf den cäsarischen ruinen, ich korrigiere DIE LETZTE VORSTELLUNG, wird mir schwarz vor augen; und als ich zu mir komme, flach atmend des schmerzes in der brust wegen, taumle ich schweißnaß den hang hinab, kein taxi hält, in der metro wird wortlos platz gemacht, und ich schleiche vor die villa, wo mich glanert und schilling erblicken, so daß ich, statt auf das ersehnte lager, in die universitätsklinik komme. nach drei minuten, kaum daß ich ein glas wasser trinke, das augenblicks aus der haut schießt, hänge ich am tropf und werde in einen unruhevollen saal geschoben, keuchende und kotzende notgelagert, neuzugänge mit ihrem tross, pfleger, die schwere bewußtlose leiber umbetten, oder *ich* bin voll unruhe frierend naß in der zugluft, hier würde ich kein auge zutun. nichts zu lesen als die ziffern der meßgeräte; freier mensch! herrsche ich unverständlich das personal an. als am abend schilling wieder nach mir sieht, zwinge ich ihn, meine freilassung zu erwirken, nach stunden verhandelns unterschreibe ich wie im rausch das papier.

8. 7. 93
im auto auf der hügligen landstraße vor quercegrossa erkenne ich sofort das alte aus bruchsteinen gemauerte haus, dessen farbiges bild auf dem römischen schreibtisch lag. wir halten und gehn durch das tor, und der bauer lädt uns für den nachmittag ein. nach einem entsprechend gemächlichen mahl fahren wir wieder zu ihm hinaus, und er zeigt uns das anwesen, der innenhof, ein kleiner kappellenraum, in dem flaschen lagern, der keller mit den fässern. wir kosten weißen und roten arginano. dann führt uns alessandro durch die weinfelder, die rebstockreihen in großem abstand, um mit den maschinen durchzukommen, er ist der besitzer (keine genossenschaft: höre ich enttäuscht), ein junger seine arbeit genießender mann, der mit sachter, wie schonender armbewegung auf die bäume weist, die kamillenbüsche, und mit uns andächtig in seinen wald tritt, ein dämmriger von vogelstimmen hallender raum, in dem er mit leuchtenden augen stillesteht. vor dem haus im warmen schatten seine frau und das neugeborene in einem wägelchen, winzige hände, es schläft, die wir schütteln.

9·7·93
fiesole, pensione biencista.

dir anwillt

20. 7. 93

bozen, bruneck, schlanders: mit locher.

auf der seiseralm auszeit der automobile. im luftschutzraum über dem bodenkrieg der industrie. wir erleben das wetter; die nebelzüge, hagelschauer, mittagshitze. der papst hat am wochenende die dolomiten gerühmt: »sie helfen uns, die versuchungen zu überwinden, denn sie sprechen zu uns vom schöpfer«; der bergsteiger messmer hat die werbung zurückgewiesen und den trachtenmann zum streitgespräch eingeladen, der aufstieg am berg habe nichts mit askese gemein.

»ich habe wieder gemerkt: daß über dem elend immer noch die klarheit steht. daß das letzte wort noch nicht gesprochen ist. ... ich hatte sie auf ihren humor angesprochen, weil ich ganz überrascht war, denn ich hatte einen anderen menschen erwartet, dem die härte dessen, was geschieht und was er verarbeitet, im gesicht steht. stattdessen haben sie mich angesteckt, ich hätte beinahe lachen mögen. über ihre definition, humor sei eine der härtesten kategorien, muß ich nachdenken. auf dem heimweg ist mir dann eingefallen, daß ich im ›hinze und kunze-roman‹ steckengeblieben bin. da ist ein humor drin, für den man schwindelfrei sein muß und das bin ich nicht. gestern habe ich mit ›ole bienkopp‹ angefangen. richtig schlimm wird es erst, wenn es eine treuhand für literatur gibt... zwei zahlen heute aus der zeitung. honeckers tumor mißt 14cm, kohls körpergewicht beträgt 260pfd. woytila gratuliert pinochet zur goldenen hochzeit.« schreibt günther gsänger.

26. 7. 93
das deprimierende an der frist seit 89: daß es nichts zu lernen gab, daß sie uns nicht klüger machte. kein neues thema. nur der krieg zeigt ein paar neue ausfallschritte.

der saal in jena dicht gefüllt wie je: wie mans nicht mehr zu erleben dachte.

2. 8. 93
die bauarbeiter der firma lorenz, die für monate von den gerüsten aus an unserem leben teilnehmen, sind kurden und libanesen; der untätige mann auf dem balkon, dem wir kaffee reichen, sagt: ich chef. türkischer chef. – aber es ist eine deutsche firma? – wieso? ich leute habe, ich chef. – da ists gut, sage ich, einen großen auftrag zu kriegen, bei der arbeitslosigkeit. – keine arbeitslosigkeit. die ostdeutschen faul zum arbeiten, sagt der türkische motzki. währenddessen sehe ich interessiert zu, wie man den abfluß mit zubetoniert, nach welchem westlichen system wird der regen absorbiert werden? – als der beton fest ist, wird mir fest bewußt, daß ein drömel am werk war und das loch aufgestemmt werden muß. – die fahnen des 10. bandes, printed in austria. die druckerei in pößneck aufgekauft von bertelsmann und die aufträge ins billigere wien vergeben. ich merke es nur an dem konfusen, alle vereinbarungen ignorierenden drucksatz (die kursiven regieanweisungen zusätzlich in klammern usw.), den ich mühseligst korrigieren muß. mehrarbeit, und die pößnecker setzer und drucker sind ihrer berufe enteignet.

15. 8. 93
die in zwei jahren beiläufig/zwangsläufig dem lebenslauf abgewonnenen sachen fügen sich zu einem segmentierten roman (oder einem band texte *in folge*):
DAS NICHTGELEBTE
DER WESTSTRAND
DER WENDEHALS
DAS WIRKLICHGEWOLLTE
DIE FUSSGÄNGERZONE
: fünf scharf und süße teile; in die/in der fußgängerzone fallen sozusagen die *äußerungen.* das kann ohne aufenthalt bei der zensur in den suhrkamp verlag.

23. 8. 93

aus einer alten chronik. es war dann soweit, daß man aufhörte, vernünftig zu reden. es hat alles keinen sinn mehr, sagte man. – es blieben aber noch ausflüchte und die absurden sitzungen. man machte sogenannte grauenhafte vorschläge. das war die zeit vor den unruhen.

der zahl der betriebsschleifungen müsse irgend die zahl der theaterschließungen entsprechen, abgebaute arbeits- als wie zuschauerplätze. eine gewisse übereinstimmung sei zu wahren. wenn die bischofferöder hungern für arbeit, so die berliner nach kunst. das solidarpack.

es gelte nicht mehr, den *übergang* zu proben, sondern die untergänge. – das war der beitrag, die hiesige situation bewußt zu machen: daß der vorhang über vieles fiel. es gab keinen applaus mehr, und die letzte garderobenfrau begriff, daß ein härteres stück beginnen mußte.

10. 9. 93
trotzdestonichts. nach der 2. korrektur des 10. bds. ist das schriftbild noch immer fremde. der mitteldeutsche verlag entschließt sich zum neusatz in leipzig.

18. 9. 93
hilbig liest in ahrenshoop aus seinem roman »ICH«: der spitzel im metaphorischen untergrund (der berliner keller), ein überhöhtes dichterleben. im gespräch dann hört man mit großer zuneigung seine schwerfälligen antworten (nicht zu glauben, daß er diese raffinierte, rauschhafte prosa schreibt), in breitem sächsisch sensibelstes stammeln. »warum haben sie die wohnorte gewechselt?« – »ich habe die frauen gewechselt, das heißt sie haben mich gewechselt. ich bin gewechselt worden.« – als nachts beim jungen wegscheider in der bunten stube die rede auf die wirklichen akten kommt, meine ich eine verstimmung zu bemerken, wortkarges gutenacht. (so wie mir jetzt mitunter scheint, daß das erwähnen des aktenstudiums bekannte jäh schweigen macht, und verschwinden.) heute sagen mir schreyers, der alte wegscheider (in den dreißiger jahren göring sein kunde, in den achtzigern götting) habe berichte über sie verfaßt… es war fast zu erwarten. aber er war nicht nur IM, ein IMENSCH.

3. 10. 93
matinee im deutschen theater. ich habe nur den titel anzusagen: DER WENDEHALS oder TROTZDESTONICHTS oder WENIGERDESTONICHTS, und die herrlichen komödianten [thomas] langhoff und gudzuhn exekutieren aufs flätigste den text.

23. 10. 93
in der sektionssitzung spricht mayer gegen die fortführung von sinn und form, die ihre epoche gehabt habe. er läßt sich umstimmen. es kommt zum eklat, als er den abdruck aus den tagebüchern jüngers rügt. »mein leben ist der antifaschismus. über jünger diskutiere ich nicht.« jürgen becker wagt zu sagen: das ist erpressung, herr professor. mayer steht auf und bittet um seinen mantel. »diese akademie betrete ich nicht wieder.« hermlin (den ich eben in einem nachwort mit jünger parallelisierte): jünger eine »abscheuliche aber bedeutende gestalt«. jünger hat in paris nicht nur im stab stülpnagel gesessen, sondern sich bemüht, eine hinrichtung zu kommandieren. man komme in der deutschen kultur nur auf einen lauteren namen: lessing, der einzige rückhalt der antiantisemiten. »man muß seine einsamkeit, seine vereinzelung konstatieren.« – sinn und form wird die zeitschrift der vereinigten akademie, die redaktion behält ihre unabhängigkeit. der beirat hat sie zu schützen.

23. 10. 93
mit müller essen, bzw. trinken. müller unaufhörlich anekdoten redend / legenden, seine letzte kunstart. kohl und mitterrand zu gast bei jünger, schirrmacher berichte: müller sei sein interessantester besucher gewesen. kohl: er ist einer unserer besten, aber schreiben sie das nicht! kohl: hol ihn mal raus! (den pour le mérite). müller: »ein großer staatsmann.«
die hauptfigur seines dichterischen greuelmärchens bleibt stalin. der mann mit dem kurzen arm, deshalb brauchte er einen langen. seine angst vor seinem schatten. in stalingrad wurde die mauer gebaut: und weggerissen. das sei jetzt nicht schreibbar, die geschichte werde unwirklich. es gehen nur chinesische gedichte.

14. 11. 93
die neue wache wird umzingelt / geweiht, DEN OPFERN VON KRIEG UND GEWALTHERRSCHAFT, opfer = täter, die protestanten im würgegriff, die großgegoßne trauernde mutter der kollwitz unter der kuppelöffnung im strömenden regen, aus dem fernseher hundegebell.

22. 11. 93
ginsberg im prenzlauer berg. sein sanfter spott über den angepaßten underground, die unterwerfung unter den overkill. in diesem stream-of-consciousness noch das demokratische bewußtsein whitmans. er liest im café clara und singt zu einer kleinen quetschkommode. mit j[ames] prigoff zu ekke maaß.

25.11.93
im gebäuderest der akademie am pariser platz erste sitzung des beirats. der noch freie blick auf den tiergarten und das brandenburger tor, der bald verstellt sein wird.
18h ein anruf, gauck fragt: herr braun, was werden sie heute abend erzählen, sie haben doch so interessante sachen in den akten von braun gefunden, und hinterher wollen wir mit schirrmacher zusammensitzen. – wen wollen sie sprechen? frage ich, hier ist volker braun. er hat sich verwählt, der anruf galt dem mitarbeiter matthias braun. vor zehn tagen hatte ich, als ich die wahrung der persönlichkeitsrechte einklagte, aktenleser matthias mit michael braun verwechselt, der namens der adenauer-stiftung einlud.
die veranstaltung heißt: mielke und die musen.

16. 12. 93

durchquere zweimal die hallenser innenstadt, um ein paar gute flaschen champagner zu kaufen, und gebe im mitteldeutschen verlag meinen ausstand. die kleine belegschaft will es nicht wahrhaben (und aus versehen wird ein süßer schaumwein ausgeschenkt).

teller beklagt die »undeutliche stimmung« im fünfteiligen ms., melancholie. (schlenstedt umschrieb es mit einem jüdischen witz: er liegt da mitm bauchschuß, und er stöhnt nicht richtig.) teller, als freundlicher mann, sieht nur *inkubation*, vorbereitung. aber von was? früher der gegenstand zugleich die gegnerschaft, der text der vorschlag; jetzt liest er ratlosigkeit. gibt es eine methode, zu sich selbst zu kommen? (schlenstedt: die niederlage zu denken. sie »groß behandeln«.) ein bild dafür finden; »die utopie ist das konkreteste, das lebensnahe«, der akt der freiheit. »hamlet, am schluß ist es eine stahlklinge.« (oder sie wenigstens auf den wichtigen punkt setzen. »es hat das gegeben, eine möglichkeit, und das bleibt: man kann einen gewaltigen apparat stürzen.«) – aus der summe der teile, jedenfalls, entsteht kein ganzes, keine sichtbare haltung, nach der sich diese verwöhnte leserschaft sehnt.

18. 12. 93

auf dem leipziger kolloquium über die literatur der sechziger jahre kommt es zu einem unvermeidlichen zusammenstoß, indem ich die kleine meute von der f[reien]u[niversität] auf die schippe nehme. die einst linken schwärmer, die maoisten und k-gruppen-aktivisten haben sich nach der wende besonders gewendet, sie stülpen sich um in der selben schäbigen klamotte: der ideologie – und ein dicht am podium lauernder springt auf und referiert mit hochgerissenen händen, gestalt und gestik goebbels, aber das ist nun herzinger. beim unvermeidlichen bier gebe ich mir dann die schuld: wir haben, mit unserm fraglosen übertritt, ihr leben bestätigt, das sie selber bezweifelten, wir haben es angenommen und ihnen die träume genommen, nun *wachen* sie.

20. 12. 93

noch einmal in der »gauckbehörde«. gauck ärscht sich ein wenig an, outet sich als mann »nicht der fundamentalkritik«, er habe seinen natürlichen antikommunismus in der studentenzeit aufgegeben und gewinne ihn erst jetzt zurück. (der eingeübte ton.) beklagt sich über schorlemmer, der die akten zu verbrennen rät (ein freudenfeuer für den bischof). geiger erklärt die »rechtslage«. im grundgesetz ist nicht nur die würde der persönlichkeit, auch die freiheit der forschung zugesagt. wie das medizinische personal sich über die geschlechtskrankheit oder andere unangenehme zufälle des patienten austauscht, so werten wir die unterlagen aus. – die opferakten? vivisektion, sage ich. sich selber findet der betroffne in den akten nicht, die unreinste wahrheit, miesheiten und schutzbehauptungen der unbekannten feinde und der freundlichen bekannten. die parodie auf die biografie, kein material der wissenschaft. ich rede, als hätte ich etwas zu verbergen, aber es ist mein absoluter rechtsstandpunkt. – jetzt bekomme ich lust, ihre akte zu lesen, sagt geiger. natürlich: ein spanner. man hat sich das selbstverständnis der stasi, spiegelverkehrt, angeeignet. gauck bedankt sich, daß ich ihn aufsuche und nicht die gemeine wochenpost. er sei sich »jetzt erst des problems bewußt geworden«. aber er sei von feinden umzingelt. – selbst den verfolgungswahn hat man sich zugezogen.

31. 12. 93
DIE VERSTELLUNG, als zuspiel zu lessings JUDEN.
arne und thorsten, hermlins, schlenstedts. poulet à la normande mit calvados.

11. 1. 94

anruf borchers, suhrkamp verlag. das ms. füge sich nicht in das programm. – und könne sie mir gar nichts weiter sagen? – da müßte sie es ein zweitesmal lesen, sie habe keine zeit. sie habe jetzt zu tun mit dem herbstprogramm. »wir hatten ja schon einmal die probleme, mit der ZICKZACKBRÜCKE«, politische. »du warst doch drüben gewohnt, daß die dinge liegenbleiben« sagt sie unverschämt. – gewiß, aber das lag nicht am verlag. eine stunde später ruft sie noch einmal an: unseld hat mir einen andern lektor zugewiesen.

15. 1. 94
irina steckte das haus der geschwister an, um ein zeichen zu setzen. aber was für ein theatervorgang nun: die behinderte siebzehnjährige elke ist von skins mißhandelt worden, zehntausend gehen für sie in halle in einer protestkundgebung auf die straße, dann wird entdeckt, daß sie die tat erfunden und sie sich selbst verschandelt hat.

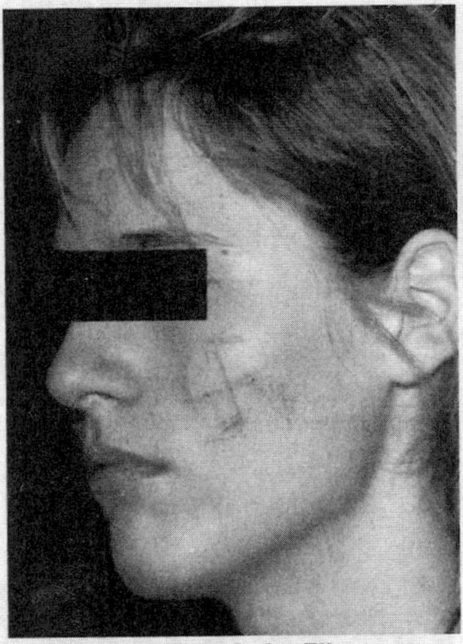

Angebliches Skin-Opfer Elke
Offenes Wesen

16. 1. 94

selbstbeibringung. wie die gymnasiastin elke j. aus halle sich in ihrem rollstuhl, von einer rätselhaften krankheit befallen, einer sogenannten hysterischen lähmung, in ihrem inneren entsetzen, ihrer hilflosigkeit mit einer klinge, die sie dreißigmal ansetzte, ein hakenkreuz ins gesicht ritzte und aussagte, von drei skinheads überfallen worden zu sein und sich geweigert zu haben, *ausländer raus* und *krüppel ins gas* zu rufen – so könnte das arbeitslose arme deutschland, in seiner entsetzlichen ratlosigkeit, und nur ein hilfeschrei wird es sein, und beteuernd, überwältigt, mißhandelt zu werden, in einem wahnwitzigen akt der selbstverletzung sich wieder einem führer anvertrauen, einem harten führer aus der not.

6. 2. 94

teneriffa. am einlaß der delphin-schau in puerto de la cruz hält charlie chaplin den besucher mit dem stöckchen am ärmel fest und schickt ihn in die andere richtung, pfeift ihn zurück und läßt ihn noch einmal ordentlich passieren, oder er trennt energisch ein ehepaar und es gehorcht nach kurzem disput. die sitzreihen sind noch halb leer, aber die ankömmlinge unterwerfen sich seiner vollkommenen willkür; er studiert ein billett, um es dann zu einem flugzeug zu falten; er sortiert mit spielerischer aufregung, wie um einer katastrophe zu steuern, die personen in die arena; bietet einer gattin den arm und, wenn sie sauer blickt, hakt den gatten unter; und weist einen nächsten ins becken. für die zuschauer, sobald sie davongekommen sind, ist die ungezogenheit beste unterhaltung; wie leicht folgt die masse einer angemaßten macht, dem überflüssigen führer, dem *großen diktator*. in teneriffa putschte an einem 17. juni ein exzentrischer general namens franco und dirigierte spanische korps und deutsche bombenflugzeuge gegen die republik.

nahe playa de las américas ein postmodernes städtchen mit giebeln und türmen und balkonen: das wir beim näherkommen als hotel erkennen; während noch palmen gepflanzt und terrassen poliert werden, ziehen wachposten an den pforten auf und erschweren den zugang, eine ferienfestung; fata morgana der metropolen im 21. jahrhundert.

während wir im sol sun beach unsere zahnbürsten von einem quartier ins andere tragen, belästigt vom lärm der baumaschinen und den ventilatoren der großgaragen; der run auf die ruhigen rastplätze zwischen dem müll der millionen.

23. 2. 94

in der berühmten GESCHICHTE VOM DICKEN HOLZSCHNITZER, einer »wahren begebenheit« aus dem florenz von 1410, macht der baumeister brunelleschi mithilfe der halben stadt den »ein wenig zur einfalt neigenden« freund manetto glauben, er sei ein gewisser matteo, ein verschuldeter tagedieb, den man in den kerker führt. spätestens wenn der streich in die werkstatt greift und alles gerät durcheinanderwirft, muß ich an das mißgeschick der ostdeutschen tischler oder metaller denken, deren werke plattgemacht und die ihrer identität verlustig gesprochen werden: und das um so leichter, als sie ohnehin unbewußt und ungewollt war. sie sind nun nicht mehr »sozialistische eigentümer«, nicht mehr die »herrschende klasse«, das »kollektiv«; es wird ihnen dafür die »freiheit« gegeben. auch das ein schurkenstreich, eine posse der geschichte; aber unser universum gleichfalls in seinen grundlagen erschüttert, und es hilft nichts, daß wir erkennen, zum narren gehalten zu sein. – der stoff hat den humor der jetzigen *verwerfung* aller sicherheiten und substanzen; das thema: der verlust der sozialen zugehörigkeit auf der freien wildbahn, der umtausch der zeitalter in den wechselstuben, die identitätskrise der gattung in der *industrie*gesellschaft. gegen den stoff spricht die nähe zu MANN IST MANN (die differenz: der abgegessene mythos des maschinenmenschen); fatal die dicke realität, die auf satire drängt, statt des charmes des viel bedeutenden spiels.

märz 94
in swansea, university of wales (cymru, schreibe ich mererid hopwood zuliebe). regen und rugby, referate. rhys williams der pub-kamerad in gower (sarah: studierte ich siebzehn verschiedene pubs. / immer für den professor / a quarter vom außerirdischen bier a pint / für die lady). gespräch mit holmes über GUEVARA, unser altes denken ist ihnen unbenommen. (das denken wechselt, wie das kapital, den ungünstigen standort.) nachtlanges gespräch mit jucker, auf seinen hohen tisch kopf und arme bettend, aber das tonband war taub. in regenschauern in laugharne, »unter dem milchwald«, der einzige mitspieler ein alter, der sein wägelchen feuerholz durch den schlamm zieht. dylan thomas spricht aus seinem radio unerwartet zart und singend, FERNHILL und den tribut an rimbaud: der bug glitt hinunter und die küste ... mererids gälisch singende kinder; with family in caswell bay, »noch nie habe ich auf so windige weise geld verdient«.

27. 3. 94
DIE VERSTELLUNG in wolfenbüttel. der ort ist mir recht. peter rein inszeniert DIE JUDEN mit aufgedrehten puppen, ein stilisierter klamauk. das ist gar nicht lessingsch. und so gehts fort ohne pause in den feudalen kostümen: ein höhnisches gelage an der alten tafel, an der sich der moderne reisende bedient. ich hatte einen suchenden, fragenden ton im ohr, angemessenen ernst; die wüstheit veräußerlicht das spiel und macht es zugleich härter. das muß ich respektieren. das verblüffte publikum ist wider erwarten gewonnen.

5. 4. 94
in den valleys von südwales, einst der workshop of the world, nelsons kanonen, franklins dosenblech, die schwellen der indischen eisenbahn. jetzt sind die zechen und hütten geschleift, dem sagenhaften boom folgte in jahrhundertschnelle der crash, jede erfindung vernichtete die werkstätten der vorigen, die industrielle revolution verläßt die verwüstete wiege. 1920 waren es 265 000 miners, in den nächsten tagen wird über die letzten 200 entschieden. das relativiert unseren ostdeutschen abbruch. in den endlosen straßen der rhonddas die reihen der two-up-two-down-häuser, jetzt die quartiere der renaturierer. die schlackehalden grünen, und die bäche glänzen wieder für die freizeit, die industrie der wanderburschen. die unverschämte zwingburg cyfarthfa castle, »ort der bellenden hunde«; die ironmasters crawshay meister der aussperrung, eh daß sie verhandelten, schlossen sie das imperium. selber ohne herkommen, wurden sie bedeutende ahnherren. jene mrs thatcher, die den langen streik von 1984 provozierte, als genug kohle auf halde lag, zwang die ganze britische arbeiterbewegung auf die knie und entließ sie in die bedeutungslosigkeit, eine moderne königin und heldin eines shakespearestücks, dem nur der humor fehlt.

11. 4. 94
so wenig ich ein nachspiel zu den JUDEN schrieb, dachte ich doch, ein nachspiel zu lessing zu machen. – frau dr. messerle kann sich freuen: herr dr. michel hat ihren duktus und ihr danebenreden beherzt beerbt. – ich dachte ein licht aufzustecken, aber es wird wie ein brandsatz geahndet.

14. 4. 94
straßenszene, prenzlauer allee. ein obdachloser mit einem plastebeutel von einem vietnamesischen zigarettenverkäufer angezogen, der ihn sofort angeht mit der ware, der arme kunde druckst und der schwarzhändler grapscht nach dem plastebeutel, ein verfahrener handel, der obdachlose wehrt sich mit dem beutel und versucht den vietnamesen loszuwerden, der ihm nachsetzt übern damm, zwei verbissene hunde.

plakatwand: *was stehen sie hier herum? zuhause wartet die welt auf sie.* n-tv

18. 4. 94

bahros selbstreflexion im audimax: »wer bin ich und was will ich einrichten?« – sobald eine figur auf der bühne belastet ist mit einer schuld, einem unglück, haben ihre worte und handlungen gewicht. bahro nach dem »unfreiwilligen freitod« seiner frau, sie stürzte sich von der siegessäule, »ich habe sie nicht festgehalten«. er habe mit dem bauch oder dem kopf gedacht, am herzen vorbei die machtfrage gestellt (»herzinsuffizienz«), aus selbstsucht. wie das rettende regiment in der LOGIK DER RETTUNG einreitet als institution und tyrannei, der ökofaschismus. »die rettung gleich mit der botschaft«, statt raum zu geben für nachdenklichkeit. der grundirrtum der ALTERNATIVE in die RETTUNG hineingenommen: die wiederkunft des kommunismus im *willensgestus*, »wir werden die welt einrichten«, das wollte der nationalsozialismus auch. finkielkraut: was beide vereint, ist die verachtung des gegebenen. beide sind schatten des kapitalismus; und jetzt tritt unser held ins licht: »der auftrag grün war ein anlaß, sich durchzusetzen, den kapitalismus abzuschaffen.« er steht jetzt »auf dem boden dieser wirklichkeit«, nachdenkend, unter der siegessäule. die deutsche hinterlassenschaft das schwert (des vergoldeten engels), unsere geschichtlich gewordene psyche, die motorik, die in die natur hineingreift mörderisch. »am abgrund der real-apokalypse«, im weißen anzug tänzelnd vor dem mikro, spricht der gestrafte glaubhaft von der *umkehr*, der erneuerung im ganzen. der demobilisierte messias, der uns fragt, ob man nicht *kandidieren* solle für das amt der neubeseelung, eine *führungsfunktion*.

25. 4. 94
von zwei philosophen. 300 verse von empodokles sind auf papyruspartikeln in der straßburger universitätsbibliothek identifiziert worden: der erste längere text des griechen. – der tschechische waldmensch, der sich drei jahre verwildert vom diebstahl nährte und dem jeder film von der wende und der teilung fehlt, ist von havel begnadigt worden.

30. 4. 94

Das Bild zeigt einen amerikanischen Soldaten in Vietnam, der in der Schlacht von Chu Pong (März/April 1966) wahnsinnig wurde und von zwei Kameraden vom Schlachtfeld geführt werden mußte. Er hatte die extreme körperliche, geistige und seelische Dauerbelastung nicht mehr ertragen können. Nur eine einsatznahe Ausbildung kann Soldaten auf die Extremsituation im Krieg so vorbereiten, daß sie eine Chance haben, unversehrt an Leib und Seele zurückzukommen. Moderne Armeen setzen dabei immer mehr auf psychologisches Training, auch die Bundeswehr. Foto Bilderdienst Süddeutscher Verlag

er ist bei laune und nicht bei verstand.
ihr herrn, die mühe ist vergebens
da fehlt die vorbereitung auf den ernst des lebens
der letzte schliff für herz und hand.

6. 5. 94
das ende der apartheid in südafrika. nelson mandela: »laßt gestern gestern sein. laßt uns die wunden der vergangenheit heilen.«

Endlich wählen: Geduldig stellten sich die Menschen in lange Warteschlangen

11.5.94

»die konfrontation von ost und west in den tropen hat aufgehört, aber weder der osten noch der westen hat gewonnen. mit dem schwinden ihres einflusses kommt zum vorschein, was sie so lange mit ihrem szenebeherrschenden zweikampf verdeckt hatten: der süden. ein süden, der weder dem einen noch dem anderen gegenübersteht, sondern dem, was ihnen gemeinsam ist. ein süden, in dem dreißig jahre ›entwicklung‹ in ein und dasselbe desaster umgeschlagen sind: die entstehung der archipele des elends. ein durch konflikte zerrissener süden, in dessen tiefen neue weiße flecke entstehen, unzugängliche *terrae incognitae*, sie sich mit all ihren dramen, von denen wir nichts wissen, in sich selbst abschotten. ein süden, dessen bevölkerungswachstum das ›europäische profil‹ des übergangs hartnäckig nicht zeigen will. ein süden, in dem es erneut zum reinen revolutionären ausbruch kommt, befreit von den gutartigen lösungen, die ihm der marxismus aufgenötigt hatte. und der sich die technologie, die rationalität, den materialismus des nordens zur zielscheibe wählt. seit der ökonomismus, die universelle religion der zahl, all das nicht mehr in seine trügerische einheit einzuhüllen vermag, zeichnen sich zwei welten ab, die durch gegensatzpaare gekennzeichnet sind: auf allen gebieten, dem demographischen, ökonomischen, politischen, kulturellen, gibt es einen klaren bruch zwischen dem norden und dem weltteil, der ihm mit den merkmalen der neuen barbarei entgegentritt.

dieser gegensatz ähnelt stark dem, den die römer zwischen ihrem reich und den barbaren hergestellt hatten, und ist ein beweis dafür, daß der norden bei seiner suche nach den werten, durch die er sich definiert, weitgehend dem zivilisationsgedanken treu bleibt, wie ihn polybios auf rom übertragen hatte. die barbaren werden als das gegenteil dieses ideals wahrgenommen.« (jean-christophe rufin, DAS REICH UND DIE NEUEN BARBAREN)

17. 5. 94

eine 5. klasse vor dem fußballspiel deutsche gegen englische jugend: *deutschland deutschland*, anne, die die kinder zu begleiten hat, verweist ihnen die unsportliche parteinahme, und sie skandieren: *deutschland den deutschen.* in der s-bahn singen sie DIE SCHWULENSAU, a. interveniert, und sie entschließen sich zu dem gedicht DER GUMMITEST. im olympiastadion formiert sich die polizei vor den blocks der hooligans. eine ältere schülerin: wenn die mich erkennen, daß ich links bin. (an den schuhen, am schwänzchen an der glatze.) das 2 : 3 die reine angst. die rückfahrt mit aufgerissenen türen, stop and go. »ich kann hier nicht mehr bleiben. es beginnt etwas ganz anderes.« eine faschismusbereitschaft.

19. 5. 94
»zum glück für die ruhe des menschengeschlechts wurde das gemäßigte system, welches der weise august empfohlen hatte, von den besorgnissen und lastern seiner unmittelbaren nachfolger angenommen. in wollüste versunken, oder mit der ausübung der tyrannei beschäftigt, zeigten sich die ersten cäsaren selten bei den heeren oder in den provinzen; auch waren sie keineswegs geneigt, die triumphe, welche ihre lässigkeit verschmähte, durch die geschicklichkeit und tapferkeit ihrer nachfolger usurpieren zu lassen. ... und so gebot denn jedem römischen heerführer eben so wohl die pflicht als sein interesse, die seinen sorgen anvertrauten grenzen zu bewachen, ohne nach eroberungen zu streben, die ihm selbst nicht minder verderblich werden mochten, als den unterjochten barbaren.
... wenn man einige unerhebliche feindseligkeiten, welche fast nur zur übung der grenzlegionen dienten, ausnimmt, so bieten die regierungen hadrians und antoninus pius' das schöne schauspiel eines allgemeinen friedens dar. der römische name flößte den fernsten nationen der erde ehrfurcht ein. die wildesten barbaren stellten oft ihre zwistigkeiten der schiedsrichterlichen entscheidung des kaisers anheim, ja ein gleichzeitiger geschichtsschreiber meldet, er habe gesandte gesehen, welche gekommen waren, um zu bitten, in die zahl der unterthanen aufgenommen zu werden, und denen diese ehre verweigert wurde.
... geblendet von der ausgebreiteten herrschaft, der unwiderstehlichen macht und der wirklichen oder erkünsteteln mäßigung der kaiser, erlaubten sie sich, die im genusse einer barbarischen unabhängigkeit gelassenen außenländer zu ver-

achten und zuweilen zu vergessen; ja sie maßten sich allmälig das recht an, die römische monarchie mit dem erdkreise zu verwechseln. aber gemüthsstimmung und wissen eines neueren historikers machen ihm eine nüchternere und genauere sprache zur pflicht. er wird einen richtigeren begriff von der größe roms geben, wenn er anführt: daß das reich von antonins wall und der nördlichen grenze daciens bis zum berge atlas und dem wendekreis des krebses eine breite von zweitausend meilen hatte; daß es sich vom westlichen ocean bis zum euphrat in eine länge von mehr als dreitausend meilen ausdehnte; daß es in dem schönsten theil der gemäßigten zone zwischen dem vierundzwanzigsten und sechsundfünfzigsten grad nördlicher breite lag; und daß man seinen flächeninhalt zu sechszehnhunderttausend quadratmeilen, meist fruchtbaren und wohlbebauten landes, veranschlagte.« (edward gibbon, VERFALL UND UNTERGANG DES RÖMISCHEN REICHES)

28. 5. 94
mit fries in der paris-bar. DIE NONNEN VON BRATISLAVA ein überbordender und untergründiger roman, ein buch mit siebzig siegeln, als wolle der autor (»mateo aleman«) die fesseln sprengen zugleich und sich einspinnen in seine geschichte; kein simplicissimus: ein komplicissimus, »dienendes glied unserer familie« und feind aller alt und neuen seilschaften. an einem siegel wird gekratzt (der mord an der literaturwissenschaftlerin lindemann)

diktierte seiner frau die letzte fassung – in ihrem rücken sitzend, damit er nicht ihr mienenspiel sehen mußte. am schluß sagte sie: jetzt weiß ich, wie wenig du von mir weißt.

7.6.94

beim einstigen sklaven epiktet die freiheit ein hauptbegriff, bei kaiser mark aurel kommt sie nicht vor. epiktets sätze axiomatisch knapp, wie mit dem laserstrahl die sachverhalte teilend. »nicht die dinge selbst beunruhigen die menschen, sondern die vorstellungen von den dingen.« die messerscharfe unterscheidung: zwischen den dingen und deiner einstellung zu ihnen; zwischen dem, was von dir abhängt und dem, was nicht von dir abhängt; zwischen dem innen und dem außen, das du nicht empfinden sollst. eine rückzugsphilosophie, der abendländische haushalt genial heruntergekocht aufs wesentliche, euklidische mathematik, eine karateschule des geistes. der körper ist draußen, eine mondlandschaft, die liebe, die politik. ein jammer- und scheißdenken. die unterscheidung zwischen dem begehren und dem vermeiden, »verlange nicht, daß alles geschieht, wie du wünschst, sondern wolle, daß alles geschieht, wie es geschieht, und du hast ruhe.« das innen aber ein selbstbewußter, herrlicher freiraum des aufsässigen. (brecht bediente sich aus dem handbuch, keinen gedanken verschwende an das unänderbare!) mark aurel war zu keinem solchen schneidenden satz fähig. er bündelt exzerpte, ein gesangbuch für den tornister. wie konnte der oberste politiker eine aus prinzip apolitische lehre wählen? fragt haug. du würdest verrückt, wenn du das römische volk regieren sollst, ohne das opium des beamten. der supermorast rom, multinational, vom militär gehalten; man hat gesiegt, aber der gegner steht im land, der ungesättigte pöbel. er hat die bürgerrechte, aber nimmt keinen anteil am weltreich. es ist kein projekt mehr, nicht einmal für einen kaiser. mark aurels projekt: keine angst vor dem tod zu haben, der tägliche gedanke. wir denken noch ans leben: wir haben unsere vergangenheit vor uns; für die römer war das *nichts* die zukunft. das was kam, die colonenwirtschaft, konnte nicht in den kopf, es war primitiv, barbarisch. mark aurel revidierte die gesetze, aber es gab kein gesetz für die welt. eine welt ohne perspektive, und er ist ihr vordenker; der witz: daß ein philosoph in das problem gespannt ist. der einzige entwurf, gegenstand, gegner er selbst: es galt sich selbst zu beherrschen, sich selbst zu überwinden. da zeigt er elende größe, viehische gelassenheit. seine selbst- sind zu fremdbetrachtungen verkitscht, ohne spur des gemetzels. ich muß ihn ernstnehmen als einen, der unaufhörlich versucht, die schlacht zu organisieren, von der er weiß, daß sie verloren ist. – haug bekümmert sein schenkel, in den sich eine zecke bohrte; es ist der körper, sage ich, was ficht es dich an? es hängt von mir ab, und eile ist geboten, erwidert er, und ich fahre ihn zum doktor.

18.6.94
»da man die dramen nicht zu verhindern vermag, kann man sie zumindest in weite ferne rücken.« (rufin) limes-experimente. d-mark aurel. wiener blut. mark aurel, der seinen gleichmut bitter bezahlt. er will gut sein und bekommt schläge. die grenzbefestigung, bereinigung, die ihn in den schlamm zwingt. der in sich selbst ruhende, dem die welt wegrutscht. faustina, die selbstische, wirkt etwas für andere. die unruhige, lockere, die verbindung schafft, etwas bleibendes. die fremde pest, die pest des fremden: die berührung ist der krieg. es ist die eigene krankheit. ausgrenzung ist eingrenzung, ein gejagtes leben. von der selben furcht gefoltert, die er einflößt. briefbomben, springmesser, reizgaspistolen, rollkommandos. der zwang, gegen die innere natur zu handeln. »hüte dich, auch innerlich zu seufzen.« die magengeschwüre, die drogen, um durchzuhalten. der arzt galen, der die natur peinlich befragt: das *prinzip grausamkeit* (herr clément rosset). commodus, das ungeheure söhnchen, eine arschgeburt. im kopf kommt mark aurel zur einsicht, wir sind gleiche wesen; das handeln, die politik im wesenlosen. zuletzt der abgang durch den eisernen vorhang, der narr und imperator, über seine schatten springend, sich verweigernd dem wüten der welt.

27. 6. 94
»nibelungen-premiere mit blanken busen im cabrio« »meuchelmord im stadion!«
an zutaten spart axel richter nicht im ernst-grube-stadion in magdeburg. ein eisenbahnwaggon steht auf den zuschauerrängen, ein polizeiorchester marschiert auf, ein riesiger augapfel liegt magisch auf dem rasen. weltmeister täve schur dreht eine runde ums oval, zwanzig fußballfans laufen mit olé übers feld, die ritter recken sich auf den kothurnen, und etzel wird von einem helikopter in den nachthimmel getragen. faßbier nach mitternacht, und der autor steckt bis zum morgen auf der autobahn fest.

10. 7. 94

LIVRES. MARK AUREL

21. 7. 94
fabel zu LIMES. MARK AUREL.

mark aurel im blick den tellerrand
roms: wie hielt er den hungernden stand
aus den wüsten böhmens. MERKE: ES GIBT DINGE
DIE VON DIR ABHÄNGEN, DIE ANDEREN NICHT
die hohe schule der gelassenheit
ein philosoph auf dem thron, der sich sein teil denkt
von der welt, DEN ANDEREN NICHT.
ein leben lang stand er im schlamm der schlachtfelder
und befestigte die grenzen mit tellerminen.
galen stellte ihn still in den gemetzeln.
im röcheln der verreckenden, er war ja nicht taub
schrieb er seine dichtung ÜBER MICH SELBST
lektüre der staatsmänner mit magengeschwüren.
ein schnitt in den leib löste die magenfrage
rom ging unter, und die seelenruhe blieb.

13. 8. 94

nach dem beschluß, die alten platanen in der puschkinallee in treptow, aus interesse des automobilverkehrs, zu fällen, warfen dieselben, wie entmutigt, sofort ihre mächtigen rinden ab. (archiv, sommer 1993)

es war kein beschluß, es war die empfehlung eines baumgutachtens, und der senat verweigert jetzt die zustimmung. von krosigk, gartendenkmalpfleger: »wir sollten diese einzigartige allee in schönheit sterben lassen. aber das hat noch eine generation zeit…«

15. 8. 94

karte aus [für] *kairo.* die große wanderung an den tellerrand europas kann nicht vergessen machen, daß die wiege der zivilisation im südosten stand und die barbaren im norden wohnten, ihre kultur die arbeit alter völker im nilschlamm und unter dem sternklaren himmel mesopotamiens, der zeitrechnung erlaubte. auch die enormen stoffe des nachdenkens der gattung, die mythen von schöpfung und vernichtung, nahmen ihren weg von dorther, sich aufladend mit geschichte, staats- und familiengemetzel, und verfremdet von härterer erkenntnis. unser handgriff die umbesetzung des personals aus dem antikensaal in die industrielandschaft; gilgamesch, der uruk ummauerte und den geist des walds tötete, um unsterblich zu werden, hockt im schatten der zeder, die verdorrt ist im flutlicht, am rand des rollfelds. der moderne spielraum revolution und müllplatz, aber revolution ist wieder zum astrologischen begriff geworden. wir stehen, wie die alten ägypter, mit dem rücken zur zukunft, starrend in die grabkammer, in der wir leben wollten. »das große umsonst ist eine diabolische idee, schrecklicher noch als die niederlage.« (haug) die kunst bewahrt das gedächtnis und die utopie, und sie treibt die erfahrung in die krise. nach dem »ende der erzählungen«, das nur das verstummen der autoritäten ist, steht doch fest, daß das drama weitergeht, der kampf der interessen im kostüm der gesinnungen und religionen, ein drama, das bisher gleichgültig gegen unsere konzeptionen war. auf den kalten krieg, nach camus »das blöde duell zweier gleichermaßen verworfener ungeheuer«, das den orient als zuschauer sah, folgte die drehung der weltachse, und das vereinte europa war einberufen zum ersten nordsüd-krieg, an den golf von kuweit. der wahre weltgegensatz die akkumulationszentren und die ausgebeutete peripherie, die das salz der erde ist; und der beton der berliner mauer wird recycled am neuen limes, dem elektronischen zaun an der oder und am rio grande. der norden redet, wie mark aurel im drogenrausch, mit dem er die magengeschwüre betäubte, von der *einen welt* und der menschenwürde: und grenzt zugleich eine hemisphäre aus durch schuldscheine und sanktionen. es ist die komödie der menschheit, unter ihrem wissen zu leben. die angst des nordens: ein leben zu führen, das nicht für alle taugt; die furcht und hoffnung der völker. der zerrissene gute mensch von sezuan die identifikationsfigur, solange nathan der weise ein arabisches märchen bleibt und sieben gegen irgendein theben ziehn. brechts unterscheidung aristotelisches / nichtaristotelisches theater, einfühlung oder eingreifen, wird müßig, wo die kunst verkommt in den kanälen der unterhaltungsindustrie, die der soziale sprengstoff nicht passiert. sie muß wie seit jahrtausenden über die ufer treten und ihre substanz ablagern im delta unserer tätigkeiten. shakespeares verbeugung vor ägypten, antonius und cleopatra unter dem purpursegel aus der schlacht bei actium fahrend, bezeugt den neuen traum von lebenskunst, herrlicher als eine welt von macht.

27. 8. 94
die gesonderte verabschiedung der russischen streitkräfte war eine stille kriegserklärung an rußland. die westalliierten, die im 2. weltkrieg zögernd die zweite front eröffnet hatten, sind im 3. auf deutscher seite. – gorbatschow erklärt sich wie ein quisling: das sowjetische ja zum vereinigungsvertrag sei nicht an die anerkennung der bodenreform gebunden gewesen.

10. 9. 94
aus dem dumpfland kommend, spazieren wir über die kairoer brücken, die islamischen extremisten haben anschläge angesagt / *woher? welcome* / auf schritt und tritt polizeiposten, die weltbevölkerungskonferenz; aber karasholi läuft in leipzig mehr gefahr / es ist die lauteste stadt, unbewohnbar lebendig / auf dem nil die losgerissenen wasserrosen wie seit jahrtausenden / die mampfenden nonnen auf dem dampfer genudelt, wieviele kinder könnten von der mahlzeit zehren / zwei sicherheitsbeamte frühstücken aus unerfindlichen gründen im kofferraum des chevrolets hockend / tiefgefroren im chefroller der regierung durch die nächtliche altstadt, der riskante driver ortsunkundig, farbenblind und machtbewußt / das *festival* des experimentellen theaters findet für uns auf den gassen statt / pfefferminztee im fishawi am basar el khalili, das tuchdach zugezogen / die scheichs im fahrstuhl des sheraton sehen sich satt an arne, ich nehme die heiratsanträge entgegen / der scheich der el-azhar-moschee dengelt einsam die dogmen / mahfus beim talk im nilcasino, jeden freitag der schwerhörige umringt von zuträgern, er sitzt den stock in der hand, mit der andern wedelt er sich luft zu und die worte: gentechnik, abtreibung, demokratie

12. 9. 94

im handgepäck schleppe ich die statue thutmosis III.
politician and peace-maker
geschenk des ägyptischen kulturministers
bei 40 grad in der senkrechten sonne
er war der bedeutendste pharao
den seine mutter hatschepsut zweiundzwanzig jahre am
regieren hinderte
dann meißelte er ihr andenken aus
und zog mit seinen armeen siebzehnmal nach syrien
und unterwarf die *papageiengesichtigen hethiter*
und alle städte vom 4. katarakt bis zum *aufwärts*
fließenden euphrat
er erstürmte den megiddo-paß auf einem kampfwagen aus
gold und elektron
und kam mit giraffen und sklaven nachhause
als welche das hunderttorige theben bauten
auf einem ausflug erlegte er hundertzwanzig elefanten
er führte auch das haushuhn in ägypten ein
ich bedanke mich, herr minister
und muß sehn, wie ich die last loswerde
in der hitze auf dem arabischen rollfeld.

15. 9. 94
karasholi führt uns in seinen syrischen clan ein. die schwägerin nimmt am tisch platz, an dem ein fremder mann sitzt. der tisch gedeckt mit fladenbrot, joghurt und gebratenen auberginen. auf dem heimatboden gewinnt der stille freund seine dimension, gebietend, feilschend und jeden kennend. auch dem nie begegneten veteran des sechstagekriegs verweigert er nicht das hallo. allerdings hatte damaskus, als er es verließ, 300 000, jetzt drei millionen bewohner. das *paradies* expandiert, die oase das chaos, die apfelhaine sind betoniert. die *preußen arabiens*: assads regime eine ddr hoch drei bei 40 grad, die schülerinnen in uniform (und weißem kopftuch), SEIN BILD in jedem laden. das ist der politische lack; etwas anderes das leben. siehe, paul, sie wollen unsers nicht geschenkt. sie »drängen« nicht »in das westliche modell«, wie du dachtest. sie haben das eigene hergebrachte, auf dem sie beharren in den gemächern, männercafés und dampfstuben. ich erlebe mein damaskus.

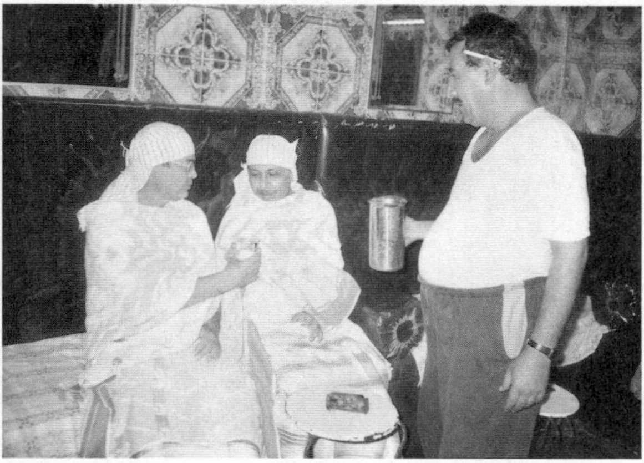

1. 10. 94

unselds geburtstag. noch war ich im glauben, daß das buch nicht kommt, und stakte, den sekt in der faust, heiterböse mit luhmann durch den dunklen palmengarten: im mitteldeutschen (verlag) die verkohlten sedimente, hier in frankfurt blüht die urwelt grün und feuchte fort. das eigentliche problem der moderne sei die zeitdimension, erwiderte er gegen die vogelschreie, »intentionen und zwecke sind nur noch selbstsimplifikationen der systeme«. die diskrepanz zur realität zeige sich an den nebenfolgen. »es geht gut, solange es gut geht. das ist die botschaft.« heute muß ich döring sofort einen titel sagen, DER WENDEHALS ist im osten eingeführt, roman in maskeraden. wir lassen aber einige masken fallen (DIE VERSTELLUNG eben), die der *roman* beansprucht hätte.

2. 10. 94

»... statt des stalinismus der bürokratie hat hier immer nur der stalinismus des geldes geherrscht ... es gibt andere hoffnungen als die, wie ein unmündiger idiot ewig auf den ›investor‹ oder ›politischen hoffnungsträger‹ godot zu warten, der bekanntlich niemals kommt. und es gibt besseres zu tun, als sich dafür zu ruinieren, ein ›standort‹ für marktwirtschaftlich konkurrenzfähigen gemeingefährlichen schwachsinn zu bleiben oder zu werden. vielleicht beginnt die befreiung sogar mit einem unbotmäßigen hohngelächter über die unfaßbaren zumutungen, denen wir uns bisher unterworfen haben.« robert kurz aus nürnberg

15. 10. 94
die potsdamerin elke sager, die ausgesagt hatte, von drei jugendlichen mit springerstiefeln aus der fahrenden straßenbahn gestoßen worden zu sein, hat den vorfall erfunden. sie war ausgerutscht, hatte sich die hüfte gebrochen und glaubte, arbeitslose mutter dreier kinder, nicht für das krankenhaus aufkommen zu können.
der zweiundachtzigjährige mahfus ist am freitag vor seinem haus mit messerstichen ins genick verletzt worden. er steht seit jahren auf den todeslisten.
die *straßenszene* – mythischer ort einer theatertheorie und modell demonstrierenden spiels, jetzt allenthalben dramatische realität.

18. 10. 94

post für anne: »gemäß artikel I § 2 nr. 2 buchstabe b nr. 1 a buchstabe a des dritten gesetzes über die vereinheitlichung des berliner landesrechts vom 19. 12. 1991 (GVB1. s. 294) wird hiermit festgestellt, daß sie die bewährungszeit nach artikel II §§ 2 und 3 dieses gesetzes für die laufbahn des lehrers mit dem in der zweiten besoldungsübergangsverordnung – 2. BesÜV – in der fassung vom 02. 06. 1993 (BGBl. I s. 778) geregelten eingangsamt in besoldungsgruppe A 12 erfolgreich abgeleistet haben.«

Multireligiöser Schläger frei

(ADN). Ein zwischen drei Religionen schwankender 23jähriger Küchenhelfer ist vom Vorwurf mehrfacher Körperverletzung sowie Freiheitsberaubung am Freitag freigesprochen worden. Das Landgericht folgte damit einem gerichtsmedizinischen Gutachten, das dem Angeklagten zur Tatzeit Schuldunfähigkeit wegen eines schizophrenen Schubs zubilligte. Im christlichen Glauben erzogen, wandte er sich vor den Straftaten dem Islam zu. Seiner Meinung nach erlaubte diese Religion, Frauen zu schlagen und mit dem Messer zu verletzen, was er denn auch tat. Zur Zeit bekennt er sich als Brahmahne.

30. 10. 94

brecht, sagt haug, las kriminalromane; da liege mein mangel. das vermögen an vulgarität; den hohen ton zu finden, sei leicht, aber die untertöne, darauf kommt es an. LIMES. MARK AUREL sei »ein juwel, dem die fassung fehlt«. abgeschlossen, wie in stein gehaun. es müßten öffnungen hinein. ich könne mich nicht auf die mühe von voß und die mühe von mühe verlassen. der text brauche eine ebene fürs erste verständnis, die populäre ebene. mein elender purismus. ich müsse das stück verlangsamen (mit »kneipenszenen«) und den suspens gewähren, den der krimi hat und die pornografie, das allmähliche, genüßliche, worin wir bei der sache sind.

9. 11. 94

katlenburg, beim bücherpfarrer westkott, der den nützlichen spleen hatte, die bücher, die auf dem acker bei leipzig auf halde lagen, weil sie zu billig und in zu großer stückzahl produziert waren, mit lastwägen in sein dorf zu holen. vor der veranstaltung (: *müll-literaten lesen*) führt mich der junge bärtige schratt in die riesige scheune auf dem burgberg, die stapel dicht an dicht, heym, STALIN VERLÄSST DEN RAUM, mickel, GELEHRTENREPUBLIK, friedrich II. und kybernetik: makulatur, zu kaufen zum spottpreis bzw. den obulus für *brot für die welt.*

5. 12. 94
die richtige art, den hungerstreik zu führen
die art, sich zu der unerhörten steuerforderung von 67 millionen in den medien zu artikulieren, wäre wohl diese: daß die genossen sich ins ermeler-haus oder in die parisbar setzten, von vollen tellern gänsebraten oder langusten speisten, kalt erklärend, sie befänden sich im hungerstreik und würden ihn, wie man sehe, entschlossen fortsetzen; sich dann über die backen wischten und die serviette auf die knochen resp. schalen würfen.

14. 12. 94

nachbar sparschuh experimentiert mit erfolg im LG (: arno schmidt), dem längeren gedankenspiel, indem er sich spielräume schafft, das marxistische seelenkritikinstitut oder das hochland von tibet. philosophisches und satirisches interesse, und doch gelingt noch nicht das *böse buch*. ZIMMERSPRINGBRUNNEN, *ein heimatroman*: das ist ein großes versprechen, wenn man an kroetz, bernhard oder mickels LACHMUND denkt; härte, böser witz, die intimität der entlarvung. nichts davon hier, der held ist ein wattierter wicht. hinrich, ein abgewickelter kwv-beamter, mutiert zum vertreter, und wie er einst die schadensprotokolle für die hausverwaltung schrieb, führt er nun das protokollbuch seiner eigenen schäden. vielleicht hätte er nur weniger selbstlos, weniger wenig sein müssen, um format zu haben. und doch ist es eine gewichtige, eine identitätstauschgeschichte. hinrich ein entwurzelter – und ein befreiter, befreit von der herrscherlichen kommunalen funktion. in der er doch für ein ganzes zuständig war (die kaputten wohnungen) – jetzt nur für die nische, in die der springbrunnen paßt. daraus sprießt natürlich komik: wenn ihm der westliche vormund, das du anbietend, »gleich automatisch ein paar jährchen abgezogen hat«, weil es kein leben war, das vollkommen war, und auch nicht wird.

28. 12. 94

thomas mann, MEERFAHRT MIT DON QUIJOTE, 1934 geschrieben – und merkwürdig, er spricht nicht von hitler, läßt überhaupt seine umstände, nun, nicht einmal im dunkeln, im flimmern der wasserweite. selbst wo von deutschland die rede ist, bei cervantes (»das sei ein gutes, duldsames land«), empfindet er »patriotischen stolz«, und es ist ihm »angenehm, aus fremdem munde das lob der heimat zu hören« – aus seinem kann es nicht kommen; ist das bittere nostalgie oder die noblesse abgründiger kritik? will er sich den rückweg offenhalten? man liest mit staunen, und erschütterung, die scheinbar dem wellengang sich verdankt. sein verfahren ist jedenfalls raffiniert. er spricht der seereise, die »etwas primitives, dem element überlasseneres« hat, »sympathische besonderheit« zu und fragt sich, ob sich auch bei ihm »der überdruß am mechanismus der zivilisation« durchsetze – »die neigung, ihn aufzugeben, ihn zu verleugnen, ihn als tödlich für seele und leben zu verwerfen und eine daseinsform zu bejahen und zu suchen, welche dem primitiven, elementaren, ungesicherten, kriegsmäßig-improvisierten und abenteuerlichen wieder näher wäre? spricht auch aus mir die überall grassierende begier nach dem ›irrationalen‹, dieser kult, für dessen menschliche gefahren und eignung zum mißbrauch mein kritisches gefühl doch wach war und dem ich aus europäischer sympathie für vernunft und ordnung widerstrebte, – mehr, vielleicht, des gleichgewichts wegen, als weil ich das bekämpfte nicht auch in mir hätte?« als erzähler widersetze er sich den »nichts als seelenvollen und möchtegern-barbaren«, dem »sich-beliebt-machen bei der zeit durch eifriges herumtrampeln auf vernunft und zivilisation«, kurz:

der »aktuellen bewegung«. mitten auf dem meer, im cervantes, *liegedeck, promenadendeck, plaid und mantel,* ist dann, scheint es (jetzt), adolf selbst anwesend. »was wäre nun erst ein gegen-idealistischer, ein finsterer und pessimistisch-gewalttätiger don quijote, ein don quijote der brutalität...? so weit haben humor und melancholie des cervantes es nicht gebracht.« aber erfahrung und trauer des exilanten.
der *erzähler* in seinem element: am anfang die einfache, handliche absicht cervantes' (die literatur-satire), die einfältige figur, dann setzt das sinn an und der narr vielfalt, und allmählich wird die geschichte ihrer bedeutung inne und kann mit ihr spielen und sie wieder vergessen.

29. 12. 94
: vitte, dünenhaus, in sturm und kälte. wir legen die keilkissen ins fenster. wären wir im frühling gefahren! nun aber reden wir uns den kauf im hochland aus.
SCHREIBEN IM SCHREDDER.

8. 1. 95

lutz bertram, der blinde moderator von radio brandenburg, wird als IM vorgeführt. er glaubte seine akte vernichtet und wollte »den zeitpunkt selbst bestimmen«, sich ehrlich zu machen. d. h. er heuerte, belastet wie er war, beim öffentlich-rechtlichen rundfunk an und machte erst einmal, was ihm zuvor verwehrt war: den plebejisch-radikalen befrager der verhältnisse. so wurde er die kultfigur des morgenradios. er wurde es, indem er seine verstrickung verschwieg; und weil er sie verschwieg, hat er sich aufs neue schuldig gemacht. jetzt ist es, nicht durch den blinden, am licht, und wir sehn: wäre er ehrlich gewesen, wäre er nicht er geworden. er kann nicht wünschen, korrekt gehandelt zu haben, und ist nun korrekt genug, auf sich zu bestehn. aber nun sieht er sich wieder zum schurken gemacht.

11. 2. 95

... der entsetzliche widerspruch von grauen und schönheit, die wirkung von tod und kunst, rückte mir die geschichte in ein scharfes licht, als etwas gewaltsames und offenes, das anteilnahme und widerspruch fordert. ... wir bestraften, aufwachsend in zerstörten städten, in der ziegelsteppe. gewöhnt an den rohen anblick der ruinen, abgespeist mit dem dreck der kriege, ausgehungert nach schönheit. dagegen setzte das dresdner dichten sein formbewußtsein, den festen oder zertrümmerten bau der gedichte, den gestischen vers und darunterliegend das ernste maß der blankzeile. »das *liebe dresden* tal der ahnungslosen / die wollten doch das NEUE LEBEN sehn / die toten blicken in die rosige zukunft.« kolloquium »die zerstörung dresdens – antworten der künste« im stadthaus.

12. 2. 95
mit mutter nachts an der beräumten ruine der frauenkirche, das requiem der 124 dresdner glocken.

13. 2. 95

mayer im berliner ensemble, in freier rede, über brecht und beckett. mayer erinnert, daß lukács bei der trauerfeier für brecht, hier im raum, sich erlaubte zu sagen: mit brecht verschwinde der legitime nachfolger *aristoteles'* und lessings. (ich nannte wohl einmal aristoteles den *brechtianer.*) und somit ist er bei den schlagworten und macht sich daran, den ganzen »ballast der bewertungen«: fortschrittlich, reaktionär, dekadent, absurd »beiseite zu räumen«. diese terminologie ja ein geistiges und gesellschaftliches verwirrspiel, und gerade die begriffe fortschritt und reaktion in widersprüchlichstem wandel. damit sind beide autoren nicht zu fassen, deren »schweres, einsames leben aufgebraucht«, in praxis verwandelt wurde. er hält zwei stücke nicht gegen-, nebeneinander, herausforderungen an die zuschaukunst, parabeln von erwartung und enttäuschung, und wenn im GUTEN MENSCHEN VON SEZUAN die frage: andere götter oder keine? keine allgemeine lösung meint (»die es nicht gibt«), sondern auseinandersetzung, eigenes suchen, sei das warten auf godot vielleicht bereits die wirklichkeit von godot; »das warten auf eine transzendenz bedeute ein in-der-welt-sein«, in aller unsinnigkeit, glückhaftigkeit, notwendigkeit, zu leben und weiterzuleben, es bedeute das wesen menschlicher existenz. »mehr kann große kunst, die brechts, die becketts, nicht leisten.«

13. 2. 95
mayer über dekadenz: ich denke an die soz[ialistische]. wenn eine bestehende gesellschaft ihre werte verloren habe und (»wie thomas mann es sagen würde«) formale existenz geworden sei und dennoch weitergemacht würde, obwohl man nicht mehr daran glaube, dann sei (»würde hegel sagen«) eine gestalt des lebens alt geworden. so seien die griechische polis, das römische reich, die katholische kirche, das ancien régime untergegangen, niedergestoßen von neuer vitalität. – aber, er muß es nicht sagen, bei der jetzigen einverleibung wurde eine altgewordne welt von einer andern altgewordnen übernommen, oder eine frühvergreiste von einer altersgeilen.
wenn der kap[italismus] in der dekadenz seiner genüsse lebt, eines »sinnlos gewordenen genießens« und ressourcenschlingens, wird (wie bahro sagen würde) eine reformation aus puritanismus, askese, moral anbrechen.

20. 2. 95
ad dmitri, in der zeit der wirren
»ich will dir etwas gestehen, lieber freund: es gibt tage, da man mehr elende und heruntergekommene, manchmal auch vertierte gesichter sieht, als die menschliche psyche aushalten kann; da man sich von all den ausweglosen und absurden situationen die kritische masse der supernegation holt; da man am feierabend in den stinkenden darm des pluralismus unter der mir einst so teuren puschkinskaja steigt und einem der penetrante uringestank (ja, die schweinerei und der tierische nihilismus haben bereits diesen grad erreicht) und das geheul des geistlosen gesindels entgegenschlagen – da möchte man am liebsten alles hinwerfen und sofort flüchten, egal wohin.
doch bald kommt man zur besinnung und sagt sich noch entschlossener als vorher: wir werden nirgends erwartet. alle lücken im wiedervereinigten europäischen gefäß sind schon besetzt, uns dagegen ist – wenn auf das von nikolai iljin vorausgesagte russische chaos nicht die von allen seiten vorangetriebene apokalypse folgt – nur eins gegeben: uns einzurichten auf ein langes aufopferungsvolles leben um der zukunft unserer kinder willen, auf eine geduldige, zwei bis drei jahrhunderte lange selbsterhaltungsarbeit von generationen. ...
als unsinnig erweisen sich all unsere versuche, die politischen schlachten von gruppen und allen möglichen führenden politikern in unserem parlament ernst zu nehmen, darin neue formen der historischen bewegung zu sehen. die tragikomödie dieser ›volksversammlung‹ besteht darin, daß sie, ohne es selbst zu merken, nur eine abermalige marionettenvorstel-

lung abzieht und zum x-ten mal das uralte szenario der russischen geschichte wiederholt, das die hauptstraße der europäischen zivilisation meidet.
ich möchte auch nichts vom ›steuermann unserer leidenschaften‹ sagen, dem in den tagen der parlamentarischen vigilien so schweigsamen ›zar boris‹. das funktionieren von rußlands präsident ruft bei mir nicht jene bilderbuch-rührung hervor, die den regisseur mark sacharow, einen ungestümen totengräber unseres einstigen idols w. i. lenin, gelegentlich eines besuchs bei jelzin heimsuchte. die märchen von einem ›sehr schlichten und zugleich rätselhaften menschen‹ sollen gefälligst jemandem anders aufgetischt werden, doch nicht uns, die wir den alten gehirntumor noch in unverminderter form haben. anders als der von den höchsten klassischen mustern inspirierte autor des essays in der literaturnaja gaseta träume ich nicht davon, mir in der neujahrsnacht von einem machthaber mit intellekt und seele des prinzen von dänemark gute wünsche geben zu lassen. ja, ich weiß, daß wir alle, die wir am rande eines abgrunds stehen, auf einen neuen, wahren messias warten. doch ist mir der ewige biblische zweifel näher, den pasolini in seinem jesus-christus-film wiederholt: ›ist das jener, der kommen sollte, oder müssen wir auf einen anderen warten?‹« wladimir koljasin

die vier werkzeugmaler : masaccio

3. 4. 95
ein volksbegehren in sachsen: »soziale grundrechte in die verfassung« ist gescheitert. überschrift in der frankfurter allgemeinen: helle sachsen. überschrift im neuen deutschland: ängstliche sachsen? (leserbrief: »mir wurde mehrfach versichert, das anliegen des volksbegehrens moralisch zu unterstützen, aber mit rücksicht auf die noch in arbeit befindlichen familienmitglieder könne man es sich nicht erlauben, mit adresse zu unterschreiben.«)

27.-31. 3. 95
dijon, lyon: lesungen und seminare (lance, bataillon, jezewsky).

11. 4. 95
ebert sagt telefonisch MARK AUREL ab. langhoff hatte das stück mehrfach angekündigt. – lesung zu hermlins 80., zum dank für seine lesung 1962 im selben saal.

2. 4. 95
auf dem schiff von neapel nach ischia von ungeheuren brechern geschüttelt, ich öffnete elendsmatt alle kleider. auf dem schiff von ischia nach neapel die aufgehnde sonne, der vesuv. die besiedelte küste, das war alles schon einmal unter der asche. PLINIUS GRÜSST TACITUS.

30. 4. 95

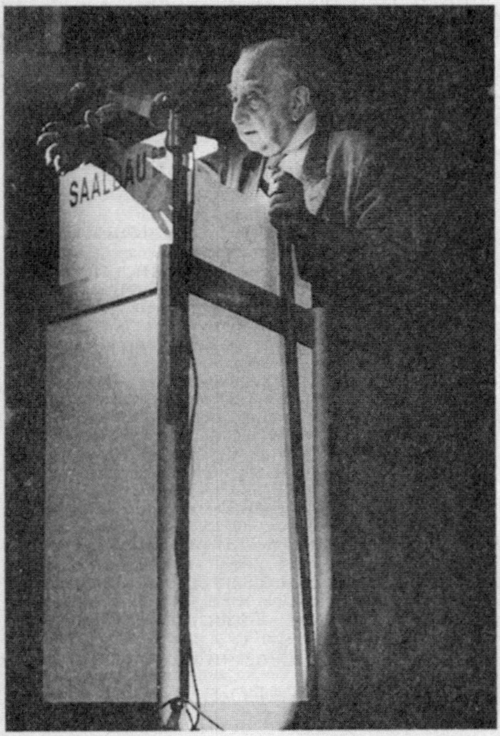

Foto Barbara Klemm

Der Vater der Wasserstoffbombe als Anwalt der Forschungsfreiheit und als Prophet der wissenschaftlichen Schicksalhaftigkeit: Edward Teller vor seinem Publikum in Frankfurt

am stocke steht er, und ich hör ihn pochen
auf seine bomben. hund, ich hoff
du wäschst die hand mit wasserstoff.
er soll vertilgt sein bis zum letzten knochen.

2. 5. 95

für das hiddensee-gespräch über intelligenz und macht. »geht einmal euren phrasen nach, bis zu dem punkt, wo sie verkörpert werden. blickt um euch, das alles habt ihr gesprochen, es ist eine mimische übersetzung eurer worte.« büchner, DANTONS TOD. – wir hören von der wahnsinnstat der russischen frauen, die fünfzig jahre nach dem ende des 2. weltkriegs, in den unsere mütter unsere väter ziehen ließen, ihren söhnen nachgingen, hinterherfuhren, 1500 kilometer hinterherfuhren in den krieg in tschetschenien, und sie – käthe reichel sagts so – »bei den armen packten und dem getötetwerden mit ihren händen entrissen, einfach entrissen«. das unglaubliche, verrückte ist das begreifliche, das vernünftige, das wir nicht denken, dessen wir nur bedürfen. und die macht der wachsoldaten in den lagern, in die sich die mütter zutritt verschafften, um ihre söhne zu beschlagnahmen, wich der elementaren intelligenz dieses verzweifelten anspruchs, und sie wandten die köpfe weg und sagten mit zusammengebissenen zähnen: nimm ihn mit. – »derhalben mußt du gemeiner mann selber gelehrt werden, auf das du nicht länger verführt werdest.« müntzer, AUSGEDRÜCKTE ENTBLÖSSUNG.

5.5.95
brecht hat, merkte dieckmann neulich an, die ddr noch als sein eignes kunstwerk angesehen. wir nahmen es respektvoll auseinander, das *verkehrte einverständnis* ahnend, und verblieben in ihm, eigentlich an kunst (lebenskunst) interessiert. das bewußtsein war der sehschlitz, die schablone, die den blick einengte, zurechtrückte auf die *wahrheit*, die wirklichkeit sein wollte; aber »das bewußte ist das unbewußte« (althusser), gerade beim zusammennehmen, organisieren, zielhaftverhalten entgeht uns das, was uns hält und treibt. der wille zum wissen der wille zur macht. geschrieben habe ich: zur unmacht; hieroglyphe des sog. »ungeborenen autors«. die vernunft die zentralsonne, der monotheismus des fabriksozialismus. jetzt ist sie zerfallen, ein einsteinsches phänomen: milliardensonnen, haug: »dezentralisierung noch ein mildes wort.« aber auch die wahrheiten sind religion, und »mit der wahrheit wird alles, von der sozialversicherung bis zu den freien wahlen, ausgehebelt«.
brandenburg. braunschweig. rheinsberg. bremen. gatersleben. berlin. halle. frankfurt/oder. zwickau. chemnitz.

20. 5. 95

arnold zweig notiert 1951 in einem brief, wie »ernst und idealistisch es die partei mit den künstlern meint und wie wenig wir uns daran gebunden halten, ohne etwa in gegnerschaft zu verfallen. hier ist alles guter wille, und dem amusischen bürokratius stellen wir uns als front der akademie der künste aufs heiterste entgegen« ... oder der einzelne aufs härteste, in den achtziger jahren nicht mehr willens, das regime zu retten. das war die arbeit von gestern, heute waschen, sagt fries, »die enthüllungen der medien über das schandsystem des sozialismus ... den kapitalismus porentief rein. wir sind wieder im 19. jahrhundert.« erinnerung an die zukunft, den weltenbruch von 89, die *demokratie von unten*, in der gegenwart, die all das vergessen macht: »deutschland muß notfalls auch zum einsatz militärischer macht bereit sein« ... sonst »nähme uns in der welt auf dauer niemand ernst« (präsident herzog) / »regieren macht in deutschland immer freude« (kanzler kohl).

21. 5. 95
»keine ideologie, kein rechtsakt der überführung von bourgeoisem in sogenanntes volkseigentum, keine staatliche zentralisation der produktionsmittel kann ... sozialistisches eigentum begründen. im gesamten real-›sozialismus‹, einem staatskapitalismus ohne bourgeoisie (lenin), reproduzierten sich ... arbeitsteilung und entfremdung. die unmittelbaren produzenten blieben lohnarbeiter. jeder fortschritt der ›sozialistischen‹ warenproduktion setzte die logik der angeblich überwundenen kapitalistischen produktionsweise erneut in gang. die wende war die offene anerkennung dieser tatsache. kein arbeiter verteidigte ›sein‹ eigentum. ... die produktionsmittel gingen aus der hand des einen staates in die treuhand des anderen über – nach der niederlage eines konkurrenten ein üblicher eigentumswechsel, keine wesensänderung dieses eigentums. arbeiter-und-bauern-inspektionen, plandiskussionen, fdgb, subbotniks, wettbewerbe – nichts von dem machte die werktätigen zu sozialistischen eigentümern. durch den falschen schein einer ›sozialistischen‹ form ließen sich die kapitalistischen produktionsverhältnisse nicht überlisten.« ulrich weiss; das ist den VIER WERKZEUGMACHERN zu sagen. »aber arbeiterbewegung und existenzkampf des ›sozialismus‹ brachen entwicklungsblockaden der bürgerlich-kapitalistischen formation auf. sie haben bürgerliche vernunft erzwungen, haben das kapital geradezu dahin geprügelt, die potenzen der tayloristisch-fordistischen produktionsweise auszuschöpfen. heute deutet sich an, was vom fortschritt ... übrigleibt, wenn keine neue kraft die geborgte zivilisierende des ostens ersetzt.« weiss spekuliert über eine radikal-demokratische bewegung. lean-production und toyotismus als

ausdruck der krise, sie schaffen elemente einer neuen produktionsweise unter dem druck der katastrophen. die selbstbestimmten initiativen des gemeininteresses »greifen mit ihren teilerfolgen bereits real in die privat- und staatskapitalistische verfügungsgewalt über eigentum ein« und zeigen gegenentwürfe auf, alternative konzepte. die frage ist, in welchem horizont, in welcher logik sie bleiben, ob es auf biegen oder auf brechen geht.

26. 5. 95

nooteboom, es gefällt mir, daß sie die niederländischen berge erfinden. wir kommen aber nicht umhin, auch die niederländischen tiefen zu sehn. – kleinschmidt sagt mir: den satz, es gelte alle verhältnisse umzuwerfen, in denen es elende und unterdrückte gebe, könne er nicht mehr billigen; es werde immer arme geben müssen, und diesem bodensatz sei nicht aufgeholfen durch radikale kuren. ich setze das weinglas ab.

27. 5. 95

nachträgliches schlußwort. wir hörten heute abend zwei männer reden, die meinen müssen, nicht mehr wichtig zu sein; und es ist nicht nur die späte stunde, die granin müde macht. filips leben ist eine bittere aber runde sache: die intellektuellen des prager frühlings kamen zurück *an die macht*, aber das volk, das 68 nur eine stunde streiken wollte, ließ sie zum zweitenmal an der macht verhungern. ihre ideen sind schliffgebacken in der hitze der verwirklichung. ein vorgang aus tragik und komik, und filip weiß das zu schmecken. anders granin, in seine tragische biografie verkrochen, kritische größe in seinem riesenland, in dem er *barmherzigkeit* forderte, und jetzt der gescheiterte noch immer bettler, berater der unbarmherzigen macht. die ruhmreiche sowjetunion, und die literatur fängt wieder bei der vorrede an: und der ruhm? und der hunger? es ist nicht unser privilegierter hunger nach demokratie, es ist der elementare hunger. weiß man, was aus diesem hunger für ein denken folgt? nooteboom sagte rüde: wir haben genug von den ideen rußlands, nichts mehr von dort. bester herr, das ist eine erhabene meinung. und weiß man, ob nicht auch wir vor elementaren fragen stehn, und wir die luft zum atmen brauchen wie die demokratie? die macht muß man preisgeben, nicht den intellekt. die *anstrengung der vernunft*, das heißt die gedanken zusammennehmen: die disparate erfahrung. der rasen hollands deckt nicht die wüsten der welt.

30. 5. 95
der greise kuczynski macht noch eine feine fußnote. in seinem buch GESPRÄCH MIT DEM URENKEL habe er gesagt: ich bejahe das system, aber habe tausend kritische anmerkungen zu ihm; er hätte seinem urenkel genau das gegenteil sagen müssen: ich verneine das system, aber finde tausend gute dinge in ihm.

13. 6. 95
calw. erst bei direktor teufels frage: wie können wir sie vermarkten? wird mir bewußt, daß ich *stipendiat* der kreissparkasse bin, ein unangenehmer gedanke; ich war als gast der hesse-stiftung angereist. stadtgang mit rathgeber, dem archivar. *gerbersau*: vor dem tor lag der schlachtplatz, die metzgergasse, in der ein bach lief, um die reste in die nagold zu spülen, und der zeitungsladen war eine seifenfabrik, die die knochen verarbeitete – stinkende gewerbe, aber der waid löste seinen blauen farbstoff nur im urin, die färber hatten von freitag bis sonntag zu saufen, blau zu machen, um genug zu pissen, auch wurden die potchambre gesammelt, fünf pfennig die schüssel, und zudem die gerberhäuser am fluß, die die schaffelle zurichteten, die hauptstraße die lederstraße, das frühjahr schwemmte alle innereien hinaus und setzte schlamm in die gassen, eine stadt aus reichtum und gerüchen, jetzt muß nur die sparkasse die tresore räumen bei hochwasser, geld stinkt nicht.

5.7.95

... *wenn mit dem neckar herab*, ein abendspaziergang in tübingen mit dem lindenhof-theater, ein ganz gegenwärtiger gang aufs land, von lauffen in die wehrmacht, bordeaux und die böhmischen wälder. inmitten die lange tafel in der inselallee, die hunderte sitzen beim wiegenfest, brot und wein, und hölderlin streunt im ufergehölz und bellt seinen text.

6.7.95
nicht die lösungen für alle; wir haben jetzt die gegenentwürfe zur kenntnis zu nehmen. minister blüm in calw: teilzeitarbeit, flexible arbeitszeit, differenzierung statt überprofessionalisierung, ein gutes herz ist besser als zehn gelehrte semester. wir müssen die welt nicht ein zweites mal erfinden (: sie ist erste wahl), sagt er beherzt seinen wählern.

9. 7. 95
sonntag früh mit anne fahrt durch lieblichste landschaft: nach warmbronn. der christian-wagner-ort. lesung vor herzlichem kreis. keichers fadendrucke.

13. 7. 95

die creme von calw im kronenhotel bad liebenzell, landrat, altbürgermeister und anlagenberater, mercedes-boß, deckenfabrikant (altadel der zeughandels-compagnie) und sparkassenchef: die schwarzen hirten der pietistischen arbeitsmoral. wem es im leben schon gut geht, der lebt gottgefällig; und auch die reingespeckten, die türken werden akzeptiert, weil sie geschäftstüchtig sind. der wohlstand verpflichtet; die extreme abgerieben; das selbstgefühl der schwamm, der alle kritik wegsaugt. – der fabrikant fragt bei der tafel, was ich empfände zum erstenmal in der freiheit? ich versalze ihnen nicht das mahl, und erfahre erst beim dessert, daß er die produktion nach litauen verlagert, 1 mark und pfennige stundenlohn, hier 35. aber so bleibt die firma den banken erhalten (und die 200 doppelt freien kräfte werden verkraftet). wir haben unendlich zu lernen, wir waisenkinder aus dem kollektiv. gewerkschaftsfreie gewerke. arbeitsloser profit. hierher wird keine katastrophe geraten, bevor sie nicht eintritt und die nische räumt, noch in diesem zeitalter, des lutherisch-japanischen kapitalismus.

15. 7. 95
nach dem feuerwerk am 14. juli in strasbourg:

kümmere dich um die küche, jacques, der feind frißt
fastfood
in den vogesen. dank für den festlichen himmel
über den ponts couverts, schön und teuer
vor den schreckverzückten augen. nun laß es gut sein, junge
warum ein atoll? warum meere unterminieren.
die menge löst sich lebendig, mit einem applaus in der nacht.
genug. es ist gut. nun, willst du partout imponieren:
mach uns den feuerschlucker, im elysée.

18.7.95

die zweite garnitur der honoratioren, jetzt wird die materie moderater beredet, betroffener: der bürgermeister, der die garnison aus der stadt komplimentieren wollte und öffentlich auf dem markt mit dem general das bierfaß anstechen muß. der fuhrunternehmer, der nun auch in eisenach anspannen läßt, plädiert für niedrige ostlöhne, die notwendige ungleichheit, damit der wagen rollt. der manager betet für die vierspurige autostraße im murgtal (so wie man über den abzug der kanadischen überschalljäger wehklagte), lärm ist lohn, die stille ist sterben. die rehabilitationspädagogen haben mit den ansprüchen der arbeitsgeschädigten fertigzuwerden. beim krabbencocktail starten die tornados nach bosnien mit den ersten landeskindern; die vielleicht bald zu betrauern sind.

9. 8. 95

Der Meister inmitten seiner Musen: Auf den Collections Premieren Düsseldorf (CPD) zelebrierte der Grieche Nikos Apostolopoulos das zehnjährige Bestehen seines Hauses „Nikos L'Art du Corps" mit einer pompösen Schau seiner Kollektionen. Ihm haben es die Männer zu verdanken, daß ihre Unterwäsche zum Gesprächsthema wurde. Nikos, ein Star mit Allüren, hat die Herren-Dessous von ihrem Grabbeltisch-Image befreit und zum erotischen, aber nicht halbseidenen Kultgegenstand gemacht. Inspirationen schöpft der Designer aus seiner griechischen Heimat: Adonis, Herkules und ihre athletischen Gefährten dienen als Vorlage für die Träger von heute.

so wollte ich auch einmal sehen: daß es nicht
[illegible] die sklaven

10. 8. 95

die donauversickerung (für egbert-hans müller). wo fließt das wasser hin, nachdem es plötzlich aus dem flußbett verschwindet, in dem es sich ruhig wälzte, in löcher versinkt, in die tiefe sackt? eben noch war es halbwegs *mächtig*, nun ist es *versiegt*. hält es sich in verborgenen becken auf oder wird es verbraucht im untergrund; oder strömt es in den kavernen drunten fort, den flußlauf begleitend im geheimen, um nach kilometern wieder das bett zu füllen? lange war es ein rätsel, und es hielt sich die hoffnung, es steige zweimal in den selben fluß. vermöchte es doch der mensch! bis man das wasser färbte und verfolgte und überführte. nicht in der donau, wo sie wieder sichtbar fließt, findet sich die brühe, sondern weitab springt sie, mit druck und strömung, aus der quelle der aach. das saubere, kalte, frische wasser eines neuen bachs. unsere arbeit versickert, versunken im löchrigen boden, untergegangen die ddr; wohin geht die kunst und das können, vertut es sich, *strömt* das je wieder *zuhauf*. dynamo dresden, die klasse-elf, gesiebt, und ausgesondert, was sich verkaufen läßt, sammer in dortmund, kirsten in leverkusen (das geld im gully), und nach dem *abstieg* die ganze mannschaft verscherbelt, rath, kern, ekström, beuchel, jähnig, kmetsch und jeremies, verstreut im gelände, wo sie weiter dribbeln und bolzen und um ihr leben laufen.

18. 8. 95
stelle im alten steinhaus in nagold, nach einer abstimmung, DIE VIER WERKZEUGMACHER vor, die ich gestern noch im schraubstock hatte unter der feile. wider erwarten finden sie verständnis im westen, diese abgebauten bestarbeiter und verwandelten werktätigen, ja ich muß mich fragen lassen, ob ich sie nicht mit zuviel humor behandle? das war ja eben meine sorge, sage ich: nicht in bedrücktem ton, nicht angeschlagen zu schreiben (und antonio manettis legende kam mir zupasse); so kann man die härte selber schmecken. und in wahrheit ist diese lebensverwandlung keine entsetzliche, aber eine ernstlich komische sache, derer man hier auch gewärtig ist. nachts vor dem geheizten backhaus werden die flammkuchen auf die tische gereicht.

26. 8. 95

bei bahro im st.-hedwigs-krankenhaus. ein abgemagerter haarloser schädel, der dünne körper im kissen aufgestützt, die stimme mühsam und benommen. er ist im elend, und ist damit einverstanden, der selbstmord von beatrice habe den krebs zum ausbruch gebracht. die krankheit die rücksichtslose selbstkritik. er redet von seinen vorlesungen, die er im herbst zu halten hofft: über landwirtschaft, das thema, mit dem er auf dem parteitag im dezember 89 scheiterte. ich gebe ihm DIE VERSTELLUNG, die er nicht mehr nötig hat. seine neue schrift: DAS BUCH VON DER BEFREIUNG AUS DEM UNTERGANG DER DDR, DABEI ÜBER DAS SCHEINBAR ABSEITIGE THEMA ÖKOLOGIE UND KOMMUNISMUS, JA ÜBER DAS SCHEINBAR NOCH VIEL ABSEITIGERE, WIE DIE PDS DOCH EINEN SINN MACHEN KÖNNTE. die empfängerin: sahra wagenknecht, die befleckte jungfrau, die er als heilige ausersehen hat, wenn sie sich nur zum prager frühling bekehrte. er sieht eine konterrevolution, die außerordentlich milde ausfällt; wehleidigkeit sei da ganz falsch am platz. »die beiden industriesysteme, das originale und der unglückliche nachbau, sind einander schon lange keine alternative gewesen, und sie sind es jetzt erst recht nicht, wo vielmehr das industriesystem als solches zur disposition steht – soviel neuer beton auch in deutschland und seiner hauptstadt gerade in die erde gerammt und in den himmel getürmt wird.« das neue axiom laute: außerhalb des marktes kein heil; die gegenutopie, die der jesuit sebastian kappen »monotheismus des kapitals« nennt: das kapital die zentrale gottheit, die milch und honig verheißt. nicht visio beatifica, beseligende schau, sondern consumptio beatifica, beseligender konsum. marx' jüdisch-christlich versetzte idee von der mission des proletariats habe »einen einzigen starken punkt« gehabt: die orientierung auf die allgemeinen gegen die sonderinteressen. in jeder anderen hinsicht habe sich der kernsatz als falsch erwiesen; die empirischen arbeiter eine sehr besondere klientel, zweite klasse der nationalindustrie, auf die sich keine internationale solidarität gründen ließ. »vielmehr geht es um den aufstieg zu den fleischtöpfen des jeweiligen ägypten... marx ließ seine theorie der allgemeinen emanzipation absolut kapitalkonform auf die prinzipielle forderung nach unendlich erweiterter reproduktion und schrankenlosem technischem fortschritt hinauslaufen. ökonomisch-krisenanalytisch weist sie darauf hin, daß das kapital immer noch nicht genug, immer noch nicht effizient genug produziert. *polit-ökonomisch* erklärt sie die ständige überproduktion zur maßgeblichen realisierungsbedingung des sozialismus und kommunismus. von da zu der heutigen wegwerfproduktion ist nur ein kleiner schritt. so mündet sie ganz unentrinnbar und ganz unmittelbar in die logik der selbstausrottung, die sowieso die quintessenz der kapitalistischen moderne ist.« kommunismus sei aber zunächst das prinzip der vergleichsweise unwichtigen ökonomie. irgendwann nach der ALTERNATIVE sei ihm, »anfänglich siedend heiß«, der gedanke gekommen, daß die systemauseinandersetzung »längst des teufels« sei – wenn wir nichts anderes mehr zustandebringen als die parität der overkillkapazitäten. »das schlimme ist, da wäre – nach meiner heutigen einsicht bzw. vermutung – selbst dann nichts mehr gekommen, wenn wir alle ›moralisch‹ unser bestes gegeben hätten. es bewegte sich unser ganzes experiment in der sackgasse jener allseitigen begrenztheit, immanenten beschränktheit, die mit der oktoberrevolution, mit dem leninismus, ja mit dem marxismus selbst gegeben war. dies nicht wissen zu wollen, da hat uns, da hat jedenfalls mir die eigene fähigkeit zum idealisieren, zum hineinprojizieren von utopie, den größten streich gespielt.« die fähigkeit allerdings ist ihm nicht abhanden gekommen. im sommer 1992 erlebte er eine »wegweisende szene«, als der ehemalige pater holl im audimax sprach. »ohne uns hier direkt was zu wollen, warf er nun mit seinen verschiedenen erzählungen die ganze zeit die frage auf, warum wir ostdeutschen ›minderbrüder und -schwestern‹ (minoriten – so nennen sich die anhänger des heiligen franz) eigentlich nicht so einen großen versuch aus unserer lage machen wie eben die damaligen minoriten – und ähnliche ›sichselbst-verkleinerer‹. wir müssen uns ja nicht die wundmale christi verdienen. wir müssen uns nur fragen, ob nicht vielleicht der junge rilke in seinem stundenbuch, wo er franzens *armut einen großen glanz aus innen* nennt, doch noch etwas anderes als eine apologie der ohnehin schon allzudemütigen im sinne hatte. als adolf holl geendet hatte, stürzte im audimax plötzlich ein grauhaariger mann auf die bühne, kein unbekannter, um ihn tief berührt von seiner botschaft zu umarmen. dieser mann war damals schon nicht mehr rektor der humboldt-universität, aber es war jedenfalls kein anderer als heinrich fink.« bahro hat der erleuchtung nicht bedurft; er predigte längst, am selben ort, die paradoxe lehre, in aller beschränktheit ringsum sich selbst zu beschränken. der ort, schreibt der todkranke, »des anderen, des eigentlichen lebens«. dort müsse er wenig oder nicht *tun*, müsse bloß mit hermann hesse »unter der alten sonne« sitzen, und der neue konsens verbreite sich von selbst. »es ist dies ein konsens *aus* dem zerfall der *motivation*, die die megamaschine am laufen hält, und *hin* auf die für alle menschen dieser erde lebbaren, von keinem weltmarktmechanismus – lokaler markt ist was ganz anderes, kann es jedenfalls sein – fremdbestimmten kommunitären, d. h. übrigens auch wirklich kommunistischen verhältnissen«, subsistenz, selfreliance. »erreichten wir die im ganzen land, es brauchte keine extra solidarität mehr mit einer – so ja eben nun gar nicht mehr zählbaren – ›dritten welt‹, und wir *wären* schon ziemlich entlastet durch all die tore gegangen, die wir empirisch sowieso nicht alle passieren können, wenn noch etwas übrigbleiben soll von der kleinen großen natur, die die erde ist... mit den verbräuchen und belastungen von 100 auf 10 herunterzukommen, wie wir es mindestens müssen, ist keine besonders wahrscheinliche aussicht.« es sei an der zeit, den offenbarungseid zu leisten – und uns zu erinnern, daß marx und engels für die spätrömischen zustände die unzuständigkeit ihres modells zugaben. »sie hatten dann dort keine klasse mehr gesehen, die über die alte struktur hinauslag, sondern nur noch den gemeinsamen untergang der kämpfenden klassen. die geschichte ging *anders* weiter, mit kräften ganz *anderer* formation...« für die »zweite« spätrömische zeit sichtet er das subjekt, das marx *sozialökonomisch* nicht ausmachen konnte, *intraindividuell,* in den bewußtseinsfraktionen, im überschüssigen bewußtsein. sein heilsplan: den unterschied, ja gegensatz lernen zwischen dem kampf um menschenwürde und dem kampf »um den gerechten anteil« – obwohl sich beides häufig so zum verwechseln ähnlich sieht / es kommt auf das kräfteverhältnis in den seelen der versammelten menschen an, denn die »furien des privatinteresses« lassen sich mit gewalt nicht niederhalten, im gegenteil, sie finden dann nur den noch besseren einsprungsort, werden nie verfehlen, sich so »befreit« wie möglich zu verkleiden / einsicht nur, »wenn die sorgenstiftende geldabhängigkeit des eigenen alltagslebens empirisch aufhört« / die erste persönliche eigenschaft eine gewisse selbstlosigkeit; nietzsches *schenkende tugend* / die selbstauswahl. keine frage der zahl sondern der intensität, der strahlkraft, die mit der reorganisation der menschlichen energie gegeben ist, der befreiung aus dem spiel der antagonismen, das sie gewöhnlich verbraucht. »einer aber, der ein mensch ist, ist er nicht mehr denn hunderte, die nur teile sind des menschen?« hölderlin / »wozu denn noch einmal das parteispiel, wenn nicht diesmal wenigstens eins ausfällt: die herrschaft der struktur über den lebendigen geist.« (»die schönelosen orte meist erbärmlicher politischer versammlung«) / *gnade* ist die erfahrung, daß das freisein, vor allem von den zahllosen ressentiments gegen andere und anderes, unterm strich auch der kürzeste weg zur vereinigung mit den wahrhaft menschlichen interessen aller derer ist, die ihre not natürlich zunächst in ihrer unmittelbaren form ausdrücken, wenn wir so wollen, an uns »herantragen« / an wen: den »verbund aller geistig sich aufklärenden in deutschland.« – aber wo liegt das?

7. 9. 95
es gibt wieder zwei deutsche literaturen – und wieder ist es eine erfindung der kritiker, die einen ideologischen strich ziehn. grass, EIN WEITES FELD, »in der bitterfelder sackgasse« (die zeit); welche ironie der literaturgeschichte, daß der starautor des westens nun der ddr-literatur zugeschlagen wird. die leserschaft, drüben grollend, hier amüsiert, bestätigt den irrtum. grassens respektables verbrechen: er hat die deutsche vereinigung aus der sicht der unterlegenen beschrieben. daß er der offiziellen geschichtsdarstellung eine bleibende literarische entgegenstellt, reizt die ideologen aufs blut. – der saublöde einfall, dem kopfmenschen einen staatsarsch beizugesellen, wird, nach dem ende der stasi-debatten, als realistischer griff erscheinen.

17. 9. 95
»bitte, verstehen sie, daß wir ihr politisches gedicht zu den französischen atomversuchen nicht bringen möchten. politische lyrik in einer tageszeitung hat immer etwas ausgesprochen heikles, da die leser jede form von meinungsäußerung gerne begründet sehen und lyrik als apodiktisches genre dann sehr ungnädig aufnehmen. die mißverstehensmöglichkeiten sind hier fast unendlich, und wir müssen sie vermeiden.« (frankfurter allgemeine) – ich verstehe es, ja es ist mir geläufig: die rücksichtnahme auf die bruderländer. das ist das brot der zensur. alain [lance], *directeur* in paris, übersetzt es unter dem pseudonym johanna friedenstaube.

22. 9. 95
wo ist die hoffnung geblieben, die noch in pandoras büchse war? die alten texte geben keine auskunft. inge sagt: ein mutiger hat den finger hineingesteckt und sie ausgeleckt.

28. 9. 95

tagesbegebenheiten. 245 atombomben lagern noch in deutschland, 200 in ramstein in der pfalz, ohne daß die bundesregierung etwas verlauten läßt. / der ehemalige bürgerrechtler havel ist bereit, atomwaffen der nato in tschechien zu akzeptieren. / nach der schüler-demo gegen die französischen atomtests hagelte es in der sophie-scholl-schule in schöneberg sechsen.

5. 10. 95

Foto: Joachim Liebe

Gewendet: Bäume kehrt, Wurzeln nach oben. Damit die neuen Länder 1990 an die EG-Zuschüsse für stillgelegte landwirtschaftliche Flächen kommen konnten, wurden in verschiedenen Gegenden Obstbäume aus dem Boden gerissen, dann allerdings von einer Bürgergruppe mit dem Blattwerk nach unten wieder eingebuddelt – gewendet. Nicht sehr sinnvoll? Vieles, was in diesen fünf Jahren Einheit getan wurde, war das nicht, deshalb kommen Wolfgang Dümcke und Fritz Vilmar in einem Gespräch auf der Seite 5 zu dem Resultat: Die DDR wurde kolonialisiert, das gewaltige innovative Potential des Vereinigungsprozesses liegt noch brach …

30. 10. 95

lese im goethe-institut in helsinki brechts FINNISCHE LANDSCHAFT vor; die zuhörer erkennen den verfasser, und der vers von dem »volk, das in zwei sprachen schweigt« ist hier berühmt. uns fremden ist er fremde: mit kenntnis gelesen wird das gedicht reicher und merkwürdig. verbirgt nicht auch die wendung »vieltoniger wind« ein wissen? – die wahrnehmung der schönheit, der eigenart der landschaft wäre ohne interesse; daß es aber ein flüchtling ist, der das bild aufsaugt und festhält, macht die mitteilung bedeutend. es handelt sich, mit brechts worten, um eine *wichtige person*; es ist seine situation, die seiner stimme gewicht gibt. ihm, dem flüchtling, der auch hier keine bleibe hat, gibt der anblick kraft für sein schwieriges handwerk: zu hoffen! ich unbeschwert reisender, auch wenn ich wochen durch das land führe, wäre nicht zu einem gedicht legitimiert; und ich verachte die allfälligen reisegedichte. am anderen ort, in ernster lage, mag ich auch eine person sein.

9. 11. 95
die eisigen gesichter von parchim, als ich DAS NICHTGELEBTE lese: der abgewickelte schuldirektor, der arbeitslose dozent, die alten kultur- und staatsträger, die in der fritz-reuter-gesellschaft die heimat pflegen. sie bilden in der kleinstadt noch immer die meinung; sie hätten mich einst an den pranger gestellt. ich kratze an ihrer erinnerung, ich *beschmutze* die ddr, ich habe aber nur das glas salzwasser zurückgereicht, mit dem mich die gemeindeschwester, vor fünfzig jahren, kurierte, und das verunglückte klistier. – in putbus aber erinnert man sich gerne an den vorschlag, die insel vilm mit den sektierern zu besiedeln, in jener bösen schrift für die radikale lösung der probleme.

8. 12. 95
der einladung zum 100. geburtstag éluards kann nicht gefolgt werden, wegen der streiks sind die flüge abgesagt. die marseiller, hört man, erinnern sich an leipzig und prag: der druck der masse. aber chirac hält der druck der banken: die sturheit der hochfinanz, er muß das land für den anschluß an euro-europa bereitmachen. aber kann europa in der krise zusammenhalten? die länder, die nicht »die kriterien erfüllen«. die deutsche einheit ließ sich verrechnen. aber welche brachiale verfassung brauchte ein kontinent.

31. 12. 95
müller ist tot. er starb als der mann im fahrstuhl, auf dem weg ins krankenzimmer, der formalitäten wegen wartend liegend ließ er die tasche sinken und hob das kind auf die brust. es ist, als fehle in der landschaft der eine große baum (die zeder am flughafen charles de gaulle).

14. 1. 96
lesung für müller in der akademie der künste.
am abend schroths cottbuser inszenierung der BAUERN, müller nannte es sein bestes stück, es war sein größter skandal. jetzt ziehen die gespensterhaft weißgekleideten umsiedler, lautloser skandal, auf das kommunistische altenteil, d. h. sie haben die zukunft gepachtet, flügellose engel der heiterkeit.

25. 1. 96
die leipziger volkszeitung re-zensiert den vortrag über das ENDE DER UNVOLLENDETEN GESCHICHTE: die stasi hätte sie mir zugetragen, damit ich sie aufschreibe und schwierigkeiten bekomme; karin wird zu einem lockspitzel gemacht. die flegelei der presse.
groenewold bittet mich, den nächsten erich-fried-preis-träger vorzuschlagen. ich nenne den todkranken bahro: in seinen schriften eine verborgene *dichtung* von radikalität und vergeblichkeit.

18. 2. 96

mit dem deutschen paß am agadir aeroport
in der wintersonne: ein identitätstausch
sklaven belauern mich, und diebe
streichen um meinen fuß, wer bin ich
ein nomade im 4-sterne-hotel, zimmer mit meerblick
ich kann mir die jahreszeit aussuchen
FREIZEIT EINE EPIDEMIE noch in der montur
des touristen ein arbeitsloser lungernd
in den last-minute-ländern LEBENSLÄNGLICH
der wegwerfmensch, nur COCA COLA braucht mich
die teetrinker marrakeschs sind noch zu bekehren
zu den globalen göttern, und ich
nicht mehr getrieben, den ort zu finden und die formel
zugehörig allen unnützen völkern.

„schiff im sand". agadir

6. 5. 96

sie hat immer alles früh erledigt, ohne aufschub, als wäre das leben und sterben ein dienst, den man pünktlich antritt. sie gebar mich früh halb vier, und sie starb früh gegen sieben, rechtzeitig vor der visite. wir waren am vortag, fünf söhne, an ihrem bett. sie lag bewußtlos, den kopf nach hinten ins kissen gebogen, das gesicht gedunsen, röchelnd. wir sprachen sie an und streichelten ihre wangen, ihre hände und konnten sie nicht wecken. vor drei tagen, nach dem schlaganfall, öffnete sie die augen, ohne mich zu sehen, und streckte den arm hoch wie verwundert oder entrüstet über die nadel, durch die die infusion lief, und griff sich dann ins gesicht an den sauerstoffschlauch. so außer gefecht gesetzt durch die schmerzstillenden medikamente, ihres starken willens benommen, tat sie mir entsetzlich leid; hätte sie nicht, ihrer sinne mächtig, gekämpft? hätte sie schon einsehn gezeigt? hirntod, die metastasen im gehirn, sagte der arzt. wir tun nichts, um das leben künstlich zu verlängern. ich widersprach wie ein unsicherer, ertappter schüler, der von den elementarsten dingen keine ahnung hat. aber haben die ärzte eine ahnung von ihrer zähigkeit, von ihrer selbstverständlichen einsatzbereitschaft? sie zählen die hohen jahre und denken: es reicht. nun hat sie, am frühen morgen, nachgegeben, und wir finden sie schon im keller, die backen kalt, ein viereckiges stück mull ist auf einem auge liegengeblieben. sie ist nun unwiderruflich tot.

11.5.96

im großraumwagen eine senioren-reisegruppe, gebräunte gesunde vorruheständler, vermutlich eine n[eues]d[deutschland]-leserreise. ein stämmiger weißhaariger mann spricht mich an: ob ich der bruder von atze sei? ich halte ihn für einen schachfreund, er war aber am institut für journalistik und erklärt mit fester stimme: »ich habe sie damals zum studium abgelehnt!« – »wegen des bruders in westberlin.« – »nein, wegen ihrer bewerbung. sie waren politisch unzuverlässig und überheblich.«

20. 5. 96
der loschwitzer friedhof liegt elbzugewandt; auf der andern straßenseite das künstlerhaus, hier habe ich zum erstenmal mit einer frau geschlafen. – die fahrt in regen und gewitter, in dresden aber die heitere sonne. kaffee in der »toskana«. noch immer die freude, als kämen wir zu besuch. – mutters brief an uns war überschrieben: eine bitte! – sie hat, selber selbstlos, den neigungen und leidenschaften der fünfe freien lauf gelassen, jeden wageschritt unterstützend. der bergsteiger, der republikflüchtige, der fristlos entlassene: sie hat zu uns gestanden, und uns zutrauen ermöglicht, freundlichkeit und, wie könnte es anders sein, brüderlichkeit. es war ein leben ganz aus sorge und anteilnahme, ein leben für andere und doch auch für sich, das sie bis ins 87. jahr rüstig und selbständig führte.

mai, juni 96
heidelberg: gastdozentur. antrittsvorlesung, seminare. prof. kiesel, der junge luckscheiter. rundgänge mit buselmeier. gartenfest bei alexandridis (: hilde domin). studentenaufführung BÖHMEN AM MEER.

15. 6. 96
riga, nidden, memel/klaipeda.
friedrich wilhelm adolf winterscheid, leiter des goethe-instituts in riga, hat, in djakarta geschieden, den wunsch geäußert, sich wieder zu verbinden, ihm wird durch eine dame eine interessentin signalisiert, die ihrerseits hoffe, die ddr zu verlassen, sie ist passabel, es gelingt ihm, diese wünsche in ostberlin geltend zu machen und die formalitäten, bei zuvorkommenden beamten, zu regeln, ohne weitergehende annäherung an die person, die trauung findet im standesamt 1 statt: am 7. oktober 89, die brautmutter schlägt mit dem regenschirm auf die demonstranten ein, das hochzeitsmahl am gendarmenmarkt, er zahlt als wessi die rechnung, brauteltern und braut wollen die nacht in einer bar verbringen, er geht frustriert in die wohnung der braut in der sophienstraße: einsame stunden, auch die nächsten tage keine nennenswerten sexuellen ereignisse, allerdings wird die mauer geöffnet und die braut ist nicht mehr auf ihn angewiesen, sie trifft ihn noch in djakarta zu unerquicklichen gesprächen, kauf einer krokodilledertasche, die hochzeitsbilder sind nicht geworden, kein bild ist belichtet, er ist wieder allein, während sich deutschland vereinigt und die person unterhalt fordert, ohne erfolg, denn sie muß nun die ehe / den dienst quittieren. es handelt sich um tatjana r., die schwester von rottraud, der karin der UNVOLLENDETEN GESCHICHTE. familie balicke 7. oktober berlin mitte, trommeln in der nacht, *glotzt nicht so romantisch*. es fehlt nur aller ernst für eine komödie.

28. 6. 96

»was mich bewegt nach der deutschen einheit, das sind die toten obdachlosen. es gab ja auch in der ddr ein asoziales milieu. nur, diese leute lagen nicht unter einer brücke oder auf einem platz. sie wurden gefunden in einer wohnung, für die sie keine miete zahlten. heute sterben sie auf öffentlichen plätzen, in toiletten, und sie sind in einem zustand, wie ich es lange nicht gesehen habe. ich habe über jahrzehnte als gerichtsmediziner nicht so viel verwahrloste, verlauste, arme kreaturen gesehen, wie jetzt in den jahren nach der deutschen einheit.« (geserick, professor für gerichtliche medizin an der humboldt-universität zu berlin)

juli 96

bretagne. pont de normandie. baie de trépassés. tumulus de tumiac. sables d'or les pins.

10. 8. 96
heiner maaß, mit dem fahrrad, er ist, nach den infarkten, kaum imstand zu laufen, und zu sprechen. er komme, um mich zu beschimpfen wegen des ENDES DER UNVOLLENDETEN GESCHICHTE. warum machst du dich schlecht? widerruf diese selbstbezichtigung! – ich sage, es war mir unmöglich, mir die neunzehnjährige r. vorzuknöpfen, ohne selbst das hemd aufzumachen. – wir waren fertig mit dem staat. erinnere dich an die KIPPER in magdeburg. übrigens hat er [ ] gefragt, ob er saint-just war; er habe geschwiegen.

7. 9. 96
molieres TARTUFFE, ein abgedroschenes harmloses stück: die mnouchkine hat ihm die alte schärfe zurückgegeben, indem sie es auf sein gefährliches spielfeld zurückversetzt, in ein akutes element. vor zwanzig jahren, sagt sie, wäre es der stalinismus gewesen, jetzt ist es der fundamentalismus in einem »land am mittelmeer«. die intrigen der »gottesfürchtigen« waren zum amüsement geworden, aber tartuffe ist der mullah oder rabbi mit seiner militanten rotte und die handlungen orgons werden begreiflich (das weggeben des vermögens usw.). »hingegen lassen wir die drohungen von millionen menschen überall auf der welt über uns ergehen, die sich im namen gottes das recht anmaßen, intellektuelle zu töten, frauen zu vergewaltigen und zu versklaven. in einer mischung aus feigheit und vorgeblicher politischer klarsicht fährt der westen fort, mit ihnen zu diskutieren, zu verhandeln.« ariane mnouchkine inszeniert voll zorn ein duell von lust und gewalt (und die treptower arena, ein altes straßenbahndepot, wird für tage ein vincennes). die verführung dieses sinnlichen, menschlichen theaters, und die ganz undeutliche küste von BÖHMEN...

12. 9. 96

teller, an seinem 70. geburtstag, spricht mit kräftiger und aufgeräumter stimme am telefon: davon, was wir vor uns haben. und kritisiert DAS ENDE DER UNVOLLENDETEN GESCHICHTE: ein text der selbstvernichtung. ich unterschlüge das *unsere*, wir hätten doch in schärfe ausgesprochen, was ihm, was mir ans herz rührt. auch darum sei der geschichte kein ende. ich gestehe den freimut oder übermut des autors, der alles dahinstelle, während der philosoph, auch heise vermutlich heute, sich wehrte gegen das postmoderne nichts und darauf bestünde, daß etwas bleibt. (aber bleibt etwas, ohne daß wir es *vernichten?)* und teller, mein tellheim, bleibt nicht wenigstens seine tapfere rechtschaffenheit?

14.9.96
die bucht der hingeschiedenen. bewohnt vom wetter und der salzflut, ist die bucht der sammelplatz der hingeschiedenen. es spült sie an aus ihren gescheiterten lebensläufen und rinnsalen, von ihren zerborstenen booten, deren kiele aus dem grund ragen. seit menschen gedenken liegen sie da zuhauf, *kleine dünen knochenhellen sandes*, und machen nur widerwillig tiefer sinkend den neuankömmlingen platz, die über sie geworfen werden. sie sind eben nicht *begraben.* sie warten, solange sie noch ihre knochen oder gedanken beisammen haben, übergesetzt zu werden auf die inseln, welche nur die glücklichen erreichen. diese sucht erfaßt uns alle sofort, wenn wir hier landen. die glücklichen sind die, die recht behalten im leben bzw. im tod. ich erlebte diesen triumph: als wir gescheiterten, lange nach unserem untergang, emporgetragen wurden, *ins recht gesetzt* von der geschichte. wie trunken, berauscht lagen wir in der unverhofften flut. die strände bevölkert von den heiteren millionen! aber wo wir auftauchten, schlug uns bitterer zorn entgegen. feindselige blicke, die uns ungerufene abwiesen. was hatten wir uns vorzuwerfen. was war unser verbrechen? daß wir die welt, die hinweggeschwemmt wurde, verändern wollten. jetzt antwortete uns hohngelächter. wir waren die verräter, die ihr hoffnung gemacht hatten. das war das schicksal vieler toter, indem die geschichte, in der sie siegten, nicht mehr vorhanden war. jetzt waren wir der abschaum. verrückte welt: jetzt waren wir schuld, die sie bekämpft hatten, daß sie bestanden hatte. wir lachten glucksend in der brühe. aber die rettung nahte, man baute uns eine brücke zu den inseln. geht, sagte man (jeder kennt die stimme), geht uns mit eurer hoffnung.

gesteht, daß ihr tot und verraten seid. das waren wir ja. wir atmeten gierig auf. sie ist rot, sie ist blutig, schwört ihr ab. begrabt diese fahne. *es wird nie anders werden.* und ihr werdet zu den glücklichen gehören, die von der bühne gehn mit applaus. wir lauschten den worten, die so leicht gesagt waren, und sahn zu den inseln hinüber. dort würden wir ruhe finden. wir könnten die sache begraben. wir hörten unser lachen, und ein gurgeln wälzte sich in der bucht. die toten sahn herauf mit toten augen und, natürlich längst, angehaltenem atem. ja, sagten wir, es war falsch. und wir sind schon hinüber. aber es war es nicht von anfang an und nicht für immer. – wie, ihr unglücklichen, ihr wollt euch nicht retten lassen. – nicht unter dieser bedingung, nicht um diesen preis. das sagten wir und spürten, während wir noch lachten, wie wir tiefer sanken, auf den grund zu den verlorenen, nicht entmutigten, und ich gebe es zur kenntnis.

18. 9. 96
interview mit ismet zulfic:

waren sie während der kämpfe in sarajewo?
ja. ich bin aus ilidza ins innere vertrieben worden.
entschuldigen sie, zu welcher nationalität gehören sie?
entschuldigen sie, aber das weiß ich nicht. dem namen nach sollte ich moslem sein. meine frau ist katholisch. unsere beiden kinder bekamen serbische vornamen. wir sind einfach »nur« menschen.
wie sehen das ihre nachbarn?
problemlos.
und wer hat dann auf sie geschossen?
die nachbarn.

23. 9. 96

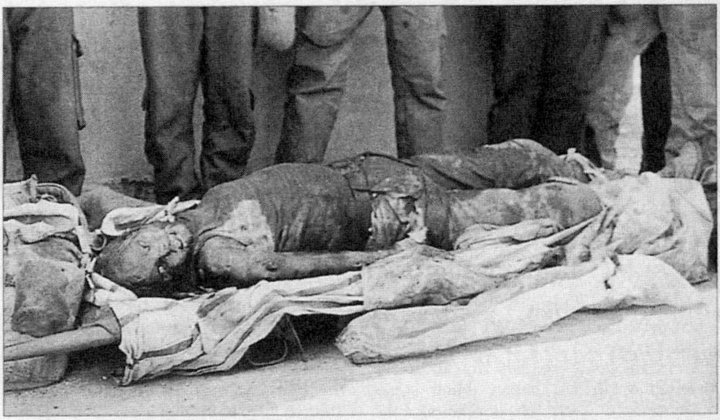

Erschossene Tania in Vallegrande: „Sind wir umsonst auf diese Welt gekommen?“

DER SPIEGEL 39/1996 141

5. 10. 96

zu DEUTSCHER FUROR, szene *wie gedruckt.* ich benutzte die sowjetische erklärung zum abschuß einer boeing 747 der korean airlines mit 269 passagieren und besatzungsmitgliedern als haarsträubende hunnenrede: aber in wahrheit, stellt sich nach 13 jahren heraus, logen die amerikaner. die linienmaschine war als radardeckung eines spionageflugzeugs gleichen erscheinungsbilds auf dem weg nach seoul über eine sowjetische flugabwehrraketenbasis geflogen und hatte auf warnschüsse und die aufforderung zur landung nicht reagiert. alvin a. snyder, damaliger direktor des fernsehprogramms der u. s. information agency, berichtet jetzt, sie hätten einen »raffinierten kurzfilm« gemacht, der am 6. september dem sicherheitsrat vorgeführt und per satellit weltweit ausgestrahlt wurde. »damit begann eine neue ära der populistischen diplomatie. das video war eindringlich, überzeugend – und eine fälschung.« es suggerierte, die russen hätten bewußt und absichtlich ein passagierflugzeug abgeschossen. außenminister shultz begründete präsident reagan die »ausbeutung des vorfalls«; sie solle »die glaubwürdigkelt der sowjets in frage stellen, um so die bemühungen des kreml zu untergraben, die europäischen nato-partner von der atomaren nachrüstung abzubringen«. und weiter wie gefilmt: »die zuschauer lauschten in sprachlosem entsetzen den knisternden bändern, auf denen die sowjetischen piloten emotionslos die schrecklichen letzten augenblicke von flug 007 schilderten. nur der sowjetische botschafter drehte sich nicht zum bildschirm hinter ihm um. statt dessen starrte er trotzig geradeaus.« WERBEL: sie können mit dem kopf nicken, nach links oder nach rechts, aber gestatten sie, daß wir unsere sprache besser verstehen als sie hunnisch verstehen, besonders die politische sprache.

9. 10. 96
bei wolfs, mit hermlins und hein. corino, der schon die »akte kant« hervorzog, gräbt jetzt in der biografie hermlins und entdeckt, bei dem maßbewußten dichter, angemaßtheiten. sein leben sei »weit ruhmloser« gewesen; er habe sich zum widerstandskämpfer stilisiert. »außen marmor, innen gips.« tatsächlich hat hermlin 1946 in einem fragebogen (der amerikaner) fälschlich angegeben, im kz sachsenhausen gewesen zu sein, eine existenzsicherung. er habe sich, um zu überleben, mehr als einmal verstellen müssen. ausgegrenzt, als jude und kommunist, in lebensgefahr, zog er sich die uniform an, in der er dann später vor uns erschien. eine gewisse nobilitierung ist ihm eigen. der kurzschluß und betrug corinos: polizeimäßig die widersprüche von prosa und leben aufzulisten, indem er ABENDLICHT als autobiografie liest. es war aber, wagenbach sagte es voraus, ein »literarisches ereignis«. – erlogener »lebensmythos«? es gibt ein »wahres lügen« (aragon). das ist übrigens das literarische verfahren, der überhöhung. in seinem fall zieht sich der autor das gefährliche, deutliche kleid des engagements an, mit dem er sich der geschichte stellt und in dem er für sie einsteht. ihre strömungen und extreme nimmt er in seine brust (in seinen text), sie gehen durch ihn hindurch. die maskerade schützt ihn nicht, sie liefert ihn aus. diese selbstlosigkeit und kühnheit beansprucht und verändert die person. das gegenteilige gemache sind de bruyns ängstlich bemühte VIERZIG JAHRE. – wäre er bei *leder* geblieben (der vatersname), statt hermlin zu tragen; nun hat er die läuse im pelz.

18. 10. 96
in einem kulturhaus in kleinmachnow entdeckt: r[ainer] ehrts hinze-kunze-blätter von 1988.

30. 10. 96

amerikanische psychologen stellten fest, daß uns ein körpereigener schutzmechanismus vor den zumutungen des unglücks wie des glücks bewahre, dergestalt, daß ein genetischer setpoint bestimme, wieviel davon einer ertragen/erleben kann. edward diener, university of illinois: »wir fanden heraus, daß wichtige ereignisse, wie zum beispiel eine beförderung oder der verlust eines partners, nur einen zeitlich begrenzten effekt auf die betroffenen menschen haben. bereits nach drei monaten ist der größte teil der wirkung auf die stimmung verschwunden, nach sechs monaten ist keinerlei spur mehr zu finden. selbst menschen, die in einer lotterie gewonnen haben, waren ein jahr nach dem glückstreffer nicht glücklicher als vor dem gewinn.« david t. lykken, university of minnesota: »wer eine hervorragende berufliche position hatte, war nicht glücklicher als jemand, der im blaumann zur arbeit geht, noch waren leute mit doktortitel glücklicher als solche ohne schulabschluß.« wohlbefinden und glücksempfinden seien beinahe unabhängig von der sozialen lage, mithin lohne es nicht, das glück zu suchen . . . zu erkämpfen. denn es liege in uns. das naturell ist das schicksal, das schicksal ist charaktersache, nicht die umstände sind zu ändern, man darf nur nicht über die eigenen (inneren) verhältnisse leben. lebe, wie dus verträgst. so verifiziert die wissenschaft das märchen; hans im glück ist mit der kuh so zufrieden wie mit dem goldklumpen, mit der gans oder dem stein: er bringt es auf den punkt. eine entdeckung zur rechten zeit: »entdecken sie die kleinen freuden des lebens« sagen die experten des glücks im winkel, das unglück der welt muß draußen bleiben.

5. 11. 96

essen mit den beiden alten tübingern, paul hoffmann und hans mayer. antipodische naturells. mayer hat im stuttgarter schauspielhaus einen, nein, eine RICHARD II. ausgebuht und ihr gemaule nachgeahmt, *dies kleinod in die silbersee gefaßt*, mit einverständnis des publikums; verluderung! er hatte nicht schleefs 13 gretchen auf ihren frankfurter eimern gesehen, oder EVA – HITLERS GELIEBTE im nazibeflaggten berliner ensemble. – »was kommt nach der bürgerlichen gesellschaft?« er sieht ein universales kleinbürgertum, wegwerfkultur. der kapitalismus ohne bürgertum sei nicht an demokratie gebunden, nicht an soziale rechte. was für eine gesellschaft wird das? das kann mayer und will er nicht wissen. er sei mit dem westen, tübingen insonders, fertig.

15. 11. 96

totentafel. martin braun starb mit fünfundneunzig jahren, er überlebte seinen bruder erich um das halbe jahrhundert. seit zwanzig jahren entzog er sich allmählich dem großen kreis der freuden und freunde. er bestimmte gleichsam, mit nachlassender kraft, sein ende. er läßt sich, dem lebensart alles war, im anonymen grab bestatten. erich ohne ruhe im soldatengrab.

19. 11. 96

»ist nicht auch der keineswegs staats-, aber sehr wohl sozialismusfromme dichter und denker so ein privilegierter ›werkzeugmacher‹ gewesen, der sich in ›sonnendurchfluteten stuben‹ seinen schönen reim machte auf die geronnenen widersprüche des systems? und sollte er sich jetzt nicht auch einmal selbstkritisch fragen, ob er sich's am ende doch zu leicht gemacht hat mit dem refrainartig wiederholten – gewiss nachdrücklichen – hinweis auf die allzu dauerhafte kluft zwischen utopie und realexistenz? kurz gefragt: wem ist so einer – werkzeugmacher, dichter – auf den leim gegangen? marxengels? bloch? dem eigenen subjektiven utopiebedarf? wie dem auch sei: jetzt klebt er an irgendwas, das ihm eigentlich ›immer gleichgültig‹ war und von dem er nun gewaltsam gelöst werden muss. das ist ›eine komische und grausame geschichte‹, in der volker braun, wie es scheint, einen nicht unbedeutenden schritt weitergekommen ist. irgendwann wird man das, was man nicht zurückwünschen kann, auch nicht mehr entbehren.« neue zürcher zeitung. unter solchen spruchbändern muß ich nun, jahraus jahrein, laufen, die mir mein leben erklären.

23. 11. 96
zu maaß' geburtstag eingeladen, fürchte/hoffe ich, daß auch er kommt, daß ich auf ihn treffe: [ ] = IM saint-just. als ich die treppe der »letzten instanz« hinaufsteige, erblicke ich ihn gleich, er steht auf, ich gehe auf ihn zu, wir umarmen uns kurz; und wechseln kein wort. eine reaktion des körpers, der noch die zärtlichkeit in sich hat, der kopf kann sie nicht denken. ich sitze dann entfernt und sehe ihn wieder schwadrieren, unfroh, nicht zuzuhören.

26. 11. 96

alpträume. eine lesung, an einem mir wichtigen ort, es geht lange nicht los wegen des gedränges, aber dann habe ich keine stimme, ich unterbreche, beginne wieder und kann den text nicht entziffern (coninck, muß es heißen, ich weiß es doch, jetzt steht da auch: bier), ich habe die fernbrille auf, dann ändere ich eine formulierung, um sie einer gegebenheit anzupassen, und merke sofort, daß das wort (busen) später bei der resoluten bgl-erin wiederholt würde, ich lese also die stelle noch einmal wortgetreu, aber jetzt wandern hinten ganze reihen ab, es ist spät geworden und die veranstaltung ist zuende, ich bedauere, gerade hier nicht mehr als eine seite der VIER WERKZEUGMACHER vorgestellt zu haben. (eine lese-tortour liegt hinter mir, esslingen, gelsenkirchen, meiningen, trier, schwerin ... dresden, richters buchhandlung; siegmar faust, ausgerechnet, landesbeauftragter für die vergangenheit, verklärt sich hier die gegenwart.) – sehe mich, in einer stampe, plötzlich leutnant girod gegenüber, d. h. ich werde mit ihm bekannt gemacht, und sein flächiges fleckiges gesicht ist mir nicht unbekannt, er antwortet ungerührt mit fester stimme, mit festem lachen, ich entschließe mich, ihm die hand zu geben, aber die seine ist ein weicher haltloser fladen in meiner.

19. 12. 96

die neue erfahrung verändert die erinnerung. 1990 meinten 82% der ostdeutschen, daß man bei »sozialismus« das attribut »bürokratisch« assoziiere, 1995 nur 35%. bei der neuen allensbach-umfrage fiel die aussage »die sed hat uns alle betrogen« von 70% (1992) auf 48%. die zukunft betreffend aber, erhob frau noelle-neumann, habe die witterung der bevölkerung nie getrogen. in das jahr 97 blicken 44 von hundert ohne hoffnung.

20. 12. 96
eine katastrophe der wende: es gibt keine kleinen äpfel mehr für den weihnachtsbaum.

7. 1. 97

gerate, durch den vordereingang, in eine versammlung der zeugen jehovas, die auf dem bitterfelder weg ist. jedenfalls ist das kulturhaus mit allem ddr-charme erhalten. auf der hinterbühne eine fotoausstellung: LAND DER ARBEIT, die geschichte der industriearbeit in der region dessau bitterfeld wolfen vom anfang bis zum, gegenwärtigen, ende. lese DIE VIER WERKZEUGMACHER. hier nahm ich, abgesandt von der schwarzen pumpe, an der 1. bitterfelder konferenz teil, zur 2. wurde ich, nachdem ich »zur feder gegriffen« hatte, nicht mehr geladen. der mitteldeutsche verlag, der damals die kulturpolitische initiative ergreifen durfte, hat eben jetzt, nach dem untergang seiner gewerblichen annoncenkundschaft, die gesamtvollstreckung beantragt.

8. 1. 97

bei einem auftritt in einer ostberliner schule, zum thema: erziehung zur toleranz, widerfuhr es peter schneider, daß ihm die lehrerin entgegenhielt: wie soll das gehen im kapitalismus, wo das wolfsgesetz herrscht? schneider machte meldung beim landesschulamt, und der fall von verkommenheit veranlaßte einen artikel des amts, der in den schulhäusern ausgehängt ist. es wird politische bildung angemahnt bei den neu verbeamteten, und freia klier, keine abweichlerin mehr, redet einer *initiative schul-speisung* das wort, zur verabreichung der – wie hieß das hier – grundüberzeugungen.

14. 1. 97
mit haug auf dem eis des schlachtensees. er fordert ein neoliberalismus-stück. dutroux der kinderschänder ein heutiger macbeth: der personifizierte freihandel; der pornografist ist nur die medienzugewandte seite. in seiner abnormen gestalt sind regierung, industrie und unterwelt verbunden. staatsaufträge für die rüstung werden mittels bestechung lanciert, dutroux der unentbehrliche (mafia)mitarbeiter und katalysator der geschäfte. wenn man alles verkaufen darf, wird das nichtkäufliche profitabel. dutrouxs sexfilmhandel wird von der justiz gedeckt, die banken stehn schmiere, die minister sind hehler, die bei grober pflichtverletzung (geschäftsschädigung) ermordet werden (der alten tugenden anhaftende parteiführer cools). dutroux ist der held und geherda dieser leute. DUTROUX ODER DIE DEREGULIERUNG DER TRIEBE. als er in untersuchungshaft sitzt, erweist er sich als unentbehrlich noch für die gefangengehaltenen kinder: sie verhungern, weil sich seine frau, eine fromme volksschullehrerin, weigert, sie zu versorgen, »in dieses haus« geht sie nicht. – oder rußland. nicht mehr die aufräumarbeit nach dem erdrutsch, sondern die akkumulation wie in marxens 24. kapitel unter globalen aspekten. haug: du bist noch immer in der defensive. man muß ins andere lager gehn und das was herrscht auf die bühne bringen.

21. 1. 97

für die westdeutschen, die auch den 2. weltkrieg ohne veränderung der sozialökonomischen machtverhältnisse überstanden, seien, schreibt dieckmann, revolutionen das unbegreifliche schlechthin; eine gesellschaft, die binnen 40 jahren zwei revolutionäre einschnitte erlebt habe – bodenreform und enteignung der schlüsselindustrien und, glücklichen, aber letzten endes, ertrotzung der verfügungsgewalt durch sturz des bürokratischen apparats – müsse ihr ganz rätselhaft sein. der innere und äußere anschluß an die revolutionserfahrung eines halben jahrtausends mache den sonderweg deutscher geschichte aus. – seine historische pointe ist das wiederschmecken des verrats von 1919 im jahr 1991. – umgekehrt für die ostdeutschen die einfühlung in eine sozietät, die strukturell unbeschadet durch die katastrophen des jahrhunderts kam und die diesen umstand als fortwährende schuld reflektiere, ähnlich schwierig. – wir passieren eine erfahrungssperre, die mit schikanen verbunden ist und wo nach ausweisen gefragt wird, die fälschungen sein mögen. es ist kein zufall, daß der widerstand in der brd zuzeiten *bewaffnet* war, terroristisch in einem (ökonomisch, versteht sich) terroristischen system, und der widerstand in der ddr diskutierend, gewaltfrei auftrat. – dieckmann: wenn junge arbeiterfamilien in großer zahl den fluchtweg nach westen antraten, so zogen sie ohne bewußtsein die folgerung daraus, daß die pauschale privilegierung der arbeiterschaft die quelle des technischen fortschritts selbst verstopft hatte, der andernorts das warenangebot fantastisch beflügelte. wie den feudalen absolutismus die dampfkraft, so habe die mikroelektronik den plebejischen absolutismus von außen her unterminiert. da-

her die legende, die ddr sei ein erfolgloser staat gewesen. sie werde es dann gewesen sein, wenn in der alten westrepublik jene liberalen prozesse rückgängig gemacht würden, die an der existenz der alternativen ddr, dem russischen bollwerk, einen paradoxen, aber wirksamen rückhalt hatten. »die ddr hat nicht um ihrer selbst willen existiert. das machte ihre immanente vergänglichkeit aus.«
in der galerie zunge: stötzers ausstellung.

24. 1. 97

hilbig wußte nicht recht, was er bei der entgegennahme des lessing-preises in kamenz reden könnte; natascha wodin riet: sag doch einfach, wies ist. er sprach also über die kolonisierung des kollwitzplatzes und den akt der deutschen vereinigung als »unzucht mit abhängigen«. vielleicht mache uns erst der beitritt zu ddr-bürgern, so daß wir uns aufs jahrelang geübte denken besinnen, zu dem wir gezwungen waren, »auf unser eigentum, und auf unsere fähigkeiten zum widerstand«. die erste reihe saß entgeistert, der saal applaudierte, und ministerpräsident biedenkopf hat die preisträger hernach einbestellt. das erinnert aufs haar an die zeremonie von 1981.

3. 2. 97
seit der wende, nein, dem *umbruch* sind sieben jahre vergangen, im flug. ich habe seit 1990 geschrieben:
böhmen am meer, iphigenie in freiheit, limes. mark aurel; rot ist marlboro, der weststrand, stoff zum leben 4;
das nichtgelebte, trotzdestonichts (der wendehals), die fußgängerzone, die vier werkzeugmacher.
das scheint nicht ganz wenig, aber ich komme mir absolut untätig vor. böhmen und limes liegen aus eigener schwäche, und keine *mitarbeiter*, ihnen aufzuhelfen.

der schauspieler böwe zieht sich vom d[eutschen]t[heater] zurück, »aus mangel an motivation«.
im januar 1997 4,7 millionen arbeitslose in deutschland.

23.2.97
grass hält in dresden seine REDE ÜBER DEN STANDORT. gebe die einführung. nach der tafelrunde nachts zeigt er sich in robuster frische.

2. 3. 97
rolf ludwig frühstückt in der kammer [des deutschen theaters] die werkzeugmacher. mir entgeht der genuß, denn in dresden wird der kritikerpreis serviert für LUSTGARTEN, PREUSSEN.

9. 3. 97

in der rue richelieu sehen wir diderots haus eingerüstet: städtisches programm zur umwandlung von büroflächen in sozialwohnungen, besagt/lügt ein anschlag; wir gehn durch das offene treppenhaus (interdit) in die 2. etage, die herrlichen alten räume eine baustelle. wände werden eingezogen, eiserne türrahmen implantiert. gegen die badewanne hätte diderot nichts einzuwenden gehabt, aber der behausung eines mannes, der seinen alten schlafrock nicht wechseln mochte, hätte respekt gehört. ein *baudesigner*, den wir ein wenig demoralisieren, erklärt den vandalismus als deal unter parteifreunden. man muß diderot informieren!

ins musée d'orsay, eines einzigen bildes wegen: courbets L'ORIGINE DU MONDE von 1866, lange im privatbesitz eines arztes, der eine winterlandschaft vorgerahmt hatte, dann asyl bei lacan; seit 1995 öffentlich ausgestellt.

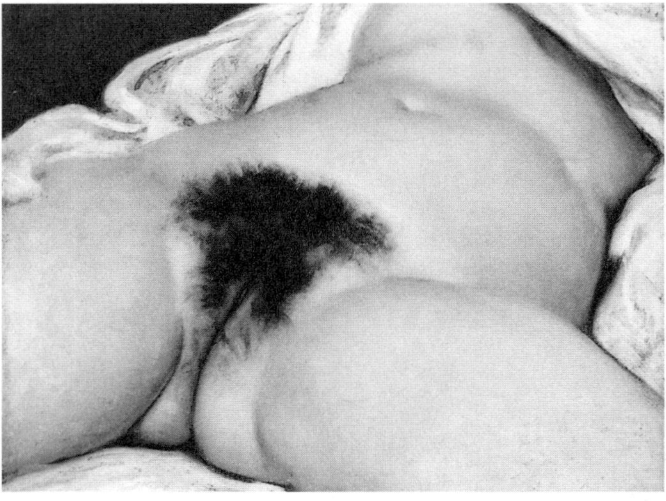

10. 3. 97

treffen mit bourdieu im collège de france. ein kleiner, übermüdeter mann, der auflebt beim humor der sache. wenn die ereignisse eintreten, dann anders als erwartet, die europäische einheit ein europa der banken, das absterben des staats das ende des wohlfahrtsstaats. unser deutscher fatalismus begreift die »historische unvermeidlichkeit« der deregulierung: sie ist ein glaube (und les temps modernes vergleicht bourdieus warnung vor der *idée tietmeyer* mit lukrez' lehrgedicht gegen die religion). tietmeyer der »hohepriester der d-mark«, dessen rhetorik des verzichts auf gut gaullistisch sagt: »gib mir deine uhr, dann geb ich dir die genaue zeit.« der abbau der rigidität »auf dem arbeitsmarkt« – ein homerisches epitheton, an das sich ein epos von worten hängt: wachstum, vertrauen der investoren, senkung der steuerlast. und odysseus geißler ruft: wenn es mit dem euro nicht klappt, wird europa eine kolonie der amerikaner und japaner. aber ohne das scharnier der wechselkurse liegt alle last auf dem gelenk der arbeitskosten. ich frage: wird die einheitswährung folgen haben wie der deutsche anschluß? die verarmung der kommunen und der nationen, die ihre besitzstände in den ausverkauf geben. der neoliberalismus schneidet die nabelschnur zwischen wirtschaft und gesellschaft durch (das meinte hans mayer mit dem ende der bürgerlichen gesellschaft). und/oder bringt der neue zusammenhang des elends einen zusammenhang des widerstands hervor? die massenstreiks im dezember 95 in frankreich, und die losung »wir lernen französisch« an deutschen werktoren. wir dürfen uns nicht, sagt bourdieu, die vermeintliche alternative aufzwingen lassen: wahrer nationalismus oder falscher internationalismus, der

ein imperialismus ist. die regierungen stehen alle vor dem selben problem, sich aufzugeben oder über sich selbst hinauszuwachsen, indem sie an einem europäischen sozialstaat arbeiten.
TIETMEYER, eine bouffonnerie, und der neue klerus.
lesung im maison heinrich heine.

märz 97
las palmas, maspalomas. hotel riu palace. material XVI: STRAFKOLONIE.

13. 4. 97
»unsere arbeitslosen werden relativ gut bezahlt. und wir wissen, daß mit prosperität auch ein gewisser ›wohlstandsmüll‹ entsteht: leute, die ... sich abgemeldet haben.« nestlé-chef helmut mancher. ein kleiner dialog, ÜBERFLÜSSIGE MENSCHEN, als nachtrag zum WENDEHALS.

21. 4. 97
beerdigung hermlins. spreche am grab sein SONETT aus dem jahr 1956.

7. 5. 97
es kommt nun andere geburtstagspost: landesbank berlin anlage- und finanzierungsservice, csb car service berlin gmbh.

20. 6. 97
wanderungen durch die mark
PAUL BAUCHS GEGENSTÜCK
an einer tankstelle in cottbus drohte ein 27jähriger mann, eine handgranate zu zünden, wenn er nicht sofort mit der polizei sprechen könne. den herbeigerufenen beamten eröffnete er: daß er ins gefängnis verbracht werden wolle, da er dort ein *geregeltes leben* hätte.
NOBELHERBERGE
die fahnder des landesarbeitsamts nahmen bei einer großrazzia 46 illegal beschäftigte fest: auf der baustelle des hotel adlon.
STADTVERKEHR
in einem wagen der berliner s-bahn nahm der jüngste einer truppe von neonazis neben einer frau platz und legte seine kinderhand auf ihr knie, mit den worten: fräulein, sag mal heil hitler. als die truppe ausstieg, sagte er zu der erstarrten: haste aber angst gehabt, wa. die dame ihr gegenüber hinter der zeitung, nun emphatisch: wenn die nicht ausgestiegen wären, wäre ich jetzt ausgestiegen.

29.6.97

»brechts komödie vom ummontierten menschen, der nach solchen operationen an sich noch lebt, macht nachdenklich. ist es ein sehr deutsches lustspiel? ein mann, der um 1900 etwa in kaisersaschern geboren wurde, hatte fast die freie auswahl, welcher held er sein wollte. er war die deutschen helden allesamt und nach der reihe. fünf deutsche staaten aufs jahrhundert und jeder verstand sich als das absolute und befreiende gegenteil des vorangegangenen. das hätte kein stükkeschreiber, wie brecht sich gern nannte, erfinden mögen. bei der ersten zusammenkunft im jahre 1991 von professoren eines ostdeutschen universitätsinstituts mit der neuen struktur- und berufungskommission aus älteren deutschen ländern bemerkte der kommissionsvorsitzende in bester aufklärender absicht, daß auch der neue, freie staat gewisse verbindlichkeiten den gelehrten nahelegen müsse. einer der zur erneuerung bereitsitzenden antwortete treffend: vergessen sie bitte nicht, daß wir bereits dem dritten staat treu sind.

die wiederkehrende konstellation des stücks von der deutschen geschichte lautet: blamierter stolz – ohne zweifel ein komisches sujet. weil es kein theaterstück ist, sondern gelebtes leben deutscher familien mit der liebe zwischen den generationen, darum ist es eine komödie ohne vergnügen. die plebejische tradition bildet in deutschland – der sozialismus kam ursprünglich nicht vom sozialismus, sondern von dessen gegenteil – einen besonderen, herben lebenslauf. ein sohn, der also um 1900 einer armen deutschen familie geboren wurde, konnte um 1918 und kurz danach für eine sozialistische republik eintreten, ohne totalitarist zu sein, vielleicht sozialdemokrat. in der ersten deutschen republik versäumte er

deswegen nicht die möglichkeiten, sich kenntnisse für einen neuen beruf zu erwerben. wenn er immerhin sozialdemokrat blieb und ein mann von charakter dazu, so ging er irgendwann nach 1933 hinter gitter, immer noch als demokrat und sozialist. nachdenklicher über drei verfassungsstürze, die den einfachen leuten wie ihm keinen gewinn gebracht hatten, nahm er nach 1945 den sozialismus an, den es gab, und als sehr siegreichen überdies. er übernahm verantwortung und meinte vielleicht, die sache würde noch besser zu sich selbst finden, wenn sie aus den anfängen käme. er konnte eben noch sterben mit diesem deutschen traum. seine kinder erst können wieder in die komödie geraten, sich als die töchter und söhne von niemand zu beklagen, denn die große verwandlung des schreiners oder stahlarbeiters in einen ingenieur oder offizier wird jetzt verschwiegen wie ein abstieg in verdächtiges dunkel. die namen ehrenhafter familien sieht man aus der öffentlichkeit entfernt. mitten unter den lebenden geht ein verschollenes geschlecht.« (irrlitz)
bei brusbergs in grunewald. dinner nach bürgerlicher art. geld kann man essen. mit bräutigams, maurices, roloff-momins, dieckmanns.

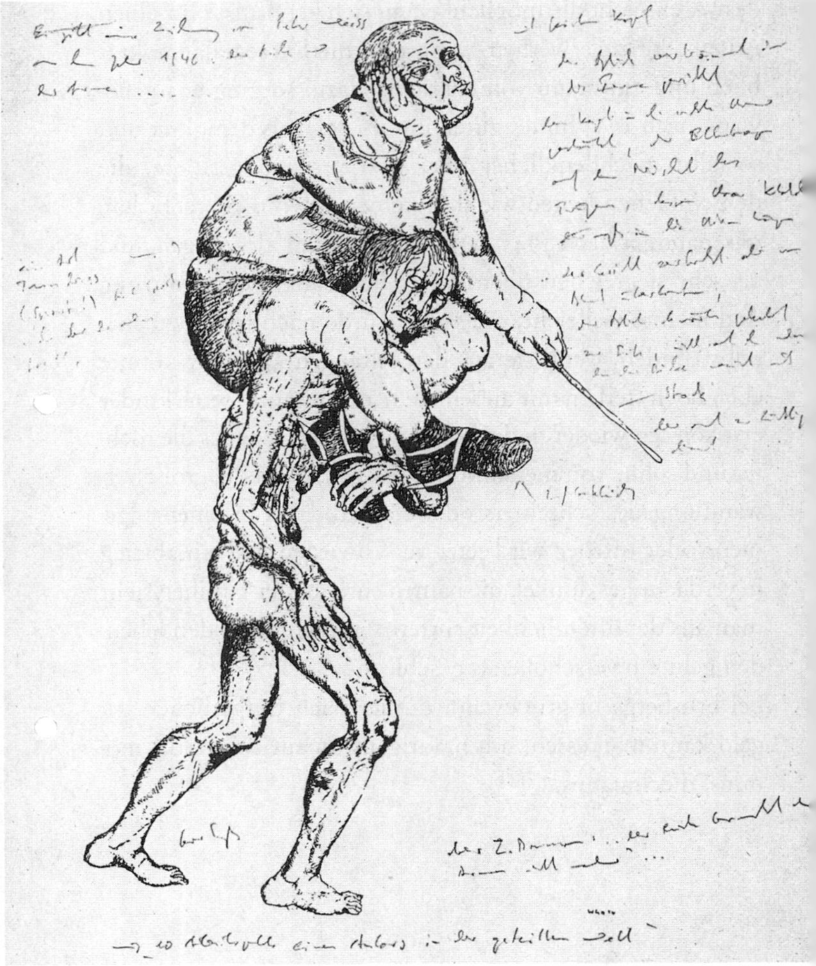

10. 8. 97
eine zeichnung von peter weiss zeigt zwei männer in inniger abhängigkeit, der eine barfuß schreitend, der andere auf seinen schultern sitzend: DER REICHE UND DER ARME. der sitzende lässig lastend, mit feistem gesicht, der blick verträumt in die ferne gerichtet, das haupt in die rechte hand gestützt, der ellbogen auf den nischel des trägers, dessen haare klatschnaß in die stirn hängen, das gesicht zerfurcht oder von blut überlaufen, der blick abwärts gekehrt zur seite, nicht auf den weg, den der obere weist mit dem stock, der auch zur züchtigung dient. der dicke leib des einen steckt in einer art turndress, für den sport, den aber der andere treibt, in ökonomischer haltung: gebeugt, die linke auf dem schuh des chefs gelagert, die rechte ruht auf dem schenkel, mechanischer schritt. der boden ist ausgespart, wie der himmel, man kennt die erde, die sie treten, und ihre verfluchten gedanken. sie scheinen einander vergessen zu haben, aber sie bilden eine figur, des reichen fleisch, die knochen des armen, dessen kopf im magen des reichen denkt. sie gehören zusammen seit unvordenkbaren zeiten, aneinandergeschmiegt, so daß man eine rohe idylle sieht. das gewohnte bild, die *ordnung*, jeder geht seiner arbeit nach.
nach fünfzig jahren – das blatt ist von 46 – scheint die konstruktion auseinandergenommen, von einem postmodernen künstler, der des sujets überdrüssig ist. der reiche hat seine verräterische position verlassen, den körperkontakt mit dem elenden. nicht daß der ihn abgeworfen hätte – wo das geschehn war, mit russischen kräften, will der den bedrücker gerade wieder umarmen. aber er benötigt den untermann nicht mehr. es sind erfindungen gemacht worden, entdek-

kungen, die den knochenlanger ersetzen. der mechaniker mit seinen eingespielten bewegungen, seiner berufserfahrung sieht sich von der last befreit und steht arbeitslos in der ecke. er verdrückt sich in die büsche, auf die parkbank mit seiner bierdose. er ist überflüssig, und der knecht könnte, hofft der herr, von der bildfläche verschwinden. arm und reich sind nicht mehr beisammen. das ist kein fortschritt in der malerei, aber ein fortschritt der sog. menschheit. »die schaffung von reichtum ist auf dem weg, sich endlich von der alten einengenden und quälenden verbindung mit dem herstellen von dingen, dem bewegen von material, der schaffung von arbeitsplätzen und der anleitung von leuten zu befreien. die alten reichen brauchten die armen, um reich zu werden«, die neuen reichen brauchen sie nicht. (zygmunt bauman) nicht als reservearmee, nicht als konsumenten, nicht zur rettung der seele. pierpont mauler benötigt keine johanna der schlachthöfe mehr. »von welchem standpunkt aus man sie auch betrachtet, die armen haben keinen nutzen; die vagabunden sind nichts weiter als die häßliche karikatur der touristen . . . das ist das wirklich neue in einer welt, deren tiefgreifende transformationen, zuweilen aufgrund einer optischen täuschung, zuweilen zur beruhigung des gewissens, ›globalisierung‹ genannt werden.« die einheit/abhängigkeit war aber, sagt bauman, die bedingung für eine, wie auch immer marginale, solidarität, die die halbherzigen bemühungen antrieb, das elend zu lindern. mit dieser barmherzigkeit ist es vorbei.

aber der arme und der reiche werden sich wieder begegnen, auf einem blatt, das nicht von pappe ist.

13. 8. 97
den heißen august in berlin. 33 grad. die schule hat für anne schon wieder begonnen. schreibe rasch die rede über peter weiss.
meine ernsteste begegnung mit weiss hatte ich 1970, eine begegnung, bei der er nicht anwesend war. ich trat am 25. juni, halb zehn vormittags, ins zimmer des intendanten perten im d[eutschen]t[heater], legte ihm die konzeption eines stücks lenins tod dar und bat um vier wochen urlaub. ich erwähnte nicht T., das in der schublade lag, ich war nicht lebensmüde. perten hörte mit interesse zu, fand das sujet hervorragend und äußerte seine empörung. er kam eben aus stockholm, weiss hatte einen herzinfarkt erlitten. und sein verwerfliches stück TROTZKI IM EXIL für die bühnen gesperrt. solange er, perten, lebe, werde LENINS TOD nicht gespielt werden. da hatte ich noch keine zeile geschrieben; ich verließ das zimmer und ging an die arbeit.

16. 8. 97
chiapas: das wäre *ein ort für peter weiss*, während in unsern regionen der kampf um den standort geht. das ist das stichwort für meine rede, während der regen im lacandonischen urwald durch die blätter rinnt und die indios auf den stinkenden straßen limas sitzen. das stichwort für den abstieg – oder ist es ein gleitflug –, der den widerstand aufspürt, der von dem rohen, fremden, anderen ausgeht, der wirklichkeit, wo sie ihre größte schmerzende kraft entfaltet und ich mit traumatischer klarheit mein versäumnis sehe, meine schuld, das schwarze verdammte dulden, die schande der unterwerfung unter die disziplin der demokratie und die restriktionen des reichtums; denn wir hatten die wahl: wir, die wir integriert worden sind, die wir die welt dieser ausgrenzenden grausamkeit wählten, stehn in der schuld aller orte, die verloren sind. denn wir stehn bei den siegern, den satten, das ist unser standort, und wir sind es, die [subcomandante] marcos höhnisch grüßt: hört auf mit dem kitsch der hoffnung, mit dem honigkuchen der humanität, hört auf mit der absurden gerechtigkeit.

21. 8. 97
wenn die ideen begraben sind, finden sich die knochen an.
»die knochen machen nicht mehr mit.«

guevara unter dem rollfeld mit abgeschnittenen händen
er kann nicht weiterwühlen, wie
das staatsbegräbnis aus furcht vor der auferstehung
nach dem massaker der illusionen
knochenfunde, eine magre bilanz
aber der gedanke an das unrecht

23. 8. 97
nach der benefiz-lesung der akademie für die hochwassergeschädigten an der oder (stötzers prosa, koepps film AM FLUSS) läuft quer durch die stuhlreihen eine dame auf mich zu: wenn sie wüßten, wie oft ich sie zitiert habe, und nicht nur aus dem hinzekunzeroman! ich erkenne sie nicht sofort, es ist frau laurin, ehem[alige] präsidentin des abgeordnetenhauses, die mir immer wie das pendant zur genossin ragwitz, abt[eilung] kultur, erschien. das verbietet eigentlich konzilianz; hätte ihr DIE VERSTELLUNG zueignen sollen.

27. 8. 97
nun verkaufen wir schildow, den bungalow unter den märkischen kiefern und den erlenumstandenen tümpel. links und rechts wurden häuser in die schmalen grundstücke gebaut, die die gegend demolieren.

30. 8. 97
klassentreffen vor der grundschule in dresden-rochwitz. man erkennt einander nicht, nach vier jahrzehnten, aber wie wir beisammen sitzen, nimmt jeder seine leise oder laute rolle wieder auf, man würde es wieder aushalten in einer stube. in dieser hauptepoche des lebens lebte man in gut gemischter gesellschaft, zumal auf dem dorf, bauern- und bürgerkinder, noch nicht »ausgelesen«. sie waren dann das salz der berufe; jetzt sind sie den meisten genommen. lehrer steidl ist da, der mich schluchzenden getröstet hatte, als ich nicht auf die oberschule durfte: und nach dem *neuen kurs* meine mutter aufs rathaus schickte.
abends zurück: schlenstedt 65.

15. 9. 97
»anregender leninismus im berliner ensemble: ›die maßnahme‹ von bertolt brecht und hanns eisler ist zum unterhaltungsstoff für die siegreiche bourgeoisie geworden.« (berliner zeitung) »was bleibt ist ästhetik«, sagt der rundfunk. – nach dem tod von mutter teresa sorgt sich das mutterhaus in kalkutta um die einkünfte. bisher verfügte der konzern der nächstenliebe jährlich über 100 millionen dollar. »wir werden den armen dienen. warum sie arm sind, kümmert uns nicht.«

22. 9. 97
in erfurt, nach der »lyriknacht« mit kirsten, papenfuß u. a., treffe ich hans kühn wieder, den *pfarrer* aus der rohrlegerbrigade in schwarze pumpe, den hageren hans, der auf der böschung saß und die kommandos gab (: DER SCHLAMM), und angab, nicht auf die kanzel zu wollen. er wurde mit fünf oder sechs anderen theologen entlassen, weil man fürchtete, daß eine gemeinde entsteht. ihm habe ich, indem ich mit ihm verwechselt wurde (schwarze kleider, nickelbrille), hingegen ein jahr mehr aufenthalt in der produktion zu verdanken. er wurde in seinen beruf geschickt und hat eben den kirchendienst beendet, und weiteren verwechslungen sehen wir ruhig entgegen.

26. 9. 97
nachdem der trägerverein des literaturforums, wegen uneinigkeit über den *literaturbegriff*, auf drängen dieckmanns und ingrid krügers, gegen meine für befangen geltende stimme, inge gellerts vertrag nicht verlängert hat, geschehen unerwartete dinge. das haus ist noch arbeitsfähig, stellvertreter bült im aufwind und aus achtzig bewerbern böthig als nachfolger bestimmt. da sorgt zunächst der senat mit der ankündigung der evaluierung für verunsicherung, zumal die verträge aller mitarbeiter auslaufen; dann zieht sich pforte, dieckmanns eigenmächtigkeit müde, zurück, bald drauf widerruft böthig seine bereitschaft; folgen anwürfe und alles schlimmer machende entgegnungen, papier, dessen verdauung beschäftigt, wobei sich dieckmann mit krüger überwirft, bült fristlos entlassen wird, dieckmann böthig und böthig dieckmann maultraitiert, auch der zweite, dritte kandidat abspringt, bis dieckmann selbst, weil er arbeit hat, halsüberarsch das amt verläßt und schließlich, heute, in einem lokal »brot und rosen«, krüger, auf eine formalität hin, die kinnlade herunterhängt: aber therese hörnigk gewonnen ist.
inge, scheint es, ist am wenigsten mitgenommen, sie hat andere pläne und energien.

3. 10. 97

BÖHMEN: es fehlt der ton, die gelöstheit, die aus dem schmerz hervorgeht. jünger, DER WALDGANG, 1951: »immer sind es mächte, die ihn [den menschen] maskieren wollen ... dann wächst die starre und mit ihr die furcht. die künste versteinern, das dogma wird absolut. doch seit den frühesten zeiten wiederholt sich das schauspiel, daß der mensch die maske abnimmt, und dem folgt heiterkeit, wie sie der abglanz der freiheit ist.«

1. 11. 97

klassentreffen der oberschule. wir waren, erfahre ich jetzt, zwei klassen, die als ganze durch den 17. juni noch auf die *penne* kamen, an eine eigens erweiterte schule. auch die lehrer wurden in das oberwasser geworfen, sie waren eben darum hochmotiviert, aber politisch nicht ebenmäßig; bei jedem schuljahresbeginn ist einer im westen geblieben. deutschlehrer hähnel, oberlehrer in sao paulo, dann steineklopfer, las uns aus VOLK OHNE RAUM vor. meine relegierung, wegen äußerungen über denselben 17. juni, scheiterte am widerstand im kollegium. direktor wegmann entschuldigt sich für das »unrecht« vor der gealterten mannschaft, ich finde es nicht schicklich, auch nur darauf einzugehn. – die naturells aber sind wohlbehalten über die zeit gekommen, und insonders die weltanschauung ist resistent. kladek, berufssoldat, einer armee in ruhe: wenn sie uns 89 gesagt hätten *ballert*, wir hätten geballert; albrecht, bbc-hörer und noch in der wohnung seßhaft: ich war rechts, und ich bin ein rechter. und die verschiedenheiten sind aus der selben retorte geschossen.

20. 11. 97
m[anfred] weber ist als partisan nach frankfurt an der oder gegangen, um mit dem theater zu kämpfen. *oh kleist ach* weht vom marienkirchturm. es sind dem vierspartenhaus schon drei gliedmaßen abgehaun worden, jetzt erwartet es den todesstoß. (amtsleiter *heller* und pfennig, auch zugereist: 10 prozent des etats für kultur, »das hat keine stadt im westen«.) weber zieht einen kleinen trupp, buhss, trolle, karin röggla, schipenko, wawerzinek, mich, in den umgehungskrieg.

25. 11. 97

sinn und form wird immer *interessanter.* ein fest-vortrag: NACH DEM SCHEITERN DER UTOPIEN. »zum unverdienten glück von uns allen« zähle, so joachim fest, »daß seit dem zusammenbruch der kommunistischen verheißung weder eine gedankliche noch eine reale alternative existiert, in deren zeichen das freiheitliche system in frage gestellt werden könnte. aber manchmal fragt man sich auch, ob ein solcher gegner uns allen nicht gut täte: gleichsam als die feder, die unsere ordnung in spannung hält.« und welche feder, welche spannung der freiheitlichen ordnung? deren kalamität es sei, daß sie moralisch erschlaffe und in »krisenlagen« »gleichsam immer dicht am rande des abgrunds« stehe. die feder und spannung des kriegs. fukuyama habe das dilemma »umschrieben«, »daß ›eine liberale demokratie, die alle zwanzig jahre einen kurzen, entschlossenen krieg zur verteidigung ihrer freiheit und unabhängigkeit führen könnte, bei weitem gesünder und zufriedener (wäre) als eine demokratie, die in dauerhaftem frieden lebt‹«. das ist die antwort auf die tugendfragen: eine kriegserklärung. der »mangel an festem grund« geht für den gründlichen fest »auf die gleichgültigkeit zurück, mit der die liberalen ordnungen, ihrem wesen entsprechend, die so leidenschaftlichen antworten auf das sinnproblem des modernen menschen verweigern«. dieckmann erwidert im merkur: das sei eine vornehme umschreibung von arbeitslosigkeit, ressourcenwirtschaft, vom »durchschauten extremismus des status quo«, der nicht ein minimum politischer handlung bewirke. »der traum vom neuen ideologischen feind, gegen den man, statt gegen die fehler der gegebenen ordnung, einen tugendkrieg führen könnte, er-

wächst aus der verdrängung jener realprobleme, vor denen die dezentral-expansive konsumgesellschaft wie vor einer unübersteigbaren mauer steht, ähnlich wie vormals jene zentralgesteuerte, die sich … jeden gedanken an die utopie schon seit jahrzehnten aus dem sinn und den lehrbüchern geschlagen hatte.« es gehöre zu den kuriosa des gegenwärtigen bewußtseins, daß die konkurrenzgesellschaft in »konzeptioneller monochromie« verharre wie einst der monopolsozialistische widerpart. darum bekehrt fest zur apokalypse; weil es so schwer ist, »in einer welt zu leben, die ihre berichtigung nur noch in sich selbst findet und sich … nicht mehr in die erscheinung einer alternative vertiefen kann«.
dieckmann läßt die gelegenheit nicht vergehn, zur utopischen sache zu kommen. DER ANTIAPOKALYPTISCHE PUNKT ODER ZWEI WEGE ZUM SONNENSTAAT: in der geschichte der menschheit folgt die kohle- auf die holz- und die benzin- auf die kohleformation, »die jeweils erschlossenen energiespeicher bezeichnen die wahren basisverhältnisse der sozietät«. wir stehn vor dem ende des benzinzeitalters, es bleibt ein »apokalyptisches mittel«, der fusionsreaktor, der wasserstoffisotope zu helium schmilzt, mithin die sonnenexplosion nachäfft: die sozietät kurz vor der »temperaturschranke der universalen anarchie«. die endlichkeit der lagerstätten des spaltbaren materials (die sich übrigens auf die lebensdauer der ddr ausgewirkt habe) setze nun der hoffnung und hybris der fundamentalalchimistischen sonnenpriesterschaft eine grenze. die menschheit sei künftig angewiesen auf das bloße himmelslicht, aufgefangen von kollektoren, die »an die stelle der bäume treten, die dieses geschäft über erdzeitalter hinweg mit dem ingenium ihrer chlorophyllmoleküle

betrieben«. die sozietät ortsbeständiger, verbrauchend nur, was ihr wetter, jahreszeit und sonnenstand zuteilt. in diesem, lese ich entzückt, »an die demut konkreten empfangens« verwiesenen sonnenstaat des 21. jahrhunderts in einer sich verweigert habenden, ungefälligen natur werde sich das weltverhalten des menschen grundlegend ändern und, auf einer besonderen technologischen stufe (die kollektorenformation setze ja nicht reduktion sondern richtungsänderung, zugleich verfeinerung des instrumentariums voraus), »jene unmittelbarkeit des energetischen verhältnisses wiederherstellen, das noch für die zeit goethes und hegels« galt. diese faßlichkeit könnte zu einem neuen humanen selbstbewußtsein führen, statt der permanenten entgrenzung, der »hilflosen gebärde« des menschen im zentrifugalen kosmos, das »gefühl seiner einzigartigkeit und der seines exzentrisch begünstigten sterns«. – das wäre der text gewesen, sinn und form zu *erlösen.*

japans viertgrößtes brokerhaus yamaichi ist zusammengebrochen mit 42 milliarden mark schulden nach scheingeschäften und erpreßten schuldgeldzahlungen, der dritte bankencrash in diesem monat. europas börsen zeigen wirkung, auf dem asiatisch-pazifischen wirtschaftsforum in vancouver treffen sich clinton und hashimoto in den schwarzen lederjakken von skins.

27. 11. 97
»die emblematische figur, die im zenit des kapitalismus auftaucht, ist wohl nicht der im internet zuckende kommunikationshäftling, dem erfahrung und wahrnehmung seiner selbst in der welt versagt sind, weil er im ewig pubertären machtrausch der virtualitäten nicht mehr zu sich kommen kann. als nächste endgestalt bedenkenswerter ist das in die gesetzestafel seines genoms vertiefte individuum, das seiner kontingenz und seiner einmaligkeit gewahr werden und sich der unwiederholbarkeit seines lebensmusters stellen muß. da ihm aufgegeben wäre, nun wissend seine naturbedingtheit zu beherrschen und sich ihrer zu bedienen, könnte ihm klar werden, was dem besitzindividualisten in seinem sterilen konkurrenzzwang verwehrt ist: daß nun ganz neu die chance der vermenschlichung eröffnet ist. dieser anblick könnte so fesselnd sein, daß man darüber sogar die lust am haben und halten leicht vergißt.« c[laus] koch, IM DIESSEITS DES KAPITALISMUS.

9. 12. 97
es wird ein für weiss doch sehr erfolgreicher abend in der schaubühne. mein text ist dicht, und ich lasse mir gern die schau stehlen. das lange kapitel aus der ÄSTHETIK DES WIDERSTANDS wird von ulrich matthes mit so wunderbar unnachgiebiger ruhe gelesen, daß ein junges paar vor ungeduld den saal verläßt, bevor er, wort für wort kostend, an das erhebende ende kommt. – im nachhinein fällt mir ein, welchen text ich für die reihe »die einen über die anderen« hätte schreiben können: etwas in der art der puschkin-rede dostojewskis, der für einen moment slawophile und »westler« versöhnte; unsere deutschen östler und westler bedienend, damit sie sich, wenn nicht in die arme, in den arm fallen. aber nicht der außenseiter weiss dürfte der genius dieser rede sein.

12. 12. 97

die massen, die in den achtziger jahren dem sarg des *dissidenten* gefolgt wären, haben sich verlaufen. der beisetzung des *ausgesprochenen außenseiters*, wie ihn das universitätsamtliche gutachten 1993 nannte, wohnt ein häuflein bei. sein vorschlag einer »bewußtseinspolitik« gegen die logik der selbstausrottung wurde abgewiesen, sie ging an die fundamente. »das programm bahros ist weniger ein wissenschafts- als ein bekehrungsprogramm. bahro selber weniger forscher als missionar. was er behauptet, hat den charakter von botschaften, die weniger zur prüfung als zur nachfolge einladen.« die abfertigung formuliert seine ausnahmestellung. er blieb der verbannte (der verrannte). in der kapelle des dorotheenstädtischen friedhofs wird hölderlins LEBENSLAUF gelesen: *aufzubrechen wohin er will*; diesen vers schrieb er mir 1976 in das buch INDIANER VOR KOLUMBUS.

14. 12. 97

die bäume von kyoto. den menschen strengt sie an. er hat mehr im sinn. er ist ungeduldig und rohgemut. er hält einmal ein, wenn der beton reißt, das sind die hellen momente. manchmal scheint es, er verliert sein gesicht auf immer. da greift er vor sich in die erde und himmel, als wäre seines bleibens nicht. die natur steht gelassen, atmet das licht und arbeitet ruhig. sie läuft nicht (sagt man) nach ihren blättern. sie verläßt sich auf ihr ingenium, das chlorophyll. sie überlegt lange: bis sie dann blüht. das ist die vernunft. aber sie kann verzweifeln.

14. 12. 97

intendant schneider lädt, innensenator schönbohm zudiensten, eine kleine ostauswahl nach bohnsdorf ein: damit man eine sprache finde (denn wer kann sagen wie gauck: ich bin einer der deutschen, die ostdeutsch und westdeutsch sprechen). die zwei provinzialismen müssen sich durchmischen, meint dieckmann und gibt dem senator nachhilfe. man sieht die unbildung der politik. tragelehn wird gefragt: sie sind am schillertheater? als wäre die schließung kein stadtskandal gewesen. wir sitzen friedlich, irrlitz, katzer, vor dem general, nur goldmann meldet wie ein aufgeregter kadett: normalerweise würden braun und tragelehn sie mit allen mitteln bekämpfen. schönbohm, eingezogen aus westberlin, sieht brandenburg nur als etappe: er will nach berlin mitte reiten. – tragelehn hat den GALILEI im b[erliner]e[ensemble] vergeigt, es setzt sich nur soviel vernunft durch, nein, *dunkel genossen*, raunt goldmann, *ist der weltraum sehr dunkel.*

25. 12. 97

wir kommen den kolonnenweg herab, relikt der mauer, das mittagslicht auf den schilfwiesen, reiter jagen über die felder, und sehen unten am fließ, wo die gemarkungen zusammenstoßen, einen pulk grüner wagen stehn. polizei, und ein grüner vw mit roten rädern, bis an das brückenwehr gefahren. am auspuff ein plasteschlauch, eine scheibe zertrümmert, ein neunzehnjähriger hat sich, am heiligabend, das leben genommen. der rettungsdienst rückte – ist es berliner, ist es brandenburger gebiet? – aus hennigsdorf an. eine beerdigungsfirma hat sich des leichnams bemächtigt, der vater kann das selbstmordauto nachhause holen. schritte von unserem garten; die gegend, sagt anne, sei nun *belastet*, aber hier galt der schießbefehl, am *todesstreifen* im naturschutzgebiet, der radweg war der weltriß, welche last trägt die erde auf schritt und tritt.
strehler ist tot.

8. 1. 98
vor monaten hatte ich goldstücker das gedicht STRAFKOLONIE geschickt, und fürchtete, ihn verletzt zu haben – nun kommt seine visitenkarte: »mit innigem dank... 5. 1. 98 (30. geburtstag des ›prager frühlings‹)«. und eine rede, PANDORAS WIEDERKEHR?, von 1993. restaurationszeiten glichen einander, sie legitimierten sich mit gegenrevolutionären ideen, aber sie seien von verhältnismäßig kurzer dauer. denn sie vermögen nicht den ausgleich zwischen dem auferstandnen ancien régime und den in der »illegitimität« gezeugten fortschritten (und erwartungen) zu schaffen. die katholischen stuarts herrschten noch einmal 25, die absoluten bourbonen 15 jahre... wie weit zurück, und von wo nach vorn: das meine heute die eine übrige großmacht entscheiden zu dürfen, ein weltenwahn. den weltumfassenden gegensatz von reich und arm kitte keine weltgewalt. er »als einer der gar manchen, die in diesem jahrhundert an götter glaubten, welche keine waren«, ist zur überzeugung gekommen, daß es kein mittel gibt, die mißstände der welt in gleichsam verkürztem verfahren zu heilen. wer sich einmal an heißer suppe den mund verbrannt habe, blase auch in saure milch. – so antwortet er, *hoping against hope.*

15. 1. 98

treffe papenfuß im basisdruck. sein erster satz: ich krikn preis? – 30t mark. aber wie soll ich erich fried und papenfuß unter einen hut bringen; verdünnte verdikte! / fertiger dickpfiff! ich habe eben eine menge seiner »relativ abgefahrenen gedichte« gelesen, vieles gesaubeutelt. das nimmt ihnen von ihrer widerständigen kraft. wir gehn in den torpedokäfer, und er erzählt mir seinen werdegang. aufgewachsen in kasernen (der vater militärarzt), bis ihm die stiefelwichse stank. franz jungs schriften lehrten ihn den anarchismus, dem er mit pommerscher sturheit anhängt (das macht ihn mir lieb). im prenzlauer berg die dachböden des untergrunds, eine illusionäre szene, träge zerstritten. das vorurteil gegen die hochkultur (mickel) sitzt tief, da konnte die stasi ansetzen. (aber nicht wir, wie melle *meldete*, waren die verquälten.) und es gibt radikale hoch- und braveste subkultur. jetzt »westfraß & scharfeinstellung statt fehldruck & ostkost / die attraktion des schwachen staates ddr & seiner / vergleichsweise schmalen verwaltung dämmert«, und »wir bleiben sehr ungeschickte konsumenten.« die redaktion der sklaven wird sich spalten, die theoretiker, sagt bert, verharren im system. er tritt der bürgerbewegung ins gekröse: laßt euch nicht verbiermannen; »auf diese weise hat sich bohle / mit ihren freundinnen, die ja auch in den aktien vorkommen / natürlich köstlich amnestiert.« und hält zu dem zwielicht anderson, beim »schedlinski-gedächtnis-schausaufen«. nun muß ich es mit allen verderben, aber ich habe den mann genannt, und er ist es wert.

20. 1. 98

jastram macht einen kopf. ich sitze in der werkstatt in kneese auf dem großen stein, er steht vor dem modellierbock und schneidet in den ton und setzt ihn an das kleine gerüst mit den holzpflöcken (»schmetterlingen«). stumpfes graugelb, eine wärmere farbe, sagt er, würde ihn betrügen. in knappen zwei stunden ist die anlage fertig, ein schmaler stump, rohe fladen. er schlägt ein nasses tuch darüber, damit der ton nicht trocknet. am morgen laufen wir mit den hunden im kalten wind in die felder, die genossenschaften haben hier überdauert. dann hält er fürsorglich eine decke bereit, und ich sehe wieder gelassen zu und genieße den ernst, mit dem er, auf schweren beinen, die scheibe umtanzt mit erhobener hand, einmal mich, einmal den kubus belauernd. anderthalb stunden: um die sache nicht zu verderben, denn schon »leuchtet« der ton, schon zeigt sich in der rauhen masse ein wesen, das wir, zigarre rauchend, umschreiten. er macht keine oberfläche sondern eine membran, zwischen den inneren und äußeren kräften. sein tasten und klopfen befestigt die grenze zwischen dem widerstand innen und der aggression von außen. (auch der lebendige körper wird so gebaut und gebeutelt: das pausbäckige kind / der hohlwangige alte, in dessen eingedrückter brust gewichte lasten.) es ist ein kampf, den er simuliert, mit klümpchen lehm hantierend. die stirne auftragend und höhlungen schabend; wo die spachtel, der daumen unter dem jochbein eindrückt, tritt es fester heraus. jedes quentchen bewirkt das dramatische geschehen, bis die strahlung herausdringt. von außen nicht mehr kraft zuzulassen, als in der sache kraft ist, macht seine humane kunst. – das verzweifeltere verfahren, das die spannung nicht aushält und die form kubistisch zerbricht, scheint radikaler: die gewalt wird übermächtig. auch dies bleibt am gegenstand (ihn zu verwerfen die feigheit der *westkunst*). – ich ertappe mich, die finger an die stirn zu setzen, ist da festigkeit. die furcht, den arbeitenden zur exaktheit zu nötigen durch bloße anwesenheit. jastram geht mittags allein heran, und ich sehe dann die verwandlung, ein irrer ähnlicher ausdruck. das bin nun ich und ist er. aber er quetscht das weichhaupt wieder ins ungefähre.

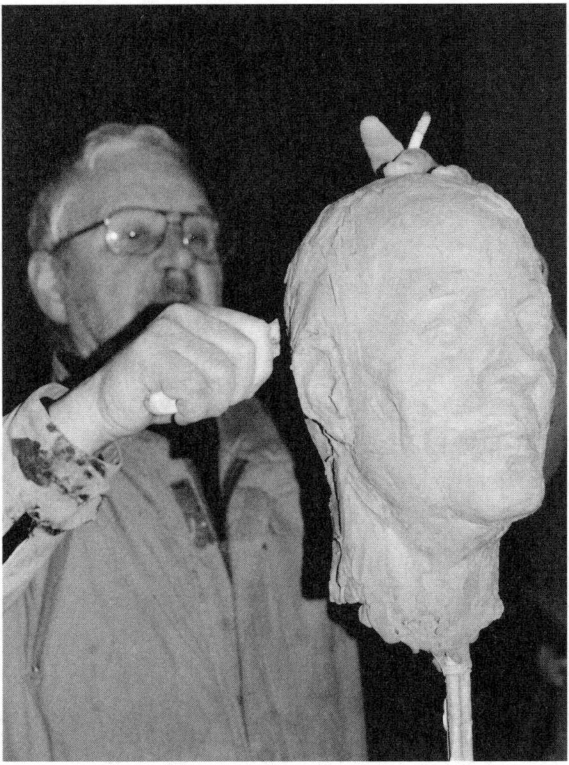

6.-8. 2. 98
frankfurt, bei unseld. schirrmacher, [hilmar] hoffmann. brecht-matinee im schauspielhaus. schon gestern mußten wir zur probe, nun muß mayer, in der gasse sitzend (und er wird frei sprechen), allzulang warten bei schalls/johanna schalls auftritt und schlägt wütend auf die sessellehnen. ich lese AN DIE GLEICHGESCHALTETEN, es wird für ein gegenwartsgedicht gehalten. im flugzeug ruft mir udo samel, die hand reckend, zu: spitze!

10. 2. 98

als sechzehnjähriger, mit dem fahrrad von sachsen nach franken fahrend, las ich die hämischen nachrufe in der winkelpresse: und wußte, wie man einen feind behandelt.
am berliner ensemble, im kreis seiner mitarbeiter belehrt über die list, die wahrheit zu verbreiten, erfuhr ich von der furcht vor dem freund.
jetzt, da er hundert jahre ist und sein werk verfremdet vom wechsel der zeiten, der so nicht seine hoffnung war, erlebe ich, daß eine welt ihn feiert, die seine billigung nicht braucht. aber am straßenrand sitzen nun viele, nach dem radwechsel 89: *ich bin nicht gern, wo ich herkomme/ich bin nicht gern, wo ich hinfahre*, mit ungeduld.

10. 2. 98

»washington / rom / bonn. washington wird entgegen früheren ankündigungen den olympischen frieden respektieren und bis zum ende der winterspiele im japanischen nagano am 22. februar auf einen militärschlag gegen irak verzichten.«

12. 2. 98
das nationale brecht-begängnis. die zeit seines größten triumphs ist die zeit seiner größten krise, und der triumph wird ihm auch zuteil, weil man diese krise feiert. er war der dichter, der wie kein anderer sein werk an eine weltanschauung gebunden hat, damit ist er gerichtet. jetzt ist es der kommunismus, der brecht boykottiert. denn die welt ist zwar veränderbar, aber ohne alternative. die kunst, die von den fehlern der welt lebt, mithin selbst ein fehler. da haben wir die ganze halbe wahrheit. nicht KEINER ODER ALLE sondern das eine und nicht das andere. jetzt kann der verschwundene sozialismus die bessere gesellschaft dünken, weil sie den kapitalismus besserte: stabilisierte. der fehler des verschwindens: daß nun die welt so unverschämt eindeutig ist, daß sie nicht kunstwürdig ist. das ist die kugel, aber wo ist die kunst. eine welt, die brechts werk vernichtet und gleichsam neu schafft: alle fragen sind wieder offen.

22. 2. 98
brechts JOE FLEISCHHACKER als hörspiel. gugisch vermißt die kugel, aber dafür was für ein laub. bei gewissen stoffen ist das fragment reizvoller und reicher, als eine endlich festgezurrte geschichte wäre. das scheitern das schönere ergebnis; die interessen sind ja vielfältiger, widersprüchlich, eigentlich eine forschung im unbegriffenen zeitalter. das material, über dem das mikrofon als modernes medium kreist: ihm ist erlaubt, die arbeitsschritte bloßzulegen, die unverschämten vorsätze (»platt, bibel«). in die löcher sickern die heutigen verlautbarungen und mythologien des geldgeschäfts (der große japanische bankencrash von 1997), und nebenher ist brecht der gesuchte mitarbeiter zugelaufen, der steinalte börsenspekulant kostolany: adäquat.

5. 3. 98

mit dem multilateralen abkommen über investitionen (MAI), das weltweit, aber in aller stille abgesegnet werden soll, verschaffen sich die konzerne handlungsfreiheit für ihre eroberungen; ein coup wie die bewilligung der kriegskredite. le monde diplomatique spricht von einem *kapitalistischen manifest.* seine bestimmungen stellen die ausländischen unternehmen den inländischen gleich und räumen ihnen das recht ein, eine aufs gemeinwohl bedachte, also gegen die ortsansässigen arbeitskräfte oder gegen die umwelt rücksichtsvolle politik anzufechten, sobald sie ihre profitchancen beeinträchtigt sehen. auch entstünde den investoren ein rechtsanspruch auf entschädigung aus der klausel über den »schutz vor unruhen«; die regierungen sind den konzernen für die regungen der bevölkerung verantwortlich, insonders für »revolutionen, notstände oder vergleichbare ereignisse«. – das ändert die welt. nun werde ich, alter staatsfeind, zum staatsbürger und sitze mit misselwitz, aus zivilem unbehagen, im pankower gesprächskreis.

11. 3. 98

... einer der selbstgerechtesten zugleich und harmlosesten menschen seiner zeit: ein anti-kohlhaas. aber jetzt widerlegt mich die presse: »bei streitigkeiten rufen die brandenburger immer häufiger die gerichte an, sagte gestern justizminister hans otto bräutigam. die klagefreudigkeit liege inzwischen deutlich über der in den anderen neuen ländern und sei in einigen bereichen sogar höher als im westen. am meisten gestritten werde vor den gerichten über offene vermögensfragen. das resultiere aus einer äußerst geringen akzeptanz der gesetzlichen regelungen.«

HANS TRIBULL (51), arbeitslos

29.3.98

intendant langhoff macht einen KREIDEKREIS für das gutbetuchte publikum. der sänger ist gestrichen, »soviele worte werden gesagt, soviele worte werden verschwiegen«. wenn azdak fragt: willst dus (dein kind) nicht reich haben?, benutzt brecht das große mittel, das schweigen der grusche beredt zu machen, »hört nun, was die zornige dachte, nicht sagte«: ginge es in goldnen schuhn / träte es mir auf die schwachen... langhoff verzichtet auf die deutlichen verse; und wenn ich ihm zugute hielte, er baute darauf, daß heute das publikum selber denkt – man hört es doch nicht, das lustvolle denken scheut den großen raum. die feigheit stellt sich am schluß offen aus, wenn sich der regisseur selbst das maul verbietet. er läßt noch verlauten, menschheitlich allgemein: daß da gehören soll, was da ist / denen, die für es gut sind – aber nicht: also / die wagen den guten fahrern, damit gut gefahren wird / und das tal den bewässerern, damit es frucht bringt. er hält wie azdak die hand hin: »ich nehme.«

17. 4. 98

zimtgeruch weht heute morgen ins offene zimmer, man bäckt die küchlein fürs griechische osterfest. unser 33. hochzeitstag. vor iraklion eine müllküste, toscana-knast, offener vollzug. wir entweichen nach knossos. die olivenhaine, die brusthohen tonkrüge bewahren das gedächtnis uralter arbeit, und noch die ruinen bezeugen eine hochkultur. kreta die transitstation der zivilisation, es waren seine stiere, die europa raubte. jetzt liefert es autostaus, fragmentbau, touristenmist, herakles arbeitet für die reisebüros.

wir starren in jeder landschaft auf die trümmermasse. ablagerungen, schichten, in denen wir unsere spuren suchen, unser eingesunkenes zeitalter, an das wir uns dunkel erinnern. der dichter steht auf dem grabfeld, nicht den bleistift, er braucht die spachtel, oder tastet mit füßen auf die gewölbe.

22. 4. 98
lyotard ist gestorben, der erfinder der postmoderne. die RAF »beendet ihr projekt«, den bewaffneten kampf. zwei mißverständnisse, den fortschritt betreffend.

»der begriff des fortschritts ist in der idee der katastrophe zu fundieren.« (benjamin)

HITLER/SCHALL: Der Berliner Eulenspiegel Verlag zieht die umstrittene Doppel-CD mit Ekkehard Schalls Vortrag aus Adolf Hitlers Buch „Mein Kampf" zurück. Er war dazu vom Land Bayern, das aufgrund alliierter Bestimmungen im Besitz der Urheber- und Verlagsrechte an dem Buch ist, ultimativ aufgefordert worden. *(dpa)*

1. 5. 98
nach der begegnung der »revolutionären mai-kundgebung« mit dem aufgesparten osterspaziergang der polizei schönbohms gleicht der prenzlauer berg einem schlachtfeld.

mai 98
kartause ittingen: in *klausur*. pfyn: zu brechbühl. st. gallen: zu schweiger. tägenswiler: zu kelter. am geburtstag (: arnes rat) zum jungfraujoch.

28. 5. 98

heute, nach drei wochen, und am letzten tag, wird der säntis sichtbar, churfirsten, glärnisch, der fön rückt sie nahe unter dem verhangenen himmel, den drei krähen beherrschen, mit trompetenstößen. ich verlasse die klause 6, wo ich ohne draht zum himmel, ohne tv in der stille saß. BÖHMEN AM MEER, der letzte versuch, unterdessen wurde der hof gepflastert, die mauer erneuert, der weinberg gesenst, die gärten gewartet, brot gebacken. gesunde und behinderte; ich war von arbeit umgeben. die pfingstrosen springen auf.

24. 6. 98
anne bekommt einen brief vom polizeipräsidenten, landeskriminalamt, in dem ihr mitgeteilt wird, daß daten zu ihrer person für einen zeitraum von mehr als fünf jahren im informationssystem für verbrechensbekämpfung »gespeichert sind/werden«. es könne im zuge der benachrichtigung nicht unterschieden werden, »ob eine speicherung als tatverdächtigter oder anzeigender oder geschädigter vorgenommen wurde«. nach den ersten 79 000 sendschreiben (eine dreiviertelmillion sollen in berlin verschickt werden) und den rückfragen aufgebrachter bürger, die nähere gewißheit über sich verlangen, heißt es in einem neuen entwurf: »vor einem entsprechenden antrag bitten wir sie jedoch, zu überlegen, ob sie sich aus ihrer erinnerung heraus die polizeiliche datenspeicherung selbst erklären können.« (: ein lackschaden.)
im literaturhaus münchen ein vortrag: »gedächtnis der welt«. solange wir wir selber sind, nicht irritiert durch die veränderung der verhältnisse, nicht infragegestellt durch einen *umbruch*, die verwerfung der geschichte, ist das erinnern leicht. aber wo wir gleichsam aus unserer identität geworfen werden, wird das gedächtnis eine ernste sache. lese DIE VIER WERKZEUGMACHER.

16./17. 6. 98

elbhangfest: mit regina und gernot durch die loschwitzer hänge, wo viele häuser und gärten offenstehen mit kaffeetafeln und weinausschank, eine beschwingte südliche welt. lesung *aus der hanglage meines bewußtseins.* ein aufgeräumter czecho bringt mich zum bahnhof.

13. 7. 98
brigitte/marion (büchner):
ich bin ein unheilbar leichtfertiger mensch. ich glaube, ich bin unglücklich, vielleicht stürze ich mich deshalb in immer neue abenteuer und finde bei keinem ruhe... manchmal könnte ich schreien vor schmerz, und ich weiß doch nicht einmal, was mich so martert. nach mitternacht zogen wir uns ins hinterstübchen zurück, da hatten wir unsere große aussprache. eigentlich redeten wir gar nichts, wir schwatzten sinnloses zeug, um das wahre zu verschweigen, und wenn unsere blicke sich trafen, erschraken wir. ich weiß übrigens nicht, wieviel spiel war bei mir, ich bin niemals ehrlich, und im grunde ist ja alles lüge. endlich fragte walter geradeheraus, warum wir uns denn überhaupt so viel nonsens vormachen. es war alles so unbegreiflich, so ungewiß. ich hätte weinen und lachen mögen in einem... morgens fuhren wir in die stadt zurück. schlafen lohnte nicht mehr. wir setzten uns in den klub und redeten weiter. und auf einmal fielen wir uns doch um den hals und küßten, küßten. bis dann die anderen kamen... das ist alles sehr schwer zu verstehen. übrigens habe ich mich nicht so sehr an ihn verloren, daß ich nicht mehr sachlich mit ihm arbeiten könnte. joe betet mich an. er versucht vergebens, mich zu begreifen, er sieht engel und teufel in mir, naives kind und gleichwohl fähig jeder grausamkeit. ich spiele vor ihm meine hundert rollen, und er weiß nie, was echt ist und was falsch. übrigens weiß ich es selber nicht. an mein innerstes lasse ich keinen heran, ich will nicht, daß ein anderer mich besitzt. ich will mich behalten, ich will nichts geben und dabei doch von den menschen meiner umgebung nehmen, was immer ich für meine

arbeit brauche. vor ein paar tagen ist es dann ernst geworden mit joe und mir. er kam des nachts, wir wollten nur nebeneinander schlafen, und beinahe wäre es auch dabei geblieben. aber die zeit war wohl reif. ich habe es ihm schwer gemacht: er hat mir einmal gesagt, wie schön es sei für einen mann, eine frau zu demütigen, sie niederzuringen, bevor man sie nimmt. das habe ich ihm nicht vergessen; und als er selig war, mich in den armen zu halten, habe ich ganz kalt zu ihm gesagt, er solle sich nur nicht einbilden, er habe mich jetzt. er war sehr traurig; er glaubt mich ihm noch entfernt wie je. wir schlafen nun jede nacht miteinander. daß immer gerade gute menschen sich an mich verlieren müssen! ich habe in den letzten jahren soviele beteuerungen und zärtliche worte und süße lügen anhören müssen, daß es mich nachgerade ankotzt. plötzlich fragte mich jerry, ob ich ihm einen kuß geben würde. ich küßte ihn. ich glaube beide zu lieben, und vielleicht sind sie mir beide im tiefsten gleichgültig. jerry behauptet, ich sei besessen von lebenshunger. sie wissen nicht zu deuten, was ich denke, wenn ich lächle. und wenn ich plötzlich schallend lache, sind sie vollends verwirrt und werfen sich hilflose blicke zu, und dann spüre ich, wie weit männer von uns frauen entfernt sind. ich werde arbeiten. ich werde immer allein sein, ich zerstöre die menschen, die mich lieben, und gehe aus der eigenen zerstörung stärker hervor. jerry ist am ende. noch einige wenige dieser schrecklichen szenen, und wir gehen gemeinsam aus dem leben. nein, ich habe hunger auf das leben, ich trinke meinen becher aus.

20. 7. 98
brigitte reimanns tagebücher (1964-70) machen die memoiren einer ganzen ddr-generation überflüssig. genauer und härter könnten wir nicht zurückblicken, als die junge frau um sich sah. ihr freimut ein schlagring. die vorsichtslosigkeit ihres lebenstriebs paarte sich mit dem unschuldigen zynismus der schriftstellerin, die *umgebung* auszubeuten. als ich sie flüchtig, und eben nicht als mann, kennenlernte, ahnte ich nicht die irrsinnige prosa, die sie lebte. die unverstellte form eine besondere roheit, denn tagebücher werden entdeckt. »eine etwas zu gut, zu vollständig erfundene dramatische figur«, steht auf dem umschlag; daß sie all die lust und den schmerz in einen roman umpacken mußte, war vielleicht eine pointe zuviel. – übrigens mir besonders ist nun dichtung und wahrheit abgenommen, über die lausitzer heide und die sibirische taiga, heinrich ernst siegrist und gainulin, henselmann und die hauptstadt. und bei (beinahe) jedem erfuhr sie eine dimension mehr: die sexuelle.
neubrandenburg: mit pietschmann, kerstin hensel, dem fotografen billhardt, den malern sander-tischbein, erika stürmer-alex.

28. 8. 98
brecht-kongreß in sao paulo: boal, palitzsch, willett, tatlow, bornheim, peixoto, konder, dragun, montero u. a.
mit cohen und stillmark bei oscar niemeyer im 10. stock an der copacabana. (ein schmales haus mit brüsten, vom fuß bis zum first.) der neunzigjährige, sehr klein, sehr jung, skizziert an der staffelei stehnd gelassen freigiebig sein denken. er liebt den beton, der erlaubt kühne, leichte bauten. die runden linien sind die vernünftigen, der beton folgt ihnen (seinem strich mit dem filzstift). das 300m lange gebäude der universität von constantine in algerien auf pfeilern in 50m abstand: und nur 30cm dick ist die mauer. corbusier habe gesagt: du baust wie die bucht von rio, er habe entgegnet: nein, wie der körper einer frau (der strich ist eingeübt). die architektur ist nicht das wichtigste, sondern das leben, das dasein.

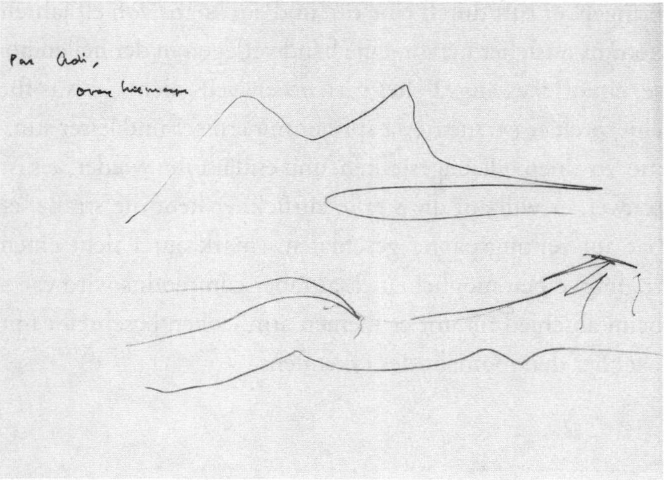

das volk interessiert sich nicht für regierungssitze – aber wenn sie durchlässig, anmutig sind! brasília widerspricht der

macht. – er stellt seine tische so, daß der blick auf die favelas geht. wir sind in einem raum, aber die dort haben kein haus. sie haben kein land; die welt muß umgeräumt werden. er zeichnet sein plakat für die bewegung der landlosen: *das land gehört allen.* präsident cardoso lacht über die obdachlosen, »der hurensohn«, er macht die dreckarbeit für die konservativen. der plano real. die währungsreform potenziert das elend. man muß kämpfen. der mensch ist klein. der einzelne ist nicht wichtig. und das leben ist nur eine minute. »das sage ich nicht nihilistisch.«
wie er dasteht und spricht, sehe ich mark aurel im entsetzlichen rom, unbeirrt und tätig. – er erzählt, daß er einen jungen von der straße, der ihm etwas verkaufen wollte, am arm faßte und mit in die wohnung nahm, ihn baden ließ und ihm kleider gab. nun müsse man versuchen, ihn auf die schule zu bringen. er ruft durch eine tür, und ein knabe von elf jahren kommt unsicher hervor, eine hand verlegen in der hellen hose, ein offenes ängstliches gesicht. er weiß nicht, in was für einer welt er ist. niemeyer spricht mit ernster und leiser stimme, zu einem gleichgestellten, und entläßt ihn wieder. »es ist schwer. er will auf die straße zurück. er liebt die straße. er hat auf zeitungspapier geschlafen.« mark aurel sieht einen zögling, einen möglichen cäsar (aber commodus wird es). – beim abschied nimmt er meinen arm. cohen beschreibt mir nachher den moment des erkennens.

29. 8. 98

das sich erkennen derjenigen, die gestalten: meinte cohen. – und das enttäuschtwerden. germanistinnen laden mich ein, sie haben »über mich gearbeitet«, und das klingt erotisch, und den WENDEHALS übersetzt. irgendwann werfe ich dann einen blick auf die erste seite: »verkäufer von ideologie« lautet der titel, und NICHTSDESTOTROTZ ist etwa alles ist nichts... und real existierende zustände übersetzen sie mit: sozialismus, plump und ohne charme, und nach den »unhaltbaren verhältnissen« wage ich schon gar nicht zu fragen. – in luiz fernando lobos' theater eine probe der MUTTER; mechanisches exerzieren und hantieren, laut und direkt in den saal, nichts von der leisen, selbstverständlichen art, wie sich wahrheit darstellen kann. er will GUEVARA machen, das würde nichts.

17. 9. 90
zum bremer tabak-collegium geladen (smoking/amtstracht/gesellschaftsuniform): an dieckmann accompagniert unangezogen in die ruine des dresdner schlosses über die haupttreppe im bärengartenflügel, »austattung mit den utensilien« in der einstigen bildergalerie im zweiten stock, löffeltrunk im eckparadesaal, bremer abendbrot im präpositionssaal, im großen ausgebrannten ballsaal die große runde beim kerzenschein. wir lassen reden und rauch (biedenkopf/die holländischen tonpfeifen) ziehen und würdigen das herrliche gebäude, das, unzugänglich, der grund unsres kommens ist, und im turmzimmer warten faßbier und mittelwächter.

24. 9. 98

Foto: ap

Auf dem Armensünderbänklein wird der Präsident vor aller Welt bloßgestellt

da steht er nackt und abgeleckt, der bill.
sex oder nicht sex, das ist nicht die frage:
es sind details, was die *correctness* will.
ein heuchler er, und heuchelei führt klage.

27. 9. 98
zu wolfs. der fernseher läuft. leberknödelsuppe, eingelegte pilze. christa: na, habt ihr wieder eine regierung gestürzt? sie will wissen, was ich gewählt habe. an dem 27. september wird ihr ein event serviert. diese hochrechnungen sind doch was anderes als unser züngeln an der waage (99 %).
es steht kein machtwechsel an, nur ein politikwechsel, oder wie kanzler schröder sagt: wir machen nicht alles anders, aber vieles besser. die spd hat es geschafft, jeden gedanken an veränderung so beruhigend ferne zu legen, daß sie die wahl gewinnt.

22./23. 10. 98
lesung im gut geisendorf. das alte herrenhaus jetzt im besitz der laubag; der lausitz gehört keine aktie, das dorf wird abgebaggert, vor der türschwelle macht der tagebau halt.
tagung des arbeitskreises umwelt und literatur in bagenz. wie umgehen mit der »durchgearbeiteten« landschaft. nach dem lärmenden eingriff entstehen orte der stille, »die natur hilft sich«; es streiten zwei meinungen: es ihr überlassen, die wüste fläche wieder zu erobern, oder dem menschen in der wüste *abenteuer schaffen*... das dritte aber wäre, der natur hilfe zu leisten nach dem akt der gewalt, ihr beizustehn. – in schipkau rotteten sich, vor dem haus einer familie, die gegen den lausitzring kämpft (eine autorennstrecke), demonstranten zusammen, angeführt von der freiwilligen feuerwehr, der auswurf des tagebaus, und der bürgermeister erklärte: wenn ihr eure familien noch ernähren wollt, werdet ihr vielleicht als mickey-mouse herumlaufen müssen. – ein mann aus dakota, aus einer sioux-reservation, wurde in der bergbaufolgelandschaft herumgeführt, ein gast, der immerfort grinste. *genau wie bei uns!* der uran-abbau versprach, ein schönes naturschutzgebiet zu hinterlassen, und hielt das versprechen, aber sie können nicht mehr hinein.

25. 11. 98
»finnische landschaft oder der ort des dichters«. ich sitze, die züricher vorlesung vorbereitend, am nordrand berlins in einem finnischen holzhaus. zwanzig schritte vor mir stoßen drei fluren zusammen, zwei länder, stadt und land, himmel und erde. hier stand die mauer zwischen zwei welten. »kann ich den ort nennen, von dem aus ich schreibe.« eine narbe in der natur der todesstreifen für die ausflügler. brecht dem exilanten folgte der landser fühmann an die FINNISCHE GRENZE, einberufen aber nicht berufen, und wurde gleichwohl ein dichter. »wälder mit schwarzem geäst, / wurzellos wild, / trieben als schrecklichen rest / ihrer vernichtung ein einziges bild: // skelette, ragend und kahl, / hatten das grünen verlorn. / überall war ein mal / blutiger herrschaft geborn.« »der obergefreite schreibt gedichte«, vermeldete das reich, nr. 26, 1944, »ein teil geht auf den endlosen märschen verloren, ein kleiner teil wird gerettet. aus ihnen steigt sprache und innere welt der zwanzigjährigen auf, bedrängnis und bewährung, härte und größe ihres schicksals.« »ein sehr großer autor spricht am bewegendsten *beiläufig*, darin steckt eine besondere höflichkeit«, sagt muschg, aber über brecht; »man spürt zudem: der mann ist unterwegs an einen wichtigen ort... die notwendigkeit des ziels, die man empfindet, wirft dann eine unverhoffte helligkeit vor die füße auf den weg.« fühmann hat später sein dichten verworfen, weil das ziel verschwand; das falsch erreichte, das erreichte falsche würgt den text. er ging, ein »monströses sediment« durchgrabend, *ich war faschist, ich war stalinist*, ins BERGWERK, um unten, ausgenüchtert, im elementaren, seinen »mythischen ort« zu finden. – jetzt ist der moment, sebalds zu gedenken und

seines züricher hinweises auf die totenwinkel der geschichte, über deren grabesstille sich eine nachkriegsgeneration einrichtete oder in die frohe zukunft dachte. die literaten hielten sich etwas auf den *kahlschlag* zugute, der aber die wurzeln nicht berührte; wie die beräumung der trümmerfelder nicht den baufehler bloßlegte. sebald vermutet, daß das westdeutsche wirtschaftswunder von der rätselhaften kraft der bewußtlosigkeit bewirkt wurde: »die quelle der psychischen energie aber ist das geheimnis von den in den grundfesten des deutschen staates eingemauerten leichen.« die verdrängung der frage, auf welchem blutigen boden wir stehen, und die sicherung der schweigezonen machte die eigentümlich verklemmte sozialisation im westen: wie die selbstgerechte zukünftelei den verklemmten sozialismus im osten; ihr gegeneinandergerichtetsein war das jeweilige grundgesetz, als wäre die gegenwart des anderen die vergangenheit, von der es sich abzukehren gelte. die seltene leistung der literatur, der kunst ist die wahrnehmung, koeppen im bonner TREIBHAUS, bis er verstummte, rudolph im ZERSTÖRTEN DRESDEN, aber »die wollten doch das neue leben sehn«. *dresden als landschaft* war der ungenehme ort, und die mondlandschaft der tagebaue, *keiner mutter boden loser satz.* die topografie des verbrechens überdeckt von der topografie des verbrauchers. uwe pralle beschreibt eben jetzt das »näherrücken der nachkriegszeit«, indem der grundstein der berliner republik »auf die gemiedenen ruinen der vorzeit trifft«.

18. 12. 98

clinton ordnet, nach neuen enthüllungen über sein intimverhalten, und alten erkenntnissen der uno-inspekteure, einen tag vor der abstimmung über das amtsenthebungsverfahren, luftangriffe auf den irak an.

[illegible] im oral office

entheben wollt ihr mich? und meinen stummel
weil ich im office mit zigarren fummel.
jetzt hilft ein krieg, in der verlegenheit.
butler, die fakten, fick sie. feuer freit.

22. 12. 98

eben hat walser, mit seiner rede vom wegsehen, von der »instrumentalisierung unserer schande«, von »auschwitz als moralkeule« aufsehen erregt – der vorsitzende der jüdischen gemeinde, bubis, nannte den friedenspreisträger einen »geistigen brandstifter«, und walser erwiderte, seine rede sei von millionen als befreiung empfunden worden –, da meldet sich, in seinem schlagschatten, ein anderer dieser wortreichen generation und überbietet ihn gelassen. enzensbergers polemik, bei entgegennahme des heine-preises, gilt den *gutmütigen deutschen*, die er lobt, verhöhnt und vor denen er schließlich warnt. es ist eine rede voller ironien, die es schließlich bluternst meint. der erste satz spricht von der sozialen kälte, von der »viele medien zu berichten wissen«, der zweite fertigt, ganz in walsers weise, die »experten des schuldbewußtseins« ab. verschämte armut und unverschämter reichtum, rufe der chef der gewerkschaften – aber enzensberger weiß, »wie man in den schlaraffenländern des westens die armut definiert«. arm sei, nach der definition der europäischen kommission, wer weniger als die hälfte des durchschnitts verdient, »das bedeutet natürlich, daß uns die armut praktisch nicht ausgehen kann«, denn selbst wenn zwei millionen auf die kappe kämen, rekrutiere sie sich aus den simplen millionären. und wieder wie walser moniert er, daß er die im dunkeln zu oft sieht: sie werden allabendlich vorgeführt. »selbst in die entlegensten gegenden dringen die reporter mit hubschraubern und geländewagen vor, um uns zu zeigen, wie elend es dort zugeht.« das volk, nach dieser unermüdlichen unterweisung, spende und steure dagegen, »philantropische neigungen«! »aber auch der leviathan hat kreide gefressen. er zeichnet sich durch eine fürsorglichkeit aus, die ihresgleichen sucht« – fürwahr, ihr sozialempfänger mit dem »anspruch auf 30 staatliche leistungen«, und die »gunst der staatsgewalt« hat hier einen fürsprecher, der seinesgleichen nicht findet. er sieht »hie und da widerspruch«, und »trotz allem, was das gemeinwesen gutes denkt und tut«, gibt es das *rätselhafte projekt*, »neger zu klatschen« und sonstwie auszurasten. wie, fragt enzensberger, »wenn an der menschenliebe ... etwas beängstigendes wäre?« und »die nimmersatte moral so manches« deutsche, walser! »gemüt überfordert?« die geduld der deutschen sei grenzenlos, aber sie könne enden. das ist die sorge dieser generation der empörer und herüber, der heruntergekommenen sieger. sie können sich nur selber warnen: laßt ab von euren ansichten, von eurem gewissen. bringt die sache nicht auf den punkt, vor der gutmütigen menge, sonst verliert sie die nerven. – gott bewahre. diese rede über das soziale wesen, anders als die walsers über das nationale, macht keinerlei aufstand, und das ist der skandal der deutschen medien.

25. 12. 98
wir übernachten zum erstenmal *im büdchen*, die kopfkissen das weihnachtsgeschenk. in berlin vergessen: die wiener würstchen, der käse, der korkenzieher, aber was für ein kartoffelsalat, und das schwarzbier. in dem gehäuse läßt es sich aushalten, zu zweit, mit freunden, oder allein. und die unaufhörlichen reiter, und radfahrer, die pilgerzüge in die natur.

31. 12. 98
gekocht, geputzt und gehämmert (und so wurde das jahr bis zur letzten minute vertan), nun besteht der ländliche hausstand den ersten ansturm. wolfs, schlenstedts, dieckmanns, laabsens, arne und thorsten. christa, nach der vierten hüftoperation, wagt den hertransport, daniela hat die nichtwahl zur verfassungsrichterin überstanden; wir entledigen uns der leidigen themen und sehn, beim bleigießen, nach vorne. – ein ehepaar aus hamburg-horn ist, dem navigationssystem vertrauend, von der autobahn nach caputh rechts rausfahrend an der fähre geradewegs in die havel gerollt.

1. 1. 99
anne: komm, ich zeig dir etwas schönes!, solche ausrufe nun immerfort: der volle mond im dachfenster, die zinnoberfarbnen himmel morgens, der vogelschwarm schon in der birke rastend.

9. 1. 99
trolle ruft an und weist mich auf regisseur [wolfgang] engels äußerungen über müller, mich und ihn hin: »erst mal vorbei. vielleicht später wieder.« therese hörnigk fragte ihn, ob sich die in die texte eingeschriebnen widersprüche erledigt hätten? »gegenwärtig hat SHOPPEN & FICKEN konjunktur. oder so etwas wie EHEPAAR SCHILLER von daniel call. eine seiner vielen trash-comedies...« er spricht nur aus, was wohl gängige meinung ist. – gestern eben dachte ich: DMITRI oder MARK AUREL sind für ein publikum von kindern geschrieben, von kindern, wenn sie erwachsen sind. nicht für dieses vergreiste theater.

11. 1. 99

paderborn. das abenteuer, das *verrückte* rätsel des schreibens, von dem joseph conrad sprach, der gang ins unbekannte, in die gefahr. ich führe sie also in die werkstatt, wo der stoff, das material bearbeitet wird

die werkstatt ist ein offenes gehäuse, in das nachrichten dringen, gerüche, schreie und der regen der theorie. das ist, wenn man nicht an das automatische schreiben glaubt, untrennbar: wie die gemischten gefühle, die gemischten gedanken, und erst im moment des ernsts scheidet sich, wie sie sehen werden, der entschiedene text

29. 1. 99

márquez, »mein essen mit bill«: »... auf die frage, was er gerade lese, stieß er einen seufzer der erleichterung aus und nannte ein buch über die wirtschaftskriege der zukunft, dessen titel und autor ich nicht kannte. ›lesen sie lieber den quijote‹, riet ich ihm, ›da steht alles drin‹. ... clinton sagte, sein lieblingsbuch seien die SELBSTBETRACHTUNGEN von mark aurel...

von der materialermüdung geplagt, beging clinton sogar den unverzeihlichen wahnsinn, einen 5397 seemeilen vom weißen haus entfernten feind mit raketen zu bestrafen, nur um die aufmerksamkeit von seinem persönlichen unglück abzulenken. ... tony morrison faßte die ganze geschichte in einem genialen satz zusammen: ›sie behandeln ihn wie einen schwarzen präsidenten‹.«

6. 3. 99
wien, galerie hilger: hrdlicka sei nicht zu sprechen, aber ich sehe das fräulein telefonieren und entferne mich nicht sogleich; und dann kommt er sachte angeschritten. »ich bin fast nicht mehr am leben.« wir steigen ins dachatelier und er öffnet langwierig vier schlösser. nebeneinandersitzend, der wodka ist alle, aber etwas findet sich, erzählt er mit leiser stimme: flora, seine junge vertraute, hat sich umgebracht. »eine verrückte. sie wollte mich mitnehmen.« sie schrieb bis früh vier uhr an seiner autobiografie und nahm ein starkes mittel, in den kognak, er trank wodka, aufwachend lag er mit der toten in ihrer wohnung. die polizei. »wenn ich sie einmal mehr gevögelt hätte, wäre sie noch am leben.« er sitzt zusammengesunken, er hat sich, schon im bett, betäubt, er geht nicht mehr auf die straße. »meine vielweiberei hat mich fast umgebracht.« flora eine ungarin, verrückte malerin, »sie kannte den ganzen giovanni-text«. auf den tischen die blätter mit abgehackten gliedmaßen, tötungsszenen, hrdlicka blutbespritzt inmitten. ein großes rötelblatt fällt mir auf: das hat aber er vor jahren gezeichnet, eine gestalt mit floras zügen und sein haupt auf dem teller. er hat sie immer gefürchtet, das hat ihn magnetisiert. »die ungarn weinen und lachen zugleich!« eine verrückte, sagt er wieder, »aber mit lebenden kann man umgehn, nicht mit toten.« wir gehn, nachdem alle schlösser versorgt sind, in die wohnung hinunter, und er zeigt mir, »ein schriftsteller kann es sehn«, barbaras unberührtes zimmer, wie von sagert ausgestopft, sie war seit zehn jahren klinisch verrückt, die bühne für eine andere unheimliche tote. der wäscheständer? ist aber von angelina, dem fülligen, geduldigen halt in den elementargewalten. was du

malst, sage ich, gerechterweise mußt du leben. – sein JUDENBAD, von 1961, mit einem kleinen raum umbaut, wäre das mahnmal, um das berlin mit betonmassen streitet.
lesung im stallgewölbe im museumsquartier. die kompakten gedichte des TUMULUS werden verkraftet.

11. 3. 99
zeitung, ende 20. jahrhundert

Wegen des Online-Liebhabers seiner Frau hat ein virtuell gehörnter Ehemann mehrmals auf seine Frau eingestochen. Der 45 Jahre alte Täter wurde am Mittwoch von einem australischen Gericht wegen schwerer Körperverletzung zu acht Jahren Freiheitsstrafe verurteilt. Nach seiner Tat hatte der Mann versucht, sich mit seinem Auto umzubringen. Die Eifersucht des Mannes hatte sich an den nächtlichen erotischen Internet-Gesprächen seiner Frau mit einem 3000 Kilometer entfernt lebenden Mann entzündet. Die Frau traf ihre Online-Liebe das erste Mal bei dem Gerichtstermin. (dpa)

12. 3. 99

im cottbuser theater eine »zonenrandermutigung«: GEGENWARTEN edel sei der mensch, horror und gut. ein kraftakt, fünfzehn stücke an einem abend, wie zum protest gegen die sparpläne und theaterschließungen. für den STAUB VON BRANDENBURG, selbst ein stück aus stücken, läßt schroth die zuschauer auf der drehbühne platz nehmen, eine vergnügte scharfe unterhaltung. nur drei schauspieler: sigrun fischer, bäßler, lingk, vorzüglich. den fortschrott geben sie, bruchlandend, als drei engel, und am ende auffahrend: schrott fort. gegen einfälle läßt sich (so spät) nichts sagen, aber wenn die zwei bauern im oderbruch, die die wasserleichen weiterschwimmen lassen, »so, der frißt kein brot mehr«, drei angelnde gartenzwerge sind ... eine kleistische anekdote kann man nicht lispeln.

23. 3. 99
paderborn, potsdam, rapperswil, ratzeburg, das fahren und fliegen in die nähe und ferne, nicht wie man eine ordentliche reise macht, sondern um einladungen »wahrzunehmen«. freilich paderborn vermehrt das geld, und travemünde die ehre, und ratzeburg die freude: jastrams ausstellung zu eröffnen.

28. 3. 99
es ist ein *vorlese*land, leipziger messe, hannover, hamburg für bertelsmann, oder ist es ein gaskonzern, und warum war ich in baden baden?

29. 3. 99

stealth-tarnkappenbomber (45 mio dollar)

31. 3. 99

braschs seelenruf: komm her und hilf mir, mit dem brunke fertigzuwerden. er steht in seinem großen zimmer am schiffbauerdamm, spiegel lehnen an den wänden, ich sehe ihn doppelt und er redet in zwei telefone. er ist ein technik-freak, als brauchte gerade er andre organe, der empfindlichste, nervöse mensch. wir sprechen vertraut (aus jugendlicher lektüre), er ist beinahe zärtlich ernst, und lästert über peymann = paymann. er legt mir einen packen von 1000 seiten auf den schoß, so ist das ding geschwollen, an dem er masturbiert. sein erster MÄDCHENMÖRDER BRUNKE war ein starker ganzer text. aber er hat noch zehn weitere solche stapel liegen, er will den fall von all den dämonen erzählen lassen, jeder mit seiner wahrheit. ich sage: das manuskript hat die mammutkrankheit, das kann keiner eindicken. wir gehen hinunter in ein lokal und trinken im stehen, während er wieder telefoniert, mit flackernden gesten, in einem gefährlichen, selbstzerstörenden zustand.

4. 4. 99
[ ] kommt am ostersonntag nach schildow und erzählt unter tränen, man habe akten gefunden, aus denen hervorgehe, daß sie [ ]

21. 4. 99

jugoslawien, man erinnere sich, war vierzig jahre ein *blockfreies land*. es war dieses völkergemisch, das besondere vernunft brauchte und gebrauchte. der zerfall reißt die ethnischen gräben auf und hätte der nachdenkenden welt eine übung auferlegt; welches paradox, daß es eine militärübung ist und ausgerechnet aus jenem *sonderweg* das rollfeld des atlantischen bündnisses wird. infantile konfliktlösung, clinton (sagt augstein) führt krieg so, wie er seine prozesse führt: mit einem minimalen einsatz an wahrheit, und die deutsche »deutungsmacht« erkennt eine neue art engagement, »hinter dem keine interessen sind«. es ist lediglich eine neue welt, die heraufzieht am abendhimmel, und nur die russischen realisten sehen es: »eine bombardierung der gesamten demokratischen ordnung in rußland« (jawlinski). die humanitären wurfsendungen hindern die vertreibungen im kosovo nicht, sie treten sie richtig los. unsere begriffsstutzigen außenminister fischer können, 1989 und 1999, den flüchtlingen nicht helfen. scharping (»nennen wir es mal krieg«) eine schießbudenfigur. jetzt suche ich auf der wehrmachtskarte das natoprotektorat. der prager frühling in der nato ist nicht dubčeks rache, aber havels höllenfahrt. die usa gehn in guevaras schule: schafft zwei drei viele vietnams. deutschland bricht auf mit der balkanisiertrommel, seine soldaten siegen sagenhaft, im tarnkappenbomber.
ja, meine feinde, das ist nun ausgemacht. wir werden im neuen jahrtausend viele kriege erleben, die schwarzen und weißen steine sind ihm in die wiege gelegt.

26. 4. 99

die *zeitschneise* von ettersburg durch den buchenwald zum kz, ein natürliches denkmal, ein denkmal ganz nach der natur des menschen. baumstämme ein reihengrab, ein verrostetes schaufelblatt, schlüsselblumen: mein freigang. wer bin ich hier, ein wanderer, ein wachmann? ein laufseher. – der dichter steht immer in solchen schneisen, wo die wirklichkeit ihre größte schmerzende kraft entfaltet. – die »singenden pferde« der fuhrkolonne. 6. alle umstände, welche die arbeitszeit verkürzen können (mahlzeiten, appelle u. a.), sind daher auf ein nicht mehr zu verdichtendes mindestmaß zu beschränken. f. d. r: schiller ss-obersturmführer und adj. hier fühlt man sich groß und frei, wie die große natur, die man vor augen hat. goethe. weimar hat 1938 das areal des kz in das stadtgebiet eingemeindet. anna amalia buchenwald / das menschen mögliche / undurchdringlich / eine gegend. wir werden die gegensätze nicht los, wir müssen sie zusammendenken. nicht weil es diese verbindung unausweichlich gab, VON LUTHER BIS HITLER, sondern weil sie sich unausweichlich stellt. ich bin ein mann in völliger normalität und im krieg mit serbien. ich werde, 6 uhr 30, vor dem lagertor, im frühstücksfernsehn vernommen.

27. 4. 99

Faustkeil im „Wargame": Einer der amerikanischen B-2-Bomber Foto Reuters

30. 4. 99
mit mickel zur darmstädter akademie, die in erfurt tagt: der zug fällt aus, warten in schönefeld, karl, der selten reist, legt wert auf komfort, lederkoffer, schirmstock, jeans und jackett, ein zweiter anzug eingepackt. im ersatzzug ordert er per handy für den fall eines halts ein taxi. das typoskript seines referats NATURFORM UND MENSCHENWERK ist auf din a 3 gebracht und gebunden; ich schaue nur drüber, da ich es hören werde. beim vortrag erweist es sich als lang, ausgreifend und eingrübelnd, im saal entsteht murren, nach einer stunde unverhohlenes stöhnen boehlichs hinter mir, der aufsteht und die nachbarn mit hinausnimmt. sie haben, meine herren, sage ich, hier ein stück deutsche hochkultur gehört, wie sie zwischen anklam und zwickau üblich war. am andern tag wird, bei geschlossenen luken, weil die erfurter schüler gegen den balkankrieg demonstrieren, handkes rückgabe des büchnerpreises verhandelt; die akademie ist nur zu einem achselzucken fähig. wenn er nicht eben, jetzt wäre er aus dieser kirche ausgetreten. walpurgisfeuer auf dem domplatz.

6. 5. 99
colloquium im literaturforum im brecht-haus, *einmal abgesehn davon, wie es anders wäre*, geleitet von hörnigk, mit kaufmann, wekwerth, schlenstedts, jäger, haug, grauert, jukker und studenten der humboldt-universität. es sind begleiter der arbeit, aus frühen und jüngsten zeiten, die nicht, wie der freund, an den grauert seinen brief richtet, um unseren gemütszustand rätseln. denn wir haben nichts verloren, einmal abgesehn, und nicht unverständlich ist der text geworden: den ungeschriebenen meinte ich.
abends lesung der kollegen, vorstellung des sonderhefts von theater der zeit, probenfilm GUEVARA von 1977.

7. 5. 99

gäste im gugelhof, liegend: clemens

8.5.99
der erste anruf gestern eine frau, ich hörte nicht auf namen und ort, die mir aus anlaß des tages mitteilen wollte, daß ich einen halbbruder hatte, heinz, der schon tot sei. ich widerredete vernagelt: wir sind zwar fünf brüder, aber die haben ganz andere namen, und wie hätte meine mutter, mit den fünfen, einen mann finden sollen für einen sechsten? es ist ausgeschlossen, sagte ich amüsiert; aber sie: heinz habe oft von mir gesprochen, er habe andre ansichten gehabt und nie verbindung aufgenommen, und nun solle ich es wissen. ein schwindler, murmelte ich, und das gespräch endete bald ohne punkt und strich.
ich erzähle es heute den brüdern wie eine schnurre, und sie weisen mich auf meine blödigkeit hin, nur die mutter, nicht den vater in betracht zu ziehen. gernot: »er war ein lebensmann. das sieht ihm ähnlich.« hat unsere mutter von dem halbling gewußt? sie hätte ihn uns doch wohl ans herz gelegt. wie nun dem erfreulichen faktum nachgehn; ich habe den lebensfaden durchschnitten!

9. 5. 99
gestern abend in der berliner akademie konráds tapfere schmerzliche treppenrede gegen den vernunftlosen krieg. christa wolfs und härtlings gratulationen, ich bedanke mich mit: 6. 5. 1996. heute eine matinee im deutschen theater.

11. 5. 99

dem geyer gleich. sein naturell bewog goethe, den erscheinungen »erst von der seite der natur« beizukommen; kafkas naturell nahm sie von der seite ihrer unnatur. beider blick ist aufs elementare gerichtet, aufs gebundensein an die natürlichen bzw. bürokratischen gefüge. sie halten sich nicht in der temporären, politischen sphäre fest. goethe mag steine betrachten im bergwerk, und kafka versteinerte verhältnisse, da ist die entfernung unendlich. aber es gibt die geheime berührung. wo sich kunst in gehörige felsenhöhe oder abgrundtiefe begibt, gewinnt sie einen gleichsam naturgeschichtlichen standpunkt.

qual und glück des *weiterschreitens* in der natur ist die problematische gangart der gattung. die *gebaute natur*, wenn wir sie nun, unter der folter der produktion, befragen, ist kaum mehr imstande, uns ihr offenbares geheimnis zu enthüllen, wie wir nicht, es würdig auszulegen. wenn das leibliche band zerreißt, der naturzusammenhang, drängt die dichtung auf einen härteren vorsprung. sie gelangt nicht dahin, ohne den ganzen berg zu durchsteigen und alle bildungen wahrzunehmen. dann nur erst darf sie versuchen, die natur der gesellschaft »aus einem sinne, auf den kern beschränkt, näher und näher historisch zu verstehen« (mickel). die großen kunstwerke sind die leitfossilien ihres zeitalters, die dem wanderer anschauung geben vom sozialen zustand.

im henschel theaterverlag: schuch, leusinck, tragelehns, heins, sodanns (mit dem plakat des ungespielten T.), christina ehmig, winkelgrund, anne-else paetzold u. a.

17. 5. 99

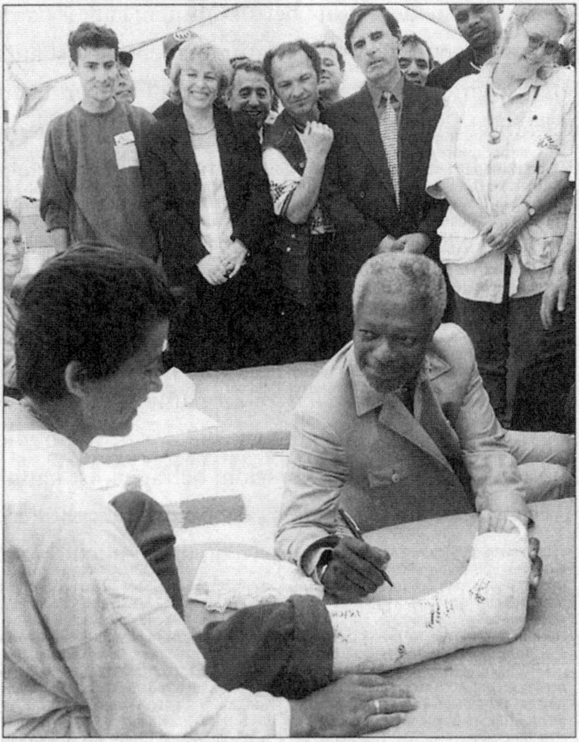

UN-Generalsekretär Kofi Annan verewigt sich auf dem Gips einer Kosovo-Albanerin, die von serbischen Truppen angeschossen wurde. Annan besuchte ein Flüchtingslager in Nordalbanien. Foto: Joel Robine/AP

ein autogramm? ist denn der gips schon fest?
von meiner wenigkeit! hier hin, ganz klein.
weil man mich sonst nichts unterschreiben läßt.
noch besser schreibt sichs gleich auf dem gebein.

28. 5. 99

die avancierteste tat in weimar im goethejahr ist das gedoppelte gartenhaus, genaue kopie bis in die nagelkuppen, geistloses remake ohne mehrwert, ein einfall auf dem niveau der kulturstadt gmbh. vor zeiten lästerte ich, SEIN feldbett wäre für 200 dollar zu mieten: jetzt ist das häuschen zu haben. immerhin das handwerk hatte seine stunden, und es hat profitiert, indem auch die gassen der lebenden gepflastert werden. die stadt nimmt sich von dem kuchen und kümmert sich nicht um kauffmanns schaumgebäck. am frauenplan ist das goethe-museum neueröffnet und kollegialerweise der ganzen klassischen bande gewidmet. es läßt sich nun in jede richtung durchwandern und ist überhaupt beliebig. es vergnügen erhellende konstellationen, wie die vier voneinander wegschauenden philosophen (die pose der gegenwart). zerstreuung, nicht sammlung ist angesagt, kein zug, zum niederen oder wenigstens höheren. *wiederholte spiegelungen:* in aufwendigen (aufwändigen) glasvitrinen, die die exponate verbergen, schalterhallenflair. ich wette, sie werden noch vor goethes 200. todestag entsorgt. – auf der tagung der goethe-gesellschaft habe ich das gespräch über naturlyrik einzuleiten; ich führe fahrlässigerweise goethe und kafka in die natur, »thema verfehlt!«, und muß dem begehren nach reiner schönheit entgegnen. »es sei wie es wolle, / es war doch so schön!« – das *war* ein sehnsüchtiger griff, es ist nämlich so, daß der türmer lynceus sogleich die alten in ihrer hütte verbrennen sieht. verzeiht, es geht nicht glimpflich ab, goethe hat uns nicht idyllen gelehrt, und ich empfehle mich mephistophelisch: ANDRES WACHTLIED. – in der einstigen »halle des volkes« ein blick auf die abstellung von ddr-kunst: die *weimarer hängung.*

29. 5. 99
in leipzig die dritte konferenz zum geburtstag – das nimmt nun ausmaße an. tröstlich, daß es selbsterinnerung, selbstbestimmung der freunde ist. aber es betäubt nicht über das bewußtsein des scheiterns

auf dem theater; auf dem theater tatsächlich eine vollkommene inszenierung, im bat spielen schauspielschüler die erzählung DIE VIER WERKZEUGMACHER.

5. 6. 99

Politik

Honigbienen sollen Landminen aufspüren

ulf. FRANKFURT, 4. Juni. Honigbienen sollen zukünftig beim Aufspüren von Landminen helfen. Darüber berichtete am Freitag der Fernsehsender CNN. Nach diesen Angaben entwickelten Forscher des staatlichen amerikanischen Pacific Northwest National Laboratory einen reiskorngroßen „High-Tech-Rucksack", in dem hochempfindliche Geräte Partikel aus Sprengstoffen aufspüren können. Einzelne Partikel der Sprengstoffe gelangen aus den Landminen auch in den Boden und das Wasser. So ist es für trainierte Bienen leicht, sie aufzufinden. Mit Hilfe von Radiofrequenz-Kennmarken, die schon heute den Weg einzelner Waren vom Hersteller bis zum Endverbraucher dokumentieren, soll der Fundort des Sprengstoffs bei der Rückkehr zum Bienenstock an ein Ablesegerät übertragen werden.

An dem Projekt beteiligt sind auch die Universität von Montana sowie die Defense Advanced Research Projects Agency. Die Radiofrequenz-Kennmarken zeichnen die Flugrichtung nach, die dann über einen Zentralcomputer an ein Modem weitergegeben werden. Die Ablesegeräte wurden von der Umweltorganisation Environmental Protection Agency entwickelt. In einem ersten Freilandversuch wurden fünfzig Bienen mit den Mini-Rucksäcken ausgestattet. Darüber berichteten im April auch schon die Fachzeitschriften „Science Daily" und „Bild der Wissenschaft". Die Forscher trainierten die Bienen, statt Honig auch TNT, den häufigsten in Landminen verwendeten Sprengstoff, zu suchen. Nach Angaben des Internationalen Komitees vom Roten Kreuz gibt es in siebzig Staaten der Welt insgesamt zwischen achtzig und 120 Millionen Landminen. Ihnen fallen täglich etwa sechzig Menschen zum Opfer. Nach dem ersten erfolgreichen Freilandversuch werden jetzt 20 000 Bienen für das Aufspüren von Landminen „ausgebildet". Das Anbringen der 25 Milligramm schweren winzigen Rucksäcke ist jedoch mühevoll: In einem winzigen Kühlschrank werden die Insekten zunächst vier Minuten lang „abgekühlt", damit sie die Prozedur über sich ergehen lassen.

11.6.99
teller ist gestorben, leicht und unverhofft, bei einem gang in die küche. der tod hat ihm nicht haltung abverlangt wie das leben. die lebenswierige frage war: was der körper des denkenden aushält, was das denken selbst? sie ist das salz der philosophie. dem achtzehnjährigen, von der schule an die front versetzt, nahm der krieg einen finger der rechten hand und das halbe gehör. eine harte aber gerechte zahlung; die blutige zeit hinterließ ein zeichen, bei jedem handschlag peinigend bewußt, und wenn das zigarillo zwischen zeige- und ringfinger ruhte. der klassenkampf, der den über dreißigjährigen von der universität ins stahlwerk schickte, weil er sich von seinem mentor bloch nicht lossagte, nahm ihm den linken arm. ein rüder zugriff, der erziehenden produktion, ungerecht um so mehr, als so tapferkeit entgolten wurde. nun war er verkrüppelt, aber ein grader mann. es ist, als habe das ungelehrte jahrhundert ein experiment am menschen vollführt: wieviel er lassen muß, um sich zu bewahren. als bloch 1961 leipzig verließ, war das auch eine antwort, er hielt die mauer im kopf nicht aus. bloch war 75, teller 35, und hielt ihm zum andernmal die treue: indem er blieb. er glich jenem standhaften blessierten in lessings MINNA, die bloch jedes jahr einmal las, und seine TÜBINGER EINLEITUNG widmete der entfernte wirklich *meinem major tellheim*. ausgemustert, wurde der gefolgsmann eine eigene instanz, als sich das auspizium, »der neue himmel würde einer neuen erde entgegenwachsen«, in der leipziger tieflandbucht verlor. die stoische lehre, sich nur in verhältnissen anzusiedeln, die man beherrschen kann, war ihm eine eremitenvorstellung. wer jürgen teller kannte, kannte ihn als (heraus)gebenden,

im selbstlosesten metier. ohne seine anregung hätte ich DMITRI nicht geschrieben. er war ein emphatischer freund, und zu sich von lustspielhafter strenge. er ließ sich nicht zur fehlenden hand gehn, nicht beim anziehen der jacke, nicht beim feuergeben, freilich das zigarillo rauchte er mit genuß. es war sein ehrenpunkt, zurechtzukommen. was ihn die anstrengung kostete, weiß nur er, die arbeit über den schmerz hat er nie (zuende)geschrieben. durchblutungsstörungen, herzinsuffizienz, der tribut an das mahlwerk; der phantomschmerz des abgehauenen arms gesellschaftlichen handelns, der verstümmelung, die das fehlen eines ganzen immer fühlen ließ. was wir bloß verstanden, hat sich in ihm verkörpert. es mußte der umbruch kommen, der die mauer öffnete, daß die universität ihn rehabilitierte sowohl als entehrte, mit einer handgeldprofessur; sein thema, jetzt verschenkt, hätte in den achtziger jahren tausende in den hörsaal gezogen. er zeigte sich anspruchsvoll wie je, wo er die hoffnung verwirrt und nicht »in einer gründlichen tiefe verankert« sah. ich habe ihm, der ich mich von anderem als hoffnung nähre, nicht helfen können, aber der gedanke, nun zu schreiben, was er nicht mehr liest, ist ein schmerz, der mein teil ist.

16. 7. 99

unter den tutoren in der kester-hauesler-stiftung fürstenfeldbruck; ich nenne aber die jungen, begabten autoren: henning ahrens, stefan beuse, ralf bönt, marcus braun, john von düffel, karen duve, julia franck, thomas glavinic, alexander häusser, steffen jacobs, daniel kehlmann, elke naters, richard obermayr, arne ross, leander scholz, götz thomalla, vladimir vertlib, maike wetzel, henning ziebritzki.

22. 7. 99

es sollte ein ausgelassener urlaub sein, vallauris, antibes, vence, und der pinienduft, die zikaden, das meer sind gebucht. sollen wir absagen wegen [ ]s misere? es wäre ein herzstoß. aber nicht sie ist, ich bin der miserable reisende, ein geiziger mann, der sein leben nicht ausgibt. arbeitslos gefühllos. LA JOIE DE VIVRE, die lebensfreude von antibes ist das privileg der produzenten.

24. 7. 99

ein verwickelter traum, zärtliches beilager, eine junge asiatin, bloßes anschmiegen, worauf ein gebäude von beziehungen erschüttert wird: die szenen sind auf eine staffelei gestellt, zuerst die mutter und ein wärter, den ich mit fester stimme anweise, sie nicht umzubringen, darunter die schwester mißgünstig den mund weit vorgestülpt (eine skulptur von miró), dann bilder anderer figuren mit harten lippen diskutierend, eine folge bitterer ereignisse in kunstvoller konstruktion, über die ich, im traum? im erwachen?, staune, die aber beim frühstück, das sich hinzieht, vergessen ist. – gestern in der stiftung maeght die bonnards, die calders, die mirós. thierse mit strohhut, weißem t-shirt, vollbart unerkennbar als deutschlands 3. mann. [ ] flieht die begegnung und steht in einem hof weinend. – ich müßte meinen, daß ich nur im schlaf noch zu intensiver gestaltung fähig bin, wenn nicht gestern auf dem alten forum von vence eine junge person, mich erkennend, auf mich zu . . . und aber mit ihren begleitern vorüberging –

30. 7. 99
madame liebt landeskunde. wir sitzen an der regennassen place paul isnard in vallauris im gespräch mit der patronne. in der tür des restaurants steht ein düsterer mann in boxershorts, der nicht zum personal gehört und gleichwohl auf unsere wünsche lauscht. wir bestellen muscheln, fisch und hasenpfeffer, rosé und vin rouge. in der mitte des platzes dunkel picassos L'HOMME AU MOUTON, der den einwohnern nicht gefiel; leicht vorgebeugt hält er das tier, drei beine mit einer hand umklammernd, wie zur opferung oder rettung. auf der bordkante vor einem noch offenen laden hocken halbwüchsige, vom hektischen nichtstun auf- und niedergezogen. einmal greift einer gezielt in einen abfallbehälter und holt ein schmales plastikpäckchen heraus, mit dem er im ladeninneren verschwindet; merkwürdigkeiten der nacht, die wir berauscht registrieren. gegen elf zahlen wir und lassen trinkgeld auf dem tisch, ein überschwänglicher abschied, madame fotografiert unsere verbeugung vor dem ernsten hirten, den apparat wieder im handsack zu den papieren und zahlungsmitteln verstauend. auf dem parkplatz das plakat einer tänzerin, der kopf im profil zurückgelegt, geschlossenes auge – ich kritzle ein zweites auge, einen breiten mund: und eine groteske gestalt, es hätte des schwengels nicht bedurft, wird hergehörig hinterlassen. jetzt würden wir aller logik nach zu viert ins auto steigen, aber wir trennen uns des postkastens wegen, und als madame neben mir sitzt, wird die wagentür aufgerissen. was will der bursche von meiner frau? denke ich und betrachte den heftigen kampf, der, »meine tasche!«, schon entschieden ist. sie springt brüllend dem ungeheuer nach, bis an eine barrage, wo die komplizen

warten; ich rase mit offener tür in die einbahnstraßen. die polizeistunde wird amtlicherseits gelassen verbracht, madame hat den triumph ausgiebiger konversation.

17. 9. 99
ein sonnenwarmer september, im holzhaus in schildow. in der ersten woche ist BÖHMEN noch einmal unter dem messer, der laptop erlaubt rasche operationen, und vernäht die schnitte. die technische lust hilft den widerwillen überwinden; freilich zahle ich lehrgeld und verdrucke eine unmenge papier. eine nacht hält mich das kleine gerät wach, das nicht auszuschalten geht und in abständen aufrauscht, keine halbe stunde, in der der versagende sich nicht an das ding heranmacht. am morgen, gleichgültig und roh geworden, klappt es nebenher, und kein jota ist gelöscht. – vielleicht gelingt nun, nach jahrelangem scheitern, MARK AUREL. eingangs- und schlußbild, »dialogfern« aber nah am nerv, sind parat; die szene im steinbruch wird implantiert (tunesische reminiszenz: die punische hochkultur und unterirdische sklavenarbeit); und deutlicher der zweikampf gezeigt des stoisch denkenden cäsars mit seinem arzt, den die kosten kümmern, die der körper trägt. die *untersuchung*, *behandlung* ist mit dem philosophischen verrecken nicht zuende, commodus wird noch erwürgt, und das dritte jahrtausend kämpft um fassung auf dem laufsteg. aber ich verstehe das stück nicht ganz und kann den verborgenen baufehler nicht finden.

25. 9. 99

sloterdijk macht der verwirrten menschheit von einem bayrischen gasthof aus den erlösenden vorschlag, ihrer »verwilderung« durch ihre zahmzüchtung einhalt zu tun. da der humanismus am menschen gescheitert sei, müsse er klonen aufgegeben werden. sloterdijk meint, der mensch sei von natur aus bestie: und nicht von anfang an kultur, gemachte natur sui generis. daß die manipulation des genoms einen vernünftigeren typus erzielen könnte, ist eine ganz unphilosophische vision. sie setzt die unvernunft einer ungeheuerlichen selektion voraus: in macher und gemachte, eine vorsoziale, übernatürliche ungleichheit, die nie im leben wettzumachen wäre. diese art aufhebung der naturwüchsigkeit hieße zugleich elimierung unserer zweiten, gesellschaftlichen natur: und das *neue tier* erschiene wirklich am horizont, der übermensch. vielleicht setzt aber die kultur auch diese barbarei voraus? oder nimmt, weil sie *machbar* ist, diesen gewohnten weg? die erinnerung daran, daß humanisierung veränderung des sozialen daseins heißt, ist vergessen; soweit sind wir schon zur konformität gezähmt, die weitere *aufklärung* siehe: »regeln für den menschenpark«.

28.9.99
im hackeschen hoftheater macht der pantomime seidemann ein *spiel* mit dem HINZE-KUNZE-ROMAN. gespräch mit edda seifert, »10 jahre danach«: nach dem ende der ddr. ich werfe mir ganz hinzisch vor, es nicht verhindert zu haben. ich habe das land aufs spiel gesetzt. statt ihm gut zuzureden, habe ich es schlechtgemacht. ich habe es fallen lassen, mit lust, und muß die schuld bekennen.

4. 10. 99

auf der beiratssitzung von sinn und form – die redaktion ist in frühere krankenzimmer der charité verlegt – versuche ich eine diagnose des letzten hefts. das unwohlsein beginnt bei der kleinigkeit, daß langehartmut dem marxismus zuschreibt, »der mensch könne sich die determinanten seiner existenz selber wählen oder zumindest nach seinem belieben ändern«, eine »absolutmachung« des menschen, wonach die sozialbewegungen als »veränderungswütige praxis« erklärt werden, die geschichte mithin als folge bloßer theoretischer antriebe. heilsam der historische blick von walickiandrzej auf das verführte denken; aber wo über die »grundlagen des politischen« oder über die »archäologie des intimen« philosophiert wird, finden sich diese geistesgeschichtlichen herleitungen auf schritt und tritt. ein modischer kosmos von kategorien wird aufgeboten: blasen und sphären, liebe und achtung, um eine so elementare wie *gesellschaft* zu umgehen. »der terror ist effekt einer in politische praktik verwandelten liebe« sowie brüderlichkeit (mayerthomas) – das ist gewiß eine umschreibung eines politischen mechanismus, aber wieviel wirkliche abhängigkeiten sind bei dergleichen abstraktionen ausgeblendet. die vergleichsweise kühlen bürgerlichen revolutionen »beginnen erst jetzt, ihren geschichtlichen gehalt zu entfalten« – und nicht auch ihre leere, ihre selektion?, das gesetz nämlich, das nicht zu lieben sondern zu achten ist. »das moralische gesetz, die spur des abwesenden gottes, die bedingung möglicher freiheit schlechthin, ist gegründet in der transzendentalen verfaßtheit des menschen selbst« – die soziale ist außen vor; ein schattenboxen. den hauptkampf aber bestreitet sloterdijkpeter, den kleinschmidtsebastian glücklich ist, für uns gewonnen zu haben, und der anhebt: »noch einmal also fragen wir: wo ist das individuum? und geben die sphärologische antwort: es ist zunächst und zumeist teil eines paares« – als hätte es den ursprung der familie, des privateigentums und des staates nie gegeben. die »auserwählte hohlheit« des menschen, seine »eignung, ein kanal für einblasungen zu sein«, ermögliche ihm, »den richtigen anfang zu finden«, die erstbeseelungen, statt wie aus der pistole geschossen mit dem zoon politikon anzufangen und den menschen überzupolemisieren. er gehe regelmäßig auf urszenen und primitive situationen zurück, »meinetwegen urhorde«! so könne er, mit der kategorie der globen, erstmals die globalisierung deuten, und die explosionen zwischenmenschlicher gewalt in diesem jahrhundert als »katastrophische umformatisierungsvorgänge« von lebenswelten ohne anheimelungstechniken. »formatstreß« sagt sloterdijkpeter, »die seelen wissen nicht mehr, wie und wo sie wohnen.« das ist, im unterschied zu den abgehobenen mythologien der politologen, angenehm tiefgestapelt, die steißgeburten des »negativen gynäkologen«. eine kindliche, naive regression der weltanschauung am ende des jahrtausends, ein gleichsam oskarmatzeratscher blick auf die verwüsteten tische des erwachsenen denkens.

8. 10. 99

anfrage an den sender jerewan: stimmt, was die frankfurter allgemeine in ihrem leitartikel vom 7. oktober 1999 schreibt: »volker braun, immer noch ddr-dichter, liest im maxim-gorki-theater«? – im prinzip ja; nur war die lesung nicht 1999 sondern 1990, und nicht am 7. oktober sondern am vorabend des 3. oktober in der veranstaltung »hurra, du schwarz, du rot, du gold« (und er begann mit dem satz: deutschland ist eins...), und er hat sich nicht, geschweige noch immer, als ddr-dichter sondern als deutscher dichter verstanden. – woher dann die nachricht? aus einem ausgrenzenden unverstand, der sich in die kioske legt.

übrigens bleibt wahr: deutschland ist ein gespaltenes land. ein teil davon sind wir. (tucholsky)

17. 10. 99

gibt es einen grund zum handeln? als die frankfurter »kritischen philosophen« 1929 der umfrage fromms unter den mitteldeutschen arbeitern entnehmen, daß die vermeintliche geschichtliche kraft zwar politisch in der mehrheit links, ihre mentalität aber in der menge autoritär ist, fällt ihnen das herz in die hose und sie beschließen auszuwandern. ihre resignierte flucht in die usa rettet ihnen das leben. – als lenin zehn jahre zuvor die russischen idealisten – berdjajew i tak daleje – in petrograd auf ein schiff laden läßt (den rest in odessa), entkommen sie unfreiwillig der kollektivistischen knechtschaft, der »fesselung an macht und massigkeit«, um in paris auf dem *ungrund* ihrer persönlichkeit zu landen.
ich sehe als handlung ein satyrspiel: der regisseur jewremow rekonstruiert 1920, mit den petrograder massen, die erstürmung des winterpalais, vergebliche »theatralisierung des lebens«, und die bolschewiki inszenieren den abgang der bürgerlichen elite von der bühne.

30. 10. 99

mit arne in der oranier-ausstellung. die preußischen tugenden entstammen den niederlanden, eine kanalbaukultur. die geradheit der straßen und des strebens. beharrlichkeit, tüchtigkeit erworbene eigenschaften, das vom dreißigjährigen krieg verwüstete brandenburg mentorisiert durch die glücklicheren provinzen. der oranje boom trug rüben: sie hätte man vorm schloß spalier stecken sollen.

arne hat, da der lehrauftrag endet, zu übersetzen begonnen und einen guten griff getan: van loons roman PASSIONSFRUCHT erhält einen hohen literaturpreis und wäre nun für kiepenheuer unbezahlbar. die probekapitel lesen sich gut (und verlangten, neben der sprachlichen, einige amoralische einfühlung).

4. 11. 99

das ist der einzige spruch hier heute, mehr witz kommt nicht zusammen. kinder tragen leere tafeln herum. der text bleibt am 9. november kohl und schröder überlassen und, da man sich im letzten moment der ostdeutschen erinnert, wie um sie zu demütigen: gauck.

5. 11. 99

»verboten wäre mir auch, dir zu verraten, daß du im ersten wahldurchgang mehr stimmen als stadler hattest. aber du hast gegner, denen es nicht um literatur geht, sondern – ja, um was nur, vielleicht um botmäßigkeit?« nachrichten aus der provinz; darum also nahm mich die pedretti in darmstadt beiseite: sie sei aus dem präsidium ausgetreten. aber wird nicht, sagte ich, büchner von der akademie steckbrieflich gesucht?

9. 12. 99

mosse-lecture. wir betreten das atrium von elf aquitaine und glauben, am falschen ort zu sein, die rotblauen firmenfarben, die steckkartenschalter, ein gläserner lift, der in die schwindlige höhe gleitet. hier habe ich meinen bericht zu geben, »der gang ins innerste afrika«, hier im herzen der finsternis, im sitz des ölkonzerns, der die minol-tankstellen und die leuna-raffinerie von der treuhand erwarb, ein dunkler deal, bei dem das management rekordsubventionen erschlich und die cdu für die beihilfe millionenspenden faßte, schmiergeld in die schwarzen kassen kohls. das verschwinden des volkseigentums oder die käuflichkeit der politik. es ist der ort, und ich sitze mit scherpe neben einem blauroten tannenbaum auf dem podest in drehsesseln, man muß die lehne energisch nach hinten drücken, um haltung zu zeigen, und erkläre die barbarei als das schöne, bequeme, angenehme, unsern komfort, und elf sponsert den auftritt.

20. 12. 99

k[arl]-g[eorg] hirsch versucht, mir DAS HEMD EINES ZUFRIEDENEN anzuziehen, das er illustrieren will. er hat vor jahren an einem trickfilm gearbeitet, aber die arbeitermacht fürchtete bedürfnislosigkeit, und noch den puppen durfte es nicht, in abgetragenem sinn, an wäsche fehlen. tolstoi schreibt das märchen auf einer seite, es enthält alles; ausgemalt verliert es die rohe verblüffende kraft. – auf welche anderen punkte hin ließe es sich erzählen? die todkranke herrschaft, belebt von der frage, wie es dem volk geht. in panik, sich angewiesen zu sehn aufs fremde wohl. den widerspruch kauend (der tod läßt ihr zeit), daß man die falschen bedürfnisse abtun kann, doch nicht allen anspruch. daß elend kein kleid ist. die logik der rettung ist nicht die alternative. daran kann man wohl sterben, daß diese frage bleibt. – und in welches sibirien reiten wir, welches *glück* an der transsib, die entlassenen mit mindestrente in ihren bretterbuden, die fischer in der aktiengesellschaft ohne lohn, das schleppnetz unter dem eis.

26. 12. 99
plötzlich fällt schnee, pflaumengroße flocken, birken und haselsträucher festlich weiß, und wir gehn, mit arne und thorsten, im zauberischsten winter. wir ahnen nicht (die nachrichten zeigen es), daß ein orkantief durch frankreich und süddeutschland zieht und wälder wegreißt und dächer und masten wegweht, man zählt mehr als sechzig tote.

28. 12. 99
der zensor ist erzogen worden. wie wir seine eingriffe nur für die 1. auflage gelten ließen, reklamiert höpcke nun seine adresse: wilhelm-pieck-straße (vorübergehend torstraße). aber es kommt noch dicker: das kapitel im atom-schutzbunker wollte er einst eliminieren, jetzt schickt er einen diskussionsbeitrag DEMNÄCHST SCHELTE FÜR ›LITERATEN-PAZIFISMUS‹?

31. 12. 99

ausgeschritten, scheint es, sind die räume
und der letzte, beste birgt uns bang.
freiheit war nur in dem reich der träume
und der schrecken schönte den gesang.

die erfahrung liegt, ein feld, verödet.
und vergraben ist der große plan.
und mehr als zehn glückliche verblödet
fangen ganz von vorn zu zählen an.

bei wolfs. jannings', dresens, nuria quevedo, mundt, maria sommer, angela drescher, daniela dahn, laabs. gausens kommen später, er gezeichnet von der krankheit. vor mitternacht butzmann, für ein foto, mit großem stativ, er läutet, wo licht brennt.

1. 1. 00

der computer ersetzt die mehreren tische, die brecht im arbeitszimmer verteilte; es genügt, eine textsorte aufzurufen, um den separaten arbeitsplatz zu haben. freilich, der anfang, die erste fassung verlangt papier und bleistift, und der tisch ist voll von briefen, rechnungen, unerledigtem, so daß kein weißes blatt ruhig liegt.

3. 1. 00

die sadistischen züge im LESEBUCH FÜR STÄDTEBEWOHNER, dessen angenehm gefrierkühler ton jede junge generation beunruhigt und anregt, hat benjamin als rhetorik hitlers (den juden gegenüber) erklärt; blücher hörte eine andere tonlage heraus, die der stalinistischen funktionäre. wie in der politik schienen in der literatur »die schlechtesten elemente der kp mit den skrupellosesten des nationalsozialismus« zu kommunizieren. die beiden emigranten, schach spielend in paris, anfang 1939, wurden sich einig, daß brecht »die gefährlichen und folgenschweren irrungen« der arbeiterbewegung dichterisch verklärt habe. benjamin nannte seinen früheren kommentar »eine fromme fälschung; eine vertuschung der mitschuld« brechts an der geschichtlichen entwicklung. die rohen gehalte des LESEBUCHS reflex des naziterrors und der gpu-praxis; aber sind sie ästhetisches diktat, oder nüchterne, vorgeahnte situationsbeschreibung. hat die dichtung die wahl, einen andern ton vorzuschlagen? das ist eine alte debatte, die aktuell bleibt. auch müller hat, auf dem beräumten mauerstreifen am pariser platz, nichts anderes in die kamera zu sagen gewußt als: »das abc heißt: man wird mit euch fertig werden.« es ist der duktus, über den auch ein anderer mann der bewegung verfügte, goethe; der alte kitzel des mephistopheles, der zynische begleittext der expropriation am ursprung. ist es schuld, auf den punkt zu kommen? verdient die expropriation, die wir jetzt erleben, der menschheit von ihren grundlagen, eine gelindere gebrauchsanweisung? oder muß man, und was heißt das, nach ihrer wirklichen vertreibung aus dem paradies, wie heinrich blücher sagte, »mit ihr vernünftig zu reden beginnen«?

5. 1. 00

»auch das gehört zu den unerschütterlichen erkenntnissen sigmund freuds, daß alles vergessene weiterlebt und irgendwann wiederkehren kann, wie es war, oder aber ganz anders, maskiert, in einem tollen kostüm. das wird dann vielleicht gefährlich, aber besser als der terror der reglosen erinnerungen ist es immer noch. auf der wiederkehr des vergessenen in verkleideter gestalt beruht die kunst. alle kultur ist davon bewegt. die künste sind der grandiose tanz der gespenster, die aus den großen abschieden unserer existenz hervorgegangen sind«, schreibt peter von matt. sie bewahren den radikalen kern, der vergessen werden muß, sein anspruch ist zu unbedingt.

TOTENTÄNZE: nicht der stände sondern der zustände, mit verrenkten begriffen. gesellschaftstanz. für k[arl]-g[eorg] hirsch.

12. 1. 00
der fünfzehnjährige gymnasiast aus neuruppin, der in einer reimerei zur ermordung der lehrer aufgerufen hatte, ist vom amtsgericht verurteilt worden, binnen drei wochen ein gedicht über liebe, freundschaft und solidarität zu schreiben. der rasche gesinnungswechsel ist dem beschämten schüler zuzumuten; erwachsenen autoren könnte die justiz mit dergleichen gegenentwürfen schöpferische leistungen abzwingen. ich empfehle kunert (wegen ABTÖTUNGSVERFAHREN).

22. 1. 00
brüder grimm ist ein guter name für das amt, und kassel kein unvertrauter ort, er ist jetzt in die mitte deutschlands gerückt; bei der reise 1977 lag er dicht hinter der grenze, die autobahn war leer, und von weitem grüßte die riesige schrift: LIEBEN IST WIE WASSER TRINKEN. sie markierte das theater / die poetik. heute fährt man besser mit dem ice, sieht den stelenwald vor dem bahnhof und denkt: 50 deutsche eichen wären auch kein schlechter empfang. nach drei tagen endet die außerordentliche, wenn auch kurzzeitige professur, nur der mann an der reception grüßt noch mit dem titel.

25. 1. 00

bimbes. es ist mehr als geld, es ist etwas ideologisches, die parteikasse zum kauf der gefolgschaft. der nibelungenhort der christdemokraten. erwerb aus geheimen koffern und konten und geheime verausgabung im wahlkampf, gerechtfertigt durch den großen auftrag, den kreuzzug gen osten, wo man »mit dem rücken zur wand gestanden« habe (aber auch in spanien und portugal). kohls *ehrenwort*, die namen der spender nicht zu nennen, und die drohung des waffenhändlers schreiber, wenn er rede, dann »wackle die republik«, sind treuebekenntnisse zu dem eigentlichen sumpfgesetz. die schutzgeldzahlung der wirtschaft, die sich *landschaftspflege* nennt. darüber schwelt undurchdringlich der konsens.

Wo früher die Mauer verlief, werden heute die neuen Grenzen sichtbar: In der Köpenicker Straße in Kreuzberg

3. 2. 00
das versinken einer welthälfte, auch durch die arbeit der anderen, die nun ohne alternative ist, aber nach der gewonnenen einheit nicht fester, sicherer sondern unvermutet ärmer geworden scheint. sie hat den *seelischen halt* verloren; der kreuzzug ohne kreuz. die regierenden sind unbemäntelt, wirtschaft, horatio!
(brechts »doppelverfremdung – gangstermilieu und großer stil« liegt nahe, zu nahe; es handelt sich, wie im UI, um den zusammenhang von politik, ökonomie und unterwelt. *dutroux.* nur daß es jetzt die dimension des gang-und-gäbe hat und das schicksal beigezogen wird. die ästhetik ist abgegriffen, aber die geschichte macht die alten griffe.)

lisler keep. männer mit koffern
seelenverschreibung: das drüben kümmert uns!
gorbatschow zerstreut das reich (sauna mit saumagen)
mauerfall: wir habens aufgebaut, wir wissens zu zerstören
mitterrand an der minoltankstelle
volksenteignung. nehmt alles nur in allem!
der anschluß. test the west
das ungleichgewicht des schreckens (wüstensturm)
alles wird käuflich. die belgischen buben

was wäre die heutige form für eine historie? ohne den reiz des neuen läßt es sich nicht machen. und es fehlt das subjekt einer fabel; wenn es nicht gleich ein *volksstück* wäre, anderen kalibers. die fabel ist die struktur, eingeweide.

variante a:

kriminelle in der anstalt
+ funktionäre mit freigang

das technische wissen
das politische wissen

ganoven (geld!) und genossen (macht!) auf dem selbsterfahrungstrip
es geht um die freiheit (natürlich: im knast) und die demokratie (der komplizen/rivalen)
»untersuchungshaft«

variante b:

gebrauchtwagenhandel in mecklenburg
eine randfigur, ein mann vom lande, ins geschäftsleben tretend. er wird über den tisch gezogen und lernt seine lektion. die geschäfte werden diffiziler. er redet von preisen, der kunde von hehren, abstrakten dingen. unerhoffter aufstieg eines schlichten einzelhändlers.
was geschieht, in welche kreise, regionen, abgründe er gerät, er bleibt der dealer, die existenz daneben.
die *fabel* wird von der presse, von den gerichten erzählt. er wird in den mittelpunkt manövriert. der ort: die untersuchungshaft. er wird zu dem fall gemacht, den man braucht, um die handlung zu erklären/zu vertuschen. ein verbrecher, ein kinderschänder.

7. 2. 00
beerdigung kaufmanns. sigrid damm liest einen traum, den er, um ihn loszuwerden, notierte: und der eben den gang mit einer menge, jeder ein leeres glas in der hand, jeder dem andern unfehlbar folgend, den wir eben gehen, beschreibt, auf ein schwarzes tor zu.
lesung in hannover. in der pause meldet sich eine blonde mittvierzigerin, sie habe im radio die UNVOLLENDETE GESCHICHTE gehört, ob ich sie erkenne, sie sei *karin.* ich frage eilig, ob sie die nachträge, ob sie den zweiten nachtrag auch – sie bejaht. und ist das ihre tochter? – aber das wissen sie doch! (da sie im text schwanger war); auch ein söhnchen hat sie mit. von *frank* hat sie sich, zwei jahre nach der ausreise, getrennt.

17. 2. 00
wieder taucht ein apokalyptisches tier auf. *mixter,* ein schulabgänger aus belmerode, hat ein computerprogramm geschrieben, mit dem hacker internet-dienste der usa und kanadas lahmlegten. eine neue generation von sammlern und jägern, die fremde rechner mit datenmüll beschießen, bis sie zusammenbrechen. »›script kiddis‹. ihr einziges ziel: chaos«, schreiben die zeitungen; mixters mutter: »ich bin stolz auf ihn.«

3. 3. 00
»in washington wird betont, bei der ablehnung koch-wesers« als chef des internationalen währungsfonds »gehe es tatsächlich um dessen qualifikation. er sei spezialist für armutsbekämpfung statt für finanzpolitik.« (afp)

22. 3. 00

hilbig, DAS PROVISORIUM. immer hab ich versucht, mir vorzustellen, wie es mir nach der ausreise ergangen wäre. als ich in nürnberg vor einem café saß, nicht gewillt, anne in das kaufhaus zu folgen, zwei stunden zeitungen lesend, offensichtlich observiert (das auto-kennzeichen), mußte ich an hilbig denken, der hier provisorisch hauste. es war vielleicht das kaufhaus, wo er reflexhaft mit der schaufensterpuppe kämpfte, bild der bedrohung durch den kaufzwang. und das café, wo der zerrissene, unbehauste soff; so genau wollt ich es nicht wissen.

31. 3. 00
zögerte, zur tagung der darmstädter akademie zu fahren, aber da sie in krakau stattfindet, entschloß ich mich endlich. auf der fahrt vom flughafen, mit bereska im gespräch, verbiete ich mir, einen gedanken daran zu verschwenden, daß eben die kommissionen gesessen haben. im hotel cracovia sind die damen des sekretariats sehr freundlich, aber das sind sie immer, und frau hübner fragt, ob herr prof. meier mit mir gesprochen habe. dann solle ich auf dem zimmer warten. er ist spazieren gegangen. ich sitze gleichgültigst auf dem bett. meier kommt nach einer halben stunde und fragt, ob ich bereit sei, den büchner-preis anzunehmen.
sitzungen am rynek główny. kosellek. dedecius. krynicki. wisława szymborska.

4. 4. 00
wie ich auf die klinik in buch zugehe, hält auf der kleinen treppe ein mann an, mit idiotisch verzerrtem gesicht, und schleudert mir, über zwanzig meter, die aktentasche entgegen. es ist der schauspieler gudzuhn, als gratulant.

5. 4. 00

mickels vermutlich letzte lesung, in der akademie der künste, tragelehn und ich ihm zur seite. klaus völker voran. GELEHRTENREPUBLIK, GEISTERSTUNDE. karl liest mit fester stimme, gelächter nicht sparend, und rotwein trinkend. sein arzt (und meiner) ist anwesend und sichtlich kuriert.

7. 4. 00
in wien erreicht mich ein langer brief dresens vom 10. 2., den ich auf der straße in der sonne sitzend entziffre. LIMES. MARK AUREL: das problem sei die fabel, daran sei er gescheitert (: ich natürlich). »das regietheater hat sowohl die schauspieler wie die autoren schwer geschädigt ... besonders heiner müller, den ich schließlich gehaßt, wenn nicht verachtet habe. ›der heiner‹, das kennzeichnete für mich eben die situation, derentwegen ich schließlich zur oper übergelaufen bin.« ich wollte ihn dem theater zurückgewinnen; »wie bei müller und hacks aber finde ich auch bei dir einen unseligen hang zur esoterik, zum intellektuellen (eine form des barbarischen, wie du ja selbst sagst) ... eine masche.« ja nun. »das geht mit dem titel los: ›limes. mark aurel‹. was soll der punkt? den habe ich schon müller immer angekreidet. ich kann ihn nicht ertragen. er ist schlimmer als 3 ausrufezeichen.« ich schaue auf das helle wien und hoffe, daß er einen punkt macht. »und dann dieses – verzeih mir – gewollte dunkel. was heißt limes? sicher, aurelius hatte am limes zu tun, und er war ein römisches problem. ... ist die stoa ein terrain für witze? läge da, vor allem in ihrer fernöstlichen form, nicht fast die einzige hoffnung für die menschheit?« p. s. 24. 3.: »geschichte = historie ersetzt nicht geschichte = fabel, eher im gegenteil. fabel macht geschichte überhaupt erst sinnvoll ... daran hängt nicht nur das theater, sondern der mensch überhaupt.« wie mich sein brief freut, trifft und schmerzt. ich habe ihn, in meinem unseligen hang, um die hoffnung betrogen. er hatte sie inszenieren sollen!

9. 4. 00

zwei männer sprachen bei nachbarin lemme vor: wo arbeitet v. b.? sie trugen zivil und hinterließen eine visitenkarte mit polizeistern und handschriftlich *kripo*, handy-nummer. das schien frau lemme nicht koscher. auf annes rückruf: was man wolle?, hört sie, man suche einen olaf staps aus friedrichshain, der im januar die rosa-luxemburg-demonstration »sprengen wollte«. in seinen stasiakten habe man meinen namen gefunden, es habe wohl briefverkehr mit dem gesuchten gegeben. ob sie davon wisse? dann vergessen sie das.

29. 4. 00
bei der bürgermeisterwahl in greiz erhält schwager hemmann (spd) 76 %. in der stadt sehn wir nur die plakate des cdu-kandidaten, da aber hemmann keine kleben ließ, wirkt jedes plakat als werbung für ihn: »man kennt mich.« vater schmidt 88.

3.-6. 5. 00

trento. ich werde etwas ausfällig, als scherpe von oben herab (aus seinem berliner vorlesungskonzept) die »heroenrolle« der ddr-schriftsteller beschreibt. ich fordere nicht anstand, aber präzision (die präzision ist der anstand). es ist ein ganz verfehlter ansatz, uns als lädierte helden zu sehn (die verlegen auf dem alexanderplatz standen), »gekränkt, daß sie nicht mehr die könige spielen« – das ist das denken von fachknechten. die »tragende rolle«, war sie nicht eine fragende, »von der die jungen abrücken«, fragen sie nicht einfach nach anderem; dies rubrizieren ist kunstfremd. hegemonie, mein lieber, ist nicht die haltung von literatur, der »praeceptor« ist eine paukerformel – die vorstellung, die literatur sei harmlos. »selbstermächtigung«, das ist der ernst des texts, wenn er zur sache kommt, dem leben, von dem du nicht sprichst. – ich lege mich, leider, noch einmal, mit emmerich an, bei kammerers fulminantem vortrag WIEDERGEBURT AUS DEN PANZERN?: gegen die er sich, sag ich unpräzis, sträube.

nach torbole: annes geburtstag, mit arne, mugnolo und williams. pietraß kauft ihr die größte, hellblaue hortensie trients, die das flugzeug füllt.

Nonne vom Erdboden verschluckt

Siegen (AP) – Eine 79-jährige Nonne ist im Wilnsdorfer Kloster im wahrsten Sinne des Wortes vom Erdboden verschluckt worden. Die Siegener Polizei berichtete, bei einem Spaziergang im Klostergarten habe plötzlich und ohne Vorwarnung der Boden unter der Nonne nachgegeben, und sie sei in ein etwa 4,5 Meter tiefes Loch gefallen. Sie hatte jedoch großes Glück: Nachdem die alarmierte Feuerwehr eine Leiter in das Erdloch hinabgelassen hatte, konnte die 79-Jährige fast unverletzt selbst aus der Erdhöhle klettern. „Es ging ihr wirklich gut. Sie hat sogar noch gescherzt", sagte ein Polizeisprecher. Offenbar habe weiches Erdreich am Boden des Loches [...] Sturz gemilder[...]

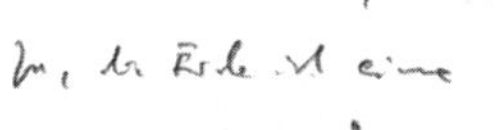

8.5.00

»wenn man unter dem stichwort *was bleibt* nur noch etikettiert und einordnet, nimmt man der ddr etwas ganz entscheidendes: ihre dramatische qualität. die ddr hat doch vor allem eine tragödie produziert! wenn der parteifunktionär sagt ›heil stalin‹ oder wenn der inhaftierte kommunist in seiner zelle am 17. juni ›aus dem lärm der panzerketten den nicht zu vergessenden klang der internationale‹ hört, so sind das äußerst zugespitzte, dramatische momente, die in der ddr auch für uns verhandelt wurden. ich gebe zu, daß es nicht leicht ist, heute, bei der allergie gegen ideologische oder geschichtsphilosophische konstrukte, von der emmerich sprach, den zugang oder eine produktive haltung zu dieser tragödie zu finden. aus diesem zentrum, aus dem clinch von revolution und konterrevolution, hat ein [groß]teil der ddr-literatur impulse empfangen, und wer sich darauf nicht einläßt, verliert die probleme aus den augen, an denen sich nicht nur heiner müller und volker braun abgearbeitet haben, nämlich die großen fragen nach dem menschen in einer vom krieg zerschossenen und vom frieden vergewaltigten natur bzw. nach dem verhältnis von mensch und maschine.« (kammerer)

8. 5. 00
»wenn ich heute den amerikanern sagen würde, akzeptiert doch einen vertrag über gewaltverzicht, sagt mir madame albright, wozu hat man die beste armee der welt, wenn man sie nicht benutzen darf.« egon bahr im freitag.

REUTERS/BERNIE NUNEZ

spencer tunick, unter williamsburg bridge (manhattan)

12. 6. 00
auf der expo 2000 in hannover, im einfallsreinen deutschen pavillon, zeigt cottbus den STAUB VON BRANDENBURG. die aufführung verzögert sich wegen einer bombendrohung, im gegenüberliegenden gebäude residiert frau breuel.

21. 6. 00

40 grad, juni. die atemluft
steht in brocken um mich. mickel liegt
künstlich im koma, ich geb ihm die hand
der tubus atmet ruhig. SALVE FREUND.
der brustkorb kräftig, aufgedeckt, der schädel
horcht. wir lebten in der volkswirtschaft
nach uns die warenflut. beutel kanülen
überall schläuche! die kunst aus einem
sinn faßte die bewegung nämlich stillstand
und dein gelächter. karl, jongliere
die gebeine oder trag den schaden.
er hört mich, denke ich, wie nicht? im limbus
noch werden diese, lästernd, conferieren

23. 6. 00

mickel ist hin. die nachricht aus dem handy
ins herz. dann kommt ein sturm auf. wie die bäume
sich biegen
und rauschen im regen. kaum abkühlung
rückwärts geht die landschaft in trümmer krieg
und tod

27. 6. 00

am sonntag lesung im stillgelegten stahlwerk brandenburg, vor dem letzten siemens-martin-ofen westeuropas, DIE VIER WERKZEUGMACHER. – »zwischen tausenden von aktenordnern im archiv des bundeskanzleramtes steht einer mit anfragen und bearbeitungsvermerken zu standortproblemen der weinbrennerei asbach-uralt. und mittendrin in diesem ordner sind 30 seiten abgeheftet, auf denen es um ein hochbrisantes rüstungsprojekt geht, das der berühmt-berüchtigte industrielobbyist karlheinz schreiber mit hilfe der kohl-regierung durchsetzen wollte. in einem anderen ordner – stichwort ›humane dorschfangmethoden‹ – finden sich unterlagen zur privatisierung der ostdeutschen ölraffinerie leuna, bei der zig millionen mark schmiergelder geflossen sein sollen.« (berliner zeitung)

1. 7. 00

der suhrkamp verlag

8. 7. 00

versuchung, die darmstädter rede als brief, in sottisen zu schreiben:

lieber georg, wer hätte gedacht, daß leuna, die wiege der chemie, einmal synonym für schmiergeld werden würde? und eine so große sache wie die deutsche einheit kaufmännisch so schlecht erledigt wird, daß man den markt auf die b r a c h e stellt; ich lerne die armseligkeit des menschlichen geistes wieder von einer neuen seite kennen. *übrigens, um aufrichtig zu sein,* die »ehemaligen bürgerrechtler«, die sich so nennen lassen, scheinen mir nicht grade den klügsten weg geschlichen zu sein. die gesellschaft mittelst der akten reformieren? unmöglich. während den kalikumpeln in bischofferode die einsicht in die fusionsverträge verweigert wurde und jene *gewaltige* überschreibung passierte, die das papier scheut. und *die große klasse?* sie spürte die zwei hebel, materieller anreiz und entmutigung der demokratischen interessen, mit verweis auf ihr vorleben. und doch wird der schön klingende satz: man muß *die bildung eines neuen geistigen lebens im v o l k suchen,* einmal wieder seine ungeheuerliche wahrheit erweisen.

geht einmal euern straßen nach bis zum strich –. die *demonstrationen* der kunst machen sich ebenso verzweifelt heiter auf, ohne eine losung zu wissen als: *ich verlange in allem – leben* (und ohne die »schußsicheren schreibunterlagen« der nürnberger polizei).

15. 7. 00
WELTKLANG nacht der poesie: auf dem potsdamer platz. patricia smith rappt, adonis ein derwisch, die berliner lauschen irritiert, amüsiert, bis sie hingerissen eine zugabe erzwingen, inger christensen näselt souverän dänisch und deutsch, ben okri, kazuko shiraishi, gerhard rühm, lesego rampolokeng. lese zwischen den hochhauswänden, gesponsert von daimlerchrysler, im scheinwerferlicht LAGERFELD.

20. 7. 00
schreibe mit dem rasen um die wette, das gras geht nicht auf, es ist kühl, kaum sonne, einzelne halme zeigen sich; so halte ich eben mit, wann trete ich auf die wiese.

22. 7. 00

sitze im mondänen lutter & wegner und lese das ungeheure material über den widerstand der bischofferöder. »als ich das letztemal durch diese menge ging« – der wartenden vor dem mexikanischen konsulat, 1940 – »regte sich alles in mir, was imstande ist, mit den anderen zu hoffen und zu leiden, und jener teil meines ichs duckte sich, der aus der verlassenheit eine art von kühnem genuß macht« (anna seghers, TRANSIT).

25. 7. 00
jetzt ist uns ridley scott zuvorgekommen: lange wollte ich gwisdek überreden, als mark aurel, mit corinna als fulvia, LIMES in hollywood zu verfilmen. GLADIATOR, »ein triumph jener spektakelkultur, die hollywood längst an die sport-arenen und computerspiele verloren glaubte« (berliner zeitung). interessant wird das medium, wo dream-works und wahrheit einander steigern oder behindern. der digitalisierte schauder der masse im kolosseum erinnert an stummfilmkino; aber die breitwand-weitwinkel-sprache der germanenschlacht erzeugt einen pazifistischen schock, weltkrieg, golfkrieg in physischer präsenz, da dementiert der film den kleinen schmutzigen bruder fernsehen, der den chirurgischen eingriff suggeriert. wir sitzen zu weit vorn im cinemaxx colosseum, eisner stöhnt unter den klischees, und russell crowe wirft das schwert vor die bestien: are you not entertained?

24. 8. 00

als ich am sonneneck einparke, seh ich in anderen wagen, offene hecktüren, hunde hinter den gittern, das grundstück besetzt von sicherheitsbeamten und staatssekretären, die den weinberg durchkämmen und bei selters auf den terrassen sitzen. zu loest sage ich bissig: ich habe den hunden gesagt, ES GEHT SEINEN GANG. – es ist nicht sicher, ob der kanzler als flaneur des großen problemdrucks der ostdeutschen provinzen gewahr wird, den weinbau an der unstrut oder den fußball in cottbus inspizierend. zumal wir in den *blütengrund* gestreuten autoren haben nur anstößiges zu melden, aber kaum anstöße zu geben.

26. 8. 00
wieder einmal scheint es, als eile *die menschheit ... mit riesenschritten ihrer bestimmung entgegen.* wenn am anfang des 19. jahrhunderts ein dichter nach dem *leben des geringsten* fragte, hat er – und eine epoche industrieller entwicklung lag dazwischen – einem denker vom ende seines jahrhunderts widersprochen, der den »letzten menschen« berief, den verächtlichen »schlechtweggekommenen«; eine kontroverse, die nicht verstummt, weil das »experiment der industrialisierung des lebens« (virilio) den wahn vom übermenschen verwirklichen will, wobei der ungeeignete primat der neuzeit verschwinden soll wie der wilde der vorzeit.

GOETHE-SCHILLER-ARCHIV
Hans Olde: „Da er sich aber kaum bewegen kann, muss ich mich bemühen, wenige glückliche Momente festzuhalten."

10. 9. 00

der kulturminister mansour sieht wie ein feister, finsterer mullah aus, mit bellender stimme: gott habe den menschen fähigkeiten gegeben, die sprache zumal, die sprache jemens aber sei das gedicht, das gedicht das öl, das die revolution gemacht hat, und er tupft sich den schweiß ab und wirft die tüchlein aufs podium. wir sitzen ein wenig ermattet in der »arabisch-deutschen lyrikkonferenz«, amal al-jubouri, ilma rakusa, enzensberger mit tropenhut, adonis, grünbein, karasholi; wir deutschen die emphase bewundernd, die araber unsern kühlen ton. die arabischen verse seit alters bis heute lesbar, wir hören ein gedicht gegen den krieg vor 1500 jahren geschrieben, und ein willkommen den gästen vor 1500 jahren! die staatsmänner sind alle dichter, und das treffen ein staatsakt, wir fahren mit heulenden sirenen durch sanaa, verdrossen berauscht, und eine befremdlich akkurate straße ins land (von deutschen gebaut), die militärposten passierend, und noch der qat wird zeremoniell gekaut, vielmehr die bittern blätter in der backe gehalten. – das thema: verändert die globalisierung die kunst? rimbauds traum von der verschmelzung der sprachen und kontinente meinte nicht den globalen fastfood. interesse nimmt man am *anderen*, eigenartigen, die differenz der genüsse und zumutungen macht den reichtum der kunst aus, die keine weltsprache diktiert, sondern welten begegnen läßt, ohne furcht und abhängigkeit. wir sind ohnehin ignoranten, sagt enzensberger, und mir schiene es einleuchtender, wenn die frauen die gesichter zeigten und die männer masken; auch die sprachen haben andere direktheiten und verkleidungen, aber wie lösen wir notfalls den schleier? (jessen liest eine übersetzung, mit erstaunlichem pathos, ist es ergriffenheit? nein, ein lachen foltert ihn und macht seine stimme zittern.) – beim deutschen empfang nachts vermenschlicht sich der minister zu einem weichen wüstling, er fragt mich: wieviele frauen hast du? er hat nur 600 und ihm fehlt was, die kultur beginne ganz unten, er schreibe zwischen den beinen einer frau, ein tag ohne eine unbekannte sei verloren. aber amal hat sich verweigert, und jedem hinzutretenden setzt er zu, und ich gestehe, der königin von saba halb verfallen zu sein, die nur, sagt er, zu salomo zog.

11. 9. 00

aden. kolonialzeit und sozialismus haben keine bleibenden spuren hinterlassen. feuchtschwüle, bleierne luft, der sozialismus hatte wieder das ungünstigste landstück erwischt: kein eden. der entwickeltere norden hat sich den aufgeklärten süden einverleibt. die nicht verschleierten frauen von banden durch die straßen getrieben, die bierbrauerei von fundamentaler artillerie zerschossen, die museen geplündert. die regenzeit ihrerseits, die bis ins 20. jahrhundert das nackte gestein reinwusch, läßt nun die autowracks und den plastikmüll liegen. – rimbauds angebliche faktorei ist unerwartet stattlich, dreigeschossig und ausgemalt, eine hostellerie RAMBOW. er hat hier keinen vers geschrieben. – in der bucht von krater eine caféteria, stühle und zersprungene tische ins geröll gestellt, abfall, bettgestelle, in denen alte herrschaften die nacht erwarten, dutzende hunde bellen in ihren revieren am felsenhang.

15. 9. 00
»womöglich wanderte ich auf den spuren von alexander dem großen und sven hedin, bestimmt aber auf den spuren von h. godwin austen und t. g. montgomery, fritz wiessner und hermann buhl ... mein zelt stand am berühmten ›concordiaplatz‹ (4.650m), direkt unter der gipfelpyramide des broad peak und der gasherbrum-gruppe. der zelteingang gab für zwei volle tage den blick frei auf den königsgipfel des karakorum: k-2 ›chogori‹ (8.611m) – ein berg wie ein fanal, gewaltig in seinen ausmaßen und von edler gestalt – so bäumte er sich noch 3.700m hoch vor mir auf, als ich ihn vom basecamp fotografierte!« gundolf aus rawalpindi, im august.

8. 10. 00
london. lesung in der royal festival hall, mit jackie kay und ashbery. die übersetzungen (offensichtlich gut) von david constantine. die briten halten german für eine wehrmachtssprache, gebelfer, sagt david: du hast sie überrascht. mit dem verleger jacobs nach camden town (»LEÇONS de FRANÇAIS – perfection, finesses – par deux gentlemen parisiens. verlaine, 8, great college-street«), in marx› haus grafton terrace wohnt ein mathematiker und seine chinesische frau. die *tate modern* in der alten power station an der themse, blick aufs rekonstruierte globe. jacobs verlegt nur klassische, jedenfalls tote autoren, ich versuche ihm einzureden, daß ich ins 18. jh. gehöre und jedenfalls kaum lebe. leeds.

17. 10. 00

unterm 17. 10. 80 hatte ich eine kleine eintragung gemacht; jetzt schickt mir petrovsky eine längere zu, von einem herrn lehmann. wie viel mehr mühe gab sich der!

Bezirksverwaltung für
Staatssicherheit Dresden
KD Dresden-Stadt

Dresden, den 24. 10. 1980
XX/7/Wa.
Tgb.-Nr. / 1980

BStU
000013

Bezirksverwaltung für
Staatssicherheit Berlin
Abteilung XX

B e r l i n

Operativinformation

Am 18. 10. 1980 fand in der Zeit von 19. 00 Uhr bis 21. 25 Uhr im VOLKSKUNSTPODIUM 8060 Dresden, Straße der Befreiung 11 eine Lesung des Berliner Schriftstellers VOLKER BRAUN statt, dessen operative Bearbeitung durch die Abteilung XX der BV Berlin im OV "Erbe" erfolgt. Die Organisation dieser Veranstaltung erfolgte durch den Leiter des VOLKSKUNSTPODIUMS,

PETROVSKY, Reiner
geboren am [redacted]

im Rahmen einer Festwoche anläßlich des einjährigen Bestehens dieser Einrichtung. Die Veranstaltung wurde durch ca. 75 bis 80 Personen besucht und war bereits kurz nach ihrer Bekanntgabe, Wochen vorher ausverkauft.

Bei der Veranstaltung wurde nach folgender Tagesordnung verfahren :

1. Lesung aus dem bereits veröffentlichten Werk BRAUNs "Training des aufrechten Ganges" mit einer Bauer von ca. 40 Minuten ;

2. Lesung aus dem unveröffentlichtem Werk BRAUNs "Geschichten von Hinze und Kunze" mit einer Dauer von ca. 15 Minuten ;

3. Diskussion der Gäste mit BRAUN über seine Person und sein schriftstellerisches Schaffen mit einer Dauer von ca. 75 Minuten.

Übereinstimmend wurden die durch BRAUN vorgestellten Arbeiten sowie auch seine in der Diskussion vertretenen Auffassungen durch die eingesetzten IM als kritisch an den Verhältnissen in der DDR sowie dem real existierenden Sozialismus eingeschätzt. Diese Kritik erfolgte teilweise in offener und teilweise in, durch Worte bemäntelter Form.

Bei den"Geschichten von Hinze und Kunze" nimmt BRAUN Bezug auf

BRECHT und nutzt diese beiden Figuren ebenfalls zur Kritik an unserer Partei, der DDR, der Wirtschaftsleitung u.a. Im anschließenden Gespräch betonte er, daß diese beiden Figuren 2politische Figuren" sind, schon aufgrund ihrer Widersprüchlichkeit. Derzeit könne er jedoch diese Geschichten noch nicht veröffentlichen, da er damit auch noch andere Bereiche des gesellschaftlichen Lebens erreichen will, die ganze Sache also noch nicht "rund" sei.

BStU
000014

2

BRAUN brachte in der Diskussion offen zum Ausdruck, daß der Sozialismus und die Situation in der DDR kritikwürdig seien, er jedoch nichts gegen den Sozialismus in der DDR hat, es ihm hier gerade deshalb gefällt. Er würde jetzt viel schreiben und hat bereits viel geschrieben, was jedoch derzeit aus bestimmten Gründen, die er nicht nannte, jetzt nicht veröffentlicht werden könne.

Aus einigen Formulierungen in der Diskussion kann jedoch auch auf eine negative politische Grundposition von BRAUN geschlossen werden. So sagte er z.B.

- "Der Sozialismus, wenn er überhaupt zu etwas taugt ...."

- "Man sagt hier in diesem Lande (gemeint ist die DDR) gibt es keine Klassenherrschaft... Es gibt jedoch verschiedene Klassen, es herrschen einzelne Menschen über andere Menschen..., das ist bedingt durch die vertikale Struktur, durch das Unterstellungsverhältnis bis hoch in höchste Ebenen ..."
- "... Die Menschen sind aus der Höhle gekrochen, sie haben den aufrechten Gang gelernt..., wir müssen im Sozialismus gegen die Dinge der vertikalen Struktur kämpfen..."

- "Der Deutsche, wir bzw. viele bei uns haben Angst etwas gegen diese Umstände zu sagen oder zu tun..... wir Deutschen sind ängstlich."
- "Ich kann doch etwas mehr schreiben, ich bin in einer unkündbaren Stellung.... Jeder muß an jeder Stelle denken und davon ausgehen, daß er in einer unkündbaren Stellung ist..."

Die zusammenfassende Einschätzung dieser Veranstaltung durch die eingesetzten IM reicht von einer Hetze des BRAUN gegen die DDR und den Sozialismus bis hin zu einer teilweise übertriebenen Kritik an den herrschenden Verhältnissen und ist je nach Auslegung des Dargebotenen unterschiedlich. Offensichtlich wurde, daß sich BRAUN auf teilweise provozierende Fragen von den Gästen starke Zurückhaltung auferlegte, die z.T. als bewußte politische Zurückhaltung bewertet wurde und nicht den Erwartungen der Fragesteller entsprach.

Diese Information wurde durch mehrere zuverlässige IM erarbeitet, sie ist überprüft und offiziell auswertbar.

Leiter der Kreisdienststelle

L e h m a n n
Oberstleutnant

<u>Verteiler</u>
BV Berlin - Abteilung XX
BV Dresden- Abteilung XX
AI KD Dresden-Stadt

25. 10. 00

nach einigen interviews dieser hausbesetzenden art sage ich mir, man darf sich mit den medien nicht einlassen. artour bringt seinen beitrag auf den unsinnigen satz: daß es sinnlose zeiten waren (und ich bin es, der ihn sagt vor der kamera). der kulturweltspiegel berichtet reißerisch die entdeckung der stasiakten (und ich: daß ich, bei kenntnis derselben, das land verlassen hätte). und sie stehn mit laufender kamera vor der tür der spitzel – unerträglich. die frankfurter allgemeine bringt auf der 1. seite die meldung, daß meine akten »für die forschung freigegeben« wären.

28. 10. 00

darmstadt. es war doch eine kluge wahl, dem jungen gustav seibt die laudatio anzuvertrauen; schlenstedt oder hörnigk hätten wohl viel erklären und rechtfertigen wollen, seibt redet unbefangen, als »bürgerlicher leser«, ein schöner, freimütiger text. das verschafft meiner rede die bühne. der schluß (*wir werden die verhältnisse nicht zerbrechen*) ist paraphrase jenes theater-danton und mit verstellter stimme zu lesen, auf die gefahr, einverständnis zu erzielen. – beim bankett in der zentralstation weise ich prof. meier auf einige freunde hin, und er fragt: jastram? wer ist jastram? und zwei rostocker kameraden halten sich, nach 55 jahren, im arm. – das wichtigste geschäft: unseld den rang mickels zu erklären, damit er die freien rechte erwirbt.

1. 11. 00
leipzig, die stadtbibliothek ist brechend voll. kulturbeigeordneter girardet setzt sich sorglich von der büchner-rede ab. das erinnert an den brauch, nachrichten, die nicht gesendet wurden, doch zu kommentieren. die unfrohe rezeption in der amtssphäre, wie gewohnt. – kästner und hirsch bringen ein erstes expl. der TOTENTÄNZE, pezold und schuhmann die broschüre über das kolloquium.

2.-16. 11. 00

jena. ludwixhafen (das ist bitterfeld: sagt inge; eröffnung des bloch-zentrums). dortmund (mit hilbig und eva-maria hagen). bochum (bock). paris (sorbonne, maison heinrich heine). rostock. berlin. würzburg. ulm.

6. 11. 00

»waggonweise kommen sie an. von außerhalb der stadt bringt die polizei jeweils einen s-bahn-zug ins zentrum. je fünfzig mann, dazu ein trupp beamte mit helm und visier. tür zu, los. alles andere, ein ungeordneter anmarsch von rechtsextremisten quer durch berlin, wäre wahnsinn. am bahnhof friedrichstraße spuckt der zug seine last aus ... eine eigentümliche prozession entfaltet sich, stets changierend zwischen spießrutenlauf und triumphzug. wo der zug entlangkommt, reagiert die stadt mit tumultuarischen abstoßungsreflexen. pfiffe gellen, flüche und schmähungen begleiten die demonstranten. diese reagieren mit skandierten parolen der selbstüberhöhung: ›hier marschiert der nationale widerstand.‹

weit vorn, hunderte von metern vor dem ersten neonazi, rückt schon der erste polizeikordon vor. wie ein eisbrecher schiebt er sich durch die sperrketten einer gegendemonstration von vielleicht fünfhundert jungen leuten. die polizei ist nicht glücklich über ihre aufgabe. aber dienst ist dienst; bedenken sind das eine, und die handwerklich routinierte härte der berliner hundertschaften, das ist das andere. die sperrdemonstranten stehen quer zur straße, eng an eng, untergehakt, skandierend, doch gegen die polizei ist widerstand zwecklos. die polizeiketten greifen wie baggerschaufeln in die masse« ... (frankfurter allgemeine)

18. 11. 00
feier zum 100. der seghers in der akademie der künste. »wir haben in dieser zeitenwende, die wir, wie kaum eine nation die ihre, mit qualvoller bewußtheit erlebten, menschen um ideen wie um fahnen bis zum zerfetzen kämpfen sehen«, sagte sie 1935, und wir haben gesehn, wie diese fahnen zusammengerollt wurden mitsamt den zerfetzten ideen.

19.11.00
bahro wäre 65. im senatssaal der humboldt-universität sprechen brie, hagedorn (sektion landwirtschaft), klein, ich. brauer spielt schubert und einen späten chopin, den bahro gelten ließ. 1966 druckte er im forum, in abwesenheit des chefredakteurs, KIPPER PAUL BAUCH, das trug zu seiner entlassung bei. das verbindet ungemein. sein brief an walter ulbricht vom 5.12.67 findet sich, mit unterschrift, in meinen papieren, die verbindung muß schon da eng gewesen sein. seine untersuchung in der schicht der technischen intelligenz ging in DIE TRIBÜNE ein (»wer sich bei uns was einfallen läßt, ist selber dran schuld«). weiss läßt marx, in hölderlins zimmer, sagen: zwei wege gibt es, umänderungen vorzubereiten, die analyse der konkreten historischen situation und die dichterische formung eigenster erfahrung. es war arbeitsteilung. bahro schrieb DIE ALTERNATIVE, ich schrieb GROSSER FRIEDEN. er bereitete sich, ein asket, auf den knast vor, ich kooperierte mit dem berliner ensemble. das ergab zwei verschiedene biografien. – das übrige kann ich, faul und vergeßlich, aus diesem journal ziehn.

30. 11. 00

»glauben sie mir, die wirkliche gefahr in der welt geht heutzutage von männern zwischen fünfzehn und vierundzwanzig aus«, sagte der zweiundachtzigjährige hobsbawm letztes jahr in leipzig, und es könnte scheinen, daß borges/niemeyer in WAS KOMMT in den straßenjungen investiert, weil er *angst* hat. die rezensionen lesen jedenfalls durchweg einen mörderischen ausgang hinein; das ängstigt nun mich. ich habe etwas falsch gemacht, sage ich dem publikum in treptow, das aber erwidert: die rohe, resignierte lesart zeige die beschaffenheit des heutigen denkens. – es sind sonden nicht nur in die verhältnisse, auch in die leserschaft. (werden die zapper der zukunft noch fähig sein, sich gegen den text zu stemmen?)

16./17. 12. 00
ein letzter exzeß in diesem jahrtausend: der ganze FAUST von stein inszeniert, nein, installiert. ein biederer marathon, der eine niederlage verkündet. viel mechanik, wenig charme, die niederlage des zeitalters. bruno ganz ein uninspirierter faust, er spielt nur immer: was willst du armer teufel geben, die teufel, hunger-bühler & oest, sind tüchtig, indem sie alternieren, und faust scheint nun zuviel, was der ganzen menschheit zugeteilt ist. vor dem genom (»die sprache, in der gott leben schuf«) werden wir wieder analfabeten, aber der britische homunculus hat seinen geburtsschein; BSE, der rinderwahnsinn, deklariert unsern kannibalismus (was gibt es? – *menschenauflauf*), wenn die magenfrage sich auf so andere weise stellt, wird der hunger das konservative element in der welt.

20. 12. 00

das pariser kassationsgericht hat, »ein urteil über das leben«, dem siebzehnjährigen nicolas perouche eine entschädigung zugesprochen, weil er geboren worden ist. der »hübsche junge« ist taub, fast blind, geistig und körperlich schwer behindert. sein vater christian hatte die ärzte verklagt, seiner schwangeren frau, die röteln fürchtete, nicht zur abtreibung geraten zu haben.

aber das ist ja nicht der eigentliche fall, der zur verhandlung steht. wenn mein schreibtisch in paris stünde, rue richelieu, hätte das kassationsgericht über die (sammel)klage zu entscheiden, *in diese welt* geboren zu sein, die *das leben behindert.* ein miserabler, ein häßlicher typ ohne ausbildungsplatz und karrierechance: zumindest sollen die eltern? soll der staat? zahlen für die behinderung in dieser tauben, fast blinden welt, und die begründung des anwalts, maître cloucroys, greift auch hier: daß »ein solches leben als nachteilig anzuerkennen« sei. nicht nur die situation der ärzte wird dramatisch, die fahrlässige pränatale diagnosen zu fürchten haben, auch die der politik, die für die anomalie der gesellschaft vor gericht steht. wie die mutter josette bedauerte, daß ihr junge »die möglichkeit hat, auf der welt zu sein«, so die behinderten generationen, und der staatsrat ist gefordert als höchste instanz. was daraus folgt, ob die eltern die unverschämten erschlagen oder die ärzte sie ruhigstellen, ob keine kinder mehr geboren oder der staat beseitigt wird: das wäre der französische, aber ungalante roman.

30. 12. 00

habe mich von karin graf, nach dem dritten telefonischen überfall, überreden lassen, »zur sache: deutschland« zu sprechen: im februar. in einem anfall von leichtfertigkeit, schwäche... obwohl mir die *sache* mißfällt und das sprechen mißhagt. das war nicht das thema, deutschland, mit »dieser unglücklichen geschichte, des auseinanderfallens nämlich von humanitärer denkkraft und provinzieller duckmäuserei« (mayer). vor jahren die sehnsucht nach einer rede der versöhnung von ost und west – als ich dostojewskis puschkin-rede las, die slawophile wie westler in moskau begeistert schluchzen ließ. aber thomas mann hat sie längst gehalten, in washington, von seinem volk redend, »welches der welt unleugbar so viel schönes und großes gegeben hat und ihr dabei immer wieder auf so verhängnisvolle weise zur last gefallen ist«. »in seiner weltscheu war immer so viel weltverlangen, auf dem grunde der einsamkeit, die es böse machte, ist, wer wüßte es nicht! der wunsch zu lieben, der wunsch geliebt zu sein.« das klingt nun ganz nach dem emphatischen vorredner; wie dostojewski das russische wesen, im streben nach allmenschlichkeit, zum welterlöser ausrief, so bot thomas mann dem weltverlangen der deutschen den weltstaat an: die soziale weltreform, »die gerade deutschlands innersten anlagen und bedürfnissen die größten glücksmöglichkeiten bietet«. nur hat das scheitern gorbatschows (& modrows) die sehnsucht stumm gemacht, und vor der *versöhnung* muß etwas anderes kommen, ein auseinandersetzen, ein zueinanderstehn.

30. 12. 00
»menschen erachte ich für den größten reichtum. und kämen heiden und türken und wollten das land bevölkern, ich wollt' ihnen moscheen baun.« friedrich II., fiche vom cottbuser theater.

1. 1. 01
in der neujahrsnacht in cottbus rechtsextremistische ausschreitungen. ein jüdisches ehepaar wird mit mord bedroht.

3. 1. 01

zur sache: deutschland heißt die reihe der reden; ich kann deutschland nicht als sache verstehen, ich kann verstehen, daß man zur sache kommt, auch leuchtet noch irgend ein »deutschland, zur sache!«, obwohl es schon klingt wie: deutschland erwache.

reden über deutschland – vom gegenwärtigen, vom vergangenen, vom möglichen? von der geschichte, von der zukunft? ich werde ihnen eine geschichte erzählen und eine rede erfinden, eine geschichte von möglichkeiten, eine rede von der geschichte.

8. I. 01

10. 1. 01

seit der vereinigung wohne ich auf der grenze. hier stießen west- und ostberlin und brandenburg zusammen. fünfzig schritte hin stand ein wachturm. der kolonnenweg macht eine scharfe biegung aus den wiesen am fließ den sander hinauf, wo die schwalben nisten. naturschutzgebiet: hier wurde der staat bewacht. im birkenstamm steckt noch stacheldraht, das zerbrochne hollundergebüsch verbirgt einen stelenwald. der beton ist morsch, die armierung herausgeplatzt. im moosigen boden in regelmäßigen abständen löcher, welches tier hat sie gegraben. riedgras, kümmel und beifuß (nicht gewehr bei fuß). jeder spaziergang führt mich, in minuten, von schildower über blankenfelder in lübarser flur. von hier sahn die westberliner in die andere welthälfte und zeigten ihren gästen *die mauer.* wo bin ich? ost oder west nicht zu unterscheiden in der holden landschaft. das tripolis ist mein strategischer punkt. von einem ganzen land zu sagen: *ich bin von hier,* oder von der welt –

17. I. 01

20. I. 01

wo seine grenzen sind, weiß ich nicht, und was ist *deutschland.* ich seh die völker, wie sie seit jahrtausenden wuchsen und sich vermengten, wie sie wanderten und sich mischten. der zug der burgunden von gotland an die weichsel, in die lausitz, an den rhein und nach burgund – es waren europäer wie die goten und hunnen, die freilich eurasier waren. die staaten sind künstliche, gewaltsame bildungen; ich kann mich nur in europa begreifen, und ich komme mir damit schon arg provinziell und eigenbrötlerisch vor. kommen wir nicht von weiter her, und läuft nicht alles auf ein großes treffen hinaus? europa, »aufreizende schöne, etwas macht sie falsch / sie wird genommen werden, unzärtlich, wie eine hure«.
mickel, zu seinem söhnchen, in der nawrockistraße aus dem fenster weisend: *das sind die deutschen.*

wir werden in die gemeinschaft gezogen, herzlich hineingebeten – aus einer gemeinschaft in die andere; *aber kann ich, was ich ersehne, wollen.* »das wort gemeinschaft«, schrieb heinrich mann im exil, »hat in zuständen der auflösung, wie den deutschen, als ausrede gedient, um alles bedientenhaft mitzumachen, wie es kam, für sich selbst aber zuchtlos zu verlottern. es ist an der zeit, der gemeinschaft, vielmehr der trostlosen selbstaufgabe, die so genannt wird, die persönliche festigkeit beispielhaft entgegenzusetzen.«
und angesichts der neuen schandtaten der gemeinschaft, uran-munition etc.

es war modrow, der die initiative *deutschland einig vaterland* ergriff, um die nationalhymne sogleich abzublasen.

dietrich koch, freigekauft aus der haft, muß sich habermas' unmut anhören über »die vielen physiker aus der ddr hier in deutschland«. »das dort drüben hat doch nie so richtig zu deutschland gehört.« (in der jugendherberge bayreuth 1956 der eintrag: *ausländer.)*

»was das leben für einen wert habe, wenn dieser bloß nach dem geschätzt würde, was man gewinnt, ist leicht zu entscheiden. er sinkt unter null. – es bleibt also wohl nichts übrig als der wert, den wir unserem leben selbst geben.« kant, KRITIK DER URTEILSKRAFT

daß wir so gelassen sind, kommt, weil wir gut bedient worden sind wie zufriedne theaterbesucher: wir haben eine tragödie und eine komödie erlebt.

ich bin von hier – aber am ende stehe ich als schwarzer, fremder vor dem zaun.

22. I. 01
geschichtsklitterung
verwunschene landschaft
verwünschte landschaft
»himmelhoch zutode«

die *denkbare* geschichte:
nicht der bruder – *ich* hinüber
die grenze durch die elbe, und dresden-neustadt
wäre polnisch
oder deutschland hätte den krieg gewonnen und
vogesen, schlesien, danzig wären deutsch,
und jetzt würde das imperium bröckeln oder
freigegeben von einem deutschen »neuen denken«,
und die usa bombardieren mit der nato die städte
jetzt erst

gibt es das nicht alles,
ist das nicht die geschichte?

26. I. 01

1. 2. 01

neffe jens, sozialempfänger, geht ins erschwingliche exil, von leipzig, wo er ein halber fremder wurde, nach bratislava, wo er sich halb zugehörig fühlt. er läßt das »abhandeln« eines »themas« sein und sucht einen denkstil, indem er SLOWAKISCHE NOTIZEN schreibt. kosmologie, kulturtheorie, geschlechterverhältnisse, »jeder einigermaßen sinnvolle gedanke könnte der erste schritt auf dem weg zu einem umfassenden weltverständnis sein«. er fühlt sich auf mark aurels boden, »nahe gran«, und will nur nicht, daß »ohne daß du es bemerkst andere leute zu einer rednertribüne kommen«. vor allem: keine konsistenz, wenn es um die wahrheit gehe, die welt selbst sei ohne konsistenz, fragment. vielleicht müsse ja sein, daß sich die rätsel der welt nur aufklären lassen, wenn man lerne, in rätseln zu sprechen. »leider verstehe ich nichts von quantentheorie.« seine vorstellung: eine quantenphysikalisch begründete erkenntnistheorie, der beobachter ist teil, mitakteur im beobachteten ereignisbereich. »es geht um eine ›wissen- und tatschaft‹.« (so sind die besten stellen, wo er sich ins spiel bringt, in die beobachtete, dann genossene leipziger montagsdemonstration am 9. oktober, und in seine heutige existenz am rande der gesellschaft.) das ungebundene ist sogleich das glücklichere denken: »es wird nicht schaden, gesellschaft und kultur als ein großes fließgewässer zu betrachten. daß den flüssen die begradigungen nicht unbedingt gut bekommen, kann man inzwischen einsehen. gewiß, da und dort wird ein damm nötig sein, hier und da mal ein polder. aber im allgemeinen sollte man dem fluß seinen lauf lassen. statt die großen begradigungen (globaler kapitalismus, sozialismus, fundamentalismus usw.) anzustreben, ist die artenvielfalt einer weitgehend naturbelassenen flußlandschaft (polymorphe welt mit angemessenen zivilisatorischen standards) als bewahrenswertes gut, als projekt, als, wenn man so will, ›vision‹ ins auge zu fassen.« und nun ganz der römische grieche: »dem fluß der welt seinen lauf lassen (das urvertrauen muß sein), und dies beinhaltet auch, damit es überhaupt weiter fließen kann, evolutionsgefährdende extreme zu minimieren, also sich entsprechend zu engagieren. beides zählt: gelassenheit und tätigsein.« so sprachen einst cäsaren, nun die underdogs. »nicht daß es ›besser‹ wird, mag man hoffen dürfen – abgesehen von einzelnen möglichen erleichterungen –, daß es anders wird, daß sich bei all dem kreislauf im wandel doch die dinge verändern, dies kann unser interesse erregen, und eben das mag uns ein wichtiges kulturelles gut sein und als fortschritt gelten.« nicht alles sagt er so schön, und ein so disparater text braucht nietzschesche schärfe. auf die gefahr hin, neoliberal zu klingen. »vom sozialismus muß man sich genauso verabschieden wie von den atomkraftwerken. beide halten nur neue, interessantere projekte auf.« »nicht markt oder staat, sondern emanzipation und kooperation. (das ist eigentlich der kern des marxschen programms gewesen. und warum sollte man ihm in diesem punkt nicht treu bleiben?)« »wir befinden uns im freien fall durch die evolution.« »sind wir in eine epoche eingetreten, in der ununterbrochener wechsel und damit zugleich eine besondere art von gleichförmigkeit das kulturelle leben bestimmen, hand in hand gehen? der wechsel von problem und lösung, von katastrophe und aufbruch als alltäglichkeit? wie die ewige wiederkehr der jahreszeiten? eine lange zeit postindustriellen nomadentums, jenseits gewohnter ordnungen (in der zum beispiel vertraute formen von staatlichkeit zerfließen)? und doch auch mit eigenem rhythmus, eigener harmonie?« das ist nicht die scheinhafte *ewige wiederkehr*, die sich *jenseits von gut und böse* wähnt. ich höre lieber benjamin heraus (an kraft, 1934): »die unfruchtbare prätension auf menschheitslösungen abzustellen, ja überhaupt die unbescheidene perspektive auf ›totale‹ systeme aufzugeben und den versuch zumindest zu unternehmen, den lebenstag der menschheit ebenso locker aufzubauen, wie ein gutausgeschlafener, vernünftiger mensch seinen tag antritt«.

12. 2. 01

maspalomas. 25 grad. schirokko.

nicht grab-, lebensstätten, LIEBESLAGER: verschwiegene orte.

„Kaum benutzte Seele" per Internet verkauft

Washington – **Der US-Student Adam Burtle aus Woodinville (US-Staat Washington) hat seine Seele für 400 Dollar (rund 840 Mark) im Internet verkauft.** Er hatte auf der Auktionsseite eBay die „kaum benutzte Seele eines 20-jährigen Jungen aus Seattle" angeboten. Mindestgebot waren zehn Pfennig. eBay fand die Geschichte nicht witzig: Burtle darf dort nie mehr etwas anbieten.

25. 2. 01

gestern trat ich mit gernot, durch den vertrauten schnee, hinten vom feld an das rochwitzer grundstück: und der anblick war schlimmer, als ich es eben beschrieb, ein bungalow hineingebaut, und der balkon am haus zugemauert, mehr sahn wir nicht. es war die fremde. – die dresdner rede, von dieckmann eingeleitet, im schauspielhaus, aber war eine heimkehr.

7.3.01
die schöne handelsstadt brüssel, die dürers auge freute, schwärt als europa- und natostadt, gedunsen von den seuchen und süchten, die sie verwaltet. massenschlachtungen in großbritannien, apokalyptische feuer, auf den transportwegen reitet der wahnsinn. – mit bingels schlitten per autopilot zum berühmtesten frittenstand, place jourdan, eine zukunftstour. bei der lesung in der hessischen landesvertretung vereinnahmt mich der minister, politischer animalismus, er verlangt nach der *schönheit* der kunst.

Foto: Murdo McLeod

Scheiterhaufen im 21. Jahrhundert: Menschen verbrennen Tiere statt Hexen

20. 3. 01

salon du livre: in den messehallen, wo eben noch (sagt hanimann) die französischen schafe blökten, die jetzt auf den höfen brennen, der auftrieb von fünfzig deutschen autoren, der sich nur mit schlagworten bewerkstelligen läßt: fräuleinwunder, pop-literaten, die neue deutsche leichtigkeit. hilbig, schwergewichtig, »verpeilt« die morgendliche debatte über die *mauer*, ich entgehe nicht dem thema *utopie*. lionel richard versucht sie als gegenwelt zu behaupten, aber die jungdeutschen sind zu sehr von dieser, und dergleichen begriffe sind gegessen. die heißsporne der harmlosigkeit, klein und politicky, der fundamentalismus der fun-gesellschaft.

29. 3. 01
hollywood löscht hannibal aus in einem kannibalenfilm, und allenthalben werden historische namen und ereignisse zugestrichen; schiller eine gang, trotzki eine familienserie. am jahrestag der proklamation der commune sendet arte *erschießt sie wie die hunde! die moskauer schauprozesse*; das einsame coloradio in dresden ruft an und läßt mich PARISER ORGIE lesen.

2. 4. 01
800 000, vielleicht eine million chilenen leben im ausland, die sich nach jahren der zuflucht integriert haben. die chilenische regierung besinnt sich jetzt ihrer: der wählerstimmen, und der kulturellen leistungen, die eine brücke zurück ins land schlagen. der offiziellen absicht antwortet die idee der *14. provinz*, das refugium der vertriebenen, die in den harten umständen des exils zusammenhalt brauchten, überlebenskraft. der ideelle ort der grenzgänger und weltläufer. medina berichtet mir von seinem theaterprojekt EXOTOPIE – den unterschied in der gleichheit leben. – gleichheit? wir fragen nur, ob wir die ausländer *brauchen*, und wieviele von ihnen. – die flüchtlinge in ihrer unvermuteten rolle als fremde, die nicht wissen, an welchem gestade sie morgen spielen, wären ein ensemble für das welttheater.

28. 4. 01

las auf dem flug colum mccanns THIS SIDE OF BRIGHTNESS, vier generationen arbeiterleben, von new yorks wolkenkratzern abgestürzt in die metrotunnel, bevor wir auf der schönen oberfläche san franciscos spazieren. oben unten, drin und draußen, die politische und die obszöne handlung. das ungeschriebene stück. in der powell st. nachts der penner in seinem schlafsack vor dem schaufenster des bettengeschäfts. die junge frau vor dem bistro market st. schluchzt in den plastikbecher. die belgische konsulin osher erzählt im 26. geschoß, sie sei erst warm geworden, als nach dem erdbeben von 89 die hotels die obdachlosen ein vierteljahr umsonst wohnen ließen. es muß ein erdbeben kommen, bevor eine menschliche regung aufkommt. euro-san francisco poetry festival.

11. 5. 01

sitzung der akademie der künste. micha ullmann will gegen den berliner senat prozessieren, der eine tiefgarage genehmigt hat rings um sein in den bebelplatz eingelassenes denkmal. es geht um die würde des von der bücherverbrennung versehrten platzes.

28. 5. 01

hans mayer ist mit 94 gestorben – »der hundertjährige«, schrieb ich 1998, überzeugt, daß er das alter erreiche, sein selbstgefühl gab ihm die spannkraft, und daß er sein jahrhundert wie kein anderer auffaßte. nun hat er selbst seinen tod bestimmt. er hörte ein letztes konzert, und der pfleger, auf die frage: wie es ihm gefalle, bekam die abweisende antwort: hans mayer ist gestorben. – ein großer seines metiers wird uns deutlich in seinen charakteristischen stücken: der VERSUCH ÜBER DEN ERFOLG goethes, vielmehr dessen mißerfolge, und DIE PLEBEJISCHE TRADITION brechts gehören unbedingt dazu. im leipziger hörsaal 40 hat er uns generös bedient, und noch der greis äußerte die unerschrokkensten gedanken: die bürgerliche gesellschaft verschwindet, der kapitalismus bleibt. kulturschöpfung und kulturzerstörung; das selbstgefühl, »so eine lebenstatsache in mir«, ließ ihn nicht irre werden an der geschichtlichen handlungsfähigkeit, und ich hörte ihn karl kraus zitieren: *immer noch meint ihr, es gehe um meinungen, / aber der widerspruch ist in der welt.* – als ich nach der beerdigung die chausseestraße überquere, fragt ein altes schlumpiges weib: wat for eine arroganz is nu wieder jestorben? – nein, leugne ich – diepgen etwa? – nein, meine dame, ein herr.

5. 6. 01

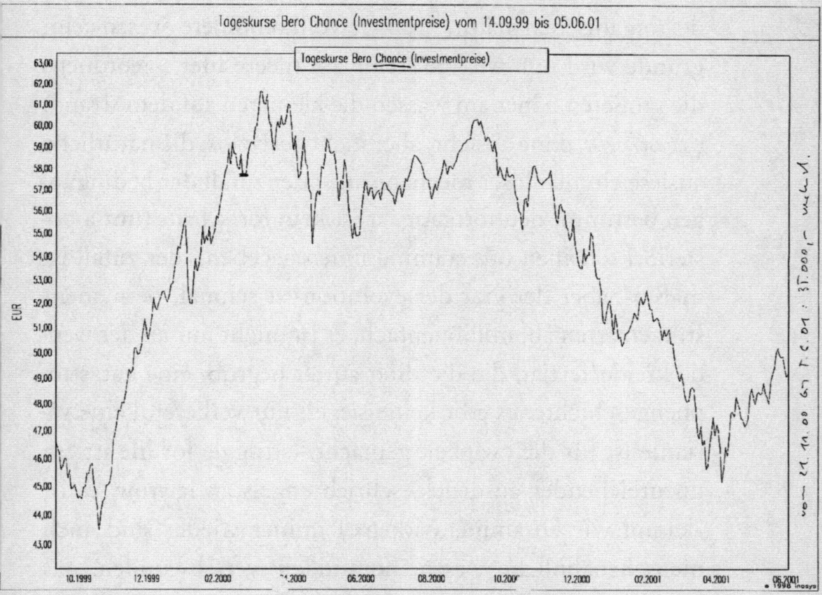
Tageskurse Bero Chance (Investmentpreise) vom 14.09.99 bis 05.06.01
Tageskurse Bero Chance (Investmentpreise)
EUR
63,00
62,00
61,00
60,00
59,00
58,00
57,00
56,00
55,00
54,00
53,00
52,00
51,00
50,00
49,00
48,00
47,00
46,00
45,00
44,00
43,00
10.1999
12.1999
02.2000
06.2000
08.2000
12.2000
02.2001
04.2001
06.2001
© 1998 inosys
vom 21. 11. 00 bis 7. 6. 01 : 35.000,-

16. 6. 01
gatersleben. »das universum ist taub für unsere ohren.« (jacques monod) darwins nachweis historischer entwicklung in der organischen natur, »immer vollkommnere wesen«; im grunde wird nur, wie die steine am meeresufer, »geordnet«: die größeren näher am wasser, die kleineren auf dem strand. es *geschieht*, ohne absicht, aber nicht gesetzlos; die natürliche auslese ein planloser mechanismus, der zufall der bedingungen bestimmt den fortgang. er ist kein fortschritt (nur a posteriori scheinen uns stammeslinien gegeben). der zufall ist maßlos, aber der grat der evolution ist schmal, permanent stürzen arten ab, millionenfach, es ist, nicht nur an der wende kreide/tertiär, die die dinosaurier begrub, eine katastrophengeschichte. es gibt keine sieger, nur verlierer, keine variante ist für die ewigkeit gemacht. (struggle for life ist ein unzureichender ausdruck, schrieb engels an lawrow, es ist »kampf wie zusammenwirken«.) immer wieder sind auch menschenähnliche wesen, hominiden, verschwunden. das paradox: daß die natur ein lebewesen hervorbringt, das so strukturiert ist wie alles (aussterbende), und darüber nachdenkt, daß das unannehmbar sei. – er selbst, der *produzierende* mensch, ist unannehmbar, die naturkatastrophe. könnte es positiv sein, fragen die pflanzenzüchter, daß der homo sapiens ausstirbt? das zu begreifen, wäre die ultimo ratio der menschlichen freiheit.
(darwin, marx, die differenz: die menschliche geschichte ist gemacht, und »ganz kindisch ist es«, in ihr naturgesetze nachzuweisen. so sehr sich tierische und menschliche gesellschaft gleichen, ihr gesetz ist ein anderes. wenn bei darwin die knappheit organisch qualifiziert, so qualifiziert bei marx der

reichtum sozietär. hier wurzelt seine utopie.) die freiheit als lösung vom programmierten zustand; was als geschichtliches handeln schreckensvoll erinnert wird, so daß es nun verboten scheint, bleibt doch als biologischer eingriff verlokkend. je weniger man gesellschaftliche schnitte erträgt, desto gieriger greift man nach anderen medizinen. die humangenetik der handwerkskasten des klempners, der am individuum repariert, was an der gesellschaft kaputt ist. der menschliche körper der schauplatz, in den die revolution verlegt wird (die gewiß auch ihre kinder frißt). die debatte um die stammzellenforschung, als »marktbeschleunigte wissenschaft«, wirft die fundamentale frage auf nach der *verfügbarkeit des lebendigen*. der mensch als schöpfer seiner selbst und seiner klone: das ist wahrlich eine herausforderung des gestaltungswillens. der alte chargaff entgegnet dem mit einem kalten *warum*. wir wissen nicht, was leben ist; wir leben, sagt er, in einer zeit, in der geheimnisse geheimnisse bleiben, aber zerschnitten und in dünnen scheiben verkauft werden wie salami, der kapitalistische kannibalismus. newton, lebte er heute, hätte die schwerkraft patentiert, und wir müßten dafür zahlen, daß wir gehen können. – so spricht eine verschwindende art. der gang durch die altstadt quedlinburgs, klopstockhaus, feininger-galerie, der herrliche blick vom pfalzplateau ins harzvorland.

23.6.01
kammerer, er hat TUMULUS übertragen. – abends läuft burckners schiff vom hochstapel, eine werbefahrt für ein berlin-spektakel. von den treptowers zum surreal erleuchteten kanzleramt; musik, projektionen auf die uferfassaden, kunst- und sponsorenvolk. lese zum erstenmal SHAKESPEARE-SHUTTLE.

28.6.01
poetik-dozentur in essen. als ich in einem workshop handkes beschreibung des SCHUHPUTZERS VON SPLIT lesen lasse und zur aufgabe stelle, eigene beobachtungen zu notieren, wird bereitwillig und breitbillig gefolgt, aber die junge milena šulcova trägt einen gemächlichen text über einen … schusterjungen vor, seine erbärmliche erziehung zu dem ungeliebten handwerk, für das er doch ein faible entwickelt, für das leder, den geruch, die besonderheit der schuhe, und es wird allmählich eine wahre obsession, eine peinigende, rasende lust; milena hat dem fremden kerl handkes ein ungeheuerliches innenleben gegeben, der glanz, die wichse der schuhspitzen hat nun ein elend an den hacken, das selbstbewußt vor uns hintritt. ich umarme sie; es ist eine dichterin entdeckt.

30. 6. 01
djindjic, der strohmann der *demokratie*, liefert einen tag vor der geberkonferenz in brüssel in einem handstreich milošević an das haager tribunal aus: und europa nimmt die gefahr der letzten teilung jugoslawiens in kauf. milošević hätte, indem er sich selbst stellt, dem land die milliarden verschaffen können, die der westen für die zerstörten brücken und industrien schuldig ist: und das gericht die warlords der nato einbestellen müssen. aber diese juristische schreckschraube del ponte schreibt ein befangenes libretto, das nur die rache kennt.

21.7.01
villa vigoni in loveno, über dem comosee, das restaurierte myliussche haus ist deutsch-italienische begegnungsstätte. – an einer straßenkreuzung vor bellagio frage ich die polizeiposten: direzione genua? die provokation verfängt nicht, ich hatte nicht einmal den paß bei mir. im zur festung umgeräumten genua, wo die regierungschefs beim g8-gipfel arbeitsessen, ist die lage am tag der »direkten aktionen« eskaliert. ein demonstrant wird erschossen. die polizei verprügelt nachts in einer schule die schlafenden.

27. 7. 01

blick auf bellagio: der regen zieht die hänge zu, der see die bühne verschwindet, die glocken schlagen, schnelle sachte, die zeiten zusammen: SALVE, plinius der älteste und jüngste bewohnt die tragödie die komödie, felsen und ufer

4. 8. 01
der chef einer kanadischen sekte kündigt an, hitler klonen zu wollen. 50 leihmütter haben sich angeboten, den neuen führer auszutragen. die firma beabsichtige auch, sexsklaven zu züchten. – das alles scheint nicht nötig.
der förderverein des holocaust-mahnmals willigt ein, sein plakat mit einer bergsee-idylle »den holocaust hat es nie gegeben« vorzeitig abzuhängen.
bild kommentiert das neue ausländerrecht: respekt, herr schily! das war kein schuß aus der hüfte. über die zahl der neuankömmlinge entscheiden künftig nicht mehr hunderttausendfach vorgeschobene asylgründe, sondern vor allem deutsche interessen: das boot ist voll, alles weitere regelt der arbeitsmarkt!

AM TISCH DER ZUKUNFT erzählen geklonte Wesen die Geschichte ihrer Entstehung

18. 8. 01

grauert über houellebecqs *ekel*, und ich muß das ekel in schutz nehmen. gewiß, h.s blick ist gemein, sein urteil harsch; die fällige ohrfeige für die fun-morality, aus dem handgelenk heraus gegeben oder gegebenenfalls mit gestrecktem arm. er läßt einen schimpansen, »lebhaft die arme zum himmel erhoben«, verzweifelt reden: »von allen ökonomischen und sozialen systemen ist der kapitalismus zweifellos das natürlichste. das genügt bereits, um darauf zu verweisen, daß er das schlimmste sein muß. hat man diesen schluß einmal gezogen, bleibt nur noch ein einsatzfähiger und unverrückbarer apparat von argumenten zu entwickeln, dessen mechanik unter verwendung von fakten, die nach dem zufallsprinzip eingegeben werden, eine vielzahl von beweisen hervorbringt . . .«. so verfährt er; es fällt schwer, seine romane nicht als satiren zu lesen. »verstehen sie, wir leben in einer derart einfachen welt.« es gäbe zwei systeme von herrschaft, geldmacht und sexuelle attraktivität, konkurrenzverhältnisse, die zwischenmenschliche beziehungen unmöglich machen. die romanform sei aber nicht geeignet, »die indifferenz oder das nichts« zu beschreiben, er müsse eine plattere ausdrucksweise erfinden, eine knappere, ödere form. sein saures sujet ist die gefühlsfreie KAMPFZONE, die höheren freiheitsgrade der angestellten, die ironischerweise in der edv-branche tätig sind. wo sich gesellschaft auf den austausch von informationen reduziert, werden sie zu experten der problemlösung – und das problem, wie gesagt, ist das menschliche elend. h.s vorschlag: die schaffung einer neuen spezies, die den menschen ablöst; statt persönlichkeit und entwicklung nun standardisierung, geschlechtslosigkeit. eine zeitenwende durch die genetik, die die ELEMENTARTEILCHEN in eine neue ordnung bringt, eine biologische radikalkur. dies, meint grauert, sei auf der höhe der wissenschaft, aber in der niederung romantischer ordo-konzepte gedacht. nur ist das erlösungsprogramm eine zu deutlich negative utopie, als daß ihm mit bierernst erwidert werden kann. als provokation fährt es in der schmalspur der karikaturen. aber wo h. anstalt macht, einen *elementaren* ausbruch zu skizzieren, ist er realist von hellsten graden: dem sexuell zurückgesetzten wird das lange messer zum mord gereicht. vielleicht ist die resignative philosophie des romans seine autoritäre maske, und h. ein tiefster griff der aufklärung: in die kotze.

24. 8. 01

hiddensee, mit anne, arne und thorsten. muthesius-haus, der schönste sitz auf dem hochufer, blick auf meer und bodden. ein schwarzbau von 1948, und seitdem wurde kein brett verändert. die stuben dumpfig, das nackte rohrdach im saal spinnverwebt. aber alles hat noch die anmut der schlichtheit, die die insel mit mühe bewahrt. wenn sich die familien schluck und gau nicht ganz mit guck und schlau versippen. – schreibe die 14. PROVINZ. lesung im hauptmann-haus, texte und gegentexte. die alte inge keller läuft mir durch die gartenpforte entgegen. daß sie bei dem wetter herreiten aus der heide, sage ich. wetter gibt es nicht, erwidert sie, nur witterung. man muß sie schnuppern, und sie hält ihr gesicht in den wind. nach der lesung, ich überlasse ihr die blumen, geht sie erregt umher. sie lesen viel zu schnell, sagt sie, es sind wogen, wogen über wogen, die mich überstürzen, schöne wogen! und zu anne gewandt: wie halten sie den mann aus.

27. 8. 01

mit gilsenbach und pietraß setzen wir schon mittags zum vilm über. das wetter ist windig; mehr macht mir der hunger zu schaffen. der käptn ordert eine brotzeit in der naturschutzakademie, und wir haben zeit, die insel zu erkunden. dr. knapp frustriert uns mit einer sturmwarnung, die lesung müsse wahrscheinlich auf dem festland stattfinden. der rundgang an den schilfgedeckten häuschen der weiland regierung vorbei, das gedachte nachtquartier, kartoffelrosen, hudewald, schlehen: und die buchen und alteichen, die carus malte. sie stehen noch und zerspellen zu den knorrigen gestalten, ein urtümlicher und kunsthafter anblick. geröllstrände, »blockpackungen«, kolonien von watvögeln und singschwänen. das wetter scheint beruhigt, licht bricht aus dem fahlen gewölk. wir sind unserer sache sicher, aber rosenlöcher wird nicht herübergebracht, und wir müssen uns fügen in die *höhere gewalt*. wie früher also; hatte ich das eiland 1977 nicht »sektierern und splittergruppen« zugewiesen? da war es das politbüro, jetzt verbietet uns ein wind den mund oder das vorsichtige bundesamt. wir lesen in lauterbach in einer stikkigen, vollen gaststube, wo ich mein wort vor unmut nicht höre und die schönen rosenlöcherschen verse.

8. 9. 01

in dem lehrstück unseres globe-theatre tritt eine neue gruppe clowns auf, die ja-sager, *yes men*, die auf ihrer website anbieten, den offiziellen standpunkt der world trade organisation zu erläutern. so erschien referent hank hardy unruh in der universität tampere in einem dress mit großem ausklappbaren phallus, auf dem ein monitor produktions- und börsendaten anzeigte, um dem mitgehenden publikum den freien markt zu predigen. andere referenten verkünden, ihre organisation fordere, nur noch großkonzernen das wahlrecht einzuräumen, oder sie folge charles darwin und wünsche globalisierungsgegner zu selektieren: »wir finden, daß sich diese leute zu sehr an der realität orientieren.« diese bedeutenden laienspieler, hochstapler wie ihre zuhörer auch, dringen in die zirkel der finanzwelt, wo man ihren absurden vorträgen aufatmend lauscht.

8. 9. 01

SAALOW

„Heldin von Potsdam" soll gezündelt haben

Nach zwei Bränden innerhalb von 24 Stunden ist in Saalow (Teltow-Fläming) am Freitag eine 41-jährige Frau vorläufig festgenommen worden. Laut Polizei wird sie verdächtigt, die Feuer gelegt zu haben. Am Donnerstag waren beim Feuer in einem Mehrfamilienhaus acht Menschen, darunter fünf Kinder, verletzt worden. Zuvor war am Mittwoch ein Zweifamilienhaus in Brand geraten, ohne dass Menschen verletzt wurden. Bei der Tatverdächtigen soll es sich unbestätigten Angaben zufolge um die Frau handeln, die vor sechs Jahren wegen einer Lügengeschichte als „Heldin von Potsdam" bekannte wurde. Damals war sie aus einer Straßenbahn gestürzt. Da sie nicht krankenversichert war, hatte sie angegeben, sie habe eine Rentnerin vor pöbelnden Skinheads beschützt und sei dafür von den Skins aus der Bahn geworfen worden. *(dpa/bra.)*

GUBEN

Landrat stoppt Flüchtlingsabschiebung

Spree-Neiße-Landrat Dieter Friese (SPD) verweigert die Abschiebung von zwei Asylbewerberfamilien in den Kosovo. Er sehe wegen der besonderen familiären Situation der Betroffenen einen „übergesetzlichen Notstand", sagte Friese am Freitag in Forst. Die Familien Bunjaku aus Guben und Rexhaj aus Forst sollen nach Ablehnung ihrer Asylanträge bis zum 12. September ausreisen. Andernfalls droht die Abschiebung. Die Familien leben bereits seit acht beziehungsweise sechs Jahren in Deutschland. Laut Friese seien in den vergangenen Wochen alle Versuche gescheitert, von Bundes- und Landesbehörden Hilfe zur Verhinderung der Abschiebung zu erhalten. Daher habe er sich entschieden, aus öffentlichen und humanitären Gründen die Abschiebung nicht anzuordnen. *(ddp)*

11.9.01

höre im radio, nach dem ersten auftritt des zeitgeists (»die logische fabrik des wirklichen ist bankrott... friedenskrieg, bomben regen, winter kirschen«), vom anschlag auf das world trade center und eile hinunter zum fernseher: er zeigt den brennenden turm, ein bild, das nicht losläßt, ein flugzeug, heißt es, hat das mehr als 400 m hohe gebäude gerammt, noch kann ich es für einen unfall halten, der brandherd ist unerreichbar hoch für eine löschung, da erscheint ein zweites flugzeug, ein dunkles phantom, das vielleicht nur den bildschirm quert, und nach einer sekunde aus furcht und begierde verschwindet es, aber ein feuerball wuchtet aus der wand des south tower, der wahnwitzige pilot hat die maschine in das übrige ziel gelenkt. ich sitze gebannt vor dem schauspiel, dessen handlung über höhepunkte schreitet, 10^{27} bricht der südturm wie eine pulversäule zusammen, rutscht etage für etage in sich hinab, als ginge er in die hokke, und ich warte, nicht vergeblich, zwanzig minuten, auf den zweiten einsturz, mit gleichmacherlust, der das schurkenstück vollendet. auch auf das pentagon, es wird tatsächlich gezeigt, hat sich ein entführtes flugzeug gestürzt, *america under attack*, der sicherste bau der welt in rauch und flammen. die sender wiederholen die bilder, die nichts von der angst der passagiere sagen, american airlines flug 011 von boston, united airlines flug 175, wie süchtig nach reality, und wie um aller simulation für immer überdrüssig zu werden, dann wälzt sich die staubwolke durch lower manhattan und die passanten rennen um ihr leben: und die eingeschlossenen starren wie schaben aus den glasfassaden oder fallen, späne, vom twin-tower.

es ist, als wäre mit einem billigen trick bewiesen, daß alle starwars-programme eine machtlose phalanx sind. kein raketenschutzschild könnte das atlantische rom schützen. seinem dauerkrieg an den ölquellen antwortet der terrorismus. es ist ein krieg gegen die gesamte zivilisierte welt, sagt der deutsche bundeskanzler, nein, es ist das muskelspiel der gepeinigten kontinente.

FOTOS: AP

ERRY TORRENS / AP (L.); JIM SULLEY / DPA (R.)

15. 9. 01

WAS WOLLT IHR DENN. schreibe, ohne die fabel zu kennen, und auch die notizen schaue ich nicht an. ich greife ins material der welt, das komisch und tragisch zuhauf liegt; als würde ich einen torso zusammensetzen, stückchen für stückchen eine gestalt rekonstruieren, ein fragment ausgraben. (so zeugt man schmerzenskinder, die einmal mühe machen.) der titel hat in jeder tonlage seinen sinn, als bittere frage, als witz, als wutschrei.

17. 9. 01

gysi hält eine wahlkampfrede in der nikolaikirche: »innere einheit durch gemeinsame zukunft«. tagwandlerisch bietet sich der paria als stadthaupt an. er ist der (scheel) angesehenste kandidat. – er sagt mir dann, unterm mikro-galgen, auf den er mich hinweist: schröders gesicht macht mir angst. die entschlossene miene zur »uneingeschränkten solidarität«, die bündniszusage für einen *krieg* gegen den terror. als wäre krieg kein terror. gysi selbst hat im ersten reflex militärische maßnahmen gebilligt. ich rede ihm zu, so aufzutreten, als wolle er nie *regierender* [bürgermeister] werden.

21. 9. 01
nachtrag zu SHAKESPEARE-SHUTTLE

der anflug auf die türme des world trade center
der verschollene ruhm der riesenstadt new york
der terror schreibt in den text, der text der terror

es ist infam, daß diese weltoffene vielvölkerstadt new york zum ziel eines extremistischen anschlags wird, der 6000 menschen tötet. – virilio, der student des atlantikwalls, doziert nun die schleifung der wolkenkratzer. die EREIGNISLANDSCHAFT tritt in die echtzeit. »jetzt zitiert die wirklichkeit den film und spielt ihn nach: die attentate von new york und washington waren von der fiktion inspiriert.« virilio hat keinen fernseher, *ich will nie mehr fernsehn*, er hätte, sagt er, beim fernsehen rein gar nichts erfahren; aber er sieht die verbunkerung der offenen gesellschaft nahe. der nicht erklärte krieg müsse unbedingt politisiert werden, um nicht ganz der anarchie anheimgegeben zu werden, der religion, den stämmen. es drohe, sagt er (nein, es ist) der krieg der globalisierung, der reichen und armen, der supermächtigen und verdammten. – parisbar, mit verleger berg. goetz, rothmann, treichel.

22. 9. 01
bush jun. erklärt einen »langen, weltweiten feldzug«, einen »krieg zwischen der freiheit und der angst«. das ist der vorläufig letzte auftritt des zeitgeists, der eine existentielle bedrohung der vereinigten staaten, ja der westlichen kultur suggeriert und im kapitol erklärt: »jede nation, jede region muß sich nun entscheiden. entweder ihr steht zu uns, oder ihr seid für die terroristen.« der zeitgeist schreibt auf den teleprompter, und der präsident liest mit zugekniffenen augen: you know what? we are not going to allow it! er hat den feind in afghanistan gesichtet, den saudischen fundamentalisten usama bin laden, dem die taliban unterschlupf geben; ihn muß er fangen, dead or alive. das werde ein krieg sein, »wie wir ihn noch niemals erlebt haben«. einige dramatische schläge werde man vielleicht am fernseher verfolgen können, aber bei anderen operationen müsse selbst der erfolg geheim bleiben. der ungeheure strategische geländegewinn, überflugrechte in den ex-sowjetrepubliken, hilfstruppen. ist dieses unverhoffte surplus nicht zwei hochhäuser wert? so zynisch redet der zeitgeist nicht, er redet mörderisch. die ursachen, die wurzeln des terrorismus sind nicht sein ding, man hat es mit *barbarians* zu tun, und noch krüger am strand von oostende, wenn sein wohnmobil brennt, erscheint er und faselt vom bösen.

26. 9. 01
»sehr geehrter herr . . ., die grausamen terroranschläge in den usa haben uns alle gleichermaßen erschüttert und wir teilen die trauer der betroffenen. . . . die derzeitigen kursentwicklungen sind teilweise irrational, . . . vor übereilten aktivitäten raten wir daher dringend ab. . . . landesbank berlin«

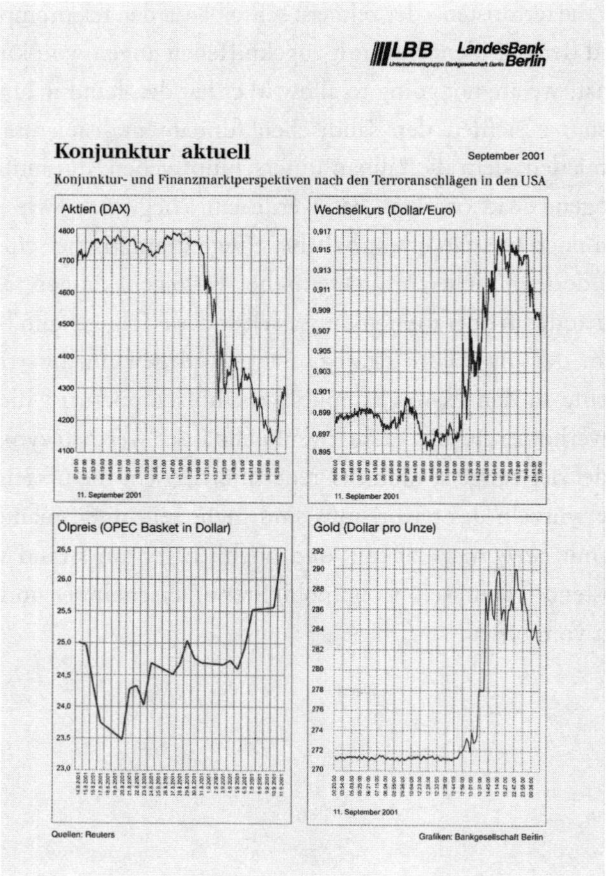

27. 9. 01
der kraftfahrer krüger aus *guben*; eine reportage zeigte den arbeitslosen, der jeden sonntagabend ins auto steigt, um sich in amsterdam zu verdingen. ich ließ krüger bis oostende fahren, die karre parkieren und zum strandlagerer werden. jetzt erinnert mich die zeitung, daß sich der sprung des gejagten asylanten [farid guendoul alias omar ben noui] durch die glastür in – guben ereignete, dort muß ich den blutigen fall lassen. es dauert eine nacht, den fabelpunkt neu zu finden: kabile vergießt selbst sein blut und *räumt das konto ab*, vor den entsetzten bankern, die ihn leasten. unser mann krüger hat, nichtsmachend, mitgemacht; *es gibt keine männer in guben*, und guben holt ihn ein. – die dritte klasse, im luxuselend; und das elementare geschehen, angestrandetes trifft aufs wildvergnügte, und die endlichkeit in der unendlichkeit der brandung.
EMILIA GALOTTI im deutschen theater: der junge thalheimer kürzt lessings konzises stück auf 75 minuten, und die meiste zeit verbringt er mit designten gesten und gängen zu unaufhörlicher filmmusik. vom text wird nicht viel überliefert und das destillat so rasch gesprochen von so scharfen charakteren, daß es eine lust ist. eine neue generation macht theater, und es geht frech und gut aus.

11. 10. 01
wars nicht im september, julie? wars nicht ein 11. september, als allende ermordet wurde, mit hilfe der cia? – »biskuitbomben«. »gänseblümchenpflücker«.

Wie ein gähnender Höllenschlund: die Überreste des World Trade Center Foto AP/David Karp

10. 11. 01
haug, hkwm@aol.com:
»›die konflikte‹, sagte ich vor drei jahren zu gustao muñoz und vicent s. olmos, ›sind derivate. der brandherd liegt auf einer anderen ebene als die löschversuche.‹«
»das originalproblem ist ein anderes. es lautet noch immer: zivilisierung unserer zivilisation, vor allem ihrer ökonomie, aber auch ihres staatshandelns mit seiner tendenz zu gewaltlösungen.«
»es sei ›nicht falsch, aber voreilig, von einer neuen form- und gestaltbarkeit der welt zu sprechen‹, heißt es im leitartikel der frankfurter allgemeinen . . . die wurzeln des terrorismus auszureißen, gehört dazu, wie einmal, vor jahrhunderten, die allianz gegen die piraterie gebildet wurde. doch die hand, die jene wurzeln wirklich ausrisse, wäre die der gerechtigkeit.«

10. 11. 01

einladung schröders an 25 kulturschaffende. das kanzleramt ist ein großer, kalter bau, die *waschmaschine*, sagen die berliner, oder kanzlerkühlschrank, in dem die macht einsam ist. das ist sie auch in diesem gespräch. äußere mich zum *gestaltungseinfluß*.

um einfluß zu gewinnen
auf den terroristischen weltlauf
und die verbündeten bombenwürfe
erwägt die regierung, die vernunft
des handelns in waffen zu setzen und den spürsinn in panzer.

das wird ein einfluß sein von der atemlosen art
der hit-and-run-trupps, die reißaus nehmen
nach ihrem einsatz. der erdkreis
wird wieder wissen, wie man sich bewegt
ohne wenn, und aberwitzig, eine gangart
die sich generationen einschleift. aber
was für eine gestalt der welt.

15. 11. 01
in flandern fetter nebel, der an die chlorgaswolken denken läßt, den deutschen giftgasangriff 1915 bei ypern. hier begann der moderne terrorkrieg; die amerikaner, berichtet sloterdijk, bauen jetzt an der *wetterwaffe*, aus großer höhe die entwesung ganzer landflächen.
aus dem hotel kyriad in ivry blick auf den périphérique, betoniertes denkmal der mobilgemachten menschheit, benzinpumpe des täglichen irrsinns, dröhnende kriechspur im käfig der metropole.
biennale des poètes en val-de-marne, geleitet von deluy und roubaud.

23. 11. 01
brasch, der sich nie benutzen ließ – schröder antwortet auf meine invektive mit einem vierzeiler von ihm: »ich will weggehen nicht lernen / und anders sprechen nicht tun, / ich will nicht wechseln«, bevor er die vertrauensfrage stellt; brasch hat 1980 einen kanzler aufgefordert, »unmündige erklärungen der standhaftigkeit und treue« zu unterlassen. biermann aber hebt seine stimme für den krieg, er will, er wollte immer benutzt werden, und war es nicht brasch, der ihn ein angepaßtes arschloch nannte? – jetzt hängen seine nachgelassenen, volksliedhaft kalt und ernsten gedichte am schiffbauerdamm, man wird ihren kargen ton nicht vergessen, heute haben wir ihn zum grab begleitet.

20. 12. 01

lenins verrecken – das wäre zuviel regieanweisung. ein schöner szenenschluß:

STALIN *erblickt bucharin, der sich halb vom boden hebt:* nun, du »liebling der partei« –

hilft ihm, lehnt sich an ihn. weich:

sich sein opfer wählen, den plan bis ins kleinste vorbereiten, seinen rachedurst stillen und zu bett gehn – etwas süßeres gibt es nicht.

bucharin retiriert hinaus.

das wäre zuviel psychologie.

22. 12. 01

zwei wochen braucht das us-verteidigungsministerium, um einem unscharfen video bin ladens, das man in einem leeren haus in jalalabad gefunden haben will, das eingeständnis abzuzwingen. »allah sei dank!« auf der suche nach dem rädelsführer muß eine spezialeinheit in den höhlen von tora bora den verwesenden toten die finger abschneiden. die chirurgische kriegsführung.

23. 12. 01

schwarzenberg, das sagenhafte »unbesetzte gebiet« im sächsischen erzgebirge, wirbt im internet mit seiner legende: www.freie-republik-schwarzenberg.de: holen sie sich hier ihr visum! immer schienen mir jene fünf wochen notgedrungener volksdemokratie im jahr 45 ein stoff für ein volksbuch. heym, der jetzt in hohem alter starb, hat ihn zu einem roman verarbeitet und die legende lanciert: aber noch lebt, siebenundneunzigjährig, ein mitglied des aktionsausschusses, korb paul, der »innenminister« und unterhändler mit den russen. von reporter pleitgen gefragt: würden sie das noch einmal machen? antwortet er sofort: jawoll. – warum? – weil ich wieder diese möglichkeit sehe... wenn ich das alles betrachte, wie das heute hier zugeht, ist das die schlechteste zeit, die ich je erlebt hab. nee. wie man mit den arbeitern heute verfährt, wir hätten in der weimarer republik... da wärn mer mit dem knüppel losgang, auf die kapitalisten. – von dem mann könnte mir geholfen werden.

28. 12. 01

zum essen bei kirsch geladen, plattenbau in marzahn, wenig bücher, aber hinter glas, alles von hacks: und franke bringt DIE ROMANTIK mit diebischer freude, der rationalist soll die spitzfindigkeit seines gotts verdauen. aber wir kosten kaum worte, es gilt die kochkunst zu würdigen, lachstatar, wild-consommé mit shi-take-pilzen, lammfiletchen an ratatouille, ein zwischen-sorbet, hommard breton und weine bis hinauf zum malterdinger bienenberg; ein großzügig zugleich und pedantisches mahl, entwurf, planung und ausführung sollen wochen beansprucht haben, es hat etwas hochartifizielles und mariniertes. als wir abgefüllt sind mit laubenheimer karthäuser, fordert ihn helga zur arbeit auf, und er liest seinen abgebrühten WILHELM-MÜLLER-DANK, die rüge der ungenauen schubertschen musik und [wilhelm] müllers *romantische* flucht in die metapher noch mal genüßlich schmeckend.

30. 12. 01

vor 30 jahren wußte ich, warum ich T. und LENINS TOD schrieb, aber war ganz ohne hoffnung, jetzt weiß ich nicht, warum ich sie für einen abend einrichte, mache es aber nicht ohne hoffnung. ein rascherer gang, den rednern jederzeit das wort entziehend: es gibt da jene knappe 1. szene aus sechs zeilen als ungeduldiges muster. doch die debatte im apparat bleibt unverständlich ohne das gemurmel der straße, und wie in der geschichte ist die behandlung der volksmassen das riskante, ich kann sie nur im stück herumschleppen. die radikalen eingriffe bleiben enttäuschenderweise aus (»soll er die vergangenheit korrigieren?«); aus respekt oder sage ich pietät vor dem alten text und dem alten bewußtsein habe ich nur gekürzt und umgestellt wie ein braver *dramaturg* nicht mehr *der weltrevolution.*

4. 1. 02

karl matko, landrat des kreises aue-schwarzenberg, mai 1995: »ich stelle jedoch summarisch fest – spektakel, schlampige recherche – die historische wahrheit bleibt in vielen bereichen auf der strecke. das beginnt bei der bezeichnung, die es nie gegeben hat, und endet bei spekulationen – was wäre wenn –, die im kontext der politischen, militärischen und strategischen fragen jener zeit illusorisch sind. denn jeder wußte: diese zeit kann nicht von dauer sein. eine eigenstaatlichkeit war nie gewollt. es war eine zeit, in der es um das ganz normale ging – um ernährung, ordnung, sicherheit, verkehr und versorgung – mit dem beweis, es geht auch ohne besatzungsmacht. . . . es besteht die gefahr, daß dieses ausgezeichnete buch von herrn heym nun zur legendenbildung beiträgt.«

9. 1. 02
im roten rathaus wird doch rot-rot regiert, aber es wird um backsteine gehen.

15. 1. 02
fühmann, IM BERG. der franz ist eingefahren, unter großen strapazen, mit viel gezähe, mit streckenplänen, und ist nicht weit gekommen. man müßte ihm nachsteigen, aber sein streb ist verschüttet, und wo er die sprenglöcher setzte – »parteilichkeit, schriftsteller im arbeiterstaat« – fährt kein hunt mehr hin. der ganze schacht ist stillgelegt. – die »bergunterhöhlende arbeit«, jeder handschlag vom tod geprüft, »hier unten werden küsten gewonnen, nicht westwärts, sondern hinab in die zeit«: und er wußte jählings, das war sein *ort.* was ihn am bergwerk entflammte, war dies geworden-sein, angelegtsein, »nicht nach willkür irgendwelcher begründer, es mußte so wachsen, wie das flöz lief« – nicht anders die literatur, und arbeiten hieß da wie dort, »dies angelegte weiterzuführen ... nach notwendigkeiten«. nur, für die ausbeute war viel taubes gestein zu bewegen. die langeweile, die gefahr. er schob die arbeit zehn jahre vor sich her. – weihnachten 1982 rief er an (ich hatte ihm den HINZE-KUNZE-ROMAN gegeben): weißt du, was du da gemacht hast?, und im januar, schon erkrankt, trieb er die konzeption voran. er war sich sicher: in diesem labyrinthischen, universalen gehäuse würde er *zur literatur kommen*, und wie er hoffte, »ohne rücksicht auf diese scheiße von oben/unten, ohne diesen kaninchenblick«. aber »das bergwerk ist auch wieder oben/unten, ist es sogar als hauptproblem«, das war, im *nordfeld*, nicht zu umgehen. unsere romantische mühe; um in die tiefe der gesellschaft vorzustoßen, würde er sich eines fantastischen realismus bedienen, der das irreale der offiziellen realität zeigt, ihre grotesken strukturen. vor allem würde er in sich selbst absteigen, »in den irrgang dessen ..., der ich doch

selbst bin«, in probleme, deren er müde geworden, in den nebel von illusionen, die er als hoffnung gelebt hatte, in die *jahre des abbaus* – eine grandiose spätschicht, die schnell endete, da ihn die schmerzen überwältigten, »symptome der unerträglichen ohnmacht vor der unbewältigten gegenwart«. nach seiner ersten einfahrt notierte er den irritierenden hinweis eines kumpels in der lohnhalle: da fehlt was; nämlich neben *unseren besten* die namen der verunglückten; zu denen er auch gehört: er ist *im berg geblieben.*

18. 1. 02
sottisen

nach der lesung in der potsdamer universität trägt eine studentin eine wollene schwarze mütze mit langem zipfel und schellen daran und dem signet: *outdoor.* wäre es nicht gut, wenn alle vier millionen deutschen arbeitslosen diese schellenkappe trügen, um den skandal auszuläuten?

wenn unsere nomenklatura seibts buch gekannt hätte, ROM ODER TOD, sie hätte dem italienischen beispiel folgen und bei der deutschen vereinigung einen reststaat beanspruchen können, eine art kirchenstaat mit dem zk und: der museumsinsel.

nach der wende wurde der bildhauer stötzer vom finanzamt in fürstenwalde neu veranlagt; aber sein beruf war in den registern nicht verzeichnet, und als er ihn ein wenig ausmalen durfte – er zeichne auch, er mache broncen –, entschied der zugereiste beamte, ihn als *hergottschnitzer* zu führen.

27. 1. 02
mit haug im museum für völkerkunde in dahlem, wir betrachten ein exotisches fundstück, WAS WOLLT IHR DENN. ich fasse es, das ist meine gewohnheit, mit spitzen fingern an, ein verdorbenes ding, um daran zu kratzen. immerhin ist eine versuchsanordnung sichtbar, aber das material ist nicht ausgereizt. die soziale erfahrung aus verschiedenen schichten, aber nicht für jede eine sprache. die flüchtlinge (im container, im chor) zur episode verkommen. es bedarf des ethnologischen blicks: auch auf die eingeborenen (im westen: untergangssüchtig, kommen sie davon) und den aussteiger (aus dem osten: die utopische insel, die untergeht). haug: was sind die barrieren, wenn wir versuchen, eine *handlung* zu konstruieren. es ist nicht das handwerk; es ist die scheu, die neue möglichkeit zu denken. – wir spazieren zwischen den ozeanischen exponaten und einigen frischen mumien der politik und ästhetik. der weltwirtschaftsgipfel / das weltsozialforum, die zwei konträren arten der weltvernunft. den text bis zum gehtnichtmehr schmerzhaft machen, das sei naturalismus, negativismus. das elende geschehen brauche ein widerlager in der tiefe. porto alegre, attac: das gewimmel von motivationen und ratlosen aktionen, ein humus, die schicht, wo etwas wächst und in die welt greift. (wir stehen jetzt vor einem ausgestopften hašek:) ein plebejisches, ein humanes prinzip, das zugleich den witz liefert.

9. 2. 02
paul korb, der letzte vom einstigen aktionsausschuß in schwarzenberg, ist gestorben. er war nicht froh über heyms spekulativen roman, zumal ihm eine liebschaft angedichtet wurde. und doch ist die utopische fracht das beste an dem buch, jene verfassung, die der (erfundne) zuchthäusler wolfram entwirft: der vorschlag eines demokratischen sozialismus. das war in den achtziger jahren ein motiv des schreibens; was könnte jetzt, wenn man den stoff in der niedrigen dimension des wirklichen nimmt, der antrieb sein? – in die »ungeklärten gründe« für den rückzug der vorausabteilungen der us-army ist jetzt licht gekommen; nicht die 25-cent-münze, die ein sergeant whistler wirft, erkauft das niemandsland, sondern der einsatz von himmler und goebbels, verhandlungen mit dem office of strategic services schon im märz über ein militärisches bündnis vor dem *eisernen vorhang*. großadmiral dönitz ließ am 12. april in bern sicherstellen, daß die heeresgruppe mitte, 1,3 millionen mann, die schörner-armee, aus böhmen ungehindert in amerikanische gefangenschaft marschieren kann: über den erzgebirgskamm. am 15. april, nach dem tod roosevelts, bestätigte das state departement die neue hackordnung; die washington post berichtete: »es wurde beschlossen, deutschland nach dem krieg zu remilitarisieren und zu einem bollwerk gegen die sowjetunion zu machen.« so alt ist der kalte krieg und der polizeigeist einer außenpolitik, der heute über alle regionen der erde verfügt; hier hatte er eine ironische sternstunde, denn noch ahnte niemand, daß in dem unbesetzten boden das uran für die bomben ruht.

12. 2. 02
die herrschaftslose zeit im unbesetzten gebiet schwarzenberg endete nach zweiundvierzig tagen mit dem einzug der roten armee und der gewollten unterwerfung der bevölkerung unter die neue ordnung, die sie versorgen und verwalten würde. und nichts blieb ihr von der kurzen epoche im gedächtnis, von der lust der selbstbestimmung, dem rausch der gerechtigkeit, und sie vergaß diese angst, diese freiheit bei allem anderswerden *und wollte nicht mehr wissen, was für sie das beste war.*

23. 2. 02

ad maurice, floris & co. in der amerikanischen fernsehserie SOPRANOS seien es die erfolgreichen, deren leidensdruck so groß wird, daß sie ihn nicht mehr aushalten, schreibt hegemann, dramaturg der volksbühne. das sei etwas anderes als gysis oder habermas' kleinmütige reklamierung einer transzendenten instanz als wertebildungsagentur. das revolutionäre und nicht mehr korrumpierbare subjekt sei (er setzt es in die frankfurter allgemeine) bei den überdrüssigen funktionseliten zu suchen, deren extrem privilegierte existenz öde und sinnlos ist. »wenn mit allen wassern gewaschene geschäftsleute anfangen, den kampf gegen die ›selbstsüchtigkeit‹ selbst als geschäft zu begreifen, was zwangsläufig auch den kampf gegen das geschäft einschließt, entsteht eine neue situation. vielleicht genau die umgekehrte wie am ende der ddr: die herrschenden können zwar noch, aber sie wollen nicht mehr.«

26. 2. 02

christa[wolf]s lesung in der alten pankower kirche. die buchhändlerin saavedra hatte nur zettel verkauft, die am eingang auf listen überprüft werden müssen, so daß der einlaß eine stunde dauert. entzückt und erbittert harren die tausend aus. christa liest aus LEIBHAFTIG, wie immer ein trockener text, glanzlos, aber ihre kunst, weiß sie, liegt im gewebe, die stränge von erfahrung, die sie hier geschickt im schacht des bewußtseins befestigt, im kellergang der biografie. eine krankengeschichte, die patientin: sie selbst und ihr land. die stärke des textes und seine gefährdung: er ist die subjektivste und allgemeinste auskunft, der »wurzelbereich« des schmerzes und der weltschmerz. eine operation natürlich, am leib und am leib der gesellschaft. daß beides zugleich *behandelt* wird, macht den text mitunter penetrant und fadenscheinig. »der spur der schmerzen nachgehen... ungewappnet, das wäre der mühe wert.« eine tomographie unserer mangelwirtschaft, der schwäche unseres »immunsystems« – die krankheit ist die heilung (und »nichts wird gut«). die rezensenten loben, daß sie endlich die scharfe diagnose stellt: die ddr war nicht zu retten, und die genesende ist aufgenommen ins hinterbliebenenstift. es ist aber der lebenswille der siebzigjährigen, der sich der falschen medizinen erwehrt und die bittere pille ißt, »daß alles, was ich sage und schreibe, verfälscht ist durch das, was ich nicht sage und schreibe«.

13. 3. 02
das zweite treffen bei bundeskanzler schröder. »es ist nicht ausgeschlossen, daß die amerikaner was machen im irak«, und deutschland, nicht mit verbundenem mund, aber eingebunden in den »langen feldzug«. in einunddemselben leitartikel lese ich: in europa werde »der politik des amerikanischen präsidenten mehr und mehr augenmaß, berechenbarkeit und rationalität abgesprochen« (denn er spricht jetzt vom einsatz von atomwaffen) u n d nur wer gegenüber dem irak »zu sorglosen antworten kommt, könne es kategorisch ausschließen, die schwelle zur direkten konfrontation zu überschreiten«. diese diffuse option läßt der politik allen kläglichen spielraum.
schröder ein umgänglicher machtmensch, von jovialer offenheit und flegelhaftem humor. das zeugt von souveränität; freilich – und es wird ihm gesagt – wird auch er am amerikanischen nasenring geführt, und auch die spürpanzer in kuweit sind eine gefolgschaft. er brüstet sich, eben wieder die grünen *erpreßt* zu haben, und scheint seine amtszeit zu genießen, als freue er sich, sie bald als memoiren zu lesen. vorerst erbittet er von unserer seite eine *feuilletonistische darstellung*, daß er keinen neuen krieg ohne votum der v[ereinten]n[ationen] billigen werde; »das wäre gut als message: was sagt er in vertraulichem kreise«, eine regierungserklärung wäre zu dramatisch.

13.3.02
schröder über »modernitätsverständnis«: 1. rüstung!, 2. entlassung! im zweifelsfall gegen veränderung; »die anderen haben mehr klassenbewußtsein«, nämlich die bosse. da ohne sie aber nichts geht, sei es gut, als *genosse der bosse* zu gelten.

19. 3. 02
in kassel durchlauf von LIMES. MARK AUREL, nach fünf wochen probe. die erste enttäuschung: das vorspiel wird nur aufgesagt. die zweite verwunderung: baumgarten, der opernregisseur, benutzt die musik ganz illustrativ. und sie war doch als element der fabel gedacht: wenn der cäsar sich vor den schrecken betäubt, schafft ihm die droge luft, die welt klingt wieder und er kann hart handeln. dieses durchatmen, das denken, fehlt mir fast gänzlich, die brüche, die widersprüche, die figur und handlung greifbar machen. wo ich helligkeit und strenge erwartet hatte, sehe ich dumpfheit und klamauk. es passiert viel überflüssiges: und ich vermisse viel, den kuß, mit dem mark aurel die senatoren bezwingt, und die lehmgesichter, in die er seine feldherrn verwandelt; leben sowohl als tod. die zuneigung und härte zwischen markus und galen (von der operation, dem [selbst]mord, bleibt ein genickschuß). »mein commodus«, mein text, »ist ein fremder.« er wird nicht deutlich gespielt, aber viel fülltext zur verdeutlichung hineingeplaudert. statt die szenen auf den punkt zu bringen, werden revuehafte übergänge inszeniert, nicht für die bestie, für das kuscheltier publikum. es sind die schmerzlichsten zwei stunden seit langem, denn so rasch ist die hoffnung verspielt.

20. 3. 02

2. durchlauf. nach dem schock sehe ich die sache mit milderen augen, nicht mehr als verfasser sondern als zuschauer. so interessieren mich nicht die verluste sondern die vergnügen. die schöne erfindung, wenn katrin wichmann (commodus), als gespenst verkleidet, sabine waibel (die junge virgilia) erschreckt und dann mit ihr eine RÖMISCHE ELEGIE spielt: »hörest du, liebchen, das muntre geschrei den flaminischen weg her? / ... sind zwei liebende doch sich ein versammeltes volk. / hast du wohl je gehört von jener mystischen feier« und mit einem raschen kuß beschließt. den schmerz immerhin (des kopfs, des körpers), den michael grimm (mark aurel) grandios spielt, wie hilke altefrohne die lust. die orgie, die ingolf müller-beck (galen) und andreas haase (fronto) wie fernsehköche zelebrieren zum erbrechen. – eine übung in gelassenheit, es hängt nicht mehr von mir ab.

24. 3. 02

ein fall von monströser banalität 2

als sascha anderson 1996 einen anruf seines ehemaligen führungsoffiziers reuter bekam, dachte er, von ihm kundschaft zu bekommen von den plänen und strategien, die die stasi mit seiner undeutlichen person verband. und richtig hatte reuter, beim treff in dem einkaufscenter, einen stapel papier unterm arm, aber es war das manuskript eines spionageromans mit anderson als helden. der arbeitslose geheime hatte einen creating-writers-kurs besucht und hoffte, der einst so umtriebige könnte ihm zu öffentlichkeit verhelfen.

anderson hat aber selber seinen roman geschrieben, SASCHA ANDERSON, in viel besserer, freilich nicht deutlich werdender sprache.

26. 3. 02
kirsch bittet mich um fürsprache bei der dorotheenstädtischen kirchgemeinde; er hat einen großen grabstein renovieren lassen, nun muß er den spruch durchbringen. in altrömischer gesinnung rückt er sich da ins gedächtnis, was uns an dem ort doch letztlich fröhlich stimmt:

lila ein schwein saß still auf einem baum
und wiegte sich auf zweifelhaften ästen.
wir sahens beide, und auf wenigem raum.
so, manchmal, heilt die nacht des tags gebresten.

9. 4. 02
in aalen wird MARK AUREL in der alten werkhalle mapal gespielt (fabrik für präzisionswerkzeuge), letzte inszenierung des intendanten udo schoen, und mitwirkend bevölkerung und ostalb. die zuschauer sitzen auf zwei großen anhängern und werden, weil es die fabel erlaubt, mit traktoren hinaus in die landschaft geschleppt. hier nun, anders als in kassel, menschliches spiel, und keine kunst. – mit arne an den limes.

17. 4. 02

athen. »›polis‹ ... diese stachlige, hitzige, hochritualisierte form eines clubs von kriegern (und prozeßhanseln), auf einmal ausgestreut, klein und exklusiv und gehärtet ... das erstaunliche in alledem ist das tempo, eine hier erstmalige beschleunigung allen lebens, und das unversehene auftreten von anfängen«: wackwitz im aufsatz POLIS ODER: VOM KOSMOS FREIER KREATIVITÄT, den ich, blick auf den parthenon, lese. warum hat sich das weltgeschichtliche wunder gerade hier am östlichen mittelmeer ereignet? seine antwort: abwesenheit von überwältigung. pyramidale macht hat es seit dem untergang der mykener in der ägäis nicht gegeben, der machtenergetische windschatten war die bedingung für das elementare projekt *hellas*. »dieser komplex war welthaltig geworden, weil er statt herrschaftlicher systemzwänge so etwas wie poesie als lebensmacht etabliert hat, weil er dabei die götter den menschen und die menschen den göttern genähert hat, weil er die magnetisierenden traditionspotentiale von ›geschichte‹ auflöste in einen kosmos von unerschöpflich mythenbildender phantasie. dieser kosmos freier kreativität hat, mehr als alles andere, die ästhetische energie europas noch fast bis heute beseelt.« aber nur dreißig jahre stand der parthenon, als athen vor sparta kapitulierte. »was ist denn geschehen?« der sieg der poleis polarisierte hellenen und barbaren – eine gewaltwelt. athens roll-back-politik gegen persien unterwarf zugleich die verbündeten und trieb in den griechischen weltkrieg auf dem peloponnes. »die polis der politen verzehrte sich im prozeß ihres dahinrasens«, den die griechen selber zu deuten wußten, *hybris*, *nemesis*, durch ihre bürger sophokles, thukydides, herodot.

24. 4. 02
nach dem ausgang der französischen präsidentschaftswahl – der rechte le pen bekommt 17 % der stimmen, erklärt beigbeder, wahlhelfer des kommunisten hue: »ich entsage. politik widert mich an. ich entsage aller hoffnung, allen romantischen illusionen und allen utopien. von nun an bin ich nihilist und dekadent. ungeduldig warte ich auf das ende der welt. wie lionel jospin werde ich mich vom politischen leben verabschieden. ich werde mich auch nie mehr für andere menschen interessieren. ihr glück, ihr unglück ist mir von jetzt an gleichgültig. ich interessiere mich nur noch für die kunst, für die liebe, die bäume und die sonne, die poesie und das meer. der ganze rest geht mich nichts mehr an.«

20. 5. 02
»wir ›fühlen uns frei‹, weil uns die sprache fehlt, unsere unfreiheit auszudrücken«, schreibt slavoj žižek anläßlich des besuchs von george w. bush in europa. alle wesentlichen begriffe, auf die der weltkonflikt gebracht werde – »krieg gegen den terror«, »menschenrechte« usw., seien »falsche begriffe…, die unsere wahrnehmung der situation mystifizieren, anstatt den gedanken zuzulassen: unsere ›freiheiten‹ selbst verdecken unsere tiefere unfreiheit und erhalten sie.« »demokratie oder fundamentalismus«… »in solchen momenten der augenscheinlichen klarheit der wahl ist die mystifikation vollkommen.«
bei th[omas] langhoff, er wünscht eine lexikonknappe auskunft: WAS WOLLT IHR DENN von volker braun. ich kann es aber nur kürzer machen: oben unten drin und draußen. aber eigentlich wollte ich wissen: willst du denn.

24. 5. 02

bush jun. erlebte, anders als sein vater, ein vollkommen ruhiges berlin. er winkte unbehelligt aus der panzerlimousine, überquerte den friedlichen pariser platz, bekam im *tucher* einen apfelstrudel. nur die rotorengeräusche hoch oben erinnerten ihn, daß er sich nicht in der wüste nevada befand. zugegeben, mitte war beräumt, und nicht genug damit: der einzige gast des hotel adlon sah im verhängten brandenburger tor das weiße haus.

26. 5. 02
nachrichtensumpf. zeitungssüchtig, wie er war, gewöhnte er sich doch an, zur vollen stunde auf die natur zu hören, insonders um mitternacht das froschkonzert aus dem anderen sumpfe, die immense mitteilung der medien der mainacht.

31. 5.-15. 6. 02

berührungen. yasko, koshibe und sakai, der vormalige president, im gästehaus der dokkyo-uni, sakais mutter aus pommern (die großen augen), aber nicht entwurzelt ist er, auf dem boden hockend in strümpfen unterrichtet er uns lächelnd in lebensart

kinki sakurama, der nō-spieler, öffnet den hölzernen kasten mit der maske und den beutel mit den pölsterchen, sorgsame griffe, gelernt vom vater, dem *staatsschatz*, hält die maske mit daumen und zeigefinger und blickt durch die augenlöcher, und erhebt sich, um *kamae*, die haltung, zu zeigen

die fünfzehn steine im nackten kies des zen-gartens, ryoanij-tempel, 1473: wenn auch nicht recht »befreit von der relativität unseres individuellen ichs«, sehen wir ruhig die abstraktion der welt; durchaus die variante des versuchs, die dinge aus einem sinn, auf den kern beschränkt zu verstehn

der kleine fächer und die karte: kommen sie! hier bin ich! einer studentin *tsurata*, und wir gehn vom treffen der freunde von weimar, jetzt ilm-verein, in das garlic-lokal, wo lauter rotfrisierte bedienen

der hohe baumrumpf, der die strahlenglut überlebte in hiroshima, *die ewigkeit träumend* in seinem holzgerüst, er hat keine zweige, meine verbeugung zu erwidern

die winzige hand des jungen fest an meiner: der in den fahrstuhl nachlief und, als ich ihn in den 15. stock zurücksenden wollte, zwischen die tür griff, die ich gewaltsam aufhalten mußte, so daß die fahrstühle ausfielen – die verbeugungen der familie im foyer des miyako-hotels

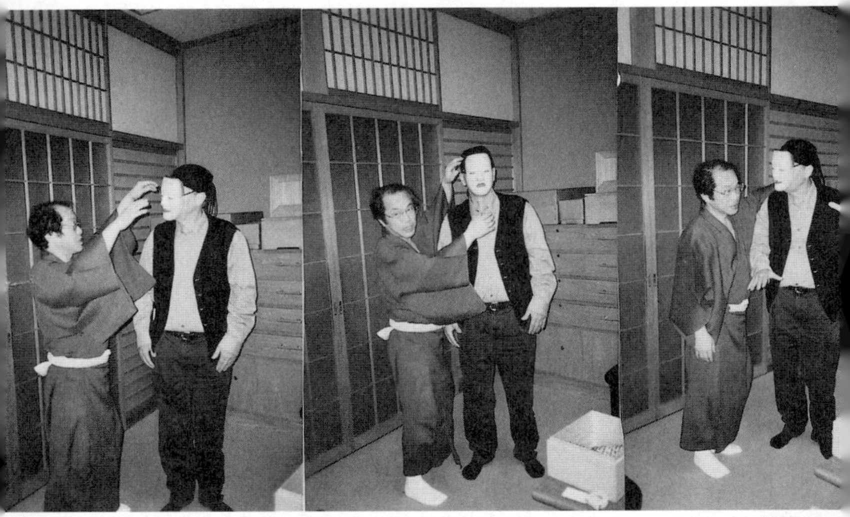

8.6.02

osaka oder die maske des bösen. die tropische hitze ermattet sie, und der dauerlauf durch die debatten und gelage, nie allein und immer von lächelnden mienen umgeben. sie waren im »himmel« und in der »hölle«, im kunstnebel des skybuilding, im gewühl der umeda-station. sie kommen spät ins schwüle hotel, aber sie will noch einmal mit ihm hinaus, wohin, es ist spät, das viertel trist. ein ungeduldiger, harter satz, den er kennt: aus den akten, sagt er [ ]. das holt er vor wie einen stein, um unversöhnlich zu treffen. es ist wie eine bestrafung, und er hat sich seit jener *einsicht* bestraft, und das reut ihn. eine hinrichtung, bei der auch der rückweg zu gehen ist im bewußtsein des unrechts, und umhalst von einem tiefern gefühl ... die obdachlosen auf den wiesen am yudo-fluß, ihre blauen plastikfetzen im gebüsch, sind die ersten, die den morgen genießen.

14. 6. 02
durch die waldgebirge kyushus fahren wir zum aso, ein park von vulkanen. takeo tano hat hölderlin auf den knien, die bambuswälder lassen an LEBENSALTER denken: ihr säulenwälder (die steinernen in palmyra). mit der seilbahn von honda aus hinauf, wir dürfen nicht aussteigen wegen erstickungsgefahr, nach der zweiten auffahrt stehen wir am krater. er gleicht einem riesigen ohr, der erde, aber er arbeitet wie eine nase, schweflige schwaden wehen aus dem grünen see, die uns, als der wind dreht, ergreifen und würgen. ich will dem kenner den schwierigen duktus aufklären: »euch hat die kronen, / dieweil ihr über die grenzen / der athmenden seid gegangen, / von himmlischen der rauchdampf und / hinweg das feuer genommen«, aber dem japaner mag die wortstellung nicht merkwürdig und dunkel sein, er sammelt die worte, für den *wohleingerichteten* text. wolken, gesänge, *deren ein jedes eine ruh hat eigen.* im gasthaus am kuju-berg das bad im heißen quellwasser, und wir speisen im kimono. im japanischen zimmer der futon für die nachtruhe, ich schiebe das fensterchen auf und blicke auf die steine im hang, deren ein jeder eine last losläßt.

15. 6. 02

am boden ruhe ich
aus
meiner brust fließt das wasser
woher

der quell aus den steinen

hoffnung ist sinnlos
wie die verzweiflung
trinkt denn keiner? fragt das laken:
»verström deines lebens rest . . .«

21.6.02
loest, der politische dünnpfeifer, äußert sich über die »dunkelmänner von heute«. gegen mich nachgerade jovial: »ich (er) lebe nicht in der dämmerung und bin deshalb zehnmal fröhlicher als du.« er weiß nicht, der lichtmensch, daß er sehr alte sätze zitiert (*wir haben die morgenröte entrollt, um in der dämmerung zu wohnen*) und daß er in einem sehr alten ton spricht: dem des natschalniks.
die sächsische akademie tagt in pirna, der scheidende präsident schmidt führt durch seine renovierte geburtsstadt.

30. 6. 02

groß ist dein grabmal, augustus – ich schreib auf die
flüchtigen zettel – –
was denn? ich schreibe, es huscht drüber die eidechse hin.

1. 7. 02

rom. mit kammerer in der peripherie pasolinis. daß dieser schwule junge, pelosi, ihn umgebracht hat, will kammerer nicht glauben. casa di goethe: *fußball*, saavedra (der hausgast) fiebert mit brasilien, delius (der hausfreund) ist kühl für deutschland, wir verlieren. ein schöner tag auf dem corso. lesung in der casa (graciella die übersetzungen). eine späte nacht mit f. c. und ursula bongaerts auf der kaschnitzschen dachterrasse.

4.7.02
steckel, ein schwerer, vollgesichtiger mensch, mit weißem krausbart gleicht er vollkommen mark aurel, seine rüstung ein schwarzes frotteehandtuch über dem nacken. wie diesen zog es ihn an die grenzen (aber die schaubühne fing ihn ab). müller, als steckel LOHNDRÜCKER inszenierte: er habe den blick des touristen. aber in derselben welthälfte, sag ich. brecht: die eine hälfte der menschheit lebt vom schlechten gedächtnis der anderen: das fünftel natürlich. – peymann hat ihm WAS WOLLT IHR DENN angeboten, er wäre der mann, sich hineinzuknien.
die zwei bewegungen, von innen ans meer, von außen ans land. der strand, die küste »der prekäre ort des reziproken kolonialismus«: wo die schlacht stattfinde. touristen, flüchtlinge in monströser vermischung (der penner, der eis verkauft, während daneben ein asylant verblutet). besitz und nackte existenz; das blut, das geld, die bündel: »ein zeichensystem, als repräsentanz dessen, worüber sie noch verfügen«. der *ressourcenraub* (das blut). die unerklärlichen dinge seien nicht das problem (die aufhellungen waren fehler). figuren aus dem nichts auftauchend; roos kennt den kunden, und floris kauft ihn, usw. das unvermittelte, rohe, das auch die chance der entscheidung bietet.

11.7.02

dem orkan vor der nase weg (wir sehn im fernsehen die bilder der verwüstung) fliegen wir nach süden. lissabon, mit seinem kleinen beschwerlichen pflaster, seinen plätzen und plateaus ein rastplatz der völker. die gezeiten der geschichte haben ihn überschwemmt und ausgeräumt, der ewige wind und die erdbeben pflügen ihn. aber die altmodischen hochzeiten und kongresse gehen weiter, mit frackschößen oder delegiertenmappen, *em nome do futuro*. europäische union von den phöniziern bis zu den westgoten der gegenwart. das römische theater war baumaterial für ein ganzes viertel, solchen schutt hinterlassen wir nicht. pessoa sitzt ehern vor dem *brasileiro* im zeitalter des teuro: »selbst meine erträumten heere wurden geschlagen / selbst meine träume fühlten sich unter den träumen im irrtum / selbst das ersehnte leben ist mir zuwider«

18. 7. 02

alvor, ein rückzugshaff der karthager und touristen. felsenbuchten und ein weißer strand, der zersiedelt wird. man sieht nach lagos hinüber, das winzige fort kaum auszumachen, die atlantische hauptstadt ein steinhaufen. noch immer zeigt sie ihren sklavenmarkt, und auf der anderen seite des platzes steht ungerührt die dicke kirche misericordia. von hier stachen die caravellen in see und eroberten kolonien. mit welchem minimalen aufwand wurde die welt unterworfen.

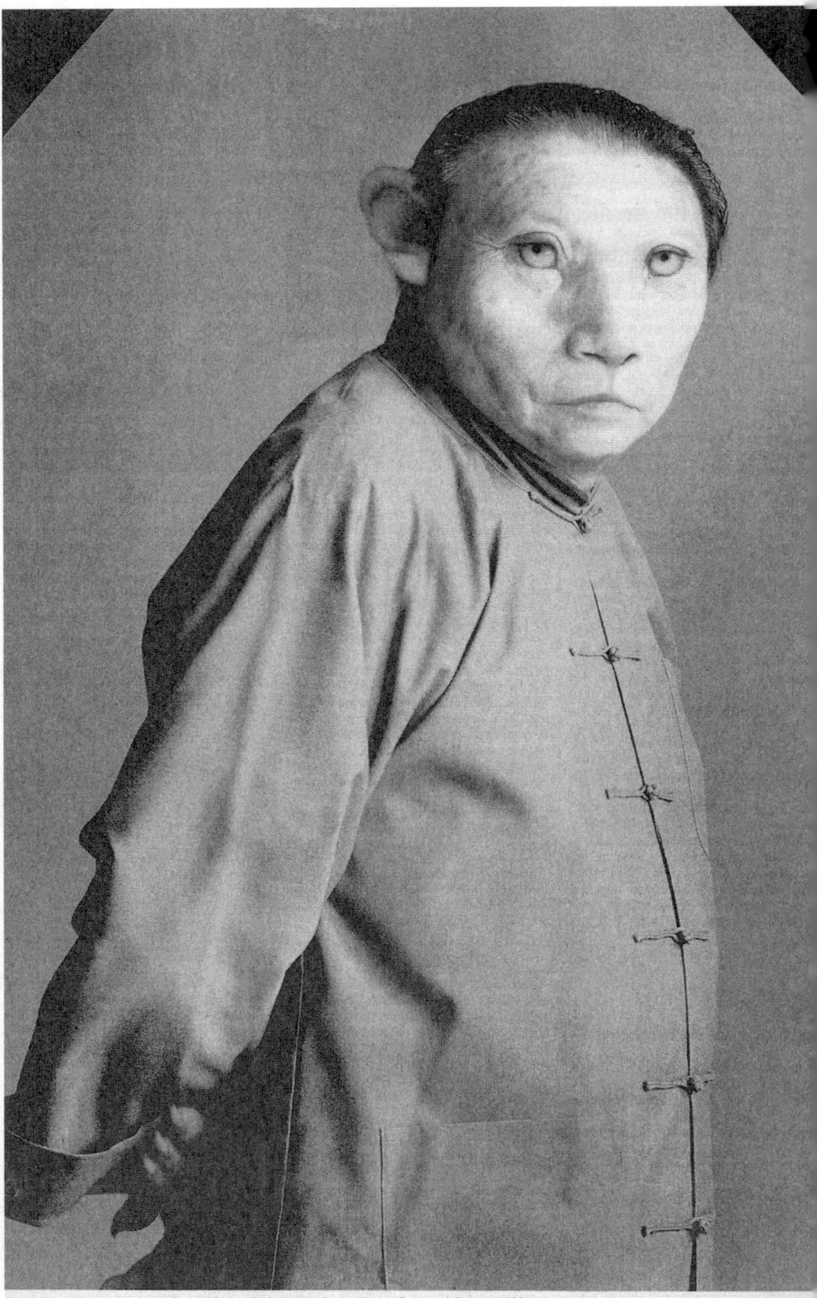

Leoparden klont man gern: Daniel Lee, „Judgement, Juror No. 6 (Leopard Spirit)", 1994 Courtesy the artist and O.K. Harris Works of Art, New

25. 7. 02
in politiker setzt der gemeine mann kaum hoffnung, aber der vermögende wohl. und weiß sie anzuziehen, was sage ich, anzukleiden. die firma hunzinger lebt von dem deal und führt minister scharping in den laden. es geht darum, sich gehör zu erkaufen: privilegierte kommunikation. das ist das prinzip hunzinger. scharping ist freilich hinausgestolpert, und man lernt diese philosophie fürchten. *wie denn nun. ich bin was, und kriege alles, darum werde ich zunichte.*

27. 7. 02
überschrift in der berliner zeitung: schwarze pumpe für einen euro verkauft. auf der rückseite eine ganzseitige annonce: deutschlands billigster tag / c&a.

28. 7. 02
umfragen zufolge sind 14% der brandenburger, die sich links nennen, als rechtsextrem einzuschätzen, und 30% von denen, die sich als rechte bezeichnen, bekennen sich hingegen zum sozialismus.

29. 7. 02

Einer der in der afghanischen Provinz Paktia verletzten amerikanischen Soldaten wird in Sicherheit gebracht. Foto AP

othello oder was? was für kostüme. lady! „we are the theater."

3. 8. 02

annes vater ist, rüstig, in völliger frische, neunzigjährig, bei einer kleinen untersuchung dem schlag erlegen. sein wahlspruch war: in einer ungeklärten situation soll man lieber eine handlung tun, als sie unterlassen. mir ist, wie er auf dem bahrbett liegt, als müßte er die hand an die mütze heben und grüßen: hallo fans. er war ein zupackender, lebensgewinnender mann, der immer etwas bieten wollte.

6. 8. 02

... und nichts blieb ihnen von der kurzen epoche im gedächtnis, außer dem hunger, der unsicherheit, dem abgeschnittensein von der welt und ihren waren. und sie vergaßen diese angst, diese freiheit, in der sie sich selbst bestimmen und gerechtigkeit üben konnten, und wußten wieder, was für sie das beste war –

7. 8. 02
der antifaschismus der aktionsausschüsse, schreibt der aus schwarzenberg gebürtige ehemalige parteihochschüler groß, »äußerte sich zunächst in der sorge um das überleben der bevölkerung, in der sicherung ihrer lebensgrundlage«. dazu gehörte auch die sicherheit der bürger, schutz vor plünderungen, übergriffen, verhinderung von sabotage, die »wiederaufnahme« der produktion. und so elementar einfach blieb die ddr, keine wütend wirtschaftende, eine furchtsam verteilende gesellschaft.

villa rathenau in der wilhelminenhofstraße, bis 1990 zentrale des kabelwerks oberspree. jetzt tatsächlich (mickels wort:) oberschweineöde. sein commander lena, die *irdische*, kommt zur lesung.

7. 8. 02
mr wissen bloß, daß mr vor hunger bald umkomme sei
weil de amerikaner ham uns nischt gahm
von de russen konntn mr nischt kriegn
und salber hatt mr nischt dahierde
weil mr niemands land warn
und um uns selber müssen wir uns selber kümmern
da hat mr doch garnich de leute drzu

die realistische erinnerung der beteiligten – »dann ham mr ja auch ze garniemandn gehört. s war dann ehm erscht emal ne ganz schlechte zeit« – läßt sie das »utopische« buch heyms aus der hand legen. »äh, mr weiß nur das, was mr dann ehm selber durchmachn muß.« wenn aber aus dem wirklichen etwas leuchtet und etwas *wird*, dann muß es aus den ereignissen selbst hervorgehn, so dumpf und beschränkt sie waren, nämlich aus den widersprüchen, dem quälenden, dem nichtgelösten, der wahrheit dieser geschichte.

17. 8. 02
eine jahrhundertflut (es hat kaum begonnen), vom bloßen regen verursacht, stürzt im erzgebirge mit elementargewalt durch die täler. weesenstein von der müglitz, grimma von der mulde verwüstet. die elbe hat den historischen pegel längst überlaufen. sie steigt, majestätisch, kein canaletto malt das, die treppen herauf, die brühlsche terrasse, und läßt sich schlammig in den gassen nieder. ganze vorstädte stehen voll wasser (gundolf in leuben sitzt auf einer insel, das auto versunken). das gießt sich in die keller, haust in den erdgeschossen, polstermöbel, waschmaschinen treiben in der brühe. »das wasser ist böse«, sagt ein feuerwehreinsatzleiter, im zwingerhof watend, »und es ist schlau. es umgeht in den kanälen unsere sandsackbarrieren, schießt dann aus den gullys und fällt uns in den rücken.« und *vom wasser haben wirs gelernt* ... aber die bilder der bis zur erschöpfung zupackenden helfer, wildfremde junge leute kämpfen um die deiche. – wie nun die *einrichtung* der welt? sie schwimmt davon. die natur macht nichts inkorrektes, sagt diderot, und goethe korrigiert: nichts inkonsequentes; oh er hat nicht recht, sonst müßte der mensch zittern. er sitzt, der enzyklop, in seinem treibhaus, geblendet vom pfahl, den ihm der fortschritt in die stirn stößt.
der losgerissene dampfer, bei schmilka gesprengt. das auf den fluten fahrende haus, unter die brücke krachend, und auftaucht ein bretterhauf.

notaufnahme im antikensaal

21. 8. 02

spuren des neuen: bei bloch erscheinen sie als *signa prognostika*, vorausweisende zeichen, er erzählt nur zu gern *märchen des vorscheins*. sein favorit das kommende, aber das vergangene mischt doch mit; und die spuren sind nicht eindeutig, sie laufen nicht unbedingt ins helle. die *docta spes* muß sich auch eines schlimmeren belehren lassen. sie in den schrecken zu siedeln, wäre die härtere philosophie. – die dürftige spur der zukunft, und die mächtige spur der gegenwart. die verheerenden wassermassen haben sachsen-anhalt erreicht und weite landstriche überflutet. die a9 ist bei coswig bedroht, nur eine fahrspur noch frei, und der zugverkehr unterbrochen, aber ich will, trotz brustbeinbruchs, ins auto steigen. denn wir haben, jan robert bloch und ich, in leipzig über die SPUREN zu reden. doch er scheut das risiko, das stehen im stau in der sommerhitze, die ungewisse ankunft. er hält nichts aufs prinzip hoffnung. die *fahrt* nicht *ans ende*, in der vollmondnacht, das hätte ein schönes sujet gegeben.

2. 9. 02

der abgang gysis als wirtschaftssenator gibt rätsel auf; er habe einen *moralischen*, heißt es. sein minimales vergehen: bonusmeilen zu schinden, nun sei ihm das regieren unmöglich. warum hat er sich aber nicht durch ein schock reformen unmöglich gemacht? oder zahlt sich sein beispiel aus, indem die regierenden alle ihren bonus verlieren: und sich die staatskasse füllt?

10. 9. 02
inventar schildow:
der gebrauchte tisch vom hackeschen markt
das stehpult unbekannter herkunft
der bambus, windbewegt
die alte chinesische landkarte
annes strohhut, tatsächlich: tschernobyl
die neuen dummen bücher aus frankreich und die
neuen klugen
niemeyers skizze, die bucht von rio bzw. ein weib
brades plakat ROM IST NICHT ZU RETTEN
limes. mark aurel
der vorübergehende regen
die wasserkelle aus hiroshima

15. 10. 02
jetzt erreicht der terror tatsächlich den traumstrand: in bali – und gibt dem *zeitgeist* recht, der die zerstörte strandburg krügers als anschlag wertet (auf den ganzen strand). »nur die übertreibung ist wahr«, und die erfindungen der kunst werden an den erfindungen des lebens zunichte.

17. 10. 02

auch maxim biller hat den container auf die bühne gestellt, jene 58 erstickten chinesen auf dem KÜHLTRANSPORT. so schnell nutzt sich der fall ab. ich muß den kasten leerräumen, aber krügers entsetzte augen sehn eine geisterfracht. – und gab es nicht lu xuns großes bild für sein chinesisches volk: die schläfer in der eisernen zelle, und wenn sie aufgeweckt würden, fielen sie nur um so tiefer in agonie.

20. 10. 02
rühmkorf im korrupten hotelbett: eben auf grassens geburtstag, gibt er nun reich-ranicki die ehre. jubiläum der frankfurter anthologie. ich habe unbehaglich ein altes gedicht zu lesen, weil rühmkorf es einst freundlich und ironisch kommentierte, herablassender ton, den ich selber pflegte (DAS RÜHMKORFSCHE KUNSTSTÜCK. APOLOGIE EINES KUNSTERSATZES, 1964). reich-ranicki stellt mich mit der formel vor: früher trotz und jetzt trotz; man muß über diesen grobschlächtigen mann kein buch schreiben wie walser, brecht erledigte es, einen anderen kritiker der frankfurter zeitung betreffend, mit einem satz: die literaturkritik gehört unlösbar zum fall »deutsche justiz«.

26. 10. 02
hilbig beginnt seine büchnerpreisrede glücklich als einsamer heizer, aber irgendwie geht ihm im gedränge der koks aus. der athlet der bildkraft abgerissener landschaften wirkt plötzlich schwach beim *abriß der kritik*. – aus dem staatstheater auf darmstadts hohlen boden tretend, werden delius und bongaerts von einem individuum attackiert, es zieht woyzecks messer und fordert geld, f. c. hält ihn sich mit dem schirm vom leib bis zum auftritt der polizei. ein fragment. mit hartmut im wagen nach karlsruhe. unseld ist tot.

2. 11. 02
trauerfeier für unseld, hauptfriedhof frankfurt.
was göschen oder cotta für das beginnende 18. jahrhundert, war unseld für das ausgehende 20. er ließ sich von autoren maßstäbe setzen: und verschaffte diesen wirkung. das war, in der stickigen bundesrepublik, ein zivilisatorischer akt. wie man den band von *göschen* aus dem regal greift, um geschmack und verstand einer zeit zu zeigen, wird man mit dem *suhrkamp-buch* den ertrag der unseren in händen halten.
für den autor aus dem osten, auch einem land bedeutender buchkultur, war der herr der eignen entscheidungen eine utopische gestalt. helene weigel machte mich mit ihm bekannt, und der verleger von brecht, bloch, weiss, enzensberger mußte es sein, es gab keine wahl. er blieb mein verleger durch 36 jahre; während er die lizenzen von rasch wechselnden verlagen und leitern erstritt. daß er nicht mehr lebt, der entschlossene, der ermutigende freund, wird die arbeit einsamer machen und jedes gelingen schmerzlich.

12. 11. 02

steckel meldet sich als »der bekannte stückeschlachter«, der von hebbel nur 1 von 15 versen stehenließ, so daß es dem terroristen wackernagel zu anarchistisch war... zudem wohnt er in der teutonenstraße, und so ist sein zugriff, die nibelungen sah ich in den dithmarschener acker gestellt... in seine fassung blickend, sehe ich mein stück filetiert. und ich hätte doch nichts gegen eßthetik, z. b.: der strand eine eiswüste, und die touristen sitzen in badehosen im rieselnden schnee, das ist nun mal der ewige urlaub, alles kann man nicht haben.

Fotos AP

zarres Hase-und-Igel-Spiel: Illegale Einwanderer an der Südspitze Spaniens

19. 11. 02

baring, ein sonst nicht origineller konservativer, sieht deutschland auf dem weg in eine »westliche ddr light« und folglich reif für den aufstand. eine »drohnenhafte herrschaftskaste« (abgeordnete aus den gewerkschaften) »ohne klare ordnungspolitische vorstellungen, ohne je die welt gesehen, ohne je eigene erfahrungen im wirtschaftsleben machen zu müssen« – eine volkskammer also! – verwalte ein land im niedergang, staatsverschuldung mit zwölf nullen, himmelschreiend unsozial für die kommenden generationen und bodenlos sozial für die lebenden. die beiden großparteien, leisetretend, antriebsarm, die den anschein der normalität zu wahren suchen, »nichts als eine riesige verdrängung der realität« – eine einheitspartei mithin. fürs notwendige tauge der verschlissene begriff »reform« nicht mehr. ja was dann? »wenn die normalen verfahren nicht greifen«, wenn die verfassung mit ihrer ausgeklügelten machtverteilung die »energische konsolidierung« verhindert? dann muß man tiefer in die geschichte schielen. nicht umsonst werde der sparkanzler schröder mit brüning verglichen (auf den der führer folgte). nur haben wir keinen artikel 46 zur hand: *notverordnungen*, »durchgreifende lösungen«. so rafft sich der reaktionär zur revolte auf; das seiner klientel begreifliche mittel: »massenhafter steuerboykott«. »bürger, auf die barrikaden! wir dürfen nicht zulassen, daß alles weiter bergab geht, hilflose politiker das land verrotten lassen. alle deutschen sollten unsere leipziger landsleute als vorbilder entdecken: wir sind das volk!«

19. 11. 02

die direktion begeht den 110. gründungstag des theaters am schiffbauerdamm mit der einweihung (ja, das kann sie) des alten haupteingangs als champagner-bar. die schmierenkomödie setzt sich fort, indem peymann, noch den zylinder auf dem kopf, mir steckels bearbeitung als endlich verständlich und verbindlich deklariert, ich ihm barhaupt das gegenteil erkläre, er mich einwenig beleidigt, ich ihn einwenig zurechtweise, er nun ganz den chef heraushängt und ich den autor hochhalte. er rät mir, erst zur generalprobe wieder zu erscheinen, und ich lache über seine aufführung, und das kann sie schon gewesen sein, ein gespenstischer auftritt auf der gasse, wo einmal das berliner ensemble war.

27. 11. 02

das ist der TRAUMSTRAND, der albtraum der ankunft der flüchtlinge, eine gruppe von (zwölf) schauspielern (laien), in langen mänteln, eine schweineschnauze auf der nase, betritt, ein leiberklumpen, von ganz hinten links den nackten rohen bühnenraum des tacheles und kämpft sich langsam, tierische laute grunzend, eine barbarische musik, nach vorn, wieder und wieder weichend und vorstürzend, eine menschenwoge, bis sie aber das meer, unglückliche landung, noch einmal zurücknimmt, eine riesige welle (eine plastikbahn) schlägt über den verlornen zusammen und verschlingt sie, und vom grund taumeln sie wieder vorwärts, um noch einmal und wieder überrollt zu werden, ein elementares geschehen, in dem sie endlich untergehn, der strand schwarz von schuhen und kleidern, und aus der brandung (die zusammengeknüllte bahn) werfen sich wie zappelnde fische die körper und liegen todmatt im licht, bis sie das leben spüren. so beginnt medinas EXOTOPIA, das chilenisch-deutsche theaterprojekt über »die utopie des exodus«, *den unterschied in der gleichheit leben.* stark auch der furchtvolle, zaudernde gang der fremden durch die offene wand. aber die inszenierung hält nicht die höhe und wird pathoskitsch, sobald sie nicht vorgänge zeigt sondern bedeutungen spielt.

3. 12. 02

im bahnhof zoo, wo ich einen platz an den stehtischen suche, sagt eine frau: ich rück ein stück, und während ich den kartoffelsalat esse, steht sie mit abgewandtem gesicht dabei und dreht unentwegt die finger. etwas stimmt nicht mit ihr; sie ist etwa vierzig, trägt einen ordentlichen schwarzen mantel, ein schönes ernstes gesicht. als ich fast fertig bin, sagt sie: es schmeckt ihnen wohl gut, ich seh es. – sie haben hunger? – ein stück mohnkuchen würde ich gern essen. ich gebe ihr zwei euro, und sie sagt: oh, so viel. ich frage, ob sie aus berlin sei? – aus hamburg. und ob sie arbeit habe? – ja, aber zu wenig. ich verabschiede mich: und sehe einen mann im eingang unmerklich lächeln, und der eingebung folgend, frage ich, ob er die frau kenne. er nickt. ist sie krank? – sie sei aus der klinik weggelaufen. – dann hat sie gelogen. – er und sein kollege beobachten sie seit der frühe. sozialarbeiter. wenn sie wieder bettle, werde sie zurückgeführt. – sie hat nicht gebettelt, melde ich.

4. 12.02
im schwarzen berg.
die literatur als bergwerk betrachtet
das gehäuse: die strecken, schächte, orte

das unbesetzte gebiet: schwarzenberg, uran
warten auf die besatzer
aktionsausschüsse

: paul korb als wiedergekehrter max hoelz
bezahlt wird nicht
: hennecke als verwandelter landser
der endsieg im frieden

geheime wetterführung:
der kalte krieg / das neue leben

hangendes und liegendes, das oben unten

das volk im armen gebirge
die vorfahren

die gewerke, der reichtum

die naturgeschichte

der bruch: die verwerfung des volkseigentums
der verschüttete ort
bischofferode

die versammlung der toten
(vor dem mundloch)

11. 12. 02

mickels LACHMUND, ZWEITES BUCH, das fragment. wir lasen (gosse, kirsch, rosenlöcher) im frühjahr im blockhaus in dresden daraus den ungeheuren beginn: die wanderung harrys durch die ruinenkeller der zerbombten altstadt, und als kontrast das komische märchen von der stummen ehe der ziegenbalg-rosl; zum höchsten erstaunen des publikums. ein prophetischer spaß die restitution des königreichs sachsen, zwecks völkerrechtlicher anerkennung der ddr, lachmund als hofrat in feinstem interieur (so hatte mikkel doch träume von luxus). jetzt habe ich das ganze konvolut, die künstliche ruine, wohlgestalte portale und vollkommene passagen, erleuchtete seitenflügel und anbauten (wie im 1. buch ein beitrag für »säule und sockel«, NATURFORM UND MENSCHENWERK); freilich ein eigentliches gebäude ist nicht gelungen: es stand im leben auch nicht zur verfügung. die lektüre ein letzter besuch bei dem freund, geborgen in der sprache und mitunter abgestoßen von den gesten, und (was ist das gegenteil von verfremdung) angeheimelt von der gegend. das *labyrinth*; die lebenswege weiter *auseinandersträubend*, unamtlich irdisch. aber man verläuft sich, in immer neuen exkursen, die er ni bändicht; und spürt die sorge, exakt fuß vor fuß zu setzen, aufs detail. *dies und das, und daß und diß / wie das läben äbend iß.* gerade die abstrus genaue und souverän niedrige erzählweise macht den roman zum geschichtswerk.

22. 12. 02
im schwarzen berg
geschichten: vor ort, tagwerke
da man nun einmal vor ort hauen muß, darf ich in den berg gehen, einmal da, einmal dort eine schicht fahren, ein flöz anschneiden und proben zutage fördern; so tief ich eben gelangen kann und wo in der gegenwart auch ich fündig werde. das bergmännische verfahren, so sehr es im dunkeln gräbt, ist das der literatur gemäße, und auch die freude, das bangen, ein licht anzuzünden (es brennt in der nacht), ist mir seit der *verdunklung* in den kriegstagen vertraut. dies ist wohl keine arbeit für e i n e n mann (und es geht nicht, wie dem braven hennecke, um masse), aber wenn er sich nicht schont, kann er die ausbeute vorzeigen.

31. 12. 02

maspalomas: das hotel eine imperiale anlage, römische kaiserzeit, tiberius' villa für touristen, achtstöckig mit großen offenen höfen, erlesenes material, palmenalleen. der hauptpool scheint ins meer überzugehen, schwimmen im unendlichen. die glastür der dusche spiegelt mich, auf dem klo sitzend, so daß der metallene brausehebel aus der brust ragt, ein maschinenmensch, eine fast vertraute gestalt und nicht so unheimlich wie das klonkind, das weihnachten zur welt kam, produkt einer sekte, die die menschheit von außerirdischen hergestellt weiß. – tiberius, auf capris felsen ruhend, hat rom nie mehr betreten, mich aber reut, nicht bei den freunden zu sein, die in schlenstedts atrium feiern.

16. 1. 03

Das berühmte Stalingrad-Foto – Jetzt wissen wir: Der dritte von rechts, Siegfried Lessey, überlebte. Fotos Ullstein, „Bild“

der siebenundachtzigjährige lessey hat das foto (es ist in brechts KRIEGSFIBEL enthalten) erst jetzt, in der zeitung, entdeckt. – man kann an den gesichtern lesen, wer eine überlebenschance hat. freilich auch die beiden hinter ihm, seine panzerbesatzung, starben in der gefangenschaft, an blutvergiftung.

20. 1. 03
immerhin, peymann wagt sich an brechts MUTTER. auch ein geisterstück (mit einer handfesten, findigen antoni), und die auftritte der luxemburg machen es nur gespenstischer: die argumente einer verlorenen partei. es müßte eine andere brechung versucht werden, wie sorokins ROMAN eine äußerste lesart der empfindsamen russischen prosa des 19. jahrhunderts empfiehlt. er schreibt auf hunderten seiten das leben auf dem lande nach bis hin zur prächtigen hochzeit des helden, der dann zum beil greift und seine junge frau erschlägt und die ganze gesellschaft.

23. 1. 03

»wir kennen nicht die wege der vorsehung, aber wir verlassen uns auf sie«, president bush. die vorsehung faßte den kriegsplan im september 01, und auch die ziele ließ sie schon blikken: erst irak, dann syrien, dann iran unterwerfen; neuordnung des orients und der ölreserven. die europäer, auf die kein verlaß ist, haben einzuwenden, daß saddam hussein in keinem zusammenhang mit dem terrorismus stehe und ein krieg im gegenteil den terrorismus alimentiere. verteidigungsminister rumsfeld reagiert aufgebracht: »deutschland ist ein problem, frankreich ist ein problem«, sie repräsentierten das alte europa. an *rummsfeld*:

alt sind wir, ja, und erfahren, wir gallier und sachsen.
ihr wichser in washington, werdet erwachsen.

9. 2. 03

beim vortrag der kriegsgründe durch den amerikanischen außenminister wurde picassos GUERNICA, die tapisserie im vorraum des sicherheitsrats der un, zugehängt, da sie kein »angemessener hintergrund« für die botschaft powells sei.

11.2.03
die frankfurter allgemeine wertet schröders friedenspolitik
mit dem vokabular von kriegsereignissen.

WIR STEHEN, HEISST ES, VOR EINEM TRÜMMER-
HAUFEN.
die bemühung der regierung um frieden
setze eine *zerstörungsenergie* frei.
ihre ablehnende haltung zum krieg
unterminiere die drohkulisse
zweier kampfbereiter kontinente.
daß der kanzler die sache zu einer frage
seiner glaubwürdigkeit macht
treibe den *eskalationsprozeß* voran.
er wähle die ehrabschneidende *konfrontation*
mit der führenden weltmacht
und ihren präsidenten als *gegner.*
für die radikale konsequenz der ohne-uns-politik
nehme er sogar einen *kollateralschaden*
an den vereinten nationen in kauf.
so werde der legitime meinungsgegensatz
in einen *glaubenskrieg* verwandelt.
und fünf jahrzehnte deutscher außenpolitik
lägen, wie gesagt, vor uns *in trümmern.*

14. 2. 03
stillmark, oller, panes. das goethe-institut in la paz will eine GUEVARA-inszenierung unterstützen. in la paz und cochabamba unruhen, plünderungen, schießereien. koka-bauern gleichermaßen und polizisten protestieren gegen steuererhöhung und sparpolitik, die vom i[nternationalen]w[ährungs] f[ond] aufgezwungen werden. die globalisierung treibt neue soziale bewegungen hervor.

15. 2. 03
in berlin, wie in london, rom, madrid, massendemonstrationen. die weltöffentlichkeit die einzige gegenmacht gegen das *imperium*, das seinen ungeheuren truppenaufmarsch, 200 000 soldaten, fast abgeschlossen hat. *game is over.*

3. 3. 03

etwas schmerzliches zugleich und schönes, ein glück und unglück war es, unauflöslich, das mich zum schreiben trieb; allein es zu buchstabieren, auf das papier zu bannen *– durch den schrecken zu gehen aus eigner kraft – bedeutete eine geheime freude, die stärker als das entsetzen war.*

5. 3. 03
die obsessive frage, warum die mutter den vater in den krieg ziehen ließ, warum sie ihn nicht gehalten hat. »er wäre doch erschossen worden.« das verschwinden der männer in den schlachten setzte das duldende einverständnis der frauen voraus. alle anderen motive hoch angeschlagen: zwang, glaube, pflicht – war die liebe einfach nicht stark genug? wieviel von hundert, drei, acht? konnten leben mit dem gedanken, daß der mann nicht wiederkäme, daß er zutode käme? ist diese dunkelziffer, nie aufzuklären, ein geschichtsmächtiges faktum, ist *lieblosigkeit* eine ressource des kriegs und der gewalt. oder bei der arbeit unter tage, täglich die sorge: fährt der mann wieder aus oder behält ihn der berg. – die briefe des vaters lesend, die von so großer liebe sprechen (ein konvolut mit fester hand vor der ehe geschrieben, ein anderes mit bleistift in sütterlinschrift auf feldpostpapier), bin ich nicht mehr imstande, den verdacht gegen die eltern zu wenden. und doch muß der intime, familiäre kern sich der dimension des ganzen öffnen, *liebe und tod*, ich muß ihn mit anderen geschichten umstellen, um die obsessionen auszuleben. die gegenstücke und nachspiele aus dem stoff der zeit.

17. 3. 03
DIE 14. PROVINZ wird als hörspiel (regie barbara plensat) in der kulturbrauerei vorgestellt.

„Operation Odysseus fehlgeschlagen“

MADRID, 10. März (epd). Ein europäisches Pilotprojekt zum Schutz der EU-Südgrenze vor illegalen Einwanderern ist bislang erfolglos geblieben. Bei der „Operation Odysseus“ sei an zwölf Tagen kein einziges mit Einwanderern besetztes Boot aufgespürt worden, berichtete die spanische Zeitung „El Mundo“ am Montag. In derselben Zeit hätten jedoch mindestens 300 Einwanderer die spanische Küste erreicht. Sechs Schiffe aus Spanien, Frankreich, Italien und Großbritannien hatten das Mittelmeer von Palermo bis nach Algeciras überwachen sollen. Den Angaben zufolge konnten sich die Besatzungen jedoch mangels Sprachkenntnissen nicht verständigen.

18.3.03
mandelsloh, 18. märz 1945
»in der ns-führungskunde bin ich als einziger der ganzen inspektion schwer aufgefallen. standhaft habe ich mich gewehrt, die geforderten begriffsformulierungen wie ›vorsehung‹ und eines ›gerecht urteilenden gottes‹ usw. usw. in meinen kurz-vorträgen, aufsätzen, lage-berichten usw., die wir täglich zu halten haben, anzuwenden. das gehört aber zum eisernen bestandteil der nat.soz. schulung. von unserem abt.-offizier wurde mir nach persönlicher rücksprache gesagt, daß selbstverständlich nur diejenigen zu ob.fähnrichen vorgeschlagen werden können, die mit der nat.soz. weltanschauung fest verwachsen sind u. die truppe in nat.soz. weltanschauung selber schulen können. ich lasse mich selbstverständlich dadurch nicht beeinflussen. ich bin so auch hier ein einzelgänger u. außenseiter. mich stört es nicht. und ob ich als wachtmeister oder als lt. werde ins feld gehen, ist mir gänzlich gleichgültig. – über alles geht mir deine liebe und deren bin ich so gewiß, daß ich selbst in diesen grauenhaften wochen versucht bin, fröhlich zu sein.«

22. 3. 03

Hoffnung auf ein langes Leben: Diese beiden Beterstatuetten aus dem dritten vorchristlichen Jahrtausend wurden im sogenannten „Square-Tempel" von Ešnunna gefunden.

der feind im irak. mit gasmaske und massen-vernichtungswaffen

22. 3. 03
verona, accademia mondiale della poesia.
»in der deutschen dichtung, und gerade in der deutschen, mußte der frieden oft ein thema sein. von der klage des andreas gryphius im dreißigjährigen krieg, TRÄNEN DES VATERLANDS, über klopstocks ode DER EROBRUNGSKRIEG, die napoleons feldzüge verdammte, reicht diese tradition bis zu brechts mahnung nach dem 2. weltkrieg: »laßt uns die warnungen erneuern, und wenn sie schon wie asche in unserem mund sind.« ich komme aus der stadt dresden, die der krieg zerstörte – wie könnte ich der zerstörung der stadt bagdad gelassen entgegensehen. dieses neue jahrhundert kehrt ahnungslos zurück in eine urzeit ungeheurer imperialer gewalt. die strategie des militärs, hören wir, heißt *shock and awe*, die weise der poesie aber ist belebung und besinnung. die elementare arbeit des dichters bleibt, den frieden zu denken.«

2. 4. 03

es ist kalt, die sonne scheint, durch die kahlen uferbüsche flimmert das windbewegte wasser des tegeler fließes, das sich im köppchensee staut, der reiz der frühen jahreszeit.
der hochzeitstag der eltern, der todestag des vaters an der front, die mitten in der heimat lag.
der frieden eine technisch bedingte arbeitslosigkeit (quadra).
der gesellschaftlichen entwicklung scheint unausweichlichkeit zu eignen, wie in der griechischen tragödie. gaus: sie muß verlangsamt werden, *die gebremste katastrophe*. die literatur muß sie beschleunigen, um einen vorsprung der erfahrung zu gewinnen.
das mittagsmahl wird angerichtet.

5.4.03

Foto [M]: Damir Sagolj/Reuters

absurde pieta: der schmerzensmann
das kindlein wiegt er für das titelblatt.
es faßt im trauma ihn vertrauend an!
unschuldiger krieg, der solche bilder hat.

7. 4. 03
vindobona. betrachtungen nicht über mich selbst.
sagt dem cäsar keiner, daß der krieg verloren ist? (er war von anfang an verloren.) bush hat den feldzug trajans 114-117 nicht zur kenntnis genommen, dessen legionen, von antiochia aus, mesopotamien fast ohne gegenwehr eroberten, aber zermürbt von überfällen, sandstürmen, wassermangel und nach dem abfall der eben noch kniefälligen kleinkönige die unbeherrschbaren provinzen wieder räumen mußten. – militärsprecher thorp spricht von der »sehr überlegten strategie«, die zeigen soll, »daß wir dort hin gehen können, wo wir wollen und wann wir wollen« (es ist sein latein). ziel sei die dezimierung des gegners. – es ist der feigeste krieg, der sich denken läßt. gegen ein land, das von sanktionen geschwächt, ausspioniert und abgerüstet ist. das mit infamsten waffen, urangeschossen und splitterbomben überzogen wird. von einer armee, die den feind nicht sieht, die nicht kämpft, die maschinell vernichtet. dieses übermaß an zerstörungswillen kennzeichnete die amerikanische kriegführung schon immer, im sezessionskrieg gegen die südstaaten wie im bombenangriff auf die deutschen städte.

7. 4. 03

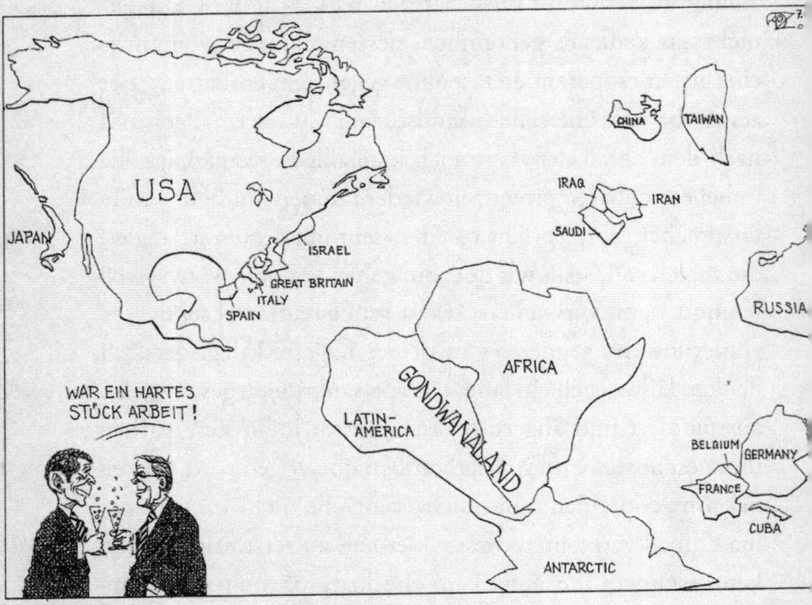

DIE NEUORDNUNG

Karikatur: Dieter Zehe

12. 4. 03
mein stück bleibt unter seinem gegenstand, dem strand; es sind ja *welten*, die aufeinandertreffen. ihre kräfte sind nicht aneinandergebunden, nicht schuldig am geschick des andern, sie haben es nicht zu verantworten: so daß sich kein kampf *dialektisch modellieren*, kein einleuchtender vorgang zwischen ihnen zeigen läßt. jedenfalls kann er nicht so arm und eng genäht sein, mit so wenig personal, wenn er die neue ungeheure situation fassen will. – das stück, das ich hätte schreiben wollen, hat die mnouchkine inszeniert: LE DERNIER CARAVANSERAIL, odysseen von neuseeland bis sangatte recherchiert, eine fülle von flüchtlingsgeschichten, »alles ist in bewegung in diesem vielsprachig und wortkarg wuselnden szenenmuster auf der leeren bühne«, berichtet hanimann aus paris, »immer neu surft das migrantenvolk, das nirgends ein bein auf den boden bekommt, auf den podesten durch den erzählraum seiner träume... täter und opfer sind in dieser unaufhaltsamen fluchtbewegung der glückssuche unentwirrbar verstrickt«.

17. 4. 03
schumacher, dem ich WAS WOLLT IHR DENN schickte, meldet am telefon »spontane zustimmung«. er meint, unerwartet, er habe es mit leichtigkeit lesen können. thema, sprache, bau, alles schaffe raum und höhe. (wärs so, denke ich.) er verscheucht einen einbrecher oder asylanten und kommt unverändert zurück. es sei von großer leichtigkeit, und habe eine transparenz, die jedermann erweitern und fortprojizieren könne. (fortinszenieren, höre ich.) als ich sage, daß ich ins be bestellt bin, warnt er: heute sei gründonnerstag, an dem der herr jesus im garten von gethsemane verraten wurde; sei auf alles gefaßt.
aber genau das geschieht.

18. 4. 03
steckel wird zu einer dämonischen figur, er bleibt irgendwie im spiel. peymann hat keinen andern vorschlag, würdigt ihn aber keiner antwort, und steckel sagte mir ab, und ich soll mich für ihn verwenden. o gotscheff, denke ich.

20. 4. 03

der winter war strenge
der ginster verdorrte
in den großen feldstein risse getrieben
aber die kirschen und schlehen
blühn wieder unbändig

20. 4. 03
arne, den dicken bauch durch die wiesen tragend, unterrichtet uns über die tüchtige existenz des ungeborenen. es sind noch sechs wochen bis zur geburt, aber das überbewertete datum ist nicht der lebensbeginn. die leibesfrucht ist längst ein vollentwickeltes wesen, alle sinnesorgane sind schon ausgebildet, es kann riechen, sehen, hören, es schmeckt, ob sie was süßes oder bitteres gegessen hat, am fruchtwasser. der tastsinn übt sich, es kann am daumen nuckeln und seine füße anfassen, an der nabelschnur ziehen, es trainiert seine muskeln. es ist schon ein wunder, wie ausschweifend es lebt in der enge.

2. 5. 03
das berliner ensemble installiert LEONCE UND LENA als musical. der abgrund der satire wird mit gefälligen liedern verfüllt. es ist, als hätten die figuren regie geführt, so scharf und mechanisch sie sind, sie begreifen nur pose und posse. die figuren heißen wilson und grönemeyer, das vivat! ist ihnen sicher. eine mißlungene inszenierung: büchner im königreich pop. – auf dem flugzeugträger abraham lincoln landet präsident bush im pilotenkostüm und verkündet das ende der kampfhandlungen. er behauptet, in voller ausrüstung, ein kämpfer zu sein, eine gelungene inszenierung: der feigling in person.

14. 5. 03
ein wenig ärgert mich, daß der heimatforscher eßbach in seinen zeitungsartikeln über die brandlegungen in erlbach, 1817 bis 1820, vom ersten satz an für den hingerichteten sporn partei nimmt, die zunächst angeklagten müller-braun und schneider-braun hingegen schlitzohren nennt, die es verstanden, sich herauszuwinden und gar auf sachsenbuße zu bestehn. aber sobald ich den fall darzustellen habe, muß ich auch die schuld und schuldfähigkeit des *inculpaten* infrage stellen. er ist gequälte kreatur zugleich und roher gefühlloser gewalttäter. in den elenden verhältnissen vor der fronablösung, nach den mißernten und kontributionen der kriegszeit war jeder bedrückt und am rand der zurechnung: der rittergutspächter, der gewinn erwirtschaften wollte, der müller, den die konkurrenz der vierten mühle bedrängte, der geigenmacher, der wegen holzdiebstahl einsaß, der häusler, der um taglohn diente und sein weib über den leib geschlagen sah. jeder hatte grund, die welt anzuzünden (und pächter damisch sprach es gegen die frönler aus, müller braun gegen den pächter damisch, nur der häusler sporn fraß den haß in sich hinein); und so muß der fall, so klar die sächsischen gerichte ermittelten, tunlich ungeklärt bleiben, oder doch solange ich schreibe. jeder ist *belastet*, und verdächtigt: und jedenfalls 20 000 werden zum richtplatz beordert zu ihrem ergötzen und erschrecken.

22. 5. 03

berufe der vorfahren: hammerschmied. praeceptor, später wirt. wirt, müller und zimmermann. bürger und maurermeister, nitrid- und schwefelmeister. kunsterfahrener bildhauer. meister, bürger und der posamentia profession zugethan. kommunvorsteher. strumpfwirker. gewesener billadeur. weiland bürger, lein- und wollwarenweber, auch cramer. hausarbeiter. berghauer. müllermeister und zimmermann, besitzer der mahlmühle. bürger und schuhmachermeister. bürger und blattanleger(?). fleischermeister, gastwirt. zwirnfabrikant. posamentiermeister und schießhausbesitzer. einwohner. schullehrer. müller, getreide- und holzhändler, gastwirt, ortsvorstand. posamentenverleger, bäcker, tanzlehrer, besitzer des schießhauses. tischler, gemeindevorstand. stadtamtmann. bankvorstand und versicherungsdirektor. bücherrevisor und steuerberater. säuglingsschwester, kinderpflegerin.

deren todesarten: altersschwäche. magenkrämpfe. auszehrung. entkräftung. nervenfieber. brustübel. (die kinder: an den zähnen. frieseln. bräune.) lungenentzündung. blutsturz. magenkrebs. hirnhautentzündung. herzparalyse. selbstmord durch erschießen / durch erhängen. heldentod. hirntod.

erlbach : mit braun-mühle

14. 6. 03

erlbach im vogtland. trage mit eßbach, bei dem ich wohne, die haustafeln aus bis nach eubabrunn und wernitzgrün. auf all den frongütlein, fronherbergen, halb- und viertelhöfen lasteten die abgaben, zinsen und handdienste. das siebenhundertjährige dorf interessiert sich nicht für die forschungen, die er mir aus dem computer zieht, es feiert die feuerwehr. sporn, des brandstifters, tripfhaus steht unmittelbar vor dem baumgarten des ritterguts obererlbach, ein kurzer weg mit der brennenden pfeife und dem schwamm zu den scheunen und schupfen: und des pachters damisch zu sporns weib. die letzten nachfahren von *braun und consorten* sitzen auf dem balkon und haben die mutter und den witz behalten; sonst sind sie mir fremd. auch eine sporn sitzt am tisch, und ein uebel begegnet, es war alles verwandt hier. – die fronfeste adorf jetzt ein helles wohnhaus, ein insasse, den ich verhöre, auf freigang, muß sich sagen lassen, er möge seine zeit nun hinter sich bringen. des jüngern mühlfritzen gepachtete schankwirtschaft, die tennera, nach der ich in plauen frage, zeigt sich als schöner und strategischer punkt (nur das wetter ließ, 1840, die jungen wirtsleute *verunglücken*); der neue junge betreiber hat keine minute für die historische erinnerung. – in leipzig der blick auf den nachfahren, johann jakob, alt 7 tage, schlafend, an der brust trinkend, wohl schon lächelnd, und hier ist sein fußabdruck:

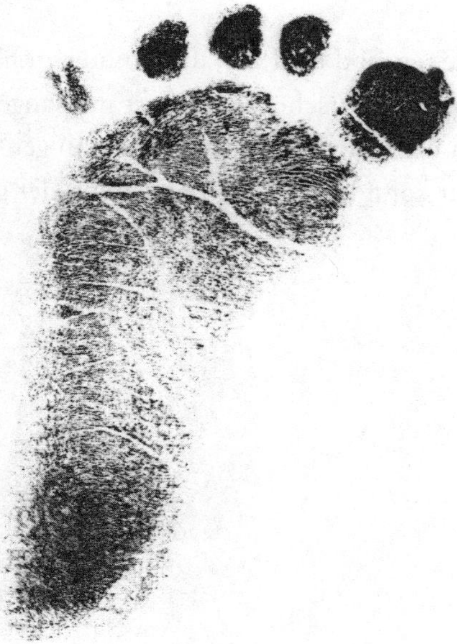

28. 6. 03
trauerfeier für hartinger in leipzig.

die jahreszeiten sind käuflich, und immer zu haben
oktober april, die kirschenzeit dauert mir lange und
schmecken nach nichts. im sommer herab gehn lawinen.
den tod nur kann ich beklagen und freun der geburt mich

29. 6. 03
vom elbhangfest in dresden (lesung im weberhaus) abends durchs erzgebirge, ein abstecher nach carlsfeld, wo der andere woyzeck 1817 sein mädchen erstach. wider erwarten war es anfang des 19. jahrhunderts ein industrieort, hammerwerke am lauf der wilzsch, die »modernsten hochöfen europas«, zinnverhüttung, weißblechproduktion, und die älteste rundkirche sachsens stattlich inmitten. also keine arme verlassene gegend: wird der defensor döhnel sehen, und der mörder otto hätte als nagelschmied sein brot gehabt. jetzt ist das dorf entkernt, im gasthof sitzen die mandanten beim skat (baumgärtels gibt es nicht, aber baumgartens), der mordfall ist ihnen nicht bekannt, und aussagen machen sie nicht.

8.7.03
feldafing, villa waldberta. ich kam mit bedenken, katja lange-müller hatte das haus fluchtartig verlassen; aber das dorf wirkt nicht neureich (jedenfalls kaufen die reichen im penny-markt), und wir haben die besten zimmer mit einem großen arbeitstisch. am morgen der blick auf den würmsee und die alpen im dunst. dann legt sich die glut auf die hölzerne terrasse, und wir müssen die türen schließen. die stufen hinab und durch eines königs park zum wasser. landpartien nach seeshaupt, andechs, wessobrunn. die bayrische lebensart hat viel für sich, die gepflegten fluren, die anwesen mit der lüftlmalerei, die brotzeit (im gasthaus zur linde). viel irdisches behagen.
ein anderer woyzeck ist abgerichtet.

16. 7. 03
salzburg, münchen (mit lance), eine lesung in marbach für kursanten. lebend bin ich hier lieber, als archiviert. ott führt durch die keller, handschriften kafkas, und heideggers (die ich nicht sehn will). und dort im regal die nicht gelungene büste: karl! und mickels nachlaß liegt rücken an rücken mit agnes miegel; fatal und rührend zu sehn, daß er in ein paar pappkartons platz hat. dafür hat er die gesellschaft bedeutender totenmasken.

24. 8. 03
die fluktuierende belegung, brigitte meier, deborah eisenberg, shawn, kibirow, ostende, hoskote, findet sich immer wieder an oder in der grube ein, die der gärtner nach anweisung ausgehoben hat: zwei meter mal einsfünfzig, viere tief / geschiebemergel aus der würmeiszeit / es war uns wohl drin, nur die wolken wechseln / dachten wir still, wenn uns die erde deckt

24. 8. 03

sonst sitze ich am tisch, mit gewissen unterbrechungen. annes ersehnte aufenthalte. murnau. urfeld. füssen. buchheim-museum. bei franke. bei hitzer. mit said und ichikawa im biergarten. film in seefeld. baden in possendorf. liotards *frühstück* in der pinakothek (das schokoladenmädchen am rand, angeschnitten, mit gesenktem blick auf das tablett, während es in dresden selbstbewußt ins bild tritt). die ebne vor benediktbeuren mit den dunklen heustadeln in den wiesen, abendlicht. – verheerende feuer in südfrankreich: brandstiftungen.

der berüchtigte sporn ist hingerichtet.

28. 8. 03
ausflug mit ichikawa, der kalte kochelsee, auf der serpentine hinauf zum walchensee ein betrübender anruf: gotscheff kann das stück nicht machen. mittenwald. innsbruck. tegernsee (wir sind japanische touristen). in ambach noch volles menschenleben, und wolkenbrüche.

5.9.03
trauerfeier für hacks im französischen dom. er läßt es sich nicht nehmen, vom grab her verlesen zu lassen: müller kann nichts, weiß nichts, ist nichts. so hat er das klargestellt, und beltz richtet die sache mit gott und dem kommunismus; den einen soll man vor den christen schützen, der andere ist ohne alternative, nur müssen sich die sog. *großen* der kleingeister erwehren. nun liegt er von diesen abgesondert in der liesenstraße.

14. 9. 03
anruf von eßbach, dem ich SPORN schickte, da ich ihm dank schulde. sein urteil: sehr gut die aktenlage recherchiert und die handlung (wie ichs versprach) warm und gerecht beschrieben. »und eine kleine genugtuung für mich: sie sind nicht zu wesentlich anderem ergebnis gekommen.« er will einige kleine korrekturen mitteilen, da möge ich um der wahrheit willen ausbessern, sonst hätte ich mich ja an die fakten gehalten. – nun, ein paar erfindungen habe ich mir doch erlaubt.

7. 10. 03
im schwarzenberger schloßmuseum, gleich am eingang, hängt das amtsrichtschwert, zweiseitig geschliffen, die klinge 80 cm lang, ohne spitze, mit gravuren: *magistratus gladium frustra non gerit*, die obrigkeit führt das schwert nicht vergeblich. daneben ein kolorierter stich der letzten hinrichtung: 1823, des carl ludwig otto. in der großen sankt-georgen-kirche dröhnt die orgel, und der hausmeister schimpft mit dem organisten und droht, den strom wieder abzuschalten. der junge spiele ja gut, aber in dieser lautstärke, er steigere sich hinein und vergesse dann alles um sich und sei nicht bei trost, darum habe er die laufbahn aufgeben müssen. kaum ist der strenge mann aus dem schiff, schlagen die wogen wieder zusammen, daß es eine lust ist. die obrigkeit, bei der ich eine kopie des stichs erbitte, hat den ton, der im turm geherrscht hat, oben die gefangenen der russen, unten fuhr der aktionsausschuß die kleinen nazis ein, und die anwohner sind, nachdem sich die zeiten wieder gewandelt haben, nicht gesprächig in bermsgrün oder tellerhäuser, nur die szenekneipe jörg beiers verkauft noch die freie republik schwarzenberg. – wir haben die wahl: krauß-villa und arbeiterheim, und übernachten im letzteren.

paul korb: »alles was wir gemacht haben, war ungesetzlich, daß wir waffen hatten, war ungesetzlich, war im widerspruch zur bedingungslosen kapitulation. wir hatten keine richter über uns. was wir gemacht haben, war richtig oder falsch.«

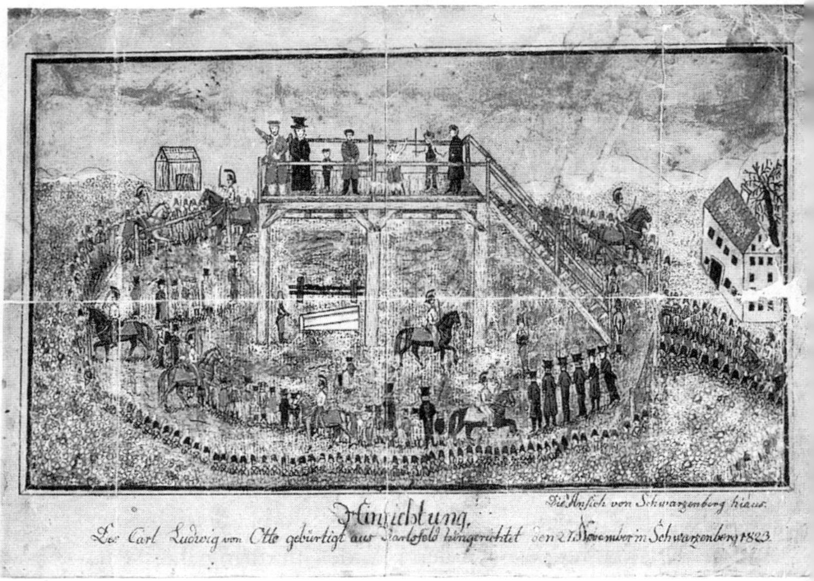

Die Ansich von Schwarzenberg hiaus.
Hinrichtung.
Der Carl Ludwig von Otto gebürtigt aus Carlsfeld hingerichtet den 27. November in Schwarzenberg 1823.

7. 10. 03

»... und lieben aeltern wie viele könige und kaißer haben sich schon von ihren eigenen unterthanen hinrichten lassen müssen, daß muß erst was ärgerliches seyn vor so ein mann, aber ich laße mich hinrichten aus liebe zu meiner seeligen willhelmine, man sagt freylich der könig läßt mich hinrichten, aber das ist nicht wahr, ihro majestät kann mir mein leben um keine minute verlängern oder verkürzen, wie mir ergeht daß war schon bestimmt noch vorhero und meiner willhelmine auch, und allen menschen ist ihr ziel gesetzt. liebe aeltern, wenn mir dieser tag erscheint da ich sterben muß, da denke ich nicht anders als es ist der tag, wo ich mit meiner willhelmine getraut werde auf ewig, wo uns kein mensch mehr trennen könne, jetzt vor der hand weiß ich noch nicht, wen es geschehen wird, ich habe mir von meinen hg. amtmann ausgebeten, daß es möchte an einem donnerstag geschehen, weil ich da meine willhelmine ermordet habe ... auch willfahrt hat, und mein sterbekleid ist ein paar tallge schuhe weiße strümpfe, weiße hosen weißes westchen grünseydnes halstuch grüne mütze mit treße 1 blauer oberrock mit samtkragen.«

10. 10. 03
begebe mich endlich ins niemandsland und ändere das ziel: *das unbesetzte gebiet.* kießling, groß sind im frühjahr gestorben, aber die witwe von groß überläßt mir das archiv. das wichtigste: die tatsachenberichte der mitglieder der aktionsausschüsse. denn ich will der geschichte nichts aus den kalten fingern saugen. sie hatte nur was war; zu erfinden bleibt, wie sie damit auskam.

13. 10. 03

der historiker walter barthel, buchenwaldhäftling und leiter des illegalen lagerkomitees, versuchte 1957 aus der befragung der schwarzenberger *aktivisten* theorie zu ziehen. die übernahme der macht geschah »unter sehr merkwürdigen bedingungen«. die übriggebliebenen genossen mußten »sozusagen in die bresche springen. nicht um den kapitalismus zu stürzen, sondern um eine neue situation zu schaffen« für das volk. »stellen wir uns mal vor, sachsen wäre nicht besetzt worden. hätten sich die dresdener oder oelsnitzer oder die genossen in meißen oder oschatz anders verhalten?« wohl nicht; mithin sei es dem faschismus nicht gelungen, »die grundfrage zu lösen«, nämlich den gegensatz zwischen bourgeoisie und proletariat aufzuheben. zum andern: wer war in der lage, einen weg zu weisen? »überlegt euch mal selber, ob das hier in schwarzenberg war, in bermsgrün oder in anderen orten. wer hatte denn am 8. mai noch eine idee? da war nicht der stadtpfarrer, da war nicht der stadtarzt, da war nicht der kaufmann, da war auch nicht der direktor.« die wollten wieder anfangen, wo sie 1933 aufgehört haben. wir machen inventur, wieviel material haben wir, maschinen, lastwagen, benzin, wieviel arbeitskräfte werden dasein, und produzieren wieder. »das sind doch keine ideen.« und drittens, und hier werde eine sehr interessante frage beantwortet: »es wird nämlich behauptet, daß dieser weg, den wir nach 1945 gegangen sind: einheitsfront, aktionseinheit, nachher bodenreform, volksentscheid, enteignung usw. aus moskau kam. die sowjetischen besatzungsoffiziere hätten uns das eingebläut. ihr habt bestätigt und bewiesen, daß das gar nicht exportware war, sondern aus dem leben des volkes geboren wurde.«

daß er die *interessante* frage »theoretisch stellte«, wurde ihm verübelt. theoretisch blieb das *niemandsland.*

22. 10. 03
eine lesereise, die ich schlecht absagen kann, nachdem sich die schüler vorbereiteten: fünf gymnasien in der oberpfalz. nach einer ominösen kartierung ein gebiet mit weit überdurchschnittlicher intelligenz. oberstudiendirektor wurm, oberviechtach, wiewohl er viel spricht, verspricht nicht zuviel. zumindest in amberg das gefühl schönsten gelingens.

15. 11. 03
»im allgemeinen ist man erstaunt, wie wenig die breite masse den ernst der lage erkennt. und unsere geruhsamen auer lustwandeln; sie lustwandeln so lange, bis die leichen haufenweise auf dem marktplatz liegen.« brandt otto, in aue also. die sorglosen sollten sich nur einen tag ins rathaus setzen, sie würden sich die haare ausreißen, und ausreißen. – sie schritten zur selbsthilfe und versuchten, ins überschußgebiet zu kommen (das schlaraffenland). sein dolmetscher war auf der tour nach chemnitz so ausgehungert, daß er, als brandt ihn fragte, ob er hunger habe, antwortete: jawohl, er schäme sich nicht, es auszusprechen, er habe noch nie gebettelt, aber er habe einen solchen hunger, daß er ni mehr denken könne!

20. 11. 03
jetzt bin ich in der geschichte, die vorbei und verloren ist, und man sieht nun was wahr war und was nicht war. ah, daß es anders wird! und aber alles anders kommt als man hofft und erwartet, denn die hoffnung betrügt uns und trägt uns weiter.

22. 11. 03

Trojanischer Esel

22/23. 11. 03

Der unscheinbare Anblick täuscht: Mit Hilfe dieses Eselkarrens haben Rebellen ihren jüngsten Anschlag im Irak verübt. Unbehelligt brachten sie am Freitag ihren Wagen, auf dem ein Raketenwerfer installiert ist, in der Innenstadt von Bagdad in Stellung und beschossen damit mehrere Gebäude. Bilanz: Ein Schwerverletzter und Sachschaden. (Bericht unten) Foto: AP

8. 12. 03
lesung zur unterstützung des universitätsstreiks. die studenten machen eine *betteldemo* am kudamm ohne das letzte hemd. so äußert sich der widerwillen gegen die sachzwänge; und nur wenig reizgas, das ihnen die augen öffnet. sie wählen den kürzesten marsch durch die institutionen: sie besetzen sie – und stoßen auf deren sympathie. derart ist diese gesellschaft, pragmatisch, egozentrisch, konservativ, es geht um nichts als die besitzstände.

REUTERS/FABRIZIO BENSCH

9. 12. 03

die kolonie schwarzenberg. die ausbeute der geschichte war, nach dem armen verlauf, gering; und nicht einmal der behauptung eines selbständigen wegs, ohne die sog. freunde und führungsmächte, hat sie gedient oder der insgeheimen hoffnung aufs eigene tun und lassen. die rohe oder gediegene kraft der masse, vertan. erst die entdeckung der *ungeheuren* ressource, die unter der alten heimat lag und unabhängigkeit, wohlstand hätte verbürgen können, zog gewaltsam das interesse auf sich, das nun ein fremdes war.

30. 12. 03
kuriyama mailt ein haiku und »eine (etwas kalte) übersetzung«:
einmal habe ich mich entschlossen, über die kälte den mund zu halten. trotzdem ist es heute wirklich unerträglich kalt.
der inhalt gelte nicht nur dem winter, auch der weltpolitik.

1. 1. 04

silvester mit wolfs, quevedo, mundt, schlenstedts, jannings, einmal wieder in der stadtwohnung mit ihren durchgehenden räumen, die teuer geworden ist. provencalisches kaninchen, in scharfem dijonsenf eingelegt, mit frischem rosmarin, kartöffchen (sagt anne) zu kleinen pilzen geschnitzt.
in der nacht zwei extreme träume. der eine: ich befinde mich in einem öffentlichen gebäude, wo personen am hinausgehen gehindert werden, ich versuche zu vermitteln und werde abgeführt mit den andern, eine militante gang hält uns im griff, demütigende reglementierung, ich erinnere mich nur des gefühls ohnmächtigen zorns. der andere: ich begegne einer anmutigen frau, deren ärztliche befugnisse ich als erotische zu erleben wage, und wirklich geht sie darauf ein, sie vermißt meinen, nackten, körper mit einem zirkel, und nutzt ihre vollmacht zu weiterer unterwerfung, ich weiß nur noch die starke zärtliche empfindung. – so nimmt sich im schlaf das leben sein recht.

9. 1. 04
lieber jörg beier, schönsten dank für papier und blech. das würd ich ja gern annageln, aber der name freie republik ist eine fiktion, verunklärung, geschichtsfälschung. lassen sie ihn fallen. viel bedeutender, schöner, utopischer ist der begriff *unbesetztes gebiet*; und in seinem realen und metaphorischen sinn die ungleich größere herausforderung. so hätten sie mich zum verbündeten ihrer enklave; ihrer mystifikation muß ich den krieg erklären. wenn sie also *im geschäft* bleiben wollen, so wechseln sie bitte das firmenschild.

15. 1. 04
die tribüne – von einem oben installierten notiert (jakowlew, DIE ABGRÜNDE MEINES JAHRHUNDERTS): »ich fragte mich häufig: warum mußt du dich eigentlich so abquälen? du bist mitglied des politbüros, zk-sekretär, an macht kannst du nur noch etwas einbüßen, überall pinseln sie dein porträt, tragen es an festtagen über straßen und plätze. ich erinnere mich kaum daran, was ich empfand, als ich auf der tribüne des mausoleums stand, auf die kolonnen lachender und jubelnder menschen blickte, auf losungen und plakate, die zur arbeit aufriefen und zu siegen im namen der ›teuren partei‹.
daß ich überglücklich gewesen wäre oder mich übermäßig gefreut hätte, könnte ich kaum sagen. aber moralisch angewidert war ich auch nicht. freilich gärten in mir in winkeln des bewußtseins trübe gefühle der zweideutigkeit und unwahrhaftigkeit. sich von der tribüne herab am eigenen porträt zu ergötzen, war irgendwie peinlich; daß aber tausende von menschen dich vermutlich mit gutmütigen augen anblickten, rief gefühle stolzer befriedigung hervor. der mensch ist schwach. ich habe mehrfach versucht, meine tribünengefühle auszudrücken, es ist nichts gescheites dabei herausgekommen.
wir alle – besonders die nomenklatoren – lebten ein doppelleben, genauer gesagt: ein tripeldasein. wir dachten das eine, sprachen etwas anderes und taten etwas drittes.«
es war nicht die *dritte sache.*

16. 1. 04
nun heißt es für jakowlew nicht mehr: lieb ich ihn – lieb ich ihn nicht, wenn er die sowjetischen blütenträume zerzupft; es heißt auf russisch: erwürg ich ihn – erwürg ich ihn nicht. der redenschreiber von vier generalsekretären (gorbatschow verstieß ihn 1991) »gelangte zu der tiefen überzeugung, daß der umsturz im oktober 1917 die konterrevolution darstellt, die einen terroristischen, faschistischen staat rußländischer prägung hervorbrachte«. die »wurzel des übels« sei der advokat uljanow, »der unter dem decknamen lenin bekannt wurde« und die berufsrevolutionäre zur partei der machtergreifung schmiedete. wie die autokratie habe sich auch die radikale intelligenzija an die *obschtschinnost* geklammert – den knechtseligen geist der russischen dorfgemeinschaft. sie erwärmte sich für die idee, »die ›untertänige gleichgültigkeit‹ des volks für einen revolutionären umsturz durch individuellen terror auszunutzen: man merze die herrschende oberschicht aus, und die massen werden die neue macht seelenruhig akzeptieren«. (schon trotzki hatte lenin 1905 vorgeworfen, er sei der professionelle ausbeuter alles rückständigen in der russischen arbeiterbewegung.) die leninsche gruppierung übersteigerte netschajews wahn, indem sie den terror zu etwas *massenhaftem* machte. »der haß auf rußland und der absolute mangel an moral einten sie am meisten.« – jakowlew schreibt mit schaum vor der feder, in fahrlässiger wut, ein enttäuschter apparatschik. aber keine seiner rüden formeln erreicht den furchtbaren ton von lenins telegrammen. man muß ihm, wenn er *rußlands tragödie* beschreibt und seine *waschung in freiheit*, zugutehalten, daß er der kommission zur rehabilitierung der opfer von politischen repres-

sionen vorstand und »schritt für schritt über die blutige leiter in den untergrund« einer siebzigjährigen spanne hinabstieg. er hat noch die *perestroika* bewirkt (ein begriff stolypins); die zu einer weitern verelendung führte. »meine jahre neigen sich dem ende zu; ich werde mir als politiker immer widerwärtiger.« seine quintessenz: »rußlands hoffnung ist der freie und selbständig wirtschaftende mensch.« die neue generation wird das land auf die magistrale des fortschritts führen – auf die bahn des sozialen liberalismus, spricht der bürokrat als wiedergewordener bauer.

17. 2. 04
eine energische frauenstimme fordert mich am telefon auf, die plutoniumfabrik in hanau zu kaufen, damit sie nicht nach china exportiert sondern verschrottet wird. die ärzte gegen atomtod hoffen auf eine symbolwirkung. ich zögere, die 50 millionen aufzubringen und mich mit dem milliardenvolk anzulegen, das friedlicher denkt. interessant wäre aber, die kaufwut auf den ganzen siemens-konzern zu richten, oder die hunderteuroscheine der bevölkerung an andere stillgelegte anlagen zu wenden; es ergäbe sich eine perspektive des rückerwerbs des volkseigentums! eine solche verlorene aktion, meine dame, würde ich sofort bedenkenvoll unterstützen. eine virtuelle volkswirtschaft für die wirklichen 4,65 millionen arbeitslosen, mit den rücklagen aus den sparkassen, wo sie ohnehin verdampfen.

22. 2. 04
seibt ist ein essayist mit schlackenloser, quasi lateinischer sprache. den schemenhaften erscheinungen des zeitgeists stellt sich mit ihm eine helle, ernste, feste gestalt entgegen. mit zwanzig unternahm ers, zu fuß nach rom zu gehen, gleichsam seine laufbahn beginnend. der westdeutsche nachkriegsbeton, sagt er, hat ihn von kind an bedrückt und beängstigt; er hat sich »aus platzangst« für geschichte interessiert, eine klaustrophobie, die ein dasein im bloßen heute nicht ertrug. er hat eine anrührende schrift über den anonimo romano verfaßt, den chronisten des trecento, der das geschehen, ungewöhnlich, in seiner individualität und körperlichkeit zeigte. er selbst ist was ungewöhnliches geworden, in seiner alterskohorte und der »noch verzärtelteren generation golf«, ein solitär, der gesicht zeigt gegen die »spaßgesellschaft«; noch dort, wo diese ihre sauerste losung aufzieht: die deutsche leitkultur, historisch ahnungslose formel, mit nietzsche: exstirpation des geistes durch das reich. sein schreibtisch steht jetzt in der »altneuen ruinenmetropole berlin«. das grundmotiv seiner existenz als historiker heißt, mit dem titel eines seiner bücher: DAMIT WIR WISSEN, WAS WIR ERLEBT HABEN (1998). die beiden formen literarischer geschichtlichkeit im 20. jahrhundert: die außenseite der ereignisgeschichte und die tiefliegende, langfristige sozial- und mentalitätsgeschichte. synthese beider methoden sein (bisheriges) hauptwerk ROM ODER TOD. DER KAMPF UM DIE ITALIENISCHE HAUPTSTADT (2001), begonnen, als die deutsche hauptstadtdebatte schwelte, aber bald sah er sich in eine geschichte versetzt, »die unser knirpstum auffällig überragt«.

23.3.04
augen, meine lieben fensterlein... ich wollte, der schnell engagierten pankower ärztin folgend, eine genaue diagnose des glaukomösen augendrucks holen und brachte dr. rasch in potsdam die grüße des malers paris, der glücklich über seine wiedergewonnene sehkraft ist. das war wohl schon der fehler, dr. rasch schlägt eine operation vor, es handle sich um eine verklebung, die mit einem kleinen schnitt beseitigt werde. nach einer zweiten ganztägigen untersuchung werde ich gleich dem anästhesisten vorgestellt, ich unterschreibe die risiken und vereinbare, da ich mich kenne als skrupulös und zögerlich, den op-termin für den nächsten montag. (ich mißtraue jeder kunst, bin für konservative mittel und lasse mir nicht eins auswischen; aber) ich ignoriere arnes internet-informationen und ulla berkéwicz' beschwörung, noch einen arzt in düsseldorf zu konsultieren... und beeile mich, montag um sieben in der klinik zu sein. versetze mich zwischen den patienten in apatheia (mein kennwort für den computer), bis ich aufs fließband komme und, mit der metallnen klappe auf dem auge, lächelnd die nacht verbringe. am morgen die resultate, die bifokalisten beklagen lichterscheinungen, ich kann mit keinem glas einen buchstaben erkennen, wegen eintrübung der linse. operationsfolge, irreversibel: höre ich rasch.
montags drauf: das vorsichtige öffnen des gesunden rechten, dann des linken auges, das immerhin die kontur des andern kopfkissens hatte sehen können, jetzt aber nur ein nebel, nicht *die hand vorm auge*. es fließen stille tränen. schmerz in der braue, gegen zehn kreislaufkollaps. anne, als sie aus der schule kommt, bringt mich im taxi nach potsdam. am

nächsten tag erkundige ich mich freundlich und dringlich, wann ich wieder lesen und schreiben könne?: daran sei jetzt nicht zu denken. die operation müsse wiederholt werden; ich habe nur den massiven wunsch, sie ungeschehen zu machen. – in der nacht träume ich, daß ich aus einem alptraum erwache und alles sei nicht wahr gewesen.

30. 4. 04

die osterweiterung europas ist kein jungfräulicher gedanke, wie man vorgibt. die *erste welt* auf der karte aus wittenberg, 1588, da reichte der rock bis moskau und konstantinopel.

7. 5. 04
die literaturwerkstatt läßt es sich nicht nehmen, eine feier auszurichten. die kulturbrauerei, prenzlauer berg, ein angemessen karger ort. ulla berkéwicz hält eine herzliche rede, jucker bringt den band von german monitor, dann lesen gosse, delius, kathrin schmidt, papenfuß, karasholi, pietraß, und christa und gerhard wolf führen ein witziges gespräch über eine person, die, wenn sie das hudeln geahnt, die sache unterbunden hätte. bis schenker bläst!

13. 5. 04
lesung im suhrkamp verlag aus dem UNBESETZTEN GEBIET. die beiden manuskripte vom letzten sommer und herbst sind in so kurzer zeit heraus, SPORN mit den zeichnungen von john. (der dritte text, DAS MITTAGSMAHL, gestern beim leipziger bibliophilenabend.) wie wäre dazumal die hauptverwaltung um den SCHWARZEN BERG gekrochen. – lektor ahrend sehe ich das letzte mal im haus, er verläßt den verlag nach den querelen, bei denen er an walser gebunden war; ich sehe ihn die enttäuschung niederkämpfen. nachfolgerin ist charlotte brombach, sie fordert schon das nächste buch ab: den gedichtband, der, sage ich, keinen gestus (= keine notwendigkeit) hat.

16. 5. 04
vater wäre heute 100. hartmut holte mich in frankfurt ab, und wir fuhren nach ibbenbüren. ich zwang ihm einen umweg über kalkriese ab, den platz der varusschlacht. nicht »waldursprünglich aus dem hinterhalt«: die wälle und wassergräben beweisen ein lange vorbereitetes, strategisch ausgepichtes *schlachtfeld.* gestern gingen wir fünf söhne über ein anderes aus dem 2. weltkrieg, die hänge hinauf, von denen die englischen tanks heruntergekommen waren und die achtzehnjährigen, die in den löchern aufsprangen, niedergemäht hatten; was sich nach ibbenbüren gerettet hatte, wurde in den erdgeschossen von den flammenwerfern verbrannt. – lese DAS MITTAGSMAHL vor, und als ich ende, steht ein bruder nach dem andern auf und umarmt mich stumm, gottfried besonders lange bewegt.

21. 5. 04
die darmstädter akademie tagt in petersburg. das hotel am stadtrand blickt auf das denkmal für die verteidiger leningrads, ein ruhmreicheres andenken, als wir unsern vätern zu halten haben. an jener ecke des newskij-prospekts aber, wo der lautsprecher die kampfmeldungen röhrte, legt jetzt *nice* seine köder aus. keine stadt ist anfälliger für die neue maskerade; eine ratlose restauration, die die revolution aus dem kalender streicht: der 1. mai ist der frühlingstag, der 12. juni tag der unabhängigkeit (»jetzt hängt nichts mehr vom volk ab«, sagt der busfahrer), der 9. november tag der versöhnung (mit der kirche und der armut). auch mich interessiert mehr als die aurora das philosophenschiff. – gang in die stadt durch die kapitel von VERBRECHEN UND STRAFE, verregnete gegend hinter dem heumarkt, die gezählten schritte von der graschdanskaja bis in den hof der pfandleiherin, der original verrottet ist, und ein anwohner verbittet sich den hausbesuch (5. stock), unsere führerin sagt: wir bringen die axt mit. – in zarskoje selo lotst der museumspaß ivan nagels dieckmann und mich ins bernsteinzimmer; nur frau eisenberg ist noch hineingelangt, die schlangen passierend mit dem ruf: ich hab meine gruppe verloren. heute ein wetscher poesii, mit bitow, der fahl und weggetreten dahockt, nicht ansprechbar, aber auf dem podium wiederbelebt, vera pawlowa, grünbein, ilma rakusa u. a. und dem endlos, wirklich endlos und schwerhörig singsangenden uns- und selbstvergessenen schubinski.

29. 5. 04

schenkers FAUSTUS in kassel. keins der drei berliner opernhäuser wäre auf den gedanken gekommen, eislers libretto komponieren zu lassen. natürlich ist dem publikum hier materie und tendenz fremd, bauernkrieg und müntzer, und der streit um den *dunklen bruder fausts* hat es nicht erreicht. aber der großen confessio lauscht es, ein unerhörtes madrigal. (wie er die mache, war steffie eisler das wichtigste gewesen.) die regie ist gut und dienlich, auch die musik überraschend *gutartig*, und großartig. ich vermisse eisler-anklänge, doch da habe ich im falschen lokal reserviert: schenker (verab)scheut sie. keiner seiner kollegen ist zur stelle, aber das ensemble für ein ereignis.

8. 6. 04

prof. pham operiert den katarakt.
ich sehe wieder klar, und beide augen lügen / mir eine schöne welt

29. 6. 04
aufmacher der frankfurter allgemeinen: der irak wieder souverän / machtübergabe zwei tage früher als geplant / allawi: ein sieg des guten

Der Schrecken wird zur Karikatur: Ein irakischer Wandmaler rückt die Freiheitsstatue in einen nie geahnten Zusammenhang. Foto AFP

5. 7. 04

porto de soler. STEINBRECH. wovon nährt sich dieses demütige kraut. welches karge mehl aus tau malmt es beharrlich. aus beinahe nichts sintert es sein festes grün. es nagt den felsen an und überwächst ihn mit hartem fleisch. und wo ist die liebe, in verschlingenden nächten, wann. schutzlose festung, wuchernd im wind. stetig, unabweisbar, dürftig kämpft es ums leben und hält sich wie hoffnung, darbt und dorrt und öffnet den stein.

10. 7. 04

der künstler von der plaza major. nicht die füllige sängerin, die laut arinierte, und der allen straßenlärm niederschmetternde sänger ließen uns auf dem platz verharren, sondern ein kleiner mann mit einem plastebeutel in der hand, der kaum drei meter entfernt stand und, indem er nicht sang, alle aufmerksamkeit auf sich vereinte. er blickte nämlich bald auf die sänger, bald auf die menge und warf sich in positur, öffnete den mund und gab aber keinen laut von sich. wie beschämt wich er zurück, doch eine seltsame kraft, die vielleicht von der überlauten musik, vielleicht von den stillen zuschauern ausging, zog ihn wieder nach vorn, wo er nun dicht vor die sänger trat, die arme (und den plastebeutel) hebend, und mit stummem jubel in die vorstellung einfiel. die künstler, in ihrem gewerbe jede art anteil gewohnt, ließen sich von dem dilettanten nicht stören, der seinerseits nun zu großer vergeblicher form auflief. er wirkte, wenngleich unstimmig, mit, so daß sein auftritt etwas opernhaftes, tragisches bekam, weil es den riß in einem wesen, ja in der welt! offenbarte. immer wieder lief er auf die bühne, die nur die straße war, ein maestro, der nur ein mensch war, eine kunstlose existenz. wir konnten uns kaum von dem schauspiel trennen und verließen ergriffen, ratlos die prächtige plaza major.

15. 7. 04

cádiz die kaldaunen des schlauchboots
auf den strand geworfen im großen mischer
des sommers die nackten mit den vermummten
who is who der karneval der kulturen ich
der stein am gestade bin unterrichtet
vom schwatzenden wasser dann
klimmt das den hang hoch als wäre da hinten
die küste zu finden

23. 7. 04

koserow. köbeli stapft, kaum noch an der hand gehalten, durch den sand, immer auf das meer zu und mit den füßen in die wellen. er ist sogleich gut freund mit den elementen, dem himmel auch und den fetten möwen. wenn er am strand für sich beschäftigt ist, blickt er alle minuten auf und deutet mit großer armbewegung auf das wasser. diese ärmchen rühren sich auch, sobald er musik hört: er hebt den zeigefinger und dirigiert energisch aus dem handgelenk. er spricht noch nicht, aber begreift die dinge und teilt sein geschick oder ungeschick mit: ohoho. arne stillt ihn noch immer, und wenn sie am strand oben ohne ist, wirft er sich an ihre brust und bedient sich. auch am tisch ein schlaraffenland, mit geschlossenen augen fliegen die happen in mund; nur gut, daß er selber den löffel will. nach dem waschen abends wird brust und bauch massiert und ihn schläfert wohlig, er ist auf der höhe des lebens.

10. 8. 04

ob es ein volksbuch sei? – wenn es den erfahrungen der historiker standhält u n d den erfahrungen der bevölkerung von dem, was sein leben ist; diese erfahrungen müssen sich durchdringen, wie hochsprache und volkssprache sich aneinander kräftigen. – gerade die mühsal, die widrigkeiten, das ständige komische scheitern ist das material dieses kurzatmigen epos, der *niedrige verlauf* macht das hohelied. – es liegt unter der hand, daß mich eine herrschaftslose zeit interessierte, da jetzt wut und angst im land umgehn, daß man nur noch verwaltet und abgewickelt werde. (sie geht wieder montags um, und wieder mit dem gebet vom volk – was die bürgerbewegung moniert, die immer *bürgerlich* war.) »angst, abhängig, ausgeliefert zu sein«, schreibt eine zeitung über einen maschineningenieur, der mit seiner frau, ökonomin, 1987 die ddr verließ, in hamburg fuß faßte, als it-berater jeden morgen ins flugzeug stieg und software installierte, um betriebsabläufe zu optimieren, und mit 55 »betriebsbedingt gekündigt« wurde. 5000 brutto hat er zuletzt verdient, jetzt hat er 1650 arbeitslosengeld, sie machen keinen urlaub mehr, gehen nicht essen, nicht mehr ins theater, kündigen die versicherungen, im nächsten jahr wird er 345 euro bekommen, die frau 311 und kosten für die wohnung (eine andere wohnung, versteht sich). falls er doch einen freien auftrag fände, und dann der folgeauftrag fehlte, wie käme er dann zurück in die sozialsysteme. »eigeninitiative, kreativität, sagt helmut pfeiffer, und seine stimme zittert fast unmerklich, sei nicht mehr vorgesehen. ... frau pfeiffer hat jetzt tränen in den augen. bevor man kommt und uns auch noch aus unserer wohnung wirft, sagt sie, mache ich schluß.«

11. 8. 04
der autor tröstet sich mit dem verschämten triumph, daß sein text tatsachen schafft; jetzt kehrt auch die bildzeitung zur alten rechtschreibung zurück. – für die schüler, denen die rücknahme der reform nicht zuzumuten sei, ergäbe sich eine gelegenheit, aus fehlern – anderer – zu lernen. sie müssen uns nicht *Leid tun*, sie gewönnen aus der rechtschreibschwäche dieser kommission: anschauliche beispiele von sinnentstellung, verunklärung, verballhornung.
die erde wälzt sich heute nacht durch den staub, den ein komet vor 142 jahren hinterlassen hat, der schauer verglüht in hundert kilometer höhe: die perseiden, ich versuch es mit dem neuen auge zu sehn, und dann vier monate nichts bis zu den geminiden.

16. 8. 04

»die jeweils regierenden aber setzen, umrahmt von offizieller geschichtsrepräsentation, auf die vergeßlichkeit der völker. den skandal auszusitzen, bis der nächste ihn ablöst, funktioniert für gewöhnlich. doch nicht immer. wo man es kaum mehr zu erwarten wagte, schlägt unversehens die erinnerung durch. inmitten der krisen ereignen sich dann die festtage der subalternen, während es in höheren gefilden zum politischen kehraus kommt. so jüngst in spanien. zunächst hatte es ausgesehen, als blieben die bewegungen gegen die staatlich verschuldete und vertuschte ölpest, gegen die manipulation der justiz und des fernsehens, gegen den von der regierung mitgetragenen irakkrieg folgenlos. bei den kommunal- und regionalwahlen machten sie sich nicht geltend. doch als nach dem massaker vom 11. märz die regierung die schuldzuweisung manipulierte, trat ›das gewesene mit dem jetzt blitzhaft zu einer konstellation zusammen‹ (benjamin), und die rechte wurde abgewählt.« (haug) – in venezuela siegt chávez, der präsident der armen (*oligarchen, zittert!*), im referendum über seine amtsenthebung.

2.9.04

schon einmal habe ich einem oberhaupt von der *anderen arbeit* gesprochen: als alle arbeit hatten. jetzt ist das anders, und auf dem anger in erfurt trägt ein mann ein schild: MENSCHen WÜRDEn ARBEITen. aber die arbeitgeber sind nicht die, die gerade arbeit geben, im gegenteil, sie trachten, möglichst wenig arbeit einzusetzen, und das ist richtig so. wenn es aber so ist, braucht es eine instanz, die sorgt, daß es gesellschaftlich gewollte und gesellschaftlich verteilte arbeit wird. ein organ des gesamtinteresses, jenseits des erpresserischen unternehmens, das die produkte und probleme schafft. die jetzigen reformen sind nur reflexe, notwehr der regierung zur schadensbegrenzung und versorgung der ausgegrenzten, keine *reformen der arbeit.* es bleibt beim dauerlauf von arm und reich. – honecker horchte hin, schröder grinst das weg; er plaudert, in der klettenbergstraße, von seinem russischen töchterchen, über den persönlichkeitsschutz und putins absicht, dostojewski nach baden-baden zu tragen. den rest macht die angebrannte rechtschreibreform, ein problem für minderheiten, meint er (»einiger hochwohlgeborener«, sagte müntefering). womit wir dann, sozialdemokratisch, nichts geändert, aber es *versucht* haben.
gugelhof: gespräch mit elisabeth panknin.

4. 9. 04

die menge. bei einem umzug von arbeitslosen durch die stadt erfurt sagte sich ein junger jobvermittler an, den das elend beschäftigte und die art, wie es hingenommen wurde. er baute seinen stand an der straße auf und hatte hundert offene stellen im angebot. die demonstranten änderten aber sorglich den marschweg, um ihm nicht zu begegnen, und er wiederum wanderte an einen andern, unausweichlichen platz; doch diese verzweifelte menge lief einfach an ihm vorbei und beschimpfte den guten mann, als ob er ihren protest verhöhne. – ja, wollt ihr nicht wenigstens wissen, welche stellen zu haben sind? – nein, nein. – nein, das wollten die hoffnungslosen nicht, denn da sie nach tausenden zählten, wäre ihnen mit hundert nicht gedient. sie dachten wohl: keiner oder alle, und das war eine verblühte, verblasene losung. so mißverstanden sie ihn, um selber verstanden zu werden. und wer nun da der größere schalksnarr war, will ich nicht entscheiden.

8. 9. 04
für die russen hat, mit der blutigen geiselnahme in der schule nr. 1 in beslan, der dritte weltkrieg begonnen. 336 tote, 157 vermißte geiseln, zumeist kinder. im vatikan spricht man bereits vom vierten weltkrieg des terrors, der kalte krieg war der dritte.

Videoaufnahme der Terroristen in Beslan: Geiseln in der überfüllten Turnhalle, über ihren Köpfen hängen Bomben. Foto AP

9. 9. 04
wizisla gibt die zürcher mappe GESCHICHTEN VOM H K heraus. nicht die geringste unter brechts begabungen: sich schreibgelegenheiten zu schaffen. »das formale eher gering achtend«, war er doch ein genie im finden von formen. KEUNER insonders ein ausdauerndes vehikel, in dem sich fortfahren ließ; aber durchaus in bestimmter *haltung*. auch hier war wieder nicht die hütte interessant, sondern der hund, den er darin hielt. der scharfe, zupackende gestus des dialektikers (brecht »mit seiner hundedialektik« warnte der dichter kuba, da schielte er wohl auf die VERGNÜGUNGEN: der hund / die dialektik). – *die wahrheit mein haus und mein wagen.* der denkende, die seltenste erscheinung in der literatur! keuner: ein philosoph der praxis. – die form, einmal gefunden (und sei es im abfall der arbeit: die FATZER-entwürfe) stellt unerbittlich ansprüche, und die schwächeren stücke durfte der sorgfältige im amerikanischen kaffeekarton vergessen.

14. 9. 04
medina inszeniert den BASTARD in der parochialkirche, theater ohne text. – bei den lesungen hat man das heft in der hand...
leipzig, chemnitz, schwarzenberg.

16. 9. 04
zum alten brockhage. er kam 1944, nachdem er ein bein verloren hatte, von der front ins schwarzenberger krankenhaus; als er die uniform mit zivil tauschte, merkte er erst, daß er ein krüppel war. korb, erzählt er, hatte ein breites koppel mit einer großen kanone daran. sie traten, der schmächtige korb und hinter ihm der hüne günther, zu zweit ins lokal rein: razzia! – ich hatte nicht erwartet, es allen recht zu machen; aber jetzt melden sich die *betroffnen* im saal. es sei nicht neu, was ich schreibe, es sei die sicht von korb, kießling usw. und nicht die der opfer. sie stoßen sich nicht an fehlern sondern an der wahrheit. ausgerechnet ein bündnisgrüner, stadtrat lobeck, spuckt auf die bürgerrechtlichen anfänge und will in den 42 tagen *die stalinistische diktatur* sehn. es ist wie damals: die fraktion, die oberwasser hat, nimmt das wort, und die masse schweigt. nicht nur die beteiligten hatten es verschieden erlebt, auch die nachfahren sind in derselben sache zerstritten. ich hoffte, daß das buch versöhnen könnte, weil es nichts ausspart und versucht, gerecht zu sein; immerhin gibt lobeck korbs nichte zum ersten mal die hand.

18. 9. 04
lese in eubabrunn (lorentz braun 1610-1680) im vollen riedelhof den SPORN.

20. 9. 04

ad WAS WOLLT IHR DENN. »eine erste spur gibt es im fall der verschwundenen 23 männer, die sich als ›handball-nationalmannschaft von sri lanka‹ ausgegeben haben. die polizei berichtete am donnerstag, daß sich zwei taxifahrer gemeldet hätten, die am sonntag abend neun der männer von ihrem quartier in wittislingen nach günzburg zum bahnhof gebracht hätten. die fahrgäste hätten einen zug nach münchen erreichen wollen. zudem seien an diesem abend zwei großraumtaxis mit münchner kennzeichen in wittislingen gesehen worden. über den verbleib der männer in münchen ist der polizei bislang nichts bekannt; möglicherweise haben sie sich nach italien abgesetzt. unterdessen hat die agentur, welche die spielreise der männer durch bayern vermittelt hat, andere austauschprogramme mit mannschaften aus sri lanka abgesagt.« (frankfurter allgemeine) – latchinian will das stück in senftenberg machen.

22.9.04

roland eschrig, schwarzenberg: »vor fast drei jahrzehnten, bei einer schulung des kulturbunds, hat man uns mal eine geschichte erzählt, in der es um die frage ging, was man mit dem ›thingplatz‹, dem überdimensionierten denkmal des nationalsozialismus auf lokaler ebene, gleich nach dem krieg hätte machen sollen. abreißen, das auf den ersten blick vernünftige, kam in einer zeit, wo jede kraft zum wiederingangsetzen des lebens gebraucht wurde, nicht in frage. also entschied man sich (war es irmisch?), gar nichts damit zu tun. schon in den letzten jahren des kriegs kaum noch genutzt, begannen die sitzreihen wieder zuzuwachsen. als sowjetische kulturoffiziere dem deutschen volk die nationale kultur zurückbrachten und ein passender platz für den auftritt des alexandrow-ensembles gesucht wurde, waren das gras und der fichtenanflug schnell beseitigt. die älteren schwarzenberger werden sich erinnern, wie sie mit feuchten augen zuhörten, als viktor nikitin eichendorffs lied ›im schönsten wiesengrunde‹ sang. vor 15 jahren, nachdem der ruf ›deutschland!‹ durch ostdeutsche neubaugebiete gegangen war, ging es mit der nationalen kultur gerade andersherum. ... lassen wir also das stück ›deutschland‹ im schwarzen berg ruhen, bis eine passendere zeit kommt.«

23. 9. 04
bei john in neu frauenmark im großen dachboden, in den die vögel scheißen, und er malt in öl. unten in einer stube stellt er stühle vor die staffelei und führt sein *kino* vor, zwei dutzend starke blätter aus der wendezeit: die freiheit führt das volk nicht an, wie bei delacroix, sie wird an stricken gezogen und geschleift.

23. 9. 04, nachts

brussig ruft an: vergebung, er habe sich am EIGENTUM ohne quellenangabe vergriffen. – nun und, das kennt ja jeder. – nein, sagt er, es handelt sich um einen kleinen unrasierten dichter, der erfunden ist. – dann solltest du auch das gedicht erfinden. – das kann ich nicht: ich kann nur dicke romane. – die lese ich leider nicht. – der große wenderoman! – ogott, jetzt kommt es dicke. – das ist es ja. der dichter, aus dresden, ist von der zerstörung geschädigt, wie alle dichter – gewiß. – und von der zerstörung des staats. – was? wenn du ihn so sehr erfindest, kannste ihn nicht so festbinden; kennen wir uns? – aus japan, glaub ich, wo du ehrendoktor – richtig! wir sahn uns bei den heiligen hirschen. – kühe, kühe. über christa wolf hab ich schon promoviert. – und wie heißt nun das neueste ding? – WIE ES LEUCHTET! – nein, der titel, idiot?

9. 10. 04
frankfurter buchmesse. lesung, eingeleitet von ulla berkéwicz. nachts ein traum. es wurde von den alliierten vereinbart, den juden die deutschen ostgebiete zu überlassen. es kommt zu vorhersehbaren konflikten zwischen den ostpreußen und den juden. in danzig ist nicht mehr vom vergasen die rede: man will die juden in die ostsee werfen. ein sechstagekrieg festigt und erweitert das staatsgebiet bis stettin. die ddr-regierung findet die formel von der friedensgrenze. jüdische siedler in mecklenburg und brandenburg. da bleiben scharmützel nicht aus, anschläge, rechte banden bedrohen die siedlungen. schwerbewaffnete jüdische polizei kontrolliert ganz ostdeutschland und baut einen antifaschistischen schutzwall. natürlich gibt es im westen, in frankreich zumal, solidarität mit den deutschen; aber im ganzen muß man sagen, der israelische terror ist nicht *verspätete rache am falschen objekt*, es trifft die richtigen. – ein traum auf vermintem gebiet.

14. 10. 04
ein beipackzettel zur deutschen einheit: da in immer dünner besiedelten landesteilen lokale politik und verwaltung irgendwann zerbrösle, seien neue wege der interessenvertretung zu gehen. daß man im osten, wie der neue bundespräsident äußert, auf dauer mit schlechterem leben rechnen müsse, könne eine schlechte nachricht doch nur für die sein, denen der westen der zielhafen aller bedürfnisse und die ultimative daseinsform sei. bei allen andern müßte die drohend über das land verhängte formel von der *ungleichheit* doch eher neugier wecken. wenn es gelänge, die resträume der verlierer als zonen sozialer experimente, weniger entfremdeter beziehungen zu entdecken, könnte das herausfallen aus den ökonomischen verwertungszusammenhängen in anderem licht erscheinen. wir sollten die *neuen länder* als neuland denken. (wolfgang kil). – das ist so geistreich wie das angebot, die mauer wieder aufzubaun: nachdem der osten entindustrialisiert ist.

28. 10. 04
globe-theatre. »deutschland und die welt«, frankfurter allgemeine.

Geschäfte mit Scheinvaterschaften

F.A.Z. FRANKFURT, 27. Oktober. Die CDU/CSU-Fraktion im Bundestag hat die Bundesregierung aufgefordert, Maßnahmen gegen das Erschleichen von Aufenthaltstiteln und Sozialleistungen durch Scheinvaterschaften zu ergreifen. Die Fraktion macht mit ihrem Antrag auf eine wachsende Zahl von Betrugsfällen aufmerksam, die nach Angaben des Abgeordneten Gewalt mittlerweile bandenmäßig betrieben werden. Die Methode sei immer die gleiche: Sozialhilfeempfänger mit deutscher Staatsbürgerschaft bekennen sich zur Vaterschaft für ein fremdes Kind, um diesem sowie dessen ausländischer Mutter einen Aufenthaltstitel und entsprechende Unterstützungsleistungen zu sichern. Der Scheinvater erhalte dafür etwa 5000 Euro. Nach Angaben Gewalts wurden innerhalb eines Jahres fast 1700 Verdachtsfälle dieser Art in Deutschland registriert. Die Fraktion fordert die Bundesregierung auf, in solchen Verdachtsfällen ein gesetzliches Anfechtungsrecht für Landes- und Kommunalbehörden zu schaffen und ihnen damit die Möglichkeit zu geben, Verwandtschaftsbeziehungen prüfen zu lassen. Der Bundestagsabgeordnete Koschyk sagte, die Gesetzeslücke sei den Behörden seit Jahren bekannt, ihre Auswirkung auf das Ausländerrecht verheerend.

31. 10. 04

pirna, marienkirche. predigt mit lehnert. MATERIAL XVI: STRAFKOLONIE, goldstückers urteil: *ich glaubte.* (haugs hist[orisch]-krit[isches] wörterbuch: glauben)

ich habe ein exempel des politischen glaubens gegeben. du sprichst vom religiösen glauben, und nennst ihn das fundament der kirche. gehn wir auf das fundament hinunter, die große mobilisierung des glaubens durch paulus. in seinen sendbriefen stellt er ihn nicht nur gegen das rituelle gesetz der thora, sondern auch gegen das militärische der pax romana. seine kritik am gesetz meint auch die »knechtschaft der mächte der welt« – der weltordnung; immerhin wurde er in rom nicht wegen religiösen frevels, sondern wegen hochverrats hingerichtet. der paulinische glauben wendet subversiv die *treue* (pistis, fides), die loyalität, die den trägern der herrschaft gilt, auf christus. wir sind »auf sein blut getauft«, mit ihm gekreuzigt und erstehen mit ihm auf, um »in einem neuen leben zu wandeln« (römerbrief); erwählt ist, was schwach ist, damit es das starke zuschande mache (korintherbrief). der gott am kreuze, sagt nietzsche, das sei die umkehr aller antiken werte; das genie des paulus: daß er erriet, wie man mit diesem symbol »alles unten-liegende, alles heimlich-aufrührerische ... zu einer ungeheuren macht aufsummieren könne«. sie alle, die beschnittenen und unbeschnittenen, will er am tisch zusammenbringen, wo man das brot bricht. vom standpunkt der römischen herrscher waren die christen natürlich atheisten. nach dem hinaufarbeiten des christentums in den römischen staat wird der urchristliche glauben in autoritätsglauben transformiert. amtscharisma. der glauben der einfachen gläubigen wird ent-aktiviert und auf anerkennung des kirchlichen glaubens-monopols heruntergebracht. – eine zweite große wende: luthers reformation, die rechtfertigung durch den *glauben allein.* in seiner tiefsten krise, als er alle gewißheit verlor, findet er in der identifizierung mit dem leidenden und am kreuz von gott verlassenen christus seinen neuen glauben – sein turmerlebnis; und unternimmt es, christus gleichsam selbst sich mit der entfremdeten menschheit gleichsetzen zu lassen, der er durch seinen opfertod die sünden abwäscht. der umschlag von gottverlassenheit (jeder kennt sie) in gnadengewißheit macht die dramatische wirkung von luthers glauben aus. er kann, durch die im glauben angelegte egalisierung – alle arbeiten sind vor gott gleich und wohlgefällig, wenn der handwerker »auswendig stinket«, ist er doch inwendig »eitel balsam für gott«, und auch das »reich der freiheit« taucht auf, mit dem marx die kommunistische gesellschaft kennzeichen wird – er kann, dieser reformatorische glauben, eine allgemeine oppositionsbewegung im bauernkrieg inspirieren, bis luther selbst sich, wie alles amtliche wesen, auf die seite der fürsten schlägt. (freilich schon in der FREIHEIT EINES CHRISTENMENSCHEN, 1520, ist der mensch in einen inwendig-geistlichen und einen äußerlich-leiblichen gespalten, frei ist nur der erste, und der zweite bleibt »ein dienstbarer knecht aller dinge und jedermann untertan«.) die gewalt des fürstenstaats darf »ungehindert« durch den körper der christenheit gehen, und glauben wird zum gehorsam gebogen und dem »großen haufen« gegebenenfalls nicht die gnade, sondern die strafe gepredigt.

mein unglauben formulierte sich stets als abwehr des falschen bewußtsein: es werde uns von oben gegeben, des ärmlichen engagements, das dem bettler gibt, und den reichen im fette läßt. wir wissen doch: uns aus dem elend zu erlösen / können wir nur selber tun. es hilft nicht, einen gerechten himmel zu denken, es gilt eine gerechte welt. ob gott uns entgegenkommt? wir müssen *einander* entgegenkommen. – ich habe von goldstückers politischem glauben gesprochen, und meine auch den religiösen, wo er *fundamentalismus* wird. ein russe, gorbatschow, ein dritter reformator. »wer zu spät kommt, den bestraft das leben« war sein geradezu biblischer spruch. er glaubte an eine welt ohne waffen, und daß er scheiterte und sich nun im imperium als narr verkauft, kann gegen sein *neues denken* nicht zeugen. gedenken wir auch dieses apostels am heutigen tag. glauben ist eine notwendige dimension gesellschaftlicher praxis, die intention auf sinnvolles dasein, gemeinsame sache, auf eine vernunft im ganzen. für den marxisten ernst bloch ist er die haltung, mit der wissen um künftiges erfaßt und auch gewollt wird gegen kleinmütiges zweifeln. der »trieb nach oben« solle einer »nach vorwärts« werden. jeder mag seine eigene instanz empfinden, eine höchste oder eine ganz unten. der glauben, er kann auch unglauben sein und sagen: warum hast du, warum habt ihr mich verlassen. wenn es nur eine widerständige und befreiende erfahrung ist, bestimmt keine feste burg, aber eine feste gemeinde. er muß die widersprüche, die zweifel, die enttäuschungen bergen, wie er die hoffnung, den zorn, das verlangen trägt. glauben wird dort zu einer lebenskraft, wo er sich aufs diesseits bezieht. das nannte anna seghers *glauben an irdisches*, so wie es bei pablo neruda heißt: »mögen die ähren kastiliens, mögen die sterne selbst euren namen bewahren, weil ihr in den flüchtigen seelen wiedererweckt habt den glauben an irdisches.« und wenn jetzt kein christ zu ihnen spricht, aber mir gefallen die alten choräle, die ein dichter, der ein pfarrer ist, mit gegenwärtigen worten füllt. lassen sie mich enden:

die landschaft kippt, wird grauer,
ein nasser wind, ein schauer,
die piste ragt ins all.
verschüttet sind die stollen,
die erde treibt in schollen,
du bist ihr warmer widerhall.

sei still und schlafe, warte
und träume nichts und warte,
zu hoffen ist kein grund.
hinweggerollt sind meere,
kulissen, schwarze leere,
in der sich öffnet gottes mund.

31. 10. 04
mit dem jungen lehnert nach burkhardswalde, wo er eine halbe pfarrstelle hat. gestern bei der lesung unternahm ers, mich zu katechisieren. der glauben ist mein unbesetztes gebiet; ihn aber, selbst zweifelnd, erfaßte ein amtlicher eifer. – gang nach weesenstein. das hochwasser nahm mit, was nicht auf felsengrund stand. inferno und paradies, und könig johann in bürgerlichen zimmern übersetzte dante.

7. 11. 04
hoelz' letzte barrikade. der berühmte abweichler, der jetzt auf der generallinie ist. er will aus seiner haut, und gerät in den *apparat*. alles was er macht, um sich anzupassen, zeigt ihn erst recht als problemfall, und was er beweisen will, seine *reinheit*, weist gerade auf seine fehler. die tschistka wäre die reine besudlung. daß sie ihn aber herzlich hinhalten, belastet ihn doppelt. das schweigen der partei spricht das urteil und reizt ihn aufs blut. er ist, wofür man ihn hält: der großredner, der denunziant, der wüstling: *größenwahnsinnig*. er muß auf der großen geste bestehn – der *liquidation* aller vorwürfe; das ist die liquidation seiner selbst.
was tut max hoelz, *der held*? er baut in moskau seine barrikade und macht stalin meldung. er sei sein eigner feind, der sich vor sich schütze (daß er nicht zur deutschen botschaft läuft). seine verzweifelte aktion drängt ihn in die figur zurück, den schatten, den sein vorleben wirft. er muß nun sogar ablehnen, im meeting von seinen taten zu reden, sie redeten gegen ihn, und fährt zuletzt anonym, als parteiloser emigrant hammer zum einsatz. nur unbekannt ist er noch zu brauchen, wie sein unbekannter tod.
anruf schlenstedt: badia ist gestorben.

8. 11. 04

betrifft: die *instanz.* schröder ins stammbuch. ÜBER DAS HÖCHSTE GUT UND DESSEN VERBINDUNG MIT DEM STAATE, 1798, leipzig. es müsse »eine gewalt vorhanden sein, die die stelle eines ewig unveränderlichen guten willens vertritt. ... ohne jene äußere durch das tun der freien konstituierte gewalt ist meine empirische existenz unsicher und abhängig von der willkür eines anderen«. was für eine gewalt soll das sein? »die einheit der vernünftigen wesen, des gemeinen wesens, das alle ausmachen, ist die zu konstituierende allgewalt. ... sie ist vorzustellen als die vereinigung der moralischen, intellektuellen und physischen kräfte aller.« denn »kein vernünftig-sinnliches wesen kann wollen, daß es vom guten willen eines anderen, mit dem es in einer notwendigen wechselwirkung steht, abhänge« – vom guten willen des eigentümers, arbeitgebers: »die bürgerliche freiheit ist nur durch abhängigkeit aller vom gesetz möglich.« des eigentümers auch? ja, denn es gebe ein *ursprüngliches eigentum* aller am freien gebrauch ihrer kräfte und an der beanspruchung der gegenstände, an »ungestörter arbeit« mithin, und diese urrechte erheischten »gleichheit zwischen dem genusse und der arbeit« und »gerechte verhältnisse zwischen arbeit und lohn«. aber wie sind die verhältnisse? (BRIEFE ÜBER DIE PHILOSOPHISCHE RECHTS- UND STAATSWIRTSCHAFTSLEHRE, 1805, görlitz:) »die abhängigkeit von der willkür anderer, die aus der schutzlosigkeit des ursprünglichen eigentums entsteht, ist sichtbar im verhältnis des unbedeutenden zum mächtigen, des armen zum reichen. es wird ihnen«, herr schröder, »auf das deutlichste einleuchten, daß aufruhr, totschlag, selbstmord, raub, betrug ... und andere politische übel ihren entstehungsgrund größtenteils in dem verkannten und ungesicherten recht des ursprünglichen eigentums haben.« hingegen »in einer moralischen gesellschaft ist keine macht denkbar, die den tugendhaften durch elend niederdrückt, den lasterhaften dagegen mit allen segnungen reichlich überschütte«. die *allgewalt* betreibt die ausbildung der kräfte aller und sichert die arbeitsplätze. »der staat ist verpflichtet, jedem arbeitsfähigen ein der kraft und neigung desselben angemessenes amt zu geben«, und wo die kraft mangle, mögen maschinen einspringen. nicht gleichmacherei und trägheit kennzeichnet diesen sozialistischen staatskapitalismus oder kapitalistischen staatssozialismus: »je mehr eine arbeit auf den vorteil der allheit der individuen abzweckt, je größer die erforderliche anstrengung der kraft ist und je mühevoller die ausbildung dieser kraft war, desto mehr erhebt sich der wert der arbeit und desto größer muß der sold sein, den der arbeitende empfängt«, und nicht selbstbeschränkung sei sein ziel, »alle natürlichen und erkünstelten bedürfnisse« sollten »durch den verdienst des einzelnen befriedigt werden können«, dadurch »daß die preise der auszuspendenden arbeitsprodukte zweckmäßig bestimmt werden«. *die welt ist, die beste welt wird.* schreibt johann adolph dori, geboren in den 1760er jahren in sorno, einem dorf in der lausitz, das 200 jahre später weggebaggert wurde für die falsch verstandne allgemeinheit.

234.

No. 631. Leinach, am 10. November 1904.

An

den Gemeinderat

zu

Erlabrunn.

Dem geehrten Gemeinderat teilt der Unterzeichnete ergebenst mit, daß er <u>für seine Person</u> von der am 24. Januar d. J. bewilligten Erhöhung der Standesbeamten-Besoldung absieht, und daher die Beiträge der Gemeinde Erlabrunn für das hiesige Standesamt bis zu einer eintretenden Veränderung noch in hergebrachter Weise zu entrichten sind.

Hochachtungsvoll

Robert Braun.
Standesbeamter.

14. 11. 04

frau midell hätte »nach der lesung in leipzig die welt auf den armen tragen können«, nach der rezension aus schwarzenberg war sie »wie auf den boden geschlagen«. ihr onkel johannes martin, delikatessengeschäft in der 3. generation, eibenstocker straße, kam 48 aus russischer gefangenschaft und hat dann »irmisch und korb erlebt: mit der brutalität«. ich könne es den schwarzenbergern nicht übelnehmen, daß sie eine giftige sicht behielten. korb, so martin, sei nach annaberg gefahren und habe sie »an die russen verraten, sonst hätten wir schon immer den westen gehabt«. (vornehmer mann, seine angestellten trugen weiße gestärkte schürzen, er blieb geschäftsleiter bei der ho bis zur rente.) ob er denn korb und irmisch vorm krieg gekannt habe? – »das waren kommunisten, mit so was wollte man nichts zu tun haben.« auch sie durfte nicht mit den kindern armer leute spielen, ihre mutter trug einen hut beim einkaufen. man wollte fein sein. nicht so korb, der den schreibtisch requirierte, ein herrschaftsmöbel. – dann hat martin gesagt: leider ist das buch wenig heimatverbunden. das schwarzenberger edelweiß käme nicht vor und der ottenstein. – ja, es ist eine idylle, in der man gras frißt.

2. 12. 04

wiepersdorf. kurzer prozeß mit hoelz. die ganze zeit, in der ich den kleinen text schreibe, ist mir übel. brechreiz, schwindel. ist es ein virus, oder das gift der archive. ich bin ein angewiderter anwalt.

4. 12. 04

bei der kotljarewski-ehrung 1969 erlebte ich, wie kühl die ukrainer der russischen ansprache und wie begeistert sie der georgischen, lettischen usw. applaudierten, und es war kaum ein anderer text – »aber das sind unsere freunde!« das war noch die folge der stalinschen nationalitätenpolitik. an diesem ressentiment setzt jetzt eine andere politik an. es ist wieder eine rosenrevolution, die sie sponsert wie in serbien und georgien, und mit noch mehr millionen dollar. westintegration ist die offene losung, und die demokratie scheint *apfelsinenfarben* herein, eine amerikanische frucht.

27. 1. 04
lenore lobeck, DIE SCHWARZENBERG-UTOPIE. nach der verklärung jetzt die verdüsterung schwarzenbergs, gegen die helle legende wird eine finstre gesetzt. im kampf gegen die windflügel der *freien republik* wird die tretmühle der deutschen misere restauriert. den beweis, den verf. aber führen will: *eine diktatur hat die andere abgelöst*, erbringt sie nicht. denn die *kenntnisse*, die sie berücksichtigen will, sind durchaus widersprüchlich (ehemalige spd-mitglieder und bürgerliche wurden einbezogen, die noch vorhandene verwaltungshierarchie anerkannt usw.; während erst nach der besetzung, *fortan*, die politischen maßnahmen griffen). bei frau lobeck wird aber antifa = sed-macht, die *eigeninitiative* zielt *von anfang an* auf *kommunistische herrschaft* (wie das leben auf den tod), die volksdemokratischen ansätze sind eliminiert – spiegelbildlich zur verschämten lesart der sed, die den *kurzen zeitraum* ebenfalls unterbutterte. die ideologische sicht raubt den ereignissen jeden eigenen gehalt und gestus, und die vor- und nachgeschichte verschlingt den besonderen augenblick. – die *konfliktgemeinschaft* schwarzenberg, ein gewendeter begriff der menschengemeinschaft (und wieder sind die sozialen gegensätze gemieden): stand sie nicht vor der frage: »warum mußte deutschland so untergehen?« daß das buch unter dem erkenntnisstand der zeitgenössischen analysen (fellischs in der schwarzenberger zeitung) bleibt, ist das eigentliche skandalon. die klassenkämpfe werden wie bubenstreiche behandelt. immerhin, und das ist ein verdienst, hat man die buben im auge, die der geschichtlichen herausforderung fachlich und moralisch um so weniger gewachsen waren, wie sich neue autoritäre, *macht*verhältnisse bildeten.

30. 12. 04

der auftritt der natur in BÖHMEN war ein rettender akt, die reinigende flut, »das meer hilft sich selbst«. und der müll in leonardo di caprios mythischem drehort phi phi war von menschenhand schier nicht mehr zu beseitigen. aber das schauspiel, das die natur jetzt in südasien zeigt, bricht jeden vertrag und übersteigt alle vorstellungskraft. mochte die erste riesenwelle des tsunami vor den ferienküsten noch »atemberaubend schön« scheinen, die zweite und dritte riß hunderttausend bewohner und urlauber in den tod. wie eine felsenwand kippte das meer auf den strand. die bühne ein leichenfeld.

PAULA BRONSTEIN / GETTY IMAGES (GR.); BAZUKI MUHAMMAD / REUTERS (KL.)

Flutopfer bei Khao Lak: *Szenen aus der biblischen Endzeit*

7. 1. 05

stelle dir vor, daß die erde wie oben
so auch unten sich zeigt, erfüllt von windigen höhlen
und sobald unten die zeit einreißt die riesigen höhlen
zittert oben die erde, von mächtigem einsturz
erschüttert.
auch geschieht es, wenn mächtige schollen in große und
weite
schlünde voll wasser, vom alter zermürbt, von der erde
sich wälzen
daß von des wassers flut auch die erde geschleudert
wird, schwankend.
darum mögen sie noch sehr glauben, himmel und erde
würden gediegen in obhut gegeben ewigem heile
(lukrez, DE RERUM NATURA)

Touristen in Phuket (am 31. Dezember): *„Entsetzliche Fotos"*

14. 1. 05
in ein krankenhaus in sri lanka wurde am tag der seeflut, die die strände und dörfer hinwegriß, ein dreimonatskind gebracht, das man, ganz richtig, *baby nr. 81* genannt hat. es ist aber keine waise, denn wenigstens neun mütter stehen vor der tür und behaupten, daß es das ihre sei. und wirklich sieht es jeder ähnlich: mit seinen dunklen erschrockenen augen, dem bitteren mund und dem roten runden fleck auf der stirn. und auch die frauen gleichen sich, blaß und entsetzt, in ihrer verzweiflung. sie reden, sie schreien alle zugleich, wie soll man die richtige kennen? sie wollen jede das ihre zurück, das die große welle verschleppt und zerschmettert hat. halt! sind es betrügerinnen? sind es retterinnen? sie kamen erst nur, um zu suchen, zu sehn, und nun faßt sie wilde entschlossenheit, rasende gewißheit! es ists! es ists (weiß eine/jede:) wie es beweisen? *das ist die eine, aber da sind die neun.* ein test ist unmachbar, unbezahlbar an dem verwüsteten ort. welche probe bleibt, um der wahrheit willen? welcher wahrheit? ein richter, heißt es, soll den fall entscheiden. er kann keinen kreidekreis ziehen um das findelkind – die frauen selbst umstehn es im kreis, und zerren sich an den armen, als wollten sie sich zerreißen, sie zerreißen sich um das kind. und es ist nicht die frage: wer die richtige mutter ist, vermutlich sind sie alle falsch – jede, jede würde die richtige sein.

15. 1. 05
auf einem vergilbten zettel lese ich: zweckverband / objekt (für gaststätte) / versorgungseinrichtung / ges. bedarfsträger / dem. zentralismus / kulturwaren. armer sprachschatz aus vergangenen zeiten. die unworte der letzten jahre sind von anderem kaliber: *tätervolk*, *ich-ag*, *gotteskrieger*, *national befreite zone*, *kollateralschaden*, *sozialverträgliches frühableben*, *wohlstandsmüll* (= menschen), *rentnerschwemme*. der kleinen jury, die diesmal dieckmann und mich hinzuberufen hat, liegen dr. schlossers listen der unwortverdächtigen begriffe vor: *bestandsausländer*, *konsumverweigerung*, *luftverschmutzungsrechte*, *ökostalinisten*... das wort sollte ein unwort in sich sein (*begrüßungszentrum*, wie schily die auffanglager in nordafrika nennt, ist nur verharmlosend), und es sollte die welt nicht über die deutschen dinge irreführen (*rettungsfolter* ist der zungenschlag eines juristen). ich favorisiere ein wort, das dem sozialen einschnitt des letzten jahres elend gerecht wird: *armutsgewöhnungszuschlag*. aber die suchmaschine google weist nach: es wurde nicht amtlich, sondern in kritischen kommentaren gebraucht. das unwort des jahres 2004 wird *humankapital*, was den menschen meint, der verwertbar ist. – wir sitzen in der frankfurter universität im ehemaligen ig farben-gebäude, wo technische details der judenvernichtung festgelegt wurden. das jahrhundertunwort: *menschenmaterial*.

20. 1. 05
auf einem podium während der wende blieb als schlußwort, das wir zu lernen haben: demokratie; hein sagte es, und ich sagte es und ärgerte mich, nichts gründlicheres zu sagen. jetzt zeigt hein in einem roman, daß er das lernziel gründlich verfehlt hat. mit alter ungezogenheit rollt er den fall des in bad kleinen exekutierten terroristen auf und kommt zu dem schluß: »das höhere interesse des staats schreckt auch in einer demokratie nicht davor zurück, den einzelnen für seine zwecke zu opfern«. so werde der staat »selber zum terroristen. und zu dem gefährlichsten von allen«. und sein schuldirektor zurek widerruft den eid auf das grundgesetz. – zudem hat hein seinen eigenen fall, als designierter und resignierter intendant, darin im vorab kommentiert. »war ja alle naselang etwas in der zeitung zu lesen.« – »diese journaille ist wie ein krebsgeschwür, wuchernd und tödlich giftig.« – »wem sagst du das!« – »sie lügen alle. der ganze staat. es ist wie eine riesige verschwörung.« so redet er wirklich, ganz überdreht: ich habe schlechtere presse als adolf hitler.

22. 1. 05

angekündigt war eine szenische lesung, aber es ist eine hackwurstiade, die drei schwestern arbeitslos und lustlos: keine ÜBERGANGS-, eine spaßgesellschaft. denn in dem land, in dem sie sein wollten, sind sie nun, und blödelei macht sich auf dem theater breit. werschinins schwafeln ist nur der verkommene bühnenton, und die soldaten sind das postmoderne personal, mit gewehren, um zu terroristen zu werden, wenn man nicht mehr in den katalogen blättert. also hat man sich was gedacht; nur ich bin ein spielverderber, denn es bleibt keine ahnung von dem, was einmal war, im maxim-gorki-theater.

23. 1. 05
grauer tag. am mittag kommt die sonne durch, wir walken mit den stöcken. in lübars geschrei am himmel, große krähen sitzen in den bäumen. (mein handy-ruf *seagull* unhörbar.) sie fallen zu hunderten in die schildower wiesen. ein pferd galoppiert entsetzt im kreis und scheucht die schwärme auf. während wir in der sauna sitzen, zieht der himmel zu und (man glaubte, er kann es nicht mehr) schüttet schnee übers dach.

Drama wie bei Romeo und Julia

Padua (dpa) – Fast wie bei „Romeo und Julia“: Eine 67 Jahre alte Ehefrau ist in Italien nach vier Monaten aus dem Koma erwacht – nur wenige Stunden, nachdem sich ihr Ehemann aus Verzweiflung über ihren Zustand das Leben genommen hatte. Die Frau aus der Stadt Padua habe bei ihrem kurzen Erwachen im Krankenhaus sogar nach ihrem Ehemann gefragt. Um der Kranken einen Schock zu ersparen, hätten die Ärzte ihr die Nachricht vom Tod ihres Mannes aber erspart, berichtete die Mailänder Zeitung *Corriere della Sera.* Das Unglück der Eheleute bewegt ganz Italien.

29. 1. 05
zu den sagenhaften gestalten der *produktion*, die einmal jeden mann brauchte, gehörte jener meister flick, der bei den havarien im tagebau, zu jeder tag- und nachtzeit, vor ort war und mit wenigen kurzen blicken und sätzen die lage peilte. sein bloßes erscheinen machte uns ruhig und ernst, und wir ordneten uns seinen befehlen unter. – flick aus großräschen also, ich gebe ihm den ostigen titel *brigadier*, ist entlassen mit sechzig, zum alten eisen geworfen. mit seiner erfahrung, seiner autorität ins heer der überflüssigen geraten. doch er war ja nie an reguläre arbeit gebunden, er trat auf bei katastrophen! so kann er, eine glückliche natur, auch der freisetzung etwas abgewinnen. die 1-euro-jobs (leser dieses: kennst du noch die reformen HARTZ IV?) sind ihm ein innerer auftrag. was anderen (staatliche) nötigung, ist ihm notwendiges bedürfnis. er bleibt der arbeitsgesellschaft verhaftet, und packt überall an und ordnet wie einst die leute. er muß abhilfe schaffen und das unmachbare (unbezahlbare) in angriff nehmen, und es sind überraschungsangriffe. man folgt ihm oder nicht (die enkel nicht, die keine lehrstelle finden und bedrückt im hause lungern); er weiß um die würde der arbeit, die eine sache der ehre ist, gerade wenn sie die abwegigste ist. wenn er das waldstück säubert von der hinterlassenschaft der russen, ist das eine kampfhandlung, und die wildnis wird in wanderwege verwandelt. so unreal sein verhalten, so realistisch sein erscheinen. denn auf diese hilfsmacht haben die kommunen gewartet, den schwarzen haufen, der leicht die festen arbeitskräfte ersetzt. die not der unter- aber ist die angst der vollbeschäftigten, der einen armut wird der andern demut. als wäre ein großer graben in

der gesellschaft, und neue stände stehn sich an unerreichbaren ufern gegenüber.

3. 2. 05

ostende

warum will ich denn in Sachsenberg: das nicht

5. 2. 05

vier hochzeiten und ein todesfall. nein, heiraten wollen sie nicht unbedingt, sandra bekommt das dritte von belai, und felix wird vater und ines ehlicht ihn nicht, hans martin läßt sich für militia scheiden, aber volker und suleila holten in thailand die trauung nach, und die schwiegermutter ging vom frühstückstisch mit der einjährigen suniha zum strand – die der tsunami begrub

10. 2. 05

an schumacher. die ausbeute in senftenberg ist nicht gering, aber hastig herausgehaun, extremisiert, dann wieder verhuscht; jetzt wären, am alten b[erliner]e[nsemble], die proben weitergegangen. – in der berliner zeitung der hinweis auf die *modernität* des stücks, das ist nun der erfolg der provinz. – der schlußmonolog, den du beklagst, memoriert den moment, wo sich die hölle öffnet. davor wäre der theaterhimmel zu zeigen. daß der autor sich in die krise führt, *mit der kunst am ende* zu sein, ist ein fabelpunkt, den ich zu genießen bitte.

aber vielleicht hast du viel mehr recht, indem ich vom theater *abkehre*, wie der bergmann sagt; und daß es hier im ausgekohlten revier geschieht, ist eine pointe des lebens. hier fand ich den ersten rohen stoff, und verlor ich die letzte feine form (meint die zeit), doch bei der devastierung, die jetzt das theater erlebt, trete ich aus der knappschaft.

15.2.05
im srilankischen kreidekreis hat nun der richter gesprochen. er ordnete an, die streitenden frauen müßten sich einem gentest unterziehn (die kosten werde das kinderhilfswerk tragen). es fand sich aber nur eine von den neun vorgeblichen müttern ein, junitha mit ihrem mann murugapillai jeyarajha. sie waren schon vorher *auffällig* geworden, als sie versucht hatten, das baby nr. 81 aus dem krankenhaus in kalmunai zu entführen. man hatte sie, die besessenen, festgenommen und freigelassen, und sie folgten jetzt dem schwerbewachten kind in die ferne hauptstadt colombo. dort stand ihnen die prüfung bevor, die sie wieder in die woge warf, die bis an den hals, an die zähne schlug! würde ihr eigenes blut gegen sie sprechen? die anderen dokumente waren in der flut verloren; war auch das übrige zeugnis aus ihnen gewaschen? in dem labor soll sich ein drama zugetragen haben, dergestalt, daß, als man dem baby blut aus dem zeh entnahm, junitha und ihr mann wie entseelt zusammenbrachen, gleichsam als ginge die wahrheit über ihre kraft. hätte menschennatur den fall inszeniert: sie hätte elternliebe nicht besser spielen können. – fünf tage später lag das ergebnis vor, und der richter sprach ihnen das kind zu und dem kind seinen namen: abilash, *großefreude.* er hätte aber wohl, auch ohne gewißheit, als die des herzens, nicht anders entscheiden dürfen.

16. 2. 05

thomas heises film MEIN BRUDER (andreas, der angereist ist aus südfrankreich). eine stillgestellte kleistsche novelle, eine *unerhörte begebenheit*, die in nichts als einem zusammenleben besteht, des herzkranken, der in der warmen landschaft überlebt, des freunds und stasi-spitzels, der ihn aufnimmt und dem er verzeiht, und des einen anverliebter, des andern geschiedener frau: ein neues leben voller alter zeit, WE'LL MEET AGAIN.

20. 2. 05

die zusammenlegung von arbeitslosen- und sozialhilfe, schreibt engler, konstituiere einen *stand der arbeitslosen*, nun werde das ganze drama der arbeitslosigkeit sichtbar. das erregende moment sei nicht, daß der gesellschaft die arbeit ausgehe, sondern daß überarbeitung der einen dem nichtstun der andern gegenüberstehe. »gleichzeitig geschieht von amts wegen alles, um die arbeitslose existenz unter verhältnissen vorzuführen, mit denen niemand tauschen möchte. der arbeitsethische gebrauchswert der arbeitslosen besteht darin, daß es sie gibt, daß sie gar nicht umhin können, zu mitwirkenden einer großen gesellschaftlichen inszenierung zu werden, deren kathartischer effekt in der sozialen abschreckung besteht: lieber miserable arbeit als solch soziales siechtum! sich dieser ächtung und diesem druck innerlich zu widersetzen, aktivität zu wahren, neu zu entwickeln, verlangt ein selbstbewußtsein, das unter den obwaltenden umständen eigentlich nur als gabe eines glücklichen naturells begreifbar ist, das heißt als zufallslaune.« das sieht flick ähnlich.

21. 2. 05

und das seinem knappen (englers rückblick auf die »arbeitslosen von marienthal« im jahr 1932): »der räumliche aktionsradius verengte sich zusehends, mit dem geselligen leben verkümmerte das politische, und von den zahlreichen vereinen fanden nur mehr solche zulauf, die unmittelbare überlebensbedürfnisse befriedigten. was die soziologen dagegen überraschte und zunächst schockierte, war der verlust der kulturellen regsamkeit. die öffentliche bibliothek, die ihre bestände ohne nennenswerte kosten zur verfügung stellte, wartete vergebens auf besucher. jetzt, wo die menschen zeit zum lesen hatten, kam ihnen das motiv dazu abhanden. bildung ohne beruflichen zweck, unterhaltung, die vom austausch mit anderen abgeschnitten war, wurde der mühe nicht länger für wert erachtet. das einzige geschenk der arbeitslosigkeit, zeit im überfluß, erwies sich als durchaus tragisches geschenk. es war, als schämten sich die menschen, die gratisgabe ohne arbeit anzunehmen, ohne vorherigen gesellschaftlichen nützlichkeitsbeweis. wer nicht arbeitet, verspürt in sich keinen antrieb und, was noch schlimmer ist, keine berechtigung zu geistigem leben, zu erfüllter muße. er fügt sich in die ihm zugedachte rolle und gibt den schlendrian, zu dem man ihn verurteilt hat, aus scheinbar freien stücken.«

25. 2. 05
meine skrupel, die geschichten von flick wären wiederholung alter modelle, sucht haug zu zerstreuen. der mann aus der mancha blicke zurück in die ritterzeit, der mann aus der lausitz sehe sich nach arbeit um. aber suchen sie nicht beide ein vergangnes heldentum? mich ermüdet, eh ich ans flickwerk geh, die verwandtschaft. – er teilt auch nicht englers ansicht vom ende der arbeitsgesellschaft. die habe es nicht mehr als 30 jahre gegeben, wenn man krisen und krieg substrahiere. im 17. jh. war in köln jeder zweite arbeitslos, d. h. bettler. zwei punkte: dialektik zwischen den zonen, wo die arbeit hingeht – und den evakuierten gebieten; und: arbeit nicht gleich lohnarbeit, letztere hat das diktat, notwendige arbeit liegenzulassen, wenn sie kein geld bringt. das geschäft von hartz IV ist die liegengelassene arbeit. – die *ruchlosigkeit* dieser verhältnisse. der flickkonzern ging mit millionen um, meine flickconnection stehe für millionen. sie macht sachen, mit denen sie gar nicht beauftragt ist. sie macht es gut und schön. »flick entblockiert die situation und setzt potentiale frei«, so wirkt er wunder. das ganz unmachbare wird bewerkstelligt. ein geist der gemeinschaft stellt sich ein. natürlich kommt man mit dem eigentum in konflikt, und es wird gegen ihn eingeschritten. man muß die arbeit stehlen, man muß sie jagen. und noch im traum geht sie weiter (wenn er, tatsächlich, gegen die windräder kämpft).

14. 3. 05

verfassungsrichter steiner ist befangen, er unterstellt den deutschen ein »mentalitätsproblem«. man hole aus dem staatlichen system heraus, was man nur herausholen kann; ja die deutschen seien geradezu *gleichheitskrank*. (ein unwort des jahres.) die verfahren gegen hartz IV eröffnet er erst einmal nicht, das verfassungsgericht müsse das gesetz erst »wirken lassen«. es gehöre zum respekt eines verfassungsgerichts vor dem gesetzgeber, »daß es dem gesetz eine chance gibt«.

18. 3. 05

angenehm, mit einem freund zu reisen: kirsten aus klipphausen/weimar; er freilich hat streß. der mann der ERDLEBENBILDER scheut den luftraum, und *unterwegsbefindlich* sein ist ihm ungemach. heathrow! versöhnen muß ihn der milde weiche morgen schottlands und porridge for breakfast. lesungen in glasgow und st. andrews. heike uhlig, anna crowe, tessa ransford, o'rourke, mclaughlin, constantine. and many more.

25. 3. 05

dürerzone. für claudia berg. ein ungestümes auge, eine kaltblütige hand greift in die leere fläche (unfarben, unansehnlich: sah ich das), doch schon ein strich belebt sie, ritzt einen halm, schabt ein büschel frei, die brache blüht unter der kalten nadel, wild bewachsen der kies, flottsand, fladenlehm, wüstes wucherndes gras, der unterarm streicht darüber, eine böschung wölbt sich, strotzend, gestriegelt vom licht, ein GROSSES RASENSTÜCK dreckig, flämingsch braun, wieviele wetter nisten darin, und arbeit wühlt drunter, ein trafohäuschen starrt, industrien weggesunken, dann heitert die landschaft auf, die gestalt geht (: mir sichtbar) hindurch, der himmel hingeatmet, »mit hoher brust« –

2. 4. 05
schon einmal hat mir die rezensentin eine schöne kritik geschickt, um dann eine schreckliche drucken zu lassen. unterwarf sie sich gestern der kulturpolitik, so jetzt den marktgesetzen.

12. 4. 05

mitunter jetzt höre ich mich stöhnen, und werde eines gedankens inne, der mein leben betrifft, ich stöhne unwillkürlich, aber die verfehlung, das verfehlte ist stark genug, mich stöhnen zu lassen.

13. 4. 05
niemand, nur er, sieht die entsetzlichen leerstellen im bericht. wem ist er die auskunft schuldig, da er sie kennt.

17. 4. 05
deutsch-polnische autorentagung in wrocław.

was ist osten, was ist westen:
reden wir doch von regionen.
um beschenkt mit überresten
im besonderen zu wohnen.

24. 4. 05
in córdoba gehen wir gleichsam durch verschiedene städte und staaten. im säulenwald der mesquita atmet die maurenzeit im gemurmel der touristen. unterm platz des großen kapitäns das römische forum umbaut von den gründerzeitbanken der westgoten. das pflaster der altstadt tritt cervantes, dort an der placa del potro im andenkenkitsch. seneca liegt gelassen an der mutterbrust, cäsar treibt steuern ein, im stadtrat regieren die kommunisten. averroes, maimonides und der weise könig alfons ergehn sich in garaudys stiftung. das alcázar, festung der reconquista, sitz der inquisition, empfängt die gäste von cosmopoética.
die hunderten bögen der moschee rot und weiß, schöner effekt zweier materiale, die den bau haltbar (erdbebensicher) machen. die frage nach dem *anderen material* für mein flickwerk... ziegel und mörtel fest verfugt im weiträumigen gebäude des DON QUIJOTE, und die wölbungen der bögen weiten sich wie die brust beim gedanken an die süßeste von toboso. um originell zu sein, muß es nun beton und glas sein, der harte mann der arbeit und das fragile kind der freizeit, oder ists die brüchige, aber unerschöpfliche schicht der »faulen«, der menschenmüll, der ungeheure kitt des zerberstenden sozialstaats?

1. 5. 05

ein *my-fest* will in berlin den tag der arbeit ersetzen, da er für die arbeitslosen ein trauertag wäre. immerhin flammt unvermutet eine *kapitalismus-debatte* auf. der vorsitzende der spd nimmt die finanzinvestoren maß: »sie bleiben anonym, fallen wie heuschreckenschwärme über unternehmen her, grasen sie ab und ziehen weiter«; und der hessische finanzminister gibt den betroffnen bewährungshilfe: »die elektronische fußfessel bietet auch langzeitarbeitslosen und therapierten suchtkranken die chance, zu einem geregelten tagesablauf zurückzukehren«. das entfesselte system, und der gezähmte ausgegrenzte. und wenn schon die sozialfälle den infamen fragebögen jedes kleinste ersparnis bekennen müssen, sollen auch die marktradikalen verdiener beim namen genannt werden: kkr, apax, carlyle, bc partners, advent, cvc, saban capital, blackstone. arbeitgeberpräsident hundt nennt die debatte *zum kotzen*.

13. 5. 05
kammerer berichtet, daß pelosi seinen mord an pasolini nach 30 jahren widerrufen habe. die schilderung des hergangs kopiere den gewaltakt, den pasolini mehrfach vorausgestaltet hatte (am drehort ostia: am meer). drei männer hätten ihn aus dem auto gezerrt und erschlagen. – pasolini sechs stunden vor seinem tod: »hier herrscht der wunsch zu töten. und dieser wunsch verbindet uns wie unselige brüder eines unseligen scheiterns eines gesamten sozialen systems.« leben und tod e i n e konsequenz, der tod »der höchste ausdruck« des menschen und werks. der tod »bearbeite« das leben wie der schnitt das filmmaterial. das ist die sicht am schneidetisch (auf dem der eigne körper liegt), eine radikalere *materialästhetik*. nicht der *geprügelte*, der totgeschlagene held.

16. 5. 05

»heute erscheint den greisen der konservativen fronde der hauptweg der freiheit nur noch auf der grauen folie des skeptizismus begehbar und in den lebensschatten der misanthropie, die sich mit nüchternheit verwechselt. begeisterungsfähigkeit gilt da schon für den schlummer diktatorischer gelüste. billige zeichnung des menschen.« irrlitz, unzeitgenosse, im aufsatz WENN LEIPZIG ODER HARVARD – DANN CAPRI in schönem blochschen ton. »neue generationen werdens beiseiteschieben, die allerdings nicht unsere liegengelassenen probleme aufzulösen sich zusammenfinden, sondern ihre eigenen. die katastrophen der schon versuchten sozialistischen verwirklichung und ebenso diejenigen faschistisch verludernder verirrung des zusammenwirkens aller werden sich nicht vergessen lassen. die metaphysischen weihen vom ewigen bösen abgeschmackte verlegenheiten vor den je genauen sozialen und kulturellen konstellationen. die menschheit ist ein zu gescheites exemplar, um ewig blind auf den gleichen pfaden zu eifern.«

21. 5. 05
einzug in die akademie am pariser platz. es hat, auch architektonisch, etwas von großem bahnhof. behnischs bau birgt mehr probleme als lösungen. wartehallenflair. die treppenrede erstmals an einem pult und entsprechend *geneigt.* auch die regierung macht eine durchsage: bitte unruhe.

23. 5. 05

agamben verweist auf ein fragment heraklits, in dem er *aiōn* als ein kind sieht, das mit würfeln spielt. die etymologen führen das wort auf die wurzel *ai-w* zurück, die lebenskraft, »die bedeutung, die *aiōn* ursprünglich in den homerischen texten habe, bevor sie zu ›rückenmark‹ übergehe, um endlich auf nicht leicht erklärbarem weg zu ›dauer‹ und ›ewigkeit‹ zu gelangen. wenn wir aber die homerischen verwendungsweisen betrachten, so sehen wir, daß *aiōn* oft mit *psychē* verbunden wird, wie etwa in der ausdrucksweise: ›psyche und aion verließen ihn‹, um den tod zu bezeichnen.« *psychē* der hauch, der den körper beseelt, *aiōn* das maß seiner dauer, *thymos* das moment, das die glieder bewegt. »wenn uns heraklit sagt, daß *aiōn* ein spielendes kind ist, so führt er das verzeitlichende wesen des lebewesens – wir würden sagen: seine ›historizität‹ – als ein spiel vor (gleichwohl wäre die übersetzung ›die geschichte ist ein spielendes kind‹ gewiß gewagt).« gleichwohl zitiere ich nur darum den text.

24. 5. 05

derselbe, zitiert hegel: »die geschichte ist nicht der boden für das glück.« die düsteren welthistorischen individuen sind für sich nicht das, »was man gemeinhin glücklich nennt ... ist der zweck erreicht, so gleichen sie leeren hülsen, die abfallen.« aber jetzt kömmt agamben. »in widerspruch zu hegel kann die geschichte für den menschen nur als ursprünglicher ort des glücks einen sinn haben. die sieben stunden adams im paradies sind in diesem sinne der ursprüngliche kern jeder historischen erfahrung. die geschichte ist nämlich nicht, wie es die herrschende ideologie gern sieht, die hingabe des menschen an die lineare, kontinuierliche zeit, sondern die befreiung des menschen von ihr: die zeit der geschichte ist der kairos, in dem der mensch die günstige gelegenheit im moment freier entscheidung ergreift. ... der wahre historische materialist ist nicht derjenige, der in der unendlichen linearen zeit den schwachen schein eines kontinuierlichen fortschritts sucht, sondern derjenige, der jederzeit«! »imstande ist, die zeit im eingedenken daran stillzustellen, daß die ursprüngliche heimat des menschen der genuß ist. genau diese zeit wird in authentischen revolutionen erfahren, die, wie benjamin bemerkt, stets als ein stillstand der zeit und als unterbrechung der chronologie erlebt werden. aber eine revolution, der nicht eine neue chronologie, sondern eine qualitative veränderung der zeit (eine kairologie) entspringen würde, wäre die an folgen schwerwiegendste und die einzige, die von der restauration nicht eingenommen werden könnte. derjenige, der in der *epochē* des genusses der geschichte als seiner ursprünglichen heimat eingedenkt, wird nämlich dieses eingedenken in alles hineintragen, wird in jedem augenblick«!

»dieses versprechen fordern: er ist der wahre revolutionär und der wahre hellseher, der nicht erst im millenium von der zeit befreit ist, sondern *jetzt.*« da wären wir schon im roman, eines wahren *histmatikers*, der sich hineindenken und hineinreiten mag.

29. 5. 05
rabat. deutsch-arabischer dialog, übersetzung und *modernisierung* der lyrik. an unsern unschuldigen texten zeigt sich – wenn diana auf europäische art den dichter in ein tier verwandelt – ein konflikt der kulturen. al slaiman nimmt der nackten den rücken und sartorius die hufe. – boubias aufsatz über *interkulturelle kompetenz*: hat nicht der prophet mohammed gesagt: lauft nach wissen bis nach china, wenns sein muß! kennt nicht jeder muslim die sure: wissen begehre von der wiege bis zur bahre. im goldenen zeitalter vom 9. bis zum 13./14. jh. wurden die übersetzer mit gold bezahlt (weshalb sie große buchstaben malten). theophrast, euklid, galen sind nur arabisch überliefert, es war die referenzkultur; ihre grenze aber lag vor der poesie, sonst wären uns vielleicht mehr tragödien des aischylos erhalten. averroes' rationalismus, der den okzident erschütterte, versandete im orient; »die *umma*, die gemeinschaft der muslime, hatte zwar noch ihr heiliges buch, aber keine weiteren bücher mehr«, jede neuerung als *dalala*, als häresie gebrandmarkt (und der buchdruck erreichte den islamischen raum mit 400 jahren verspätung). die entdeckung der moderne datiert mit der militärexpedition bonapartes und bleibt eine schmerzhafte erfahrung, der rückständigkeit und einer renaissance »mit umgekehrter rollenverteilung«. arabien von tabus paralysiert, von autokratien blockiert, vom zwielichtigen westen düpiert. bennis erzählt einen philosophischen witz: könig hassan fragt gott: wann wird marokko nicht mehr 3. welt sein? gott (beginnt zu weinen): wenn es mich nicht mehr gibt. – aber am heutigen sonntag stimmt europa (in frankreich) gegen sich, mit gutem grund gegen eine schlechte verfassung.

8. 6. 05

borneo: der geschlachtete wald

9.6.05

BESCHREIBUNG EINES KAMPFES ist ein gipfelwerk kafkas, es hat rang und stellenwert wie FATZER bei brecht, und es ist kein zufall, daß es gleichfalls fragment geblieben. kafkas »belustigungen« (der sprache) »oder beweis dessen, daß es unmöglich ist zu leben«; brechts lust des denkens und beweis, es ist unmöglich zu kämpfen. in beiden fällen das experiment körperlichen/gestischen schreibens in avanciertester manier, die dem moment eine solche kraft und geltung gibt, daß das teil uneinholbar ist vom ganzen (das sich als ziel erübrigt). ein unerhörtes training, bei dem das volle pensum, das ganze repertoire der schläge und finten absolviert wird, wie es im normalen kampf oder *prozeß* nie zur anwendung kommt.

12. 6. 05

der neue reisepaß wird biometrische merkmale enthalten. sie verraten auch nicht mehr, als die polizei erlaubt. – schmid über die seele als *aura*, deren ein- und ausgänge die sinnesorgane, und noch ein sechster oder siebter sinn, intuition und gespür, »deren existenz doch gerade zwischen freunden zweifelsfrei erfahrbar ist, auch über räume und zeiten des getrenntseins hinweg, ähnlich den ›verschränkten photonen‹ der quantenphysik«. ihr signalement, die freude, die begeisterung ist mir halb abhanden gekommen; aber ballhausen bezeugt sie, der, nach schwerer operation, zur lesung nach urach kommt und sich mit tränen verabschiedet

13.6.05

– wo ich auch schmid treffe; abhanden, sage ich, kaum noch der witz, nur der zynische spaß ist meine kommunikation. seelenschwund: ein entsetzlicher befund. die angewohnheit, den andern (nicht eben den *lebensphilosophen*) anzufassen, das unbewußte bedürfnis der vergewisserung (»wenn ich berührt werde, lebe ich«). – ich sehe aber (oder flick sieht), wie sich hingegen der enkel herrlich regt und bildet, wie ihn die dinge, die menschen *animieren.* und er sich begierig in die verhältnisse fügt und sie sogleich bestimmt. der kindergarten, nach kurzem sträuben, ist sein fröhliches revier, und schon ist er, offensichtlich, *verliebt* in emma, die er umarmt und immer auf den lippen hat. man möchte zurück in diese laufbahn, und greift nach der kleinen hand! eine seelenwanderung, denke ich zynisch, um mich aufzugeben; flick könnte sich erziehen lassen von dem jungen trieb.

20. 6. 05

die wahrheit ist, daß ich sancho pansa bin, und meine obsession, die lebenswierige sinnvolle tätigkeit, von mir fernhalte, indem ich einen helden der arbeit wie jenen verrückten ritter zu seinen einsätzen schicke, die freilich, bei aller hingabe, nichts bringen als die erinnerung, daß es damit vorbei ist. ich, ein freischaffender mann, verfolge vielleicht nicht gleichmütig, aber ohne verantwortlichkeitsgefühl seine mißhandlungen und hoffe davon meinen unterhalt bis an mein ende.

30. 6. 05

flick hat kein glück bei seinem jobvermittler. es unterhält mich nicht, ihn lange zu beschäftigen. ein roman wär zuviel aufwand für den magren humor. der stoff taugt nur, sich immer nach der decke zu strecken. wie die produktion verliert auch die prosa den epischen gestus. bleibt die teilzeitarbeit, ein-euro-romane, kurzatmige schwänke.

2.7.05
kanzler schröder ist kein sächsischer könig; er sagt nicht: macht euern dreck alleene, er hofft: wählt meine politik noch mal. er bittet den bundestag um das mißtrauen, um wieder anzutreten. »hinten sind die enten fett« meint er niedersächsisch. aber nach hinten scheißt der hund, und frau merkel kann dann *durchregieren.*

4. 7. 05

die »reichensteuer«, vermögenssteuer usw. – »eine von ideologie geprägte politik«, deutschland könne sich, sagt ein leserbrief aus frankfurt am main, diesen *luxus* nicht leisten. blockiere man die geldmittel, so sei das, als wenn man es von unten nach oben regnen lassen wolle. belaste man die reichen, komme unten nicht mehr viel an, denn die wirtschaft verdorre. – brecht hat das nämliche naturgesetz bemüht, aber im LIED VOM KLASSENFEIND. – daß die sonne der wirtschaft unaufhörlich die pfennige der armen aufsaugt, gehört zu dem kreislauf, es verdunstet eben unten, und sammelt sich natürlich oben. man kann halt das lied der armen oder reichen singen.

7. 7. 05
»ehrlicher wählen« wäre ein zu schöner slogan gewesen. sodann, gerade von bisky und lafontaine als spitzenkandidat in sachsen serviert, hat muffensausen bekommen. kulturstaatssekretärin weiss forderte das fernsehen auf, den kommissar bruno ehrlicher aus dem programm zu nehmen, und legte dem schauspieler nahe, den beruf ruhen zu lassen. – daß einer öffentlich kenntlich ist, wird als risiko für die demokratie erachtet. indem er, wie man sah, eine lippe riskiert.

8.7.05
»beschaffte hartz die huren?« die symbolfigur der arbeitsmarktreformen, gegen die die straße vergeblich skandierte, wird durch ein flüstern im separé zu fall gebracht. der personalvorstand von vw »übernimmt die verantwortung« für die schmiergelder, lustreisen, sog. unregelmäßigkeiten, die sinekure, womit man den betriebsrat befriedigt, damit er beim unternehmerischen drang nicht prüde ist. denn mitbestimmung ist die eigentliche unregelmäßigkeit bei volkswagen. hartz war so dreist, sich selbst das »dunkelhäutige mädchen« aus lissabon ins bett zu legen. eine halsbandaffaire im manager-milieu; *die würde* der gewerkschaften, wie einst *der majestät*, ist *untergraben. das faktum* (goethe) *geht der französischen revolution unmittelbar voran und ist davon gewissermaßen das fundament.* welche umwälzung darf der deutsche sozialstaat erwarten?

12. 7. 05
nachtrag zu ROT IST MARLBORO (hammamet 1991).

wahre herrscherhäuser der dynastie riu palace
sommerpaläste für die touristenklasse
in marmor badend, fischleichnam schlemmend
ich reise-tui im liegepfuhl geröstet
mein untergeist überfliegt ein jahrhundert:
die früchte faulen, vestibüle geflutet
der teilzeitvertreib auf der trümmerstätte
bald bucht nur sand die junior-suiten
CARGO CARTHAGO nach dem vierten punischen krieg

lektüre ebenda: DIE UNSICHTBAREN von van loon, birmanische flüchtlinge, übersetzt von arne. van loon starb vor wenigen tagen, mit zweiundvierzig, an einem hirntumor.

3. 8. 05
nach der entdeckung eines *zehnten planeten*, der jenseits der bahnen von neptun und pluto kreist, zögern die astronomen, sich mit ihm anzufreunden. man ist uneins, ob man die zahlreichen armen objekte in der banlieu des sonnensystems in die vollversammlung der himmelskörper aufnehmen soll. es gelte zunächst, »die mindestanforderungen an einen planeten« zu definieren. ein derart vernünftiger anspruch ist, auch bei der globalisierung, gegenüber unserer bewohnten und wie selbstverständlich akzeptierten terra nie erhoben worden. (für glastra karel van loon)

7. 8. 05
domprediger kleinschmidt durfte das kreuz des pfarrers und genossen tragen; sohn sebastian zweiteilt sein leben, die marxistische hälfte habe er hinter sich. im jahr 89 war ihm, als wenn die erde bebte, die welt der überzeugungen sei weggebrochen, er mußte einen neuen halt suchen. nun ist er nicht im glauben fest, aber er habe kein »diesseitiges angebot«. – jetzt schlage ich sinn und form auf und finde auf der ersten seite florenski: DIE HEILIGUNG DER WIRKLICHKEIT. ah, hier wird dir alles offenbar, das heilige offenbart sich als licht, unsichtbares licht, das in den heiligenviten »das große, das unerreichbare, unaussprechliche, unendliche, das überirdische, himmlische, strahlende, strahlendste, höchste, ewige, selige, wundersame, unbegreifliche und so weiter licht genannt wird.« »und es wurde bestätigt, daß dieses licht das ontologische fundament der welt und der geschichte ist. es ist das licht, das als göttliche wärme wahrgenommen werden kann, als himmlischer laut, als unaussprechlicher wohlgeruch, als unsagbare süße, wovon die erfahrung der asketen zeugt und wovon das schrifttum der heiligen väter und die liturgischen bücher unzählige male kunde geben.« ja! aber, hl. sebastian, reitet dich der teufel, den orthodoxen leitartikel zu nehmen? von kant, dessen »anschlag auf die begriffe der heiligkeit zum scheitern verurteilt« sei, zurück zum kult, einer nicht weltimmanenten sittlichkeit. mein gott, ist das jetzt das blatt einer geistlichen akademie? ich bin für diesseitigen sinn und diesseitige form und lege nicht wert auf »zugehörigkeit zu den nichtweltlichen energien«. soll ich dem jenseits im beirat dienen?

18. 8. 05

bestrafte schlaraffen. unser staat ist ein sorgsames oder versorgendes wesen. aber er ist natürlich noch der alte bürokrat. d. h. er nimmt es genau mit der armut und nimmt sie maß. so unbeholfen sie sich anstellt, er bringt sie gehörig auf hintermann. da wird die fürsorge wie eine strafe empfunden und die wohltat als pein erlebt. der alte rechthaber, dem die soziale ader schwillt, und die bittstellerin, der das blut gefriert. eine gute gesellschaft, wenn man sie durchrechnet, halb ein schlaraffenland, das übergebraten wird.

20. 8. 05
briefkopf eines schreibens an die leitung der agentur für arbeit berlin südwest:
»jochen a. hübener
diplom-kaufmann
diplom-handelslehrer
politik zusatzfakultas
bank-experte (bankkaufmann u. diplom der bankakademie)
ECDL-computer-diplom
reiseleiter
wirtschaftswissenschaftler, international erfahren (ost-europa, lateinamerika)
konjunktur-experte
branchenstruktur-experte
regional-experte
englisch-, spanisch- und französischsprechend
parteimitglied *wasg*-wahlalternaltive arbeit und soziale gerechtigkeit
durch hartz-IV ruiniert, verarmt, entwürdigt
schikaniert vom arbeitsamt, arbeitsagentur, jobcenter«

25. 8. 05

mit der arbeit hat die gesellschaft den verstand verloren oder: so viel sie arbeit verliert, muß sie ausflucht und andern witz gewinnen. – ein anderer eulenspiegel, nicht bäuerlicher typ sondern arbeiterlicher. man hat als arbeitsloser *narrenfreiheit* – d. h. es ist eine elende, irrwitzige freiheit, die man sich nicht nimmt: in die man gestoßen wird. indem man sich töricht in ihr befindet, erweist sich die torheit der existenz. die ausgegrenzten demonstrieren die grenzen der gesellschaft. (das massenhafte FLICKWERK.) da ich nun einmal in schildow wohne, welches dorf vor den toren berlins liegt, ohne daß man die grenzen noch wahrnimmt und reinhalten muß, bin ich immer der streiche inne, die sie ausbrüten oder übergebraten bekommen.

18. 9. 05
tragik eines machtmenschen. *ich will hier nicht raus.* kanzler schröder, der bis auf 1 fantastisches prozent aufholt in der wählergunst, verspielt sie sagenhaft durch eine (selbst)herrliche geste: er beansprucht den wahlsieg. man rätselt: war er unter drogen, oder von sich selbst berauscht? der gespenstische auftritt in der wahlnacht läßt plötzlich den stummen abgang lafontaines begreifen, ein anderer machtmensch, der ihm nicht gewachsen war. – freilich stürzt sich schröder selbst, weil er von allen optionen eine ausschließt: mit der linkspartei zu gehn, in der der widersacher wiederkehrt.

23. 9. 05
bei müller (1977): *bildschirme schwarz. blut aus dem kühlschrank. drei nackte frauen: marx lenin mao. sprechen gleichzeitig jeder in seiner sprache den text... hamletdarsteller tritt in die rüstung, spaltet mit dem beil die köpfe von marx lenin mao. schnee. eiszeit.*
bei strauss (2005): *im abnehmenden licht kreuzen auf: der mann mit der wolke als kopf. die frau, die in einer durchsichtigen plastiktüte die reste ihres liebsten trägt: schulterknochen, blut, hand und genital. der mann, über dessen kopf ein dampfender halbschuh schwebt.*
da haben wir das personal zweier (theater)epochen.

10. 10. 05
jannings macht den SPORN als hörspiel, wie immer verlangt er mir ab, die (wenigen) autorsätze selber zu sprechen (es bleibt hier in der familie). ich muß also, im studio halle, dem schauspieler holtz, der mich eben noch, in seiner wollmütze, mit witzen unterhält, das blatt wegreißen: »ach lassen sie das, das will ich nicht, ihm das unglück des vorfahren anlasten«, und er macht kollegial mit, mir seinen part als sichere beute servierend; so zeigt er seinen respekt vor dem text, der verläßlichen vorarbeit, und ich beneide diese genüßlichen nacharbeiter, wie immer unfroh, so rasch aus dem geschäft zu sein.

15. 10. 05
weimar, in der altenburg. »›springquell‹ – im dialog mit schiller«, über anmut und würde. *nichts mehr davon, ich bitt euch. zu essen gebt ihm, zu wohnen, / habt ihr die blöße bedeckt, gibt sich die würde von selbst.* KULTUR IN WEIMAR 1, 2. DMITRI szene 3, szene 16. HINZE-KUNZE-ROMAN: der hunger. DAS MASSIV. DIE RÄUMUNG oder: DAS PHILOSOPHISCHE EREIGNIS. LAGERFELD
(das thema bearbeiten auch yun sun, kontrabaß, und steinhöfel, klavier)

21. 10. 05

wenn man von der kahlen festung kalemegdan auf die altstadt belgrads blickt, bleibt kaum eine ahnung von der vieltürmigen barockstadt, die prinz eugen belagerte. welche geschichte von untergängen! seit der antike bis auf den heutigen tag angegriffen, von hunnen, ostgoten, awaren, türken, den natostaaten. ich gehe durch solche geschundenen orte mit kalter wehmut. jugoslawien war uns ein politisches eldorado gewesen, ein blockfreies land wie nehrus indien und el-nassers ägypten. dieses riskante vielvölkergefäß war dann leicht zu zerbrechen; es zu bombardieren war eine geschichtsvergessene infamie. – ins goethe-institut verirren sich kaum zehn leute, im (alten) schriftstellerverband ist es voll. der liebenswürdige kranke krasni hat einen band gedichte übersetzt. wir fahren die donau entlang zum literarischen herbst nach smederovo, und zurück den goldenen *kljutsch* im gepäck.

3. 11. 05
ungern fuhr ich hin, aber auch kästner reist an und ahrend kommt herüber, und eine schar aus dem suhrkamp verlag erscheint zum empfang (in der ausstellung in der buchhändlerschule bergen-enkheim), und fellinger liest aus briefen, die vor dem ersten büchlein gewechselt wurden. ich revanchiere mich mit ein paar notaten, den druckgenehmigungsprozeß des HINZE-KUNZE-ROMANS betreffend: und gebe so einblick in eine sphäre, die ihnen völlig verschlossen war, meinen zweiten beruf, mit den ämtern zu rangeln, schändliche und komische prozeduren. die wirkung ist unerwartet, man verlangt, die sachen zum druck zu bringen (dieses arbeitsbuch also), weiss, fellinger, charlotte brombach bedrängen mich heftig. aber dies schließe ich aus; das hieße, die identität herzugeben, meine (nicht intimste, aber) unbefangne existenz, mit der ich nur selber umgeh.

12. 11. 05
ein symposion in dresden fragt nach der *zukunftsgeschmeidigkeit* der gesellschaft in der zeit eines umbaus, der kaum durch kulturelle oder soziale spannkraft von innen her inspiriert ist. (geschmeidigkeit eignet vor allem dem opportunistischen kapital.) die dresdner, sagt göschel, leben gleichsam in den endmoränen vergangener zukunftsgletscher. exemplarisch die visionen des barock, der lebensreformbewegung, der sozialistischen lebensweise, deren architektur und rituale noch greifbar sind. die schöne metapher läßt fast vergessen, daß es auch die brachen von feuersbrünsten und erloschenen ideologien sind, ein untertanen-tableau.
mit zwei brüdern und schwägerinnen in der äußeren neustadt. streit über modrow.

…einbare Idylle um die Ruine der Frauenkirche, 1957 Fotos Sächsische Landesbibliothek

17. 11. 05
eßbach ruft an: sie haben in erlbach zu elft den SPORN gehört. es sei spannend gewesen. in markneukirchen, wo er sich eine kassette beschaffte, habe die verkäuferin sich gewundert, daß 50 stück gekauft wurden. – im riedelhof sei laut erbfolgepapieren ein georg braun besitzer gewesen. jetzt ist er das jahr durch ausgebucht, junge entwicklungshelfer, holzbildhauer, zuletzt ein apfelsymposium, sie haben in der gegend 160 sorten erkannt.

18. 11. 05
es gibt in der rede für dresden auch einen trümmerhaufen, ungelöster probleme, den ich nicht beräume; die private dreckecke bleibt draußen.
kann ich ausschließen, daß der arzt, der mich holte in der frauenklinik, an sterilisationen *unwerten lebens* beteiligt war.
ich war kein junger pionier; aber das verlangen *mitzulaufen*, hinter dem rudel die dorfstraße lang.
die stiefelspitze der marschkolonne in der kniekehle, als ich die thälmannstraße überquerte.
1956: das feuerwerk sah ich mit elendem gefühl.
die erste tat nach der bewährungsfrist: »die notwendigkeit der gedankenfreiheit« an der schulwandzeitung.
hier hatte ich alles: gründliche ausbildung, und fristlose entlassung.
was wäre ich geworden, wenn ich hier geblieben wäre? ein anderer der selben art, ein anderer dummkopf mit seinem genius.
feststeht, daß die erde, in die man mich läßt, nicht der boden der heimat ist.

6. 12. 05
turin. entspannter abend bei anna chiarloni. sanguineti, der große genueser diskutant, seine (in den versen avisierte) luciana, susanna kuby, kammerer. der parmesan schmeckt nicht mehr wie einst nach zukunft; der korkenheber an der wand, sage ich, ersetzt hammer und sichel. sanguineti hat keine verwendung für symbole, er meint es bitterernst mit dem gehalt. das lob des mauerbaus hatte ihm bisinger in den reisegedichten zensiert. seit gorbatschow hat er die sowjetunion nicht mehr betreten. – festa della poesia in der universität. »porträt zweier avantgardisten« (sagt mariarosa masoero); s. jedenfalls ist es geblieben, und tatsächlich erkenne ich vergleichbare allfanzen. IDEOLOGIA E LINGUAGGIO war eine replik auf pasolinis POESIA E IDEOLOGIA, wie POLITIK UND POESIE auf enzensbergers POESIE UND POLITIK reagierte; die »unpersönliche«, »materialistische« schreibweise der versuch einer absoluten öffnung des gedichts für das chaos der welt, und solche verheerung auch in meinen »materialen«; seine späten zyklen sind nach verlorenem kampf noch freier und zügelloser, possenhafter, und ich besinne mich eben auf die SCHÖNEN POSSEN. da ich ihn nicht so gut kenne, spreche ich vom anarchismus der ideologie und der konstruktion der literatur und treffe ihn am empfindlichsten knie. der alte »laborintiker« gefällt sich als parodogmatiker, meister der chaotisch-erotisch-politischen mixtur, schon metaphern weist er ab, weil sie die welt ordnen. – ich drücke ein auge zu bei den mißverständnissen: das linke auge ist seit dem morgen (wieder) blind; verbringe den nachmittag bei dottore donati.

10. 12. 05

in fast keiner zeitung findet sich pinters nobelpreis-rede auch nur im ungefähren wortlaut. »die invasion im irak war ein banditenakt, ein akt von unverhohlenem staatsterrorismus.« auch von seinem land nimmt der todkranke anständig abschied, »ein kleines blökendes lamm, das an der leine trottelt, das erbämliche und abgeschlaffte großbritannien«.
enzensberger: »seit jahren das gleiche gezeter.«

21. 12. 05

lula in brasilien, vázques in uruguay, chávez in venezuela – nun morales in bolivien. vierzig jahre, nachdem guevaras guerilla an den »stumpfen steinen« scheiterte, führt ein indio und kokabauer den wahlkampf zum sieg. »wir sind die unumschränkten besitzer dieses noblen territoriums« mit seinen öl- und gasfeldern. die bourgeoisie in la paz transferiert erschreckt ihre dollarvermögen. washington und der weltbank schwimmt ein kontinent weg. die armut hebt die geballte faust: und streut margeriten.

Foto: Aizar Raldes/AFP/gettyimages

Evo Morales bei einem Wahlkampfauftritt

10. 1. 06

»auf mecklenburgischen zeltplätzen, so erzählt der urenkel thomas manns, habe er zum ersten mal erfahren, daß menschen auch unkompliziert miteinander umgehen können, daß gespräche frei sein können von herablassung, standesdünkel und arroganz. das habe ihn geprägt: sein leben habe er fortan der frage nach den voraussetzungen gesellschaftlichen zusammenhalts gewidmet. ... wenn er sich damit beschäftige, auf welche weise man landwirte unterstützen solle, sei das eine variante der frage, wie man ein gleichberechtigtes und faires zusammenleben innerhalb der gesellschaft verwirklichen könne. deshalb habe er sein studium der ›pflanzenproduktion‹ 1988 auch in der ddr, in halle, begonnen. die zeit sollte zeigen, ob er im sozialistischen ostdeutschland besser leben könnte als im westen. der mauerfall hat ihm die entscheidung abgenommen.« (frankfurter allgemeine)

15. 1. 06

wir lagen auf wasserbetten in maspalomas und konnten die welt nicht vergessen. in dem roten dämmrigen raum rauschten ferne wellen, und eine sachte musik setzte ein, um uns zu beruhigen. im nebel der saline hockten wir auf marmorbänken: tief atmend, zwei steinerne katzen funkelten aus grünen augen, ab und zu stieß ein kegel beißenden salzdampf aus in die atemwege. das wasserwaten auf den weißen kieseln zur durchblutung und kräftigung der reflexe. ruhend im dunklen lava-dom versanken wir in lederliegen, welche die füße über den kopf lancierten, die rettende ruhe einer höhle, während draußen der regen schmatzte. und immer fern das meer: wie fuß fassen an der felsenküste. der schwebepfuhl eine heiße brühe, die unsere leiber trug, als toter mann treibend nur mit den fingern rudernd, um *ein gefühl völliger entspannung zu erleben* (please book). die heißen und kalten steine auf dem rücken, die das chakra stimulieren und das gleichgewicht von körper und geist herstellen. die etappen der afrikanischen sauna, 90 grad, wir lagerten auf einem bretterdeck am äquator vor dem runden lehmofen und warfen am nordpol eis auf brust und arme, um die abwehrkräfte zu stärken. dreimal die querung der wüste und das atemstocken im packeis. die *behagliche wand*; und die warme *lagune* will float you away to another world! im whirlpool unter freiem himmel, während die wolkenwand aufriß; und eben sind vor fuerteventura zwei boote gekentert und zwanzig flüchtlinge ertrunken.

18. 1. 06

ÜBERALL GEHN DIE LAMPEN AUS nach charles simic

man darf dem volk nicht sagen, daß es tag wird.
seine kolonnen erbeuten die dämmerung
arretieren messer und meißel und werfen motore an
und entfesseln den draht und das dunkelste eingeweide.

die penner erheben sich von ihren pappen verkleidet
als müllmänner, sie spähn in die leeren hallen
und schnappen sich liegengelassene lötlampen
und ziehen drei schichten ein ins bodenlose.

schon rosten die tage nicht mehr, zerrissen die
nichts sagende zeitung, gebraucht
wird der große lümmel, für nichts
und wieder nichts hält er den fetzen hoffnung hoch.

3. 2. 06

krisenplenum der akademie der künste nach dem rücktritt muschgs. nach allen guten und unguten worten, jetzt sind es die sachlichen, der neuen satzung, in denen man nach selbstverständnis fahndet. daß die akademie gemeinnützig ist im sinne des abschnitts steuerbegünstigte zwecke nach § 52 der abgabenordnung, will ich nicht deklariert wissen, und daß sie die bundesrepublik deutschland berät, das möchte ich nicht in paragrafen lesen. doch nun sind zudem regelmäßige zusammenkünfte bevollmächtigter vertreter der akademie und des staats festgeschrieben; diese reglementierung hilft zu nichts. institutionen verschleißen die autorität. (wir hätten schröder vor dem irakkrieg nicht im tabakskollegium umgestimmt.) der kern der sache und unseres geradezu preußischen verfassungskonflikts ist ja gerade, wie der auftrag von außen und der innere anspruch zusammengehn. das ist das furchtzentrum der debatte. die akademie ist eine gemeinschaft von künstlern, und wenn sie einen zweck hat, so den exzellenten, aber für uns elementaren, *erfahrungen der künste* zu vereinen und streitbar zu handhaben. ich halte dafür, daß sich die akademie auf sich selbst konzentriert, auf die zusammenarbeit in und zwischen den sektionen, da entdeckt sich, was von ihren zeitgemäßen oder unzeitgemäßen erkenntnissen außen darzustellen ist. ich sage nicht, daß die akademie in sich ruhen soll, aber sie soll zunächst in sich *leben.* es ist ja das innere leben, das wir vermissen, die diskussion über werke und vorhaben, über niederlagen und ästhetische strategien. im ernst dieses geschäfts erledigt sich der sogenannte sektionsegoismus und der angebliche betriebspartikularismus – widersprüche, die muschg, wie ein tragischer trotzki, auf den punkt bringt. er weiß sogar die sechs sektionen »in einem antagonismus gegen ihre einheit«; ich sehe sie, ihre kämpfe betrachtend, im gegenteil enge verbunden, in den einsamen versuchen, die widersprüche der welt zu durchdringen. vielleicht entscheiden ja andere notwendigkeiten als die eines betriebsamen ladens über die aktivitäten, der erwartungsdruck einer hauptstadt kommandiert nicht unsere lust und geberlaune. was aber die *beratende* funktion der akademie im staat betrifft, erfüllt sie ihn durch den herausfordernden und souveränen anspruch auf anmut und würde grundlegender entscheidungen, den sie, nicht oft: in zwingender lage, artikuliert.

21. 2. 06

»schön und gut«, sagte herzog huan, »aber gibt es gespenster?« »es gibt schon welche. in gruben findet man die schleicher, um feuerstellen herum die schopflinge. die blitzler bevorzugen staubhügel im hausinneren; die quaker und krötlinge hüpfen in nach nordosten gelegenen senken herum, während die sonnenverschütter nach nordwesten gelegene kuhlen bevorzugen. im wasser gibt es die bildlosen, auf hügeln die scharrer, auf bergen die einfüßler, in der steppe die irrlichterer und in den marschen die schiefkrummlinge.« aus dem 19. kapitel des ZHUANGZI

14. 3. 06

jurij brĕzan, seit jahrzehnten der große alte der sorbischen literatur, ist mit fast neunzig jahren gestorben. ein minderheitenmann und auflagenmillionär. sein name bedeutet deutsch: der in den birken wohnt; und das war seine herkunft. der sohn eines steinbrechers in der lausitz, dessen letzte tage er in einem roman überlieferte, war ein bodenständiger schreiber. er gelangte, nach widerstand, verhaftung, krieg, aus dem natur- in den gesellschaftlichen zusammenhang, und als bote seines kleinen volkes in die präsidien der hauptstadt. wenn er darum botmäßig war, behielt er doch seine »naturgeschenkte allergie gegen jedwede macht«. er schrieb in zwei sprachen und redete mit einer zunge. er hat (so hieß es) sein stück zeit genutzt, sachen zu verwirren, damit sie klarer sein mögen, »weswegen dann pferd und hund nur deutsch verstehen, während mit kühen und katzen sorbisch gesprochen wird«. in seinem philosophischen volksbuch KRABAT ODER DIE VERWANDLUNG DER WELT läuft ein hütejunge durch die jahrhunderte, um gegen die herren vom reißenberg zum gerechten ziel zu kommen. der autor erlebte dann jäh einen unerwarteten wandel, der das ziel realistisch entfernte. er ist darüber philosoph geworden und hat das buch vollendet. die frage ist nun, »ob und wie die menschheit den wohl gefährlichsten zeitraum ihrer geschichte – die technische macht weit voraus der moralischen reife –« übersteht. wie krabat der knecht dem schwarzen müller die macht der magie abzugewinnen weiß, so müssen die völker sich heute mit den mächten arrangieren. das letzte dezennium führte brĕzan aus seiner lichtung in eine wildnis, wo er gleichsam glücklich am ursprung war, aus dem seine kraft stammt. – auf der frühjahrstagung 2004 hat er sich von der akademie mit fester hand verabschiedet, um fortan auf seinem hügel zu bleiben, der eine welt ist. er, der menschen- und märchenerzähler, wird nun selbst zur sagenhaften gestalt, die aus einem schwarzen wäldchen (dem horni hajnk) bei kamenz in die geschichtlichen nebel blickt, wie sie für momente durchsichtig sind.

31. 3. 06
festakt in der semper-oper zur 800-jahrfeier dresdens. die nicht gefällige rede findet gefallen. die *bürgerinnen und bürger* reden nun mich an und sind stadträte und stadtrandfiguren, hoheiten und muntertanen. landeskonservator magirius heftet sich *stadtguerilla* als orden an. – wir wohnen im bellevue und wechseln zur flußseite, des herrlichen stadtbilds wegen, in dem das hochwasser steigt. am nachmittag wird katastrophenalarm ausgerufen.

3. 4. 06
mickel: krümel und splitter (LACHMUND II-umfeld):

»ein weltreich ist zusammengebrochen. so gehört nun also der zusammenbruch von weltreichen zu den gegenständen, welche wir als selbsterfahrene beschreiben können.« (21. 10. 92)

»die verschiedenen interessengruppen und ihre exponenten, als im politbüro das k[önig]r[eich] sachsen beschlossen wurde!« ich informierte gestern prinz alexander von dem literarischen vorfall, zu seiner genugtuung.

»frau von biedenkopf tritt als erste auf den balkon: vor elisabeth II – beim besuch in dresden!« (21. 1. 93)

»verstehen heißt: eine kunstform finden, die den vorgang aufhebt.«

»wenn ich gut bin, dann wahrscheinlich um meiner unvollkommenheiten willen. keine umhäkelten topflappen (– hacks!); die fäden, vielmehr, hängen ins freie.«

4. 4. 06
mickel, aufzeichnungen 1999. milleniums ende:

»mögen die kollegen zum nietzsche überlaufen; ich will ein alter bluthegel bleiben.«

»wahrscheinlich wird L II nicht fertig werden. darum keine panik. aber auch keine nachlässigkeit. es ist unwichtig, wie viel noch fixiert wird. nur muß der letztgeschriebene satz gut sein.« – LACHMUND (5. kapitel) endet nun nicht mit: »aber was die baukunst anlangt, sollte das augurische verständnis doch besser substantiell abgesichert werden.« auch nicht (vorletzter absatz:) »bär spürte, leibniz-wolffisch gesprochen, das lokale fundamentum virium, und er frug sich: was ist das auszeichnende merkmal dieser ursprünglichen und wesenhaften kraft, die, wenn sie bestimmt ist, wirkungen ausübt?« :sondern: »der linienrichter hatte die pudelmütze über die ohren gezogen; die gegenseite ward vom schiedsrichter mitbetreut: laut dfb-spielordnung war das für pflichtspiele im jugend- und juniorenbereich sowie der männer-kreisklasse 2 und 3 zulässig.«

4. 4. 06
ebenda:
»zur liste von zwangsarbeiter-firmen (meldung bonn, 16. 2. 99):
kriegsverbrecher an die macht!
in der ddr enteignet. haben sich nun die ddr geholt. rache ist süß.«
dies gilt nicht für flick den großen, wiewohl der 1950 aus der haft entlassene die noch frei gehandelten aktien seiner einstigen mittelstahlgruppe aufkaufte und im tresor verwahrte. er dachte, schreibt ogger, als echter monarch in dynastischen zeiträumen. aber meister flick, der entlaßne in lauchhammer, muß damit leben. irgendwann steigt ihm der alb auf die brust.

4. 4. 06
grund, an eintragungen zu sparen, und die WERKTAGE kurzzufassen:
»vor einem jahrzehnt kollabierte der ostblock, mein land gab sich auf. – jetzt sehe ich, was ein ›historisch kurzer zeitraum‹ ist. die 10 jahre liegen innerhalb des moments (augen-blicks), der das zeitalter beendet ... als lebenszeit nicht mehr denn 1 tag (: 1 sec.?) numerisch werden sie gerechnet, müssen aber subtrahiert werden. der 60jährige hat nur 50 jahre erlebt.« (1. 10. 99) – ihm schien, ein *zeitalter ohne ereignisse* sei angebrochen. dies gilt nun für den toten unbedingt. (er wird damit zurechtkommen.) »die gehäuften gräuel als leere quantität«: sein buch darf *(muß) heiterkeit atmen.* in der krebsstation schafft er sein königreich, arkadische freiheit.

8. 4. 06

die engel auf dem christusbild von ambrosius holbein (dem junggestorbnen) in basel: ein denkbild; nicht eben anmutige köpfchen halten sie aus den wolken, worin sie geschäftig wühlen, werkzeug in händen, striegel, hammer, zange, die braunen flügel praktisch gestutzt; sind es himmelshandwerker, lehrlinge in ihr gerät verliebt, zur arbeit verdammte seelen oder arbeitslose in seligem nichtstun, oder vielmehr folterknechte, bereit, den gottessohn ans kreuz zu schlagen, pausbäckige scheusale mit nagelbrett und feuerholz, im jenseits verklärt und verklart. wenn selbst die engel teufel sind / wie kann ich dann den himmel glauben?
wohne im lohnhof, vormals gefängnis (die enge niedrige tür!), zwei zellen immerhin ein zimmerchen (wo die wand war ein lichtspalt), und überstehe die tortur der lesenacht.

10. 4. 06
lauchhammer: gehörte zu flicks gesammelten werken. hier wurde die hölle geheizt. (zeitweise 950 kz-häftlinge, arbeitszeit 6 bis 18 uhr, verpflegung 250 gr. brot, 5 gr. fett, ½ l suppe.) alles abgerissen, flick von lauchhammer muß ein mundloch suchen in den abgrund. – in plessa stehen die bio-türme der großkokerei riesenhaft auf der brache. ritterburgen (ddr-zeit). frage einen radfahrer nach dem weg. vor uns das job-center: »kriegt man dort arbeit?« er sieht mich verständnislos an. er geht zur akupunktur. – lesung in hoywoy.

14. 4. 06

ich habe mein geld ausgegeben
für acht dünne stämme
ein kiefern-wald
und eine ausladende eiche
und bin gern arm
in ihrem wandernden schatten.

24. 4. 06

»die literatur, das sind wir und unsere feinde«
das schöne wort heines setzt eine gemeinschaft und eine gegnerschaft
und beides sollten wir schätzen als bedingungen unserer arbeit

»die gesellschaft findet nun einmal nicht ihr gleichgewicht, bis sie sich um die sonne der arbeit dreht« (marx)
: die akademie desgleichen

d. i. die »organisierung der unorganisierbaren«
(hae-lin choi über die ital. gewerkschaften der lavori atipici)

→ es ist der fluß, das gefälle der lit. arbeit,
an das wir die kraftmaschine anschließen müssen
: ich sähe mich also als maschinisten, der ein paar hebel bedient

→ die uns interessierenden fragen
der lit. strategien, versuche und anfänge
und der krisen und unglücke

: müllers »werkstatt der künste, die aus dem dialog der akademien mit den toten heraustreten müssen in die zugluft der gegenwart, und des öffentl. denkens, gegen modische und/oder ökon. definierte szenarien des untergangs...«

30. 4. 06
wahlen in der akademie. staeck präsident. jens schlug mich als direktor der sektion vor. heute vor der pressekonferenz am pariser platz ein traum von prostitution, swingerszene. freilich wäre es schöner, wie grimmelshausen gutsverwalter zu sein, auf einer schauenburg. die akademie wurde nach muschgs rücktritt en canaille behandelt; überflüssig wie »eine meute hunde« (: friedrich II). staeck will den *öffentlichen raum*, denn »die räume, in denen man demokratie praktizieren kann, werden immer enger«. er steigt über den schnee von gestern und plakatiert die lawinen von morgen.

1.5.06
demonstration auf dem schlehenforum, ein entschlossenes blühen, den weiten hang hinauf bis zum senat der weiden, schwäne ziehen drüber hin als eilige losung, eine kundgebung ruhig und zukunftsgewiß.
oechelhaeusers kabarett FREIE RADIKALE, ein alleingang im springerhaus, das unbewacht unbehelligt steht, die polizisten 100 m entfernt kennen es nicht, und welche bastionen umzieht das trottende *prekariat*?

5. 5. 06
vor krügers strandburg:

Gestrandet

REUTERS/JUAN MEDINA

Die Flucht vor der Armut endete für diesen afrikanischen Emigranten gestern am Urlauberstrand Gran Tarajal im Süden Fuerteventuras. Seit Anfang des Jahres sind bereits einige tausend Bootsflüchtlinge nach einer lebensgefährlichen Reise übers Meer völlig erschöpft auf den Kanarischen Inseln angekommen.

16. 5. 06

geiger, jener unrechtsgläubige mensch aus der gauck-behörde (»wissenschaft geht vor persönlichkeitsrecht«), hat, wie zu fürchten war, nicht nur die *erkenntnisse*, auch die methoden der stasi in den bundesnachrichtendienst mitgebracht. schon die wahl des kontaminierten manns war rechtswidrig, seine amtsführung war es um so mehr. jetzt wird er der »abhörung und ausforschung« von journalisten überführt. – der gute film DAS LEBEN DER ANDEREN, der die überwachung eines dramatikers in der ddr kaum übertrieben vorführt, zeigt eben kein anderes leben, wie die zeitungen glauben wollten.

20. 5. 06

enzensberger hat wieder die welt erklärt, jedenfalls den weltteil, der aus verlierern besteht. den arabern insonders, die in ihren sandigen ländern auffällig werden als SCHRECKENS MÄNNER. »die ursachenforschung verläuft im sand«, er aber sieht in den »chaotischen, undurchsichtigen prozeß«. die islamischen selbstmordattentäter seien *radikale* verlierer, die sich damit abgefunden haben und darum dem selbsthaß anheimfallen und zugleich einer überlegenheitsfiktion frönen (wie er »in tausend gesichtern« liest: ja in ganzen völkern), »verliererkulturen«, die nicht unsere humane herrlichkeit erreichen. was bleibe ihnen als »todeswunsch und größenwahn«, die nun ihr terrornetz knüpfen? das ist aber der wahn dieses radikalen verfassers und siegers, dem nun die besatzerkultur das maß der dinge ist, da ihr »das eigene (!) leben für der güter höchstes« gilt; es gibt aber ein bitteres lied, das beschlossen hatte, *schlechtes leben mehr zu fürchten als den tod.*

29. 5. 06
apokalyptische eröffnung: der hauptbahnhof wird übergeben mit einem laserlicht-inferno – und dem amoklauf eines sechzehnjährigen, »messerstiche im sekundentakt«, die fahrzeiten sind verkürzt, einer der ersten der 36 verletzten ist hiv-positiv.

30. 5. 06

handke wird der heine-preis zuerkannt und aberkannt. »die abfertigungen«, schrieb ich vor einigen jahren, »kannten wir, bis zum überdruß, aus dem zentralorgan. im spiegel steht alles seitenverkehrt: *die serboromantische erdferkelei des dichterpropheten peter handke* – der vom überleben nach dem töten erzählt, um wieder ein miteinander zu ermöglichen, das verbindende, elementare dasein. das, was den politikern oft unfaßbar und im wege ist, hat das interesse der literatur, es wahrzunehmen macht ihre würde aus und ist ihr niedriges amt. aus diesem interesse zieht sie ihre sinnliche, ihre subversive kraft. in den zeiten der zerrbilder und käuflichen lügen; der nachrichtenfälscher born erklärte vor gericht: niemand habe verlangt, ›daß es die wahrheit ist‹, die nachrichtenkäufer nicht, der konservative brodem, den sie in deutschland verbreiten, ist selber eine fälschung. eine fälschung der geschichte, eine leugnung der alternativen, eine löschung von schillers schwieriger *hoffnung*: ›zu was besserm sind wir geboren‹; eine fälschung, die wieder fähig ist, geschichte zu machen.« dies deutete auf die dimension des streits, der geistigen auseinandersetzung, die in deutschland zu führen ist.

2. 6. 06
das verhalten in der sache des angegriffnen handke zeigt nun, was für ein arsch in der hose ist. der präsident druckst sozialdemokratisch herum. da ist keine freiheit in der haltung. meinem vorschlag im senat, handke einzuladen und uns zu ihm zu stellen, entgegnet abwiegelei: man müsse alle positionen an den tisch bringen. so wird nicht flagge gezeigt.
die *akademiegespräche* betreffen vorab formalien, rechtefragen, medienbelange. den »streit der geister suchen« meint nicht nur den rechten ungeist: das ganze denken dieser selbstgefälligsten gesellschaft, die zu allem wieder fähig ist (auch zum krieg).

14. 6. 06

grauert schickt des ambrosius holbein christus-bild, aus der datei gezogen. der ausschnitt ist natürlich anmutiger und stärker als die ganze triviale komposition, die gott und christus ordentlich untereinandersetzt; freilich den menschensohn nackt und kräftig groß und den herrn arg allegorisch: man sieht, an wen man glauben kann. der andere engel-quadrant ist direkter, grausamer verweis auf die irdischen drangsale, die *dresche*, die der mensch gewärtigt, und die deutung ist wohl richtig: daß sich diese plagen wegheben sollen samt ihren eisernen und ledernen werkzeugen und die menschheit vom marterpfahl gebunden werde. gott allenfalls *wirkt* (die taube sendet den segen), aber christus sieht nicht zu ihm sondern ungewiß in die welt, die das ihre, wirkliche tun muß. – merkwürdig, daß uns die protagonisten eher stören, gläubiger kitsch, während das englische fuß- nein flügelvolk ernstes naives sinnbild wird.

20.6.06

ein schwarzer schwan, eine seltene erscheinung ohnehin, hat sich auf dem aasee in münster einem tretboot attachiert, das schwanengestalt hat; der weiße plastikleib, der hohe hals ziehen ihn magisch an und er folgt dem gefährt: der gefährtin den ganzen tag und schwimmt um sie seine werbenden kreise. aber sein herzzerreißender schrei bleibt unerhört! mensch und wissenschaft stehn gerührt und verlegen am ufer. wenn sich ein segelboot dem treter auch nur nähert, plustert sich der schwan und zetert wie ein besitzer. seine etwas überzogenen ansprüche oder omnipotenten träume treiben ihn immer wieder zu dem mechanischen untier hin, er sieht wohl die anmut und verkennt die größe. unglückliche liebe, verirrung eines anmaßenden lüstlings, unerfüllbare sehnsucht, die so oft auch den menschen anwandelt; keine gleichgültigkeit, keine zurückweisung bringt ihn von seinem trieb ab; so mancher folgt einer chimäre, der ideologischen hundehütte, seinem traurigen tretrad.

4. 7. 06
deutschland scheidet bei der wm aus; aber welche siege kann die regierung landen. während der spiele läßt sich das brot kürzen: mehrwertsteuererhöhung, anhebung des renteneintrittsalters, reduzierung der pendlerpauschale und des kindergelds: lauter verwandelte freistöße, und die fouls der gesundheits- und föderalismusreform. die unpopulärsten maßnahmen, in der partystimmung, in der das volk auf das andere spielfeld schaut. sie hat ihre chance genutzt.

9.7.06

als der fußballer zidane
vor dem eingang in die unsterblichkeit stand
beendete er seine karriere
mit einem kopfstoß. nicht unüberlegt
sondern sich umwendend und den nischel senkend wie ein
weidwunder stier
warf er sich gegen die brust materazzis
von der commedia dell'arte-truppe
ein grobes foul gegen zehn versteckte
und der endgültige platzverweis.
das war der moment der wahrheit
in einem schwachen spiel, in dem es um nichts ging
als die weltmeisterschaft, welche
nach der verlängerung ausgewürfelt wurde;
und der sinnlose jubel war der letzte
trick, überlegenheit zu zeigen und keine größe
die einzig in demütigem
schweigen hätte bewiesen werden können
unter dem bedächtigen applaus des gegners
der unbeschwert in die ränge grüßt.
dies alles aber gelingt nur
der fünften liga
sport frei.

23. 7. 06
stollmann, GROTESKE AUFKLÄRUNG: STUDIEN ZU NATUR UND KULTUR DES LACHENS. »lachen ist die nichtanerkennung der zusammenhanglosigkeit oder sinnlosigkeit. es ist das beharren auf zusammenhang, auch wenn viel oder alles dagegen spricht.« / »immer aber ist lachen eine *regression auf die natürliche freiheit des individuums*, eine aufhebung der natürlichen und gesellschaftlichen strukturen, soweit das individuum sie verinnerlicht hat ... die kitzligen stellen der gesellschaftlichen häute müssen gefunden werden, da wo diese häute dünn und empfindlich sind oder wo die nerven zusammenlaufen.«

25. 7. 06
stollmann: die *niederlage der bauern* im ersten drittel des 16. jahrhunderts das die kommenden jahrhunderte prägende ereignis, der erste weltkrieg ein vergleichbares datum einer epochenwende. die *revolution* hätte diesen krieg verhindern müssen; in den materialschlachten und stellungskriegen sei die proletarische alternative untergegangen. »die revolten besonders in deutschland danach waren historische komödien, nachspiele.« aber der weltkrieg war auch der auslöser der russischen revolution, die eine tragödie war. das datum, das unsere zeit setzt, ist die *niederlage der arbeiter* in den sozialistischen revolutionen des 20. jahrhunderts, eine depravierung, wovon die werktätigen sich auf lange zeit nicht erholen werden, die nun der rache der kapitalklasse ausgesetzt sind.
war das minimalziel des sozialismus die vergesellschaftung der produktionsmittel, unmittelbare beherrschung der dinge, dann könne man das gegenteil von sozialismus, das sich seit dem ersten weltkrieg ausbreite, den feudalismus der sachen nennen, »direkte gewaltherrschaft der dinge«, in der *epoche des unfalls.* (»in österreich häufen sich die selbstmorde wegen blechschäden.«) aber die »faktische aufhebung des proleten« war nicht der soldat, der nur die potenzierte form eines anhängsels der maschine ist, der kriegsmaschine, sondern seine entlassung aus der industriellen armee. eulenspiegel der bodenlose bauer, sein grotesker bruder der *entproletarisierte proletarier.* seine erste gestalt gewiß der brave soldat schwejk, seine letzte nicht der pazifierte 1-euro-jobber aus dem neuen prekariat.

8. 8. 06

das 2. buch flick ist im warmen sommer eingetragen. wenn ich nun ein paar schritte am fließ entlanggehe, ruft das handy zum einsatz: dienstgespräche, der pariser platz, der hanseatenweg, so daß ich verbeamtet aus den wiesen komme.

die Lumpenhalle!

die Ritterburg

12. 8. 06

grass offenbart: ich war in der waffen-ss. ein geständnis nach sechzig jahren. der siebzehnjährige in der panzerdivision frundsberg wurde nicht mehr tätowiert, aber das mal behielt er unterm hemd. daß er, wie er sagt, »begeistert dabei« war, ist keine frage von schuld; »später hat mich dieses schuldgefühl als schande belastet«. seltsam ist, daß dieser eintreiber von erinnerung und bewältigung von seinem makel schwieg. seine reden zu deutschland brachten ihn alle nicht an den punkt. er nahm sich in die masse zurück, der er um so lebhafter die leviten las. die gründe, warum er diese mitgliedschaft unterschlug, wie müller später eine andre, erzählen mehr über die verhältnisse als über den mann. – er war kein selbstgerechter, und wenn er sich in diesem punkt geschont hat, so hat er schreibend seine konsequenzen gezogen. *er hat wissend gelebt.* – nun wissen wir freilich mehr von deutschland.

24. 8. 06
der öffentliche künstler. ich hatte die debatte über handke vorgeschlagen und muß, gegen meine gewohnheit, und unter dem dummen titel, aufs podium.

»nicht die wahrheit, in deren besitz irgendein mensch ist, oder zu sein vermeinet, sondern die aufrichtige mühe, die er angewandt hat, hinter die wahrheit zu kommen, macht den wert des menschen. denn nicht durch den besitz, sondern durch die nachforschung der wahrheit erweitern sich seine kräfte.« (lessing)

»... in der einen nacht wurde ein muselmanisches dorf gemordschatzt, in der folgenden ein serbisches, usw. ... ich weiß nicht, wie ich es erklären soll, daß ich immer mehr zum jugoslawen werde.« (handke, *eine winterliche reise zu den flüssen donau, save, morawa und drina*)
»wohlgemerkt: hier geht es ganz und gar nicht um ein: ›ich klage an.‹ es drängt mich nur nach gerechtigkeit. oder vielleicht überhaupt bloß nach bedenklichkeit, zubedenken-geben.« (ebenda)

es wurden in jugoslawien kriege geführt, es wird im irak ununterbrochen krieg geführt, und eben wurde der libanon verwüstet, armeen marschieren, bombenflugzeuge erheben sich, freischärler sind unterwegs, marodeure, heckenschützen, und waffen werden zugereicht, ungeheuerliche greuel geschehen, vergewaltigungen, mord –
und ein einzelner ist also der *schreckensmann* des deutschen feuilletons?, der einzelne, der schaut und fragt und klagt, der *schreckensmann?*

was für eine idiotie, eine verwahrlosung der wahrnehmung, ein verfall der urteilskraft.

mein urteil zu den jugoslawischen dingen, ich gebe es zu, ist durch die kriegsbereite, präpotente deutsche haltung (sie wissen das alles; der »hufeisenplan«) mitbestimmt; insofern ist es wenig fundiert.
da wir gerade wieder zeugen wahnwitziger kriegerischer handlungen und wahnhaften verschwörungsdenkens sind – und eins mästet das andre, und man kann nur mit shakespeare rufen: *krieg und unzucht!* –, ich rechne zu dem wahnsinn den kauf der millionenschweren kampfjets, mit dem die regierung uns notzüchtigt:
und wenn hier der etwas kuriose begriff des öffentl. künstlers gebraucht wird, möchte ich als solcher fragen:
wozu diese 4 und die weiteren 171 kampfflugzeuge, mit denen deutschland sich rüstet wie für einen mittleren weltkrieg? ihr einsatz ist, wie die dinge liegen, nur in einem vasallendienst denkbar, im verfolg einer militärischen lösung. der zweck dieser geräte, deren jedes 75 mio kostet, ist von vornherein ein verwerflicher, und ihre kosten sind eine permanente provokation. wenn die deutsche regierung diese jahrealten knebelverträge nicht auflösen kann, wäre es dann nicht besser, man löste diese geknebelte regierung auf?

30. 8. 06

lepenies, der den untergang dresdens 1945 durch zufall überlebte, auf den höhen von wilsdruff (und aus dem luftschutzkeller tretend, sah er wohl, wie ich auf der rochwitzer höhe, den glutroten himmel), berichtet, wie sein vater endlich, mit 95 jahren, offenbarte, daß er als nachtjagdpilot der deutschen luftwaffe am abend jenes 13. februar durch die von der bodenleitstelle gesendeten walzertakte aus dem ROSENKAVALIER richtung dresden gelenkt wurde, die stadt, wo die oper 1911 uraufgeführt worden war, und die nun im inferno der anglo-amerikanischen bomberangriffe verglühte. die »verbindung von krieg und kultur«, die nach dieser nacht der führer der deutschen arbeitsfront robert ley auf seine weise bezeugte: »wir atmen fast auf! wir werden jetzt durch die denkmäler der deutschen kultur nicht mehr abgelenkt!«

6. 9. 06

zu grass: »wir sind höchstens eine tragikomisch-romantische figur gewesen, die sich aber bestialisch mit blut befleckt hat – so daß eine ungeheuerliche wirre erinnerung als bitterer nachgeschmack bleibt.« (georg maurer: 1948)
grass bekundete, in den medien, eine ganz kindliche angst, durch den rummel, den er losgetreten hat, zur *unperson* zu werden. – »ohne eure unterstützung« sagt er nach seiner lesung in berlin, »hätte ich das nicht überstanden.«

23. 9. 06

die dekabank verkauft das immobilien-paket herkules, auch von hannibal will sie sich trennen. der fonds *leidet* unter mittelabflüssen, er *ringt* um liquidität. schmiergeldskandal, flüchtende anleger. – lobrede auf lance im frankfurter dekabank-hochhaus. (sein preisgeld die summe, die uns daselbst wegschmolz.) nachts zu singers; der neurophysiologe weiß, was ein gehirn ist, aber er weiß nicht, was ein mensch ist. seine eingeschliffene these: das individuum ist nicht zuständig für seine handlungen, die willensentscheidungen sind leidergottes im gehirn determiniert. eine meinung zum verbeißen. er expliziert, daß ich-erfahrung, subjektive konnotationen von bewußtsein kulturelle konstrukte sind, in der evolution erworben, »soziale zuschreibungen, die dem dialog zwischen gehirnen erwuchsen und deshalb aus der betrachtung einzelner gehirne nicht erklärbar«. merkwürdigerweise gönnt er dem individuum diese *konstruktive* leistung nicht. die mentale entität habe ihr korrelat im einzelnen gehirn, und dies habe, neurobiologisch beschrieben, keinen raum für freiheit. er sperrt das individuum in seinen neuronalen käfig ein, als kommunizierte es nicht selbst, als gäbe es keinen dialog mit erfahrungen, der freilich über synapsen und rindenfelder läuft, die möglichkeiten disponieren. es geht nicht darum, ob unser ich »losgelöst von allen materiellen bindungen etwas beschließen kann«, sondern ob eben diese bindung, die neuronale aktivität, den schmalen freiraum öffnet. in ihm erscheint das eigentlich überschreitende vermögen, eines *sozialen wesens.*

Allensbach: 56 Prozent glauben an Wunder

F.A.Z. FRANKFURT, 19. September.

~~partei leichte Verluste~~. Der Allensbacher Monatsbericht ist der Frage gewidmet: Wer glaubt an Wunder? 56 Prozent der Bevölkerung glauben an Wunder, die Westdeutschen zu einem etwas höheren Teil als die Ostdeutschen.

2. 10. 06
akademie: benjamin-ausstellung. »glücklich sein heißt ohne schrecken seiner selbst inne werden können.« benjamin konnte es nicht; aber er konnte den satz sagen.

3. 10. 06
während die schuppen auf dem nebengrundstück mit einem bagger abgetragen werden, beschreibe ich das abholzen der 32 obstbäume des letzten bewohners von horno. heute erschießt sich der kranke (demente) nachbar, und ich muß an die umbettung der toten gehn.

4. 10. 06

es war ein warmer sonniger tag, und die eicheln krachten auf das gewächshausdach wie schüsse, und der wirkliche schuß wurde erst durch den durchdringenden schrei der nachbarin bewußt. er bediente sich der pistole des vaters, eines försters, der das werk vor ihm vollbrachte. legte armbanduhr, portemonnaie und nachricht auf den schreibtisch, setzte sich auf ein mäuerchen, schoß sich in den mund und kippte rücklings wie zum schlaf in die gräser. – am morgen nach der schreckenstat erwache ich heiter: und begreife den kaltentschlossenen mann in der mürrischen maske. er hatte durchaus etwas kühnes – fallschirmspringer, bürgermeister, marathonläufer, naturschützer (noch vor kurzem trat er vor die randalierer auf die koppel hinaus und konnte plötzlich sprechen); er hat sich und der mitwelt die schlimmsten tage erspart. die viel jüngere frau ahnte seine absicht, einer letzten selbstbestimmten handlung.

14. 10. 06
zwischen jena und weimar stockt der verkehr und schleppt sich wie ein heerwurm über die ansteigende landstraße; kämpft sich das von hieraus durch zum zwiebelmarkt? große schilder klären uns auf: der tag von jena und auerstädt wird begangen resp. nachexerziert, die abfahrt zum schauplatz ist längst gesperrt, die autos stehn wie in schlachtordnung auf den feldern geparkt. – im geselligen tiefurt gemeinsamer auftritt mit dem jungen musiker volker braun; mit dem ich, wenn ich nicht volker braun wäre, gerne tauschte. – am abend im fernsehen das nachgestellte gemetzel. napoleon verkörpert ein us-amerikaner. troller in paris: die deutschen sind das einzige volk, das seine niederlagen feiert.

Verräterisch

Das neu geschaffene Wort Prekariat (F.A.Z. vom 17. Oktober) ist wie dereinst Kollateralschaden ein Volltreffer: Die Betroffenen verstehen es nicht, beim gebildeten politischen Small talk besudelt man sich nicht mit Klartext, und es räumt immerhin ein, daß die Lage der betroffenen Menschen nicht gerade rosig ist. Ein Blick ins Wörterbuch reicht aus, um den Zynismus der Debatte zu demaskieren. Lateinisch „precarius" bedeutet „erbettelt". Ein Prekarium bezeichnet ein auf Bitte hin eingeräumtes Recht, auf das kein Anspruch besteht. Damit ist der Weg geebnet, Sozialleistungen neu zu definieren: als freiwillige Leistungen an einen Bittsteller, dem eigentlich nichts zusteht. Politisch lassen wir damit den Begriff der Unterschicht aus dem 19. Jahrhundert weit hinter uns und bewegen uns geradewegs zurück ins Mittelalter zu den Besitz- und Rechtlosen.

Andrea Gehl, Mülheim

21. 10. 06
friedrichshagen, paris' arbeiten zum theater. er zitiert seinen lehrer nagel: »junger freund, passen sie auf, es gebärdet sich.« hingegen das *gestische*. ein grandioses bild: SHAKESPEARE IN DEN ALPEN. das dauerthema die narren.

27. 10. 06

sektion. muschg ist nicht anwesend, er erwartet eine entschuldigung hochhuths für den rüden auftritt, zu dem sich der narr hat hinreißen lassen. er hätte, schrieb ich h., m. in einem andern jh. satisfaktion gegeben (ein duell am pariser platz), und ich hätte m. sekundiert, aber bedauert, wenn h. niedergeschossen worden wäre, weil es den verfechter einer gerechten sache (der rückübertragung des hintertrakts) getroffen hätte. indem h. am leben sei, hoffte ich auf einen nobleren, weniger abenteuerlichen schluß, bei dem beide der sektion erhalten bleiben. wenn ich etwas für unverzichtbar hielte, so den komfort des großmuts.

28. 10. 06

plenartagung. »es war im frühjahr nicht abzusehen, in welche turbulenzen die akademie und insonders unsere sektion geraten würde mit dem geisterhaften streit um handke und grass. wir haben der öffentlichen debatte unvermutet themen geliefert und sozusagen den öffentlichen raum besetzt. aber unsere ›ausgewogenen‹ statements sind ein bloßes gemurmel und ein unterhaltungsroman für das feuilleton verglichen mit den novellen der gesetzgebung. den auslandseinsätzen der bundeswehr und des konzernkapitals – die eine geht in die krisenregionen, das andere schafft sie hierzulande. …

wir schlagen ein akademie-gespräch vor über die gleichsam geologische verwerfung in der kulturellen landschaft, den verfall der zeitungen, der verlage, des buchhandels usw., den verlust an substanz, an niveau, an meinungsfreiheit, was auch verlust an gesellschaftlichem bewußtsein und an handlungsfähigkeit bedeutet. all das führt zu einer einschränkung der wahrnehmung, auch in den künsten. diese veränderung geschieht nicht hinter unserm rücken, ›wir sind die welle selbst‹ (burckhardt: zitiert von seibt), und wir müssen darüber sprechen.«

3. 11. 06

»krawall im stadion erscheint im dresdner fußball nicht nur als akzeptabel, sondern gar als eine art von legitimem aufbegehren verstanden zu werden. das hat historische gründe. jens genschmar, stadtverordneter . . . : ›die ständige bevorzugung des bfc hat dazu beigetragen, daß die fans ihren frust gegenüber dem system in der masse ausgelebt haben.‹ er unterstützt die these des politologen hanns leske . . ., daß die ungenierten manipulationen im ddr-fußball dazu beitrugen, die glaubwürdigkeit und autorität des regimes zu untergraben. ›diejenigen, die im herbst 1989 in dresden auf die straße gingen, waren zu einem großteil dynamo-fans . . . machen wir ›uns nichts vor‹, sagt genschmar, ›fußball ist proletensport.‹« (frankfurter allgemeine)

5. 11. 06

geldverfall. vor etlichen automaten machen die kunden jetzt die entdeckung, daß die neuen scheine zerbrechen, zerbröseln; ein rätselhafter defekt verwandelt die fleppen, kaum in die warmen finger genommen, in mulm. wie beschämt steht der mensch am schalter und meldet sein mißgeschick, mit wonne vernimmt es die mitwelt und fürchtet/fordert den fortgang, dieser geldentwertung, der die schlimmste/höchste erwartung gilt. was immer die ursache ist – schwefelsäure, handschweiß; aber die wirkung, wenn sie die fläche deckt! endlich! endlich, könnte man denken oder: entsetzlich! könnte die vorstellung sein. die zahlungsunfähigkeit einer gesellschaft, der das geld in den händen zerfällt: das wäre ein bleierner schock oder das goldene zeitalter; die verhältnisse werden brüchig, weil lohn und profit verdampfen und preise und mieten verfallen und alles umsonst zu haben ist; dann wäre alles der mühe wert.

14. 11. 06
goldmann, porträt-konzert. es ist sein abschied vom professorenamt. klavierstücke aus den sechziger, siebziger, achtziger jahren, zwei trios von 2004 und als uraufführung LINIE/SPLITTER 2. nach den drängenden, schroffen strukturen der frühen sachen hören wir samtige, süße, debussyliche klänge. er hat sich andere flötentöne beigebracht, oder hat ihn der beamteneid domestiziert. er, der die attacke liebt, die kontroverse (er stand seit je, mit schklowskis wort, »mit dem angebrochenen tag im widerspruch«), konterkariert sein jugendwerk und erlaubt sich nun luxusmusik. sein *porträt:* präzise linienuntreu, streng zersplittert, ein neuerer bis zum nullpunkt. – einen chatschatur kanajan (violine) könnte er ausgedacht haben, damit er nicht karajan heißt.

17. 11. 06
publikumsgespräch in senftenberg, WAS WOLLT IHR DENN. »wir haben keinen feind. darum können wir nicht kämpfen.« aber wir haben das elend der welt. wie kann das theater mitleiden, mitdenken, als in den seelen der elenden. ich sehe die *seelenlosigkeit* des stücks. in dem sich diese familie krüger aus guben breitmacht; ich frage mich, ob sie nicht ganz falsch placiert ist – zwischen den flüchtlingen und geschäftsleuten, dem wirklichen gegensatz, an dem sie nicht schuld ist, vor dem sie maulend herumsteht. platzhalter unseres gehobenen elends, unseres privilegierten unglücks, ungebraucht einen guten tag zu leben und der welt zu spotten. im reden vor diesem publikum entdecke ich, daß wir eigentlich die *clowns* sind, in die uns die geschichte verwandelt hat nach dem abgang von der eigenen bühne (das publikum: das anti-eiszeit-komitee, modrow, flierl, höpcke usw.), und als clowns können wir alles sagen und die bitteren wahrheiten aussprechen; doch etwas düsteres hängt uns an, indem wir uns selber in die rolle gedrängt und an den hof der könige gedrängelt haben wie jeder andere narr. – die *königsebene* aber ist der zeitgeist.

22. 11. 06
bei strawalde in karlshorst. stahlstiche zum EISENWAGEN. nicht naiv und kryptisch, wie die geschichte ihre urteile auf die haut schreibt. seine übermalungen gefallen mir besser, weil sie witz haben; obwohl es abwehrzauber ist, gegen die alten meister (giorgione! liotard!). seltsam, seine originalen bilder, so dick er sie bestreicht, sind leblos, die übermalten leben. – strawalde:böttcher, der doppelmensch, den die maler als dokfilmer, die filmleute als maler sehen. mehr schmerzt ihn, daß die von ihm geförderten, penck insonders, ihn nicht hochhängen. auch er fängt zu leben an, wenn man sein elend etwas übertüncht.

30. 11. 06

akademie: moritz. verfasser des ANTON REISER, eines buchs, wie es kein anderes volk der erde besitzt (: arno schmidt). wofür er stand, davon unterrichtet uns DAS KARL-PHILIPP-MORITZ-ABC, das der treffliche lothar müller herausgegeben hat. es führt von a wie akademie und alltag bis z wie zeitung und zerstörung. akademie – moritz war mitglied beider königlich preußischen akademien, und als sekretär des senats der einen (unseren) und als mitglied der deputation für deutsche sprache der anderen unmittelbar an den nachfriderizianischen reformen beteiligt. zeitung – er gab ein jahr die vossische zeitung heraus und träumte, nein dachte das *ideal einer vollkommenen zeitung*, als ein *blatt für das volk*, das edle beispiele, künste, kenntnisse, die zum umlauf reif sind, handhabung der gerechtigkeit, menschliches elend im verborgenen zur sprache bringt und begebenheiten, bei denen sich wahre menschliche kraft entwickelt, heraushebt aus dem schwall von kriegsrüstungen und politischen unterhandlungen, »damit das volk nicht mehr titel und fürstliche«, amtliche, »torheiten mit dummer verehrung anstaune, sondern den wirklich großen mann« (die frau, das kind) »auch im kittel und hinter dem pfluge schätzen lerne«.

der einst in braunschweig gepeinigte hutmacher-lehrling, der dann in berlin den professorenhut trug, war ein alphabetisierer der kinder und der denker und verstand sich auf götterlehre ebenso wie auf die prekären existenzen. der mann und der anspruch, den er unermüdet formulierte, wurden bald vergessen; goethe meldete 1796 an schiller: »da das literarische faustrecht noch nicht abgeschafft ist, so bedienen wir uns der reinen befugnis, uns selbst recht zu verschaffen und den nekrologischen schnabel zu verrufen, der unserm armen moritz, gleich nach dem tode, die augen aushackte.« der schnabel war schlichtegroll als herausgeber des NEKROLOGS MERKWÜRDIGER DEUTSCHEN; das recht nahm sich ein xenion:

armer moritz! wie viel hast du nicht im leben erlitten.
aeacus sei dir gerecht; schlichtegroll war es dir nicht.

(aeacus: einer der totenrichter.)

andere vordenker oder radikale demokraten, wie jener lausitzer ökonom johann adolph dori, der die *allheit* berücksichtigte bei der verteilung der arbeit und erträge, sind ganz im orkus verschwunden und tauchen im bürgerlichen lexikon gar nicht auf. sie warten auf eine weitere, neuere alphabetisierung der deutschen, mit marx und moritz, welche ansteht.

zuletzt. man darf wissen, daß moritz schillers RÄUBER und KABALE UND LIEBE schauderhaft verrissen hatte: »alles, was dieser verfasser angreift, wird unter seinen händen zu schaum und blase«, »ich wasche meine hände von diesem schillerschen schmutze«. als moritz aber wagte, ihm, in gohlis, vor die augen zu treten – dieckmann erzählt es in seinem buch DIESEN KUSS DER GANZEN WELT –, zeigte sich schiller generös, und der bube dieses stücks war darüber so erleichtert, daß er schiller beim weggehn in die arme schloß. ein mitreisender schüler merkte an: »männer wie reiser und schiller vereinigen sich bald, wenn sie sich erst näher über diejenigen punkte erklärt haben, worin sie voneinander abgehen.« (dies sage ich in meine sektion hinein.)

7. 12. 06
ulla berkéwicz muß sich vom inquisitorischen feuilleton fragen lassen: »haben sie mit hexen gearbeitet?« solcher torturen muß die besessene verlegerin gewärtig sein, im mittelalter der medien; der feindlichen übernahme geht der hexenprozeß voraus. was ist die bücherverbrennung gegen die buchführung der banken.

ist es der geist, oder geld? es flattert in die verlage.
övelgönner, wir sind unverkäufliches pack.

27. 12. 06

nachdem in der akademie der 100. heesters gefeiert wurde, wird nun der 100. geschonnecks begangen; der erstere von der schickeria, der andere mit der bolschewistischen kurkapelle. osten und westen noch immer geteilte kulturen (nur die besten finden zusammen, die keller, sander, die harfouch); zumal der düsterste griff gewagt wird: der jubilar als blockältester und lagermime. aber die lutz singt das lied *von dem schönen jungen mann.* geschonneck im rollstuhl, die filme laufen. das beispiel des *volksschauspielers* zeigt, was große kunst macht; nicht daß sie sich dem geschmack andient, sondern daß sie aus dem kern heraus haltung hat. es ist in allem etwas notwendiges, erfahrenes, heiterbewußtes, überlebenskunst.

8. I. 07
»wenn einmal ein theater der reißzahn am sitz der regierung war, dann das maxim-gorki-theater ende der achtziger jahre. wenn einer über seine grenzen ging, dann der intendant albert hetterle.«

beiseite: ich höre immer von den castorf-transporten, und will dagegen protestieren, aber der mann ist ja immer noch da. und was peymanns reißzahn betrifft, sollte man für den zahnersatz sammeln.

13. 1. 07

Schwere Unruhen in Bolivien

Tausende Menschen demonstrieren in Cochabamba für Boliviens linken Staatspräsidenten Evo Morales. Die bolivianische Stadt erlebt dieser Tage eine Welle der Gewalt: Am Donnerstag starben drei Menschen, als Anhänger des regierungskritischen Präfekten der Region mit Waffen gegen Morales-Anhänger vorgingen. Morales, der den Reichtum Boliviens zu Gunsten der armen Ureinwohner umverteilen will, sieht sich seit Monaten mit massivem Widerstand vor allem in den rohstoffreichen Provinzen konfrontiert. Dort sind Weiße und Mestizen in der Mehrheit.

AFP/AIZAR RALDES

27. 1. 07
der eintrag vom 27. 1. 77, *rückfahrt im dichten nebel im wagen mit einem undurchsichtigen menschen*, lichtet sich: es war intendant [ ], IM ernst, der den auftrag hatte, sich bei der heimfahrt unterhalten zu lassen. die lesung im hans-otto-theater, gelber salon, war laut maßnahmeplan abgesichert mit: 2 IMV
1 IMS
2 GMS
(»eine spezifische einweisung in die politisch-operativen sicherungsmaßnahmen aller IM ist vorzunehmen. verantw. oltn. unger.«)
»auch die hog theaterklause wird unter berücksichtigung dieser situation durch 7 IM der kd potsdam von 18.00-24.00 uhr abgesichert.«
ich zeige jetzt an, daß ich dankbar war für den sichern transport, der pendler kannte jeden unfallbaum an der kurvenreichen strecke.

28. 1. 07
ich muß nun flick den letzten job vermitteln, bevor ich ihn sterben lasse. aber ich will nicht die gute arbeit verlieren und hätte lust, ihn weiter zu beschäftigen. der erdkreis ist noch nicht ausgeschritten und die not/die hoffnung nicht ausgeschürft. die *zentrale* hat wohl schon eine entscheidung getroffen, und wenn der tod eintritt, wird mein meister sich von ihm aufhelfen lassen. auch wird eben gemeldet, daß die lausitz auf kupfer steht.

5. 2. 07
dieckmann referiert die ERZIEHUNG DER HIRSE. brecht, der revolutionäre apokalyptiker, kommt nach fünfzehnjähriger irrfahrt ins zerstörte berlin und verwandelt sich in einen agrarutopisten bersijew, der das nomadenleben hinter sich gelassen hat. es sei die figur einer geglückten heimkehr. wie im letzten FAUST-akt werde nicht von einem gigantomanen projekt gehandelt, sondern von elementarer arbeit; dort melioration, hier saatgutexperimente. ich mache die anmerkung, daß brechts langatmiges, langatmendes gedicht (das durchaus die klaue zeigt) ein manko hat; indem dieser schönen landgewinnung der ungeheure widerspruch der produktion mangelt, den goethe metaphorisch heraustreibt. nicht anders als die ursprüngliche akkumulation war die nachholende eine blut- und kottriefende, in ihrer stalinistischen mißratenheit. brechts vielstrophiger fleißiger text ist darum doch ärmlich, es fehlt die epoche. es steht nur der sieg da, nicht die niederlage. er begnügt sich mit dem schlechten neuen: »und die felder waren plötzlich groß.« fritz verweist auf die selbstermutigung, aus dem selben jahr 1950:

wenn es im geahnten ist
wenn es im losen ist
wird es gepriesen.
wenn es im großen ist
wenn es im geplanten ist
wird es verwiesen.

27. 2. 07

ciudad de méxiko. aus den wandgemälden riveras, dem nationalen bilderbuch von schöpfung und schande, nur vergleichbar nerudas universalem GROSSEN GESANG, treten wir hinaus auf den platz, wo sich eben eine demonstration auflöst und loszieht, während die kohorten der ordnung verharren und die brachialen glocken der kathedrale gegenhalten. noch immer, auf ewig? die polarisierte gesellschaft, die flitzenden händler im autostau, eleganz und elend, ein schuhputzer liest aztekische lyrik. vom balkón del zócalo der blick auf den popocatépetl, den haug vor 25 jahren im smog nicht sah, und um die bogenlampen seh ich, wie karl in cervione, *freischwirren den kolibri*

28. 2. 07
trotzkis karnickelställe sind noch nicht verrottet, und auf frida kahlos staffelei der unvollendete stalin (»bolschewikenland«: ein studiosus-genosse), und die stasi bekommt in hollywood den oscar.

totengott, mictlantecuhtli: ein herzspezialist

1. 3. 07

die markthalle (wie die universität) von oaxaca eine wahrhaft autonome region und »versammlung der völker«, barrikaden von bohnen und mais (die maya-nahrung) in allen farben, und der widerständige teig des queso zu großen knäueln gewickelt, oder der harte kern des kakaos in holzmühlen zermahlen zur dunkelbraunen bitteren masse. der preis der tortilla in einem jahr um 60 % gestiegen, die freihandelspartner haben das maismehl als biotreibstoff entdeckt. vorrat soll billig an die armen (das sind die hälfte der 108 millionen) gegeben werden, schulspeisung die kinder in den unterricht ziehn. – der, nach den unruhen, volksbelustigte zócalo, unter juarez' monument war das basislager, die präventivpolizei lümmelt, mit langen stöcken, im schatten der erdbebenfesten kathedrale.

5.3.07
gestern abend bei der einfahrt in san cristóbal de las casas ein kurzer breiter regenbogen wie der griff eines schwerts über der kirche santo domingo, gebaut mit den knochen und peseten der indígenas. was werden die tzotzil und tzeltal empfunden haben vor der goldpracht? – so staunen wir jetzt erbittert die banken an. – und der schamane hockt auf den stufen des portals wie unsre exgelehrten am schalter des finanzamts. heute montag stehen die händler aus chamula stundenlang an, um die einkünfte einzuzahlen, und vor dem palacio municipal der morgenappell der stadtverwaltung, fanfaren und ansprachen, sich der kommunen arbeit versichernd, eine anheimelnde reminiszenz wie das gemeineigentum an karger anbaufläche in den dörfern.
in den »bergen des mexikanischen südosten« noch immer die armen hütten der landlosen; der zugestandne fortschritt die leuchtenden pfade (straßen) des militärs und das bauholz und wellblech der regierung. und der mann mit der maske (: *mit der stimme*), dessentwegen die bundessoldaten weglagern, ist verschwunden in der folklore, t-shirts und pasamontañas im kiosk, der stachel der zivilgesellschaft.

6. 3. 07

DER NICHT KÄUFLICHE SCHREIBER

lange feilschte ich
mit dem steinschneider
um den mann mit dem griffel. trüb und
triumphierend schritt ich davon
in den regenwald.

für einen gewissen preis ist er aber zu haben, und anne kauft ihn mir: in wahrheit chak-sots, große fledermaus, ein fürst von palenque, mit dem rochenstachel zur blutentnahme im dienst der götter, um mit den toten in verbindung zu treten. das blutopfer aus der zunge, die libation der literatur.

6. 3. 07
eine reise durch zeiten und klimazonen, ruinen und vegetationen. die säulenkakteen und mulattenbäume der sierra madre del sur, der passatnebel im hochland von chiapas, das wuchernde grün des regenwalds. die immer wieder überbauten/überwachsenen pyramiden. regengott-fresken die comics der präkolumbianischen kultur, mit ihren macht- und wassersichernden riten. die bestattung in embryonal-haltung: der herrscher zwecks wiedergeburt, die opfer mit auf dem rücken gefesselten händen, tanzende gebeine.
als die tempel von palenque verlassen wurden, blieb das volk auf den feldern, denn der mensch ist nicht aus macht, er ist aus mais gemacht.

teotihuacán

8. 3. 07
chichén itzá.

hüft- und handschutz trägt die mannschaft
die die kugel vorwärts drängelt
um die götter zu gewinnen
und die menge lautstark quengelt:

sinds die sieger / die besiegten
die sich bücken unters messer?
es muß blut wie wasser fließen
und der besten blut wirkt besser.

welche regeln immer gelten
es ist stets die gleiche übung
maya- oder fukuyamisch
sag ich ritus, ich sag schiebung.

unsre hohen astronomen
wissend, was am himmel draufsteht
zittern doch im punkt der punkte
ob die sonne morgen aufgeht.

aufgesteckt an dem tzompantli
totenschädelmyriaden
eingemeißelt ist das nachbild
redend doch mit offnen laden

9. 3. 07
hyatt cancun caribe.

vor uns das meer, ein unerschöpflich schauen
von unten infernalisch der verkehr.
der mittlere, des lebens lärm ist leer
und überschrien von ungeheuren pfauen.
die himmelbetten an den strand gerückt
die hurrikane warten wildentzückt

14. 3. 07

ASEGURA el presidente estadounidense que la mejor forma de lograr una reforma migratoria con equidad es respetando el estado de derecho y los valores de EU.

wer ist der mann, an dem vier arme hangen?
es muß ein herrscher sein, noch an der macht
(und kukulcán vielleicht, der ihn bewacht)
bis die geschichte über ihn gegangen.

bush in uxmal, *estalló la violencia* in mérida.

15. 3. 07
letztes jahr hat der präsident venezuelas millionen expl. des DON QUIJOTE drucken lassen und an das volk verteilt. und war nicht jener lacandonische landbote des subcomandante marcos mit überschriften im cervantesschen ton versehn? »*fünftes kapitel, welches erzählt, wie die indigene würde sich in bewegung setzte, um sich gehör zu verschaffen, und wie kurz die anhörung dauerte ... und wie die musik des todes, die heute nur für diejenigen spielt, die nichts haben, für andere spielen wird. nebst anderen wunderlichen dingen, die geschehen und, wie gesagt wird, geschehen werden.*«

15. 3. 07

Jueves 15 de Marzo de 2007 **3**

FIDEL CASTRO, en una de sus últimas apariciones ante las cámaras.

Don Quijotte beim Lesen der Ritterromane

24. 3. 07

grass erzählt uns während der messe in leipzig, daß er wie nie zuvor auf schuld und sühne examiniert werde, von jungen christlichen lesern, die ihm auf den weg helfen wollen. er zeigt sich ja mit seinen dummen-august-versen verstockt und hätte es bei den knorrigen bäumen belassen sollen. – der glaube ist überall am quartier- und reinemachen, und (aber) suhrkamp gründet den verlag der weltreligionen.

Maya-Stätte nach Bush-Besuch gereinigt

IXIMICHE. In Guatemala haben Maya-Priester nach dem Besuch von US-Präsident George W. Bush eine Pyramide einer spirituellen Reinigung unterzogen. Die Indios entzündeten am Donnerstag Weihrauch und trommelten nach Maya-Ritus, um die „schlechte Energie" zu entfernen, die sich dort beim Besuch Bushs mit Guatemalas Präsident Oscar Berger Anfang der Woche angesammelt hat. *(Reuters)*

22. 4. 07
der vatikan schafft in diesem jahr des herrn MMVII den limbus ab und beschlagnahmt damit einen glaubensfreien raum. jedenfalls die ungetauft gestorbnen kinder sollen gerettet werden. an die alten insassen der vorhölle wagt er sich nicht heran. dante sucht sie im IV. gesang auf (sein wegführer vergil gehört zu ihnen), die nicht dem glauben anhangen, *ob solchen mangels, nicht ob andren fehles* zwar nicht verloren, aber nicht gelitten. der ernste, ironische kreis, der ohne rücksicht oder vorsehung reden kann, weil er nichts zu verlieren hat; was wird nun mit uns, wenn es nur noch himmel und hölle gibt?
burg, lusthaus zur bleiche.

24. 4. 07
notiz für bari
immer schien mir jener 1. höllenkreis, wo die geister wohnen, »die im zweifel schweben«, unsere angestammte bleibe. es ist der limbus, in dem die heiden zu weilen verdammt sind, die kein glauben erlöst. von hier, kurz unterm rand des trichters, schallt bei dante kein klagen, aber ein bedeutendes seufzen, von einem *gram ohne qualen*, einer *trauer ohne pein*; denn alles verdienst (um die irdische sache) nützt den unglücklichen nichts, da sie nicht die himmlische kennen. diese verdammnis ist bei dante der ungnade der frühen geburt (vor christi) geschuldet, bei uns der späten geburt nach jenem XX. parteitag, der stalins verbrechen aufdeckte. das markante datum meiner einweisung in die vorhölle war der 21. august 1968, als der prager frühling von panzern niedergewalzt wurde: das war das ende der hoffnung auf einen menschlichen sozialismus zu unsern lebzeiten. ich war gleichsam, ohne das land zu verlassen, verbannt, *ohne hoffnung in der sehnsucht lebend*, oder wie dante aus erfahrung sagte: schmachtend. ich war körperlich unversehrt und geistig zerrissen, denn es war ja *diese* gesellschaft, die es zu ändern galt, und ich griff nach jedem strohhalm und strohfeuer, dem eurokommunismus berlinguers und carrillos und der perestroika gorbatschows, nach der ALTERNATIVE (so hieß das berühmte buch meines freunds bahro): wers glaubt, wird selig! heute nach dem umzug in die kapitalistischen paradiese, mit höheren mieten und geringeren qualen, fühle ich um so mehr, was mir fehlt und daß wir unrettbar im wohlstand schmachten.

29. 4. 07
staeck überläßt es mir, bohrer den heinrich-mann-preis zu überreichen. auf mich fällt das amt; der neigung, die sache anzukanten, muß nachgegeben werden. ein freudentag, sage ich, für den verfasser der *theorie der trauer*: und muß mein willkommen um ein spalier von reizworten winden. denn abschied, *abschied als reflexionsfigur des je schon gewesenen* beschäftigt ein buch bohrers, abschied als aufhebung des diskurses vom glück, die abkehr von allen heilsversprechen. mit dantes großem erlösungsgedicht habe alles angefangen, und noch die moderne, die gestern zuende ging, sei verabredet mit der ewigkeit. bohrer nimmt baudelaire zum wegführer durch die vorhölle, der dem dichten nicht mehr erinnerung oder erwartung aufgibt (»bis in den tod / kann aber ein mensch auch / im gedächtnis doch das beste behalten / und dann erlebt er das höchste«: hieß es bei hölderlin), und gelangt in eine region »absoluter trauer«, in der »ja schon alles entschieden« ist. – brecht über den typus baudelaire: es gibt nicht nur fanatisches moralisieren, es gibt auch fanatisches amoralisieren. – aus dieser düstern qualität zieht bohrer energie für sein abschiedsdenken, das nicht mehr im ideenschatten utopischer weltbilder steht, sondern sich in »unerträglichem nihilismus« suhlt, der »die gemütlichkeit verschlägt«. die trennung von philosophie und literatur sei das signifikante ereignis, das auch den abschied radikalisiere – und es wundert nicht (unterlasse ich nicht zu sagen), daß er beim umbruch 1989 blutvergießen einmahnte, damit der abschied endgültig sei.
ich kann dem kein grüßgott entgegensetzen, der hasardeur muß seine idee zuschanden reiten. es ist wie ein rituelles op-

fer, das der literatur das herz herausreißt. aber »gegenüber den ekstasen der gläubigen intelligenz nimmt sich die theorie der trauer als eine ethik aus«, indem er eine unsichtbare grenze zieht »zwischen literatur und gemütsstärkung«. ich werde bohrer nicht zu einer theorie der freude verleiten, auch ich habe weißgott seit je das glücksverlangen »methodisch verweigert«. doch an einem punkt kann man kratzen: daß die trauer »keine gesellschaftlich faßbare und begründbare ursache« habe und in ihr die einsicht beschlossen sei, »daß eine kritische literatur ... nicht mehr möglich ist«. wir grüßen den strengsten bewohner des limbus, der nicht nur des christentums, auch des menschentums ermangelt.

3. 5. 07
es wäre rußland zu empfehlen, dem amerikanischen atomschild über polen und tschechien ein gleichermaßen irres waffensystem über bolivien und venezuela entgegenzusetzen, und die pläne wären, mit einer *karibik-krise*, in tagen vom tisch.

5.5.07
plenartagung. »natur- und kunstgemäß machten sich wieder mitglieder unserer sektion zum ›dummen august‹ öffentlicher debatten, bzw. wurden dazu gemacht. angriffspunkte grassens neue knurrige gedichte, oder hochhuths altes STELLVERTRETER-stück, das nun dem kgb zugeschrieben wird, oder auch mein MAUER-gedicht von 1965, das als stellungnahme zur ehrenbürgerschaft biermanns vergewürdigt wird (derselbe mich im roten rathaus zu seinen überlebenshelfern rechnend). das sind die spritzkuchen des feuilletons, während immer mehr tausenden der hauptgang verweigert wird, den zeitarbeitern und raumpflegern einer tagelöhnergesellschaft, in der der reichtum vagabundiert und die armut organisiert wird.
in diesem umfeld bekommt das projekt bedeutung, das wir kunst&revolte nennen, weil es bewirkter und zu bewirkender veränderung nachfragt, also jenen erlebten, oder erwarteten, momenten der ›selbstzusammensetzung der gesellschaftlichen kräfte‹, wie sie sich im jahr 68 in paris und prag oder im osten in den jahren 88-90 ereignete. es dürfte dabei nicht so sehr um die daten der bis heute umkämpften vergangenheit gehen, sondern um das noch nicht ganz, noch nicht endgültig besetzte feld der zukunft, d. h. um die heutige handlungsfähigkeit. es könnten strategien und erfahrungen der künste sichtbar gemacht werden, konflikte darzustellen und alternativen zu denken, dieses brechtsche: es kann so sein, es kann aber auch anders werden. dies sollte, gegen das allgemeine ducken und dulden, der ermutigende gestus sein.«

10. 5. 07
während die parteien über eine *grundversorgung* streiten,
schießt die presse quer in die menge:
»regierung will fettleibigkeit eindämmen«
»papst spartanisch«
»china droht mit der ›harmonischen gesellschaft‹«

20. 5. 07
man muß auf dem dach eines hauses in der altstadt von polignano a mare das plötzliche einschlafen des lärms zur zeit der siesta und das allmähliche wiedereinsetzen der laute und sätze erlebt haben, das wie milch im topf aufschäumende stimmengewirr, das die wände hinaufläuft und über den kleinen platz gischtet, um die macht der sprache zu begreifen, die das leben ausmacht, die es ausdrückt, *artikuliert* und ventiliert – das mediterrane gemurmel, das gassengelächter –, und erst gegen mitternacht mit den letzten rüden rufen und wortresten aus den osterias zusammenfällt.
dagegen die ohnmächtige stille der 1200 auf dem aufgebrachten flüchtlingsschiff im hafen von bari, das stammeln, das murren der festgenommenen und verhörten, und das verzweiflungsgebrüll im stadio de la vittoria, wo sie auf die abschiebung warteten, *wir kommen wieder*, die finger zum V gereckt (die verheißung der television), und die erlösenden worte jener bareser, die die armseligen aufnahmen und verbargen.

2. 6. 07
seit des perikles tagen, sagt bloch, habe die gemüsefrau »immer etwa dieselben freuden und leiden«. der »große mensch« hingegen sei geprägt von seiner epoche. er verkörpere und bestreite die zeitvorhaben. das fischweib, mithin, mit dem natürlichen, gleichbleibenden beschäftigt, dem stinkenden fang, und der sog. zeitgenosse mit dem gang der geschichte. das waren geruhsame zeiten. jetzt bewegt, jetzt ändert sich die natur rasant, und die geschichte bleibt die gleiche, und die politiker sind in die fischige zeitung gewickelt; aber die marktfrau muß eine meinung haben und politisch werden. dann stimmt auch blochs satz noch: wer dauern will, muß zeitbedingt sein.
in rostock demonstrieren weit vor dem zaun von scheinheiligendamm, 12 millionen hat er gekostet, die g8-gegner. clownsarmeen gegen polizeikohorten. 1000 verletzte.

4. 6. 07
am sonnabendabend ist hilbig gestorben, an knochenkrebs. er wog nur noch ein drittel, um auf die schippe zu passen; er nahm es, berichtet ingo schulze, *sportlich*. – »abends, in der sommerlichen dämmerung, bei leichtem südwestwind, füllen sich alle straßen und plätze dieser stadt mit einem süßlichen, kaum zu ertragenden leichengeruch.«

10. 6. 07
gestern lesung im rammelvollen buchhaus loschwitz. nachts in guter runde im körnergarten. – immer versuche ich, das »schokoladengeschäft« zu lokalisieren, das stadtamtmann gustav b. einer kellnerin kaufte; sich selber aber 1933 das leben nahm. – frühstück im café winkler. eine alte verwirrte dame, ihr radiogerät auf dem tisch, hält selbstgespräche. es sind vernünftigste ansichten.
in der akademie: sloterdijk, im selbstgespräch mit heinrichs.

21. 6. 07

der name, in eine wachsende ferne gesprochen, hört sich seltsam weich und gebrechlich an, mit dunklem ton beginnend, endet er schon wie ein vogellaut. wolfgang hilbig. ich sehe einen hohen grauen himmel, den hellgrauen rauch des laubwerks. er war ein breitwüchsiger, schwerwiegender mann, mit einem großen, durchheiterten gesicht, wasserhellem blick, einer sachten, wie auf grasland äsenden stimme. ein minotauros muß so aussehen in seiner zusammensetzung aus mensch und maloche, kohlenschaufel und bleistift. keine möglichkeit, daß er seiner gattung entkommt; er hatte »geradezu fiebrige wurzeln in diese schwarze erde geschlagen.«

er ist nicht mehr anwesend. seine abwesenheit quält; seine anwesenheit brachte schwierigkeiten. er war ein dichter: ich variiere fühmanns worte. der sah in ihm »ein großes kind, das mit meeren spielt«. es war das meer in sachsen (das meer kocht und dampft in der kohle in sachsen). im mythischen sächsischen sauwetter ging er bald mit einem höhnischen hochgefühl, »in anwandlungen voll eines schneidenden hohns«, und schätzte sich »bevorzugt und glücklich«.

natürlich (: staatlich) wurde diese bevorzugung nicht genehmigt. es begann mit dem schmalen grauen reclam-band STIMME STIMME, der erst auf drängen fühmanns und hermlins herauskam. nicht jedes gedicht war gelungen, aber die gelungensten überwältigten. seitdem war er im innersten kreis, und blieb doch ein außenseiter. »die vollendetsten denkmodelle scheinen nicht zu meinem nutzen erschaffen«; er verzichtete darauf, »die geometrischen vorstellungen der gläubigen allgemeinheit zu teilen«. zu tief steckte er in ihrer rätselhaft verquollenen trübweißen wirklichkeit, ihrem faulen, verdampfen, rosten und vergehn.

sein werk hat, wie alle andere chemie, etwas synthetisches und etwas elementares, säure und asche, teer und schlamm; es mischen sich fremde surrealistische einflüsse und das grobe material von meuselwitz. die produktion fand ursprünglich in einem kesselhaus statt, im heizungskeller, in nachtschichten an einem wachstuchbespannten tisch, schwarzarbeit des schreibens, wie er sagte und in dem selbstbewußten essay DIE ARBEITER beschrieb. sind die arbeiter wirklich diese eingeebneten, tonalen monstren (fragte er dort). und gehörte dieser heizer hilbig zu ihnen, der noch tiefer unter ihnen im grindigen untergrund stand? niemand hat wie er, in seinem kellerloch, die last des turms gespürt, den turm der macht, und sprache für einen aufbruch gefunden, »über dem das wort von einer würde schwang«.

sein erscheinen ist ein episode von düsterer, leuchtender dauer in der deutschen literatur, so wie er sie unvergeßlich festhielt als epiphanie des furchtlos verirrten fasans auf dem brikettberg.

es ist jetzt eine verlassene fabrik (so hieß ein kurzer text in jenem ersten uns zugänglichen buch), *uraltes eis, das langsam schmilzt und langsam wieder einfriert, kalt und zerrissen hängt sein bewegungsloses triefen aus den geplatzten rohren, kein wärmehauch, der das glitzern des todes von den wänden löst, die gebirge der nebel abtaut, der heizer liegt erschlagen unter seiner kohle.*

25. 6. 07
ein anderer flick, der durchreißer in der führungsetage: »ich werde angerufen, wenn die situation unlösbar erscheint.« er saniert betriebe, mit »vollmachten eines vorcäsarischen diktators ... mein weg führt eher zufällig durchs unternehmen, aber am ende weiß ich, wie der hase läuft.« (die zeit:) die fähigen leute bringt er hinter sich, und dann wird der hase gejagt. zur not auch aus dem haus. deinhard, der harte sanierer, und gill, der senior im unruhestand – beide sind typische vertreter ihrer zunft. interim manager: sie gehen in die linie, wie es im branchenjargon heißt. so ein doppelgänger sollte flick in die quere kommen.

2. 7. 07
die große koalition will die arbeitnehmer mit aktien füttern, ein hauch von volkskapitalismus, und die dran riechen können nicht mehr gut streiken. – altkanzler schmidt im fernsehen: es habe schon einmal eine große koalition gegeben, 1928. worum hätte es ihr gehen müssen? um die arbeitslosen. und worum sei es ihr gegangen? um die versicherungen. heute nicht anders, es gehe um die gesundheitsreform. schlenstedt erinnert sich an die hochschulreform 1968, welche die wissenschaft von den verhältnissen abzog, die akademiereform habe zwanzigtausend mann intelligenz absorbiert. – die streikenden bahner sollten, statt die strecken, die schalter schließen und die leute schwarz fahren lassen, das träfe empfindlicher und sorge für sympathien. aber die schlechtbezahlten sind die schwächsten im kampf; die lokführer fordern 30%.

4. 7. 07
die tornado-flüge über afghanistan = eine art aufbauhilfe (bundesverfassungsgericht).
»guantánamo bay ist ein sauberer, sicherer und menschenwürdiger ort für feindliche kombattanten.« colonel morris d. davis.
»guerilla-preise: endphase im kampf gegen die listenpreise«, die möbelläden *who's perfect?*

23. 7. 07
die letzten kapitelchen FLICK. im fortgange einer geschichte muthmaßungen einzustreuen, um lücken in den nachrichten auszufüllen, ist wohl erlaubt: und da ich hier eine bloße lustreise wage, darf ich mich einer urkunde dazu als karte bedienen, ohne mir einzubilden, daß mein zug, den ich in den schlappen der einbildung, obgleich nicht ohne den fußtritt der erfahrung, thue, die darin historisch vorgezeichnete linie trifft. der leser wird die blätter jener urkunde (DAS LEBEN, XX./XXI. jh.) aufschlagen, und sehn.
johann zum erstenmal allein bei uns. er will abends *geschichten aus dem leben* hören.

29.7.07
rosenlöcher 60: im ruinösen lingner-schloß. er staunt gelassen, und seine sanfte frau, über das alter, das ihn ereilt, aber den kopfstand fordert sie ihm ab. – was hat ihn vermocht, ein meister zu werden? der unmittelbar sinnliche zugriff, der die *gegenständin* nimmt, als sagte die zu ihm: komm / mach mich mal lustig – und dann fehlt ihm fast die zunge, sie hat zugebissen, und eins hält sich am andern im sprechen fest. sind wir denn dichter (»tiere«): ruft der ungläubige thomas und lehnt sie ans haus, um ans werk zu gehn. und er bleibt ganz bei sich und *sie spricht los*, wie er schön sagt; er löst ihr nur, so gut es eben geht, die bänder und schnüre des leibchens. er faßt sie dort, wo es ganz warm ist. ah, von frau welt ist die rede, mickel hat sie identifiziert in *des kreischens brummbaß*, die nymphomanin, und thomas überläßt sie, noch im text, dem nächsten.

1. 8. 07

während johann uns mit seinem witz unterhält, macht luten seinen letzten an flicks grab: ruhe im krieg. so ist der gerecht unter die erde gebracht.

verf. sah nun auf das flache land, die wüste fläche des schreibtischs, den eine eiszeit geprägt und eine arbeit besudelt hatte – eingeebnet, freigeräumt, entdramatisiert, wie die landschafter sagen –, ein beruhigter raum, wo nur erst die brachpieper und steinschmätzer laut geben und der neue urwald anfliegt, und sich noch kein staub einer wissenschaft hinsenkt. in seinem niedern genre, dem in wahrheit die einbildung abgeht, der glaube an den selbstlauf, mußte er auf die tätigkeit setzen, seines helden, den er, wie andere autoren den ihren, verabscheut und geliebt, bewundert und bedauert hat. er hoffte, er habe einen dummkopf sterben und einen gerechten überleben lassen. er hat ihm wohlweislich das gerümpel nicht gezeigt, das im schuppen verrostet, die liegengelassenen utopien, denn was käme heraus, wenn übereifrige sie zurechtbiegen, ölen und einsetzen? er begnügt sich mit dem gebet: friede den landschaften, als könnte sich die tafel denaturieren, von der er speist und schreibt; und sie überwächst sich und überdenkt sich und ermutigt mit ihrem meisterlichen grün.

8. 8. 07
die enttarnung. g. ist ein stämmiger, energischer, umsichtiger mann. wir bewundern seine technischen fähigkeiten, und er wird mir interessant, weil er beim jobcenter marzahn-hellersdorf arbeitslose ordert. *möbelspenden an bedürftige.* er nimmt bis zu 30 mann, für jeden kassiert der trägerverein urban-consult 286 euro. brauchen kann er (und brauchbar sind) ein dutzend, die andern bekommen für anwesenheit den zuverdienst. statt türken bevorzugt er einen vorzeigeneger. (james aus angola verschwindet jeden dienstag und donnerstag: ins arbeitsamt, sagt er / in den puff, kriegt unser mann heraus, zum billigpreis für hartz-IV-empfänger.) als ich arglos frage, was er denn *früher* gemacht habe: meldet sich mit militärischem stolz der dechiffrierer von der aufklärung, der »noch vor honecker« die funksprüche aus den botschaften kannte. »arbeit für den weltfrieden.« die geheimworte jetzt eingliederungskonzeption und feststellungslehrgang – den er verweigerte; er bewarb sich am computer um arbeit, aber die *agentur* kennt keine kriminologen und kriminalisten, doch beim stichwort *spion* »öffnete sich sofort die maske«, stellungen im gehobenen rang, nur war keine frei.

25. 8. 07
sehe in der kühlen luft von hiddensee das MACHWERK durch. immer findet man noch breites und breiiges, es braucht strenge und leichtigkeit. wem zeig ich es, da heise, teller, bahro nicht mehr leben? nur schlenstedts bleiben; und auch die hauptverwaltung entfällt (und damit die ablagerung), und es ist auch nur e i n verlag, der urteilt. gegen so wenig widerstand bin ich wehrlos. die kritik wird es richten. – die insel ist rauh, das wasser kalt. es ist wie ein abschied. aber johann stiefelt im regen bis zur zungenspitze des bessin.

8. 9. 07
[ ], abgeschätzt vom führungsoffizier *gütling* (14. 1. 1980): »im zusammenhang mit seinem gesamtverhalten (auf ständige anerkennung orientierter wissenschaftlertyp, hang zum übermäßigen alkoholgenuß, unvermögen, seine familienverhältnisse zu klären)... gibt es auch in der zusammenarbeit mit dem mfs disziplinschwierigkeiten (bezüglich der trefftätigkeit, auftragserfüllung, berichterstattung). der IM versucht treffs meist zu philosophischen grundsatzdiskussionen bzw. zur persönlichen kommentierung von erscheinungen und verhaltensweisen zu nutzen. der IM ist äußerst intelligent, besitzt umfangreiche philosophische und literaturwissenschaftliche kenntnisse, jedoch einen ungenügend ausgeprägten klassenstandpunkt. in politischen diskussionen werden beim IM ›sozialismusvorstellungen‹ sichtbar, die eine mischung von realem sozialismus, trotzkismus, ›demokratischem‹ und ›jugoslawischem sozialismus‹ darstellen... außer berichten über stimmungen und zu personen aus dem lektorat sowjetliteratur im rahmen der ›wer ist wer‹-aufklärung wurden vom IM kaum operativ auswertbare informationen geliefert.« d. h., er wurde seit 1980 selbst wieder überwacht.
»auf jedem menschen liegt der widerschein der geschichte. den einen trifft er mit glühendem schrecklichem licht, beim anderen nimmt man ihn kaum wahr, so schwach ist er, getroffen aber werden alle von ihm. die geschichte lodert wie ein gewaltiges feuer und jeder von uns wirft sein reisig hinein...« (trifonow)

23. 9. 07

akademie: magris. er schreibt im schlick der alten hafenstadt triest als literarischer *schauermann*. salvatore cippico, tasmanisch-italienischer spanienkämpfer, häftling in dachau und auf der gefängnisinsel goli otok, treibt der wahnsinn ans tonband eines anstaltsarzts, um von mythen und gemetzeln zu erzählen und der irrfahrt der 2000 arbeiter aus monfalcone, die in jugoslawien »den kommunismus aufbauen«, nach dem bruch stalins mit tito interniert und nach der endlichen heimkehr wie aussätzige gemieden werden auch von ihren genossen. »gibt es etwas, was kein plagiat ist«, solange der geschichte nichts einfällt als sich zu wiederholen von der roten fahne bis zum goldenen vlies. BLINDLINGS steht auf der gewaltigen fracht. »bei massakern drücken alle immer ein auge zu« – wie jener admiral nelson, der das fernrohr an das verbundene auge hält und kopenhagen, ich meine bagdad, weiter bombardiert, als es die weiße fahne hißt.

26. 9. 07

jan bloch (bloch jun.) ruft an, um seinem zorn luft zu machen. dieckmann habe im wirtshaus (aber es war nur der brecht-keller) ausgeblasen, jener abschiedsbrief blochs an hartke 1961 habe der akademie der wissenschaften keine andere wahl gelassen, als ihn auszuschließen. das werte den schändlichen vorgang um, und den schlechten stil habe nun der briefschreiber. der alte skandal wird zum neuen streit; das alte unrecht zeugt neue ungerechtigkeit. – dieckmann hinwider beklagt einen biografischen unterschleif: der leipziger jahre (karola: unsere schönste zeit). jan übermale die leiblich-politische existenz zu einer bloß metaphysischen, sein vater habe im zimmer gesessen und eigentlich nicht begriffen, wo er sich befand. der staat vor der tür sei irrelevant, der aufenthalt ein mißverständnis gewesen. wie müller sagt: »die ddr hat nie existiert«; darum schlägt man sie heute zum 3. reich. in fünfzig jahren werden die archäologen nach uns graben.

6. 10. 07
zu einem artikel.
was immer der text beweist, er braucht viele ausrufezeichen. und daß die dichtung das, was sie enthalte und auslöste, »nicht gedacht und gemeint« hätte, klingt eben so, als müßte die literaturwissenschaft noch im nachhinein erschrecken und beschwichtigen; die literatur mag die resultate ihres denkens scheuen, aber sie wird sie nichtsdestoweniger oder gerade darum bezwecken.

24. 10. 07

kleinschmidt ist wider erwarten vom MACHWERK angetan. »treue zu dir selbst und zu deinem thema«, er sieht eine *freiheit*, aber freiheit vereint mit treue. keine (er hat ein nietzsche-zitat notiert) »tölpelei der moralischen entrüstung, welche an einem philosophen das unfehlbare zeichen dafür ist, daß ihm der philosophische humor davonlief«.

Mozarts „Zauberflöte" ist von ernsthaften Musikologen einmal unter dem Gesichtspunkt des „Machwerks" untersucht worden. Eigentlich bezeichnet das Wort ja ein minderwertiges geistiges oder auch künstlerisches Produkt. Man kann es aber auch anders interpretieren, und so haben es seinerzeit die Musikforscher verstanden: „Die Zauberflöte" als ein Werk, das von seinen Schöpfern in voller Absicht „gemacht" ist. Inhalte, Figuren, Musik bewusst auf bestimmte konkrete Absichten ausgerichtet und in vielgestaltige theatralische Formen verpackt.

Gerhard Rohde, FAZ 17.10.07

3. 11. 07
in der sektionssitzung frage ich mosebach, wie es ihm geht als *reaktionär.* er scheint es für einen, ungemütlichen, ehrentitel zu nehmen. seine büchnerpreis-rede hat die frankfurter allgemeine unter die headline SAINT-JUST. BÜCHNER. HIMMLER gestellt, das ist die krawallstimmung in deutschland. den namen himmler hätte mosebach »nie in den text« genommen (aber den ort posen). er berichtet es unaufgeregt, wie ein theaterautor, dessen text nun eben inszeniert wird. es ist ja keine harmlose sondern eine geradezu dramatische rede, die also ihr material ausreizt und noch die letzte volte schlägt. wenn er den könig *leben* läßt, ist das der affekt gegen die abräumende moderne. eine debatte ist damit angestoßen, aufklärung, terror, massenmord, das ganze ressentiment gegen revolutionen.
in der *langen nacht* liest er mit schöner, kräftiger stimme. danach, so fügt sichs, lesen wir zu hilbigs gedenken; das meuselwitz-material distanziert die westend-prosa.

7. 11. 07

das ansinnen der tugend. (für irène kuhn) weiß man, ob die tugend mit der torheit oder die torheit mit der tugend spricht? in tokyo wurden briefumschläge ausgelegt, die eine summe gelds enthielten und die bitte, der finder möge damit gutes tun. das hieß ja, daß die spender solche philosophen sind, die nicht selbst die welt verändern. die unglücklichen finder, die auch nicht wußten, wie sies beginnen sollten, trugen die scheine auf die wache. sie heiligen ja das mittel, sehn nur keinen zweck. – das ansinnen ist in der welt, die philosophen haben nichts erklärt, die polizei soll sie ändern.

9. 11. 07
les mots de la liberté / das idiom der freiheit. autorentagung in straßburg.
gerade in kerkerhaften verhältnissen gibt es sphären anderen denkens. das ist ohnehin eine qualität von texten, daß sie in sich eine eigene freiheit verwirklichen. das phänomenale am theater shakespeares sind die erfindungen: handlungsweisen, die von jeder norm abweichen. da wird ein todeskandidat herausgeführt, und er sagt, er sei müde. das ist natürlich kein argument, das die justiz beeindruckt. der todeskandidat bekommt zur antwort: du kannst nachher lange schlafen, aber jetzt wirst du hingerichtet. nein nein, antwortet dieser, jetzt bin ich in einem zustand, in dem ich mich überhaupt nicht hinrichtbar fühle. so darf sich seine seele auslassen; am schluß wird er begnadigt. welch ein ungeheures vermögen von kunst. sie erzeugt eine gegenrealität. hier wird anders gemessen und wahrgenommen, und ein selbstgefühl bestärkt. es stellt sich unvermutet, im genuß her, die lust auf etwas anderes, kommunes, gemeinsames. – es sind nur sphären; die aber in den kosmos der gesellschaft strahlen. die gesellschaft wird ihre großen erfindungen noch machen, wenn die zum unfug, zum konsum, zum krieg verurteilte menschheit der komödie müde ist.

10. 11. 07
in strasbourg wird die sächsische akademie nicht *estimiert*; der deutsche konsul bromme empfängt uns. wir wollen aber zur französischen küche, und der gastfreund führt uns durch die hauptstadt des sauerkrauts zu einer wirtin, die ihr lokal nochmal aufschließt. bei der lachssuppe kommt die frage auf, was übler bekomme: die herrschaft der weltanschauung oder des marktes? die redet schrill, der handelt unauffällig, und man kann ihm nicht widersprechen. so haben es dieckmann, gosse schwer gegen grünbein und barbara honigmann. ich esse die suppe erst gar nicht. der famose konsul holt uns auch gern wieder ab, und was ist nun wichtig? *esmeralda* heißt sie, das restaur *esmer.*

17. 11. 07

petras'/katers HEAVEN, »die zertrümmerung einer lebenslandschaft« in wolfen; so baut sich doch immerhin, am ehrlichen, rohen sujet, ein ensemble auf.

florian havemann hat einen tatsachenroman über seinen vater geschrieben, welcher (heise wußte es) nicht nur *dissident* war. das war nur seine letzte, seine paraderolle, wie der *ausgebürgerte* biermann nun als renegat abgeht. wolf soll auch, behauptet dieser flori, vor seinem konzert in köln von margot honecker gewarnt worden sein, daß ihm die rückkehr verweigert werden würde. dann wäre es nicht der coup der regierung sondern der des sängers gewesen. er hatte mich am abend vor der reise aufgesucht und seine sorge geäußert... ob es sein dummes gefühl gewesen war oder sein dummes gewissen, weiß ich nicht. er hatte jedenfalls in hamburg noch im september 80 die bilder nicht aufgehängt und den ddr-paß am leib.

4. 12. 07

otto in carlsfeld, in der weihnachtszeit 1821, zu wilhelmine: *wenn ich dich nicht kriege, so mußt du sterben, und ich sterbe auch mit; ein anderer bekommt dich nicht.* – christoph in grevenbroich, in der adventszeit 2007, zur polizei: *wenn ich sie nicht kriege, soll sie keiner haben.* da war valerie wie wilhelmine erstochen, mit dem nämlichen *messer* wie jene marie.

11. 12. 07
im traum weist ein trainer an, daß der schwächste ganz außen schwimmen solle, und wirklich liegt ein rosaner stoffschlauch auf dem bett, den er, »unser softy«, zur seite biegt, die schwimmer, seh ich jetzt, liegen alle bis zum kinn unter deckbetten, die füße in startrichtung, und der blasse blondsträhnige (keine badekappe) außenseiter hat einen arm unter den kopf gelegt und raucht, ich nehme ihm die kippe, vorsichtig, um mich nicht zu verbrennen, aus der hand und werfe sie durch das halb offene fenster in den hof, worauf er, sorglos nun, eine mächtige qualmwolke entläßt, die weiß im raum wölkt. achtung fertig, mir fällt auf, daß ich auch im traum humor habe und, los, wache zufrieden auf.
ich scanne seit tagen diese blätter in den computer. – *werktagebuch*, denn von den nächten schweigt es sonst.

13. 12. 07

sorge des hausvaters. ich habe nun die meinen zusammen, wie sie mir recht sind, nicht zu streng erzogen, nicht abgehobelt, es soll jedes seine eigenart haben, und lasse sie zögernd hinaus, daß sie spielen können – zögernd, denn wie wird man sie ansehn, und werden sie sich benehmen –, und schon kommen die ersten beschwerden: schwierig seien sie, übermütig, oder einfach nicht zu verstehen. was soll das heißen: *dreeschen, ningrig, butze, kläche, tetz, kräutsch:* wer kennt sie, und was treiben sie überhaupt? da komme ich in erklärungsnot, denn sie sind mir geläufig, sie liegen mir am herzen, es sind doch meine kinder, straßenkinder, nun ja, ich habe sie aufgenommen. soll ich sie verleugnen, ausstreichen? und weiß ich, ob man die esel haut, und den ganzen sack meint.

Volker Stelzmann, Selbst

2. 1. 08
in stelzmanns moabiter atelier. ein ehemaliges oratorium, die staffelei der profane altar, »spelunkenhafte abendmähler« (beaucamp). an der wand nur ein bild: der kopf pontormos über die schulter blickend. porträts sind seine stärke. schon die selbstbildnisse des dreißigjährigen zeigen einen alten mann (der bald kahle schädel erleichterte den vorgriff), es war die art, sich aus der gegenwart hinauszuarbeiten in die vorzeit der vorbilder. auch rembrandt liebte jung die alten gesichter. stelzmann ging dann aber in den westen, wo der jugendkult herrscht. die rivalen, baselitz voran, schnitten den großen figurenmaler; die wunde bleibt. wie soll er sich nun im alter malen? als kind.

8. 1. 2008
im *diwan* spricht der alt und graue adonis über die monotheistischen religionen. aus e i n e m geschichtlichen raum stammend, ähneln sie sich bis aufs messer. koran: jedesmal, wenn ihre haut durchgekocht ist (in der hölle), werden sie mit frischer haut überzogen: das hätte kein paganer gott gesagt. mein prophet ist der letzte aller propheten, meine wahrheit ist die letzte der wahrheiten, der mensch darf nichts mehr hinzufügen, und gott selbst hat nichts mehr zu sagen. früher die götter haben miteinander gekämpft und der mensch schaute zu, heute kämpfen die menschen und gott sieht zu. das ist jerusalem. könnte sie nicht die gesegnetste, und muß sie die entsetzlichste stadt sein. so alt sind die religionen, daß nicht nach der wahren zu fragen ist: sie sind der fehler im kern. – und die 5 pflichten des islam? fragen die prenzlauer bergaraber. – was das betrifft, sei er atheist. – was bleibe aber dem arabischen menschen, wenn man ihm die religion nehme? – das menschsein. – details bitte, sagt die frau im kopftuch. – ein arabischer mensch sein. die religionsstaaten haben die idee der gesellschaft vernichtet und ersetzt durch die idee des regimes. sie haben die welt aufgeteilt und herrschen rückgewandt, und so lebt arabien: als könnte man auf einem kamel zum mond reiten. in fünfzig jahren haben wir der welt nichts gegeben, wir werden verschwinden wie die sumerer, die pharaonen und griechen. sagt der syrer aus paris, ein voltaire arabiens. und ich höre doch nur den europäer sprechen an europa gewandt.

20. 1. 2008

LE ROMAN DE HINZE ET KUNZE steht auf der prüfungsliste für die agrégation. der antistaatsroman ausgewählt für die staatsprüfung, die ironie hätte unser ministerium für volksbildung 1988 aufbringen müssen. jean mortier hat einen ganzen dictionnaire verfaßt, aber die studenten sind längst mit *plaisir* bei der sache. hörnigk fahndet in lyon noch nach lösungen im verwinkelten text (und kann da wie hager nicht lachen); dafür laufen wir dann durch die traboules der altstadt. die handwerker und seidenweber wußten, warum sie diese quergänge bauten, die durch häuser und höfe führen, die etagen hinauf und hinab von einer gasse zur andern: um das tuch rasch und trocken zu transportieren; in die sie zudem bei aufständen ihr leben flüchteten. – in paris setzt sich preußer auf meine spur, die wachablösung jener anneliese löffler, und liest weiter unter der gürtellinie, die »leicht klebrige sprache« und die borniertheit des autors. immer bleiben die ideologen im *legitimitätsdiskurs*, während die schreibstrategie mit den verhältnissen tanzt. und wirklich stehen wir heute in der rue mouffetard, wo wie jeden sonntag ein verein chansons singt und sich zum akkordeon dreht, ein kleiner mann mit weißem hemd und schwarzer weste biegt die dame bis aufs pflaster, eine rothaarige psychologin, er ein bankrotteur, dem im leben zu helfen ist.

22. 2. 08
in einer ausstellung von pankower porträts zeige ich eine totenmaske: HOELZ' LETZTE BARRIKADE. absolutes schweigen im raum.

4. 3. 08
nach peltzer und oswald liest kumpfmüller in der akademie. die neue politische literatur; und wieder nur eine sachstandsbeschreibung. – eine NACHRICHT AN ALLE hat kumpfmüller verfaßt, und austrägt sie ein innenminister, der in brodelnder zeit krisenmanagement betreibt, »damit der staat nicht zusammenbricht«. das ist die nachricht. wir haben einen außenminister als gesprächspartner geladen, dem unbehaglich ist bei dem kühlen programm und der (»vielleicht ist das eine typische 68er-frage«) dauernd insistiert: was den mann treibe? »man muß brennen« in dem beruf (oder belgrad muß brennen, während ihrer amtszeit, fischer, und auch sie haben kühl ihren job gemacht bei dem täglichen bombardement). sie treffen sich freilich in einem auffällig leeren raum, worin es kein geheimnis gebe, und auch sein weg *an die macht* habe in immer neue leere räume geführt, »denn alles liegt offen da«, demokratische politik sei ein null-ouvert-spiel, »niemand hat das große blatt an der brust«. diese enthüllung ist die wahre mystifizierung und eine nachricht der macht, und kann die mächte beruhigen. – wozu literatur? er habe sie nicht vermißt, sagt held joschka, und kumpfmüller muß es ertragen, wie die politik sein adäquates buch.

DANIEL ROSENTHAL

Diese Aufnahme von den G8-Protesten in Heiligendamm (erschienen im Stern) erhielt den Preis als bestes Foto.

4. 3. 08

inge jens reagiert merkwürdig gelassen auf den artikel ihres sohnes, VATERS VERGESSEN. tilman jens schreibt (in die zeitung): »eine einzige vergilbte karteikarte«, die die mitgliedschaft in der nazipartei behauptet, habe genügt, die symptome der krankheit zum ausbruch zu bringen und das »gedächtnis zu zertrümmern«. er führt die demenz auf den einen schamvollen punkt zurück; das vergessen die flucht vor der wahrheit über sich selbst. die generöse mutter läßt dem jungen den eigenen kopf und scheint die roheit nicht zu realisieren, die wohl der geringere kummer ist. denn sie hat mit dem wirklichen unwirklichen mann zu tun, »der nachts« (teilt der sohn mit) »durchs eigene haus irrt und sein bett nicht mehr findet«. sein gedächtnis sei taub, die sprache versiegt (»mir ist die sprache gestorben«). »die blicke sind hohl und verloren. die computertomographie zeigt im hirn düstere stellen.« die alte frau sagt fast heiter, daß er nun – denn die gelegenheit zu sterben sei verpaßt – nurmehr emotional existiere, und immerhin lächle, wenn sie komme oder, gleichviel, die pflegerin. – jetzt führt eine andre generation das wort und diagnostiziert »die fatale schweige-krankheit, an der viele köpfe zerbrachen«, und weiß schon heute nicht, wer sie ist.

5.3.08

als flick nicht mehr arbeitete, gab er sich mit traurigkeit ab. die ließ ihn manches vergessen, was ihn sonst beschäftigte. einmal hielt er sein werkzeug in händen und erkannte es nicht. wofür sollte das gut sein. – was das sei? – die alte sagte mit tränen in augen: dein franzose. – wer? fragte er wütend und stieß den mann zu boden. er irrte durchs eigene haus und fand sein bett nicht

15.3.08
wie das gewicht geschichtlicher vorgänge sich an den schicksalen der völker festmacht, so hängt es sich an das leben des einzelnen, oder erhebt ihn einen moment.
um mich genauer des jahres 68 zu entsinnen, schaue ich in den taschenkalender, der meine erinnerung korrigiert: ich war nicht im sommer in prag, sondern im dezember 67. der prager vorfühling, der linke flügel der kpč war erstarkt, ich traf goldstücker, hrabal, ludvik kundera, sah natürlich den film SEDMIKRASKI (tausendschönchen), besuchte bieler, der übergesiedelt war. im märz finde ich: ostermarsch-deutschland-tournee, käthe reichel las, ich höre noch ihre stimme, brechts bericht vom 1. mai 1905, der endet: *das wird alles noch anders werden.* schöfer, süverkrüp, degenhardt, ich mußte begreifen, daß von mir nicht erwartet wurde, die notstandsgesetze zu attackieren, sondern den eigenen notstand. GEDANKENKINDER-MORD. im juni lesungen in marburg und in hamburg in der heine-buchhandlung, halbkonspirative quartiere und dispute mit so konträren fraktionen wie kommune und sds. als schmuggelware isaak deutschers dreibändige trotzki-biografie, in geschenkpapier. – überhaupt die namen im kalender: weiss, rühmkorf, die beiden delius, schneider. f.c. delius AN MICKEL (kürbiskern 4/68): »hier / in deinen sesseln sitzen biographen, die / sich anerkennen, die sich was erzählen. lebhaft / gestaltet sich im bereich der ringbahn der / kulturaustausch.« – im august: die endproben in weimar, das erste stück, das herauskommen soll: am 28., am 21. der einmarsch der truppen des warschauer pakts in prag. das stück handelte von der führung und den verführten, und schauspieler zogen mit zitaten und der tschechoslo-

wakischen fahne durchs haus. dann – welcher tag war das? das gedächtnis bewahrt die stockende stimme dubčeks, als er das wort normalisierung sprach... da war eine hoffnung am ende und eine erfahrung gemacht; geschichte, die über uns weggeht.
die westberliner studenten, demonstrierend als demokraten – wie es ihnen kennedy abverlangt hatte –, waren konfrontiert mit der polizeigewalt. uwe wandrey gab mir im oktober seine KAMPFREIME, notwehrtauglich: »handliche, mit scharfen kanten ausgestattete kampfausgabe für die phase des revolutionären widerstands«. *altfrühmitteldeutsch und gotisch/fachidiotisch, unerotisch.* im osten blieb das entfesselte potential in der zwangsjacke; aber es war »nichts anderes an den tag« getreten »als die wirkliche gesellschaftsstruktur« (bahro in der ALTERNATIVE). ende 68 schrieb ich T. [TROTZKI] das subjekt rächt sich an der ruchlosen geschichte. die lektion: nicht das politische thema im engen sinn, sondern der universale anspruch wird zum politikum. christa wolfs NACHDENKEN ÜBER CHRISTA T.

23. 3. 08
schildow, mit arne, thorsten und johann.
»schafft gott den hasen, so schafft er auch den rasen. – mit diesem sprichwort wollte ein pfarrer einen vater beruhigen, der ihm die niederkunft seiner frau mit zwillingen anzeigte und über den allzureichen segen bekümmert war. ich wollte das wohl glauben, antwortete der mann, wenn nur die kinder auch gras äßen, wie die hasen. wer hatte recht, dieser verzagte mann, oder der pfarrer? es bleibt dabei, der pfarrer hatte recht und ich könnte dieses mit vielen geschichten beweisen, will aber nur eine einzige anführen vom armen schuster flink.« so beginnt eine der unbekannten geschichten hebels, die jetzt aufgefunden wurden und bei wallstein verlegt. – im FLICKWERK aber gefällts mir, beiden narren recht zu geben. – flink von lauchhammer: wär auch ein name gewesen.

26. 3. 08

nicht viel ist das, was ich mein leben nenne
und strikt verkleidet bin ich musel-manisch
denn hüte ich nicht meine worte panisch
verriete ich, daß ich in gluten brenne.
ist es betrug: so ist er mir bewußt.
erschaff ich nicht die welt an allen tagen?
ihr nackter leib liegt breit auf einem laken.
doch durch steppen stehl ich meine lust.
so zugenagelt wie dies bild: courbet.
und zugefrorn seht ihr das schloß blonay.

2. 4. 08
auch inge jens gibt nun einer illustrierten bericht über den armen jens. sie ist natürlich durch die herausgabe der thomas-mannschen tagebücher konditioniert; fehlen noch die handlungen bei vollerektion.

7. 4. 08
schon der grüne salat mit avocados und geröstetem sesam entlockt ihm ein stöhnen, und bei annes (unvergleichlicher) pizza brummt er vor behagen minutenlang. was für ein guter gast, krause-zwieback, der verwandlungskünstler und sprachversteller. der bloße gedanke, den *zeitgeist* zu geben, gefiel ihm, und nun ruft er an: und will das stück selbst inszenieren. aber welche bühne läßt ihn machen.

23. 4. 08
die rede heins, und mein dank:
die gewerkschaft ver.di ist, seit der v[erband deutscher] s[chriftsteller] dazugehört, eine rare konstruktion, mit disparatester mitgliedschaft, die sich viel zu sagen hätte, aber wohl nicht sagt. seit an seit oder eben nebeneinander, die klassischen betriebsarbeiter der dienstleistenden gewerke und der unbedienstete autor als klassischer niedriglöhner. der freischaffende, wahrlich kein streikbrecher, sieht auf die lohnforderungen mit dem scheelen blick der arbeitslosen, die keine vertretung haben. das wären, denkt er und sagt er nicht, universalere verbände, die gesamtgesellschaftliche kämpfe führten, auf beiden seiten des grabens. – wir schreiben für die halbe gesellschaft, die sich bücher leisten kann, ihr kämpft für die halbe gesellschaft, die von der arbeit leben kann.
der 23. april ist der todestag cervantes', erfinder jenes berühmten lesers zu vieler ritterromane. man könnte sich ein buch vorstellen, dessen held nichts gelesen hat außer den briefen über die mechanische erziehung des menschen. ein alter havariemeister vielleicht, der den schaden hat, daß er nichts tun kann, ohne realiter zu wühlen, und kein denken kennt, ohne es gleich, wie erdhaufen, umzusetzen. »wenn er bücher gelesen hätte, wäre er womöglich zu retten, und er hätte erfahren, daß bloße worte bewegen und verwandeln können.« an diesen unerlösten mann oder die mannschaft denke ich heute.

7. 5. 08
nachts in schildow nachtigall- und froschkonzert. von anne die hölzerne maske eines chinesischen glücksgotts. der andruck des flickbuchs. an der akademie die inschrift der 1933 ausgeschlossenen.

16. 5. 08

die darmstädter akademie tagt in lemberg, lwow, lviv. der *rynok*: der schöne platz tief in europas mitte / von vielen alten straßen müdgehetzt: / ist er besiedelt oder nur besetzt? / es hallen noch die schweren stiefelschritte. / die sprachen wechseln. zeiten bleiben stehen

19. 5. 08
žižek in der *alten schmiede* in wien zu einem alteisen-thema: können wir uns immer noch kommunismus vorstellen? – heute folge die mehrheit fukuyama: die »liberale, demokratische« gesellschaft der netzwerke und eigeninitiative werde als beste welt gesehen. »die einzige wirkliche frage heute ist: unterstützen wir diese normalisierung des kapitalismus«, oder enthält er »ausreichend starke antagonismen, um seine unendliche reproduktion zu verhindern?« als solche nennt er: die ökologische krise, das private »intellektuelle eigentum«, die biogenetik, die neue apartheid der mauern und slums. all dies betreffe die *commons*, »die gemeinsame substanz unserer sozialen existenz, deren privatisierung ein gewalttätiger akt ist«, vernutzung der äußeren (und inneren) natur, der kultur, des lebens. ihr sei nötigenfalls mit gewalt zu widerstehn. »steht denn die notwendigkeit, einen ort für globale politische aktion zu schaffen, die fähig ist, marktmechanismen zu neutralisieren und zu kanalisieren, nicht für eine im eigentlichen sinne kommunistische perspektive?« die idee der commons als *kommunistische* idee: die die fortschreitende ›einschließung‹ der commons als proletarisierung begreift. anders als die klassischen proletarier, die nichts als ihre ketten zu verlieren hatten, seien wir in gefahr, alles zu verlieren und »zu leeren cartesianischen subjekten reduziert zu werden, allen substanziellen inhalts beraubt, auf genmanipulierter basis in einer lebensfeindlichen umwelt dahinvegetierend. diese bedrohung unseres gesamten daseins macht uns gewissermaßen alle zu potenziellen proletarierern.« da wird wahrhaftig der alte schmied rimbauds aufgerufen, mit seinem riesenhammer und dem *odeur de bataille.*

27. 5. 08
schillers knochen und beide schädel sind nach zweijähriger untersuchung im gerichtsmedizinischen institut innsbruck als falsch erkannt.

aus dem grab heraus wird dir kein ausgang geöffnet
  modre das echte dort oder das falsche gebein.
aber du bist bei zeiten in das gedächtnis entsprungen
  und die parze mit zwang nimmt das leben dir nicht.

30. 5. 08
so blaß sah ich kleinschmidt nicht, als er kurt hager entgegentrat, wie heute bei der sitzung im senat der akademie. die freiwerdende stelle der (unersetzlichen) heide lipecky soll eingespart werden. chefredakteur huchel, sage ich, wäre hinausgegangen. dabei weiß ich wohl, daß sinn und form nun die metanoia verwaltet.

3. 6. 08
nachdem das geld herausgeholt ist aus der bevölkerung, geben die banken die eckgeschäfte wieder frei für die bäckereien. / die gartennachbarn, auf der *kanarischen insel*, beginnen ihr dutzend hunde einzuschläfern wegen der teuerung.
der armuts- und reichtumsbericht, beklagt der wirtschaftsminister, enthalte »tendenziöse passagen«. die zahlen »produzierten chaos«. die schwellenwerte »schwankten erratisch«.
die zahlen sinds, von andern *quellen* ist nicht die rede.

8. 6. 08
ich kann sagen was ich will, *schlagzeilen* mache ich nicht. die macht grass, mit seiner gabe aufzuwiegeln. in der *nacht der literatur 1968* doziert er: wir brauchen ein neues 68. das ist aus seinem munde eine neuigkeit. wenn ich von einer neuen *wende* spräche, verstünde das niemand.

10. 6. 08

rühmkorf ist tot, am sonntag starb er an krebs in seiner lauenburgischen kate.

ein fabelhafter dichter des irdischen vergnügens und irdischer not, fünfzig jahre war er ein gegenwartsautor, haltbar bis werweißwann. er saß über den schiffen der elbe in decken gewickelt im stuhl, nicht verlassen vom zweifel und einbeckbier; man konnte an den alten klopstock denken, aber keine *revolutionshymnen* verlangte ihm die nachkriegszeit ab: reform-oden. rebellionen in reimen, tradition gefriergetrocknet; es mußten, nach dem schwulst der hehren kunst, *kunststücke* sein, aber so gekonnt wurde nie gekünstelt, so proper nie parodiert: auf eigene rechnung. er dichtete von langer hand frischeste ware, zweitgeburten von eigenart, ein widergänger und gegensänger, der den hohen ton an sein seichtes saeculum schenkte. der hochmütigste pfeifer der demokratie, ein volksvermögen an sprachwitz und wortlust sammelnd; er bleibt die hellste stimme in unserm chor, ein heiterer leidensmann und ausbund an eingebungen, deren schönste die freundschaft war, die ich vermissen werde.

11.6.08
ein nachtrag. blicke in sein TABU; aber soll ich *nachtragend* sein? jenes wettlesen 1989 um den berliner preis, ich trug das nicht ins journal, r. widmet dem ereignis viel zeilen, er hatte sich eigens hertransportieren lassen und eine liege zum lesen mitgeführt, denn das preisgeld 50 000 winkte, und reibt sich an mir unschuldigem gewinner, kennerisch aber daneben: kunst am bau, bakelit-prosa, enttäuscht wie er war, der neidhammel, er brauchte standing owehchen.

12. 6. 08

nun ist auch strittmatter »gestorben«; liersch weist auf seine zugehörigkeit zur ordnungspolizei hin, welche in das ss-polizei-gebirgsjäger-regiment 18 übernommen wurde für den partisanenkrieg in karelien und griechenland. »endlich einer aus dem osten« titelt eine zeitung. – was er vom krieg überlieferte, war: daß er desertierte. er hat als bataillonsschreiber sein pulver verschossen, und es nach dem krieg nicht trocken gehalten. er hat die greuel in der film- und bildstelle archiviert, und unter verschluß gehalten. das thema ließ ihn los, und er desertierte zum andernmal.

er kam dazu »wie eine kuh ins loch tritt« (brecht zu den jamben im KATZGRABEN); aber wie wahr war brechts empfindung, das land sei »immer noch unheimlich«, als er mit den jungen dramaturgen nach buckow fuhr: vor zehn jahren hätten sie ihn »schnurstracks der gestapo übergeben ...«

15. 6. 08
bei dieckmanns, mit adelheid bonnemann-böhner und bahr. fritz ist amüsiert von einer dünnen roten bibel: DAS KOMMUNISTISCHE POSTSKRIPTUM. groys begreift darin die »kommunistische revolution« als überschreibung der gesellschaft vom geld auf die sprache, einen *linguistic turn* in der gesellschaftlichen praxis. unter kapitalistischen bedingungen bleibe das schicksal stumm, die ökonomie sei anonym und lasse nicht mit sich reden. »damit die gesellschaft kritisierbar werde, muß sie zunächst kommunistisch werden. das erklärt die instinktive vorliebe, die jeder, der mit kritischem bewußtsein ausgestattet ist, für den kommunismus empfindet, denn nur der kommunismus vollzieht jene totale versprachlichung des menschlichen schicksals, die den raum für eine totale kritik öffnet.« auch die entsprechende staatsgewalt sei nur durch sprache vermittelt – verordnungen, *das richtige denken*, und von der abweichung irritiert; wenn sie die kontrolle über die sprache verliere, verliere sie alles.
postskriptum zu joschkas *leeren räumen* (bahr: im letzten zimmer hat der auf albrigths schoß gesessen): die sowjetmacht definiere sich als herrschaft der dialektischen, paradoxen vernunft – als antwort auf den paradoxen charakter des kapitals und der ware. sie setze sich der konspiration des kapitals entgegen; die regierende partei das subjekt der gegenkonspiration. »bei der kommunistischen revolution handelt es sich um die freilegung, bestätigung und materialisierung des verdachts, daß sich hinter der illusion einer offenen gesellschaft geschlossene räume einer manipulativen, konspirativen macht verbergen, die im dunklen paradox ihren ort hat. freilegung, verkündung, appropriation dieses paradoxes sind genuin phi-

losophische leistungen, die den philosophen zur herrschaft ermächtigen.« die sowjetmacht = philosophenherrschaft!
ps. zu LENINS TOD: die logik der innerparteilichen diskussionen lasse sich so fassen: die abweichler galten als abweichler nicht aufgrund dessen, was sie behaupteten, sondern weil sie sich weigerten, auch das gegenteil zu akzeptieren. sie haben sich als *einseitig* disqualifiziert. »und in der tat: alle ihre forderungen wurden von der generallinie akzeptiert, alle ihre behauptungen wurden im herrschenden paradox immer schon untergebracht und mit berücksichtigt. so ließ sich fragen: was wollen die abweichler eigentlich noch?« die integration aller widersprüche ist das wesen einer sprachdiktatur. damit war das schicksal der oppositionen besiegelt.

16. 6. 08
weiter groys:
der kommunistische staat unterschied sich vom platonischen aber insofern, als jeder einzelne gehalten war, philosoph zu sein. der sowjetische mensch konnte seine elementaren bedürfnisse nur befriedigen, wenn er als philosophisch denkender anerkannt war. »er mußte jeden tag die temperatur des ganzen der sprache fühlen, um diesen tag und die darauffolgende nacht zu überleben.« wer nicht die verhältnisse im land und ausland zu werten wußte, riskierte, keine neue wohnung, keine gehaltserhöhung, keine reise genehmigt zu bekommen. sowjetisch zu denken, setzte aber voraus, zu wissen, was man antisowjetisch denkt, man mußte den feind in sich wissen. die totale sprache versprach keine beruhigung der konflikte sondern im gegenteil ihre verschärfung. denn in diesem medium ließ sich das paradox nicht bezahlen/entkräften. nicht die idylle lehrte der DIAMAT, sondern das leben im selbstwiderspruch, in der äußersten inneren gespaltenheit und anspannung. »damit verspricht er dem fleischgewordenen logos« – partei und volk – »nichts anderes als martyrium.«
die frage, warum die parteien des ostens, voran die sowjetische und chinesische, die arbeit am kommunistischen projekt eingestellt haben und statt dessen den kapitalismus aufbaun: der kontext eines projekts werde zu seinem schicksal. »wer das ganze anstrebt, soll vom projekt zu seinem kontext übergehen. und da der kontext des sowjetischen kommunismus der kapitalismus war, mußte der nächste schritt in der realisierung des kommunismus der übergang vom kommunismus zum kapitalismus sein. dadurch wird das projekt,

den kommunismus in einem land aufzubauen, übrigens nicht widerlegt, sondern bestätigt und definitiv realisiert.« das geschichtliche ereignis dieser friedlichen selbstabschaffung *auf initiative und unter führung* etc. werde oft trivialisiert und als niederlage beschrieben. aber mitnichten! meint groys:

die totale verstaatlichung habe jene soziale plastizität bewirkt, die der partei die unerhörte gestaltungsmacht über die gesellschaft gewann. das war ein radikaler bruch mit der vergangenheit, ja mit der geschichte überhaupt. damit war der kunst der vorrang vor der natur eingeräumt – auch der menschlichen natur; der mensch konnte »sich selbst völlig frei« (!) »und neu erfinden. erst der mensch, der keinen besitz mehr hat, ist für jedes gesellschaftliche experiment frei verfügbar. die abschaffung des privaten eigentums bedeutete also den übergang vom natürlichen ins artifizielle, vom reich der notwendigkeit ins reich der (politisch-gestalterischen) freiheit, vom traditionellen staat zum gesamtkunstwerk.« (sic!) nach der abdankung nun werden riesige territorien des plötzlich wilden ostens »parzelliert, verteilt und zur aneignung freigegeben – und zwar nach regeln, die von der staatlichen führung selbst diktiert worden sind«; so erweist sich der neue kapitalismus ebenso als künstliches politisches konstrukt, artefakt, produkt der *staatskunst.* »es handelt sich um gewaltsame zerstückelung und private aneignung des toten körpers, der leiche des sozialistischen staates, die an sakrale feste ... erinnern...« die eigentliche zumutung des stalinschen kommunismus war sein anti-utopismus (fürwahr): die behauptung, daß in der su die utopie realisiert sei. mit der nicht weniger paradoxen metanoia der re-privatisierung sei der kommunismus keine utopie mehr – »seine irdische inkarnation ist vollendet«, und zur wiederholung freigegeben. die sozialdemokratie, lieber egon bahr, kommt bei all dem gar nicht vor.

eigenes ps. das ist alles in einer heiteren hegelschen sphäre entwickelt, zu faszinierenden konklusionen, im reinsten idealismus, der von allem materiellen dreck abstrahiert. für wahr muß aber auch gelten, daß dieser hauptphilosoph stalin die graue mittelmäßigkeit war und sein metier der massenmord. geistesverlassene wirklichkeit. eine sprachherrschaft im kommandoton kann kein kommunismus sein.

4. 7. 08
der redenschreiber wowereits, fr[iedemann] walter, hat das amt seit mehr als zwanzig jahren inne und war schon für o[ber]b[ürgermeister] krack tätig. das ist eine nur in berlin mögliche kontinuität. da ich, das poesiefestival eröffnend, für ein *haus der poesie* zu werben habe, zieht staatssekretär schmitz das nicolaihaus aus dem ärmel. spieler, der ich bin, reize ich das blatt aus: er solle es dem suhrkamp verlag anbieten.

5.7.08

israel bar kohav, REGENTSCHAFT

fünfzehn jahre regierte ich als kind und wurde abgesetzt
in jenem königreich: das land war wohlbestellt
bäume leuchteten im regen
jetzt ist der mandelwald verdorrt, der fisch des brotes grau
geworden
ist das zelt am himmel überm walberg zusammengefallen,
die liebe
die auf der zungenspitze stand, klebt am gaumen

12. 7. 08

chr[istian] brumme ertappt kafka als genialen dieb, »er stahl dort, wo er liebte«. wie er seine ELF SÖHNE einem almanach des kurt wolff verlags entnahm und besorgt adoptierte (was taugen diese autoren, die literarische konkurrenz?), so hat er sich am roman RODION RASKOLNIKOFF bedient und wenigstens neun figuren in den PROCESS gezogen. das war bislang (dem gericht) verborgen geblieben und zeigt den appetit dieses triebtäters auf *verwandlungen*. er hat dostojewskis gequältes personal nochmal in die mangel genommen, nicht mit dem direkten zwang einer pfandleihe, sondern dem sublimen sadismus der registratur, wo die schicksale landen. sein josef k. ist der doppelgänger jenes russischen mörders und durchlebt ein mörderleben, das gleichsam durchgepaust ist auf das seidenpapier eines humoristen. das vexierbild ist paradox: während der verdächtige frei herumläuft, wird der unschuldige verhaftet. während die wirkliche schuld nur widerwillig verfolgt wird, ist aus der abstrakten kein entrinnen. und wenn dort ein verbrechen aufgedeckt wird, werden hier nur immer die tücher gezogen. wo r. nach erlösung sucht, trifft k. auf die leere des gesetzes. »der gedanke, daß porphyri ihn für unschuldig hielt, begann ihn zu peinigen« / während k. »die wiederholte erwähnung seiner unschuld schon lästig wird«. so variiert und demontiert der plagiator den geliebten roman, vom ersten nicht gebrachten frühstück bis zum läuternden lotterbett, und übermalt ihn mit seiner ironischen kreide; und stattet zugleich, vor unsern diebischen augen, dostojewski mit kafkaesken zügen aus.

17. 7. 08

1. heißer abend. aus dem gehölz die stimmen, pirol, zeisig, zilpzalp, grünfink. die holztaube natürlich. umfassende aussprache über das wesentliche. fast glaube ich, daß sie mir genügt und ich keine weiteren diskussionen wünsche.
2. freilich hier auch macht ein bussard allem ein ende.

30. 7. 08
in timms dokumentarischem roman HALBSCHATTEN sprechen aus dem berliner invalidenfriedhof die toten, ein gesprächskreis höherer dienstgrade, das schnarren und belfern des militärs. es ließen sich andere zirkel denken, gegensätzliche nester (und grabstätten) des grübelns, mit je eigener erfahrung oder verzweiflung, der dorotheenstädtische, der jüdische friedhof, auch friedrichsfelde gehört dazu. dies totenächzen ist interessanter als das lebende geplapper, lieber die stimmen aus den grüften, als u[lrich] wehlers grottenschlechte nachkriegsgeschichte zu lesen.

3. 8. 08
de maizière legt offen, daß es in der ddr nur 2 % opfer und 3 % täter gab, die übrigen hätten anständig ihr leben gefristet. daß sie jetzt ihr vorleben verklärten, sei seiner verdammung geschuldet. die friedliche revolution wäre nicht so spät gekommen, wenn es unerträglich gewesen wäre. – die *erträgliche leichtigkeit des seins,* wie.

4. 8. 08

kotljanizyn, solscherewski. auf einer reise in die sowjetunion september 1969 geriet ich in den festakt zu ehren kotljarewskis, des begründers der ukrainischen literatur. aufgefordert zu sprechen, wollte ich dem spontanen impuls folgen: und mich zu solschenizyn äußern. ich hatte insgeheim T. geschrieben und führte den ERSTEN KREIS DER HÖLLE als reisezehrung mit; in odessa war eben das gedicht »15 millionen« entstanden (die unzahl in den stalinschen lagern umgekommener). kotljarewski kannte ich ohnehin nicht, maß ihm aber »aufrichtigkeit, mut, plebejische schärfe des beobachtens und benennens der wirklichen lebensbedingungen« und, nun ja, »unerschrockenen spott« zu. wenn die heutige literatur das bei ihm lernen wolle, habe sie zu tun. »die große tradition radistschew, kotljarewski, tolstoi lew, solschenizyn darf nicht abreißen.« hier würde also der name fallen und im raum stehen, wenn ich fortfuhr: es gehe nicht nur um literatur, wenn wir von ihm reden. »es geht um das leben, unser aller verhalten. die mißstände im staat und in den menschlichen beziehungen.« nur bedurfte ich, bedauerlich: nach dem vielen russischunterricht, der dolmetscherin, und sie drehte und wendete den zettel, und ich wurde, lange harrte ich bang, nicht aufgerufen. – zwei monate später wurde s. (eine unperson) aus dem schriftstellerverband ausgeschlossen. sein offener brief: »wischen sie den staub von ihren uhren«... als er in sicherheit war und selber hochgeehrt, habe ich nicht mehr lange die stimme für ihn erhoben. der sachwalter wurde prophet, der historiker mystiker, und der nationale russe ein russischer gottesnarr. aber respekt und liebe bewahrt man einem mutigen mann. dutschke hat auf seinen fall das wort von der »kritischen solidarität« gemünzt, was immer schwieriges, unabdingbares es meint für jede sipp- und gesellschaft.

8. 8. 08

war es ein zottiger hund, der ihn zu seinem letzten großen thema führte? jastram lief wie jeden morgen den feldweg hinaus, dem hund und sich zuliebe, und eine schwäche warf ihn zu boden, ein herzversagen, und die sinne schwanden. der hund stand vor dem rätsel; der herr hat sich hingelegt, und der hund ist gelaufen, zwei kilometer bis ins gehöft und hat laut gegeben. inge hat ihn begriffen und den arzt gerufen, und sie haben den mann geholt, und er hat keinen schaden genommen. und der gerettete geht an die arbeit und hat ein motiv mehr, sie zu tun. eine erfahrung, die ihn in den verkehr zwischen tod und leben stellt. sollte er nicht dem hund ein denkmal setzen, als begleiter charons, des totenfahrers. nun sehen wir auf dem nachen die töle sitzen, aggressive schnauze, verzagtes heck, ein geschöpf seines meisters, der seine ernste arbeit tut. charon: aufrecht, hager, fest auf seiner schmalen planke stehnd, die knochige hand auf der brust. eine schreckensgestalt, eisige miene: er kennt sein geschäft, die kundschaft wird ihm nicht ausgehn. die auferstehung gilt hier nicht, er ist der meister des todes: ein herr der welt, man entgeht ihm nicht. die arbeit des menschlichen geists, ihn anzuerkennen. jastram ist ihm begegnet, und dies gestaltet er hier, den harten widerpart, der ihm entgegentritt – oder dem er entgegentritt mit seiner kraft, und in diesem ungeheuren moment, in dem er ihm standhält, nimmt er ihn maß und nimmt ihn an, seinen feind, und sieht sich in ihm, indem er ihn schafft, selber ein herr und meister – und ich sehe auf einmal die düstre figur als ein selbstporträt, der künstler auf den eigenen schwankenden grund gestellt, hat er die ordre ins nichts? wie, in den orkus? er hat ja das amt, die erfahrung überzusetzen. über den fluß des vergessens, an ein ufer, wo sie dauert und bleibt. freilich muß sie gemacht sein, in ton, im stein, in erz, gemalt, geschrieben, gesprochen, um transportiert zu werden. es genügt nicht der obolus des markts, wenn er auch auf der zunge liegt. sonst wartet die erfahrung hundert jahre, oder sinkt im sudel. der hades, das totenreich ist für uns ein seliger, kein sicherer ort: das nachleben nämlich. nicht zu verwechseln mit den inseln der seligen, wohin die einverstandnen gelangen; im hades harren die werke in ihrem widerspruch aus. der fährmann weiß es, in ewigkeit amen sind die menschlichen dinge zu retten, hinüberzubringen in andere höllen und zeiten.

15. 8. 08

der kleine urlaub eine kunstfahrt in idealer landschaft. jastrams ausstellung im kunstkaten ahrenshoop. jannings stellt sein hörspiel vor: zwischen den skulpturen. die barnstorfer scheune, das pfarrhaus in swantow (eine heidenstille). lese in gingst in der alten mächtigen kirche zum erstenmal aus dem MACHWERK. zwei nächte im gut boldevitz, wo sich auf hackerts großen tapeten dann kunst und landschaft vollkommen vereinen, und der blick aus den fenstern verdoppelt den eindruck, da frau von wersebe seen in die wiesen graben läßt, die hackerts blick nachahmen. er hat, zwei generationen vor c[aspar] d[avid] friedrich, für seinen gönner olthoff rügen gemalt, in unaufdringlichen farben, die nun als stimmgabel dienen für die wiederherstellung der räume. der vollmond aber über den pyramideneichen ist von friedrich. einer von rotermund konnte im dreißigjährigen krieg (: kornlieferungen) herrenhaus und gutshof ausbauen. jetzt nach dem verkauf durch die treuhand malt ein umquartierter seine wut an die bretter: W-SCHWEINE RAUS AUS DORF.

17.08.08

eine armutsstudie, die im krupp-kolleg in greifswald präsentiert wurde, entdeckt eine *kultur der armut* in ostvorpommern: armut als »sich geradezu sedimentierende und oftmals über generationen tradierte lebenslage«. vera sparschuh: in der landwirtschaft fielen nach dem ende der ddr 4 von 5 arbeitsplätzen weg, in manchen dörfern lösten sich die sozialen strukturen völlig auf. die historischen verhältnisse, die die bodenreform und die genossenschaften nur unterbrochen hatten, stellten sich wieder her. »eine art normalisierung«. es sind die prekären lebensbedingungen der ostelbischen landarbeiter des 19. jahrhunderts, die max weber untersuchte und vor ihm e[rnst] m[oritz] arndt (1803): »in rügen war noch in meinen tagen eine menge dörfer verschwunden und die bewohner der höfe waren als arme, heimatlose leute davongetrieben, so daß die, die früher knechte gehalten hatten, nun selbst auf großen höfen als knechte und mägde dienen mußten. ja, es gab edelleute, welche große dörfer ordentlich als spekulation kauften, wohnungen und gärten schleiften, große und prächtige höfe bauten und diese dann mit gewinn von 20.000 und 30.000 talern wieder verkauften. dies veranlaßte an manchen stellen förmliche bauernaufstände, welche durch soldatenentsendung und einkerkerung gedämpft werden mußten. auch wurden, wie es munkelte – was aber des verhaßten gegenstandes wegen vertuscht ward –, einzelne böse edelleute und pächter gelegentlich wie tiburtius durch nächtliche überfälle unter kissen erstickt.« siehe die »boldevitzsche revolution« 1797. von wersebes können ihrem lästigen feind, der sich mit nichts begütigen läßt, keinen *dämpfer* verpassen, weil sie fürchten, daß er gelegentlich »den enkeln im park was antut«.

19. 08. 08
vor den lesereisen. »in der regel ist nur ein restabbau – nachlesebergbau – noch zu erwarten. dieser ist teuer und, wenn er in einem noch weitgehend unverritzten feld umgehen soll, auch risikoreich und zu beginn sehr zeitaufwendig. ... nur beim kupferschieferbergbau, dessen vorkommen großflächig im heutigen ost- und mitteldeutschland auftreten, wäre hier und da ein neuanfang denkbar.« prof. fürer, goslar.

22. 8. 08

bestenliste. weil die ernte wieder reichlich ausfiel und nicht zu verkaufen war, zogen die obstbauern eine handvoll nascher zusammen, die die besten produkte auf eine liste setzten. d. h. es waren nicht die besten, sondern die buntesten, die ein geschäft versprachen. hat man denn alle gekostet? das konnten die narren gar nicht, ohne sich den leib zu verderben; sie schissen ja schon dünne. sie konnten nur hineingreifen, anbeißen und schmatzen. aber auch diese konsorten mußten noch einmal aussortiert werden, um die schmackhaftesten zu finden (d. h. sie waren nicht unbedingt schmackhaft, sondern entsprachen dem geschmack): und aus diesem erlesenen rest wurde der winterharte siegesapfel gegriffen, den man den leuten hinterherwerfen konnte. das übrige angebot, das gar nicht in die auslagen kam, wurde gleich als fallobst behandelt, und nie ist seither soviel ware verdorben.

15. 9. 08
es wird doch ein sonniger september, mein alter arbeitsmonat, anne zur kur: aber ich vertue ihn mit der durchsicht der ersten jahre des gescannten arbeitsbuchs. der überdruß, nur immer von mir zu lesen, ein roher abrißkalender; und die sehnsucht nach einem neutralen text, um nur im tonfall, im komma anwesend zu sein. – der verlag drängt fast unverschämt auf herausgabe, aber daran ist beileibe = im leben nicht gedacht. ich bescheide fellinger: zehn jahre p. m., das ist im günstigsten fall 2039, im ernsten fall 2019.

4. 10. 08
die krise des finanzsystems stand zu erwarten, die panik an den börsen, aber das klagen schirrmachers in der frankfurter allgemeinen! drohung null oder der schmerz, in der gegenwärtigen welt zu leben: übertitelt er ohne anführungszeichen. das ist das wessi-jammern. die westlichen gesellschaften hätten mit allem gerechnet, aber nicht mit diesem angriff aus dem inneren. die ära bush habe unheilbare wunden geschlagen, es drohe »die dauerhafte spaltung und regression von demokratie und kapitalismus«. wie die märkte den glauben verlieren und die blase der spekulationsgelder platzt, so verliert schirrmacher seine illusionen. »die multiplikation mit null ist die rechenoperation, die dieser präsident hinterläßt.« was aktienbesitzern jetzt schwane, daß sie nichts mehr besitzen, gelte ebenso für unser handeln und denken. »bush hat freiheit, demokratie, wohlstand mit null multipliziert.« der moralische ruin, der mit dem finanziellen begriffen wird, führt die kindlichste losung herauf: nehmen sie die embryonale stellung ein! so verkehren sich die verhältnisse. wir müßten wieder mühsam lernen, eins und eins zusammenzuzählen; der ossi in seinem ruin hatte zwei zu eins umzurechnen.

5. 10. 08
bd. 42 (: ergänzungsband, erst 1983):
»in schneidenden widersprüchen, krisen, krämpfen drückt sich die wachsende unangemessenheit der produktiven entwicklung der gesellschaft zu ihren bisherigen produktionsverhältnissen aus. gewaltsame vernichtung von kapital, nicht durch ihm äußre verhältnisse, sondern als bedingung seiner selbsterhaltung, ist die schlagendste form, worin ihm advice gegeben wird to be gone and to give room to a higher state of social production.« marx, GRUNDRISSE
lesung für darwish.

Endspurt

AFP/EMMANUEL DUNAND

TV-Duell: Er werde, so hatte er vorher vollmundig angekündigt, Barack Obama den Hintern versohlen. Doch auch aus der letzten von drei Fernsehdebatten ging der republikanische Präsidentschaftskandidat John McCain nicht siegreich hervor. McCain trat kämpferisch auf und griff Obama scharf an als Klassenkämpfer und Steuererhöher. Der Demokrat blieb ruhig. Die Wähler sahen ihn am Ende als Sieger. ***Politik Seite 8***

10. 10. 08
an diesem schwarzen freitag wenden wir uns in der akademie etwas abgelegenem zu (nicht china: goethes napoleonischen erfahrungen, die in seibts buch zu akutem stoff werden). goethe hatte die einladung napoleons, nach paris zu kommen und einen CÄSAR zu schreiben, nicht angenommen; schiller hätte sich wohl bestimmen lassen, und jene weimarer abbiegung ins idealische wäre mehr noch als im DEMETRIUS geradegerückt worden. wenn aber der ruhelose napoleon rußland erobert hätte, wäre er unbedingt nach china weitergeschritten, und dahin wäre ihm goethe gefolgt als geheimrat im reich der mitte.
es werden ja jetzt sachliche romane geschrieben über die fantastischsten gegenstände. eine schweizer sowjetrepublik, denn lenin war der verplombte zug nicht gestellt worden. oder das aussterben der arten, nämlich ihre vermischung durch freie wahl des werdens, nach dem ende des menschen.

21. 10. 08

jetzt auch noch das (in der frankfurter allgemeinen): die politik als retter – wer rettet uns vor der politik? schirrmacher hat eine nächste helle vision. der staat eilt mit seinen koffern zu den banken, um das übel durch das übel zu kurieren. mit kreditinfusionen und einem rettungspaket. und so sehr sich die patienten zieren, jetzt werden sie ans bett gebunden. aber »ist die verstaatlichung von banken das letzte wort? beginnt nicht schon die allgemeine flucht in die arme des staates, und das heißt in wahrheit: der politik, und das heißt in wahrheit: der politischen parteien? wird es nicht bald in jeder angeschlagenen branche heißen: wir wollen auch öffentlich-rechtlich werden. redete nicht schon jürgen habermas angesichts der krise der medienindustrie von ›öffentlich-rechtlichen zeitungen‹, und wird eben das in funktionärskreisen gespenstischerweise nicht auch schon diskutiert? ist denkbar, daß die nächste phase unserer gesellschaftlichen entwicklung eine phase ist, in der die finanzen wie die gesellschaftliche kommunikation von politischen gremien kontrolliert werden, die sich mit dem staat und seiner idee selbst verwechseln? das sind keine irrationalen annahmen, sondern erste regungen ... im dotter des leviathan.«

14. 10. 08
würzburg, lesung in der stadtbibliothek im historischen falkenhaus, moderiert von böttiger. den mann als ganzen bejahend, muß ich jede seiner fragen, tatsächlich jede, verneinen, was mir leid und wiederum nicht leid tut. die summe der mißverständnisse ergibt einen stimmigen abend.

30. 10. 08
novemberliche reise nach erfurt, weimar, jena, altenburg, chemnitz. albiro hat fotos des 1976 nach der generalprobe von TINKA ausgebrannten schauspielhauses.

4. 11. 08
m[ilan] kundera soll, vor fast 60 jahren, einen mann verraten haben. er schweigt. man muß ihm beispringen, wie es jetzt elf große autoren tun (die ihn beschmutzt sehn), aber das bekenntnis zu ihm sollte einsichten einfordern.
daß die handlung im bereich des möglichen liegt, steht außer frage. das motiv (ein politischer ordnungssinn, momentane machtanmaßung) wäre begreiflich, ärgerlich, beschämend und verzeihlich. es war die zeit des apparats, mit der sich kundera jahrzehntelang auseinandersetzte. es sind nicht zuletzt verstrickungen, aus denen erkenntnisse werden.
wenn er zurecht oder unrecht die sache von sich weist, steht uns doch richtergehabe nicht zu. wir sind längst alle an verbrechen beteiligt (und nur dummköpfe fragen jetzt: an welchen denn?). wir sollten unsere irrtümer schätzen und bekennen, sie haben das werk ermöglicht.
ermutigend ist immer das klärende wort, goldstückers z. b., schwachgeworden im slánský-prozeß, der resumierte: ich habe geglaubt. das urteil ist ohnehin in die haut geritzt, und der moment, in dem es geschieht, ist die zeit, die den apparat zertrümmert.

11. 11. 08

das grips-theater schnitzt mit leichtem messer ein bild der lebensvollen ROSA und der maßvollen chorknaben der sozialdemokratie. wenn die luxemburg vom massenstreik spricht, dem spontanen, elementaren ablauf, winden und drehen sie sich, insonders kautsky leidet körperlich; er trägt eine thiersemaske (oder umgekehrt thierse die kautskys): die mähne um die roten backen, eben hat er nebenan in der akademie, bei der diskussion über demokratie, den bloßen begriff gesalbt und die häme beklagt, die mangelnde geduld, die man den politikern entgegenbringe. das alte mäßigungsgerede; und der starke moment, in dem l[uxemburg] der alten garde erklärt, daß der kapitalismus nicht durch gesetze und reformen gezähmt wird: weil er sich eben nicht nach regeln und gesetzen entwickelt sondern den fortwährenden bruch derselben; der irrglaube aller reformgebete an den gott im amt. das publikum am hansaplatz ein altlinkes biotop, im feuilleton der kolbenhieb: »die rückwärtsfrau«.

20. 11. 08
wahnsinn einer zeitung: die krankheit des geldes (schirrmacher, 28. oktober), banker weg, wir brauchen eine revolution! (nicholas taleb, 13. oktober), der fluch des eigentums (hanno beck, 20. november). jetzt muß die zwangsjacke her, ausnahmegesetze.

Grabschänder stehlen Flicks Sarg

ela. WIEN, 19. November. Zwei Jahre nach seinem Tod ist der Sarg des Milliardärs Friedrich Karl Flick vom Friedhof in Kärnten gestohlen worden. Das teilte die Polizei am Mittwoch mit. Offenbar wurde das Mausoleum in Velden am Wochenende geschändet. Außer ein paar Kratzern am Granitstein gibt es nach den Angaben keinerlei Spuren. Ein Motiv für die Tat war noch nicht bekannt. Flick war am 5. Oktober 2006 in seinem festungsartig ausgebauten Haus am Südufer des Wörthersees im 79. Lebensjahr gestorben.

27. 11. 08
wer hat hegel mißbraucht? die mohammed bin rashid al maktoum-stiftung unternimmt die aufklärung arabiens. der scheikh von dubai gibt dafür 10 md. dollar aus seiner schatulle. »der erfolgreichste führer ist der, der sein volk motiviert, sein bestes zu tun, um kreativ und vorzüglich zu werden.« »es ist unsere pflicht, menschen zu erziehen, die für sich selbst, ihre nation und die welt ein gewinn sind.« im februar stellte der herrscher im islamischen museum seine gedichte vor, und zwei junge emirati traten in ihren weißen kandouras auf mich zu und fragten rätselhaft direkt: you are communist?
der kleine wüstenstaat nutzt den moment, wo der springquell sprudelt, ein mahagonny am golf, das seine skyline in den sand baut. auf dem dach des höchsten hauses der welt, in über 800m höhe, soll eine moschee, eine synagoge, eine kirche stehen, noch fehlen 18m, ein baustopp in der börsenkrise, als sei das ziel, die toleranz, zu hoch gesteckt. auch diese künstliche kultur beruht auf barbarei, ein ölkapitalismus mit billiglöhnern dutzender nationalitäten (wir sehen sie in ihren arbeitsfräcken in die busse gesunken sitzen), und mal ein inder, mal ein pakistani, mal ein ukrainer bugsieren uns im buggy oder in der barke durch die wege und wasserwege des madinat jumeirah hotels.

28. 11. 08
reisezehrung (aus fremden taschen): das ich ist eine gabe der anderen (mohammed aziz lahbabi). das wahre ist das ganze. (hegel) wer hat hegel gestohlen / mißbraucht: das heißt: wer wähnt sich im besitz der dialektik. wie wollen wir über aufklärung reden, wenn man im arabischen das wort aufhebung nicht kennt? (mustafa maher) um hier in den arabischen emiraten fukuyama und huntington, zwei schmeißfliegen mit einer klappe, zu schlagen. in jeder kultur der kampf, der konflikt mit denjenigen, die die öffnung ablehnen (mohammed barada). wenn ein baum stark werden will, muß man einen stein auf ihn wälzen (sagt katharina mommsen). ich sehne mich nach der armut im jemen (roes). couscous, hummus, tabbouleh. auf den barken, die uns schippern, ist die miniatur eines narren eingelassen. vielleicht ist der narr die arabische version des europäischen intellektuellen (muschg).

4. 12. 08

eine fata morgana erblickt auch alain badiou. das »ende der ideologien« habe keine andere realität als das ordnungswort »rettet die banken«. das kapitale banditentum. in seinem warenlager nichts realeres als in der spekulationsabteilung. die rückkehr zum realen könne nicht in der bewegung von der schlechten spekulation zur gesunden produktion bestehen. sondern in der rückkehr zum unmittelbaren und reflektierten leben all derer, die diese welt bewohnen. (auch das irrationale dubai herunterrechnen auf das öl und die knochen.) er sieht eine politik anderer natur, in großer distanz zur staatsmacht, dem »kapitalparlamentarismus«. – dies war gemeint, als ich einst von *konsequenz* sprach. – eine praktische allianz derer, die am unmittelbarsten bereit sind, sie zu erfinden: die neuen proletarierer der kontinente und die erben der kämpfe dieser zeit. ohne organische beziehung zu den parteien und zum ganzen herrschenden system, werden sie die neue disziplin derer erwerben, die nichts haben, ihr politisches vermögen und die neue idee dessen, »was ihr sieg sein wird«.

akademiestipendiat st[efano] zangrando liest aus seinen erzählungen: QUANDO SI VIVE.

6. 12. 08
wizisla schickt einen eintrag brechts 1941 in eine alte englische ausgabe des DON QUIXOTE:

ihr lachen über diesen und ihr zorn
trifft heutzutag oft uns, jedoch ich find
des armen ritters mühlen mahlten korn
die mühlen, die wir stürmen, mahlen wind.

8. 12. 08
eisensteins versuch, das KAPITAL zu kinofizieren, »nach dem libretto von karl marx«. die stringenz der linearen handlung aufgebend für eine kugelförmige dramaturgie der ganzen gesellschaftsmasse, »extensive landwirtschaft der erfahrung«. seine vergebliche suche nach bildern, bei dem blinden joyce in paris, von dessen ULYSSES er anleitung hoffte für die odyssee durch die ökonomie. (der schwarze donnerstag und freitag 1929 war ihm kein datum.) a[lexander] kluge begreift das marxsche werk, wie der verfasser selbst, als »ästhetisches konstrukt«, artistisches ganzes, den bildungsroman der ware, die sich als reichtum geriert. und er folgt 2 bildern: dem warenfetisch und der tauschgesellschaft. (ich sehe die weißen garnfäden auf den straßen manchesters 1980, spur ins industrielle labyrinth, auf der ich in der alten börse lande, in die ein globe-theater gebaut ist, das boulevard spielt). ein 3. bild wäre der tendenzielle fall der profitrate: alle maßnahmen, die der kapitalist für den profit ergreift, lassen diesen relativ sinken, woraus der wahnsinn wächst, die plusmacherei (und die finanzkrise der schwarzen tage von 2008).
kluge filmt in den schuttmassen, der ideologischen antike. »sie rücken nicht zu unserem sumpfgelände hin, sondern zu aristoteles, ovid und anderem sicheren boden, über den die menschheit verfügt.« so geht es um den glutkern herum und nicht ins furchtzentrum der ganzen epoche, das kapitalistische eigentum (im osten war es die frage nach der verfügungsgewalt). es fehlt die gravitation all der kugelköpfe, und kein donnerschlag (engels an sorge) wird bewirkt.
zentralmetapher der gesamtarbeiter, d. h. die verbindung aller arbeitsvermögen im industriellen prozeß, bei marx als ent-

eignet beschrieben; er ist der unruhige gegenpol zum kapital. (der gesamtarbeiter vor verdun: der krieg als parodie auf die kooperation.) die vergesellschaftung, als bedingung der aufhebung der entfremdeten verhältnisse = der entwicklungsroman der menschheit. »was würden menschen machen, wenn sie sich auf sich verlassen könnten und die nötigen mittel hätten, um selber zu bestimmen?« (: das arme exempel im UNBESETZTEN GEBIET). das war die nicht gestellte frage des sozialismus.
die schönste formulierung: man muß till eulenspiegel einmal über marx hinwegziehen lassen, um eine verwirrung zu erhalten, durch die sich erkenntnisse und emotionen neu verbinden.

16. 12. 08

da man jetzt in hameln gegen die plage nicht mit flötenspiel vorging, sondern rattengift auslegte, ist das alte märchen gleich mit erledigt. aber nun hört man neue töne, und ein liberaler politiker will die armen in berlin-mitte zur treibjagd bestellen und sie für jedes tote vieh mit einem euro entlohnen. so daß man ihnen doch die flötentöne beibrächte.

19. 12. 08
nun sehe ich mich als geisel dieser notate, und der verlag nimmt die narrentexte aus dem programm, weil ich die geheimen nicht hergebe. so wäre ich zuletzt der narr im eignen werk.

24. 12. 08
anne, arne, thorsten, johann.
vielleicht (sagte ein fürst der lausitz) klage man zu unrecht über die neue zeit, daß sie alles umzustoßen suche, ohne was bessers dafür aufzustellen. wolle man denn, wo man ein zimmer machen läßt, urteilen, wenn die alte farbe von den wänden gekratzt und die neue nur erst eingerührt sei? wie ganz anders klingt das als hagers angst einst, die tapeten zu wechseln. – es steht in großräschen eingemeißelt im schlamm, und sie ist noch nicht aufgetragen und trocken.

Fotos:

Stefan Moses: 3
Rainer Weisflog: 26
Susanne Fox: 33
Volker Braun: 41, 127, 128, 189, 234, 299, 344, 418, 444, 554, 556, 560, 862, 863
Arne Braun: 277
Hasan Karasholi: 285
Helga Paris: 470
Anselm H.-W. Müller: 472
Annelie Braun: 481, 630, 805, 892, 893, 896
Barbara Klemm: 520
Wolfgang Eilmes: 525
Friederike Hauffe: 813

Bilder:

Alfred Hrdlicka: *Der Anschluß* 50
Masaccio: *Donatello, Masaccio, Alberti, Brunelleschi* 304
Gustave Courbet: *L'Origine du monde* 380
Peter Weiss: *Der Reiche und der Arme* 390
Rainer Ehrt: *Hinze und Kunze* 362
Oscar Niemeyer: Skizze 437
Joachim John: *Verhaftung Sporns* 748, *Das Volk führt die Freiheit* 751
Ambrosius Holbein: *Engel* 844
Ronald Paris: *Shakespeare in den Alpen* 874
Strawalde: *Junozimmer* 881
Volker Stelzmann: *Selbst* 936, *Flick von Lauchhammer* 946
Jo Jastram: *Charons Nachen* 974
John Gast: *Die Vorsehung* 993